台湾小说发展史

古继堂◎著

九州出版社

图书在版编目（CIP）数据

台湾小说发展史／古继堂著. -- 北京：九州出版

社，2023.11

　ISBN 978-7-5225-2423-8

　Ⅰ．①台… Ⅱ．①古… Ⅲ．①小说史-台湾 Ⅳ.

①I207.409

　中国国家版本馆 CIP 数据核字（2023）第 207802 号

台湾小说发展史

作　　者	古继堂　著	
责任编辑	邓金艳	
出版发行	九州出版社	
地　　址	北京市西城区阜外大街甲 35 号（100037）	
发行电话	（010）68992190/3/5/6	
网　　址	www.jiuzhoupress.com	
印　　刷	北京盛通印刷股份有限公司	
开　　本	710 毫米 × 1000 毫米　16 开	
印　　张	28.75	
字　　数	412 千字	
版　　次	2024 年 3 月第 1 版	
印　　次	2024 年 3 月第 1 次印刷	
书　　号	ISBN 978-7-5225-2423-8	
定　　价	128.00 元	

目　录

第五编 二十世纪五十年代乱局中的台湾小说

第六编　二十世纪六十年代台湾现代派小说的大繁荣

第八编 处于低潮中的二十世纪六十年代台湾乡土小说和高阳历史小说的异军突起

第九编 二十世纪七十年代台湾乡土小说大崛起

第十编　多元化的二十世纪八十年代台湾小说

绪　论

一　中国小说的悠久传统是孕育台湾小说的土壤

小说的外延和内涵在历史的演变中不断发展，它的创作和理论系统，随着人们认识的发展和深入趋于完善，经历了孕育、萌芽、发展、成熟和提高等阶段。小说创作和小说理论，虽然是两个不同的思维系统，但它们在发展的路途上却是互促互补的。一般来说，小说理论的发展比小说创作的发展要缓慢，总是小说创作的车轮碾过之后，小说理论系统的荧光屏上才显示出轨迹。

中国小说的发展，自先秦《庄子·外物》篇提出"饰小说以干县令，其于大达亦远矣"的观念至今，已有两千多年的历史。但庄子所说的小说还不是今天我们所说的文学意义上的小说。虽然班固的《汉书·艺文志·诸子略》中，桓谭的《汉志》中，都列有小说篇目，但那时的所谓小说只不过是"小说者流，盖出于稗官，街谈巷语，道听途说者之所造也"，相当于如今的闲言碎语和小道消息，是不登大雅之堂一类的东西。到了魏晋南北朝时期，小说才算刚刚找到了自己的家门。六朝的志怪小说，虽然有事皆录，缺乏提炼加工，但已有故事情节，有鬼、神、人的活动，向小说的边界大大跨进了一步。魏晋的志人小说《世说新语》，有的篇章中已有对人物形象和性格的刻画和描写。魏晋南北朝时期的志怪和志人小说，可算是中国小说的真正萌芽。

中国的古典小说发展到唐人传奇，趋于成熟。其主要标志为：不仅写实，而且虚构；不仅写神鬼，而且主要刻画人物；不仅有结构庞大的故事构架，而且有生动细腻的生活细节；不仅描绘人物形象，而且突出地刻画性格；不仅是为了歌颂和讽喻，而且是为了欣赏。唐人传奇中的许多作品，都具备了现代小说的基本特征。有些作品的人物刻画,达到了相当高妙之境。例如蒋防的《霍小玉传》,描写唐朝妓女霍小玉与李益的恋爱故事。李益对霍小玉始乱终弃,背反前盟另娶高门。黄衫客为被遗弃的霍小玉打抱不平,拉李益去见霍小玉,对他进行羞辱。霍小玉大骂李益负心,并激愤而死。作者在描写这出壮烈的爱情悲剧中,出色地刻画了霍小玉这位有胆有识、不卑不亢、头脑清醒、观察深入的下层女子的个性。霍小玉当初对李益的爱有较清醒的认识,她知道这位花花公子对自己不过是一时的拈花惹草,不会真正把爱情献给自己这样的歌伎。所以当李益向她献殷勤时,她就对李益讲:"一生欢爱,愿毕此期。然后妙选高门,以谐秦晋,亦未为晚。妾便舍弃人事,剪发披缁,夙昔之愿,于此足矣。"话虽如此,但霍小玉仍然幻想着不可能的可能,希望神明保佑她能与李益白头偕老,因而才"羸卧空闺"苦苦地等待。但是,担心的事终于发生。当她的希望彻底破灭后,她既不屈服于权势,也不怪命运不好,而是挺身站起,向李益发起猛烈进攻:"我为女子,薄命如斯!君是丈夫,负心若此!……征痛黄泉,皆君所致……我死之后,必为厉鬼,使君妻妾,终日不安!"后来,果如所言。描写最精彩的场面是霍小玉之死,"乃引左手握生臂,掷杯于地,长恸号哭数声而绝"。如此悲壮动人的形象描绘,在《霍小玉传》之前,恐怕还是绝无仅有的。这种爱情悲剧的描写和悲剧性格的刻画,在一千多年以前的唐朝,确是难能可贵的。以《霍小玉传》为例,可以看出唐人传奇在中国古典小说创作上达到的水平和成就。鲁迅先生在《中国小说史略》中说:"小说亦如诗,至唐代而一变,虽尚不离于搜奇记逸,然叙述宛转,文辞华艳,与六朝之粗陈梗概者较,演进之迹甚明,而尤显者乃在是时则始有意为小说。""有意为小说",乃是一种有目的的文艺创作活动。按此见解,小说到了唐朝,已进入自觉的创作阶段。

宋朝的话本,元、明的拟话本,堪称中国"小说史上的一大变迁"。描写题材的扩大、小说语言的成熟,以及主人公之趋于社会下层,都和前大不相同。中国古典小说的黄金时代,是元、明、清长篇小说的繁荣。《金瓶梅》《水浒传》《三国演义》《西游记》《儒林外史》等的面世,把中国小说由涓涓细流推入了汹涌澎湃的大江，作家的笔出神入化，在贵族、平民，天上、人间，文人、学士，战场、考场……之间自由挥舞，飞旋自如。作家的视野再不拘泥于一人一事、一时一地，而是将触觉宏观地探入滚滚的历史长河，捕捉和把握长距离的历史轨迹和风云际会，描述那惊天地泣鬼神的历史大潮。不管是"分久必合，合久必分"的《三国演义》，还是"官逼民反"的《水浒传》，都是以史诗般的巨构，反映了中国一个时期的历史轮廓，有较高的历史真实性。他们所达到的思想和艺术成就，历代均有公论。单就人物刻画看，在世界文学史上亦是奇迹。中国古典小说到了《红楼梦》，达到了两千多年小说发展的最高峰。它像一个百宝箱，任何人都可以从中获得自己所需要的宝贝；它像一面多棱镜，很多人都可以从中照出自己的面孔；它像一片广袤的文学沃土，很多文学幼苗在那沃土中丛生。和小说创作伴行的小说理论，到了清朝，也由零碎趋向系统；由混沌趋向清晰。并且，有的学者还注意到了，从宏观方面来研究和概括中国小说发展的历史和规律。例如晚清的披发生在《〈红泪影〉序》中说："中国小说之发达与剧曲同，皆循天演之轨线，由浑而之画，由质而之文，由简单而之复杂。……中古时斯风未畅，所谓小说，大抵笔记、札记类耳。魏晋间，虽有传体，而寥落如晨星。迨李唐有天下，长篇小说始盛行于时。……赵宋诸帝，多嗜稗官家言，……于是传记之体稍微，章回之体肇兴。草创权舆，规模已备。……夫小说与戏曲，实为文明之代表物，皆发达于赵宋之代，斯亦世变之一奇矣。厥后作者浸多，流布渐广。元有《水浒传》《西游记》，明有《金瓶梅》《隔帘花影》《三国演义》，本朝有《红楼梦》《花月痕》《海上花》《儿女英雄传》《七侠五义传》，名作如林，几以附庸蔚为大观，岂非一循乎天演之自然哉？"披发生以极精练的笔墨概括了中国两千多年的小说史及其发展规律。梁启超是晚清的政治家和改革家，他注重小说的主题功能，主张小说为政治、为改革服务，因而他论小说，主要是从政治和改革角度为小说规定性质和任务。他在《小说与群治之关系》中说："欲新一国之民，不可不先新一国之小说。故欲新道德，必新小说；欲新宗教，必新小说；欲新政治，必新小说……何以故？小说有不可思议之力支配人道故。"这种小说万能的观点,虽然不太符合实际,但作为改革家和政治家的梁启超,欲把小说作为工具,来促其政治改革之成功的迫切心境,却是可以理解的。从中国古典小说发展的历史看,自古就有两种倾向:一种是从艺术角度要求小说;一种是从政治角度要求小说。自古就有两种创作方法:一种是揭示现实生活,描写当代人物的现实主义;一种是描绘幻想,以神仙鬼狐来象征人间的浪漫主义。自古就有多种题材,如爱情、武侠、历史等。

台湾的小说充分继承和发展了中国几千年的小说传统,而中国几千年丰富的小说传统及其创作技巧,又是孕育台湾小说的沃壤,有的故事传说还直接为台湾作家提供了素材。

二 台湾小说与大陆小说的异同

上述中国小说产生、发展和成熟的历史,是台湾和大陆现代小说的共同根基。因此,如果说台湾的现代小说和大陆的现代小说,是同胞兄弟和姊妹,是生长在同一个主根上的树,是同一个花茎上的花朵,都是恰到好处的。台湾的现代小说和大陆的现代小说,不仅产生在同一个文化结构、文化氛围中,而且是同一个民族的文化积淀,用同一种民族语言作载体;不仅产生于同一个历史背景,均是五四运动的产儿,而且担负着反帝反封建的同一使命。台湾著名作家叶石涛在他的《台湾文学史纲》序中,开宗明义地说:"从遥远的年代开始,台湾由于地缘的关系,在文学和社会形态上,承续的主要是来自中原汉民族的传统。明末,沈光文来到台湾开始播种旧文学,历经两百多年的培育,到了清末,台湾的旧文学才真正开花结果,作品的水准达到跟大陆旧文学并驾齐驱的程度。"还说:"台湾的新文学运动,也曾受到'五四'文学革命的刺激。日据下的台湾新文学作家大多数也和大陆作家一样,用白话文写作,保持了浓厚的民族风格。"我们援引叶石涛的话,只在于论证台湾文学和大陆文学的血缘、地缘、亲缘、史缘关系,并无他意。至于台湾的旧文学和大陆的旧文学,我们认为是一体的,没有必要加以区分。台湾的现代小说和大陆的现代小说,不仅血缘、地缘、史缘和产生的背景与使命相同，而且它们的发展轨迹、创作方法、叙述观点以及作家的创作心态，大体也是相同的。台湾著名的新文学小说家，例如：赖和、吴浊流、钟理和、林海音等，不仅到大陆受到大陆小说的熏染，而且钟理和、林海音都长期生活在大陆，他们的创作又都是在大陆上起步和成熟的。钟理和在大陆出版了他生前唯一的一本书——中短篇小说集《夹竹桃》；林海音的全部著作几乎都是描写海峡两岸生活的。

爱国反帝，反对阶级压迫，争取贫民生存，反对封建统治，争取恋爱婚姻自由的生活事件和人物，成了两岸作家作品的内涵。即使 1949 年以后，许多台湾作品还是横跨海峡两岸，高架在波涛汹涌的海峡之上。琼瑶的爱情小说，被一些人斥之为"逃避文学"，即使这样的"逃避文学"，也无法逃避海峡两岸骨肉相连的这一事实。《几度夕阳红》中的沙坪坝之花李梦竹和她的丈夫杨明远、情人何慕天等，而后都在台湾的社会中奋斗；《烟雨濛濛》中早年横行大半个中国的大军阀陆振华，如今长眠在台湾的土地上。白先勇《台北人》中的所有人物，原来都显赫于大陆。同一个国家和民族，自然是情感和血脉相通。

那么，海峡两岸的小说是否就完全一样呢？否。不同地域的小说，有不同地域的乡土色彩。例如中原作家群、湖南作家群、上海作家群、北京作家群、山西作家群等。他们的小说各有自己的地方特色和乡土风味。北京作家群中的苏叔阳、邓友梅、刘心武等继承和发展老舍先生的京味小说，把笔触深入到深深的小胡同、方方的四合院、喧闹的茶馆，让那些老爷子们，大妈、大嫂们用北京方言，吵闹北京人的事，听起来既中听又过瘾。山西以马烽、西戎等为代表的"山药蛋派"作家群，也自有"山药蛋"之韵味。大陆各省之间的小说还各有特色，各不相同，何况台湾、大陆隔着一道海峡，又多年处于阻隔状态，而且社会制度和意识形态不同，两者的小说怎么可能完全相同呢？应该说台湾小说和大陆小说有着明显的区别。如果加以归纳，约有这样几点：其一，多年来在为政治服务的口号下，大陆的小说比台湾的小说政治气味浓烈，小说创作和政治风潮有着同步的迹象，基本上是歌颂型的。台湾的乡土小说虽然也具有鲜明而强烈的主题意识，尤其是近年来兴起的政治小说，但它们一概表现为批判形态，其锐利锋芒的指向仿佛是不变的。大陆"文革"前和"文革"中的小说基本上表现一种歌颂意识，"文革"后的"伤痕文学"和"反思文学"虽然也表现出强烈的批判意识，但那只是一种痛苦经验的概括，是尘埃落定后的痛定思痛。同样是批判意识，其表现方法和时空都不相同。其二，台湾有鲜明的"乡土派"和"现代派"之分，而大陆小说近年来虽然旗号不少，但并没有形成各自的艺术流派，均是在现实主义的范围内，各自在内容和形式上表现出一些小花招。有的作家虽然吸收了较多的现代派表现手法，甚至把魔幻现实主义引进自己的作品，但孤军奋战难以形成在小说王国中占有一席之地的艺术流派。而台湾的"乡土派"和"现代派"却是壁垒分明。其三，在吸收外来文学经验方面，台湾小说比大陆早二十年。白先勇、陈若曦等率先吸收西方文学的表现方法，成果非常显著的。"乡土派"中陈映真、黄春明、王祯和及更年轻一代的黄凡、王幼华、吴锦发等，在中外文学经验的结合方面，都有可观的表现，大陆有些中青年作家相对的比较弱。其四，台湾的青年女作家特别兴旺，成绩卓著者就有袁琼琼、廖辉英、萧飒、李昂、苏伟贞、萧丽红、朱天心、朱天文等等。大陆近年来虽然也崛起了一批青年女作家，如张抗抗、王安忆、铁凝、张辛欣等，但阵容上难以和台湾相比。由于台湾青年女作家的大批崛起，引来了台湾婚姻爱情小说的繁荣，这方面的题材近年来有较深广的开拓。例如，探讨现代都市妇女情感和心态的，探讨社会转型期妇女出路的，探讨生活富裕以后性生活变态的，探讨现代家庭中婆媳关系的，探讨台湾和大陆籍婚姻关系的等等。婚姻爱情题材，在台湾的小说中得到了酣畅淋漓的表现。大陆这方面题材的开拓较台湾弱。其五，对作品的社会效果关照方面，总的看来，大陆作家比较台湾作家要慎重和严肃。但像黄春明那样对自己的作品进行跟踪观察，不断暗地里听取读者反映的作家，恐怕海峡两岸都是不多见的。

三 台湾小说的品种和发展趋势

小说家族是一个整体，但一个家族中又可分出不少族系。小说的族系怎样划分呢？有按篇幅长短或规模大小，分为大河小说、长篇小说、中篇小说、短篇小说、极短篇小说；有按题材，分为爱情婚姻小说、武侠小说、历史小说、神魔小说、战争小说、政治小说、商业小说、农业小说、科幻小说；有按表现方法，分为现实主义小说、现代派小说、新古典派小说、魔幻现实主义小说、录影小说等；还有按语言文字的通俗程度和读者对象，分为严肃小说、大众小说、流行小说等等。上述各类小说，台湾小说家族中一应俱全。不同的社会性质决定了台湾小说家族中产生了许多特殊现象。比如，在婚姻爱情小说中，又形成了不少各自独立的支系。即未婚妈妈小说、同性恋小说、妓女小说、通俗的言情小说、较严肃的爱情小说、非爱情小说的爱情描写等等。假如我们把台湾的各类小说作一点粗略的分析便可发现，台湾小说群体的组织结构和表现形式与诗人群落大不相同。台湾的诗人群落基本上是以诗社和同名诗刊为核心，形成了一个个集体。台湾的小说家虽然也有不少围绕着出版社和刊物相聚集，例如《台湾文艺》同仁、《文季》同仁、《文学界》同仁、朱西甯的《三三集》、林海音的纯文学出版社、已停刊的白先勇的《现代文学》、平鑫涛和琼瑶夫妇的皇冠出版社、郭枫的新地出版社等，都吸引了一批作家，但这些刊物和出版社周围的作家们却是松散和自由的。他们只有利害得失的吸引，而没有组织的约束；他们相互只有信誉而无责任；他们常常变化而不稳定。小说家不像诗人对于诗社诗刊那样有较稳固的相属性，因而，小说家移位也不必像诗人移位那样需要"策反"，甚至引起强烈"地震"。台湾小说家群落表现的形式比较复杂，除了上述以刊物和出版社为中心聚集之外，还表现为家族群体，比如朱西甯文学家族群体、林海音文学家族群体；表现为流派群体的，比如"乡土派"作家群、"现代派"作家群；题材群体，比如通俗言情小说、武侠小说、科幻小说；职业群体，比如军中作家群、地方作家群、官方作家群、民间作家群等。在这些群体形式中，流派群体和题材群体比较适应文学自身发展的规律和需要。这两个群体形式和台湾小说的题材开掘的深广程度，有直接关系。

二十世纪五十年代，一批随国民党去台湾的小说家，如潘人木、姜贵、陈纪莹、彭歌、王蓝、司马中原、朱西甯、段彩华等，他们有的因失去官爵而悲痛，有的因失去庄园巨金而叹息，有的想争宠于当时而进身。于是便以"反共"为题材，形成一种八股文学。这批作家也因共同的题材结成群落。

六十年代初，以白先勇为代表的"现代派青年作家群"的崛起，是从文学题材上突破的。他们首先打破和否定了五十年代"反共"文学，采取散点辐射的形式，将创作题材大大扩开。白先勇将笔触探向对历史的反思，写出了《台北人》等坚实之作；欧阳子将目光刺入社会转型期青年男女那种畸形的心理深处，叩击出他们在西化潮流冲击下，心壁上的一声声回响。这批"现代派青年作家"的小说，并不都是积极的和优秀的，但却结束了五十年代台湾小说的僵死沉闷局面，改变了"反共"八股题材独霸文坛的情形，大大促进了台湾小说由封闭型向开放型转化的进程。

进入七十年代，一批台湾省籍的"乡土派"青年作家，如陈映真、黄春明、王祯和、王拓、杨青矗、季季、曾心仪、宋泽莱、洪醒夫等，在台湾文学开放的气氛下应时应运而起。他们也是从小说的题材上打开门户，把现代派题材的向外散点辐射，变成向内集中冲击。他们努力开拓乡土题材，把反映台湾最底层劳动者和中小知识分子的痛苦呻吟及其改变处境的渴望，把台湾西化和所谓资本主义文明给台湾人民带来的不幸与灾难，作为自己描写的目标，一下唤起了台湾社会的广泛共鸣，占据了台湾小说的主流地位。于是有人惊呼"毛泽东的工农兵文艺在台湾登陆了"，挑起了一场"乡土文学论战"。论战的结果与挑起论战者的愿望相反，不是乡土小说的消失，而是乡土小说的更大勃起和台湾文学向民族、乡土的全面回归。

进入八十年代之后，台湾小说趋于多元化，一大批青年女作家的崛起和文学评论家的面世，把台湾女性文学推向了一个新的境界，也为台湾小说开拓了新的视野。女作家们一再冲击和探索的是历来备受压迫与玩弄的台湾妇女的地位和出路。女作家李昂为了铲除妇女解放道路上的巨大障碍，竟让青年妇女林市举起屠刀猛地一砍，将大丈夫主义杀死；女作家朱秀娟用长篇小说《女强人》向世界宣告，妇女在当代社会生活中再不是玩物，再不是男人的附属品，她们再不走相夫教子碌碌一生的旧式妇女的老路，她们也再不遵循吃人的社会为妇女规定的以色相和性为钓饵，在人生的夹缝中苟延残喘。她们不仅能把握自己的命运，成为独立的人，而且能够战胜种种挫折成为有世界影响的女企业家，成为商业社会里举足轻重的总经理。

从台湾小说五十年代到八十年代的四个群体的四次崛起看，小说的发展和社会的变迁有着直接关系。五十年代国民党刚刚退到台湾，失去天堂之痛正使他们在无可奈何中狂躁，"反共"八股小说便是在这种气候和土壤中产生的；六十年代台湾开始对外开放，大力吸收外资，发展加工出口业和旅游业，西方思潮涌进台湾，人口也流向西方。在这种思潮和人口的交叉对流中，台湾的现代派小说有了崛起的机缘。六十年代台湾的西化思潮，一方面形成了台湾开放型的自由气氛，伴以资本主义的掠夺和西方文化的侵袭；一方面严重伤害了农民的利益，使很多农业家庭失去了土地和劳力，从而严重亵渎了中华的文化传统。于是，以台湾籍青年知识分子为主体的"乡土派"作家群便以呼唤民族意识和乡土意识，以小人物代言人的身份崛起。到了八十年代，随着妇女地位的提高和台湾社会分工的变化，男人主理工，做生意开工厂赚钱；女人则主文，管理家政经营社会慈善事业。于是，青年女作家、女评论家便得以大显身手。并且随着信息时代的到来，台湾出现了小说和录影、录音相结合的现象，预示着文学在新形势下将更多、更紧密地和现代化的科技手段相结合的趋势。从观念上来看，现代科学的迅猛发展，人际交流的进一步频繁，必将打破过去的小集团、地域、宗亲等封闭型的意识残余，并使其逐步淡化，乃至消失。文学和小说创作将走向更开阔、更自由、更五彩缤纷的境界。在这条道路上，台湾小说自然不会落伍。

四　撰写本书的一些思考

六十多年的台湾小说史，走过了一条非常曲折坎坷的可歌可泣之路。在中国现代小说的总格局下，它是否像我国如今的许多经济特区一样，那里也是一个文学的特区。因为它是不同社会制度下，不同意识形态下的文学。正是由于它的特殊，因而它的文学具有不同于大陆文学的特殊经验。这种特殊的文学经验，构成中国文学的特殊部分，如果少了它，中国文学就不完整，就会呈现一种残缺状态。如今，台湾和大陆文学频繁地互相交流及琼瑶、三毛、高阳等人的作品屡屡在大陆上掀起热潮，阿城、汪曾祺诸人的作品在台湾自行风靡的事实说明，同一个民族，同一个国家而不同社会制度和意识形态下的作品，有着特殊的启发和借鉴作用。因而不管是为了完整地总结中国的小说创作经验、小说历史，还是为了当今海峡两岸小说的沟通和借鉴，系统地写出海峡两岸的文学史、小说史、新诗史都是非常必要的。

撰写《台湾小说发展史》和撰写《台湾新诗发展史》一样，有许多虽然棘手但却不能回避的问题摆在面前。比如对"乡土派"和"现代派"的评价；对一系列文学现象的概括和说明；对台湾众多作家的分析评价，有的要单独列章，有的单独设节，有的却只能在文学概述中一带而过；对文学社团和小说刊物的概括评价；对一大批台湾海外作家的定位分析，到底哪一些仍算台湾作家，哪一些已不属于台湾作家等问题，都必须慎重地作出回答。本人撰写这本书和撰写《台湾新诗发展史》一样，将不带任何框限，从文学出发，从小说出发，从每位作家的成就出发，从每一文学现象在当时的作用和影响出发，给予实事求是、公正不偏的概括和评断。绝不因政治因素和文学趣味的好恶使手中的文学天平倾斜。但是，文学的常识提醒人们，任何一部理论著作都必定贯穿作者的主体意识；任何一种尽管客观公允的评价中，都不会不打上作者理想和主张的烙印。所以，本人的这部著作也必然是经过本人思想和艺术界尺的丈量，其主观色彩是不可能避免的，也避免不得的。纯客观的评论是任何一个评论家都做不到的。所以评论家期待的不是所有的手都鼓掌，所有的人都喝彩，有一半喝彩，一半斥责也就不错了。尤其是对台湾某些作家的评论，似有牵一发动全身的效应。比如对琼瑶作品的评价，将会触发那些与琼瑶作品毫不相关的人们的悸动，比如对台湾文坛上争议最大的作家王文兴、李昂等人的评价，将会触发曾经相当激烈，但又已经平息了的论争思绪。对于这种不可避免的现象，本人只好一方面虚心地听取不同见解，一方面冷静地面对挑战。

小说的思想性和艺术性是不能截然分开的。我是一个思想和艺术两个至上论者，像诗人非马所说，"比写实更写实，比现代更现代"。思想和艺术两个至上并不违背事物的内在规律，而且完全符合事物的客观事实。因为思想和艺术虽然附着在一个作品上，但它们代表着事物的不同特性、不同侧面、不同的质。它们有各自的体现方式和形态，它们均是在和别的事物比较中显出高下，并不是在自身的相较中判断高低。一部描写反对崇洋媚外主题的小说，它的思想容量大小和强弱，是在和同类题材、主题作品的比较中得出的。同样的，某部作品艺术水平的高下，也是在与其他作品比较中显现的。即使批评家看过作品并不马上与其他作品相比较，就能很快产生思想和艺术高下的看法，但那也是经过长期积累、脑子里储存了许多例子积淀形成的判断标准起作用的原因，并不是当时阅读的那篇作品自身相比较的结果，因为主体只能和客体产生比较效应。虽然这样的现象是有的，某篇小说在某种历史环境中，思想内容曾影响了许多人，但艺术上却并不很成熟。这是思想和艺术的不平衡现象。遇到这种情况，思想和艺术评价的不平衡现象也会出现，但这种现象不会比比皆是。思想和艺术在一部作品中，就像思想和风度在一个人体上一样，既可要求他表现出第一流的风度，也可要求他具有第一流的思想。

第一编

台湾小说的萌芽期

第一章
台湾小说诞生的背景

第一节　台湾小说诞生的历史背景

台湾居住着两个主要民族，一是高山族；一是汉族，即大陆移民。中国有文字记载最早的移民是汉朝的三国时期，即公元 230 年。据陈寿的《三国志·孙权传》载：吴主孙权遣将军卫温、诸葛直率军万人至夷洲（今台湾）。三国时吴人沈莹著《临海水土志》说："夷洲……土地无雪霜，草木不死，四面是山，众山夷所居。……此夷各号为王，分画土地人民，各自别异。人皆髡头穿耳，女人不穿耳。作居室，种荆为蕃鄣。土地饶沃，既生五谷，又多鱼肉。……能作细布，亦作斑布，刻画其内，有文章以为饰好也。其他亦出铜铁，惟用鹿觡矛以战斗耳。磨砺青石以作矢、镞、刀、斧、环贯、珠珰。"这一记载表明，一方面台湾的高山族当时手工业已相当发达，刺绣、纺织都相当精美；另一方面还保持原始社会后期的生产方式。书中还描述了高山族同胞好格斗的剽悍性格。三国至今已有一千五百多年的历史，台湾的高山族同胞仍然处于吴人沈莹所描绘的境界。可见在封闭型的社会状态下，历史行进之缓慢。

中国最早在台湾设置行政区划是 1225 年，即南宋宝庆元年。那时台湾划归福建省泉州管辖。据赵汝适著《诸蕃志》记载："泉（州）有海岛，曰彭湖（即澎湖），隶晋江县。"1620 年，明朝政府在公文上正式使用"台湾"之名。1662 年，即清康熙元年，郑成功收复台湾。郑成功致侵台荷兰总督揆一的《谕降书》云："台湾者中国之土地也，久为贵国所据。今余既来索，则地当归我，珍瑶不急之物，悉听尔归。若执事不听，可揭红旗请战，余亦立马以观，毋游移而不决也。生死之权，在余掌中，见机而作，不俟终日。唯执事图之！"郑成功驱荷复台后，在台湾设置一府（承天府，今台南市）两县（天兴、万年，即今之嘉义、凤山），另设安抚司于澎湖。因郑成功是福建省泉州安平镇人，便改热兰遮堡为安平镇。1885 年台湾脱离福建省，成为台湾省。1888 年，即清光绪十四年，重划台湾行政区，设三府一州三厅十一县。改前台湾府为台南府，移台湾府至今日的台中市。1894 年，即清光绪二十年，台湾省会移至台北市。

1895 年甲午战争失败，该年 4 月 17 日清朝直隶总督兼北洋大臣李鸿章在东京与日本总理大臣伊藤博文签订《马关条约》，将台湾、澎湖割让给日本。消息传开，举国愤怒。台湾更是天昏地暗，全省顿哭。台北群众鸣锣罢市，万民请愿，宁死不属寇。地方爱国名流丘逢甲等写血书上陈清廷："割地议和，全台震骇！……臣等桑梓之地，义与存亡。愿与抚臣誓死守御。设战而不胜，请俟臣等死后，再言割地。"台湾民众发表檄文声讨李鸿章等："台民与李鸿章、孙毓文（刑部尚书）、徐用仪（吏部侍郎）不共戴天。无论其本身，其子孙，其伯叔兄弟子侄，遇之船车于道中，客栈衙署之内，我台民出一丁，各怀手枪一杆，快刀一柄，登时悉数歼除，以谢天地祖宗……以为天下万世无廉耻卖国固位得罪天地祖宗之惊戒。"5 月 25 日，为抗击日寇入侵，丘逢甲等出面议创"台湾民主国"。公布《自主宣言》，《宣言》说："日本要索台湾，竟有割台之款。事出意外，闻信之日，绅民愤恨，哭声震天……今已无天可吁，无人肯援，台民惟有自主，推拥贤者，权摄台政；事平之后，当再请命中朝，作何办理。倘日本具有天良，不忍相强，台民亦愿顾全和局，与以利益。惟台湾土地政令非他人所能干预。设以干戈从事，台民惟集万众御之，愿人人战死而失台，决不愿拱手而让台。"可惜，寡不敌众。6 月 8 日日寇入侵台北，抗法名将、黑旗军领袖、"台湾民主国大将军"刘永福与台湾官民歃血立盟向世人宣告：不要钱、不要官、不要命，甘苦相共，勠力同心，共守危疆。并发布抗日告示，与日本入侵者进行了殊死搏斗，使日军受到沉重打击。侵台日军主力近卫师团第二旅团旅团长能久中将被击成重伤后死于台南，使日本侵略计划受阻。

但因物资严重缺乏，刘永福多次内渡求援，清廷下令"严禁资台"，造成"抗日军民饷械粮秣俱绝，枵腹迎战，凭血肉之躯与敌死搏"。黑旗军官兵死伤累累，终于失败。日军用了五个月的时间，伤亡兵力三万人，才将台湾占据。日本占据台湾初期，台湾同胞纷纷举行大小武装起义，使入侵者如坐火山。

在七年武装抗日的时间里，台湾同胞自发组织的起义就达百余次，正像台湾农民武装抗日领袖之一简大狮英勇就义时所说："自台湾归日，大小官员内渡一空，无一人敢出首创义举，唯我一介小民，犹能聚众万余，血战百次，自谓无负于清。……愿生为大清之民，死为大清之鬼。"武装抗日年代，台湾重要的武装起义，如 1907 年新竹的北埔起义；1912 年南投的林圮埔起义；1913 年的苗栗起义；1915 年的台南西来庵起义。其中苗栗起义，是在辛亥革命的直接影响下，由孙中山先生的同盟会派往台湾的会员罗福星领导的。他在台湾建立了革命组织——中国革命党台湾支部，在台北、基隆、台南、桃园等地发展组织，成员达九万五千余人。失败后，千人被捕，二十余人遭杀害。罗福星就义时年仅二十九岁。1915 年 7 月由抗日志士余清芳、江定和罗俊领导的西来庵武装起义，震惊中外。他们以台南县的西来庵为根据地，以"吃菜教"为掩护，建立抗日组织，培训骨干，组织起义。他们向全体台湾同胞发布告示，号召他们："奋勇争先，尽忠报国，恢复台湾。"参加者十分踊跃，遍及台湾北、中、南全岛。但因机密泄露，数千人临时举义，直逼噍吧年日警察支厅，血战数昼夜。日寇借此杀害了数万无辜群众，余清芳等大批抗日义士被处死刑。此事又称"噍吧年事件"。台湾总督府法院检察官上内恒三郎所著《台湾刑事司法政策论》中称："西来庵事件"被判刑的一千九百余人中，"死刑者过千人，为世界裁判史上未曾有之大事件"。可见日寇在台湾犯下的滔天罪行。

"西来庵事件"之后，台湾同胞的武装抗日被镇压了下去。从此台湾由武装抗日，转入了非武装抗日时期。非武装抗日的基本特点，是在合法的形式下，以文化和文学作为基本武器和手段，对敌人进行揭露和打击，对人民进行鼓励和抚慰。1911 年 4 月下旬，梁启超访台，与台湾名流交谈。

他分析了台湾的政治形势，认为武装抗日牺牲惨重而获胜希望甚微。他建议林献堂等将武装斗争转入非武装斗争，广结日本进步人士，争取台湾自治，争取人权。

台湾的非武装抗日以台湾的青年知识分子，尤其是在日本的台湾留学生为先导。1920 年前后在东京和大陆的台湾学生互相声援，共赴国难，共同组织了"声应会"。在五四运动的直接影响下，台湾留日学生又组织了"新民会"并仿照《新青年》在东京创办《台湾青年》，发起"台湾青年会"。之后又把《台湾青年》改刊为《台湾》《台湾民报》和《台湾新民报》。他们把抗日活动逐步由日本转向台湾岛内。《台湾民报》于 1927 年 8 月由日本东京迁到台湾印刷发行。1921 年由林献堂和蒋渭水等领导的资产阶级民族主义文化启蒙团体"台湾文化协会"在台北成立。这是台湾新文化史上一个十分重要的，具有抗日民族色彩的文化社团。在它的影响下，台湾各地的文化社团纷纷建立。

与此同时，旅居大陆的台湾青年知识分子，在北京、福建、广州、南京等地纷纷建立"台湾同学会""台湾同乡会"等。北京的"北京台湾青年会"还聘请蔡元培、梁启超、胡适等为名誉会员。台湾的新文学，台湾的小说，就是在这种由武装抗日转入非武装抗日，在政治、文化抗日日趋高涨的形势下，在历史和时代的呼唤声中，在人民和土地的渴盼与期望中，作为人民的心声、抗日的武器、时代的宠儿诞生了。因而从它诞生的那一天起，便承载着神圣而伟大的历史和文学使命。

第二节　台湾小说诞生的文学背景

台湾岛基本上是个移民岛。一千九百余万人口[1]中的百分之九十八左右为不同历史时期的大陆移民。因而台湾文化，无疑是中国文化的不可分割的一部分；台湾文学自然是中国文学不可分割的支脉。这些移民要么是

---

[1]　这是该书 1989 年出版时的数据。据台湾"内政部"2022 年 5 月 10 日公布的人口统计资料数据显示，台湾人口总数为 2321.5 万人。——编者注

在大陆生活贫困，无以为继，赴台寻找生路，而又基本上都是文盲；要么是吃粮当兵，他们大都是被官方征调或抓派赴台的农民，一般也都与文化无缘；要么是商贩大贾，他们是赴台做生意发财的，一般文化水平也不高。大陆往台湾的移民中只有少数代表官方的士大夫知识分子有文化，但却是"飞鸽牌"。他们要么是来台湾游山玩水的，待满足或厌倦后，便返回故乡；要么是被派遣而无可奈何至台的，待熬满了任期便从这荒蛮之地溜之大吉。因而台湾的文化和文学在一个相当长时间内，几乎是士大夫的专利，基本上没有和下层的劳动人民结缘。而文学样式也都和他们作者的身份相称，大体停留在诗词和游记两个方面。当然也有少量的相当于报告文学和小说之间的写实作品。文学被士大夫长期垄断的另一个弊端是，文学和泥土结合、乡土化的进程十分缓慢。即使到了清朝末期，台湾的旧文学比较发达的时期，也只是从老一代的士大夫手里转入新一代的士大夫手里；也仅仅表现为旧诗词的繁荣。据杨云萍的《台湾历史上的人物》一书记载，台湾的第一位诗人是沈光文。他是明朝遗老，因不愿作清朝的顺民，1662 年漂泊至台湾。他原是明朝的太仆寺卿，到台湾后受到郑成功的礼遇，与季麒光等十三人组织台湾第一个诗社——"东吟诗社"。他的诗友季麒光称赞说："从来台湾无人也，斯庵来而始有人矣；台湾无文也，斯庵来始而有文矣！"台湾的第一本散文集是《裨海纪游》。它的作者是台湾的第一个散文作家郁永河。郁永河是清朝康熙年间的福建省地方官员，受命到台湾采硫黄制炸药，于 1697 年渡海去台，在台湾奉行公务和游览中有所感触，写下了游记散文《裨海纪游》。台湾的第一本介于报告文学和写实小说之间的作品是《台湾外记》，其作者为江日昇。这部作品详细记述和描写了郑成功之父郑之龙以下四代兴衰绝续的事迹。叶石涛认为，《台湾外记》"不能视为正史。由于江日昇过分润色史实，往往有失真之处。然而，以明郑的传记文献而言，首尾一贯，颇有价值。其实，《台湾外记》为一本历史小说兼有报导文学之体裁，其文学精神和写作风格，应该说为台湾文学树立了一个风范。"[1]

---

[1]　叶石涛：《台湾文学史纲》，（台）文学界杂志 1982 年版，第 5 页。

台湾旧文学的根基比较薄弱，尤其是叙述型的小说，在台湾旧文学中还没有诞生。因而台湾没有古典小说的历史，一部现代小说史，就是台湾小说的全部历史。这种情况，一方面使台湾的小说在面世时没有一个除旧布新的挣扎和阵痛，从而也减少了旧的羁绊和阻力。它自诞生，便没有经历半白半文的过渡阶段。另一方面，台湾小说势必诞生在中国小说的母腹中，成长在台湾这一片荒芜的处女地。我们说，它的诞生和台湾当时的社会背景有着直接关系。其一，在日本帝国主义的奴役下，小说的表现形式受到严酷的限制，台湾的第一篇小说是用日文写成的。其二，由于人民的集体意识受到严重压抑和摧残，小说的诞生是以咆哮和呐喊的声音向世界报到的。台湾第一篇小说的内容和五四新思想应和，这说明台湾小说不仅诞生在中国小说传统的母体内，而且受到五四新文学的深刻影响。

第二章
台湾小说的摇篮——《台湾民报》

第一节 《台湾民报》的诞生

　　《台湾民报》是随着台湾总的抗日形势的发展和方式的转变，即由武装抗日转入非武装抗日，在非武装抗日团体纷纷建立，人民需要大声说话的情况下诞生的。1919 年，大陆发生了震撼世界、关系着中华民族命运、标志着中国社会性质变革的五四运动。当时武装斗争被残酷地镇压下去，成千成万的台湾同胞在日本人的刺刀下，倒在血泊中。台湾同胞正处于痛苦、彷徨、苦闷和反思中，五四运动的号角将他们唤醒。于是以唤起全体台湾同胞民族意识的觉醒，制造舆论争取国际同情，大声呐喊求得祖国人民援助和支持为内容的，以文学为主要武器和方式的非武装抗日运动蓬勃兴起。继 1919 年秋天大陆留日学生马伯援、吴有容、刘木琳和台湾留日学生蔡惠如、林呈禄、蔡培火等在日本东京共同发起组织"声应会"之后，1920 年，蔡惠如、林献堂等又在东京发起成立了"新民会"。《台湾民报》的前身《台湾青年》便作为"新民会"的机关刊物于同年 7 月 16 日在东京诞生了。创刊号上发表了创刊宣言，作为卷头语的宣言写道：

　　　　空前而且可能是绝后的世界大战乱，已经成为过去的历史了。几千万的生灵，为了战乱而流血，为了战乱而化为枯骨，何等的惨绝！还有比这种不幸来得更大吗？

　　　　……吾人深思熟虑的结果，终于这样觉醒了。即广泛地侧耳听取内外的言论，应该摄取的，则细大不漏地摄取，作为自己的营养分。而且把所养得的力量，尽情向外放注。这正是吾人的理

想，也是吾人所迈进的目标。我所敬爱的青年同胞们！一起站起
来！一起前进吧！

这正是追求光明，追求自由，反对强暴，讨伐黑暗的声音。宣言旨在
启发和开掘被压抑和蒙闷在黑暗中人们的觉悟和意志，以发起一个普遍的
民众运动，使新思想、新观念播种，开花。《台湾青年》共出版发行了十八
期，到1922年2月15日四卷二号止，改刊为《台湾》杂志。《台湾青年》
是个综合性的刊物，发表关于文学方面的文章只有四篇。即：陈炘的《文
学与职务》、甘文芳的《实社会与文学》、日本人小野村林藏宗的《现代文
艺的趋势》、陈瑞明的《日用文鼓吹论》。

为使刊物真正成为全台湾人民新文化运动和抗日民族运动的喉舌，《台
湾青年》1922年改刊为《台湾》杂志，扩大了版面，增加了内容。为更快、
更好地配合台湾的抗日民族运动，《台湾》杂志于1923年4月增刊《台湾
民报》，作为"台湾文化协会"的机关刊物。1923年10月，《台湾》杂志
停刊，《台湾民报》由增刊变为正式报纸，并由半月刊改为旬刊，此为《台
湾民报》诞生的经过。《台湾》杂志是台湾小说孕育和诞生的母腹，十九期
刊物共发表了三篇小说，第一篇是追风用日文写的《她要往何处去——致
苦恼的年轻姊妹们》，发表于1922年《台湾》杂志第三年第四至七号上。
第二篇是无知的《神秘的自制岛》，发表于1923年《台湾》杂志第四年第
三号上。第三篇是柳裳君的《犬羊祸》，发表于1923年第四年第七号上。
由此可证，《台湾民报》为台湾小说诞生的真正摇篮。《台湾》杂志除了完
成台湾小说的降生任务之外，还发表了一些在台湾文学史上相当有影响的
文学论著。例如：黄呈聪的《论普及白话文的新使命》、黄朝琴的《汉文改
革论》等。

第二节　《台湾民报》的发展和成长

为了适应台湾新的抗日形势之需，由新兴的台湾资产阶级民族主义知
识分子林献堂、蒋渭水等发起组织的"台湾文化协会"，于1921年10月在

台北市成立。主要成员有林献堂、蒋渭水、蔡培火、王敏川、洪元皇、林幼春、陈逢源、杨肇嘉、连温卿、李应章、林茂生、谢春木等。他们全是台湾资产阶级民主启蒙时期的活跃人物。他们中不少人当时就是台湾的留日学生，是台湾"新民会"等组织的发起者和组织者。台湾"新民会"的会长林献堂后来又成了"台湾文化协会"的会长。因此"台湾文化协会"的成立，正是台湾"新民会"的发展。既然如此，由台湾"新民会"的会刊《台湾》演变而来的《台湾民报》，无疑就成了"台湾文化协会"的喉舌。《台湾民报》原在日本东京创办和印行，为了更好地配合台湾岛内的抗日斗争，真正担当起台湾新文化和新文学运动摇篮的职责，及时反映台湾岛内的情况，于1927年7月由东京迁到台北。《台湾民报》自1923年4月15日创刊号起，便全部采用白话文，并辟文艺专栏。从《台湾民报》创刊，直到1932年，台湾始有数家文艺刊物发行。因而在这八年期间，台湾所有的文学作品和文学论著几乎全部都发表在该报的文艺专栏上。

　　《台湾民报》的诞生之日，正是祖国大陆新文学运动蓬勃发展之时，也正是文学研究会、创造社和太阳社等文学社团先后成立的时期。因而祖国大陆的新文学运动对《台湾民报》有重大影响。《台湾民报》创刊初期，便转载了胡适的《终身大事》《李超传》及他翻译的法国都德的作品《最后一课》，和鲁迅的《故乡》《狂人日记》《阿Q正传》，冰心的《超人》等。《台湾民报》承担了台湾新文学发展的重任。台湾白话文运动和台湾新旧文学的论战，均是在该报上发起和展开；张我军的一系列为台湾新文学奠基性的论著，都发表在该报上。《台湾民报》还发表了一些介绍祖国大陆文学的论著，例如：在上海读书的台湾青年许乃昌以"秀胡"的笔名写的《中国新文学运动的过去现在将来》、苏维霖（乡雨）的《二十年来的中国文学及文学革命的略述》等。《台湾民报》上发表的小说有：赵世经的《贤内助》，施文杞的《台娘悲史》，懒云（即赖和）的《斗闹热》《一杆"秤仔"》等。据统计，《台湾民报》自1927年8月1日迁台至1932年4月15日改为《台湾新民报》的整个五年期间，共发表台湾作家创作的小说有七十余篇。其中较有影响的作品除上述几篇之外，还有懒云的《不如意的过年》，守愚的《凶年不免于死亡》《疯女》《谁害了她》《一群失业的人》，秋桐的《夺标》等。《台湾民报》自 1930 年 8 月 2 日起增辟"曙光"新诗专栏，新诗的发表量剧增。

《台湾民报》改为《台湾新民报》之后，一直刊行到 1941 年 2 月，被迫更名为《兴南新闻》，1944 年 3 月合并为《台湾新生报》，共经历了四十余年的坎坷岁月。《台湾民报》对台湾抗日民族运动和新文学运动的伟大贡献，不属本书论述的范畴，仅从小说角度来看《台湾民报》的功绩，可归纳为以下几点：其一，它是台湾小说诞生的摇篮和襁褓；其二，经过新旧文学论战，为台湾小说的诞生和成长扫清了道路；其三，经过白话文论战和台湾话文论战，为台湾小说确立了语言规范，打通了表达的路径；其四，三十年代之前是台湾小说唯一的发表阵地，在艰难的环境中为台湾培养了一批有才干的小说作家；其五，它发表了胡适、鲁迅、郁达夫等人的不少作品，沟通了海峡两岸小说的交流；其六，介绍了祖国大陆的文学经验。

第三章
白话文运动和新旧文学论争

第一节　台湾的白话文运动

　　台湾的新文学运动和大陆的新文学运动一样，从一开始就是伴随着新文化运动，作为新文化运动的极重要的一翼展开的。台湾新文学史家陈少廷说："台湾新文学运动原来是台湾新文化运动的一部分。"[1] 台湾青年文学评论家高天生也说："由于这种特殊的历史背景，日据下台湾新文学运动，一开始即是文化启蒙运动的一环，它不仅是文学创作活动，同时还兼具文化改革、社会改造和民族自觉等运动的多种特质。"[2] 由于这一原因，台湾新文学运动伊始，就从新文化运动的中心课题之一的白话文运动发难。新文学运动的目的，在于创造从内容到形式都全新的文学，不仅要表现新生活、新思想，而且要用新技巧、新语言作载体。这些新内容、新形式之创造，尤以语言为当务之急。不解决语言问题就无法和人民相沟通，就谈不上将新思想传输给他们，赢得他们的拥护和支持；更不可能将新文学运动变成广泛的群众运动；进而也就无从实现更大的目标和理想，完成民族解放、民主自由等历史使命。因而新文学运动开始于白话文运动是历史和文学之必然。

　　《台湾民报》是台湾白话文运动的前沿阵地。《台湾青年》时期，即1922 年的元月，就发表了陈瑞明的《日用文鼓吹论》，作者悉数力陈文言文

---

[1]　陈少廷编撰：《台湾新文学运动简史》，台北：联经出版事业公司 1977 年版，第 7 页。

[2]　叶石涛、彭瑞金、宁冬扬等著，陈永兴编：《台湾文学的过去与未来》，台湾文艺杂志社 1985 年版，第 59 页。

的弊端。他认为，文言文不能充分表达思想；文言文既难学又不易普及，是形成文化阻滞的重要因素；墨守古文阻碍进取精神，是造成国民元气丧失之故。因而，"改革文学，以除此弊，俾可启民智。"这篇倡导白话文的文章用文言文来表达，证明作者是心有余而力不足。该报在《台湾》杂志期间，即1923年元月又发表了从大陆旅行归台的黄呈聪的《论普及白话文的新使命》和黄朝琴的《汉文改革论》，这两篇文章被誉为"台湾文学革命的先声"。黄呈聪的文章以他在大陆亲眼看到的大陆白话文运动的情况和体验来论述台湾必须进行白话文改革。他说："台湾文化之所以不进步的原因，就是因为没有一种普及的文体，可以使民众看书、看报、写信、写书。民众不晓得世界的事情，社会的黑暗面，民众变成愚昧，社会就不会进步。因此，普及白话文是很要紧的工作，是一个新的使命。""白话文是文化普及的急先锋，因此自今而后，我们要用这种最快速的方法来普及文化……因台湾的同胞学过汉文的人很多，并且喜爱看中国的白话小说，只要把这种精神引导去阅读中国新出版的各种科学及思想的书籍，便可以增长我们的见识。"[1] 黄朝琴的《汉文改革论》一文的特点是在力陈了汉文改革之必要和迫切之后，倡导以我作起，为普及白话文运动尽责。他提出了这样几种普及白话文的方法：一、对同胞不写日文信；二、以后写信全都用白话文；三、用白话文发表议论；四、自愿担任白话文讲习的教师等。这两篇文章成为台湾新文化和新文学运动的重要文献，它们对台湾新文化和新文学运动产生了重大影响；它们摆正了台湾新文化和新文学运动和祖国新文化、新文学运动结合的方向，为台湾新文化和新文学运动及诗和小说的发展解决了最重要的方法——语言表达问题。《台湾民报》从萌芽期就力倡白话文运动，直到后来的发展和成熟期都矢志不移。当它由《台湾》改为《台湾民报》时，更在增刊预告中公开宣示："用平易的汉文，或是用通俗白话，介绍世界的事情，批评时事，报导学界动态，内外经济，提倡文艺，指导社会，联络家庭与学校等，……与本志并行，启发台湾文化。"[2]

---

[1]《台湾新文学运动简史》，第13页。
[2]《台湾新文学运动简史》，第17页。

台湾的白话文运动虽然没有经过激烈的交锋和论争，但其开展的过程中也并非那么平静。因为提倡白话文和反对文言文，改造台湾语言三者是连在一起的。张我军在他的重要文学论著《新文学运动的意义》中明确地把"白话文学的建设，台湾语言的改造"两者连在一起。这种一提倡，二反对，三改造的使命，必然遇到阻力和抗拒。稍后的"台湾话语论争"便是这一运动的继续。

台湾的白话文运动的巨大功绩不仅在于它完成了文学语言的革新，而且在于它把台湾新文学创作纳入了整个中国新文学的格局中；不仅是解决了台湾新文学的表达工具，而且加浓了台湾文学的民族色彩，抗拒了入侵者的异化和诱惑；不仅在于文学自身的发展意义，而且在于为台湾的整个抗日民族运动锻炼了一支新文化的生力军和一批无畏的勇士。

第二节　台湾的新旧文学论争

任何事物的发展过程中，新和旧的互相排斥、斗争、胜利和灭亡，都是不可避免的。没有这种斗争，就没有发展，没有前进，也就没有世界。文学自然在这个总的规律制约之下。台湾新旧文学的斗争和大陆新旧文学斗争一样，自它诞生的那一天起，在它的全部生命旅程中，是不会熄灭，也不会停止的。只是表现出高一阵低一阵，时现时隐罢了。我们这里论述的并不是台湾新旧文学斗争的全部历史，只是想就台湾新文学诞生初期，对台湾小说的诞生和发展有着重要意义的新旧文学论战的片断做些叙述罢了。发生在台湾新文学诞生初期的新旧文学论战，概括起来有以下几个特点：

其一，台湾新旧文学论战是台湾文学内部规律使然。

由于台湾抗日斗争由武装转入非武装的形势，急切地呼唤着文学作为斗争的工具奔赴抗日主战场。这种时代的使命，是旧文学吟风弄月者所绝对担负不了的，唯有新文学才能完成。这既是台湾新文学产生的历史背景，也是台湾新旧文学发生论争的主要原因。台湾的新旧文学论争发生于1923年前后，持续了近十年之久，经历了多次交锋。1923年前后，台湾文坛被百余个旧诗社所把持，它们遍布台湾全岛，旧诗人们控制着《台湾日日新报》《台湾新闻报》《台南新报》等阵地，发表大量的酬唱应和与吟风弄月之作，无病呻吟，麻痹人们的斗志。为争夺阵地，进行生死较量，新文学以在北京读书的张我军为首，向旧诗人们发起猛烈攻击。他先后在《台湾民报》上发表了《致台湾青年的一封信》《糟糕的台湾文学界》《为台湾文学界一哭》《请合力拆下这座败草丛中的破旧殿堂》《绝无仅有的击钵吟的意义》等嬉笑怒骂、战斗力极强的文章，对台湾旧文学进行了致命的打击，论战形成高潮。旧文学阵营出场的有旧诗坛祭酒连雅堂和闷葫芦生、郑军我、蕉麓、黄彬客、一吟友等。新文学阵营列出的阵容有张我军、蔡孝乾、前非、懒云（赖和）等。论战伊始，新文学阵营就居于进攻的优势地位。论战的结果，以新文学阵营的胜利和旧文学阵营的覆灭而告终。

其二，台湾新旧文学论争是在大陆新旧文学论争的直接影响下发生。

台湾新旧文学论争开始之日，正是五四运动发生后的第五年。当时以鲁迅先生为首的文化新军发起的"打倒孔家店"的冲击波，强烈地震撼着台湾新知识分子们的心灵。尤其是在北京读书的台湾青年，受到巨大震动，因而他们也以鲁迅的精神去攻击台湾的旧文学。确切地说，台湾的新、旧文学论争就是从北京发起的。1924 年，正在北京读书的台湾青年张我军，向台湾旧文坛发了第一炮。他从北京寄往台湾的《致台湾青年的一封信》，发表在《台湾民报》第二卷第七期。该信说台湾旧文坛，为先人保存臭味，只在粪堆里滚来滚去，滚到千年百年，也只是滚一身粪。张我军的一系列战斗檄文式的文章，均是在北京写好寄往台湾的。张我军文章的嬉笑怒骂之风和大陆文化新军的文章如出一辙。

其三，台湾新旧文学论战的主战场是在诗歌阵地上。

台湾几乎没有旧小说，当时阻碍台湾新文学发展的是台湾百余个旧诗社，千百个旧诗人，加之台湾新文学诞生初期也以新诗为主，因而就决定了台湾新旧文学论战的内容主要是新诗、旧诗和新、旧诗人的交锋。不过主流之中也有支流，在这次论战中也涉及了小说。新文学阵营中的张梗在《台湾民报》第三卷第十七至二十三期发表了《讨论旧小说的改革运动》一文。张文指出，旧小说已经穷途末日了。一衣带水的大陆，早已有许多学者出来提倡改革，使大陆的小说面目一新，已非昔日可比了。唯独台湾，"我们依然还在承袭由老祖宗流传下来的方法。不，我这样说，还是有些过奖呢！平心而论，台湾哪里有小说可言呢？"张文认为，台湾的小说不过是大陆"流传下来的施公案、彭公案罢了。我想我们台湾人自视为文明人，又想立于二十世纪的世界上，为什么竟不讲求小说的发达呢？"[1]

其四，一面破坏一面建设。

台湾新文学阵营在猛烈攻击旧文坛，打破旧文坛的秩序的同时，他们也注意到了自身的理论和表达技巧的建设。张我军的一系列新诗论述都是台湾新诗理论建设中奠基性的文献。尤其是《绝无仅有的击钵吟的意义》和《诗体的解放》等文章，提出了情感即内容对诗的极端重要性；提出了人生观在创作中的重要意义；提出了新诗人应该重视表达技巧等文艺创作中的带有根本性的问题，并且进行了正确的论述。张我军的《新文学运动的意义》一文，是新文学建设的瑰宝。他在这篇文章中说："自去冬我引了文学革命军到台湾以来，在起初的三四个月间，虽然也引起了很大的反动，但那不过是几个旧文学的残垒的小卒出来骂阵的罢了。由此可以知道，台湾的旧派文学不值得一驳或一笑。于是我们第二步是建设了。胡先生（胡适）说，他们（旧文学）所以还能存在国中，正因为现在还没有一种真有价值，真有生气，真可算作文学的新文学起来代替他们的位置。有了这种真文学和活文学，那些假文学和死文学自然就会消灭了。所以我们希望提倡文学革命的人，对于那些腐败文学，个个都该存一个彼可取而代之的心理，个个都该从建设一方面努力，要在三五十年内替中国创造出一派新中国的活文学。"张我军从大陆新文学运动中学到了一面革命、一面建设的宝贵经验，并把这种经验及时贯彻到台湾的新文学运动中，而且身体力行创作了台湾新诗发展史上的第一部诗集《乱都之恋》。张我军这种远见卓识和脚踏实地的精神，成了台湾新文学的光辉榜样和精神指南。

---

[1]《台湾新文学运动简史》，第27—28页。

第四章
台湾小说的诞生

第一节　台湾的第一篇小说《她要往何处去——给
苦恼的姊妹们》及作者追风

　　由于日本帝国主义的入侵和占领，台湾的第一组诗和第一篇小说，都是用日文写成的；由于台湾新文学初期的作家和诗人基本上都既写诗也写小说，所以台湾的第一组诗《诗的模仿》和第一篇小说《她要往何处去——给苦恼的姊妹们》同出于一个作家追风之手。追风一人同时为台湾的新诗和小说打下第一块基石，开出第一眼泉水，踏出第一截小路，拓出第一块处女地。不管作品质量如何，其贡献和功绩都是不朽的。尽管台湾的新诗和小说后来都发展成了汹涌澎湃、滚滚千里的大江，但那源头最早冒出的第一滴泉水，也不会失去其伟大的意义。

　　追风，原名谢春木，1902 年生，台湾省彰化县二林人。日本东京高等师范学校毕业，是台湾早期的资产阶级民族主义启蒙运动的骨干人物之一。1927 年曾与蒋渭水、蔡培火等人在台湾组织台湾民众党，曾任《台湾民报》主笔。台湾光复后赴日，后下落不明。他创作的台湾第一篇小说《她要往何处去——给苦恼的姊妹们》，完稿于 1922 年 5 月 21 日至 23 日，发表于《台湾民报》的前身《台湾》杂志 1922 年七至十月出版的第三年第四号至第七号上。

　　这篇小说以第三人称的有限全知观点，叙述了一个较为复杂的爱情故事，表现了较强的反封建主题。台湾姑娘阿莲与台湾留日学生清风相爱，但清风的家长却背着清风通过媒妁之言为清风另找了一个台湾姑娘桂花，桂花单方面深深地爱着清风，而桂花的表哥草池也是留日学生，他却暗地里对桂花怀有好感。正当阿莲幻想着与清风结婚后夫妻抱着胖娃在湖上泛舟之时，获知清风和桂花订婚之事；正当桂花陶醉在为清风编织毛衣并为他在日本穿上的梦幻时，却收到了清风寄来的解除婚约的请求信。最后桂花与表哥双双东渡日本留学。作品突出地批判了不合理的社会制度和封建包办婚姻给青年男女造成的不幸和痛苦。作为台湾小说史上的处女作，这篇作品十分注意人物性格的刻画。阿莲和桂花同是追求着美好爱情的少女，她们一个遇到了心上人与别的姑娘有婚约，一个遇上了心上人要和自己解除婚约，处境和遭遇有着共同之处。但是她们的处事态度却不一样。当阿莲与清风在皓月当空下看到了桂花的苦闷情态时，从内心里产生了同情，于是对清风说："看到那寂寞的样子，我真受不了。求求你，跟桂花结婚吧。桂花太可怜啦。"而当桂花接到了清风解除婚约的信时，却是"她的面孔渐渐转青，读完就晕倒了"。从这种描写中可以清楚地看出，两个少女性格迥然不同。这篇作品还注意到了对人物心灵的揭示，如对阿莲在居室中暗暗思念清风从日本回来时那种悸动心灵的描写和桂花给清风打毛衣时的复杂心理活动的描写都相当真实。作品虽然是日语翻译成中文的，但语言的运用还是有一定特色。例如，作者叙述语言中"她此刻坐在房间里的椅子上，正在用一场绮梦编织着清风的内衣"，既表现了桂花当时幸福朦胧的心境，又暗示了这梦境般的幸福的悲剧后果。当然，作为台湾小说史上的处女作，不可避免地存在着艺术上的瑕疵。作者借用主人公之口宣泄自己政治主张的色彩过浓，有时显得过于生硬。例如桂花说："像现在这一刻，整个台湾必定有几个在痛哭流涕的。所以我们要以先知先觉自认，代替她们想出救赎的办法才好，这也是我们的义务。我们必须为台湾的妇女点燃起改革的火焰。时机到了。让我们为被虐待的台湾妇女，努力读书吧！"显然，这里充满说教意味。此外，作品中也有松散和枝蔓之处。尽管这篇小说还存在着许多不足，但作为一部小说史上的处女作，我们还是要充分肯定它的成功。

第二节　台湾小说萌芽期的其他作家和作品

台湾小说的萌芽期，除了追风的第一篇小说《她要往何处去——给苦恼的姊妹们》外，还有四篇作品：无知的《神秘的自制岛》、柳裳君的《犬羊祸》、施文杞的《台娘悲史》和鹭江 TS 的《家庭怨》。

无知的《神秘的自制岛》，是以第一人称，用寓言的形式写成的很精练的作品。小说中的主人公——我，一天喝了几杯薄酒，便晕晕进入醉乡，来到了这个神秘的自制岛。这个岛上的居民，一个个项上都戴着枷，但却毫无痛苦之色，而且颇引以自豪。主人公在疑惑不解中，遇到了自制岛上的绅士，他以高傲的态度向主人公讲述了岛民们项上那枷的特殊功能和岛民们能有此种待遇，来之不易，得之荣幸。这位绅士道："这个法物变化无穷，其中的奥妙，连我也未能尽悉。但略举数端，已算是世界上独一无二之宝。第一呢，是使人饥了不想食饭，寒了不想穿衣。第二呢，是使人劳不知疲，辱不知耻。第三呢，是使人不必要什么新学问，不得感受新思潮……"但也奇怪，臣民们都一个个带着这玩意儿，而传授此宝的数万名黄巾力士法师们却都不戴这枷，据说是上帝的独赐之物。这个神秘的自制岛不在天上，不在仙界，就是台湾。那数万名黄巾力士法师也并不是玉皇大帝派来的天兵天将，而是日本入侵者。作品中有这样几句话："我们经历了二十余年的训练，祖师才赐了这个护身的法物，向来的祖师虽也曾赐过法物，但还是木制的，不甚坚牢，现在这位祖师，道力通天，才把木制的尽变成金属的，这不是万韧不坏的法物么？"该作品问世时，日本已占领台湾二十多年，统治极其严酷，所以把木制法物变成铁制法物的祖师正是日本鬼子。作者以寓言的方式一方面揭露了日本帝国主义残暴镇压台湾人民的罪行，另一方面以怒其不争的心情善意地嘲讽了岛民们的愚昧和不觉悟，主题思想十分突出。作者署名"无知"更增加了作品的反讽意味。小说以寓言表达，可能是为了避祸，稍障敌人眼目。

施文杞用中文创作的寓言小说《台娘悲史》，也是一篇政治性小说。作品描写横暴的日猛看上了美丽的台娘，非要将台娘纳妾，就威逼台娘的父亲大华就范。日猛施用了各种阴谋毒计，最后终于将台娘搞到了手。于是聪明美丽的台娘便"不幸坠入了暗无天日的人间地狱里，受万般苦楚，整日痛伤心，都是无可告人。唉！台娘之不幸，作者的泪痕。"柳裳君的小说《犬羊祸》采用章回体的形式，以讽刺的笔调刻画了台湾绅士的汉奸嘴脸。不过，据说这篇小说所依据的素材资料不实，影响了作品的真实性。

台湾小说萌芽期的作品，大都是政治性讽刺小说，或政治性很强的作品，其锋芒一般也都是指向日本帝国主义的。这些作品与当时的抗日形势和民族解放运动紧密配合，对启发民智和呼唤台胞的觉醒，有一定作用。

台湾萌芽期的小说，虽然还不免带着刚刚脱壳时的稚嫩和青涩，艺术上还比较粗糙，但却也有初生牛犊不怕虎的朝气；虽然有的作品还沿用旧章回小说的形式，语言上也还残存着旧小说的某些痕迹，但其呈现的内容和主题却是全新的；虽然作品只有五篇，数量不算多，但却已形成小小的作家群落；虽然作为艺术品还有待雕琢，但作为源头，它却是奔腾万里的江河之母。

第二编

台湾小说的初步发展期

第一章
社会和文学概况

台湾小说的萌芽期，是以各种可能的方法和手段呼唤民众的觉醒，引导他们投入以抗日为中心的民族解放运动。但到了1925年前后，革命阵营内部除了一致对外的民族矛盾外，阶级矛盾即资产阶级、地主阶级和农民的矛盾显露了出来。1921年10月成立的以林献堂为首的台湾文化协会未能顾及农民的利益，内部代表资产阶级和地主阶级利益的右翼和倾向于农民利益的左翼发生分裂。1927年进行了改组，领导权由代表左翼势力的连温卿控制。由于日本占领者对台湾农民的盘剥和压榨日益加剧，台湾地主阶级对农民的剥削也有增无减，台湾农民日益赤贫化。他们如干柴烈火，胸中酝酿着突起的风暴。1925年10月22日，彰化县二林的蔗农，爆发了抗议日本"制糖会社"残酷盘剥的起义。起义农民与日本警察发生了冲突。日本帝国主义派出百余警察进行镇压，被捕者达十余人，被称为"二林事件"。著名作家赖和当天便写诗给予声援。诗的题目是《觉悟的牺牲——寄二林战友》，诗中写道：

> 觉悟下的牺牲，
> 觉悟地提供了牺牲，
> 唉！这是多么难能！
> 他们诚实地接受，
> 使这不用报酬的牺牲，
> 转得有多大的光荣。

这次农民起义虽然付出了代价，但也结出了果实，产生了由农民领导的、以农民为主体的抗日组织"台湾农民组合"。1926年6月在凤山召开了

"台湾农民组合"筹备委员会，同年12月，台湾农民组合举行第一届大会，建立和健全领导机构，公推黄信国为委员长，著名作家杨逵当选为中央委员。这一年的七月，蒋渭水等人宣告脱离"台湾文化协会"，另组"台湾民众党"，作为台湾新兴资产阶级左翼利益的代表，跻身于台湾政治舞台。这个时期是台湾各种势力重新分化和组合的活跃期。经过前一段的革命实践，各种政治势力之间原来潜伏的矛盾逐渐暴露，而新的矛盾又不断产生，因而这种分化和重新组合是必然现象。这个时期台湾的新文学运动，在《台湾民报》的推动下，也有了很大的发展。1925年3月由杨云萍和江梦笔创办的台湾第一个白话文文艺杂志《人人》创刊。虽然，它只印行了两期而夭折，但它是台湾文学天宇上升起的第一颗刊物之星，它的闪光为后来的台湾文学刊物照亮了道路。这个刊物寿命虽短，但却发表了台湾新文学初期的重要作品，创刊号发表了杨云萍的小说《罪与罚》，第二期发表了张我军的新诗《乱都之恋》。《台湾民报》1923年4月15日辟文艺专栏，开始大量发表文学作品，台湾小说的创作，很快进入旺期。数量上和质量上，均非萌芽期能比。这个时期登上台湾文坛的小说作家有：赖和、杨守愚、杨云萍、一村、秋生、梦华、蔡秋桐、张我军、翔、陈虚谷、朱点人、林克夫等。这个时期出现的重要小说作品有：赖和的《斗闹热》《一杆"秤仔"》，张我军的《彩票》《白太太的哀史》，杨守愚的《猎兔》《凶年不免于死亡》《疯女》《谁害了她》《一群失业的人》，杨云萍的《光临》《兄弟》《黄昏的蔗园》，蔡秋桐的《夺标》，陈虚谷的《无处申冤》，朱点人的《岛都》等。

　　这个时期的作品突出地体现了台湾文学反帝、反封建的思想主题。日本帝国主义残酷压迫下农民的痛苦生活；台湾同胞与日本占领者不可调和的矛盾；农民受到封建地主的残酷剥削，以及资本家对工人的残酷剥削所引起的劳动者和剥削者之间的阶级矛盾；封建旧礼教束缚下的青年男女追求婚姻自由的斗争精神；日本帝国主义给台湾社会造成的种种不幸和黑暗等，在小说中都有所表现。这个时期的小说和萌芽期不同，大量的揭露和鞭笞敌人罪行的作品面世。这显示台湾人民与占领者的斗争，已由普遍的号召进入了具体的战斗阶段，进入了用文艺的武器给敌人以杀伤和打击阶段。虽然这些作品还没有以理想的色彩为台湾同胞规划出斗争的远景和蓝图，但比起萌芽期的作品，无疑是向前大大地发展了一步。尤其是伟大的战士和作家，台湾文学的奠基者赖和的出现，标志着台湾小说创作进入了一个新阶段。

第二章
"台湾的鲁迅"——赖和

第一节 伟大的民族主义者

赖和，原名赖河，字懒云，人称"和仔先"。笔名甫三、安都生、灰、走街先。1894年4月24日出生于台湾省彰化县。赖和出生的第二年便是甲午中日战争战败，台湾被割让，因此赖和与台湾同命运，他一降生便和台湾一起被迫离开了祖国母亲，成了日本的殖民。

赖和的降生虽然不幸，但也正因为这巨大的灾难，将赖和锻炼成了伟大的爱国者、文学家和名医。赖和出生在一个贫穷的百姓家。由于祖父好赌，家业早年败落，全家过着清贫的生活。1909年，即赖和十六岁那年入台湾医学校，连预科共读了五年。1914年毕业，次年结婚，1916年在彰化开设赖和医院。赖和行医，一方面救死扶伤，一方面资助革命，扶贫济困。杨云萍先生在《追忆赖和》一文中说："他每天所看的病人，都在百人以上，然而，先生的身后，却留下万余元的债务。他的生活是那么样的简朴。据说一张处方，还收不到四十元钱。"杨逵先生在《忆赖和先生》一文中说："有些病人请赖医师赊下药钱。但对于看来根本不可能还钱的病人，是连账都不记的。"1917年五四运动爆发的前两年，赖和渡过海峡来到福建厦门，在厦门博爱医院当了两年医生，虽然工作上不得志，但思想上却受到了"五四"风暴的洗礼。他在《归去来》一诗中写道："此行未是平生志，浪说班生似得仙。"后来，赖和返回台湾，一面行医，一面创作；一面治疗人们的生理疾病，一面参加抗日活动，诊治着社会疾病。1921年以林献堂和蒋渭水等为代表的台湾资产阶级抗日民族启蒙组织"台湾文化协会"成立, 赖和成为该组织的成员, 并被选为理事。1925 年彰化 "二林事件" 爆发, 赖和当天写诗声援。1925 年 3 月孙中山先生逝世, 赖和为其写下挽联: "中华革命虽告成功, 依然同室操戈, 统一雄心伤未达; 东西联盟不能实现, 长使天骄跋扈, 九泉遗恨定难消。" 在日本帝国主义的残暴统治下, 任何一个革命者都难免系狱之苦。赖和曾被日本帝国主义逮捕两次, 最后折磨致病而死。第一次是 1923 年 12 月, 日本人以 "治安警察法庭犯事件", 将赖和、蒋渭水、蔡惠如等四十一人逮捕入狱, 次年获释。第二次是 1941 年 12 月日寇以 "思想问题" 将他逮捕, 在狱中对他进行了百般折磨, 使赖和的身心受到严重摧残。赖和在《狱中日记》中对日本人非人的监狱折磨进行了揭露。他写道: "门锁上, 心里恐喉渴, 不能自由饮水, 便溺亦不便利, 屡想愈不能眠, 血液愈奔集脑际, 血 (压) 在高起, 溺尿多, 喉屡觉到干渴, 要恳求屡为开锁, 恐于其怒, 只有强忍。" 由于监狱的折磨使赖和患了严重的心脏病, 次年一月取保获释, 1943 年 1 月便与世长辞。赖和死后, 乡人盈街痛哭, 送葬人群络绎不绝。人们称他为 "彰化妈祖" ——仙医。患者把他墓地的草当作仙药采撷治病。赖和一生最为人们赞誉的是三件事: 一是他为了证明自己是清国臣民, 不臣服日寇, 坚持不剪辫子。据说赖和直到小学毕业, 头上还留着一条长长的发辫; 二是绝不用日文写作, 一生坚持用中文创作, 这在日据时期的台湾文坛上还是不多的; 三是任《台湾民报》文艺栏主编和《南音》杂志编委时, 为台湾文坛培养了一批作家, 因而被称为 "台湾文学之父"。

赖和是个文坛多面手。他既是诗人, 也是小说家, 又是散文家。赖和的创作始于二十年代初, 从 1925 年到 1927 年, 他先后发表了新诗《觉悟的牺牲》和小说《斗闹热》《一杆 "秤仔"》。他的创作盛期是和台湾新文学运动的盛期相并行的, 集中在三十年代。他的新诗作品感情炽烈, 锋芒犀利, 属于风暴型的作品。其主要诗作有:《流离曲》《生与死》《新乐府》《农民谣》《灭亡》《南国哀歌》《思儿》《低气压的山顶》《相思歌》《呆团仔》等。他的小说作品除前面提到的还有:《不如意的过年》《前进》《蛇先生》《雕古董》《棋盘边》《辱?!》《浪漫外纪》《可怜她死了》《归家》

《惹事》《丰作》《善讼人的故事》《一个同志的批信》《赴了春宴回来》等。

第二节　社会改革运动的"喇叭手"

赖和是个伟大的现实主义作家，他的创作动机十分清楚，使命感非常强烈。那便是"忠忠实实地替被压迫民众去叫唤"，以"民众的先锋、社会改造运动的喇叭手"自誉，鼓起最大的勇气，用自己全身的力气，去"嘹亮地吹奏激励民众前进的进行曲"。赖和生长和创作的年代，正是台湾民族矛盾高涨、阶级矛盾尖锐、天怨人怒、官逼民反的年代。台湾人民当时面临的两种敌人、双重矛盾，又有主次和主仆之分。日本帝国主义是压榨和残害台湾同胞的罪魁祸首，是台湾同胞不幸命运和一切灾难的总根源。而依附于它的一些官商、地头蛇，扮演着狗腿和打手的角色。因而当时台湾人民的反抗，除了打击主要敌人——日本占领者之外，还要对他们的走狗和打手进行揭露。日本帝国主义当时面对决不屈服的数百万台湾同胞，除了以大规模的军事围剿来镇压之外，还动用地方警察维持日常统治。因而日本警察便成了台湾老百姓最为痛恨和直接抨击的对象。赖和小说对日本帝国主义的反抗，就主要是通过对日本警察的揭露和抨击进行的。《一杆"秤仔"》描写了忠厚老实的台湾农民秦得参贩卖青菜的故事。一天，日本警察要买他的菜，秦得参开始要无偿奉送以免惹来是非，而日本警察却装模作样要过秤。忠厚老实的秦得参，有意将两斤说成是一斤十四两，日本警察不但没有好感，反而恼羞成怒地说："秤仔不好罢？两斤就两斤，何须打扣？"于是将他借来的秤"咔嚓"一折两段，并将他带到警察局以"违犯度量衡规则"罪监禁三天。秦得参是个铁骨铮铮的中年汉子，他受不了民族敌人的侮辱，于是乘夜将日本警察杀死，自己也自杀身亡。赖和塑造秦得参的形象，当然目的不是号召人们都去和日本占领者同归于尽，而在反映台湾广大下层劳动者不甘受占领者奴役和与敌人誓不两立的斗争精神。

赖和的另一短篇小说《不如意的过年》，虽然也是揭露日本警察残害台湾同胞的恶毒罪行的，但采用了一个新的角度和侧面，即通过解剖一个日本警察卑鄙肮脏的内心世界，淋漓尽致地暴露了占领者罪恶的心态。要过年了，台湾老百姓都在为活命发愁悲叹，但日本警察却在为没有存够五千积蓄而发愁；台湾同胞都因受不了日本人的压榨而切齿，日本警察却在为治服不了百姓而苦闷。作品一开头就这样写道："查大人这几日来总有些愤慨。因为今年的岁暮，照例的御岁暮（年终受贿）乃意外减少，而且又是意外轻薄。在查大人这些原不介意，他的心里，以为这是管辖内的人民不怕他、看不起他的结果。真的如此就有重要的意义了。实在做官而使人民不怕，已经是了不得，哪堪又被看不起，简直做不成官了……"这便是此时此刻这个被称为查大人的日本警察丑恶的内心活动。为了使人民怕他，又能捞到足够的钱，于是他便要滋事生非了。他取缔商人，"一动手就是倒担头翻；或是民家门口，早上慢一点扫除，就被告发罚金；又以度量衡规矩的保障，折断几家店铺的秤仔……"但是，查大人尽管横行霸道，人们却不表示反抗，因而使查大人为没有借口"不能罗织他们在公务执行妨害的罪名下，可以儆戒一下他们的愚蠢"而苦闷。一天，这位查大人上街抓赌，可是赌徒们却闻风而逃，查大人只抓住了一个与赌博毫无关系的小孩。小孩被吓得号啕大哭，查大人一耳光把小孩打住了嘴。本来这小孩挨了打就没事了，只因有胆大的好心人挺身而出为小孩讲情。这位查大人认为老百姓无权插嘴官司，如就此罢休，会使人感到他的"宽容"是别人讲情的结果。于是无辜的小孩就更加倒霉，被带到警察局去审问。这位"查大人自己，也觉对这儿童有些冤屈，做官的还是官的威严要紧，冤屈只好让他怨恨自己的命运"。赖和通过一系列生动的心理刻画，把日本警察的蛮横无耻、既贪婪又残暴的形象描写得入木三分。

除了表现占领者和被占领者、奴役者和被奴役者之间的民族矛盾之外，赖和的小说还揭示了台湾的富人和穷人之间的阶级矛盾。小说《可怜她死了》《惹事》等，是这方面的代表作。例如，《可怜她死了》描写台湾少女阿金因生活所迫，十来岁就被卖到一个工人家里当童养媳。到了十七岁，正准备结婚，未婚夫却在一次工潮中被打死，公公也因参加罢工被官方捉去残害。于是阿金和婆母两人便陷入了困境。阿金为了养活孤苦无靠的婆母，甘愿将自己长期租给村里的恶霸地主阿力哥为妾。怀孕后被遗弃，精神恍惚坠河而亡，临死时还牵挂着无依无靠的婆母。《丰作》描写了台湾蔗农辛勤的劳动果实被剥夺的事。蔗农添福用了比别人多几倍的汗水种出了好甘蔗，一心想丰收后要得奖，给儿子娶媳妇，但到头来却被欺骗。日本的经济掠夺组织"制糖会社"，以称三个人才二十七斤的秤收购甘蔗，使蔗农们辛劳了一年的汗水全都流进他们的腰包，没有添福，却添了灾难。一场梦幻在刹那间破灭。会社对蔗农明目张胆的坑害，连日本的"警察大人看到所量的结果，自己也好笑起来，三个人共得二十七斤"。赖和怀着对台湾下层劳动者的极大同情，对坑害农民、吮吸他们血汗的地主、官商进行了无情的鞭笞和揭露。

赖和的小说把爱国主义、民族主义和较清醒的阶级意识融合在一起，呈现出内在的感人力量。我们在读他的《一杆"秤仔"》和《不如意的过年》时，虽然作品中的受害者是秦得参和一个儿童，但我们感到却是整个民族在受辱；我们读《可怜她死了》和《丰作》时，欺压农民的虽然只有阿力和官商组织会社，但我们感到压在农民头上的却是一座大山。因而作品的感召和呼唤力量，即反抗异民族的占领和奴役，反对剥削阶级的残酷和盘剥，形成了完整的一体。

赖和的代表作之一《善讼人的故事》，也清楚地表达了反抗地主阶级压迫和剥削农民的思想主题。不过这篇小说的重要成就是塑造了一个为民请命、打抱不平、有勇有谋的农民英雄，因此我将把这篇小说放在赖和作品的艺术成就中重点论述。

第三节　现实主义小说艺术的功碑

一、卓越的讽刺艺术。讽刺艺术有两种，一种是针对敌人的，即表现为解决对抗性的矛盾的方法；一种是针对自己人的，即表现为解决非对抗性矛盾的方法。对付敌人的讽刺，不仅要真实而严肃，更要深沉而辛辣，一击而置敌人于死命。像鲁迅先生论述的萧伯纳讽刺自己的敌人那样："他使他们登场，撕掉了假面具，阔衣装，终于拉住耳朵，指给大家道，'看哪，这是蛆虫！'连磋商的工夫，掩饰的法子也不给人一点。这时候，能笑的就只有并无他所指摘的病痛的下等人了。"（《南腔北调集·"论语一年"》）赖和虽然还达不到鲁迅先生论述的那种讽刺艺术的水平，但其精神却是一脉相通的。《不如意的过年》这作品题目的选择，就含有强烈的讽刺意味。日本占领者过年为什么不如意呢？因为他们还嫌对台湾同胞榨取得不够，贿金还未达到五千。作品中的查大人，以各种卑劣的手段，妄图激怒老百姓，使他们反抗，然后好以妨害执行公务的罪名进行敲诈。但是人们受到他严酷的取缔，"也如从前一样，很温驯地服从，不敢有些怨言，绝不能捉到反抗的表示。这足以使查大人失望！"看了这样的描写，人们一定为查大人的丑恶心态憋着一肚子鄙弃的笑意。这位查大人恶狠狠地咒骂台湾的老百姓是"这些狗，不！不如是猪！一群蠢猪"，将查大人的丑恶心理与这咒骂声相比，咒骂声不正是自己的画像吗？赖和采取以其人之道还治其人之身的反讽手法，把敌人置于了道义上的死地。

二、悲喜对比强化艺术效果。例如，《不如意的过年》和《一杆"秤仔"》均是选择在过春节和过元旦的节日气氛下，来表现悲剧的事实。元旦和春节，本是中国人的喜庆日子，本该合家团聚庆祝一番。但是，农民秦得参的一家在最吉庆的日子里，却遇到了最大的悲剧，秦得参因反抗日本人被残害而身亡。一边是过年，一边是丧命，本该如此，却不能如此，不该如此，却如此。这是作家构思的艺术。

三、树起了正面形象的功碑。刻画人物虽然是小说的最基本特征之一，但是，按照人民的愿望和时代的要求，塑造出具有鲜明的时代特征、代表着历史方向的先驱者的形象，那就远远地超过了小说的一般特征，而成为作家特殊的艺术成就。赖和在台湾新文学诞生初期，在台湾的抗日民族运动由武装斗争转向非武装阶段，时代呼唤文学为斗争实践树立非武装斗争的榜样，并点化出某种理想和出路的时候，他适时地回应了时代的要求，塑造了正面人物，从而树立了历史和艺术的功碑。《善讼人的故事》受到普遍重视并被公认为赖和的代表作品。这篇小说既不是反映台湾现实斗争的，也没有描写民族矛盾，而是描写地主家里一个管账的林先生，为被盘剥的农民打抱不平，打赢了一场官司，改变了穷人死后埋葬也要向地主交地皮钱的制度。这样的作品和人物，不管从哪个角度看，都会受到人民欢迎。但这篇作品的真正意义，不仅在于它的人民性，而且在于这篇表面描写台湾历史上阶级斗争的作品，实际上暗示着当时台湾抗日民族斗争的某些特质和方向。为民请命的林先生的斗争方法和道路，暗示着台湾抗日民族斗争和祖国大陆紧紧相连，需以大陆为后盾方能取得胜利的思想。

由于赖和对台湾新文学卓越的、开创性的贡献，他受到了历代台湾作家们的一致赞誉。台湾日据时期的重要作家之一杨守愚说："如果没有一位像懒云氏那样既有创作上的天才，而且又有对新文学事业的推展抱着热情和决心的人，来担当、领导这个时期，并担任这一艘台湾新文学的大船的舵手，则相信台湾的新文学是无由达到若今日的状态和成就，而且一定还要走多少迂回、曲折的发展道路吧！因此，我认为懒云是台湾新文艺园地的开垦者，同时也是养育了台湾小说界以达于成长的保姆。"[1] 叶石涛和钟肇政在评价赖和时说："他替台湾的新文学竖起了第一面反帝反封建的旗帜，并且启示了此后台湾小说所应走的社会写实的方向，他的写实意识影响了以后不少的文学创作者，尤其是摇篮期的杨守愚、陈虚谷；他的嘲弄技法影响了蔡秋桐、吴浊流、叶石涛；而他那不屈不挠的抗议精神更影响了朱点人、杨逵和吕赫若。可以说，台湾新文学的扎根应当从赖和肇始，而赖和的崛起才奠定了现代台湾文学的基础。"[2] 由上述作家们对赖和的论述，可以看出赖和在台湾整个新文学史上的地位和影响。

---

[1] 《台湾文学》"赖和先生悼念特辑"，1943 年 4 月。

[2] 钟肇政、叶石涛主编：《光复前台湾文学全集》第一集，（台）远景出版社1979 年版，第 46 页。

第三章
台湾小说初步发展期的其他作家和作品

    台湾新文学初期，几乎所有的作家都是文坛多面手。他们既写诗也写小说，也参加论战写论说文。比如，张我军虽然是台湾第一本新诗集《乱都之恋》的作者，是台湾新文学运动初期最卓越的文艺理论家，但他同时也是小说家。他的小说作品有《买彩票》《白太太的哀史》《诱惑》等。不必讳言，他的小说成就和新诗及理论成就相比，较逊色。他主要是作为一个理论斗士和诗人出现在早期的台湾文坛上的。但是，他的小说创作对台湾小说初步发展期的作用和影响，也是不容忽视的。他的小说创作具有这样的特点：其一，他所描写的是祖国大陆的生活，这和他当时生活在大陆有直接关系。写大陆生活的小说在台湾发表，在当时日本人的刺刀封锁台湾海峡的情况下，起到了桥梁作用。其二，他主张用"国语"来改造台湾方言，以使被日本占领下的台湾和祖国沟通，便于台湾获得祖国援助。为了实践这一主张，他用"国语"白话文创作小说，影响了一批台湾作家，形成了当时台湾小说语言的三大流派之一。即，台湾方言、日本式的白话"国语"和白话"国语"。这个时期的重要作家除了我们要在这一章中设单节叙述的杨云萍、杨守愚、蔡秋桐、朱点人外，还有天游生、涵虚、郑登山、虚谷、一村、太平洋、铁涛、剑涛、慕、孤峰、瘦鹤等人，他们的作品也为初步发展期的台湾小说增添了色彩。

第一节　杨云萍

    杨云萍（1906—2000），台北士林人，本名杨友濂，笔名云萍生等，1920 年进台北中学校。1925 年 3 月与江梦笔共同创办台湾文学史上第一个白话文学杂志《人人》。深受大陆五四运动思想的影响，中学毕业后进日本大学修文学，先学英文，后又转入日本文。十七八岁开始文学创作，台湾光复后任台湾大学历史系教授。

杨云萍既是台湾新文学初期的重要诗人，也是台湾新文学初期的重要小说家。他创作的小说有：《罪与罚》《光临》《月下》《弟兄》《黄昏的蔗园》《咖哩饭》《秋菊的半生》《青年》等。此外他还发表了一半的日文日记体小说《部落日记》《春雷谱》等。杨云萍的小说大都以精练笔墨，散文笔调写成。《光临》与赖和的处女作《斗闹热》同时发表在《台湾新民报》八十六号。这篇小说描写了保正林通灵巴结日本警部大人的庸俗低级和丑陋心态。林通灵手里提着鱼、肉、鲜菜和米粉，一面走，一面幻想着他见到日本警部大人时的情景。作家以嘲讽的笔触写道："保甲民很多很多的中间，那警部大人威严地坐在那儿。……我到了，就向他——大人行礼，他就亲密地对我反礼，并且说：林通灵，椅、坐、好……那时，很多很多的他人的奇讶，歆羡的眼睛儿……他觉得太光荣了！他觉得这 K 庄的人民有谁比他较得着信用，较有势力！心满意足，他忽然地微笑起来。"在日本法西斯的残暴统治下，不少人的灵魂都被扭曲。有的巴结敌人是为了避祸，有的却是为了借敌人的威风以欺人。从林通灵那副自作多情的模样看，这是一个妄图借势欺人的家伙。但是尽管林通灵准备得再丰盛，巴结的心再殷切，日本警部大人却不去领情，到头来也只落个"扫兴极了！懊丧极了！"。这篇小说以讽刺的手法批判了那些想做奴才而不得的人。作品具有很强的现实意义。《黄昏的蔗园》中，作家描写了一对有骨气的青年夫妇文能和桂蕊。他们虽然受到日本占领者的欺凌和盘剥，但却享受着青春的欢乐，爱情的甜美。文能既是一个乐观自娱的青年，又是一个与占领者势不两立的反抗战士。欢乐时他眼前浮现着在蔗园劳动间歇与桂蕊那甜美的一幕。他想："青春——贫的、穷的、贱的也有一时的青春，虽是很短，虽是很微，可是他们时常因有这一时的青春，得有一时忘掉了劳动的痛苦，粗衣淡饭的无聊无味。"他对日本占领者的罪行极为愤怒，一进篱笆门便吼叫说："岂有此理，岂有此理！难道我们永远应该做牛做马吗？不，不，决不！好，看他们能够耀武扬威到什么时候啊！"在当时日本帝国主义者统治那么严酷的情况下，杨云萍就借主人公文能之口说出了如此具有反抗精神的话，的确显示了杨云萍的民族硬骨头精神和疾恶如仇不顾一切的勇气。《秋菊的半生》刻画了贫苦人家的台湾少女秋菊被出卖，被四十多岁的郭议员欺凌玩弄，又被郭太太痛打的情景，表达了在异族的奴役下，劳动者没有活路的主题思想。

杨云萍的小说，不仅具有鲜明的思想性和强烈的反抗意识，而且十分注意作品的表达艺术。他的小说精短，具有散文美。很多段落只有百余字，酷似一首流畅的散文诗。例如《秋菊的半生》中的第七节：

溪水滔滔地流淌着。

眉月静悄悄地照着下界。

……

她觉得滔滔的流水的可爱——

映着月光的滔滔流水呀！

她觉着滔滔的溪水，渐渐地向着她全身澎湃而来……

依旧地，静悄悄地，眉月照着下界。

这简直就是诗，显示了诗人兼小说家运笔的特点。这里表达了主人公有序性的意识流，这种文体也正适合意识流动的节奏。

杨云萍还十分注意作品的构思。为适应主人公所处的精神状态，杨云萍在《秋菊的半生》中采用了神话式的开头和结尾。作品开头是"油锅在热煌煌地沸腾着……"，一群青面獠牙的牛头青鬼在流着涎水炸吃女体，一边的铁笼里却囚着十来个待炸的白胖的女体。作品的结尾句仍然是"油锅在热煌煌地沸腾着……"这种结构，不仅适应主人公恍惚的精神状态，而且强化了作品的艺术效果。一群来自异域的青面獠牙的吃人的恶鬼是日本入侵者，被炸吃的女子是无辜的台湾同胞。这种用艺术结构的方法来表达象征，突出作品的深沉主题，是一种大胆的成功的尝试。

杨云萍是中文、日文俱佳的台湾作家。他的作品语言是带有日本味的中国白话语，以杨云萍为代表的这种风格的文学语言，也形成了一个流派，为台湾当时三大语言流派之一。这种语言的最大特点是在中国的白话文中时常闪现出日本语的词性搭配方式。

第二节　杨守愚

杨守愚（1905—1959），本名杨松茂，笔名村老、洋、翔、丫生、静香轩主人等，台湾彰化县人。其父是前清秀才，因此他的中文基础相当优秀。他从小在家乡读书，经名师郭克明先生指教。彰化公学校毕业后，就开始旧诗词创作，参加过彰化的旧诗社——应社。他与赖和是同乡又是至交，赖和主编民报副刊的稿件不少由杨守愚代笔修改定稿。杨守愚 1934 年参加了"台湾文艺联盟"，在日本人禁止中文的险境中开班讲授中文，因而常被日本人驱赶。台湾光复后，杨守愚任中学教师。杨守愚怀有坚定的民族自信和自尊，一生用中文创作，既写诗也写小说，是日据时期台湾作家中中文作品最多的一位。杨守愚的主要小说有：《十字街头》《颠倒死?》《过年》《一群失业的人》《嫌疑》《升租》《罚》《断水之后》《赤土与鲜血》《移溪》《鸳鸯》《凶年不免于死亡》《醉》《谁害了她》《元宵》《决裂》《啊，稿费》《瑞生》《一个晚上》《女丐》《猎兔》《疯女》《捧了你的香炉》等。

杨守愚是台湾小说初步发展期的一位重要的作家。由于他与赖和是同乡至友，他的作品一般都交赖和过目，因而在作品的取材上，主题的呈现上，甚至有些表达方式上都与赖和有异曲同工之妙。某些题材的选择和思想的表达方面，他甚至有过于赖和之处。杨守愚小说很重要一个方面的内容是台湾的地主阶级和日本占领者相勾结，对台湾农民进行剥削、压迫和残害。《凶年不免于死亡》，对这种情景进行了深刻细腻的揭露。农民至贫，本已一贫如洗，却又遇上了灾年。因无钱交租，至贫去向地主李永昌求情，地主获知他无钱交租，就更凶狠地进行逼租。至贫虽然苦苦哀求，甚至跪地求怜，狠心的地主却越逼越凶，并且引来了日本人将至贫的家洗劫查封。逼至贫卖儿子，又明目张胆地将至贫的妻子擒去。小说写道："他更加大发雷霆，怒不可遏。便骂我狡猾、故意抵赖，丧尽天良，这还不大紧，还说限我二十天，要把租还清，过了期就要正式向法庭告诉，请求差押、竞卖，……真的过了他所限的那一天，便来了个日本人，就是差押官，便把我的一切破烂家私、农具、牛呀、豚呀，以及我所住的那间破草屋，都一一贴起单子来，说什么是要差押抄封呀，吓得我魂不附体。"何等的颠倒是非！杨守愚在他的作品中十分清楚地指出，地主之所以如此凶狠，农民之所以如此不幸，并不是局部的问题，而是整个社会黑暗。在《醉》中，作者通过农民的口议论道："唉！说到现在的世界，想要耕作田地过活，实在比乞丐还苦呀！"在《一群失业的人》中他写道："这样的世间，还成一个什么世间呢？穷人一辈子都是受凌夷。"残酷的阶级压迫，在杨守愚的小说中被描写得非常具体和生动。杨守愚已注意到了，通过对不幸者命运的描述，来展现那人吃人的社会中，人吃人的罪行。小说《谁害了她》，描写了农家少女阿妍被农场监督阿憨调戏害死的故事。长得非常美丽而老实的农村姑娘阿妍，从小死了娘，父亲做工砸断了腿。刚刚成年的阿妍成了维持这个苦难家庭的唯一希望。为了养活残废的父亲，她被迫到官方的农场当女工。农场的爪牙陈阿憨看到阿妍就流涎水，于是利用职权对阿妍百般调戏，阿妍进行了反抗。第一天连工钱都没要，就跑回了家，不好意思向父亲倾吐实情，次日怎么也不愿再去上工。父亲不知内情，硬逼女儿去上工，阿妍怀着羞愤上工后，却又遭到陈阿憨更明目张胆的戏辱。阿妍惊恐万状丢掉手中的农具便跑，陈阿憨拼命地在后面追赶。阿妍眼看难逃虎口便一跃投河而亡。家里残废断炊的爸爸直到深夜还眼巴巴地望着女儿回来……

　　如果说描写地主阶级对农民的惨重剥削，地主和日本人相勾结欺压农民的题材，是当时文学创作中一种非常普遍的题材，那么直接描绘当时台湾的革命者进行抗日活动的作品，应该说是一种突破。杨守愚的《决裂》是一篇表现台湾抗日左翼组织"农民组合"，进行抗日活动的优秀之作。《决裂》通过"农民组合"的领导人之一朱荣因参加抗日活动，引起家庭纠纷，最后和妻子湘云彻底决裂的故事，表现了朱荣坚定的革命立场和无畏的抗日勇气。湘云是大地主的侄女，思想落后、保守而又极爱嫉妒。她口口声声称朱荣心爱的台湾"农民组合"为乱党，威逼朱荣退出抗日活动。当"农民组合"的一个女活动家来和朱荣研究工作时，她又无端地咒骂客人为"娼妇"，毫无根据地诬说朱荣和那位女活动家有男女关系。她恶狠地咒骂道："什么东西不好要，偏把人家的丈夫嬲去，啐！下贱的娼妇！"朱荣虽然一再迁就和忍让，但湘云却越走越远，最后在湘云叔父的减租问题上，矛盾发展到了难以调和的地步。"哼！你为什么总想同我叔叔作对，串通那不要脸的公娼到我娘家攻家呢？好！竟连亲戚也闹透了。""什么亲戚？他想榨取农民，难道叫人家就平白给他榨取么？""榨取？田是他的，他管不得吗？""田是他的，你说吗？难道他从娘胎里带来的么？哼！哪一件不是从穷人那里掠夺去的？哈，什么攻家，问他减租，不应该吗？""攻家，是的，那简直是流氓行为。""流氓！你叔叔那样的恶地主，才配说是流氓呢！……你既然反对我的主义，阻碍我的工作，那我俩当然是誓不两立了。你的反动行为，在我的眼中，也只是我的一个仇敌……"这一段对话写得相当深刻，挖出了他们夫妻不和、家庭不睦的因素并不是一般的误会和小事上的分歧，而是政治立场、阶级意识上的重大对立，因而这个家庭是不可挽救了的。作品写出了他们夫妻决裂的实质。值得称道的是早在二十年代末和三十年代初，杨守愚就清楚地认识到地主对农民剥削的事实和农民穷困的根源，并形象地加以塑造，实是思想的先驱。

杨守愚作为台湾新文学初期的小说家，他在作品中表现的主题思想是相当深刻和多面的。归纳起来，最突出的有以下几点：1. 清楚地表达了台湾的恶地主和日本占领者相勾结，狼狈为奸压榨劳动者；2. 明白地指出在日本帝国主义奴役下的台湾，不是局部不好，而是全部溃烂，因而对它决不能存任何幻想；3. 明确指出统治者规定的法律，对被统治者是无效的，被统治者不但不应遵守，而且应该废除。例如在《一群失业的人》中作家写道："偷番薯算是犯了法呢？""什么鸟法？……法律倒叫人饿死吗？""这还成什么法律呢？叫人家饿死也不能拿东西来救救命，我们还要它干吗？"这种明确地从法律意识、法制体系上反对统治者，进行抗争，表现出一种更深的觉醒意识；4. 站在被压迫一边，将阶级观念引入作品。

　　作为台湾新文学初期的小说家，杨守愚的小说也表现了自己的艺术特色。其一，杨守愚的作品和其他同期的作家相比，比较注意作品结构的完整性，他写的绝大部分故事都有头有尾，人物性格的发展脉络比较清楚。其二，注意作品的情节，错落有致。比如《决裂》中作家把革命和家庭矛盾两股线拧在一起，逆向发展，使建立在不同理想基础上的夫妇间，对革命的爱愈深，夫妻的情愈淡；主人公朱荣对农民的情愈深，对妻子的爱愈薄。从这种逆向发展中一步步展示出男主人公坚定的立场和宏大的理想。其三，为熔铸作品的主题，进行巧妙的安排和铺垫。《谁害了她?》这篇小说，作家对女主人公的家庭的安排上，作了精心的设计。阿妍从小死了母亲，父亲又因工伤成了残废，少女阿妍成为这个家的唯一希望。这一铺垫，让人们想到农场的爪牙陈阿憨害死阿妍，不仅是逼死一条人命，而是毁灭了一个家，断绝了那位残废父亲的一切希望，从而产生强烈的艺术效果。

第三节　蔡秋桐

　　蔡秋桐（1900—1984），笔名愁洞、匿人也、秋洞、秋阔、蔡落叶等，台湾云林县元长乡五槐村人。少时入私塾学习汉文，后入公学学日文。他既写诗也写小说，作品均用中文写成。他早年和家乡北港地区的一批文人共同创办《晓钟》文艺刊物（三十年代中期），成为北港一带作家群体的核心人物。《晓钟》虽然只出了三期，但在早期的台湾文坛上却留下了一道光影。蔡秋桐曾先后参加过"台湾文化协会""台湾文艺联盟"，是个创作力相当旺盛的作家。他的重要小说有《保正伯》《放屎百姓》《夺锦标》《新兴的悲哀》《兴兄》《理想乡》《媒婆》《四两仔土》等。由于蔡秋桐在日据时期当了二十五年的保正，对日本在台湾所犯罪行及其所玩弄的阴谋手段观察得比较清楚，为他揭露和鞭挞这些罪行创造了有利条件。蔡秋桐曾经这样说："我当时是保正兼制糖会社原料委员，与制糖会社有来往，与警察也有联系，因此小说内容鲜有激烈的反抗意识，只是真实地记录一些事情而已。作品的主题，大部分是自己心理的矛盾，全都是本地发生的事，只是名字更换一下而已，其人和事皆是真实的，并没有特意地去反抗。"[1] 蔡秋桐说的可能是实情。不过，作家选择怎样的素材，怎样进行修剪，突出怎样的思想，是一个创作的典型化过程。尽管作家描写的生活和现实生活相差无几，但一经作家再现，便打上了思想的烙印，便成为观念形态的作品了，而再不是原来自然状态的生活素材了。蔡秋桐唯其从生活中取材，又多保持着现实生活的素质，所以，在他作品中表达出的思想主题才更自然、更真实、更具有说服力。

和同期的小说家比较，蔡秋桐突出地发挥了讽刺艺术的才能。他的所有小说，几乎都是运用讽刺手法写成的，他是台湾新文学初期集讽刺艺术大成的重要作家。蔡秋桐的讽刺艺术，不以嬉笑怒骂、急火攻心见长，而是采用温吞的文火炖肉之术。他采撷生活中具有讽刺意味的事实，徐徐道来，将讽刺对象的嘴脸逐渐暴露在光天化日之下。例如《夺锦标》这篇小说，作家刻画了一个A大人，为了在"疟疾扑灭表扬大会"上夺得锦标，逼迫老百姓们刹竹刺、填窟仔……闹得鸡犬不宁。"竹刺没刹到丈半高，罚金；竹节没修到光滑，罚金；竹根没掘起来，罚金；窟仔没填平，罚金；草困要搬出庄外，不，罚金……"日本的A大人为能夺得锦标，把台湾的老百姓逼得无路可走。这位A大人在病床上发着高烧还嚷着、喊着，手打、脚跶……大喊："罚金，罚金……"作品的讽刺力量从情节和讽刺对象的丑行中渗透出来。在《理想乡》中，作者刻画了一个居住台湾四十年、被称为"老台湾"的日本人中村，作者称这位担任"理想乡"美化工作指导员的帝国主义分子叫"老狗母仔大人"。老狗母仔大人为着"要吾乡好，千辛万苦计划着"，"他因为要吾乡好，抛弃他的故土，而就吾乡指导员之职，将来亦可是吾乡的大恩公，就是他亦以吾乡的慈父自居，所以他选定吾乡的中央地点，建置他的高楼，四方八达可有道路直通至他的高楼。譬准（譬如）树木，他之高楼是干，其他庄众的住家是枝……"这位老狗母仔大

---

[1] 黄武忠：《日据时代台湾新文学作家小传》，台北：时报文化出版事业有限公司1980年版，第48页。

人，不仅自称为吾乡的慈父、恩公，而且要成为吾乡的枢纽，由他来控制吾乡的一切。《理想乡》中的老狗母仔大人，实际是日本帝国主义在台湾整个统治机器的象征和缩影。在严酷的"刺刀文化"统治下，作者的讽刺锋芒直刺统治者，因而具有很强的战斗力。蔡秋桐刻画的老狗母仔和 A 大人等，没有采用一般的漫画手法，在鼻梁间画上条白道，使之成为滑稽的小丑，而是结结实实用雕琢的方式，揭示人物既凶狠又阴险的嘴脸。

蔡秋桐的以刻画下层劳动者形象为主的人物画廊，斑斓绚丽，丰富多姿。反面人物如老母狗仔、A 大人及保正伯等；乡土人物如乞食叔、四两仔土等；中间人物如兴兄等。这些人物中比较有特色的是最苦难的小人物四两仔土，他做了一辈子苦力到了五十二岁了，还没有娶上个老婆，为了养活双目失明的老母亲，尽管农场工钱极低，劳动一天还赚不到三角钱，他在不堪忍受的侮辱和折磨中不得不去卖命。尤其当他听女工们议论，因监工想捞女工的便宜，而故意多给女工三角六分工钱，有的女工还故意挖苦他说："咱阿姊妹三角六，比咱姊颠倒（反而）减一点，嘻嘻！……有生泡（男人的阴囊，泛指男人）输无生泡（女人）！""土哥也不以为意，他只是哈哈哈笑着，他是很自足，不亲像人家念东念西，监督打三角也好，打四角也好，土哥家里虽然是散凶（贫穷）也不亲像人家骂天怨地，不贪不取……"四两仔土是个非常忠厚老实，穷而乐观的人，不论在任何情况下，他都殷勤地侍奉老母。"四两仔土"这个如此奇怪的名字，原来是人们送他的绰号。他本名叫土哥，由于生活极端贫困，营养不足，身材特别瘦小，人们形容他的身躯只有四两重，为此才得了这么个怪名。作品结尾，作家安排了一个过年情节，写到日本占领者伪装慈善发放过年补助金，四两仔土费了九牛二虎之力才领到两元半钱，过年只用了五角，余下两元以脚巾包裹存放家中，事隔不久，这"同情周"领到的"同情金"又被日本占领者搜刮了去。这是极具讽刺意味的事。和台湾文学初期其他农民形象比较，四两仔土憨厚、乐观、胸襟开阔、对老人孝顺，更突显中国农民传统的性格特点。但四两仔土处在那样的强压下，受到那么严重的屈辱却没有表现出反抗性，像个皮球被人踢来踢去，是这个形象的严重不足。蔡秋桐笔下的另一个较有特色的人物是中间人物兴兄。兴兄本来是一个老实的农民，生有五男二女。长子风儿去日本留学，回来却带了个日本女人。兴兄有着很浓的中国农民的传统意识，指望每个儿媳都恭顺地侍候老人。但是，不但日本女人不侍候他，连儿子风儿也和从前判若两人。风儿留学回来，爬上了高位，和日本女人住进了大城市。兴兄到大城市来看望儿子，刚叫开门，就被日本女人骂了一声"马鹿（混蛋）！"后来兴兄虽然被接进了门，但却闹了许多笑话，一进门就把日本女人洗米的盆踢翻，被结结实实摔了一跤，后来喝了几杯酒却醉倒在日本女人那"重重叠叠，软趓趓（软舒舒）的被上"。儿子带他到百货公司买东西，他却把鞋脱下打着赤脚走路，从百货公司出来，却因违犯交通规则被日本巡查扭住。兴兄来找儿子，仿佛有点刘姥姥进大观园的意味。经过这一系列折腾，他"愈想讨厌起来了，兴兄是一时想得一时紧离开这讨厌的古都，回到他自己的田里来了……"作家极力描写兴兄和日本女人及为日本人做事的儿子的不协调，目的似乎是在突出中国人和日本人没有共同点。他们不仅没有共同情感，而且没有共同语言，格格不入。城市是日本人统治台湾的中心和枢纽，农村才是中国老百姓生存的地方，作者通过兴兄这个人物表现了中国人和日本人的决裂。即使兴兄和风儿是父子关系，即使日本女人是兴兄的儿媳，但他们也不存在相融的焦点。作者在兴兄这个形象中，寓入了较深沉的主题意识。像兴兄这类形象在台湾新文学初期还是少见的。

蔡秋桐作品的不足之处是用台湾方言描写，给阅读带来了障碍。

第四节　朱点人

朱点人，原名朱石头，后易名朱石峰，台湾省台北市人。生于1903年，卒于1947年。他用过的笔名有描文、文苗、点人等。自公学校毕业后，即开始文学活动，先后参加过"台湾文艺协会""台湾文艺联盟"，是台湾小说初步发展期的重要小说家之一。他的重要小说有：《岛都》《失恋者日记》《纪念树》《无花果》《蝉》《安息之日》《秋信》《长寿会》《脱颖》和《血樱》等。

　　朱点人的小说题材涉及当时台湾生活的许多侧面。《纪念树》和《无花果》属于恋爱题材。前者描写一个高中毕业的少女爱错了人，给自己的人生带来了不幸。后者描写一个少年从小暗恋着一个青梅竹马的女孩，但没有能倾吐心中隐伏的情感，时过境迁，那女孩与别的男人结婚，后来，他看到那女孩失去了往日的纯朴，大失所望，当年的情感随烟飘去。《安息之日》描写屠户李大粒爱钱如命，为富不仁，结果和亲哥哥恩断义绝。《岛都》直接描写了革命者史明经过苦难生活的磨炼，在新思潮的启发下，投身抗日运动，虽然遭到逮捕但仍坚持不屈，重整旗鼓，准备东山再起。《蝉》则是一篇反对非正义战争的小说，《脱颖》是一篇讽刺小说，《秋信》是一篇民族意识觉醒的颂歌。朱点人的这些作品中，最有意义和最富特色的是《秋信》《蝉》和《脱颖》诸篇。《秋信》描写台湾清朝时期的老秀才斗文先生坚定的民族意识。他自幼聪明，十九岁中秀才，二十七岁那年正要去省城应试，不料台湾变色，沦入日本之手。青云之路已断，便卜居台湾农村务农，过着隐居生活。但他要清闲却不能清闲，日本占领者为了宣传他们侵略台湾的"丰功伟绩"，在台湾办展览，特意来请这位前清秀才参加。谁知这位秀才并不臣服日本，而是一个忠心耿耿的清朝遗老。当众人乘车去台北参观时，唯独他不但不穿日本和服，而且公然穿一身清朝古装。作品中这样写道："在车里的时装——和服、台湾衫、洋服的氛围里，突然闯进斗文先生的古装——黑的碗帽仔（瓜皮帽）、黑长衫、黑的包仔鞋、嘴里咬着竹烟吹，尤其是倒垂在脑后的辫子……俨然鹤入鸡群，觉得特别刺目。"斗文先生在日本帝国主义极力推行"皇民化"运动，而且是参观日本人治台"伟绩"的情况和气氛下穿一身清朝古装，不仅公开表示他的中国身份，而且对日本人是一种示威和挑战。不仅如此，到了台北展览会上，看到"产业台湾的跃进，是始自我们"的不要脸横幅，他先是嘲讽地哈哈大笑，继则愤怒地高声骂道："倭寇！东洋鬼子！"他终于不管他们听不听得懂，不禁地冲口而出了："国运的兴衰虽说有定数，清朝虽然灭亡了，但中国的民族未必……说什么博览会，这不过是夸示你们的罢了……什么产业台湾的跃进，这也不过是你们东洋鬼子才能跃进，若是台湾人的子弟，恐怕连寸进都不能呢，还说什么教育来……"在日本帝国主义奴役下，广大台湾同胞敢怒而不敢言，多数人只能默默忍受屈辱，象斗文先生当面责骂入侵者、勇于反抗的人却不多。斗文先生不仅公开向敌人挑战，而且在强压下努力保护和培育中华文化，不使它在占领者的扼杀下消亡和淡化。他首先在台湾组织起诗社，大力提倡吟唱中国古诗，以对抗日本的"皇民化"政策。当后来一些败类利用古诗给日本占领者搽脂抹粉、歌功颂德时，斗文先生非常气愤。他首倡古诗是因为意识到"台湾人与汉文有存亡关系的!"，后来使他感到痛心的是由于"不想那班无耻的诗人，反把它当作应酬的东西，巴结权势，甚至连和他们不关痛痒的日本政客死去，也要作诗去哭他"。斗文先生对日据时期台湾古诗吟唱运动前后态度的变化，正好说明了台湾古诗吟唱之风兴起和衰落的真正原因。当它作为传递民族文化香火和表达民族意识的工具出现时，就受到欢迎；当它变成了占领者歌功颂德的玩意儿时，就被人民所唾弃。朱点人的这一描写，不仅成了他笔下的人物斗文性格的核心，而且为我们认识台湾文学史上发生过的，大规模的旧诗吟唱之风，提供了重要依据。

朱点人的《脱颖》，在他的小说中占有重要地位。这篇作品以含蓄的讽刺手法，对日本占领者和台湾汉民族中的败类，进行了辛辣的嘲讽。在日本人府上当佣人的普通台湾穷小子陈三贵，却突然一跃变成了主人家的东床驸马，和主人家的日本小姐敏子结了婚。陈三贵侍候的主子，因儿子在侵略中国的战争中丧命，他担心女儿敏子嫁给日本人，会当年轻寡妇，因而咬着牙毁了女儿原在日本订的婚约，突然决定将陈三贵招为家婿。陈三贵正苦于无登天之梯，没料想一夜之间时来运转，在他受宠若惊的情况下，主人叫他先作儿子后作女婿，他立刻就跪地喊爸爸。奴性十足，丑态百出。这篇作品一石二鸟，既讽刺了日本占领者想要永久侵吞中国的野心，也讽刺了国人中认贼作父下流无耻的败类。

朱点人作为早期的台湾作家，他刻画人物的技巧已相当突出，比如写《脱颖》中的陈三贵一天见到了小时候的伙伴定居，定居叫他："陈兮! 久违了!"他竟然说："啥人是陈兮! 我是犬养，不姓陈!"定居说我们从小一起长大，还不认识你是陈兮。陈三贵竟一本正经，板起面孔说："不是说笑的，今后请你以犬养叫我！"朱点人刻画人物成功的基本原因，是他情真意挚，爱憎分明，因而使笔下的人物有血有肉，性格鲜明。他不仅在作品中表现了觉醒的民族意识，而且表现了超人的胆识和勇气。在《秋信》中，他让主人公斗文当着日本人的面痛骂入侵者。在《岛都》中，将日本人搞的"文化村""模范村"称为"脱裤班"。作为台湾早期的小说家，朱点人在作品中已十分注意象征手法的运用了。在小说《蝉》中，作家描写两个孩子住进医院，孩子发着高烧，室外却炮声、飞机声震耳欲聋。战争的恐怖和患儿需静静休养两种不相和谐的气氛同时摆在读者面前，以达到厌恶战争的效果。这篇作品之所以叫作"蝉"，是以蝉的聒噪声来象征战争的噪乱。以蝉突然破窗而入来暗示战争的恐怖已破坏了安静的生活。当孩子病愈出院，作家写了这样一个结尾："过了十多天，珍儿的体温已恢复到平热了。当珍儿要退院的那天早上，纯真在病栋的相思树下踱步，偶然发现了一个蝉蜕钉在一棵树的干上。"这段描写，象征战争的阴影仍然笼罩着这个世界。作家这样整体运用象征和暗示手法，是小说艺术向高级阶段发展的迹象。

朱点人的作品是以主题思想强烈、突出而见长的，他在艺术上表现出的前卫性迹象，是不能忽视的，尤其台湾小说初步发展期，这种艺术上的发端更值得重视。

台湾小说的萌芽和初步发展期概括起来有下列几个特点可供思考。

其一，这个时期的小说使命感相当强烈。它在抗日民族解放斗争的土壤里产生，并且承担起了抗日民族解放斗争的使命。

其二，小说的主题思想非常突出，主要是揭露日本占领者的罪恶；暴露民族败类的丑行；反对封建婚姻，为女性鸣不平。

其三，此时的小说一般都是用中文写作。表现了当时日本的"皇民化"政策，还未达到三十年代的残酷程度。

其四，小说的思想大于艺术。艺术上一般还相当粗糙，带着蝉蜕后的鲜嫩状儿。

其五，因受到现实的局限，作品的视野还比较狭窄，因而有时在同类题材的作品中，感觉出似曾相识的现象。

其六，人物的塑造已见出功力，但有的还局限于堆雪人的阶段，还未进入细心雕琢的境界。

其七，虽然此期的小说存在着一切新生事物均不可避免的不足，但却形成了具有雄厚实力的，以赖和为代表的台湾作家群落，不管是思想还是艺术，均为台湾小说的发展拓开了深宏的前景。

第三编

台湾小说的发展期

第一章
台湾小说发展期的社会和文学背景

第一节 社会背景

　　二十世纪三四十年代是世界局势最动荡的时期，德、日、意帝国主义由残暴走向消亡，世界人民遭受了第二次世界大战的严重摧残。中国从1931年的"九一八事变"，到1937年的"卢沟桥事变"，日本帝国主义由局部入侵中国领土到妄图吞并全中国，中国人民进入了抗战的最艰难岁月。台湾既是日本帝国主义进行侵略战争的一个据点，也是全中国、全世界人民反法西斯战争的一个前哨阵地；既是敌人发动战争的跳板，也是埋葬敌人的坟墓。台湾在第二次世界大战中的地位非常特殊。日本为了把台湾建成侵略战争的基地对台湾加紧统治，强化殖民机器，疯狂推行"皇民化"运动。1931年2月，日本总督府宣布取缔"台湾民众党"，同年6月日本警察在全台湾对共产党进行大搜捕，将该党领导成员和大批党员投入监狱。1937年"七七事变"爆发，日本宣布台湾进入"战时体制"，解散"台湾地方自治联盟"，实行渔火管制，明令宣布禁用中文，所有中文报刊和报刊的中文栏都停刊废刊。1939年，日本人颁布所谓"国民征用令"，强令台湾同胞入伍为其侵略战争当炮灰。1940年台湾总督府以改订"户口规划"为借口，推行"改姓名运动"，强迫台湾同胞改换成日本姓名，禁止过中国的传统春节。1941年将"台湾文化协会"一百多名成员逮捕入狱，大规模迫害台湾爱国反日的知识分子，使许多人惨死在狱中。同年12月7日，日本袭击珍珠港，太平洋战争爆发，法西斯侵略战争达到最疯狂之点，也是它转向灭亡的转折之点。历史的辩证法告诉人们，敌人压迫得越重，人民反抗得就越烈。1930年2月，"台湾工友总联盟"在台北市举行成立大会，提出"拥护中国工农革命"，"反对帝国主义战争"的口号。同年10月27日，台湾爆发了震惊中外的"雾山大起义"。雾山地区的高山族同胞不堪日本人的奴役，利用学校举行运动会之机，将会场上的日本占领者全部杀死，进而攻占警察局、邮局、商店，捣毁许多警察所，打死打伤四百多名日本人。日本当局调来大批军警进行围剿并出动飞机大炮进行轰击，高山族同胞奋勇抵抗，激战二十余日夜，最后弹尽粮绝集体殉国。在这次起义中有九百多名雾社的高山族同胞遇难。1931年"台湾民众党"被取缔。该党领袖蒋渭水公开发表声明，指出："台湾人的解放，不可能单独靠知识分子及有产阶级完成。全台湾人的自由，必俟工人、农民、无产市民之奋战。唯其如是，方能获取解放运动之完善结果。"这表明，台湾先进的知识分子在斗争实践中，已明确认识到了工农是革命主力军的重要事实。1937年台湾宜兰县的七百余名矿工集体暴动，次年高雄、六甲地区又发生连续暴动。1939年日本征集的一千余名台湾壮丁拿到武器后在高雄"哗变"。1943年12月1日，中、美、英签署《开罗宣言》规定：三国之宗旨，在剥夺日本自从一九一四年第一次世界大战开始后在太平洋上所夺得或占领之一切岛屿，在使日本所窃取于中国之领土，例如东北四省、台湾、澎湖群岛等，归还中国。

从三十年代初到四十年代初，敌人的残暴和人民的觉醒在台湾的土地上同时出现，这是敌人走向覆灭的前兆，这是人民抗战胜利的曙光。台湾文学评论家叶石涛在《光复前台湾文学全集·总序》中谈到这个时期台湾社会形势的演变时说："随着台湾殖民地社会内部不安的激化，旧文化协会等运动逐渐衰亡，完成了它的历史使命。跟着抬头的新一代领导者，已经得到历史的教训，深知不流血安得自由的道理，他们接受崭新的思潮，学习民族运动开展的新方式，摒弃了妥协和迎合。"台湾抗日民族运动领导者阶层的变换，由资产阶级知识分子阶层换成工农阶层；台湾抗日斗争形势的变化，即由非武装斗争为主再转向以武装斗争为主，使台湾的形势适应和配合了全世界反法西斯斗争的形势和进程，使台湾人民的斗争成了全中国、全世界人民反法西斯斗争的一个组成部分。这个时期的台湾文学和小说，也和台湾人民的反法西斯斗争同步，体现了台湾人民觉醒的特点。

第二节　文学背景

台湾新文学于二十年代初期在五四运动的影响下诞生之后，经过幼年期，到三十年代已进入蓬勃的青年期，三十年代中期迎来了一个高潮。台湾新文学的摇篮《台湾民报》自 1927 年 8 月 1 日，由日本东京迁到台湾编辑发行。五年以后，即 1932 年 4 月 15 日正式改称为《台湾新民报》，由原来的周刊改为日刊。此时台湾文艺刊物已逐渐进入兴旺期。许多文艺刊物纷纷创刊。

1.《南音》半月刊。1931 年秋季，台北市和台中市的一些文人共同发起组织了文学社团——南音社。次年，1932 年元月 1 日，他们创办了文艺杂志《南音》半月刊，发表小说、诗歌、戏剧等，为台湾文坛注入了一股新鲜血液。该刊在发刊词中公开昭示了他们的主张，概括起来有下列几点：①在台湾的混沌日子里，在有的人颓废堕落，有的自杀，有的铤而走险的政治气氛下，他们"写几篇不三不四的文字，谈几句不关痛痒的闲话，来消消愁闷，解除郁愤"。②该刊在供同仁"自己表现一些牢骚之外，还期待做思想知识的交换机关，尽一点微力于文艺的启蒙运动"。③他们要借这份刊物"在这乌烟瘴气里，发现得一线光明"，给人们苦难的心灵以润泽。④他们要让文艺走出知识分子狭小的圈圈，探索"怎样才能够使思想、文艺普遍化"的道路。⑤为台湾作家提供一块创作园地。

2.《福尔摩沙》。1931 年 3 月 25 日，台湾在日本的留学生王白渊、林新丰、林兑、叶秋木、吴坤煌、张丽旭等，在东京决心"以文化形体，使民众理解民族革命"为宗旨，发起组织了"台湾艺术研究会"。同年 8 月 13 日创办了机关刊物《福尔摩沙》。1932 年 3 月 20 日，由苏维熊、巫永福、魏上春、张文环、王白渊、刘捷、吴坤煌等又重组台湾艺术研究会，《福尔摩沙》也正式创办，并发表檄文。他们在《檄文》中写道："以文艺改革事业自许，大胆地自立为先锋……决不俯顺偏狭的政治和经济之约束，将问题从高远之处观察，来创造适合台湾人的文化新生活。"他们这样号召人们："联合同志，团结起来，一致奋起，交换意见，互相扶助，努力创造文艺。"他们认为："现在的台湾，不过是表面上的美观，其实十室九空，可比是埋藏着朽骨烂肉的白冢，所以我们必须以文艺来创造真正的华丽之岛。"该刊创刊后发表了大量有质量的文艺作品，突出体现了中国的民族意识，使台湾文坛和留日学生大受鼓舞，成为台湾新文学一支生力军。

3.《先发部队》和《第一线》。1932年10月由廖毓文、郭秋生、黄得时、林克夫、朱点人、蔡德音、陈君玉等人发起组织了"台湾文艺协会"。1934年7月15日创办该会机关刊物《先发部队》，并发表宣言。他们认为："我们台湾的所有分野，都已碰进了极端之墙壁，无论是政治生活，社会生活，个人生活，早已听着呼喊改进的声音，同时待望真挚有力的文艺之出现，也已非一日了……我们敢不以'先发部队'的精神和使命自许，向目的地奋勇突进，务期在于既成园地之外，扩大一点的园地，并且努力删除既成园地的荆棘，使全面的台湾新文学能够健全、发达和繁荣，进而应付时代的要求，做起未来的所有生活分野的先驱和动力吗？"《先发部队》发行了一期后，更名为《第一线》。

4.《台湾文艺》。由赖明弘和张深切等发起。台湾文艺联盟于1934年5月6日在台中市成立，该日下午在小西湖酒家召开全岛作家、诗人、评论家大会，宣布了台湾文艺联盟的章程，并选举了领导机构。会议选举赖和、赖庆、赖明弘、何集璧、张深切为常委，张深切为常务委员长。分别选出了北部、中部、南部的委员，决定在台湾各地和日本东京设立支部。台湾文艺界在日本帝国主义的残酷迫害下，公开聚会，成立全岛性的组织，实现了全岛文艺界大联合，这标志着台湾文学发展到了一个新阶段。台湾文艺联盟成立后半年，即1934年11月5日创办了自己的机关刊物《台湾文艺》。这是台湾日据时期寿命最长，作家最多，影响最大的文艺刊物。它的办刊方针是："有伪路线不如宁无路线"，"把这本杂志办到能够深入识字阶级的大众里头去"，"把台湾的一切路线筑向到世界的心脏去"。

5. 《台湾新文学》。由杨逵和他的夫人叶陶两人于 1935 年 12 月 28 日创办，到 1937 年 6 月停刊，共发行了十四期。办这个刊物的起因是杨逵先生与《台湾文艺》中一位领导人发生分歧。该刊的创刊词中有这样的话："我经过了千思万虑，而所获的结论是为了台湾的作家，为了读书人，迫切需要着适应台湾的现实底文学机关。只是似乎谁也不愿意给他们。作家以及读书者，到了这样的田地，于是只有积少成多，集了自己零碎的钱，来建设培养一个园地，而自励自勉，自己鼓舞下去。"

台湾文坛在一个短时期内，成立了这么多文艺团体，创办了这么多文艺刊物，这本身就是文艺繁荣的一种标志，就是文艺出现高潮的有力证据。从上述各文艺社团和刊物的宣言来看，此一时期台湾文学还是以抗日民族解放为使命、为总主题的，但同时也非常重视台湾文学的自身建设，并努力使文学得到普及。由于众多文艺社团的成立，使台湾作家趋于集群化，有了较明显的群体意识。创作上也更趋于使命化。由于众多文艺刊物的创办，有了较广的发表园地，促使前期老作家创作上更加成熟，新作家更大量地涌现。全岛性的文艺团体"台湾文艺联盟"的成立和它在各地的支部的建立，使过去比较分散的力量，走向了统一和集中。这种统一和集中在抗日民族斗争的艰难岁月中，显得非常必要和可贵。无疑，对人民是一种巨大的鼓舞，而对敌人构成一种不小的威胁。这种局面的出现不管对政治斗争还是文艺建设，都是极为有利的。此一时期活跃于台湾文坛的小说家相当多，除萌芽期和初步发展期的作家继续活跃于文坛外，此时期涌现的重要作家有：杨华、王锦江（王诗琅）、郭秋生、张庆堂、张深切、黄得时、杨逵、巫永福、翁闹、龙瑛宗、王永雄、吴新荣、吕赫若，等等。这个时期的小说家中，以杨逵的成就为最高。

第三节　台湾话文论争促进台湾小说的成熟

发生于 1930 年前后的"台湾话文论争"又称为"乡土文学论战"。文学是语言的内容，语言是文学的表达形式，两者关系至为密切。语言对于文学流派、风格的表现和熔铸，犹如煤与火。因而台湾前辈文人把用台湾方言描写的文学，称之为"乡土文学"。此次乡土文学论战与发生在七十年代中期的乡土文学论战虽然名称相同，但内容却大相径庭。

提倡用台湾方言创作，并非始于三十年代，各人的目的也不尽相同，因而不可一语褒贬。例如1924年10月连温卿曾先后发表《语言之社会性质》和《将来之"台湾语"》诸文，强调语言问题关系到民族的生死存亡，为了不使民族被统治者所溶化，他主张使用、保存和整理"台湾语"。台湾新文学运动的急先锋张我军则从有利于祖国文化的统一和传播出发，在《新文学运动的意义》一文中提出了"白话文学的建设和台湾语言的改造"两项使命。依张我军看来，台湾新文学要发展，就必须用白话文进行创作。要用白话文进行创作就要改造不规则、不合理，甚至没有文字可以书写的台湾土话。只有把台湾方言改造成"中国国语"，才可能达到话、文一致，使台湾文化不致和祖国文化脱节。到了1929年，台湾史学家连横连续发表了《台语整理之头绪》和《台语整理之责任》诸文，谈到在日本人的强权下，"台语"有被消灭的危险，民族精神出现萎靡的现象，因而他倡导要使用"台湾语"。连横在《"台湾语"整理之责任》一文中说："余既整理台湾语，复惧其日就消灭也。……今之学童，七岁受书，天真未泯，咿咿初诵，而乡校已禁其台湾语矣！今之青年负笈东土，期求学问，十载勤劳，而归来已忘其台湾语矣！今之缙绅上士，乃至里胥小吏，遨游官府，附势趋权，趾高气扬，自命时彦，而交际之间已不屑复语'台湾语'矣……余以僇民，躬逢此阨，既见台湾语之日就消灭，不得不起而整理，一以保存，一以发达，遂成台湾语考释，亦稍以尽厥职矣！"[1] 发生在1930年前后的台湾话文论争，是承袭了前人关于"台湾语"问题讨论，而发展到了高潮，形成了壁垒分明的阵势。其内容、规模及争论的深度都有了更大的发展。一派主张大力提倡"台湾话文运动"，将台湾方言推展到一切领域，这一派以黄石辉和郭秋生为首。他们认为，文言文和白话文都是贵族式的，广大

---

[1] 陈少廷编撰：《台湾新文学运动简史》，台北：联经出版事业公司1977年版，第63—64页。

劳苦大众与其无缘，因而必须"用'台湾语'做文，用'台湾语'做诗，用'台湾语'做小说，用'台湾语'做歌谣，描写台湾的事物"；其次，他们认为"台湾话"比较易学，较易发挥独创性等。

和黄石辉、郭秋生针锋相对地反对"台湾话文运动"，极力倡导白话文运动，主张用白话文写作的有廖毓文、林克夫、朱点人等。他们认为：①"台湾话"粗糙，不足为文学的利器；②"台湾话"分歧不一，无所适从；③"台湾话"（大部分）大陆人看不懂。他们认为台湾是中国的一环，台湾和大陆永远不能分离，普及白话文可以密切海峡两岸的联系，可以沟通海峡两岸的文化交流。

虽然他们各有道理，主张"台语"创作的郭秋生也说："我极爱中国的白话文，其实我何尝一天离却中国的白话文？"但就他们论争的实质和意义来看，不能不说主张白话文者站得高，看得远，视野比较开阔。他们的主张更有利于台湾文学自身的发展和传播，他们的主张更有利于民族的团结和融合，更有利于台湾人民抗日民族解放运动的发展，更有利于争取祖国人民对台湾同胞的支援。台湾文学史家陈少廷说："此次论战持续了二年余，充分显示这些在异族统治下的台湾知识分子，对自己台湾话文处理的困惑和苦闷。当时，这种论战自然不会有什么结果。而随着抗战胜利，台湾重归祖国版图，此一问题，也就不复有意义了。"[1] 但是，尽管如此，这一次台湾话文的论战，对台湾新文学的发展，尤其是对台湾小说的发展，还是显出了其影响力的。不仅促进了台湾白话小说迅速越过幼年期走向了成熟，而且对保证台湾小说创作以白话文为主的表达形式持续发展，起了重要作用。

---

[1]《台湾新文学运动简史》，第75页。

第二章
台湾文学的脊骨杨逵

第一节　不屈的民族斗士

杨逵是中华民族反抗精神的不朽雕塑，在同时代的台湾作家中，他的反抗精神最强，思想境界最高，民族情感最深。即使在同时代的全中国作家中，像杨逵具有那么坚定强烈的反抗精神，那么高远开阔的思想境界的人，也是不多的。被日本帝国主义逮捕十余次，而决不屈服，反抗到底，是名副其实的"压不扁的玫瑰花"；以不怕天不怕地，一双利斧砍天下的古代农民英雄李逵之名自称，虽然一个是斧头，一个是笔头，但杨逵这笔确有李逵之斧的威力；以古人伯夷叔齐宁饿死首阳山为范而创首阳农园，夫妻耕耘卖花度日，蔑视敌人。杨逵的精神，是中华民族不弯的脊梁！是台湾文学的真正脊骨。

杨逵（1905—1985），原名杨贵，笔名杨建人等，台湾台南县新化镇人。1924年中学毕业东渡日本留学，过着半工半读的生涯。他卖过报，干过建筑工，埋过电线杆等。1927年由日本返回台湾投身于抗日民族解放运动。曾参加过"台湾文化协会"，任该会的议长。参加过"台湾农民组合"，任该组织的中央常委。1934年参与发起和组织"台湾文艺联盟"，任该组织的机关刊物《台湾文艺》的日文编辑。1936年1月与其妻叶陶共组"台湾新文学会"，创办《台湾新文学》。1937年与妻一起创办首阳农园。台湾光复后，杨逵主要从事文学活动，曾主编《一阳周报》《力行报》和《台湾文学丛刊》等。杨逵在日据时曾因参加抗日活动被日本帝国主义逮捕十余次而不屈，但日本帝国主义投降后，却因申明"二二八"事件真相，又被逮捕下狱，判了十二年徒刑。杨逵这一次坐牢的时间超过他日据时期十一次坐牢时间的总和，实不能不令人遗憾和痛心。

杨逵有一个非常和睦进步的家庭。他的妻子叶陶，原来是本地的一个小学教员，和杨逵不仅情投意合，而且具有共同的美好理想。杨逵是台湾左翼抗日团体"农民组合"的中央常委，而叶陶是该组织的妇女部长。杨逵在《太太带来了好消息》一文中，十分风趣地谈了叶陶的情况："太太二十几岁的时候，那是她辞掉了小学教员，跑进了抗日运动不久，也正是我从东京回来参加了她们的战线的时候，我们认识了，她要我在她的扇上签了几个字，当时日本人把我们民族的斗士都叫'土匪'……便在她扇上写了'土匪婆'三个大字。因此'土匪婆'便成了她的别名，不愿做日本奴隶的人们都觉得这是可亲可爱的雅号。我高兴'土匪婆'那李逵一般的爽直，她也高兴有人认识她，不久我们结婚了，在日本人的监狱里。"那是1929年2月12日，是杨逵和叶陶这对恋人预定举行结婚典礼的美好时日。那天凌晨，日本占领者却突然同时将他们两人逮捕，不是用同一根红线，而是用同一副镣铐将他们拴在一起。或许就是因为镣铐的残暴比红线的柔情更能激发人的思考，更能凝聚人的情感和意志，因而日本帝国主义这一破坏美好婚姻的暴行，反而成了他们爱情的加温剂，使他们的情爱在共患难中变得更加纯洁而崇高。他们以乐观而藐视敌人的态度，把戴着镣铐辗转台南、台中等地监狱，看成是"做了十七日的官费蜜月旅行。"

杨逵很早就向往和崇敬进步作家，三十年代他和夫人叶陶创办的《台湾新文学》，总共发行了十四期，其中就有一期《高尔基专辑》。杨逵接触鲁迅的作品也比较早，那是1938年，出资帮他创办首阳农园的日本友人入田春彦，被日本当局处罚返日，入田春彦决心以死抗拒，临自杀前遗嘱杨逵夫妇料理他的后事。杨逵先生在清理入田春彦的遗物中，发现有日文版《鲁迅全集》七卷。从那时起，杨逵就细读鲁迅，受到鲁迅精神的熏陶。

杨逵是文学全才，他写小说、散文、戏剧，也写诗。他的主要小说有：《送报夫》《顽童伐鬼记》《无医村》《泥娃娃》《鹅妈妈出嫁》《剿天狗》《春光关不住》《种地瓜》《萌芽》《归农之日》《灵签》《绅士连仲》《增产背后——老丑角的故事》等。另有剧本《父与子》《猪哥仔伯》《剿天狗》和《牛犁分家》等。中篇小说《送报夫》曾于 1936 年由胡风译成中文，收入上海生活书店刊行的《世界知识》丛书。

第二节　小说是抗日的武器

杨逵的作品主题恢宏，思想深刻。在台湾作家中，他是把文学作为伟大抗日斗争的一个组成部分，把文学作品当成武器来掌握的，因而他的文学是自觉的、醒着的文学。他的任何一部作品都长有明亮的眼睛，他的任何一部作品都是一杆投枪。台湾著名文学批评家张良泽在一篇《不屈的文学魂——论杨逵兼谈日据时代的台湾文学》一文中说：杨逵"每一篇作品都有其方法论，引导读者一条明确可行的路：《鹅妈妈出嫁》——基于儒家大同思想的'共荣经济论'；《种地瓜》——长期抗战论；《无医村》——医疗制度改革论；《萌芽》——戏剧运动论；《送报夫》——联合世界上以平等待我之民族共同奋斗论；《模范村》——革命思想启发论；《春光关不住》——响应祖国抗战论"[1]。对张良泽所论及每篇作品的主题我们可能有某些不同看法，不过，对张良泽所说杨逵每一篇作品都能给读者指一条"明确可行的路"的论断，我是有着强烈共鸣的。

杨逵作品中最强烈、最突出的主题，也就是时代的主题、人民的使命。即：从国土上赶走日本侵略者，实现祖国的统一和中华民族的自由解放。这一主题贯穿在杨逵的所有作品中和杨逵的一切言论、行动中。小说《模范村》中，抗日志士阮新民面对被他父亲迫害的农民萧乞食等说："谢谢你们，告诉我这么多我不知道的事情。家父对不起各位，我真不知该怎样赔罪才好。不过，从今以后，我一定尽我的力量，使他再不会这样下去，请大家放心好了。日本人奴役我们几十年，但他们的野心愈来愈大，手段愈来愈辣，近年来满洲又被它占领了，整个大陆也许都免不了同样命运。这

---

[1]　《前进广场》第 15 期，1983 年 11 月 19 日出版。

不是个人问题，是整个民族问题。我父亲这种作风确是忘祖了。他不该站到日本人那边去，这是不对的。我们应该协力把日本人赶出去，这样才能开拓我们的命运。"这篇小说发表于1942年出版的《台湾文学》上。在日本帝国主义疯狂之极，不可一世、妄图占领全中国、吞食全世界的形势下，杨逵在作品中明确提出，要将日本人赶出中国去，实在具有非凡的勇气和胆识。如果不是无比忠勇的爱国之士，是写不出这种作品的。杨逵在作品中这样写，在行动中也是这样干。1926年2月"台湾农民组合"发动农民起来反对日本资本家侵占土地。杨逵高声问众人："谁侵占了你们的土地？"众人答："日本人！"杨逵问："你们应该怎么办？"众人答："赶走日本人！赶走日本人！"杨逵将这份问答记录签署后送给日本当局，日本当局以"代写文书煽动群众"罪名将他逮捕，开审之日，群众拥来。法官问："你写的什么文书？"杨逵称："就是你手上那一份，写的什么已记不清，大人可以念念。"法官念道："谁侵占了你们的土地？日本人。你们应该怎么办？赶走日本人！赶走日本人……"全场群众雀跃欢呼，法官不敢再往下念，却以"非代书人员而营代书业务"罪名，判杨逵数日监禁。杨逵采用这种巧妙手法，既捉弄了日本鬼子，也宣传了抗日。

在"赶走日本人，还我国土"的总主题下，杨逵在作品中表现了许多分主题，这些分主题大都具有战略目光和深邃的思想。例如，为了建立战胜敌人的必胜信念，首先必须从整体上藐视敌人，透过敌人凶暴而强大的外表看到他虚弱的本质。杨逵在小说《泥娃娃》中充分地表现了藐视表面强大敌人的思想。作品叙述了四个孩子在书桌上用烂泥塑造了一堆日本的飞机、军舰和日本军人："书桌上，堆满了泥塑的坦克车、飞机、军舰和戴日本战斗帽的不倒翁，几乎没有一寸空隙可以摊开稿纸……"虽然这么多日本武器和军队，但是，"当天夜晚，一场雷电交加的倾盆大雨，把孩子的泥娃娃们打成一堆烂泥……"杨逵这里写的"一场雷电交加的倾盆大雨"，实际并非天上之雨，而是人民抗日的暴风雨。这场暴风雨正是杨逵在这篇作品中所说："如果以奴役别的民族，掠夺别国物资为目的的战争不消灭；如果富岗一类厚颜无耻的鹰犬，不从人类中扫光，人类怎么可能会有光明和幸福的一天！"所需要的那一场革命的暴风雨。要战胜敌人，赶走日本占领者，就要团结一切朋友，一致对敌；就要有正确的策略和方针。杨逵在小说《送报夫》中提出了要将帝国主义国家内部的统治者和人民加以区分，从而团结帝国主义国内的人民反对共同的敌人的战略思想。作家在《送报夫》中这样写道："在家乡的时候，我以为一切的日本人都是坏人，一直都很恨他们。初到东京时，我还是抱着疑惧之心的。"但后来作者认识到："至于田中，他比亲兄弟还要好……不，想到我那当过巡查补的哥哥，什么是亲兄弟，拿他来作比较都觉得对不起田中。如此看来，和台湾人里面有好坏人一样，日本人里面竟也如此。"在这样认识的基础上，他希望建立反对共同敌人的统一战线。"好！我们就携手奋斗吧！叫你们吃苦头的，也同样叫我们吃苦头，他们是同类，是我们共同的敌人！"这种思想在三十年代初期提出并铸为形象，非常难能可贵，表现出杨逵那种文学家、思想家的远见卓识和宏伟气度。《鹅妈妈出嫁》这部中篇小说中，杨逵以形象的力量集中地批判和揭露了日本帝国主义的所谓"大东亚共荣圈"的侵略计划。作品中的经济学家林文钦系孔夫子的忠实信徒，他要创立自己"万民共荣"的经济理论，要实现既不是"一人积着巨富万人饥"，也不是"血腥的阶级斗争"的社会。他家里十分富有，但却因为妹妹不肯嫁给王专务做姨太太而破产。作品中的主人公"我"，被日本人医院院长敲诈勒索，不得不把自己全家喜欢的母鹅装扮成"新娘"，送到院长大人家里。一个经济学家耗尽心血写成了将近二十万字的《共荣经济的理念》，但最终弄得家破人亡。这强烈的自我嘲讽，正像杨逵在作品中所写："炮声、轰炸声震天价响——在这样的时候，他卖命写完了这部《共荣经济的理念》，还希望人类能觅到良心，恢复原始人的朴实与纯真，实在是再天真也没有的了。做一个朋友，他固然值得敬仰，但为人为己，时代已不再容纳此书呆子了。"这是一个处于愚昧状态中的知识分子的遭遇，一方面是杀人的侵略战争，一方面却追求什么"共荣"，岂不是异想天开，白日做梦？但对一个清醒者来说，现实仍然是极端残酷的，明知日本人讹诈，还得自动送上门去。两个故事贯穿着一个主题，那便是日本人的"大东亚共荣圈"不过是彻头彻尾的欺骗。

因而作者在作品中痛斥道："大东亚战争就以共存共荣为标榜"，"可憎的共存共荣呀！"作家写这篇作品的目的，就在于"我的意图是剥掉它的狼皮，表现这只狼的真面目"。

值得一提的是杨逵的剧本《牛犁分家》的深刻寓意。剧本描写农民耕南一家，家庭分裂最后又和好的复杂经历。耕南有两个儿子，一个叫大牛，一个叫铁犁。他们在日本人的百般欺凌之下，却从没有屈服，他们时时渴盼着："日本战败的话，台湾便可以光复。回到祖国怀抱，不就可以把日本人通通赶回去了吗？"但是，当抗战胜利后，两个儿子却闹起了分家。一个分了犁，一个分了牛，你不能耕，我不能种，结果把祖宗传下来的田地都荒芜了。作品如此富有哲理地写道："外患易防，内忧难治……日本侵犯我们国土的时候，大家都容易认识谁是敌人，人家待我不好，大家也非常敏感，也就容易提防。可是自己心里头的仇敌——比如自私、坏脾气、错误观念、不好习惯……都很难发觉，也就不易医治的。但这一切却是扰乱和平的根源。"杨逵用非常朴素的语言，道出了非常深刻的哲理；他盼望国家统一，呼唤民族团结；以鲜明的形象，写出了海峡两岸人民的心声。

第三节　融汇着深邃思想的现实主义小说艺术

1. 纯熟的象征手法运用。翻开杨逵的作品，整体象征和部分象征不断地交替出现。比如，以小泥娃娃象征不可一世的日本帝国主义；以花芽萌发象征新思想新形势之出现；以压不扁的玫瑰花象征压不倒的革命意志和品质等等。象征手法在作品中有时对升华作品的主题，提升作品的档次，有着立竿见影的奇效。例如《春光关不住》中作者这样写道："你寄来的那株玫瑰花，种在黄花缸上，长得很茂盛。枝头长出了许多花苞，开满着血红的花。我再也不寂寞了……""有一天，去找林建文，我才听他谈起了黄花岗的故事。"非常明显，把玫瑰花种在"黄花缸上"是"黄花岗上"的谐音。而玫瑰花是黄花岗上七十二烈士不死的革命英魂的象征，因而有了黄花缸上开着血红花的玫瑰，主人公就再不寂寞了。这种象征给人以深远的回响。作品不是写主人公对一般玫瑰花的情感，而是对革命者的崇敬，作品的主题和品格也就骤然获得了升华。

2. 两极对照。把两种截然相反的事情和人物放在同一个展台上，让人们看出他们的高下和优劣。例如作家在《模范村》中塑造了父子二人。父亲阮固是个祸害人民的汉奸地主，而儿子阮新民却是一个具有先进思想的抗日战士。一个"固"，一个"新"，两个尖锐对立。他们走着截然相反的道路。阮新民最后脱离家庭，毅然地回到祖国去追寻和实现自己的革命理想。一个展台上摆出两种人格，两条道路，供人们去评价去选择，这种方法可能比一篇说教的论文更能启发人、教育人。

第三章
台湾小说发展期的其他作家和作品

　　这个时期还有许多比较优秀的中、短篇小说受到读者欢迎。杨华的《薄命》、杨逵的《送报夫》和吕赫若的《牛车》三个短篇，1936年由胡风译成中文，同时收入上海文化生活出版社译文丛书《山灵：朝鲜台湾短篇小说集》中。据说，这是台湾小说第一次被介绍到大陆。这个时期台湾的小说创作不仅数量空前，而且质量也大为提高，作家队伍遍及台湾地区和日本。尤其值得注意的是，这个时期出现了长篇小说。林辉焜的日文长篇小说《不可抗争的命运》在台湾《新民报》上连载半年之久。描写封建社会制度下，台湾妇女在婚姻和家庭生活中的不幸命运。继林辉焜的《不可抗争的命运》之后，赖庆的日文长篇小说《女性的悲曲》又在台湾《新民报》连载一年之久。这部作品的题材和林辉焜那部长篇大同小异，也是描写台湾妇女不幸命运的。另有陈垂映的长篇小说《暖流寒流》，1936年在日本由台湾文艺联盟东京支部出版发行。这个时期，值得叙述的小说家相当多。他们中有的以小说创作为主，有的以诗创作为主兼营小说，有的以文艺活动家驰名文坛。这里我们重点介绍以小说创作为主的作家。

第一节　王诗琅（王锦江）

　　王诗琅，笔名王锦江、王一刚，1908年2月26日生，台湾省台北市人。七岁拜秀才王采甫学习中文，十岁入台湾师范学校附属公学就读。因接触从大陆传到台湾的新思潮较早，1927年参加台湾青年黑色联盟，1928年参加台湾劳动互助社等抗日团体，两度被日本入侵者逮捕入狱。抗战期间曾渡海来到上海、广州任报社编辑等职，1945年日本帝国主义投降后返台，任《民报》编辑，兼任国民党台湾省党部干事及台湾通讯社编辑主任。1948 年任台湾《和平日报》总主笔，后又曾主编《台北市志》《台北文物》季刊和《学友》杂志等。

王诗琅是文学全才，既写诗，也写小说。既写评论，也写儿童文学。既精中文，也懂日文。但王诗琅一般坚持用中文写作。他说："我不是不会日文，而我大多数的作品用中文来写，是基于民族感情，一份对于国家民族的热爱。"[1] 他的小说作品有《夜雨》《青春》《没落》《老婊头》《十字路》等。张良泽曾为王诗琅编辑出版了《王诗琅全集》十卷。

王诗琅生长在台湾最大的城市台北市，对日本帝国主义蹂躏下的台湾城市生活非常熟悉，因而他集中选择城市题材进行描写，形成了三十年代台湾早期城市文学的风貌。由于王诗琅曾是抗日志士，曾组织和参加过抗日运动，因而他在作品中描写了工人罢工，知识分子的动摇、彷徨和觉醒等。

《夜雨》是王诗琅很重要的一篇小说。作品描写了台湾印刷工人不堪忍受日本人和资本家的压榨而罢工。工人有德罢工失败后生活无着，心情非常烦躁不安，在家里和妻子吵嘴打架。由于生活极度困难不得不同意自己的女儿秀兰，到自己最鄙视的咖啡店去当女侍。作品通过有德的反思，对罢工失败的原因，进行了总结。作者写道："结果归于职工的全面惨败，究其原因，虽是恶劣的业主对抗工人，向内地（指日本）大量的移入工人及新雇台湾人，收买内奸，来搅乱阵营，就是自己们的团结不固，指导方针不好，任几个人操纵。也不能说没有责任……"从工人运动史观察，早期工人运动失败的原因，大都跳不出敌人的残暴镇压，领导者方针策略的错误和内奸工贼的出卖。作者对台湾三十年代工运失败的原因能作出如此精确的分析，说明作家和当时的台湾工运息息相关。这篇作品既表现了对内奸、工贼的鄙弃，也分析了他们叛变的因素，不断把读者的思路引向深入。《夜雨》是台湾文坛早期工人题材小说中的优秀之作。

---

[1] 黄武忠：《日据时代台湾新文学作家小传》，台北：时报文化出版事业有限公司 1980 年版，第 93 页。

《没落》是描写抗日民族运动处于低潮期，革命队伍内部的彷徨、动摇和分化。作品中的主角李耀源，本来是一个激进的抗日青年。他和秀娟曾因反抗家庭的阻婚而携手私奔。秀娟昔日也是一个"谈主义，论社会，讲恋爱的，像初夏的日光下，在溪上泼刺地跳跃的新鲜的鳞鱼般之新女性"，而他自己呢？更曾经"毫无顾恋地，跑到厦门去编入中学，毕业后就进入了上海大学去了。他在厦门的时候已由漠然的民族意识，把握参与的决心。到上海后，他的充满满腔的斗志，时常掩瞒父母的眼睛，往还上海台湾间活跃"，但是革命低潮到来，朋辈们有的被捕，有的被杀，有的颓废，有的改途，这种富裕家庭出身的知识分子，就显出了他们自身致命的动摇、低沉和犹豫不定的弱点。当年谈主义论社会、充满幻想的秀娟，如今怎样呢？"现在眼前的秀娟已是个善良的凡庸的家庭妇人"。而男主角李耀源呢？却服帖地听从日本检察官的劝告，改变了初衷："他心里也决意回家后，更要尽量挽回家运……老实说像自己这样孱弱的人，只好坐在家里读些书做些生意。那些前卫，跑艰难之道，自己是没有勇气，也不适合的。"王诗琅对知识分子在顺境时充满幻想、决心干一番轰轰烈烈大事，到逆境时灰心丧气、动摇、逃跑、改变初衷的特点，描写得入木三分。作者深刻地写道："英英烈烈从容就义，大声疾呼痛论淋漓，那有什么稀罕？但耐久的惨淡辛劳，走充满荆棘的艰苦之道，却不是容易的。"

王诗琅虽然描写了工人罢工的失败和处于革命低潮时期知识分子的动摇、彷徨、逃避和转向，但他并不是一个悲观主义者。恰恰相反，王诗琅是个勇于奋争的乐天派。他虽然描写了李耀源的动摇和颓废，但是，李耀源心中的火苗并没有完全熄灭，良知并未完全泯灭。作者在结尾写道："还清晰的耀源，觉得像浸在甜蜜的悲哀里，汹涌着一股咆哮踊跃的血潮。使不得！我须跶开这块酒杯，铲除这颓废！""弯到黑暗的末广町的时候，不知道是那里的雄鸡，朗朗亮亮底抑扬的啼叫声，鲜明地透进车窗来。"

王诗琅小说非常注意结构的完整。人物性格随故事情节的发展向前推进，故事情节在人物的行动中逐步揭示和展开，显得非常自然和谐。不足之处是有些作品还显得粗糙一点。

第二节　吕赫若

吕赫若（1914—1947），本名吕石堆，台湾台中人，毕业于台中师范学校，当过多年教师。曾留学日本，学习声乐，在日本演出过《诗人与农夫》歌剧，是个出色的男中音歌唱家。曾参加"厚生演剧研究社"，当过《兴南新闻》的编辑。1934 年开始小说创作，处女作《牛车》1935 年 1 月发表于日本的《文学评论》杂志，声名大噪。1943 年《财子寿》获台湾文学奖。1944 年 3 月出版小说集《清秋》，台湾光复后参加台湾省艺术建设协会和出版协会。

吕赫若是台湾日据时期最优秀的小说家之一。他的小说艺术成就达到了相当高的境界。作品最大的特色是善于描写家庭婚姻题材，为处于水深火热中的台湾妇女鸣不平。他的小说有《牛车》《邻居》《石榴》《财子寿》《阖家平安》《庙庭》《月夜》《清秋》等。

《牛车》既是吕赫若最优秀的短篇小说，也是日据时期台湾最优秀的短篇小说之一。作品以非常生动、细腻的笔触揭示了在日本帝国主义掠夺和奴役下，台湾农民生活的苦况。农民杨添丁，因家中贫困，入赘阿梅家成为阿梅的丈夫。杨添丁靠一辆破牛车拉脚维持一家人的生活，开始生意还可以，后来由于日本人的汽车大量输入，自行车增多，越来越少人雇用牛车拉脚了，加之日本占领者不准牛车走公路，杨添丁的生意越来越不好，几乎再无人雇用他的牛车。因生活贫困，妻子阿梅经常和他吵架，怀疑他将赚的钱在外赌博和嫖了女人。杨添丁一再解释，总不能取得妻子的信任，以致妻子撕破面皮要赶他走。他想放弃拉脚去务农，又没有租金佃田，只好动员妻子去卖淫，自己被逼去偷盗……可是，第一次去偷鹅就被抓进了监狱。小说的细节描写，生动逼真。例如杨添丁到处揽不到生意，突然有人找上门来要拉竹笋去集上卖。作者写第二天鸡刚叫他就把牛车赶到了约定地点："月亮也没有，一片漆黑，唯剩来不及逃掉的几颗星，历历可数，还有劲地眨着眼。从道路附近的农家，冲劲的鸡声彼此呼应地钻进耳朵来。杨添丁想，这么早就出来做事，恐怕只有像我这样的人吧。别人正睡得津津有味时，我却在这里等生意。杨添丁突然心境阴暗起来了。——即使这样，老婆还骂我偷懒，没有用。唉！——杨添丁不禁叹息……我这般辛苦地工作还赚不到钱，这是个什么世界呢?”再如，因日本人的汽车夺了牛车的饭碗，拉脚的农民恨得咬牙切齿。而中国的道路又不准中国人走，更是火上浇油。因此，他们看见马路边的路碑就怒火中烧。杨添丁与路上巧遇的几个同行，“突然，四十左右的男子停止歌唱，从车台旁抽出了棍子，向路边走去。被灯笼的光濛然地照着，路碑站在那里。‘你妈的！’一声喊，他动手打倒路碑，但只发出啪啪的声音，无论怎么打路碑，路碑却一动也不动。他狠狠地低声喊了。‘呔！这混蛋！’‘好的！来啦！’喊着跳出来的男子，马上找来了个大石头，两人举了起来，用力地撞去，撞了两三次，路碑就不费力地倒了。”将路碑撞倒以后，他们解气地同声说：“看你狠！”于是他哈哈大笑说：“想想看混蛋汽车要哭的样子。在这种时候，它不能把牛车老爷怎么样罢！哈哈……”作家描写农民的仇日心理惟妙惟肖。这篇小说的结尾写得相当含蓄而有力。当杨添丁劝妻去卖淫，盘算着自己偷鹅成功后，就可以凑够租金弃商务农的时刻，却不料“唉呀!”一声，他的衣服被追赶者抓住了。“大、大人——”他像临死似的叫了一声。一切又都破灭了。这个结尾告诉人们，在日本帝国主义的奴役下，是没有中国农民的活路的。

《庙庭》和《月夜》分开是两个短篇，合起来是一个中篇，故事有着连续性。小说描写农村姑娘翠竹在封建婚姻制度迫害下的不幸命运。她和表哥本来是青梅竹马，但因家庭包办被迫嫁人，表哥也做了人夫。更不幸的是，翠竹出嫁不久，丈夫短命而亡，父母又将她嫁给一个惯于玩弄妇女、换过七次妻的男人。这一家的婆母和小姑，对翠竹十分凶狠，终日虐待打骂，使她难以生活下去。一次翠竹遇上表哥从城里回来，翠竹的父亲却托他将翠竹再次送进火坑。翠竹再也没有生活的希望，投河自尽，幸亏被救及时免于一死。作家通过巧妙构思，不仅批判了封建婚姻制度，而且否定了那个吃人的社会。娘家是陷阱，婆家是火坑。对翠竹来说，要么自杀身亡，要么彻底背叛，没有中间路可走。作品以这样不可辩驳的事实，激发着人们的思考。《财子寿》也是描写妇女不幸命运的。玉梅是一个非常贤淑端庄的姑娘，她不幸成为虚伪而又贪婪、淫荡而又吝啬的保正海文的续弦。由于她过于贤惠和善良，被海文的姘头侍女秋香夺了家权，最后逼成神经病，永远住进了疯人院。

吕赫若在日据时期的台湾文坛上取得显著地位，不是因为他的作品思想的深邃。这方面，他无法和吴浊流、杨逵相比，甚至也无法和王诗琅、朱点人匹敌。筑起吕赫若文学雕像的，是他小说的艺术成就。吕赫若的小说描写生动细腻，结构均衡适中，人物鲜活生动，言语干净明快。吕赫若不仅善于描写人物的心理活动，尤其善于刻画和雕塑人物的外部形象。例如他在雕塑迫害翠竹的恶婆婆时写道："婆婆是个六十岁的老妇人，脸非常长，如同马脸一样。细眯着两个眼睛，邪恶地和额粘在一起，往后吊起。头发几乎掉光了。仿佛在某处牙科医院可见的照片那样，污秽的四五颗牙，掩尽了脸的下部。瘦骨嶙峋的身体，细小的脚，小小的缠足，好不容易支撑着身子，那眼睛和鼻子各个都令人想到非常豪杰型的老妇的锐气……"这全然是一副又可怜又凶狠的封建卫道士的嘴脸。如果说这是一幅漫画，仿佛在某些部位又可透露出画面背后的意蕴。

吕赫若还是一个小说中的风景画家。他的小说改变了中国传统小说中那种极简单的，星星点点，点缀式的风景描写，常见的是一幅幅大张大张的工笔风景画。例如《财子寿》中作者在描写海文的住宅和住宅周围的环境时竟然花去了三页半，两千余字的篇幅。这种风景的描写由远及近，由外到内，层次分明，错落有致。这种风景的描写并非闲笔，而是为表达贪婪吝啬、连亲弟兄遭逢不幸都不肯收留的宅主海文的性格作铺垫的。吕赫若笔下的风景，大都达到了情景交融之境，一般都和作品中人物的处境和情绪紧密地联系在一起。比如《牛车》中与主人公生活极困苦的忧愁情绪相应和，有这样一段风景描绘："青空上，像吐散的唾沫一样的白云飘着，热暑不客气地四面围住。像张开双手向前拥抱似的迫近的山，肚皮上有些地方显出了红肉，因有了阳光，使人觉得刺眼。竹林、相思林、甘蔗田，一切都沉默着……"

　　吕赫若是个运用语言的高手，表现力极强。例如描写穷人家的孩子饥中得食的模样："弟弟马上不哭了，用小嘴有味地嚼着，鼻涕和眼泪混着饭一起流进了嘴里。"又如描写农民喂牛时的巧妙速写镜头："一面捧草送进牛栏里给牛吃，他把衣衫的扣解开地站着，用草笠向着胸口扇风。"再如描写风景的精练佳句："天气晴朗，太阳燃烧着街道。"在吕赫若的小说中像这样生动、简洁、鲜明、形象的语言，俯拾即是。

　　吕赫若的作品，标志着台湾小说向着成熟期迈进。他的作品对后来的台湾作家也有较大的影响。六七十年代的小说明星王祯和的代表作《嫁妆一牛车》，与吕赫若的《牛车》有着某种血缘关系。两部作品不仅篇名相近，主人公都从事牛车拉脚；《嫁妆一牛车》的主人公叫万发，吕赫若《牛车》中的米行称为万发精米所；《嫁妆一牛车》的女主角靠公开与人通奸养家糊口，《牛车》中女主角靠暗地卖淫为生。当然，两篇作品虽有血缘关系，但却是不同时代的产物。《嫁妆一牛车》对主题的开拓，对人物的刻画都远远地超过了《牛车》。

第三节　张文环、林越峰、张庆堂

　　张文环（1909—1978），台湾省嘉义县人。1927年赴日留学，1931年入日本东洋大学文学部。在此期间曾与苏维熊、王白渊、巫永福等发起组织"台湾艺术研究会"，创办《福尔摩沙》杂志。1938年返台，任《风月报》编辑，曾创办《台湾文学》，与日本人办的《文艺台湾》相对抗。张文环是台湾著名的新文学运动的活动家，也是跨时代的台湾小说家。他的小说作品有：《落雷》《哭泣的女人》《父亲的要求》《过重》《部落的元老》《父亲的颜面》《猪的生产》《两个新娘》《忧郁的诗人》《艺妲之家》《部落的惨剧》《论语与鸡》《夜猿》《顿悟》《阉鸡》《媳妇》《芳香的泥土》《云之中》等。1974年又完成长篇小说《爬在地上的人》，此书以日文在日本出版。后由廖清秀翻译成中文《滚地郎》在台北出版。1977年开始写长篇小说《从山上望见的街灯》，未写完即病逝。张文环的短篇小说《父亲的颜面》曾入选台湾"中央公论"小说征文佳作,《夜猿》获台湾文学奖。

张文环的小说擅长描写台湾农村生活,刻画农民形象。通过台湾人民的苦难生活,表现出人性的悲悯。叶石涛曾在《张文环的文学特质》一文中评价道:"张文环的文学特质在于他浓厚的人道精神……他所关怀的是顽强地扎根于泥土的农民,那被欺凌、被虐待的生活,刚好日据时代的殖民地台湾,正是此种缺乏做人条件的地方。他透过台湾农民被欺凌、被损害的悲惨生活的描写,成功地阐明了全世界每一个角落里的农民那样谦和、朴实的普遍灵性。"张文环的长篇日文小说虽然创作于七十年代,但仍然是以日据时期台湾人民的苦难生活为题材的。它以自己的家乡台湾省嘉义县梅山乡为背景,再现了台湾农民在日本人奴役下的五十年的痛苦经历。不过在张文环的小说中,很少看到台湾人民以武装的和非武装的与日本帝国主义进行殊死搏斗的身影,这一缺憾减弱了他作品的时代特性。

林越峰,本名林海成,台湾省台中县人。1909年6月9日生。十五岁公学校毕业,后又读夜校,进德育轩书房学了两年中文。十八岁与兄学木车工,并对文学发生兴趣。一方面创作,一方面参加文学活动。他曾加入"台湾文化协会"并被推为委员,又曾加入"台湾艺术研究会"。1934年他担任"台湾文艺联盟"的筹备委员,为台湾全岛作家的大联合做出了贡献。林越峰的创作以小说为主。他的中篇小说有:《最后的喊声》《油瓶的妈妈》,短篇小说有《到城市去》《好年光》《红萝卜》《月下情歌》《无题》等。

林越峰的创作目的十分明确,他不是为了当作家,而是有感于敌人的残暴,民族的苦难。他是以传递民族文化的香火,反抗民族的敌人为己任而秉笔创作的。他说:"我根本不知道什么是小说,只是人家写,我也跟着写而已。但是当时却抱着一个希望——就是对抗日本人,不让异族统治,更不愿汉文被日本当局禁诫,因此多写一篇小说,就多一篇白话文,多写一日的白话文,汉文就能多保存一天。"他创作的另一个目的是要促进改革,为社会的发展进步献力。他说:"我写作的目的并不是想当小说家,而是利用小说,可以讲一些改革旧制度的话,如旧礼教、坏风俗等,当然也蕴含着民族意识。"出于这样的创作目的和动机，林越峰着力描写在日本人的残酷统治下台湾同胞的悲惨命运。《到城市去》描写农民忘八羡慕城市的洋房、汽车、大马路……于是将田产卖掉带着老婆进了城，但进城后却遭到了种种不幸。最后将老本都赔光，被迫当了小偷。钱还没有偷到手就被人家发现，在别人追赶之下掉进河里淹死。这篇作品表明，城市虽有高楼大厦阔马路，但在异族统治下，城市是中国农民的陷阱和火坑，而非福地。《好年光》以好收成坏命运的题旨表现了不管收成好与坏，均没有农民的好日子过。林越峰的小说真实地揭露了日本人奴役下台湾农村的真实情景，回答了农民不幸命运的根源所在。

张庆堂，台湾省台南县新化乡人。他的小说作品有《鲜血》《年关》《老与死》《他是流眼泪了》等。张庆堂也是一位擅长写台湾农村题材的小说家。他笔下的人物虽然在苦难中呻吟，但却有着强烈的求生意识。《鲜血》描写农民九七，因不愿受地主的压榨，将牛卖掉到城里当了人力车夫，但却因肚饿身虚，一天在上坡时控制不住车柄，悲惨地撞死在汽车下。《老与死》描写农民鸟肉兄死了妻子后，自己和小女过活，生活十分艰难，又遭到日本警察的毒打，病魔缠身，但他要顽强地活下去，无论如何他不能死，因为"他是负着养大她的重大责任啦！"因而他凭着坚韧的求生欲望，战胜了一个又一个磨难，终于活了下来。作家着力表现人的顽强意志对生命的巨大推动作用。张庆堂的小说语言简练优美，许多地方都充满着诗情画意，洋溢着散文美。请看《鲜血》开篇的一段描写——"冬天渐渐地被地球拖了过去，久躲在浓雾里头的太阳，逐渐地恢复它的元气来，浮在东方山尖上，吐出柔软而温暖的光线，罩遍了宇宙。久遭严冬威胁而枯萎着的草木，现在承了春光爱抚，在光滑的枝上，浮出一种使人欲触摸的富有诱引力的嫩叶，快乐地迎着春风，日渐生长起来。"这完全可以成为一篇独立的散文诗，如果给它加个标题《生命》之类，可以说十分贴切。

第四章
台湾早期现代派小说的萌芽

第一节　台湾现代派小说萌芽期代表作家翁闹

1937 年的"七七"卢沟桥事变之后，日本帝国主义要全面实施它吞并亚洲和全世界的侵略计划，其侵略野心膨胀到了极点。他们对中国采取了速战速决的方针，妄图在极短的时间内，将中国纳入日本版图；因此更加疯狂地镇压台湾人民的反抗，并全面地推行"皇民化运动"。台湾局势变得更加血腥和黑暗，非武装抗日活动越来越困难。尤其是禁用中文，大搞文字狱，迫使大批不愿用日文创作的作家失去了阵地，知识分子进一步发生分化，有的则陷入了颓废、动摇、彷徨和苦闷之中。这种政治形势和高压气氛，就成了回避和淡化政治，表现手法较为灰色、隐蔽的现代派小说孕育和萌芽的背景。三十年代萌芽期的现代派小说，在艺术上最主要的特征便是强化人物的心理刻画，深入挖掘人物复杂的内心世界。情节、结构上透出某些淡化迹象，语言上表现出淡淡的洋化气味。这一时期的主要代表作家是翁闹和龙瑛宗。

翁闹，台湾省彰化县人，1908 年出生，1940 年前后卒于日本。他早年毕业于台中师范学校，曾担任教师，后赴日留学。曾和王白渊、苏维熊、巫永福、吴坤煌、刘捷等一起组织"台湾艺术研究会"，创办《福尔摩沙》杂志。他的主要小说有《音乐钟》《憨伯仔》《罗汉脚》《残雪》《天亮前的恋爱故事》等。《憨伯仔》曾入选日本"改造社"的文艺佳作，获好评。

翁闹的小说，与日据时期其他台湾作家的小说有两个不同特点：一是他的作品较洋化，二是大量地展开人物的心理描写。前者主要表现在表达方式和语言的使用上。日据时期台湾小说家，一般采取批判现实主义的表现手法，来揭露日本占领者在台湾犯下的残暴罪行，表现台湾同胞在日本人奴役下的痛苦、呻吟和反抗。多数人的作品是以鲜明的主题，性格突出的人物，较为曲折的故事情节来体现创作意图和自己的风格。而翁闹则不同，他除了《憨伯仔》是写台湾人的苦难之外，其他作品大都描写青年人浪漫的爱情。《憨伯仔》这篇作品没有中心故事和中心情节，而是按照人物生活的自然流程，步步推进。像一条溅不起浪花的小河，从起点到终点自生自灭。这种表现方法虽可慢慢展现人的性格，但却缺少激动人心、使人感奋的力量。《天亮前的恋爱故事》的表现方法和日据时期其他爱情作品的表现方法相比，更是大异其趣。作品用第一人称，以我的口气和对方谈话，从头谈到尾，既不交代地点，也不交代人物，不仅时空和人物模糊，连那谈话内容也十分奇怪。从鸡和鹅的交配引申到人的恋爱，但却只空空议论，久久不进入故事情节，直到作品结尾，说话人和听话人的关系还不大清楚。只是从这样的描写中："真正善良的你！请不要哭。被你一哭，下次我再来找你，会使我的心变得沉重，脚变得迟钝。真正善良的你！请不要哭。再说，如果你答应我下次再来以前，愿意一直就你自己和我的命运认真地想一想，那么我就答应下一次再来找你。"只是从这里我们看到了一点信息，原来是一男一女在谈关于他们共同命运的事。再同标题联系起来，才知道这关系他们命运的事是爱。作品中交代："天要亮了。我非赶时间不可，请送我到门口吧。"从而我们才知道是在黑夜里谈了一个通宵。但奇怪的是，只有一个人在讲，而且讲话内容没有多少触及男女两人之间的终身大事。作品中插入的两个恋爱情节也很奇特：第一个是突然看见一个陌生而美丽的姑娘就跟踪追迹，当追到了姑娘家里，那姑娘正要出嫁。第二个是偶遇一个美丽的姑娘便顺着地址追到人家家里，连姑娘的名字都不知道，见了姑娘的母亲劈头盖脸就说："伯母，请把令爱嫁给我吧！"结果又碰一鼻子灰。这种爱情，这种表现方法和中国的人情常理、心理习惯等格格不入。《天亮前的恋爱故事》从内容到形式都是一种洋化而并没有洋化到家的产物。在语言的运用上，翁闹不像日据时期其他台湾作家大量使用闽南语，因而比较流畅易懂。《光复前的台湾文学全集》中，别的作家作品都有大量注释，而翁闹的作品连半条注释都不需要，就是很好的证明。

翁闹第二个不同于其他台湾作家作品的特点，是大量而熟练的心理描写和着重揭示人物的内心世界。他总是把人物放在矛盾的冲突中去表现。其形式有以下三种：一是探求，二是选择，三是追寻。"探求式"主要表现在《音乐钟》中，作家给"我"安排了一个非常奇妙的环境。"我"的祖母家里突然来了一个美丽无比的少女，"我"一见那美女就有点动心。可是那天晚上偏偏好运来临，安排"我"和叔叔与那美女同住一房。叔叔又开玩笑地说："喂！你跟她一块儿睡吧。""我"虽不好意思，心里却想。于是在叔叔和那美女熟睡之际，"我慢慢开始伸手过去。只想摸一摸那女孩的身体。当然，只要女孩和叔叔没发觉，未尝不想轻轻搂抱一下。"可是在又想又怕的心理支配下，尽管一夜没睡觉，摸了一个通宵，"我的手始终不曾够到女孩。"在探求和探求不到之间，在幻想和现实中间，在欲望和目的之间，差那么一点点距离，主人公的心就在那一点点距离之间挣扎、搏斗、伸屈、彷徨，但最后也没能达到目的。就像一个人要摘树上熟透的果子，手指和果子之间相差针尖一样的距离，但就是到不了口，于是那欲望不但不会冷却，而且愈烧愈烈。这就为心灵的剧烈震动创造了条件，也为心理描写，展开了天地。"选择式"主要表现在《残雪》中。台湾留日学生林春生，在台湾时和少女玉枝相爱，因玉枝的养父要拿玉枝卖钱，阻挠林春生和玉枝的婚姻。林春生去日留学后，决心保持和发展同玉枝的爱情。不料日本姑娘喜美子一见到他就主动要求和他同住。虽在同一个屋顶下，但他们却互不侵犯。后来他们分开了，喜美子从北海道来信向他表示好感，林春生在台北和北海道之间、喜美子和玉枝之间游弋徘徊，不知所从。这种举棋不定的心理状况，正好是艺术家施展心灵描写才能的最佳场所。"追寻式"主要表现在《天亮前的恋爱故事》中，主人公"我"毫无目标地在爱情的道路上浪掷，看到一个漂亮姑娘就追，第一次费了九牛二虎之力，追到了姑娘家里，姑娘的哥哥告诉他，令妹就要举行结婚典礼。第二次追到了另一姑娘家里，其母对他说："对不起，她有未婚夫在家乡。"经过一次次的失败，一次次地碰钉子，仿佛使他变得稳重了一些。因而，虽然与眼前的姑娘谈了一个通宵，也没有马上定下关系。这种爱情的曲折，引起了主人公思想上的一个个波澜，这波澜正好展示出主人公内心世界的隐秘。

翁闹作品中象征手法的运用也相当成功。在《音乐钟》这篇小说里作者把"多多多雷，咪咪咪雷，多多多拉梭"仿佛无处不在、无时不鸣的音乐钟声，作为对爱情的一种追求和向往，不仅恰切地表现了人物那种思缕不绝的精神状况，而且具有浓郁的诗的情趣。这篇小说的意境和语言，像优美的散文诗，那短小精练的结构，那余音袅袅之声，都蕴蓄着浓烈的诗意。《残雪》中描写的日本冬季景象，和林春生那举棋不定、无所适从、选择中透出的悲凉心境以及颓败情绪，也是很贴切的辉映。翁闹作品的主题思想与他所处的敌人疯狂，人民苦难，斗争悲壮的时代相比，是很不相称的，表现出逃离时代的知识分子的无力和苍白。

第二节 龙瑛宗

龙瑛宗（1911—1999），本名刘荣宗，台湾省新竹县人。1930 年毕业于台湾工商学校，后入台湾银行南投分行工作。龙瑛宗在学校读书时便喜爱小说，曾熟读莫泊桑、左拉、福楼拜、契诃夫、陀思妥耶夫斯基等世界名家的作品。1936 年日本《改造》杂志举办小说征文，龙瑛宗以一试的心情送去了处女作《植有木瓜树的小镇》，获该征文的"佳作推荐奖"，一鸣惊人，登上了文坛。龙瑛宗 1930 年参加"台湾文艺家协会"，并任该协会刊物《台湾文艺》编委。1941 年入台湾《日日新报》，台湾光复后任《中华日报》日文版主任，1949 年又返银行界任台湾合作金库人事室副主任，1976 年退休，仍坚持写小说。他的短篇小说有《黄家》《猿》《宵月》《植有木瓜树的小镇》《黑少女》《海在月光下》《春姑逝矣》《莲雾的庭园》《南海之涯》《邂逅》《死在南方》《白鬼》《白色的山脉》《貘》《夜流》《夜黑风高》等，中篇小说有《妈祖宫的姑娘们》，另有文学评论集《蠹鱼》和随笔《女性素描》等。进入七十年代，龙瑛宗七十岁之际又创作了长篇小说《红尘》。

　　研究龙瑛宗，一般以《植有木瓜树的小镇》为代表作。这篇作品描写了日本殖民统治下的台湾知识分子陈有三的软弱无力的人生之道。陈有三中学毕业无所事事，后来经过努力考取了镇公所的会计辅助。待遇上，日本人和同工种的中国人相差悬殊。为了摆脱生活的困境，翌年又去通过文官试验，并一心要在十年内获取律师考试资格，为了这个目标埋头读书。后来他爱上了同事之女林翠娥，以爱情作为精神支柱。但是林翠娥却作为生活的补给品被父亲卖给了邻村一个地主家里。陈有三失去了精神支柱，从此颓废堕落，一切都麻醉在酒中。对于这篇作品，人们有着不同的评价。有的认为它"不仅在台湾文学上，在中国现代文学史上亦属珍贵之作"，有的却认为作者"对于殖民地统治的抵抗意识已呈现屈从及倾斜之状"。叶石涛在《台湾的乡土文学》一文中对这篇作品有这样的评价："一到龙瑛宗，我们将会发现，知识分子已经脆弱堕落，潜思多于行动，而且带有世纪末的颓废。龙瑛宗在他二十六岁的年纪，就以处女作《植有木瓜树的小镇》获得'改造'悬赏小说的佳作。以当时弥漫在日本文坛的偏见、歧视来看，他的奖证明了他有卓越才华。据龙瑛宗自己的回忆：这篇小说是他在孤独和沉思之中孕育的。正因如此，这篇小说的风格情节、手法、对白，都可看出近代西欧文学的影响。他小说里的角色已经不是土头土脑的人物，是成长为思考复杂的现代人。因此，他的笔尖是犀利的，理智是冷静的，所以他对于日本人的抵抗意识也随着升华，变成一股被压抑、孤独无助的哀愁。"[1] 叶石涛的这段评语，既想肯定，又想否定；既想褒，又想贬，呈现着一种左右为难的矛盾之状。其实，和杨逵等笔下的知识分子相比，陈有三是一个走向颓废堕落的形象，这种颓废堕落比之王诗琅笔下《没落》中的李耀源更不如。李耀源投身抗日，虽被白色恐怖所吓倒，但正义之心没有泯灭，而龙瑛宗笔下的陈有三最迫切的追求，是在日本人的统治机器中求得一官半职，在统治者的赏识中往上爬，并且有借敌人以自重，鄙视台湾人的思想和情感。在小镇的一片颓败气氛下，"陈有三不满于此，他以

----

　　[1]　叶石涛：《叶石涛作家论集》，高雄：三信出版社 1973 年版，第 3—4 页。

经常穿着和服，使用日语，胸中燃烧着理想，向上之念，从中感觉自己有别于同族的存在作为自慰"。这种思想和情感是非常危险的。陈有三只是因为没有得到日本人的赏识才没有变成民族的敌人。假如他得到日本当局的青睐，有了向上爬的机会，将会变成压在台湾人民头上的一块石头。罗纯成在长篇论文《龙瑛宗研究》中写道："这篇作品毫无疑问带有现实批判的精神，而其批判精神就隐藏在这样一幅沉痛的世纪末画面里。但他也告诉我们时代已有别于赖和、杨逵等高唱民族意识、抵抗精神的时代了。龙瑛宗笔下的知识分子，对现实社会失望，对明日绝望，更失去了民族意识，这种扭曲的心态以及脆弱得不堪一击的空虚心灵，正构成了战争期间黑暗的法西斯世界来临的前夕之缩图。"应该说，《植有木瓜树的小镇》这篇在台湾日据文学中有相当影响的作品，艺术上有其新的追求，内容上也含有某些十分微弱的批判性，但陈有三这位没有民族灵魂的人物，在某种角度上也反映了作者复杂的倾向和情感。而这样的人物是不能和杨逵等笔下的知识分子形象同日而语的。我们只把他作为近乎反面角色留入小说史册。

这一时期的小说创作，概括起来有如下特点：

1. 以杨逵为代表形成了庞大的台湾现实主义小说作家群。他们以各自不同的思想和艺术追求，赢来了台湾小说五彩缤纷的繁荣局面。

2. 在写实主义的主潮中出现了现代派小说的萌芽。

3. 由于敌人在台湾施行暴政，台湾的抗日民族运动产生分化。一部分向左，一部分向右。台湾的知识分子也明显出现了分化倾向，一部分转向农民为主体的抗日行列，一部分则消极颓废趋向堕落。这种倾向在王诗琅的小说《没落》和龙瑛宗的小说《植有木瓜树的小镇》中有较突出的表现。

4. 从表现形式上看，小说家们已经开始熟练地运用中篇小说的形式，并且勇敢地探向长篇小说领域。陈垂映、林辉球和赖庆等的长篇小说虽然还是一种尝试，但毕竟撞响了长篇小说的晨钟，为台湾长篇小说的发展作了示范。

5. 小说萌芽期和初步发展期思想大于艺术的某些状况已经改变，不少作家开始注意并努力实现自己艺术上的创造和追求。杨逵作品中象征手法的大量而成功地运用，吕赫若作品中情景交融的描绘，翁闹集中挖掘人物的内心世界，张庆堂作品中的诗化倾向等等，均丰富了台湾小说的表达艺术。

6. 此一时期台湾小说的语言艺术，也比萌芽期和初步发展期有了很大提高和发展。不仅减少了作品中"台语"的青涩和阻滞之感，而且强化了语言的表现力；不仅白话成为绝大多数作家的表达手段，而且有的作家已注意到吸收外来语的精华。

第四编

日据末期和光复初期的
台湾小说

第一章
日据末期和光复初期的社会文学背景

　　日据末期，一方面是台湾人民的英勇斗争，为迎接胜利作准备；另一方面是日本帝国主义的垂死挣扎，为挽救其覆灭命运下最后的赌注。因而这个时期的台湾社会更加动乱，台湾人民面临着更大灾难。1945 年 7 月 26 日，中、美、英、苏四国签署了迫令日本无条件投降的《波茨坦公告》。日本帝国主义在全世界人民强大的反法西斯力量面前终于放下屠刀，于 1945 年 8 月 15 日宣布无条件投降。9 月 1 日，中国政府公布《台湾行政长官公署组织大纲》，任命陈仪为台湾行政长官。9 月 2 日，日本签字投降。10 月 25 日盟国中国战区台湾省受降仪式在台北市公会堂（后改称中山堂）举行。会后，台湾行政长官代表中国政府宣布：自即日起，台湾及澎湖列岛已正式重归入中国版图，所有一切土地、人民、政事已置于中国主权之下。次日，台湾全省万众欢呼，家家张灯结彩，祭告祖先，通宵达旦，庆祝欢饮。

　　但是，台湾人民欢呼抗日胜利和重返祖国怀抱的声音还在回响，却又有新的灾难降临到了他们头上。由于一部分接收官员大肆贪赃枉法、贪污盗窃，无止境地将台湾人民的胜利果实和台湾人民的劳动成果窃为己有，把台湾人民置于比日据时期还要黑暗的深渊，终于激起民变，引发了 1947 年的"二二八"事件。1947 年 2 月 27 日傍晚，台北专卖局的武装缉私员和警察将台北市一卖烟的贫苦妇人殴打致死，后又杀害一名无辜的围观群众，激起了全市工人罢工，学生罢课，商人罢市，市民自发上街示威游行。他们袭击专卖局、派出所，围攻长官公署，要求惩治凶手。当局不但不满足群众的要求，反而向示威群众开枪射击，于是愤怒的群众占领了广播电台，号召全省人民游行，提出了打倒国民党政权的口号。接着基隆、台中、台南、高雄等市及宜兰、桃园、新竹、彰化、嘉义、屏东、花莲、台东等县的群众纷纷起来响应。工人、农民、学生等武装起来攻打军营、仓库、飞机场，占领了县府、市府和国民党党部。全省除基隆、高雄市和少数军政部门外，几乎全被游行群众控制。全省成立了"'二二八事件'处理委员会"，台中市宣告成立人民政府。他们提出了"政治改革方案三十二条"。台湾人民的大游行得到了大陆同胞的广泛支持，上海成立了"台湾'二二八惨案'联合后援会"，北平台湾同乡会发表《告同胞书》，北京大学学生积极开展宣传"二二八"真相，发起声援运动。国民党当局从大陆调集大批军队到台湾进行血腥镇压，数万名台湾同胞遭血腥屠杀。这是台湾历史上空前的大惨案。这一年的4月22日，国民党宣布撤销台湾长官公署，成立"台湾省政府"。1948年12月29日，国民党派陈诚任台湾省政府主席。1949年4月14日，陈诚宣布"台湾省私有耕地租用办法"，推行"三七五减租"，即将地租减为千分之三百七十五。5月20日，国民党颁布"戒严令"，实行全省戒严。12月27日，国民党统治集团从大陆退往台湾。

社会政治变迁和文学既有联系又有区别。台湾文学的分期不应以日本人投降为界，而应以文学自身的变化为据。正是由于这一观念，我把台湾日据末期和光复初期的台湾小说划在一个阶段之内。

日据末期，日本占领者为配合政治上的"皇民化运动"，曾叫嚣"皇民化文学"，1943年在台湾成立所谓"日本文学报国会台湾支部"，并在东京召开所谓"大东亚文学者大会"。同年11月由"台湾文学奉公会"主持在台北召开"台湾决战文学会议"。但此时的台湾知识分子，并没有被日本人的凶恶气焰所吓倒。他们在极恶劣的政治压力下，仍以多种形式与敌人相对抗。1941年前后以张文环、吕赫若、王井泉和黄得时为代表成立"启文社"，创办《台湾文学》，和日本人西川满主编的《文艺台湾》，形成对立之势。一个反映中华民族意识，一个推行"皇民化文学"，"形成两个对立的阵营"。这个时期台湾小说的大家之一吴浊流，在暗暗创作日据时期台湾文学的扛鼎之作《亚细亚的孤儿》。他把对敌人的仇恨渗入作品，表现了中华民族不屈的抗争精神。此时的钟理和也在大陆出版了处女作《夹竹桃》。1945年日本帝国主义投降后不久，杨逵便先后创办《一阳周报》《台湾文学》《力行报》《文化交流》，介绍大陆文学，接续民族文学的香火。他同时用中文和日文刊行了鲁迅的《阿Q正传》。1945年11月18日，由游弥坚、许乃昌、陈绍馨、林呈禄、黄启瑞、林献堂、林茂生、杨云萍、李万居、苏新等成立了"台湾文化协进会"，创办《台湾文化》杂志。其宗旨是为了沟通海峡两岸文化，消除日本文化的影响。这个杂志的作者包括台湾海峡两岸的作家学者，发表了许寿裳的《鲁迅的思想与生活》等重要作品。1946年2月20日，《中华日报》在台南创刊。辟文艺专栏，发表了不少台湾作家的作品。1947年5月4日，台湾《新生报》创刊。辟文艺副刊《桥》，共出版223期，台湾和大陆作家均在《桥》上发表作品，该刊号召本省作家和外省作家"加强联系与合作"。这个副刊发表了蔡德本的《苦瓜》、黄昆彬的《美子与猪》、邱妈寅的《叛徒》、王溪清的《女扒手》、谢哲智的《拾煤屑的小孩》、叶石涛的《三月的妈祖》等小说。除了上述的报纸副刊外，这个时期还有台湾民间人士新竹县的黄金穗创办的《新新》杂志，从1945年11月创刊至1946年11月停刊，共发行了八期。该刊中、日文并行，发表了龙瑛宗的《从汕头来的人》和吕赫若的《月光光——光复以前》等小说，成为此一时期台湾文学的重要园地。此外，1946年5月4日成立的"台湾文艺社"由林紫贵主持，发行过一期《台湾文艺》。

1945年8月日本帝国主义投降后，大陆的作家学者们从大陆来到台湾。他们中有：鲁迅先生的好友许寿裳及台静农、袁珂、李何林、李霁野、黄荣灿、黎烈文、雷石榆等。他们与台湾作家学者合作，为传播大陆文学，促进海峡两岸文学交流做出了很重要的贡献。叶石涛说："一般来说，外省作家都肯定日据时代台湾新文学运动的历史性价值，认为它是属于大陆的中国革命的历史任务中的一个反日民族解放运动。杨逵对这些外省作家的主张有满腔的喜欢，这种主张跟他的文学观十分吻合"，"正如1947年杨逵等人创刊的《文化交流》的主张一样，台湾与大陆知识分子真正合作，共同为新的台湾文化的建设而努力"[1]。但是当局的残暴镇压，破坏了海峡两岸作家的倾心合作。他们不仅迫害台湾同胞，也迫害大陆去台的知识分

---

[1]　叶石涛：《台湾文学史纲》，第76—81页。

子。叶六仁在《四十年代的台湾文学》一文中描述道："外省作家的处境也不比台湾作家好多少。曾写过《鲁迅的思想与生活》的许寿裳被杀，木刻家黄荣灿也被杀，李何林、雷石榆等作家或逃回大陆或被驱逐出境。台湾知识分子和大陆知识分子的携手合作，建设台湾新文化的这一颇有远见的活动终于烟消雾散了。"[1]

---

[1] 《文学界》第二十期。

第二章
以爱国情感表现"孤儿意识"的吴浊流

第一节 跨越时代与文学体裁的作家

吴浊流,本名吴建田,号晓耕,台湾省新竹县新埔镇人。1900 年出生,1976 年去世。他十一岁入新埔公学校读书,十七岁入台北师范学校的前身台湾总督府"国语"学校师范部。1920 年台北师范学校毕业后就任小学教师。吴浊流是文学全才,既写诗,也写小说和散文,但以小说为主。1927年加入"苗栗诗社",1932 年参加"大新吟社",吟唱旧诗。吴浊流大器晚成,直到 1935 年杨逵创办《台湾新文学》杂志时,他才发表处女作短篇小说《水月》。1941 年吴浊流渡海来到南京,任南京《大陆新报》记者,1942 年返回台湾。次年开始雕刻他的文学丰碑——长篇小说《亚细亚的孤儿》。1945 年 5 月,在日本帝国主义无条件投降的前夕,他完成了这部长篇小说。小说原名为《胡志明》,1956 年在日本出版时,才更名为《亚细亚的孤儿》。吴浊流是在毫无发表和出版希望的情况下,冒着杀头的危险写这部小说的。因附近住着日本警察,作者写一部分往地下埋一部分,然后再转移到乡下。这部作品为什么题名《胡志明》,后又为什么更换书名,吴浊流曾有过说明。他说:"为何《胡志明》要改为《亚细亚的孤儿》呢?因为胡志明这个书名巧合人名,恐被误会不得不改的。原来我命此名很多寓意,日据时代的台湾人像五胡乱华一样被胡人统治,又台湾人是明朝之遗民,所以要志明,此'明'字是明朝汉族的意思,而且这个'胡'字可通'何'字,所以可以解释'怎么不志明'呢?"作家的目的就是要在日本人的桎梏下明大汉民族之志,这是一种抵抗精神的显示。

吴浊流不仅自己写作，而且非常关心台湾文学的发展。他甘愿消耗自己的财力和精力，为台湾文学铺路。1964 年他创办《台湾文艺》，1969年以其稿费和全部退休金创办"吴浊流文学奖"。他的文友巫永福说："吴浊流应是大器晚成的人。以高寿去世，却很幸运于少年时期获詹际清秀才的指导，打好汉学的基础，能于光复后借机发挥，且大陆生活及台湾的新闻记者生涯，对他的人生观、世界观产生极大的影响而催生他的不朽大作《亚细亚的孤儿》。尤其他的家境不恶，使他能创刊杂志《台湾文艺》，设立文学奖，以维台湾文学薪火奖掖后进，乃先为光复后第一人。"[1] 吴浊流的作品十分丰富。台湾出版有吴浊流作品六册。卷一《亚细亚的孤儿》，卷二《功狗》（收中、短篇小说八篇），卷三《波茨坦科长》（收中、短篇小说十篇），卷四《南京杂感》（收游记杂篇），卷五《黎明前的台湾》（收论述十六篇），卷六《台湾文艺与我》（收论述、散文、自序三十九篇）等。另外未收入上述集子中的作品有《浊流诗草》（旧诗）、《万里游踪恋故乡》（游记）等。吴浊流是台湾文坛上跨时代和跨体裁的文学大家，在继承和拓展台湾新文学方面，有出色贡献。

第二节　严酷形势下，早期台湾知识分子的众生相

吴浊流小说的最大特点是以他个人的深刻体验，酣畅淋漓地描写了在日本帝国主义奴役下的早期台湾知识分子中各类形象，表现了严酷环境中不同阶层知识分子的心理状态，并通过知识分子美好或丑恶的人生活动，深入地揭露了他们所处社会的血腥、丑陋、肮脏和阴暗，无情地鞭挞了日本占领者和他们豢养下的奴才。所以，有人从吴浊流无情地揭露社会罪恶的角度出发，把吴浊流的作品比作《二十年目睹之怪现状》，也有人从吴浊流塑造各类知识分子形象的角度着眼，把他的作品和吴敬梓的《儒林外史》相提并论。我却认为，吴浊流就是吴浊流。吴浊流笔下的知识分子的殖民

---

[1] 《吴浊流与我》（《台湾文艺》1986 年 9 月）。

意识，《二十年目睹之怪现状》中无；吴浊流笔下含着浓重哀怨情绪的"孤儿"意识，《儒林外史》则无从涉及。吴浊流作品中的主题和杨逵作品有些接近，即以日本帝国主义为打击对象，极力保护和阐扬台湾人民心灵深处的民族意识，以中国人的民族性来对抗日本人的侵略性。但杨逵作品中的人物形象却不及吴浊流作品中人物形象的完整和鲜活，而吴浊流作品的主题思想又不及杨逵作品主题思想的强烈和深宏。吴浊流作品主题思想最突出的表现是以讽刺表挞伐，以追寻表思念。

吴浊流的小说概括起来可分为这样三种主要类型：一是无情挞伐知识分子中的民族败类，以《先生妈》和《陈大人》为代表；二是表现台湾知识分子在严酷而黑暗的现实中的追寻和探索，以《水月》和《亚细亚的孤儿》为代表；三是表现光复初期台湾人民对国民党的失望和怨怒。

第一，鞭挞知识分子中的民族败类。知识分子在任何社会形态下都是一个极不稳定与极易动摇和分化的阶层。革命到来之前知识分子中的先觉者自然成为思想的先驱，洪流的潮头，起着发动和启蒙的作用。但当革命处于低潮，面临着最残酷、最黑暗的环境时，其中一部分人最先动摇叛变，甚至依仗敌人成为内奸。吴浊流从切身的生活体验中，对知识分子观察得入木三分。尤其是勾画甘愿卖身投靠充当敌人鹰犬的丑类们的灵魂，如在XK镜前透视一般。例如《陈大人》中描写了日本人的奴才陈英庆，当日本人的巡查补，专门迫害抗日同胞，因抓捕抗日志士受到日本人的赏识，于是便身价百倍，以"大人"自居。他不仅无耻地迫害自己的同胞，而且六亲不认，连他的舅父都欺压。一天他舅父刘秀田在劈竹片，干得正起劲时，忽然屁股上被人猛踢了一脚，"他吓了一跳，不觉伸手摸摸屁股，忍着痛，回头一看。'哎呀！'不好了，他连声叫出：'大人，大人。'刘秀田怆惶惶磕头到地下像螳螂一样，道歉了又道歉，可是，定了神再看，原来是他的外甥。他看清楚之后就叫道：'英庆，你该叫我什么？'他浑身战抖一番，怒吼一声，可是陈大人全无惧色，不慌不忙地说：'算来要叫你阿舅。'说着，傲然指头上那顶巡查补的帽接着说：'可是，我有了这顶帽子，再不能叫你阿舅。'然后，故意装成威严的声音：'在亭仔脚不得劈竹篾，违者要罚，你违犯警例，你知道吗?’陈大人严令了一声，就将佩剑故意弄得锵锵作响，装模作样地跨起大步，鞋音得得而去。”吴浊流以其生花妙笔活画出一个六亲不认，依仗主子势力，骑在人民头上作威作福的走狗的嘴脸。再看《先生妈》中的钱新发，本来家庭贫苦，后来娶了一个财主的女儿为妻，靠妻舅的帮助开设私人医院发了财，一心要投靠日本人，带头搞"皇民化运动"，成了日本人的忠实奴才。日本人号召中国人改日本人名字，他立即响应改叫金中新助，并将新名作招牌挂起。他穿和服，改建日本式房子，一心要把自己塑造成地地道道的"皇民"。作家通过这些反面形象的塑造和对他们进行鞭挞，使人们看清了这些出卖灵魂的丑类们极其可憎而又可厌的面孔。揭露了奴才，也鞭挞了主子；批判了出卖灵魂的丑恶，也歌颂了民族灵魂的可贵。

第二，表现台湾知识分子在极恶劣的逆境中，对理想的追寻和探索，从而走向觉醒。吴浊流笔下的知识分子对人生的追寻和探索，并不是轻松和顺利的，而是走着一条非常艰难、坎坷、曲折之路。发表于 1935 年的《水月》，描写了知识分子仁吉，从小就做着飞黄腾达的梦，"将来不是大政治家就是大实业家，或者学者"。但他的梦想和他所处的社会却存在无法克服的矛盾。他中学毕业后，因为经济艰难作了日本人办的农场小雇员。一当就是十五年。他看到中国人和日本人之间的不平等待遇，"不禁怒火冲天"，难以忍受。《功狗》中的主人公洪宏东，走着一条比仁吉更艰难的路。他中学毕业后被日本人的校长看中留校当代用教员，就对校长感恩戴德，毕恭毕敬，"凡事都惟命是从"。辛辛苦苦卖命干了二十年，不但薪水没有丝毫增加，连代用教员的帽子也未能摘掉。而且由于过度操劳，累出了肺病，因肺病学校又将他免了职。事已至此，并没唤醒他的觉悟，反而产生了"假如自己是个日本人就好了"的自卑自贱念头。当长篇小说《亚细亚的孤儿》中的胡太明面世后，情况就大不一样。胡太明的形象中有作者的某种影子。有人把胡太明的形象说成是："主角胡太明是一个台湾知识分子，胡太明无法认同日本，反对皇民化，同时也无法认同中国，他也不以为台湾在政治上应该归属于大陆。"[1] 我以为如此来解释和理解胡太明的形象是完全不符合作家创作原意的。前面我们已经引过了作者关于最早命名为《胡志明》的富有深意的思考。那便是为了明中国人之志，只是由于和现实的人名巧合，作者才将书名更改的。为了明中国人之志就要寻找中国人要走的路，作者的这种创作意图和上面对胡太明形象的解释完全是南辕北辙的。为了校正台湾新文学史上这一极为重要的文学形象的真正意义，这里再引一段吴浊流《回顾日据时代的台湾文学》一文中的一段话："这本小说，我透过胡太明的一生，把日本统治下的台湾，所有沉淀在清水下层的污泥渣滓，一一揭露出了。登场人物有教员、官吏、医师、商人、老百姓、保正、模范青年、走狗等，不问日本人、中国人的各阶层都网罗在一起，无异是一篇日本殖民统治社会的反面史话。"作者的创作目的就是为了写一篇殖民地的"反面史话"，从而揭露出殖民者的罪行。而在这段话中"不问日本人、中国人的各个阶层都网罗在一起"，显然句中"中国人"指的就是台湾人，台湾人也就是中国人，在作者的笔下中国人和台湾人是一个含意，一个整体，无法分割。从中怎么会找得出"同时也无法认同中国"的含意呢？再看本书第五篇中胡太明"疯狂"时题下的反诗："志为天下士，岂甘作贱民？击暴椎何在，英雄入梦频。汉魂终不灭，断然舍此身！狸兮狸兮！意如何？奴隶生涯抱恨多。横暴蛮威奈若何？同心来复旧山河。六百万民齐崛起，誓将热血为义死。"这首诗是主人公多年在黑暗中追寻摸索所获得的结论；是他性格上由彷徨、动摇到觉醒的结果；是他从黑暗走向光明的开始；是人生道路上的重大转折；是他孤儿意识的被克服，民族意识和祖国意识的新觉醒。因而，我以为把胡太明仅仅看作是孤儿意识的化身是一种静止的观点。孤儿意识只是他在黑暗中没有找到人生的光明之前的一种流动和变化的精神状态，而反抗和觉醒才是他性格的本质。吴浊流通过仁吉、洪宏东、胡太明等人物的描写，连接起了异族统治下，爱国知识分子走过的一条极其曲折、坎坷但却完整的道路，体现了中国知识分子不屈的探索和追求的精神。

---

　　[1]　《四十年代的台湾文学》（《台湾文艺》第 20 集）。

第三，和许多日据时期的台湾作家不同之点，也是吴浊流的特殊成就，在于他虽然跨越了几个历史时期，但是他没有停止过文学活动和文学创作，他用饱蘸情感墨汁的笔留下了各个不同历史时期社会的真实缩影。台湾光复初期，由于思想和语言等多种原因，不少台湾作家停止了创作，假如不是吴浊流等少数几个具有精深的中文底子的作家秉笔疾书，否则，很难使这一段历史在台湾文学中得到反映。因而，不管这些作品的艺术成就如何，它们的存在，就具有历史价值和意义。吴浊流这个时期的代表作是中篇小说《波茨坦科长》。它描写台湾同胞以无比兴奋的心情迎来了回归祖国的大喜日子，他们像崇拜神明一样崇拜着从大陆来的接收大员。但是，他们怎么也没有料到，这些接收大员却原来是一些改换了姓名的汉奸走狗。这帮人原在大陆就依仗日本人作威作福，不仅践踏了台湾同胞的爱国情感，而且骗取了台湾姑娘的爱情；他们不仅将接收的财富化为己有，而且结成团伙走私，获取暴利。这帮人并非普通人，他们参加过北伐、有过战功，头上顶着一块"金字"招牌。作家深刻地揭示了为什么那么多有过光荣历史的人，如今却变成了民族的败类，人民的敌人。这篇作品不仅真实地描述了台湾的那段历史，而且具有相当的思想深度，在一定程度上揭示了"二二八"的历史背景和原因。

第三节　成功的现实主义小说艺术

吴浊流的小说艺术，表现得最为突出的是讽刺和鉴照的手法。讽刺手法在吴浊流的小说中运用得最为普遍。如果作个分类分析，至少表现在这样几个方面：其一，作品题名中讽刺的运用。例如《波茨坦科长》这篇小说的题名就含着强烈的讽刺意味。作家在小序中写道："在这个世界里，最伟大的事物也许要算是波茨坦宣言了。因为它是正当全世界十数亿人在疯狂地流血流泪在斗争的时候，被宣告出来的。因了它，着实产生了好些东西，曰：波茨坦将军，波茨坦政治家，还有波茨坦博士，波茨坦教授，波茨坦暴发户等等。而我们的波茨坦科长也正是其中之一……"其二，人物名字中寓入讽刺。比如：钱新发、陈大人等名字，一看便知内中含意。其三，形象塑造中含纳讽刺性。例如我们上面引述过的对"陈大人"那种情态的描绘。他在舅父面前耍一阵威风后，故意将佩带的剑弄得锵锵作响，鞋音跺得很重，装模作样而去，都从这种描写中透视得一清二楚，仿佛人物的五脏六腑。

鉴照手法的运用，在吴浊流的小说中也非常成功。例如在《先生妈》中作者以妈妈的正面形象来鉴照儿子钱新发那丑恶的嘴脸。钱新发是日本人的忠实奴才，推行"皇民化运动"不遗余力，而他母亲却是个"皇民化运动"的反对者。作家在生活中摘取了这样一个镜头："他又想让母亲穿和服，奈何先生妈始终不肯穿，只好仍然穿了台湾服拍照。金井新助心中存了玉石同架的遗憾……"母亲不但坚决不穿，而且拿起菜刀将儿子给自己准备的和服砍得稀烂。人们大为吃惊，以为她疯了。但她却说："留着这样的东西，我死的时候，恐怕有人给我穿上了，若是穿上这样的东西，我也没有面子去见祖宗。"多么尖锐的对照，一个要她穿，一个不但活着不穿，死了也不穿；一个认为穿上和服可以在主子面前得到宠爱，一个却认为穿了它就可辱没了祖宗。通过这两个形象的互相鉴照，不仅人物性格泾渭分明，而且也强化了作品的主题思想。

第三章
倒在血泊里的笔耕者钟理和

第一节　坎坷的人生，不屈的灵魂

钟理和，笔名江流、里禾，号铁铮、钟坚等。1915 年 12 月 15 日出生于台湾省屏东县高树乡广兴村，祖籍广东梅县。1960 年 8 月 4 日逝世。少时，家庭经济比较富裕，父亲钟镇荣是个富商，在屏东经营布庄、砂木行等，在大陆也有投资，并在高雄县美浓镇笠山脚下购有"笠山农场"。钟理和十岁读小学时，就由大陆去台的老师田廷义教授中文，中文底子比较好。他特别爱读中文古典名著，把《杨文广平蛮十八洞》当作启蒙教材。1930年钟理和自长治高等科（高小）毕业后，回本村学习汉文，又受到江西省籍老师刘公汉的教诲。这时祖国大陆文坛经五四运动洗礼后，思想异常活跃，新文学作品纷纷问世，钟理和如饥似渴地搜寻大陆作家郁达夫等人的作品阅读。他十六岁时因受到《红楼梦》艺术魅力的感染，自己也动手写起小说来。《雨夜花》虽然只写了六章而夭折，但却是钟理和创作道路上第一块奠基石。1933 年十八岁的钟理和随父亲到高雄县美浓镇笠山农场帮助工作。这段生活是他人生道路上转折的契机。不仅为他唯一的长篇小说《笠山农场》提供了丰富的生活素材，而且他在这里爱上了同姓女工钟台妹。因台湾陋习同姓不能通婚，他们的婚姻受到家庭阻挠，迫使他与钟台妹（钟理和爱称之平妹）私奔祖国大陆。1938 年钟理和先只身到沈阳安排好了住地，再返回台湾将平妹接到沈阳。钟理和在沈阳定居后，到"满洲自动车学校"学开汽车，结业后当了司机，在沈阳生下了长子钟铁民（台湾乡土作家）。他的中篇小说《门》记录了他们在沈阳的一段生活，表现了钟理和对祖国、对原乡人的亲子般的情爱。1941 年他们全家迁居北平，住南池子。一方面创作，一方面开木炭零售行维持生计。1945 年在北平出版了他的处女作，也是生前唯一的书，中短篇小说集《夹竹桃》。有人把钟理和算作五十年代的台湾作家，我却觉得不妥。我认为把钟理和算作是四十年代的台湾作家比较合适。因为不仅在四十年代中期不少日据时期的台湾老作家们没有机会出版作品时，钟理和就出版了小说集，这是他登上文坛的标志，而且他们全家于 1946 年回台后，他一直坚持创作不辍。五十年代以前他已经是一位非常成熟的作家了。再从年龄上来看，他和龙瑛宗、吕赫若等都相差无几，不属于战后第二代台湾作家的层次。因而把他放在四十年代比较合适。钟理和回台湾后贫病交加，生活极苦，不仅创作的小说得不到发表和出版，还大病缠身开刀拿掉了七根肋骨。1960 年在修改中篇小说《雨》时，咯血而亡，死在了写作板上，故被台湾文艺界称为"倒在血泊里的笔耕者"。钟理和因频遭退稿打击，连生前唯一的长篇小说也不能出版，实感寒心，临终前告诫长子钟铁民："吾死后，务将所有遗稿付之一炬，吾家后人不得再有从事文学者。《笠山农场》不见问世，死而有憾。"钟理和去世后，生前好友林海音、钟肇政、文心等组成"钟理和遗著出版委员会"，由张良泽教授收集整理、编辑出版了《钟理和全集》八卷。卷一《夹竹桃》，卷二《原乡人》，卷三《雨》，卷四《做田》，卷五《笠山农场》，卷六《日记》，卷七《书简》，卷八《残集》。其中长篇小说《笠山农场》，1956 年曾获"中华文艺奖金委员会"长篇小说奖第二名（第一名缺）。但这一次获奖不但不是福音，而且成了灾难。钟理和在给钟肇政的信中写道："拙著《笠山农场》真叫人伤心。既然是自己的心血结晶，何异自己的孩子，珍爱原是每一个作家应有的心情。然而仅仅一万奖金便把它死死扣住，不再让它重见天日，何异于儿子让人用小可钱买去了打入丰都地狱，永不超生？"钟理和生前是一个很不幸的作家，但明珠出土总有时，当他的全集出版后很快就被人们认识了它的价值，也肯定了钟理和在文坛上应有的地位。台湾拍摄钟理和的生平电影《原乡人》和建立"钟理和纪念馆"，都是对作家伟大而不朽的灵魂的告慰。

第二节　台湾贫瘠乡土风情的恋歌

钟理和的小说，既不像赖和、杨逵的小说那样，以时代的重大题材，表现出中国人在民族敌人面前威武不屈、不可侵犯的抗争性格；也不像吴浊流的小说那样，用漫长的历史画面展示出中国人在和空前疯狂野蛮的敌人斗争中由迷惘、动摇、彷徨到觉醒的艰苦历程。从钟理和小说的整体看，它也记录了时代的风雨，但那基本上是围绕着个人生活的足迹展开的图画。钟理和的处女作《夹竹桃》中的《夹竹桃》《新生》《游丝》，是他四十年代中期以前在北平生活经历的缩影。中篇小说《夹竹桃》，描写了北京的一个旧式大杂院中，一年之间的经历和变化。作家把那个时期北京的各种人都聚集在这个大杂院里，把它当作一个橱窗，展示了各种人物的面目。其中有房东、寡妇、西服裁缝、司机、小职员；有男人、女人；有疯老太太和抽大烟的老头等。"这所院子证实了研究北京人的生活风景的各种文献。也即是说，这所院子典型的代表着北京城的全部院落。"然而作家选择这个院落是要描写一个日本人统治下的世外桃源吗？是要塑造一个天棚、菖蒲缸、夹竹桃点缀下的具有文化意味的风俗图画吗？当然不是。"这里洋溢着在人类社会上一切用丑恶与悲哀的言语所可表现出来的罪恶与悲惨。""他们有如在偶然的机会聚集在一起的，彼此陌生的破难船的旅客。他们既不可抗拒的负着这命运，则他们须就这样子度过他们的世纪风波，人生的航程。"作家是要勾画在异族统治下的苦难的社会样相，和聚集在这条已经破烂不堪的船上，等待着随时沉没而死的绝望的人们。这不是颂歌，不是图画，而是一篇檄文的铺垫和序曲。

钟理和的中篇小说《门》，描写了他和平妹在沈阳的一段生活。这不是一幅普通的生活图画，而是一篇充满激情的颂歌。作品写到他的那个亲密的邻居，帮助他解决了生活上的许多困难，照料平妹生孩子，帮他们哺育孩子的勤劳朴实又特别慈祥的老妈妈时说："老太太，——老太太呀，祝你平安——那是我永世不忘的第二母亲——老夫妇俩疼爱我们不亚于自己亲生的儿女，尤其老太太对于妻。他们怜悯与体恤我们远离家乡，来到千万里外的异域，举目无亲，孤零零的只两口子相依为命。天天过来，甚至时或一天来二次，或三四次，一来便是逗留大半日，安慰，或照料我们无微不至……被投落在大千世界里，失掉温暖的庇护与安慰的妻，也对她亲爱、恋慕与缱绻，如孤生在石阴下的弱草之爱慕阳光……瞧瞧天真地投入老太太暖怀中的妻，与抚摸妻如亲生女儿的老太太——瞧瞧人间这至美的一瞬时，我常禁不住自己眼睛之热，与鼻之酸……"这多么像被欺负的孩子投入了娘怀，又多么像久别游子回到了故土。是妈妈在抚摸着爱女，还是爱女在爱抚着妈妈，任你怎么形容都难尽此时此刻这热烈、真挚、高尚的情感。如果说那亲切、慈祥的老太太象征着祖国的怀抱，她正在抚摸、痛爱在日本铁蹄下受了满腹委屈的台湾之子，恐怕是不但不会过分，而且是十分贴切的。这是一曲动人的母女恋歌，也是一曲祖国颂。《贫贱夫妻》《奔逃》《同姓之婚》《钱的故事》和四篇故乡系列作品及《笠山农场》等，是婚姻家庭生活的颂歌。钟理和与平妹的恋爱本身就充满了曲折、离奇、悲散、欢聚，是一曲既无比幸福，又极其悲苦的奇妙的恋歌；是一曲与世俗观念挑战，与封建婚姻搏斗，发生在旧时代，却充溢着新气息的恋歌。请看当他们的恋爱受到强大压力时，有这样一段对话："求求你做做好事，离开我吧！……你听他们的话去娶个媳妇，他们还是会喜欢你的，我也可以少受点骂。""你呢？我反问"，"你就不要管我！""你也要嫁人吗？""请放心，我是不会嫁人的……不嫁人也照样可以活下去的！""我不娶！""你不娶我也不嫁给你！"多么真挚的情感，多么朴实但却深含情意的语言。字里行间透露出姑娘表面冷内里热，口头上往外推，内心里朝回拉，看似动摇实则坚定的神情，小伙子却有点憨直而倔强。这种爱情和花前月下搂搂抱抱不可同日而语。钟理和的爱情小说生活实感很强，和一般的爱情小说相比别具一格。和其他爱情小说之不同，还在于钟理和的爱情小说不是只写未婚男女之恋。他既写初恋、热恋，也写夫妻之恋，表达了狭义的和广义的爱情的全过程，《贫贱夫妻》等作品中对他和平妹婚后的爱情描写相当生动。请看这段描写："'人家都说你不会好了，劝我不要卖地，不如留下来母子好过日子。可是我不相信你会死。'过了一会儿之后，她又文静地开口：'我们受了那么多苦难，上天会可怜我们。我要你活到长命百岁，看到我们的孩子长大成人，看着我在你跟前舒舒服服地死去。有福之人夫前死，我不愿意自己死时你不在身边，那会使我伤心。'"何等温存而贴心的语言，但这是实实在在的，没有半点哗众取宠。

中篇小说《雨》《竹头庄》《山火》《阿煌叔》《亲家与山歌》《老樵夫》等作品，是一幅幅贫穷、苦难而充满乡土意味的风俗画。《老樵夫》中的老人邱阿金，常受人之托为别人埋葬死去的小孩。他怕狗把孩子的尸体扒出来吃掉，把坑挖得很深，土盖得很厚。就这样还不放心。作品中有这样一段描写："一片凶恶的狗的咆哮声把他的沉思打破了，他抬首看，只见有三只野犬在墓地中间激烈地争夺什么东西，哇喋不休，那地点似乎就是他昨晚掩埋沈家小孩的地方。他这一惊非同小可。他赶忙把木头抛下，疯狂地跑去，又在地下抓起一块小石头用力掷去……他走去，果然是一根骨头，好像还连着肉片什么的。他的脸色陡地变成铁青。他愣了一会，便开始寻找沈家小孩的坟地，盖着新土坯的坟，很快就给寻到了……"这是一幅绝妙的穷山恶水，悲凄荒凉的风俗图。钟理和的这部分作品奠定了他台湾重要乡土作家的地位。

钟理和作品虽然没有描写时代的重大题材，不能说不是一个遗憾。但是透过普通中国人苦难的日常生活的描写，却也展示了他们的不幸命运；钟理和的作品虽然大都是带有自传色彩，表现个人婚姻和爱情，但是透过他们曲折、坎坷，充满传奇意味的婚姻历程的展现，也无情地批判和抨击了封建婚姻观念和乡土陋习。因而，钟理和的小说题材虽不重大，却含有深沉的思想；虽然没有激昂之语，却有着内在的批判威力；虽没有时代的风云际会，却也打有时代的烙印。

第三节　乡土情怀和民族风格的统一

1. 钟理和特别善于描绘显示着民族色彩的风土人情。在他的作品中，我们可以发现一幅幅色彩鲜明的充满乡土风味的连环图画。不管是北京的小胡同、大杂院，还是台湾的农村风貌，在他的笔下都栩栩如生。请看他在《夹竹桃》中描写北京人的人情世故："'对不起，曾太太，您给一两个窝头这两个孩子吃吧！这孩子病得顶厉害的，他妈还只顾回她的娘家，连半个窝头也不给留。可怜这孩子已有两天什么也没吃了！''林太太，您好呀！'曾太太说：'请进来坐吧，有刚蒸得的馒头！'老人把少年安坐在椅上，少年眼睛耷拉着，懒得睁开来。曾太太张罗着，由蒸笼里捡出几个热腾腾的馒头，拿盘盛着，放在两个孩子的面前。"在中篇小说《雨》中，描写了台湾农民求雨的焦虑心情："渐渐地，天上的乌云散了，终于收起了雨点。农夫们出来外面看看，只见地面上盖着一层薄薄的硬壳，脚一踢，硬壳碎了，又变成粉，里面还是那稀松松的土。他们抓了一把土在手里。土是热的，烫手心。失望升上了他们的脸孔。"钟理和真可称之为文学的乡土画家。没有深入精细的观察和体验，难以写出如此动人的场面。

2. 钟理和善于通过日常生活中的细小情节，刻画人物。我们前面说过钟理和作品中没有风云际会的战斗场面，没有大起大落的人生波澜，基本上都是琐碎的日常生活的描写。他用日常生活来表现人物性格，况且大都有自传色彩，难度是相当大的。这就要求作家特别精心地进行选择和概括，在作品情节中寓入作家和人物的浓重情感。前面我们摘引《贫贱夫妇》中主人公与平妹那段深情的对话，就是很好的例证。简短的谈吐，已将平妹贤惠、善良、富有主见的个性表露无遗。钟理和的小说常以传神入画的生动细节，构成动人心弦的风俗画面。

3. 钟理和的小说是民族风格和乡土风味达到和谐统一的典范。乡土色彩是民族风格的重要内容，而民族风格是乡土色彩的最终体现。中国地域辽阔，小说创作中不同的乡土色彩斑斓生辉，比如京味小说、海味小说、湘味小说、边塞小说等。它们汇合起来构成中国小说的完整的民族风格。台湾乡土小说就是这民族大合奏中的一个乐章。钟理和是将民族风格与乡土气息谐调在一起的出色乐手。他早期的《夹竹桃》和晚期的《笠山农场》时隔十几年却没有发生风格上的割裂或变化，他在北京能写北京的风土，到台湾能表台湾的人情，究其原因就是统一的民族气质和情感起了主导作用。

第四章
光复前后的其他台湾小说家

第一节　叶石涛

　　叶石涛（1925—2008），是日据时期最后一个台湾作家。他1925年11月出生于台南市，1930年入台南私塾跟一个老秀才学习古文。1932年入公学校，1938年入台南二中就读。1942年十七岁时应《台湾文学》举办的"小说征奖"创作一篇两万字的小说《妈祖祭》，没有成功。接着又以郑成功治台的事迹为背景写了一篇《征台谭》的小说投稿一个刊物，又遭失败。1943年从台南二中毕业后受聘当了《台湾文艺》的编辑，才开始发表作品。这一年发表了《林君寄来的信》和《春怨》等。1944年叶石涛辞去编辑职务，回台南市当教师。1945年被日本人征召参加日本军队为陆军二等兵。不久，日本帝国主义无条件投降，仍回台南当教师。从1946年之后，叶石涛才在台湾《中华日报》龙瑛宗主编的日文栏里大量发表小说。他出版的小说集有《葫芦港春梦》《罗桑荣和四个女人》《晴天和阴天》《鹦鹉和竖琴》《噶玛兰的柑子》《叶石涛自选集》等。叶石涛不仅是位小说家，而且是位文艺评论家，两者相比他的文学评论比小说创作成就要高，影响要大。他出版的评论集有《叶石涛评论集》《叶石涛作家论集》《台湾文学史纲》等。我们之所以稍违本书宗旨，例外将主要是评论家的叶石涛列专节叙述，是出于几种考虑。其一，他是日据时期台湾最后一个作家，在小说史上记一笔是有意义的；其二，在日据末期和光复初期，台湾有成就的作家极少，叶石涛发表了大量作品，是那个清淡季节的台湾文坛上较突出的作家；其三，叶石涛是台湾早期讽刺小说的主要作家之一。所以很必要进行论述。

　　粗略分析叶石涛的小说，大约有这样几类：一、婚姻爱情题材。例如《葫芦港春梦》《赚食世家》《决斗》等。二、描写社会下层人的生活和命运。如《群鸡之王》《行医记》《黄水仙》等。三、反映当时重大时事题材的作品。如描写"二二八"事件的《三月的妈祖》。四、历史题材的作品。例如《征台谭》《采硫记》等。较能反映叶石涛创作水平的，是他运用讽刺手法，写出的那些充满幽默风趣的作品。我以为台湾早期讽刺小说家首推吴浊流，但吴浊流和叶石涛，各有千秋。

　　讽刺艺术是文学创作中一种极重要的表现手法。讽刺包含着两种截然不同的性质。一种是对付敌人的讽刺，是把讽刺当作刺刀和炸弹，让敌人在人民的笑声中死亡。吴浊流的讽刺艺术属于这一类。他对于"陈大人"和钱新发之类运用的正是这一武器，如果不能达到置敌于死地，那将是一种失败。另一种讽刺艺术是对付自己人的，对付朋友的，这种讽刺艺术抱着善意的动机，揭示出朋友身上的缺点，达到治病救人的目的。叶石涛的讽刺艺术主要属于这后一类型。其讽刺小说有《赚食世家》《决斗》《群鸡之王》《葫芦港春梦》《等待》《黄水仙》等。《赚食世家》描写"赚食世家"的第三代传人阿菜，于 1966 年 4 月的某一天，正推着一篓鲜红而烂熟的李子向 R 镇方向急驶，突然与迎面来的推着一车鲜鱼的青年鱼贩，不偏不倚撞个满怀。这一撞使冤家对头巧成恋人，但是，"赚食世家"的家规阻挠着他们的感情。杨牧师为了玉成这对恋人，曾三次到"赚食世家"奔走而未成，后又委托石头帮助，才完成使命。作品不仅对"赚食世家"进行了尖锐讽刺，而且也揭去了杨牧师的虚伪面纱。

　　《决斗》描写的是台湾普通农民家里发生的一起桃色事件。鲁嫂的儿媳红目嫂又丑又泼辣，她趁阿龙仔喝得烂醉的时候，逼他成了好事，自此以后天天威胁阿龙仔讨自己为小老婆。人家不答应，她硬搬进去，把阿龙嫂和孩子都赶出去，来了个"鹊巢鸠占"！由于红目嫂的出走，鲁嫂想乘机向阿龙仔敲诈。婆媳之间展开了一场唇枪舌剑的决战。作品对鲁嫂进行了善意的讽刺，但使人感到不解的是红目嫂的性格仿佛前后有颇大矛盾。

　　叶石涛的讽刺小说，在四十年代中期台湾文坛青黄不接的特定条件下，取得了一定的成就。但是毋庸讳言，叶石涛的讽刺小说不仅没有达到在讽刺的背后给读者以更深思索的境界，就是在撕破华丽外衣给人以快感方面，也做得不到家。主要原因是作家对生活的观察还不够细致深刻，对讽刺对象的病症还掌握得不准，对自己手中武器的性能还缺乏足够的了解和掌握。因而，叶石涛的讽刺小说既不能使人痛快淋漓，也不能使人会心微笑。有的作品在讽刺对象上也还存在着混乱不清的现象。

第二节　其他接续台湾文学香火的人

在荒芜的田野上，哪怕长着几株极瘦弱的野谷子，也会给人带来收获的欣慰；在最阴沉而黑暗的夜空中，哪怕有几颗并不明亮还眨巴着眼睛的星星，也是一种希望。日据末期和光复初期的台湾文坛，由于敌人的残酷迫害和文字的阻隔，的确呈现着一片荒芜和昏暗的景象，是台湾新文学诞生以来最为暗淡和低沉的时期。不仅新涌现的作家极少，就是已经成熟的作家作品也极少。正是由于这种原因，这个时期出现的稀有的作家和发表的少量的作品，不仅表现了自身的文学成绩，而且以自己的存在接续着台湾新文学的香火。

这个时期的小说有如下几个方面内容：

①描写大陆人和台湾人关系的作品。例如郑重的《摸索》，描写大陆人到台湾煤矿当职员，通过他们的眼睛看到台湾人的生活苦况。杨风的小说《小东西》，描写大陆来台的一个新闻记者，帮助台湾一个书店美丽的少女学习中文，后来这少女又被卖作妓女，而且下落不明。龙瑛宗的小说《从汕头来的人》，描写一个热爱祖国的青年未能目睹台湾光复，患恶性疟疾而死亡的故事。这种反映海峡两岸同胞互相接触、交流，互相同情和帮助，甚至相爱的作品，是在新形势下的一种崭新的题材。这正是光复前后海峡两岸同胞关系发展的真实写照。它体现着台湾和大陆是一个整体，两岸人民心心相印的思想主题。

②反对和批判日本帝国主义推行的所谓"皇民化运动"的作品。例如，

台湾老作家王昶雄 1943 年 7 月发表在《台湾文艺》上的小说《奔流》，描写了"皇民化运动"给台湾知识分子带来的沉重灾难，表达了对"皇民化运动"的强烈抗议。

③反映光复初期台湾同胞苦难生活的作品。例如：朴子人的《苦瓜》，描写儿子被日本帝国主义强迫去当炮灰死在了南洋，媳妇逃回了娘家，老母无以为生，去偷苦瓜而被人毒打的悲惨故事。又如，谢哲智的《拾煤屑的小孩》，描写台湾光复后，一群穷人家的孩子成群结队靠偷煤为生。

④描写日本侵略中国给日本人民带来灾难。例如黄昆彬的《美子与猪》，描写日本人投降后，嫁给台湾人的日本女子受到虐待和折磨的情景。

这些作品主题思想虽不算强烈，题材也不十分重大，但它们的确记录了那个时代的声音和画面，将那个时代比较完整地留在了文学的画廊中。它们成了具有历史的和文学的双重功能的桥梁，给了人们以历史的和文学的双重启示。

第五章
日据时期台湾小说发展综述

　　经过上面的分析和论述，日据时期台湾小说发展的概貌已经清晰地呈现在人们的面前。但是，还有必要对日本帝国主义奴役下台湾小说发展的内在规律性，作一些更清晰、更明确、更集中、更理性的阐释。

　　1. 台湾小说虽然诞生在日本帝国主义严酷奴役下的殖民地社会中，但它却是在中国五四新文化运动的直接影响和洗礼下，诞生在中国文化根基上的中国小说；虽然日本帝国主义疯狂地推行"皇民化运动"，妄图斩断台湾和中国母亲的民族脐带，将台湾全面日本化，但诞生在中国文化根基上，充满中华民族意识的台湾小说却成了台湾人民进行抗日民族斗争的有力武器。由此，我们可以得出这样的结论：小说的诞生和发展虽然离不开政治，但是它并不从属于政治，尤其不从属于统治者的政治。它顺应着历史总的发展趋势，反映历史发展总的潮流，以表面上看来哪怕非常微弱，但却是代表着时代本质和方向的思潮为生命。因而，不能绝对地以政权的性质来决定文学的性质，不能绝对地以统治者的观念来决定文学主流的观念，从而以政权的嬗变，来界定文学和小说的标准。

　　2. 小说发展的水平和进程，与整个文学家族发展的水平和进程同步。没有整体性的文学水准，很难产生出同样水准的小说，但小说在文学家族中又有其特殊地位，新文学中小说发展的水平和进程，往往是衡量一个国家，一个民族，一个地区整个文学发展水平和进程的主要标志。台湾日据时期几乎所有的小说家同时也是诗人，又多数以小说为主，以小说作为他们文学成就的主要标志。例如赖和、杨守愚、朱点人等等。

　　3. 在小说自身发展的过程中，其趋势是：内容向广度发展，主题向深度发展，艺术向多元发展。日据时期的台湾小说主题从萌芽期一般性的反帝反封建深化到联合世界各国朋友，尤其是和帝国主义国家的人民结成联盟，整体上藐视敌人的战略思想。反封建的主题由婚姻自由深化到妇女解放，由一般的反对农民被欺压到减租减息，要求人格的自由和平等。有的作品提出了抗日民族解放运动的领导权问题，已认识到了资产阶级的软弱性，主张以农民为主力军。应该说台湾小说主题的深化，在三十年代中期已经相当明了。有些思想具有鲜明超前性。这在当时台湾处于日本帝国主义严密封锁，残酷奴役，很难和外界接触吸收新思潮的封闭状态下，是非常难能可贵的。尤其是杨逵，不愧为台湾文学界思想的先驱。

4. 在表现形式上虽然还比较幼稚，但小说所具有的艺术方法几乎在日据时期的台湾小说中都有运用，还出现了代表作家和作家群体。比如以吴浊流和叶石涛为代表的讽刺小说，以翁闹和龙瑛宗为代表的心理描写为主要手段的早期现代派小说萌芽。

5. 日据时期台湾小说题材的开拓十分喜人。台湾小说的萌芽期，其题材和主题基本上是一致的，大体上都是反帝反封建的主题与反帝反封建的题材同步。到了三十年代以后，台湾小说的题材有了很大的突破。比如有以王诗琅为代表的城市题材，以吴浊流为代表的知识分子题材，以吕赫若为代表的家庭婚姻题材，以张文环和张庆堂为代表的农村题材，以翁闹为代表的爱情题材等。小说题材疆域的开拓显示着作家队伍的扩大和视野的开阔，显示着小说对生活覆盖面的伸延，这是小说深入社会和社会需要小说的一种表现，也是小说发展水平和进程的一种显示。

6. 政治气压对小说的发展有着直接影响。日据末期，日本帝国主义在台湾大搞文字狱，并拉拢一些意志薄弱的作家，于是台湾文学处于低潮，小说创作受到严重摧残，小说作家队伍出现分化。有的停笔不写，有的向右靠拢，有的不得不采用较隐蔽的表现手法与敌人周旋。这时出现了一些描写知识分子队伍中彷徨、动摇、逃避的小说，也出现了一些歌颂敢于迎着残酷勇往直前斗士的小说。这时小说中反映的情况和实际生活中的现象相一致，坚定者愈坚定，动摇者愈动摇。代表人民和民族意志的小说的一个共同发展规律是，随着革命潮水的涨落而涨落，革命处于低潮，小说创作也处于低潮；革命上升为高潮，小说创作也就涌现出高潮。

第五编

二十世纪五十年代乱局中的
台湾小说

第一章
二十世纪五十年代台湾的社会和文学概况

第一节　二十世纪五十年代台湾的社会概况

国民党统治集团于 1949 年 12 月 7 日由大陆退到了台湾，台湾的历史进入了一个非同寻常时期。概括起来，五十年代的台湾社会有如下一些特点：

1. 政治、军事、经济等受美国控制。

1949 年 12 月蒋介石宣布"引退"，由李宗仁担任"代总统"。国民党统治集团退台后，1950 年 3 月 1 日蒋介石又在台北宣布恢复"总统"职务。蒋介石"复职"不到四个月，美国于 6 月 25 日便发动了侵朝战争。侵朝战争的爆发，一方面美国要把台湾置于他们的战略之内，另一方面台湾也正好依赖美国渡过难关。在发动侵朝战争的第二天，美国总统杜鲁门就一改过去"台湾在政治上、地理上和战略上都是中国的一部分"[1] 的调门，而宣称"台湾未来地位的决定必须等待太平洋安全的恢复，对日和约的签订或经由联合国的考虑"。6 月底美国就派第七舰队武装占领了台湾海峡。8 月 4 日美军在台湾成立"台湾前进指挥所"。1951 年 5 月 1 日，美国在台北设立"军事顾问团"。1954 年 12 月 2 日，美国与台湾当局签署所谓的美台"共同防御条约"，至此，台湾已完全陷入美国的军事占领和政治、经济控制下。

2. 政治上推行"反共抗俄"的方针，以便对外向美国讨价还价，对内作为稳定的精神支柱。1949 年 5 月 20 日颁布"戒严令"，实行全省"戒严"。1953 年 4 月 28 日，台湾当局公布了"戒严期间新闻报纸杂志图书管制办法"，对台湾的出版、言论进行全面控制，并展开"反共反苏"宣传。

---

[1]　美国国务院特别命令第 28 号：《关于台湾的政策宣传指示》。

3. 台湾当局对美国一方面依赖，另一方面也怀有戒心。因而在依赖美国的同时，也注意到发展自身的经济，借以增加和恢复台湾的造血功能。1951 年 6 月 4 日，台湾当局公布《台湾省放领公有耕地扶植自耕农施行办法》，将没收日本人的耕地分售给农民，刺激农业生产。7 月 4 日，台湾当局又公布了 "三七五减租条例"，以减轻农民的租金，使农民在贫困中得到喘息，提高生产积极性。1953 年 1 月 21 日，又颁布了 "实行耕者有其田条例"，同年 5 月又进行了资产阶级改良性质的土地改革。从而进一步解放了农民的生产力。这一系列的改革措施，的确使台湾的农业生产获得了一定程度的恢复和发展，一时出现的粮荒得到了缓解。

4. 台湾同胞的反美情绪不断高涨。五十年代美国在台湾作威作福，给台湾同胞带来许多灾难，激起台湾同胞的强烈抗议。例如 1957 年 "五二四事件"。美国军事法庭宣判枪杀国民党少校军官刘自然的美国士兵无罪，激起了广大台湾人民的愤怒，台北市民数万人进行了自发性的反美大示威，捣毁了 "美国驻台使馆" 和新闻处，台中、台南等地的工人、学生、市民一起响应，他们高呼 "美军从台湾滚出去！" 的口号，形成了强大的群众运动。这种反美情绪在李乔的短篇小说《孟婆汤》和黄春明的短篇小说《苹果的滋味》中都有真实、生动的反映。

第二节　二十世纪五十年代台湾的文学背景

1949 年，去台湾的一大批作家、诗人进入台湾文坛，尤其是国民党在大陆的官方文艺机构移到台湾，使台湾文坛的创作队伍和组织结构都发生了巨大变化。台湾的作家队伍截然形成了两大阵营：一方面是以大陆去台作家构成的官方文学，另一方面是以台湾本省作家为主的在野文学。由于当局极力倡导 "反共文艺" 和 "战斗文艺"，也由于大部分台湾本省籍作家还处于冬眠状态，因而形成了官方文学统治的局面。即使有少数本省籍作家坚持创作，比如钟理和、钟肇政、林海音、廖清秀、郑清文、施翠峰、李荣春等，但他们也或明或暗受到某种排挤，在艰难的环境中默默耕耘。

　　1949年12月7日，国民党退到台湾后，一方面依赖美国解决吃饭问题，另一方面控制意识形态，安定移民和岛民的情绪。为了用"反共复国"和"反共抗俄"的口号统一极度混乱的思想，给惊魂未定的人们一点精神安慰和寄托，"反共文艺"和"战斗文艺"就是在这种背景下出笼的。国民党刚到台湾不足半年，便于1950年4月，成立了"中华文艺奖金委员会"，由国民党的"立法院院长"张道藩担任"主任委员"。"文奖会"成立一个月，于同年5月4日就宣布成立了"中国文艺协会"。这个协会，是官方最具代表性，规模最大，影响力最强的文艺机构。它控制了台湾文坛十年之久，有"文协十年"之称。在总会下设立：小说、诗歌、散文、音乐、美术、话剧、电影、舞蹈、摄影、文艺评论、民俗文艺、国外文艺、大陆文艺、文艺翻译等十九个委员会，还在高雄市、台中市及澎湖等地设立了分会，会员达一千六百余人。此外还有属于"青年反共救国团"控制下的"中国青年写作协会"及其他各行各业的官方文艺机构和以民间面目出现，实则由官方控制的文艺团体。这些官方文艺机构和团体像一副攀缘在一根根柱子上的网，罩住了整个台湾文坛，它们都成为推行"反共文艺"和"战斗文艺"的工具。

　　"中国文艺协会"的纲领明确规定为："除团结全国文艺界人士，研究文艺理论，从事文艺创作，展开文艺活动，发展文艺事业外，更以促进三民主义文化建设，完成反共抗俄复国建国任务为宗旨。"该协会通过举办各种文艺讲习班，推展军中文艺运动，发起文化"清洁"运动，开展"扫黄"运动。为了有效贯彻"反共文艺"和"战斗文艺"的方针，台湾除了成立大量的官方文艺机构和团体外，还创办了不少与其政治方针相适应的"反共文艺"刊物。例如：1951年5月创刊，由张道藩为发行人，"文奖委员会"的机关刊物《文艺创作》，公开宣布其宗旨为"倡导配合国策的三民主义文艺"，扶助"蓄有反共抗俄意识的作家"；1952年4月创刊的《中国语文》叫喊："从事光复大陆后，语文消毒及语文建设工作的准备"；1954年1月创刊的由台湾"国防部"所辖的《军中文艺》，积极倡导军中文艺运动，提出："兵写兵，兵画兵，兵演兵，兵唱兵"的文艺口号；1956年4月创刊的《革命文艺》，由台湾"国防部总政治部"主办，强调要"作为心理建设与反攻的基地和前哨堡垒"；创刊于 1956 年 12 月的《复兴文艺》的创刊宗旨是："因为台湾既然为中华民族的复兴基地，在反共复国的大前提下，所要求的也就是以反共抗俄为中心的文艺内容。所以复兴文艺也因此加入建设自由中国文坛的战斗序列。"五十年代台湾所发行的文艺刊物，很少是纯文艺性的，有的是奉命而"反共抗俄"，有的是以"反攻复国"为时髦，有的是只把"反共抗俄"作为口号，有的是在政治潮流中看风使舵。

在五十年代的污浊空气中，由不同政见者雷振创办的《自由中国》，想在台湾当局的"反共抗俄"的大合唱中发一点不同的声响，也终因被捕而失败。1957 年由李敖等创办的《文星》杂志，以"生活的、文学的、艺术的"为宗旨，最先引进西方文艺思潮，为封闭的台湾文坛打开了一扇小小的窗户，为台湾文坛放进了一股新鲜空气。它同时又透露了台湾文学西化的信息。

和官方文学形成对照的，有一批不怕艰难和失败的台湾本省籍作家，在被歧视和被排斥的痛苦境遇中默默创作。他们的作品和官方作家的反共八股相比，完全是另一个层次，另一种世界。他们没有丧失天堂的痛苦，他们没有失去家园的仇恨，他们没有离乡背井的孤独。因而"反共抗俄"和"反攻复国"与他们无关。他们是真正为文学献身的人。从文学题材和作家所处的群落分类，台湾文坛大致可分为政界作家、军中作家、本土作家、女作家等几个群体。

第二章
二十世纪五十年代台湾的"反共"小说

第一节　二十世纪五十年代台湾的"反共"小说概况

五十年代台湾"反共"小说主要有两部分作家，即跟随国民党去台的国民党政界作家和军中作家。这两部分作家通称为官方作家。当时随国民党去台的这两部分作家中，他们原来在大陆大都不是专业作家、不是以文为生，而是热衷于仕途，因而创作成就不高。叶石涛在谈到这批去台的官方作家时说："来台的第一代作家包办了作家、读者及评论，在出版界树立了清一色的需给体制，不容外人插进。然而大陆来台的第一代作家也一样面对了文学传统中断的尴尬局面。他们排斥三十年代暴露黑暗统治的社会意识浓厚的文学，同时也几乎扬弃了'五四'文学革命以来的民主和科学精神。三十年代的文学旗手，如老舍、巴金、沈从文、茅盾、田汉、曹禺等没有一个来台，他们的作品也全被查禁。这使得大陆来台作家跟三十年代、四十年代文学成了脱节的真空状态。"[1]

国民党的政界作家系指在国民党的党、政、群等机关服务，但又从事舞文弄墨活动的，既有党、政职务又有作家头衔的人。例如：尹雪曼、王蓝、王平陵、姚朋、陈纪滢、姜贵等。他们写的有代表性的"反共"小说如：姜贵的《旋风》（即《今梼杌传》）、《重阳》，陈纪滢的《荻村传》，潘垒的《红河三部曲》，端木方的《疤勋章》，潘人木的《莲漪表妹》《马兰自传》，张爱玲的《秧歌》和《赤地之恋》等。

国民党的军中作家系指在国民党的军中任职，又从事文学创作活动的

---

[1]　叶石涛：《台湾文学史纲》，第86页。

人。这批人相当多，在台湾文坛势力和影响甚大。他们的存在构成台湾文坛的一个特色。其主要代表人物有：司马中原、朱西甯、段彩华、高阳、田原、姜穆、邓文来等。其中司马中原、朱西甯、段彩华号称"三剑客"，在军人作家中成就最高。军中作家虽然也是"反共"文学思潮中的一个支脉，但他们与上述政界"反共"作家有所区别。一般来说他们年纪较轻，"反共"情绪没有政界"反共"作家那么激烈；他们比较注意作品的艺术性，有相当一部分非政治小说达到较高的艺术层次；他们中不少人后来改变了"反共"倾向，在比较专门的领域写出了大量较有影响的作品。比如高阳的历史小说便是一例。

五十年代台湾的"反共"文学，虽然目标和锋芒是针对共产党的，但从本质上看却是一股被历史否定了的旧事物向新事物的反扑，是一种垂死的回光返照，因而不仅被广大台湾同胞厌恶，而且很快被他们自己的第二代所唾弃。台湾著名现代派作家、白崇禧之子白先勇就在《流浪的中国人——台湾小说的放逐主题》一文中说："跟随国府迁台的行列中，也有一些早已成名的作家，……那时他们惊魂甫定，一时尚未能从大陆所受的沉痛打击中清醒过来，另一方面却没有足够的眼光和胆量来细看清楚错综复杂的新形势，所以只好盲目接受政府所宣传的反攻神话。"因而"这些作家笔下的人物大多与现实脱节，布局情节老套公式化，故事的主人公不管如何饱尝流放的痛苦，总是会垂临故土，与大陆上的家人团圆结局。这些作品注满思乡情怀，但这种悲伤的感受老是陈腐俗套，了无新意"。所以，我们只把它看作是文学发展中的一个小小的气泡和旋流，作为台湾小说发展史上的陈迹而披露。

第二节 "反共"小说是一种公式化、概念化的典型

五十年代的"反共"小说家们，从身份上看他们是政权的附庸；从文学角度看他们是一种反历史的怀旧复仇的文学。他们的创作目的不是为了文学自身，而是为了政治，企图通过文学的手段达到他们发泄仇恨之目的。

他们毫不隐讳自己的创作意图,姜贵在《旋风》自序中说:"三十七年冬避赤祸来台,所业寻败,而老妻又发病,我的生活顿陷于有生以来最为无聊的景况。回忆过去种种,都如一梦。而其中最大一个创伤,却是许多人同样遭遇的那个'国破家亡'的况味。由于三十年来所亲见亲闻的若干事实,我想应当知道,共产党是什么。我将整串的回忆,加以剪裁和穿插,便成了一个完整的故事。"姜贵在另一"反共"名篇《重阳》自序中又说:"共产党不是从天上掉下来的,我们必须敢于分析它所以产生的那些因素,然后才能希望有办法把它扑灭……反共需要冷静,也需要智慧。"这两段话不仅赤裸裸地道出了姜贵创作的目的和动机,而且活画出了他的形象和灵魂。而另一个"反共"女作家潘人木直到1988年还耿耿于怀,要用文学算政治旧账。她说:"现在打算重操旧业,写几篇小说,内容包括家人在共产党手下所受的迫害,这笔血债无论如何要记上一笔。"[1] 这种完全摒弃文学自身的使命,摒弃艺术创造的神圣职责,把诅咒、复仇、野心和欲望作为写作的唯一动机和目的的创作,在内容上绝对难以忠于历史事实,难以反映历史的真正潮流和本质,不可能使自己的作品成为时代和历史的镜子。即使作品中有某些生活碎片是真实的,但经过作者组合加工,也会失去原来的面貌,改变其真实性,成为作品假面具上的油彩。这样的作品只能是历史的哈哈镜;在艺术上,必然是东拼西凑,支离破碎,人物虚假,难以构成一件完整的艺术品。一般来说,歪曲生活,扭曲历史的所谓小说,即使作者的文字水平再高,创作经验再丰富,也难成为令人信服的艺术。1949年去台的"反共"作家中不少人的文学和语言修养,是有相当基础的,但就因为他们扭曲了时代和历史的真相,挖空心思去用自己的主观色彩粉饰生活,堵塞作品情节和人物塑造中难于堵塞的漏洞,使其作品成为生活和艺术变形的怪胎。

　　五十年代台湾的"反共"小说有这样一些固定模式:1."爱情加反共";2."共产党勾结日本人打国民党";3."知识分子误入共产党后又觉醒";4."共、日、匪合伙制造人间荒原"等。第一种模式如王蓝的《长夜》《蓝

---

[1]　《赤子心情——潘人木》,(台湾"中央日报"1988年3月31日)。

与黑》，潘人木的《马兰自传》，姜贵的《重阳》等。王蓝的《蓝与黑》和《长夜》是这种模式的典型。两部作品都是以爱情为中心线索，将"反共"主题寓入其中，而且两部作品的背景和故事都大同小异，都是一男两女相恋；都是从抗日开始到台湾结束。这种爱情加"反共"的小说，无非是以爱情来增加小说的可读性，作为推销"反共"思想，欺骗男女青年的一种手段。另一种模式，主角大都是开始听信共产党的宣传而误入"歧途"，后来在共产党的"阴谋"败露后而"觉醒"。如姜贵的《旋风》《重阳》等。只要掌握了上述爱情加反共、从迷误到觉醒两种公式之后，谁都可以像往箩筐中装土一样，去填塞内容。怪不得广大台湾同胞给五十年代的"反共"小说起了一个非常恰切的名字——"反共八股"。

第三节　二十世纪五十年代"反共"小说的主要代表作家和作品（上）

五十年代台湾的"反共"文学是一种人为的，然而又是一种普遍的现象，它是一种垂死没落的政治在文学中的反映，因而它的作家基本上都是没落的军人和政客。

姜贵（1908—1980），本名王林渡，山东诸城人，1948年去台。早年在大陆便开始小说创作，共有作品二十二部，其中长篇小说约有十九部。十九部长篇小说中有五部写在大陆时期，十四部写在台湾时期。姜贵在大陆时期的作品虽然艺术上比较幼稚，但有的内容上和文字上还不无可取之处。例如他在大陆时期以抗日为题材，描写上海"一·二八"事变时，一群国民党政府的小职员从南京疏散到洛阳的故事，这篇叫《突围》的小说，曾受到巴人（王任叔）的称赞。这部作品是姜贵在徐州铁路局三年的小职员任期内，在赌博玩妓女之余写成的。1970年作者在一篇谈《突围》的文章中说："《突围》进行中，不免有人来凑搭子，或参加喝酒，更不堪的是妓女过访，砸门……我始终不说什么。如果我老实告诉他们，我在写小说，那将是一个大笑话，要把他们笑死。"小说写成后，作者仰慕茅盾之名，想借茅盾的提携跻身文坛，寄给了茅盾。后茅盾转给了巴人，巴人写后记推荐出版。巴人在后记中说："作者虽非名家，且很少作品发表，此篇想公余之暇，随手写成，所用稿纸，系货车间记吨位表格，足见无意为文，然而其文之佳亦在无意为文耳。"也就是说姜贵早期的作品，未被政治的偏见污染之前，还有可取之处，但是当他到了台湾之后，创作走入了歧途。他在台湾创作的十五部长篇小说，大致可以分为这样几类：第一类为"反共"作品，如《旋风》《重阳》《白马篇》；第二类是自传色彩很浓的小说，例如：《云汉悠悠》《白棺》等；第三类是历史题材，例如：《喜宴》《湖海扬尘录》等；第四类是婚姻恋爱题材，例如：《碧海青天夜夜心》《焚情记》《卡绿娜公主》《烈妇峰》《落花莲成》等；第五类是以台湾生活为背景，目的在于歌功颂德的作品，例如：《白金海岸》。姜贵在台湾"反共"作家中虽然显得最为卖力，但却没有受到青睐和奖赏，生活上始终穷苦而不得志。从上述我们引用的他在《旋风》自序中谈到的"所业寻败，而老妻又发病，我的生活顿陷于有生以来最为无聊的景况"便可得知一二。于是他不得不在"反共"之余，胡编一些离奇古怪的恋情故事和下流色情的东西来赚点稿费糊口。姜贵曾说，他为了赚稿费曾写过一些"见不得人的小说"。比如《烈妇峰》中，作者塑造了一个民国初年的女中豪杰京默玲与丈夫黄汉升参加辛亥革命起义，其子继承父母革命之志又投入北伐的故事。但作者却奇怪地插入一个风尘痴女山茶恋尸的故事。黄汉升死后，山茶女为了替黄汉升报仇，竟终身不嫁，躲在黄家的"烈妇峰"后山下，苦练飞刀，还信誓旦旦地说："我就每天到烈妇峰，守在黄大爷的坟上。他活着的时候，我没有资格和他作伴，现在是阴阳两界上的人，我来陪陪他，该没有人有话说。"

　　姜贵的具有代表性的作品是《旋风》，又名《今梼杌传》。这部长约四十万字的小说，以作者的老家山东诸城即胶州湾附近的方镇为故事发生的地点，描写了这个镇上的一个姓方的大家族的兴衰。作品的主角方祥千，厌恶旧氏家族秘密参加共产党，和其族侄方培兰，与地方军阀、日本驻军组织成一股共产党势力，侄子当司令，叔叔任政委，在方镇一带活动。后遇到国民党清党，方氏隐伏下。待到抗战爆发，方祥千叔侄又东山再起，在当地组织了地方政府，和日本人相勾结，赶走了国民党。后来方氏叔侄有所"觉醒"，又倒戈，暗中反对共产党。不料被自己的儿子方天苡告密，方氏叔侄被共产党逮捕入狱。表达了共产党不过是"旋风，旋风，他们不过是一阵旋风"的"反共"主题。这部小说以杜撰为能事，任意歪曲和捏造历史，使其丧失了文学价值。这部小说数十次投稿又数十次退稿，最后只好自费印刷。

姜贵的另一部"反共"小说《重阳》，描写北伐战争期间，"宁汉分裂"的一段故事。作者的主要笔墨放在丑化共产党的领导人柳少樵和洪桐叶身上。洪桐叶出生在一个革命家庭中，其父曾任孙中山南京临时政府的军部次长，不幸早亡。洪桐叶兄妹俩靠母亲抚养长大。因任国民党铁路局长的叔父不帮助他上大学，只好到一家法国洋行学做生意。洋行老板的太太是虔诚的基督教徒，每周都叫洪桐叶帮她修脚。作者细致入微地描写洪桐叶给老板娘修脚的心理活动，每次都要修出点"味"来。作者以此来暗示洪桐叶给老板娘修脚过程中的性诱惑和为了巴结外国人表现出的洋奴相，进而达到诬蔑共产党的目的。

陈纪滢（1908—1997），河北省安国县（今安国市）人。四岁跟着祖母识字。1925 年，他十八岁时正式进入国民大学读书。因时局动荡，第二年辍学到哈尔滨吉黑邮局当职员，并就读法政大学夜间部。此间认识了孔罗荪，并结成至友，两家的孩子也如兄妹，他们的友情对两人走向文学之路，起着关键性的作用。陈纪滢在相识孔罗荪这一年，开始用笔名影影，发表了第一部长篇小说《红氍毹的迷惑》。1928 年两人共同发起组织"蓓蕾文艺社"，并创办《蓓蕾周刊》，从而逐渐形成了东北作家群。萧军、萧红、白朗、孙陵、舒群、高兰、端木蕻良等著名作家的成长和崛起，都和"蓓蕾"有直接关系。1938 年 3 月 27 日，"中华全国文艺界抗敌协会"在武汉成立，陈纪滢与老舍、胡秋原、郁达夫、朱自清、茅盾、丁玲、巴金、胡风等四十五个知名作家被选为理事。1945 年初他的长篇小说《新中国幼苗的成长》在重庆出版，并获奖。日本投降后，他任哈尔滨市文化指导委员会主任委员。1948 年他当上国民党的立法委员，1949 年 8 月去台湾。从陈纪滢的简单经历看，他的文艺活动几乎一直是和政治连在一起的，在去台之前已成为国民党的高级官员。陈纪滢去台后曾先后加入官方文艺组织："文奖会""中国文艺协会""教育部学术委员会""中山基金会""国军新文艺辅导会"和"中华民国笔会"等，并是这些组织的主要领导者之一。长期担任台湾官方文艺的最高领导机构"中国文艺协会"的主任委员。1975 年退休后专门从事写作。陈纪滢一生著作甚丰，各种著作共有五十三种。其中小说有十种：《新中国幼苗的成长》《春芽》《荻村传》《赤地》《华夏八年》《有情岁月》等。

陈纪滢的代表作是《赤地》《华夏八年》和《荻村传》，上述作品中又以《荻村传》最为热闹。曾被一些人吹捧，先后被译成英、日、法等版本。《荻村传》是陈纪滢去台后的第一部长篇小说，十二万字，先在《自由中国》杂志上连载，后出版。这部小说模仿鲁迅先生的《阿 Q 正传》，以一个典型的二流子性格的农民傻常顺儿一生曲折悲欢的故事，表现农民不幸的命运，发泄作者"先杀共产党员呀！后杀老毛子呀！先杀王子和呀！后杀马克思儿！"的仇恨；揭示出农民的悲剧是所谓共产党一手导演的"反共"主题。不过是我们上面谈到过的"反共"小说所惯用的公式之一，即，由受共产党迷惑、利用到觉醒。所以尽管有人吹嘘它"脍炙人口"，但它仍是一种对公式的填充。作者极力模仿阿 Q 的外部形象，把傻常顺儿写成"两只牛鼻孔又大又圆。两只猫耳朵，不但小而且卷成一团。胳膊、手掌、脚片、肌肉都是粗壮的。鼻孔里永远淌着鼻涕，嘴唇边不断流着唾沫，眼里包藏着眼屎，说话时，结巴、挤眼、向上抽搐的鼻子。走路时，两只脚一齐向外撇，一个怪模样，极傻极肮脏的庄稼汉"。即使傻常顺儿的外表有点像阿 Q，但陈纪滢却没有学到鲁迅先生刻画人物的本质，或许是他故意背弃这种本质。即阿 Q 是几千年中国农民不幸命运大悲剧中的小悲剧，阿 Q 的不幸命运是封建主义和帝国主义一手导演的，作者是怀着哀其不幸，怒其不争，对农民怀着极深同情和关怀来描写农民的不幸的。而陈纪滢则把农民的不幸归到共产党身上，从根本上歪曲了历史事实，从而也就从根本上歪曲和破坏了农民的性格与形象。因而傻常顺儿不但不是一个成功的农民典型，而且是作者按照自己的主观愿望任意捏造的一个"反共"工具。

潘人木（1919—2005），原名潘佛彬。重庆中央大学毕业。1949 年前在大陆时期曾任重庆海关总署职员，重庆四行联合办事处职员，新疆迪化女子学院教员。1949 年到台湾后曾任台湾省教育儿童读物总编辑，主编出版了《中华儿童百科全书》和《中华儿童丛书》。潘人木出版的作品有《如梦记》（短篇小说集）、《哀乐小天地》（短篇小说集）和长篇小说《莲漪表妹》《马兰自传》（后改名为《马兰的故事》）等数十种。潘人木从大学时期开始创作。据说，她在大学二、三年级时为了得稿费和奖金，见到哪里有征文启事就投稿，并且保持每投必中的记录。一次她参加一个题目为"明日中秋"的征文比赛，稿子寄出后，一天突然一个人来找她，经对方自我介绍才知道是"当时极负盛名的文艺前辈姚蓬子"。姚蓬子告诉她，他很喜欢她应征的那篇小说，获首奖。后来在报上公布是第二名。姚蓬子特意来解释道："你写的不太抗战！"潘人木将获得的奖金去买了一件旗袍和蓝布大褂。这就是潘人木处女作诞生的经过。潘人木从创作中尝到了甜头，从此便正式开始了她的创作生涯。她 1949 年到台湾，1950 年便参加"文奖会"的征文比赛，以短篇小说《如梦记》获"中华文艺奖"首奖。1951 年又以台湾五十年代"反共"文学中的名篇之一，长篇小说《莲漪表妹》，获该文艺奖。1952 年潘人木又以另一部"反共"长篇小说《马兰自传》获该项文艺奖。因而潘人木也就随着她的连续获奖成为台湾五十年代"反共"文学中最为活跃的作家之一。潘人木的"反共"小说侧重于描写抗日青年学生怀着天真烂漫的爱国情感，受左派的所谓蛊惑宣传，上当后而不能自拔的故事。潘人木"反共"小说的特点是，其一，她在作品中对国民党"小骂大帮忙"；其二，通过所谓"正反"对比，证明国民党比共产党"好"；其三，描写的对象为青年知识分子，尤其是女知识青年。潘人木的另一部"反共"小说《马兰自传》是描写女知识青年程马兰和男知识青年万同的恋爱故事。作者把他们的爱情背景放在动乱的时代，而把动乱时代的根源和主人公不幸命运的祸因，一概加到共产党身上。这是五十年代台湾"反共"小说的又一个公式。潘人木曾不打自招地道出了这个公式，她说："所有的小说，其实万变不离其宗。不过从几个模式而来，只要掌握住高潮点，将摆放的位置设计好，就大致完成了小说的架构。至于题材怎样安排，那是另外一回事。"不过应该说，由于潘人木自己是个女性作家，比起其他"反共"作家来，她的作品有对女性心理揭示细腻的特色。例如《马兰自传》中，作者描写马兰和万同一起逃到天津，万同被捕，马兰又独自一人灰溜溜地返回北平，那种万念俱灰，茫然无望，不知如何是好的内心世界是比较真实的："茫茫然看着窗外，喝着火车冒出的黑烟，咀嚼万同昨天买的牛肉干，咀嚼着世事的不可期待。昨日此时，想的是胜利返乡，重乘此车，绝没有想到二十四小时后，一个人灰头土脸地回来。我的婚姻以后会是什么结果？时局有什么变化？我回东北去找父亲？在北平等待礼春回来，还是自己找书念？想得我精疲力竭，要是再往下想就死了……"尽管潘人木作品中有些细节的描写还不失其真，但由于其作品的整体构架是虚设的，那些细节也就像是裱糊在高粱秆扎成的屋架上的一层纸。经风一吹，屋架一倒，那细节也就支离破碎，随风而去了。

第四节 二十世纪五十年代"反共"小说的主要代表作家和作品（下）

前面已经说过，军界的"反共"作家和政界的"反共"作家是有区别的。他们对共产党的仇恨不像政界"反共"作家那么深，因而其"反共"立场也不像他们那么顽固。军中作家一般都比较年轻，他们在大陆时还都是学生，基本上还没跻身于文坛，随着台湾同胞和台湾文艺界对"反共"作品的唾弃和激烈抨击，他们中多数人的创作路向有了改变。我们在这里叙述其"反共"倾向，只是把他们作为五十年代"反共"文学中的一股势力和文学史实来看待的。一不是把他们钉在"反共"的耻辱柱上，二不是全面论述其文学成就。

司马中原，本名吴延玫。1933年生，江苏省淮阴县（今淮阴区）人。1948年参加国民党军队，1949年十六岁随国民党军队去台湾。1962年以上尉军衔退役。曾任台湾"中国文艺协会"南部分会常务理事、台湾"中国青年写作协会"常务理事和总干事。1974年任台湾"华欣文艺工作联谊会"总干事。司马中原在大陆期间就开始学习写作，五十年代跻身台湾文坛。

他的著作多达六十余种。其中长篇小说有《荒原》《魔夜》《狂风沙》《骤雨》《巨漩》《刀兵冢》《绿杨村》《啼鸣鸟》《荒野异闻》《狼烟》《凌烟阁外》《流星雨》《割缘》等。中篇小说集有《山灵》《雷神》《烟云》《天网》《十八里旱湖》《饿狼》《遇邪记》《霜天》《复仇》等。短篇小说集有：《春雷》《灵语》《加拉猛之墓》《石彭庄》《十音锣》等。另有自传体长篇《青春行》和散文集《乡思井》等。司马中原这个笔名透露了作者不甘心失败，要在中原司马之意。司马中原的成名作《荒原》写成于五十年代初期，直到 1963 年才正式出版。司马中原的作品虽然多达数千万字，但《荒原》一书定下了他创作的基调。司马中原承接了西方"荒原"书名的象征，暗示了他作品的背景是中国北方辽阔的大荒原，也暗示中国被日本人祸害而呈荒芜之状等。司马中原和其他"反共"作家一样因对共产党怀着很深的仇恨，写出《荒原》和《狼烟》两部"反共"小说。司马中原除了"反共"作品之外，还有一些乡野传奇和抒情性的作品。这两类作品在抒发中华民族情感，表现北国人的粗犷豪放，以及表现人性的悲悯上都显示了相当的功力。有的作品也道出了一定的生活哲理。比如乡野传奇之一的短篇小说《山》中，土匪头子祝海山原是一个老实的农民，因为被人拐了钱财反被诬陷坐牢，被逼当了土匪。他为了使自己的儿子不落骂名，日后能"抬起头来"，愤而引颈自杀。这个形象表现了一定的历史真实。此外，司马中原的短篇小说《沙窝子野铺》等作品，在描写少女的情感吐露上，都有出色之处。我们对司马中原不同类型的作品应区别对待。

朱西甯（1927—1998），原名朱清海，山东省临朐县人。家人信奉基督教。十一岁时离开家乡到苏北、皖东读书，1947 年参加国民党军队，后随军去台湾。朱西甯从小喜爱文学。1946 年，即他十九岁那年，便写了第一篇讽刺短篇小说《学》，后更名《洋化》在南京《中央日报》副刊发表。从此，他走进创作生涯，从未停笔。1952 年，朱西甯的第一个短篇小说集《大火炬之爱》在台湾出版，进入创作盛期。他出版的长篇小说有《猫》《旱魃》《画梦记》《八二三注》《将军与我》等。短篇小说集有《大火炬之爱》《贼》《铁浆》《狼》《破晓时分》《冶金者》《现在几点钟》《第一号隧道》等。此外，还有随笔和散文多种。朱西甯在台湾的家庭，是个文学之家。妻子刘慕沙是个文学翻译家，三个女儿朱天心、朱天文、朱天衣都是小说家。她们自创《三三文学辑刊》，聚集一批作家，成为台湾著名的文学沙龙之一。朱西甯是台湾军中"反共"代表作家之一，和司马中原齐名。与司马中原、段彩华一起被称为"三剑客"。朱西甯善写国民党的军中生活和军中人物。例如他的《将军与我》，据说是为国民党将领王昇树碑立传的。书中极写王将军的威严、谦和、严谨、大度。如：书中写道，王将军的长子一次在外露营，不幸被他的同学用猎枪失误打死。凶手的爸爸是王将军的部下，带子负荆登门请罪，王将军反而克制住丧子之痛，劝对方不要悲伤。后来开庭审讯时，王将军还主动放弃一切要求赔偿的权利，并请求从轻量刑，缓期执行。《将军与我》一书出版之日，正是王昇将军飞黄腾达，重权在握之时，因而传闻朱西甯有"拍马屁"之嫌。再如朱西甯的另一部长篇小说《八二三注》，是为"八二三"炮战作注之意。"八二三"炮战，是指 1958 年 8 月 23 日，福建前线解放军，为警告和阻止美帝国主义染指台湾事务，将所谓美蒋"共同防御条约"的范围扩大到金门、马祖等沿海岛屿，奉命对金门进行炮击，驻岛蒋军也进行了还击。小说以歪曲的笔调描写蒋军在保卫金门战斗中的"英雄"行为和"大战"场面，并着力刻画了国民党军中的几个人物。因而，这部作品极受台湾政界重视，曾被吹嘘一番。台湾的文学批评家们，对朱西甯的创作做过这样的概括："来台的最初六、七年，他采信实用主义，以为写作可以为国家社会尽许多责任，有些作品难免流于口号与形式化；后来，他逐渐把小说看做一种绝对的艺术，不作任何其他意义的解释，希望能用一种冷静含蓄的方式去处理小说。"[1] 朱西甯具有丰富的艺术经验，有不少旧题材，经朱西甯的笔调整后，便放射出新的艺术光辉。例如《破晓时分》，本是昆剧《十五贯》（《错斩崔宁》）的基本故事演变而成。但作者不仅采取了与原作完全不同的新的叙事结构和角度，而且将原剧中因果报应变成了人生的思考。能做到这一点，是因为作者抓住了剧情中对人生具有特殊价值的情节，给予淋

---

[1]　张素贞：《细读现代小说》，（台）东大图书公司 1986 年版，第 82—83 页。

漓尽致的发挥，而将一些因果报应的段落，予以删除，于是就显出了作者的艺术匠心。在人物刻画方面，作者改变了原剧中的平面，发展为立体塑造，因而人物性格更加鲜活。

大陆去台湾的这批"反共"作家，他们既是历史的弃儿，又是时代的落荒者。在台湾人民的眼里，他们只是一批无家可归的逃难者；台湾在他们的心目中，只不过是暂时的歇脚之地。台湾是一片四季常青的土地，而他们的作品却充塞着大漠荒原，风尘狼烟；台湾正在寻找新的生路，而他们的作品却只是发泄对共产党的仇恨。他们的作品充满不能和脚下的土地认同和结合的悲哀。这一批"反共"文学，仿佛是一片秋风中的文学落叶，飞扬到了那块不属于它们的泥土上。随着时间的推移和历史的前进，这批"反共"作家中的许多人，放弃了原来的主张，改变了创作倾向，慢慢地开始了和脚下土地的认同和与台湾老百姓结合的艰难过程。

第三章
台湾女性小说作家群的形成

第一节　台湾女性作家群形成的背景和意义

如果说，台湾的新文学史和小说史于二十年代初期，便在五四新文化运动的直接影响下起步了，那么台湾的妇女文学史和妇女小说史至少迟到了三十年，直到五十年代初期，才启开了前进的长河。而这条长河一经开启，便以汹涌澎湃之势一泻千里，奔腾向前。不长的时间里，就有超越男性文学，使台湾文学，尤其是小说，出现了某种"阴盛阳衰"的迹象。这种迹象表明，台湾的妇女文学和妇女小说的起步之所以迟迟才到来，并不是因为妇女的智商低或文化素质不高，而是因为台湾妇女旺盛的创造力被无情地压抑和摧残了；因为男女不平等的严酷现实，破坏和堵塞了妇女的智力之源。封建主义、帝国主义和夫权主义的重重大山，把她们封闭在文化、文学和小说的大门之外，残酷地剥夺了她们和男人一样的权利。日据下的台湾妇女比大陆妇女的处境更惨。她们不但没有学习文化的权利，而且被侮辱，被欺凌，被玩弄，连生命都摆脱不了死亡的威胁。中国新文学史证明，凡是第一代走上文坛的女文学家、女诗人、女小说家，大都出身于名门贵族，有相当雄厚的财力、物力基础，当然也有她们自己非凡的开拓、创造精神和冲决封建罗网、闯向文坛的勇气。而在台湾的新文学运动之初，具备上述条件的女性，几乎是没有的。一直被压在社会最底层的台湾妇女，新文学运动之初没有受教育、进身文化阶层的机会；新文学运动开展之后，也被剥夺了学习祖国语言文字的权利。因而，她们被彻底地排斥在文学创作大门之外了。日据时期台湾仅有的一位女诗人，便是著名爱国作家杨逵的妻子叶陶。那时她任小学教员，和杨逵并肩抗日，长期和杨逵一起创办《台湾新文学》等报刊。台湾另一位被称为"姑妈诗人"的"笠诗社"社长陈秀喜，是位女中佼佼者。她用日文创作。台湾光复后，她已是三十六岁的中年妇女，还不得不向自己的女儿学方块字。台湾早期唯一的女小说家林海音，她的创作还是从北平起步。上述情况表明，可恶的日本帝国主义，不仅奴役台湾五十年，而且整整剥夺了台湾一代女作家的创作生命，制造了三十年台湾文学史上没有女作家的空白。

五十年代的台湾女作家群中，绝大多数人是从大陆随着国民党统治集团迁移到台湾的。除了林海音之外，其他如苏雪林、谢冰莹、郭良蕙、童真、张秀亚、张漱涵、胡品清、繁露、严友梅、潘人木、刘枋、艾雯、孟瑶、蓉子、钟梅音、琦君、华严等都是大陆去台的女作家。她们之中有诗人，有散文作家，但以小说作家居多。她们在大陆时期，就已经有了名气。例如：苏雪林在"五四"时期就和谢冰心、陈衡哲、庐隐、凌叔华、石评梅、冯沅君等，被称为小说界的女中名流，并和庐隐、冯沅君、石评梅是同窗好友。谢冰莹冲破封建的禁锢，成为中国第一批女兵，并以其自传体小说《女兵自传》名播中外。张秀亚，身兼诗人、散文家和小说家，1935年便在天津的《益世报》上发表了处女作。孟瑶，是位多产作家，在大陆时期就开始创作，目前已有中、长、短篇小说集数十部。这一大批女作家被时局动荡的波涛迫及到了台湾，和台湾本省的不多的女作家汇聚，形成了台湾文坛五十年代的第一个女作家群。这批女作家中，以写小说为主的有：谢冰莹、郭良蕙、繁露、孟瑶、潘人木、华严、童真、刘枋、严友梅、张漱涵等。兼用两种文体，但在小说领域也有可观成就的如：张秀亚、艾雯等。虽然，这些女作家都是"外来户"，她们的孕育、萌芽、诞生似乎和台湾的泥土关系不大，但是她们进入台湾文坛时都是二十几岁到三十几岁的年纪，正处于创作盛期，刚刚安定下来，作品便纷纷问世，无疑她们把大陆的文艺经验带到了台湾，促使了台湾文学和大陆文学的结合。所以，她们既是台湾的第一代女作家，又是大陆赴台的文学使者。她们的创作，一方面填补了台湾文学中女性作品的空白，另一方面开启了台湾女性文学的创作道路；她们的创作为缺乏女性作家的台湾文坛提供了女性可以成为作家的活生生的实例，从而鼓舞了台湾妇女向文坛进军的勇气，使台湾的女性作家群迅速扩大，蓬勃发展，总数达到三百多人的阵容。一个不到两千万人口的省份，拥有如此众多，才华卓越的女性作家，恐怕不仅是中国文坛的盛举，也一定是世界文坛的奇观。

第二节　二十世纪五十年代台湾女性小说的创作倾向

怎样看待和评价台湾五十年代女作家的创作呢？可能各说不一。台湾大学中文系女教授、著名文学评论家齐邦媛以《闺怨之外》为题，评价道："这近四十年在台湾，我们活在一个容不下闺怨的时代。光复初期在台湾的女子，刚从日本殖民统治的阴影下出来，必须在语言和艰苦的物质生活中奋斗；而由大陆来台的女子，在渡海途中，已把闺怨淹没在海涛中了。生离死别的割舍之痛不是文学的字句，而是这一代的亲身经验。由最早出版的女作家作品看来，在台湾创作的中国现代文学是个闺怨以外的文学，自始即有它积极创新的意义。"[1]"闺怨文学"顾名思义，大概就是脱离社会生活，远离政治风雨，专门描写闺房之内的男欢女爱之类的文学。但是，今日的爱情小说和古代的"闺怨文学"已经不可同日而语。不管是主题的表现，题材的开阔，描写之新奇，视野的广博，都有质的区别。假如我们暂且把如今的言情小说与"闺怨文学"画个等号，我以为五十年代以后的台湾女性文学，并不是在闺怨之外，而是在闺怨之内。这里，我们把五十年代的女性小说作为台湾女性小说发展演化之源，将对台湾言情小说的发端，进行探讨。

五十年代台湾女作家的小说，虽然有影响的作品不少，例如长篇小说中林海音的《晓云》、郭良蕙的《心锁》、孟瑶的《心园》、潘人木的"反共"小说《莲漪表妹》和《马兰自传》及华严的《智慧的灯》等；短篇小

---

[1]　台湾《联合文学》，1985 年一卷五期。

说中繁露的《养女湖》、张秀亚的《寻梦草》、琦君的《菁姐》、张漱涵的《意难忘》、毕璞的《风雨故人来》等等。但是对台湾小说，尤其是对台湾女性小说发展影响最大的是远在香港、美国，作家本人从来没有去过台湾的张爱玲的作品；是生在日本，长在大陆，1948年才去台湾的本省籍女作家林海音的作品；是首先揭开台湾文学中性面纱和善写各色各样女人的郭良惠的作品；是女性中的"反共"作家潘人木的作品等。

张爱玲本不应该算是台湾作家，因为她既不是出生在台湾，双脚也没有踏进过台湾的土地；既不关心台湾的现实，也从未描绘过台湾的生活。如果把她算作台湾作家，或把她的小说放进台湾小说发展史中叙述，有点不伦不类，既不符合她的身份，也不符合事实。但是，有一点却是任何一个研究台湾小说的学者都无法回避的，那便是张爱玲的小说竟然成了台湾许多作家创作的楷模。尤其是台湾比较著名的女作家，不少人都以张爱玲为师表，自称是张爱玲的门徒。这些人中既有言情小说大家琼瑶，也有从现代派起步的女作家施叔青。有的人干脆把张爱玲尊为台湾言情小说的鼻祖。不管是乡土派评论家叶石涛，或是学院派评论家齐邦媛，在他们探讨台湾小说的时候，都无一不把张爱玲囊括在台湾作家的阵营中。如此这般表明，这个与台湾泥土从未发生过任何缘分的张爱玲，不是她要跻身台湾文坛，而是她吸引了台湾文坛；不是她离不开台湾文坛，而是台湾文坛离不开她。这种现象在文学史上可能是绝无仅有的，但却为我们提出了一个不得不面对的问题，不得不作为特殊的特殊、例外的例外来对待的问题，那便是把一个不是台湾的作家算作台湾作家；把一个不属于这个地区的作品，放在这个地区的小说史中来叙述。

张爱玲（1921—1995），原名张煐，笔名梁京。祖籍河北丰润，生于上海，香港大学毕业。1942年香港沦陷后回到上海，四十年代成名于上海。1951年由上海去香港，后又移居美国，长期隐居。张爱玲的作品有长篇小说《秧歌》《赤地之恋》《半生缘》等，中篇小说《怨女》《小艾》等，短篇小说有《张爱玲短篇小说集》《传奇小说集》《余韵》，散文集《流言》及《红楼梦魇》等。张爱玲的《秧歌》是一部"反共"小说，内容是描写解放后江南农村一个小镇在共产党领导下的所谓悲惨和穷苦生活。这部作品和其他"反共"作品一样，1954 年在香港出版后，并没有引起多大反响，就被历史的洪潮淹没了。张爱玲在台湾影响最大，被一些女作家视为标本的，是她那些以极精细的笔触，通过离奇曲折的爱情故事，展示女人命运的作品。例如《半生缘》《金锁记》《怨女》《倾城之恋》等。张爱玲是解放前旧上海有名的写婚姻、写爱情、写女人命运的"软性"作家。笔触细腻，情节曲折，对女人心理揭示得生动、深刻，写女人对男人狂热地追逐，争风吃醋，妒火中烧，及男人在女人面前的丑态，都栩栩如生。她的短篇小说《倾城之恋》，在短篇的构架中，完成了一个中篇才能容纳的内容，而且徐徐道来，故事曲折有致，人物跃然纸上。或委曲求全，或铤而走险，或私奔，或斗智，都能适合读者的口味，拉住读者的视线，使你跟着作者的笔墨行走，要探求一个究竟。一个"穷遗老"的离婚女儿白流苏，与丈夫离了婚住在娘家。她的处境随着她离婚后获得金钱数量的情况变化而变化。白流苏为了改变处境，握住自己的命运，趁同住一屋的庶出妹妹宝络和范柳原相亲之际，施展出自己善于交际的手段，夺了宝络之爱。两次远奔香港与范柳原斗智斗法，最后终于把范柳原弄到了手，成为"倾城佳人"。白流苏"倾城佳人"的桂冠，并不代表她外貌如天仙地玉，而是她与范柳原智斗中表现出的"内秀"，或者是不无轻淡的讽刺之意，"内秀"和讽刺都包含在这"倾城之恋"的命题中。张爱玲的《倾城之恋》虽然只是一个短篇小说，但这种故事情节和人物类型的影子，仿佛在台湾不少同类型的中、长篇小说中，都不时地影影绰绰看见。

再如张爱玲的中篇小说《怨女》和短篇小说《金锁记》。两篇的故事情节和人物安排大同小异。《金锁记》中描写了女主角曹七巧与姜季泽婚外恋的故事。曹七巧有点像《红楼梦》中的王熙凤，性格强悍、泼辣，恰好也是老二的媳妇，人称二奶奶。请看曹七巧的出场："众人低声说笑着，榴喜打起帘子，报道：二奶奶来了……"，曹七巧"一手撑着门，一手撑着腰……"，这出场带有几分威风，给人印象颇深。她这个心计颇深的姜二奶奶却狂恋着自己的小叔子姜季泽，而姜季泽虽然和她打情骂俏，并不真爱她，爱的是她手中的钱。当分家后姜季泽来访曹七巧，向她倾诉爱恋时，不小心暴露了爱钱的玄机。曹七巧当即戳穿了姜季泽，但又立即感到后悔，觉得两个人都在蒙骗中互相玩弄，各取所需更好。姜季泽本已被这场面弄得十分尴尬，曹七巧又极力想挽回颓势，用团扇去敲姜季泽的肩膀，偏偏酸梅汤又溅了姜季泽一身，在这酸溜溜的尴尬场面中，姜季泽带着一身酸气离去。由于曹七巧情感生活没有得到满足，她把怨气发泄到女儿长安身上。女儿长安婚嫁时，她非常嫉妒，千方百计进行破坏，以谎言断送了女儿的幸福。作家对人物心态的刻画，具有点石成金之功力。而中篇小说《怨女》描写的是银娣与姚三爷婚外恋的故事。银娣是姚家的二奶奶，却在小叔三爷的引诱下和他眉来眼去，到庙里去偷情。分家后姚三爷明来追忆旧情，表示恋意，实是为钱而来。这种安排和《金锁记》中的姜季泽来访曹七巧内容和手段都一样。所不同的是，曹七巧戳穿了姜季泽的把戏后立即后悔，幻想着不如陶醉在明知的假爱里更有味道。《怨女》中银娣识破了姚三爷的把戏后，姚三爷却恼羞成怒拉下脸来说：“好，你小心点，小心我跟你算账！”银娣的情欲得不到满足，竟与儿子产生暧昧的乱伦情感，并把儿媳妇逼死。从上述我们简单叙述的张爱玲的几篇作品看，只要是读过琼瑶、施叔青、曹又方、欧阳子等台湾女作家小说的读者，不难从中发现情节、人物、叙事方法、心理描绘诸方面一些时隐时现，恍恍惚惚，似有若无的重影。因而，有人把张爱玲视为台湾言情小说的宗师，看来是不无道理的。五十年代台湾女作家中的郭良惠、童真、张漱涵等女作家，虽然各自的写作风格不同，但创作题材大体上都和张爱玲的作品接近。郭良惠以长篇小说《心锁》首先揭开台湾文学中的性面纱，引起一场争论，后来这本书被禁，八十年代才又获重新出版。这部出版于六十年代初期的作品，在闯禁区、摘禁果方面，表现了一定的勇气。童真、张漱涵也均以描写婚姻爱情纠葛，刻画女性形象见长。

林海音虽然也是以描写女人命运见长的女作家，但她和上述女作家，尤其是和张爱玲相比，完全属于另一种类型。假如说张爱玲的小说是一种以描写女人的变态心理为主要支架的通俗的婚恋小说，属于现代的闺怨文学，那么林海音的小说，则是以海峡为线，把妇女的命运缠绕在这条被隔断的线上，来展示出她们命运的悲苦内涵。从时代的悲剧中去揭示个人的悲剧，因而使她的作品显示出正剧性和悲剧性。如果说这种正剧性和悲剧性是闺怨之外的文学，是比较确切的。因为她们那属于闺怨的情感，的确被埋葬在海涛中了。

和上述两种创作倾向的女作家作品相比，谢冰莹则属于另外一种类型的女作家。她的早期创作是属于时代烙印十分强烈，几乎可以算是记录着时代音容和笑貌的，带有实录性质的报告小说式的作品。和潘人木的作品相比，她们是两个异端。潘人木并没有与日本人作战的亲身体验，却以想象的方式以个人复仇的情感去歪曲历史，而谢冰莹具有亲身的北伐、抗日的丰富阅历，却以一个现实主义作家忠于生活、忠于历史、忠于艺术的态度，去记录历史。因而如果说她们的作品均具有某种严肃性，但却有虚假和真实之别。谢冰莹的《女兵自传》和潘人木的《马兰自传》虽然都是记述一个女人的故事，但却不能同日而语。

谢冰莹（1906—2000），原名谢鸣岗，字凤宝，又名谢彬，出生于湖南省新化县。其父是清朝的举人，任新化县中学校长三十余年。她从小就喜欢自由自在，反对女孩子穿耳缠足，喜爱上学读书。她是我国最早的国民革命军中的第一批女兵。她说："民国十五年（1926年），正是国民革命军由广东出发，克服了湖南、湖北，在武汉招考中央军校第六期（在这以前叫黄埔军校），同时招收女生两百多名，我是其中之一。我们要经过三个月的入伍训练，和男兵一样，穿着灰军装，打绑腿，着草鞋，还要背诵步兵操典。因为是中国自从有历史以来，第一次有女兵，所以我们的生活，特别感觉新鲜有趣。"[1] 经过三个月的训练，谢冰莹被选入第一批北伐军救护队，直接参加了鄂西的作战。1936年4月，因拒绝参加迎接伪满洲皇帝溥仪的活动，被日本当局逮捕，在东京监狱中遭到毒打，经受了许多磨难，后经营救逃回了祖国。1937年"七七"卢沟桥事变后，千千万万中华儿女

[1] 《从军日记和女兵自传·前言》，《谢冰莹作品选》，湖南出版社1985年版，第719页。

投入了保卫祖国的战斗。谢冰莹在湖南发起组织并亲自率领 "湖南妇女战地服务团" 奔向前线，充分地表现了她的爱国热忱。从 1926 年到 1940 年，谢冰莹先后在北伐和抗日前线转战多年。这些亲身经历的战斗和军旅生涯，成了她极为宝贵的创作素材，成为她在中外具有广泛影响的《从军日记》和《女兵自传》等作品成功的根本保证。谢冰莹的生活阅历相当丰富，除了当兵之外，她还当过教师，当过编辑和记者。曾先后担任过《和平日报》（原名《扫荡报》）、《中华日报》副刊、《新民报》副刊编辑与《黄河》文艺杂志的主编。1948 年她离开大陆到台湾师范学院任教。1957—1960 年在马来西亚、菲律宾讲学。60 年代，主要从事儿童文学创作和研究。1971 年赴美。谢冰莹的著作很多，例如，长篇小说《女兵自传》（上、中、下三卷）、《青年王国才》；短篇小说集《前路》《梅子姑娘》《雾》；散文集《军中随笔》《从军日记》《战士的手》《麓山集》《在火线上》等。

《女兵自传》是谢冰莹的代表作，也是中国现代文学史上不可不提到的作品。虽然是作者按照自己的生活历程，严格以真实事实为蓝本写成的小说，但是由于作者自身的经历和事迹太富于传奇色彩，加之作者文字上的剪裁、修饰和生动流畅的语言，使这部作品具有较强的可读性。这部中国文学史上不多见的写实之作，具有强烈的传奇性，具有引人的新鲜感，具有鲜活的时代特征。作者写的是中国第一代女兵的自传，而不是一部闺怨型的文艺小说，因而它应该充分和如实地描绘出中国第一代女兵的真实思想风貌和精神状态；应该体现时代跳动的脉搏，写出中国第一代女兵的政治热情和自豪感。这也正是这部作品和其他小说不同的重要所在，也是它在国内外引起轰动的主要原因之一。这部小说还具有浓郁的乡土风味。在充满乡土情趣的描写中，还显示出了这当过兵、去过前线、打过仗的新娘，和一般村姑不同的个性。请看下面的文字："我坐在轿子里，把绸巾揭开，用吊在胸前的小镜子照了一照，觉得自己完全变成了戏台上的丑角，我几乎要笑出声来；再看这双曾经穿过四个多月草鞋的脚，如今却穿上了绣花鞋，实在太看不顺眼；尤其这双握过枪柄的手，如今套上这些金戒指、玉手镯一类的东西，真是感到无聊；最讨厌的，还是扣子上挂着那两个一斤多重的古铜钱，——她们说这些古铜钱就是照妖镜，带着可以驱除一切邪魔的，压得我简直抬不起头来。"多么像一只猛虎被关在了笼子里。一个生机勃勃，充满革命理想的女战士，硬被套上了封建的锁链，无可奈何，哭笑不得。作为一部小说，这本书虽然还存在一些不足，比如作者在书中一概使用真实姓名，绝对采取不虚构的原则，大大地限制了笔墨的任意挥洒，限制了对人物的更好的塑造，这种写法是值得商榷的，但作为真名实姓的传记文学，无疑是出色地完成了作者的本来意图："主要是表现那个时代的女性，如何从封建的家庭里冲出来，走进五光十色的社会，吃过多少苦，受过多少刺激，始终不灰心，不堕落，仍然在努力奋斗，再接再厉……"而且，这部作品本身所显示出的历史和社会意义，以及作为现实主义优秀作品的艺术价值，都大大地超过了作者在写这部作品时的主观想法。谢冰莹的著作多达一千多万字，她到台湾和美国定居期间又有不少新作。她的文学成就主要表现在报告文学和纪实文学上，她的作品鼓荡着时代的风雨，跳动着历史的脉搏，是中国现代报告文学和纪实文学的先驱者和开拓者，我们在这里是把她当作历史和时代的见证人。

第四章
奠定台湾女性小说第一块基石的林海音

第一节　特殊经历形成的大中国文化情感

　　林海音，原名英子，台湾苗栗县人。1918 年出生于日本，1921 年全家从日本迁返台湾老家。因在日本殖民统治下的台湾难以度日，抱着一片爱国之心的父亲林焕文，又带领全家于 1923 年渡海来到北平定居。林海音在北平度过了她的童年、少年和青年时代。1948 年回台湾时，她已是三十岁，三个孩子的少奶奶了。林海音出生在一个书香门第和商人之家，其父林焕文是台湾的一个具有爱国思想的知识分子，因林海音的叔父在大连日本人的监狱被日本人酷刑打死，他去收尸，精神受到严重刺激，回到北平不久便郁郁而死。那时林海音只十二岁。父亲死后，林海音孤女寡母在举目无亲的北平艰难地生活。她上小学，上师范，于世界新闻专科学校毕业后，进《世界日报》当记者。北平的学生和记者生涯为林海音成为女作家打下了坚实的生活基础，积累了丰富的创作素材。1948 年林海音与丈夫何凡（夏承楹）及三个孩子返回台湾。从 1951 年起，她曾先后担任台湾《联合报》副刊主编、《文星杂志》编辑等职。1967 年开始自办《纯文学月刊》，后又办纯文学出版社，把她的精力和心血都奉献给了文学事业。林海音是台湾省籍最优秀的女作家之一。她的作品有：长篇小说《晓云》《春风》《孟珠的旅程》；短篇小说集《城南旧事》《绿藻和咸蛋》《烛芯》《林海音自选集》；散文集《冬青树》《两地》《作客美国》《芸窗夜谈》《剪影话文坛》和儿童剧《薇薇周记》等。叶石涛评论林海音："英子，就是'作客美国'回来的作家林海音，也就是'作客北平'回到故乡台湾一晃二十年的作家林海音。林海音到底是个北平化的台湾作家呢？抑或台湾化的北平作家呢？这是颇饶趣味的问题。事实上，她没有上一代人的困惑和怀疑，她已经没有这地域观念，她的身世和遭遇替她解决了大半的无谓的纷扰，在这一点上而言，她是十分幸运的。"[1] 林海音虽然是台湾人，但她却出生于日本，成长于北平，而到了生命开花结果的年龄返回台湾，为故乡服务，因而她是墙外育苗，墙里开花结果。和有些留学生，在墙内育苗，到墙外开花结果正好相反。一个是由世界走向乡土，一个是由乡土走向世界。由于林海音的特殊的生活经历，也就给她的思想观念和创作带来了特殊的现象。那便是林海音的故乡很难确定，她虽生于日本，但在日本只住了三年，在她的记忆中一切还都处于混沌状态，因而日本谈不上是她的故乡。她的幼年、少年和青年都是在北平度过的，这个阶段是她的成长时期，是人的一生中最重要的打基础、定方向、定形态的阶段。林海音的人生道路、生活方向、意识形态的形成，基本上是在北平的二十多年中确定的，作为作家的林海音在北平的生活和事业中已经孕育成熟了。从这个角度来说，无疑北平是林海音的故乡，因而在林海音众多的作品中所表现出的浓重的乡愁，既不是思念出生地日本，也不是祖籍台湾，而是成长期的生活地北平。但是，不能否认，林海音的确是台湾人，对台湾这块乡土怀有深厚的情感，从这个角度来说台湾又是她的家乡。难怪叶石涛在确定林海音"到底是个北平化的台湾作家抑或台湾化的北平作家"的问题上为难了。不过在我看来，林海音既是台湾人，也是北平人。她是综合吸收了中国南方和北方两地乡土和风情的完整的中国人，所以在她的作品中表现出的是大中国的文化观念，是大中国的情感，是广泛意义上的乡土和乡愁。

---

[1]　叶石涛：《叶石涛作家论集》，高雄：三信出版社 1973 年版，第 84 页。

第二节　为中国女性的命运进行抗争

林海音女性作家的身份和特殊的生活经历和经验，给她的创作带来了这样一些特点。

其一，以女性形象为描写中心。不管是她描写早期大陆生活的《城南旧事》，还是描写台湾生活的《晓云》和《孟珠的旅程》均是这样。《城南旧事》中贯穿作品始终的女主角英子、舍弃了自己的孩子去为别人养育孩子的宋妈、疯女秀贞、风尘女兰姨娘等，连起来构成一个以女人为主的苦难的女性生活画图。《晓云》中，以女主角夏晓云和小女晶晶，及夏晓云的对手梁太太，还有嫁到新竹乡下躲进避风港的美惠等，构成一幅以女性为活动中心的生活天地。《孟珠的旅程》中，孟珠两姊妹、自杀的风尘女雪子等，形成女性命运的交战场。

其二，故事和人物的命运维系在海峡两岸。《城南旧事》中的女主角由早期北平的小英子，变成了后来台湾文坛上的卓越女作家林海音。《孟珠的旅程》中的孟珠和妹妹在"徐蚌会战"中失去了父亲，被母亲带到了台湾，不幸母亲又辞世，在这远离家乡的海岛，两个孤女面临生死存亡的考验。作为姐姐的孟珠，自然要承担起生活的重任，于是孟珠就靠自己的美貌和歌喉去卖唱，除两人活命外还培养妹妹上中学、上大学。但不幸的是姊妹两人同时爱上了一个青年许午田，而她们的监护人、大陆同乡刘专员对孟珠由长辈之爱慢慢转化为情侣之爱，后来审时度势知不可能而压抑住情感成全了孟珠和许午田的婚事。孟珠的旅程由大陆到台湾，她的婚姻和爱情也和海峡两岸相联系。《晓云》中的六角之恋中的人物都是大陆人。短篇小说《蟹壳黄》中的以不同手艺谋生的人物都来自大陆，而如今却靠着台湾的土地生活。短篇小说《烛芯》的女主角元芳的生活和婚姻几经周折也是缠绕在海峡这条线上。林海音自己的生活和婚姻横跨海峡两岸，因而对于那些命运联系着海峡两岸的人们，也寄予深切的同情和关怀。从各个角度，主要是从家庭婚姻的角度，来反映他们的不幸和悲哀，从而揭示出造成他们不幸命运的原因与背景，表现出时代和社会的悲剧性。

其三，基本上都是悲剧演出。林海音笔下的女人，几乎都是悲剧中的主角，没有一个是幸运和幸福的。《晓云》中的女主角夏晓云，和母亲相依为命，不知战胜了多少困苦和磨难，受尽了多少熬煎，长期守寡的母亲才把她培养到中学毕业，满怀希望她能与留美学生俞文渊相爱，获得一个好的归宿。但夏晓云却偏偏拒绝了俞文渊的追求，而那么轻率地爱上了一个可作为父辈的有妇之夫梁思敬，而且不婚而孕。夏晓云明明知道，不但梁思敬早年曾有日本情妇，而且自己面对的梁太太是个非常厉害的女强人，梁思敬的日本情妇就死在她的手中。这一切都预示着她所追求的幸福不过是痛苦，她所追求的爱不过是恨。但她却明知不可为固执而为之，仅凭一点对梁思敬的所谓杞人忧天式的同情就发展成了爱情，最终在她的美梦似乎将要实现时，幻想终于破灭。当她正准备和梁思敬双双私奔去日本度蜜月时，手腕高明、富于心计的梁太太将其不动声色地擒获，迫使她不得不带着永远没有爸爸的腹中胎儿，隐居到新竹乡下美惠的家中去品尝那六角之恋的苦果。夏晓云的悲剧在某种意义上，有自食恶果的性质，是一种侵犯别人家庭、破坏他人幸福的行为，是女性的变态心理造成的，所以不具太大社会意义。如果分析和追溯其社会内容，最多也是一种资本主义社会的所谓现代文明病，即不顾一切地去追求所谓爱，哪怕破坏别人家庭，哪怕乱伦，哪怕为一分钟的爱而献出一生都在所不惜。这正是变态社会中的一种变态心理，这种变态心理在开放的资本主义社会中司空见惯。和《晓云》一样描写大陆人在台湾婚姻悲剧的还有《烛芯》《晚晴》等作品。《烛芯》中的志雄和元芳本是一对恩爱夫妻，但由于抗日战争的爆发，志雄南下到了重庆，在那里又结了婚，心中有愧，怕元芳不依，带着新夫人去了台湾，后元芳寻夫到了台湾，一男二女一起生活。因生活困难，元芳自愿和志雄离了婚，与另一个在大陆有妻子的男人结了婚。和夏晓云的婚姻悲剧相比，元芳的婚姻悲剧有着深刻的社会内容，它和日本帝国主义的侵华战争和祖国的分裂悲剧连在一起，是全民系列悲剧中的一个片断——家庭悲剧。

其四，对传统婚姻中的女性悲剧描写细致入微、生动、深刻。林海音是描写各种女性悲剧的高手。归纳起来，这种悲剧的性质和时代的发展变迁相联系，呈现着两种情形：一种是现代文明下的变态心理造成的悲剧，另一种是传统封建婚姻造成的悲剧。相比之下，林海音对传统封建婚姻下的悲剧描写更加得心应手，寓意更为深沉。这种类型的悲剧，又以一夫二妻的三角婚姻所造成的恶果和罪孽，撼人心弦。在林海音的系列婚姻故事中，最成功的两篇作品是《金鲤鱼的百裥裙》和《烛》。前者写小妾的不幸，后者写大妇的悲哀。纳妾制度不仅是小妾的祸坑，而且是大妇的坟墓，是一切妇女最黑暗的陷阱。《金鲤鱼的百裥裙》描写一个被主人纳妾的婢女平生最大的梦想是能够享受一下正室的待遇，穿一穿不被人斜眼相看的绣有"喜鹊登枝"的百裥裙。她苦苦地盼望着，等待着，一直等到儿子结婚的那一天，仿佛那一生的希望就要实现了，但大太太许氏却公开宣布，现在是民国了，大家都穿旗袍，一律不准穿裙子。于是金鲤鱼终生的幻想顿时破灭，最后郁闷而死。即使死了，灵魂也不能获得解脱，她的棺材只能走侧门。林海音以她深刻的观察把封建制度给妇女造成的灾难，揭露得极为深刻。林海音的另一篇小说《烛》描写了年近七十岁瘫痪在床的韩启福的太太在烛光摇晃中回忆陈年往事。她生第三个儿子还在产床上的时候，来当保姆的秋姑娘却悄悄地投进了丈夫的怀里，取代了她的地位，使她变成了一个弃妇，精神上极度空虚。内心里燃烧的无名炉火和表面上不得不装出的正室的宽容大度，使她陷入无法解脱的痛苦之中。作者透过韩老太太内心痛苦的描述，从另一个侧面控诉了封建婚姻制度的罪孽。

其五，林海音把同情的目光集中地投射到普通的下层妇女的身上，为她们鸣冤，替她们呻吟，表现出一个女性救助者悲天悯人的胸襟。林海音的可贵之处，一不是借写妇女来捞名利，二不是借写婚姻恋爱去俘虏青年读者，三不是以欣赏的目光来看待姊妹们的不幸。台湾进入资本主义社会之后，在"西化"和"性解放"的思潮下，不少妇女又变成了男人的性玩物。林海音的不少作品都大声地为那不幸沦入歌场、妓院、酒吧中的妇女鸣不平。《孟珠的旅程》描写了歌女孟珠的坎坷旅程，还写了歌妓雪子的悲惨命运。雪子有漂亮的身段和美丽的歌喉，但是她被迫流落风尘。男人玩弄她，她报复男人；社会坑害她，她对社会玩世不恭。她痛苦、挣扎、绝望，面对想要挽救她的好男人"小喇叭"，她既不能自我解脱，也不愿让别人解脱，于是只有自杀一条道可走。雪子的命运和终结，就是一份无声而愤怒的溅满血泪的抗议书。

第三节　独到的艺术构思

林海音的小说艺术，突出地表现在作品的构思上。归纳起来，有下列几个特点：

一、对比手法的运用。1. 她不仅运用自如，而且形式多样，内容丰富。前面我们介绍过的《金鲤鱼的百裥裙》和《烛》，是通过篇与篇之间的对比描写，揭露封建婚姻纳妾制度的罪行，表现出纳妾制度"两刃剑"式的残酷性，不仅置小妾于死地，而且使大妇也无限痛苦。从而显示出艺术的魅力。2. 不同人物和不同命运对比。例如《晓云》中，作者写了两个姑娘，两种命运。除了女主角夏晓云之外，还写了她的同学，最好的女友美惠。本来夏晓云、美惠、李新、俞文渊四人都是好友。为了促使夏晓云和俞文渊的结合，在美惠与李新结婚时，特地安排夏晓云和俞文渊做伴娘伴郎，美惠花了很多心思，但鬼使神差夏晓云却轻易地向有妇之夫梁思敬献了身，最后落个悲哀的下场。和夏晓云形成鲜明对照，美惠和李新相爱并结婚，小夫妻虽然避居新竹乡下，但生活却十分美满。两个少女不同命运的对照描写，既表明了作者的倾向，更引发人深入的思考。3. 人物性格对比。《孟珠的旅程》中孟珠的顾全大局，勇于自我牺牲，善于思索，自强自尊，和雪子的自暴自弃、玩世不恭、表面刚强、内里软弱形成明显对照。前者自强自尊舍己为人赢得人们的尊敬；后者玩世不恭，终于毁灭了自己。

二、象征手法的运用。象征手法的使用，在文学作品中司空见惯，但林海音却把象征与作品的气氛、人物的情绪和人物的命运融合在一起，有虚有实，虚实相间，表现出了象征手法的独特个性。如短篇小说《烛》中，那摇曳不定、忽明忽暗的一点烛光，除了衬托出无边的黑暗，更象征着老妇人的风烛残年和她的悲惨命运外，同时这烛光也烘托出老妇人此时此地的心理和精神状态。这种象征手法产生了多角度、多层面的感觉效应和艺术效果。

三、林海音的小说语言蕴含着耐人寻味的哲理。如《晓云》中，写梁思敬和夏晓云第一次接触后，梁送夏回家，走上一座桥。这时作者写道："走上桥，真奇怪，满以为四外的空旷，狂风一定毫无阻碍的击过来，谁知却意外的温和。也许这时我们被包围在台风的中心了，好像说，在最中间的台风眼中，一切反而是静止的，多么奇妙的大自然的现象！"这是暴风雨来临前的寂静。这里明写自然，暗写人生，既包含着哲理，又意在言外，令人从眼前的自然景观预感到他们未来关系的发展变化。

第五章
艰难中默默耕耘的二十世纪五十年代台湾乡土小说

第一节 他们肩负着承前启后的文学使命

五十年代的台湾文学，基本上是两个阵营，两股潮流。一个是官方的作家阵营，另一个是乡土文学的民间作家阵营。五十年代在反共八股文学的强压下，台湾日据时期的老作家们，有的虽然因政治的、语言的种种原因停下笔来在为新的起跑作准备，但有的老作家却像风雪中的岁寒三友，仍在艰难中秉笔创作。例如吴浊流、陈火泉、钟理和等。光复后新崛起的第一代作家，他们承前启后，在雪被下默默生长，去迎接作为文学春天的台湾乡土文学的幼芽。这批小说家有：钟肇政、郑焕、林钟隆、张彦勋、施翠峰、廖清秀等。

这批新一代作家的卓越代表、台湾小说大家之一的钟肇政，那时满怀信心和希望地这样说："我们不能妄自尊大，也不应妄自菲薄，我们是台湾新文学的开拓者，将来台湾文学之能否在中国文坛上——乃至世界文坛上，占一席之地，关乎我们的努力耕耘，可谓至深且大。"[1] 钟肇政的勃勃雄心，代表了台湾光复后新崛起的第一代台湾乡土作家们的精神面貌。钟肇政在这里以"台湾新文学的开拓者"自许，并不意味着他们无视和否定台湾新文学之父赖和、杨逵、吴浊流等老一辈乡土文学作家开拓的新文学之路。钟肇政在这里讲的"新文学的开拓者"具有新的含意。日据时的台湾

---

[1] 台湾《文友通讯》（1957 年 4 月 23 日）。

文学，以反帝反封建为使命，虽然也有几部长篇小说，如吴浊流的《亚细亚的孤儿》等，但基本上是以中、短篇小说为表现形式，而且绝大多数作家手中握的是短篇小说的武器。表现宏阔历史画卷的鸿篇巨制还没有被一般作家所掌握，长篇小说作为一种艺术形式和手段，仅仅是一种萌芽。日据时期的小说创作，虽然非常艰难，有不少作家一次又一次地被抓进日本人的监狱，但那时面对的是民族的敌人，台湾作家被热爱民族和祖国的情感凝集在一起，大家同心同德地和敌人拼搏。到了五十年代，情况发生了根本变化。台湾作家面对的是"反共八股""战斗文艺"，这时的台湾乡土小说，在主题的表现上和题材的选择上，都和日据时期有了很大不同，需要向新的疆界进军。日据时期的台湾文学，除早期的新文学作品外，从三十年代中期起，一律被强制改用日文创作，光复后所崛起的第一代乡土作家，年龄都在二十岁左右，他们基本上已过了学生时代，在学校接受日文教育，而今却需用中文写作，书写方式上面临着一个由日文转向中文的革命。如钟肇政开始创作时，都是先写成日文，然后再一个字一个字地翻译成中文。其次，台湾光复后，尤其是 1949 年大批大陆作家来台，必然会出现台湾文学和大陆文学的结合问题，光复后新崛起的第一代台湾乡土作家，责无旁贷地肩负着台湾文学和大陆文学相结合的使命。因而，从上述诸种意义上来讲，光复后新崛起的第一代台湾乡土作家无疑是一种新的意义上的"新文学的开拓者"。他们对台湾日据时期的老作家来讲，是新的一代；他们对六七十年代崛起的新的乡土作家如陈映真、黄春明、王祯和等来说，又是老一代乡土作家。因而他们肩负着台湾乡土文学承先启后的神圣使命。假如说日据时期和光复以后的台湾文学中间横着一条江河，他们便是高架在江河上的桥梁；假如日据时期的台湾文学和光复后的台湾文学中间横着一道山脉，他们就是沟通这道山脉的栈道和隧道。

台湾文学评论家彭瑞金在谈到光复后第一代台湾作家的情况时写道："所谓战后台湾新文学的第一代作家，年龄上在战争结束时大部分是二十岁上下，在日据下受过中等学校教育，也接受战火洗礼的一批年轻人。他们之中虽有少部分人曾经有过日文创作的经验，但共同的特色是他们不同于先行代作家，他们没有日文创作的情意包袱，毅然选择学习ㄅㄆㄇ开始白话文创作……国民政府带来的不是中国大陆三十年代的新文艺气息，而是反共八股当道的战斗文艺，而面对所谓战斗文艺式的白话文学，对他们而言是一种压力，那不是他们经验所及，更不是他们心中想说的话，他们必须从回归祖国的少年热情和面对面的现实中调整自己……怎样在战斗文学当道的文学王朝里，表现具有台湾人作家特质文学的出发……我们却从中可以看出第一代作家在迷惘中不断挣扎、探索、追求的痕迹。"[1] 彭瑞金的这一段话，比较真实而概括地讲明了光复后新崛起的第一代台湾乡土作家们的基础、气质、处境、使命和他们所奋斗的过程。

第二节 二十世纪五十年代台湾乡土作家的创作概况

虽然五十年代台湾的政治形势和文坛气氛对台湾光复后新崛起的第一代乡土作家们极为不利，他们承受着政治的、经济的、文艺的种种压力，但他们却像春寒料峭中的禾苗，顽强地生长。从大陆上起步的台湾作家钟理和、林海音、李荣春等，光复后皆携家小回到了台湾，参加了台湾乡土作家的队伍，成为光复后台湾乡土作家的中坚力量。光复后的台湾第一代作家，虽然受到排挤和歧视，但却以他们深邃的智慧和才华创作出了响当当的作品，为台湾作家赢得声誉，迫使官方的文艺机构不得不承认他们；迫使当局为鼓励"反共"作品设立的文学奖，也不得不考虑文学的因素而把他们的非"反共"作品列入获奖名单。

廖清秀以自己在日据时期的亲身经历写成的自传体长篇抗日小说《恩仇血泪记》，获得了1952年"中华文艺奖金委员会"长篇小说第三奖。这部小说，以自己亲身经历和所见所闻，作为历史见证人的身份，把日本帝国主义在台湾犯下的血腥罪行，真实具体地揭露了出来。这部作品对日本人中的善恶和恩仇进行了区别，着力表现人与人之间的复杂关系和情感生

---

[1] 叶石涛、彭瑞金、宁冬扬等：《台湾文学的过去与未来》，台湾文艺杂志社1985年版，第67—68页。

活。有血也有泪，有仇也有恩，有诅咒也有爱恋。作品细腻地描写了中国人林金火和日本女人爱子及日本男人澄人，三个人之间前前后后的爱情和婚姻纠葛。台湾作家陈火泉、施翠峰、文心等，在五十年代钟肇政独立创办的、乡土派作家唯一的信息刊物《文友通讯》上，对这部作品有肯定也有批评。1957 年 9 月 9 日，这个刊物上刊登了台湾作家们对这部作品的评论。陈火泉说："实实在在，无论在形式上，或是描写上，它是成功的。当然小毛病也是有的，有些字欠妥帖，有些情节欠合理。但这是无关宏旨的。"文心说："是部杰作，人物、心理描写均成功，故事极好，予人印象至为深刻。"施翠峰对这部作品分析得更加深入细致。他说："一、布局曲折有趣，引人入胜，主题正确，的确是佳作。二、最大的毛病是作者以空想架在不现实的地基上，因此故事的发展有三个地方说不过去：一是爱子上了哥哥的当，被澄人强奸；二是爱子恨澄人入骨而嫁给他；三是战后爱子沦入风尘当了私娼。"他评价说："理想主义的作品发展到此便一落千丈，殊属可惜，真是白玉之瑕。"廖清秀是光复后台湾新崛起的第一代乡土作家中的中坚分子。他 1927 年 5 月 1 日出生于台湾汐止镇，出版的作品除长篇小说《恩仇血泪记》外，还有长篇小说《贼子龙》《阿九与地主公》《父与子》和短篇小说集《冤狱》。他是一位非常谦虚，但却很有实力的作家。他说："我自从十七八岁时就喜欢写随笔、杂志之类，但我做梦也想不到自己会从事写作，因那时我一直读法律、政治等书，想在行政界活跃，到了 1951 年我的做官梦醒了，才开始研究文学，这几年来虽然不断努力，根底太差，还不能写出像样的作品来。"[1]

钟理和唯一一部长篇小说《笠山农场》未出版，就于 1956 年获"中华文艺奖金委员会"长篇小说第二奖，因第一奖缺，实际为第一奖。这部作品中，作家以自己与钟平妹的同姓之婚为线索，展开了笠山农场劳动和生活的画图，把作者在发工薪时怎样对钟平妹一见钟情，两人在家庭的反对下进行秘密恋爱和冲破世俗偏见的罗网去追求幸福的情感发展过程，像诗一样地进行了叙述。作品生动优美，艺术上达到了相当高的境界。

---

[1]《文学界》1983 年第五期。

　　文心的长篇小说《命运的征服者》于 1955 年获台湾"中央日报"青年节征文奖第一名。文心，原名许炳成，也是光复后第一代乡土作家群中的重要作家，在五十年代的乡土作家中相当活跃。他于 1930 年 2 月 21 日出生。台湾嘉义县高级农业学校森林科毕业。作品除长篇小说《命运的征服者》外，还有《古书店》，1965 年获台湾《新生报》征文佳作奖，还有《吾师》《诸罗城之恋》等。李荣春的七十万字鸿篇巨制《祖国与同胞》1954 年也获"中华文艺奖金委员会"的奖助。李荣春（1914—1994），台湾宜兰人，毕业于公学校，曾在大陆流浪九年。不算长的时间里，这么多作家均以长篇小说夺得台湾官方的最高文学奖，不仅充分地证实了光复后新崛起的一代台湾乡土作家们不凡的素质和才华，而且表明了台湾乡土作品的艺术水平已相当高超。作为反映壮阔历史画卷和广阔生活画面的文学样式——长篇小说，在台湾乡土作家们的手中已经成熟，它标志着台湾乡土小说的创作已进入了一个新的阶段。如果说日据时期，台湾老一辈作家们主要还是以中短篇小说为表现生活的工具和手段，那么此一时期，台湾新一代乡土作家们则长、中、短篇均运用自如了。日据时期台湾文坛的三巨头：赖和、杨逵、吴浊流，仅有吴浊流一人有长篇小说面世，而此时期不长的时间里就有那么多作家、那么多长篇小说面世并获奖，事实表明，此时的乡土作家已非日据时期的乡土作家可比。但无须讳言，没有赖和、杨逵、吴浊流等奠下的基石，也就没有光复后新一代作家走出的路，没有《亚细亚的孤儿》，或许也就没有《恩仇血泪记》和《笠山农场》。

　　钟肇政是光复后台湾新一代乡土作家的卓越代表。他的创作在台湾文坛上是异军突起，下面将设单章论述。此外，这个时期郑焕、文心、林钟隆、施翠峰、张彦勋等人的短篇小说已达到了很高的水准。文心的短篇小说集《千岁桧》和钟理和的《故乡》系列作品，不仅以现实主义的表达艺术，忠实地描绘了光复后台湾农民的苦难生活，和正直、勤劳、朴实、忠厚的形象，而且真实地记录了那段穷愁、苦难、凋敝、败落的历史景象。浓烈的乡土情怀，真挚的悲悯笔触，表现了与人民同苦乐、共患难的现实主义作家的高贵品质。但是由于生活环境和视野的局限，这批作家的创作题材仍然比较狭窄和老旧，思想也不够深刻。他们的创作和他们所肩负的历史和文学使命仍然显得很不相称。台湾评论家彭瑞金在《追寻、迷惘与再生——战后的吴浊流到钟肇政》一文中说："异族统治下亲身经历的日据五十年代带给台湾人民的灾难、痛苦，战争造成的贫穷匮乏，祖先开荒拓垦留下的朴实刻苦精神面貌，成为他们小说主要的主题，他们看似无意地反复借这块土地上的人民克服灾难的经验，述说他们的爱与恨，表面看起来，那是个人的，属于过去的陈述；那是感伤的，然而经得起千劫万难锻炼的正是金刚不坏的身啊！因此第一代作家在迷惘中拘谨地以台湾的事物反映台湾特色的写作着眼点，经过逐步深入探索后，终于又继先行代作家之后再一次地冲击了台湾的心。那就是第一代作家进入成熟的六十年代和第二代、第三代作家携手共同拓伐的，以台湾历史和台湾人物为中心的兼顾台湾社会现实的写实小说了。"[1] 这段话表明，光复后第一代台湾乡土作家们奠定了台湾现实主义小说的基础，并和第二、第三代作家一起，使台湾现实主义小说走向成熟。但是，在研究了台湾光复后第一代乡土作家的作品后，我们不能不指出他们的不足，那便是他们的笔基本上还都耕耘在历史题材的土地上，对现实生活的描绘还相当薄弱。他们在艺术上还缺乏大艺术家的气魄，史诗般的作品在这个时候还未面世，只是当钟肇政后来的两个三部曲和李乔的《寒夜》三部曲的出现，才改变了这种局面。虽然如此，但这一代作家对台湾文坛的贡献和功绩，在台湾文学史上和其他时代的作家的功绩一样，放射着强烈的光辉。

---

[1] 叶石涛、彭瑞金、宁冬扬等：《台湾文学的过去与未来》，第69页。

第六章
昏暗天幕下的一颗小说巨星——钟肇政

第一节　钟肇政的生平和创作

钟肇政虽然成名于五十年代初最昏暗的台湾文坛，但他却是那昏暗文学天幕上最亮的一颗小说巨星。钟肇政之所以能成为台湾文坛这样少有的、闪光的小说巨星，是因为他有得天独厚的、许多人所不具备的内在因素和外在条件。钟肇政于 1925 年出生于台湾桃园县龙潭乡。他的出生之日正是日本帝国主义霸占台湾三十年，妄图以台湾作跳板消灭中国，吞并亚洲，称霸世界的美梦做得正酣的时候，也是在台湾推行"皇民化运动"，妄图把台湾永远并入日本版图活动最疯狂的阶段。钟肇政上小学、中学，又做日办小学代用教员，对日本帝国主义推行的侵略性奴化教育，有亲身感受。他被强征为学生兵到铁砧山修筑工事，又对日本军队的内幕有着较深刻的透视。抗战胜利后，钟肇政刻苦学习汉文，大量阅读中国古典文学作品，吸收传统文学的创作技巧，并学习西方文学的创作经验。1948 年，在他二十三岁那年又进台湾大学中文系深造，均为他的小说创作奠定了丰实的基础。

钟肇政（1925—2020），笔名九龙、钟正、路加、路家等，台湾客家人。从 1974 年起，他受聘到台湾东吴大学东语系任日语教授。1976 年起任《台湾文艺》主编，为台湾文坛培养新人做出了重要贡献。1978 年任《民众日报》副刊主编。此外，还被公推为"吴浊流文学奖"主任委员。钟肇政自 1951 年发表处女作短篇小说《婚后》跻身台湾文坛，不久创作进入旺期。长、中、短篇一齐上马，尤其擅写长篇小说，积多部鸿篇巨制。

仅系列的长篇就有：《浊流三部曲》（《浊流》《江山万里》《流云》）、《台湾人三部曲》（《沉沦》《沧溟行》《插天山之歌》）、《高山组曲》。其他长篇小说有：《鲁冰花》《大坝》《大圳》《马黑坡风云》《绿色大地》《青春行》《八角塔下》《望春风》《姜绍祖传》《马科利弯英雄传》等。中篇小说有《初恋》《摘茶时节》。短篇小说集有《残照》《轮回》《大肚山风云》《中元的构图》等。此外还有论著和编著多种。钟肇政的著作共达五十余种，是台湾文坛上的高产作家之一。钟肇政以宏阔的视野，细腻的笔触，描绘台湾同胞为了捍卫民族尊严，回归祖国怀抱，用战争的和文化的，公开的和秘密的，合法的和非法的种种形式，在旷日持久的岁月中与最凶恶的民族敌人进行殊死搏斗。他的作品的综合画面构成了风云流转，刀剑与恋歌相交织的台湾人民的战斗史诗。虽然有的作品显得有些单调和绵软，甚至没有充分地表达出台湾同胞当时斗争的实绩，但是，作为历史的有力见证和人民的一种愿望，作为文学的呼唤，钟肇政不失时机地用数百万言的篇幅，对台湾充满血泪的斗争历史，进行了较完整的全景式的描绘。这种气魄和胆识，以及创作的成果和意义都是值得赞佩的。

第二节　祖国、民族、乡土意识的追寻

钟肇政的作品数量之多，内容之丰，涉及生活画面之广，表达的主题之深，描绘的人物之众，均应以专著加以论述。这里，我们在台湾小说发展史的一个章节中只能着重阐述他的具有代表性的作品。发表和出版于1962年到1980年之间的，具有大河小说规模的《浊流三部曲》和《台湾人三部曲》，可以认为是钟肇政的代表作品。

这两部小说的创作意图在作品中显露得十分清楚。《浊流三部曲》，是以作家作为历史的参与者与见证人，确切地说是作为台湾三十年代到光复之后这段历史的主角之一，以个人的人生历程作为作品的主轴，将这段历史的画面一一串联起来，表达出台湾同胞，尤其是台湾知识分子从迷惘、彷徨到觉醒，从动摇到反抗，从混沌状态下的日本"皇民"到清醒状态下

的中国斗士，这样一个人生和意识的发展变化过程。在这部百万字的小说中，主人公陆志龙性格发展的三个阶段，也正好是台湾人民斗争的三个时期，同时也分别是这部小说三个分卷的内容。第一卷《浊流》描写日本帝国主义疯狂推行"皇民化运动"，主人公陆志龙在那"皇民化"的浊流中，默默接受"帝国臣民"的头衔，喝了一口又一口污浊之水。作家对陆志龙的描写是有分寸的，他是意识上的迷惘，而不是品质上的坏死；他是随波逐流，而不是认贼作父。因而在"皇民化运动"中他是被动的，而不是主动的；他是苦闷的，而不是喜悦的；他只能尾随和彷徨而不能认同和结合。他虽然在当小学助教时，对日本女人谷清子爱得发狂，对这个日本军人的妻子的没有爱情的婚姻充满同情。那个日本女人不仅反对日本政府侵略中国，而且对陆志龙也真心相爱，在飞机轰炸、灯火俱灭、旁无他人的情况下两人拥抱接吻，情感达到沸点，陆志龙"已失去了主宰，听凭自己的手臂自由行动，仿佛那是自然而然的动作"，即两人意乱情迷的情况下，谷清子一声："陆桑……这不行哪……"，两人中止了结合。作者在这里划了一道粗粗的横线，那便是日本人和中国人、陆志龙和谷清子尽管互相深深地相爱着，但他们代表着不同的民族和国家，代表着不同身份。谷清子只能被日本校长当作晋升职位的礼品送给视学强奸，怀着视学的孩子自杀，而不能成为"有情人都成眷属"格言的见证。陆志龙和日本军人妻子谷清子之间发生的爱情，正是那股浊流中扬起的浑浊波涛，也正是陆志龙在混沌中喝入的一口污浊之水。第二卷《江山万里》，是《浊流三部曲》中最重要的一部，也是陆志龙觉醒、反抗并走向成熟的关键时期。陆志龙于彰化师范毕业后，被日本人集体征调往大甲山、铁砧山修筑工事。这是 1944 年，日本帝国主义已经面临灭顶之灾的前夕，同时也是疯狂到了极点的时刻，侵略者大喊"全民玉碎"的口号，把妇女都编进军队做最后顽抗。日本帝国主义者的残暴达到了极点，他们把多少台湾同胞活活打死。学徒兵们积极准备反抗并暗暗地向日本人动手。他们趁日本军官不备，猛地将其推下深渊。在这种形势下，陆志龙等在铁砧山发现了郑成功庙和"国姓井"及"万里江山"的石碑。这三样东西的发现，对陆志龙的觉醒，对象征台湾同胞抗日的胜利均具有深刻的意义。第三卷《流云》，比起第一、二卷来，只能算是一个尾声。描写了主人公陆志龙光复之后，学习汉文，当教员和想要成为一名作家，并为这一理想所进行的努力。这一卷内容比较单薄。这部百万字的《浊流三部曲》，作为个人自传体小说，写得还是相当成功的。小说塑造了一个在黑暗中为回归民族和祖国，不屈不挠的追寻者和探索者的光辉形象，而且这个形象作为台湾日据时期爱国青年知识分子的缩影也是非常真实的。对作品中描写的陆志龙的爱情，评者有截然相反的看法。有的人认为，过多儿女情长的纠缠，削弱了陆志龙的形象。但我却同意李乔和吴锦发的看法，那恋爱婚姻的追求，实际上是作家在作品中埋设的另一条复线，这条复线是紧紧地围绕着小说的主线——对祖国和民族的追求中，体现着对大地、对乡土的认同和眷恋。因为女人是母亲的象征，母亲的伟大含意又和土地有着相通的意义。追寻民族和祖国，与追寻自己植根的泥土这两条线索在作品中交互发展，相互辉映。第一个追寻，到铁砧山修筑工事，发现郑成功题刻的"江山万里"石碑、"国姓井"、郑成功庙，得到了答案。因为既找到了自己的祖先和代表民族精神的魂灵，也找到了饮水思源的源头。第二个追寻，是主人公陆志龙婚姻上经过一系列的失败，直到和银妹在星空月夜的野地里相结合，才完成的。银妹是台湾的象征，是中国泥土的象征，是在日本帝国主义野蛮奴役下，从未变质的中国精神的象征。作者一再描写，她穿着日本的破军装，但从那破军装的领口处却看到她非常洁白细嫩的肌体；她蓬头垢面，却有执拗、倔强的性格和纯洁善良的心境。日本人虽然在军事政治上统治了台湾，但却征服不了台湾同胞的心。银妹外表的脏，是侵略者祸害的结果，银妹肌体的纯洁、心地的善良，代表台湾同胞不变的本质，代表台湾泥土的芬芳。陆志龙和银妹，不在室内结合，而在旷野相交，这是一种深沉的象征，即乡土的回归和泥土认同的表现。《浊流三部曲》的成就在于作家比较圆满地达成了他预期的创作意图，用一种虚实相间的手法，表现了那个时代的历史真实和艺术真实。

《台湾人三部曲》，虽然也是百万言篇幅的史诗式小说，但它的艺术构思和创作格局却与《浊流三部曲》不同。《浊流三部曲》是以作者个人的人生历程为主轴，贯穿起和这个主轴相关的历史画面，从而达到表现时代，反映历史，歌颂祖国、民族和乡土的宏大主题；而《台湾人三部曲》，顾名思义，就是要从正面去描写和表现整个台湾人轰轰烈烈的斗争历史和图景。其创作意图和表现格局，比《浊流三部曲》要长远、宏大和壮阔得多。如果说《浊流三部曲》是以个人经历，反映历史进程，那么《台湾人三部曲》，则是全景式地把台湾人从移民、发家到破产，从酝酿、斗争到胜利的生活画卷一揽子搬进了作品。一个是焦点透视，一个是全景辐射。《台湾人三部曲》所包括的第一部《沉沦》、第二部《沧溟行》和第三部《插天山之歌》，正好是台湾人生活和斗争的三个时期。这部小说中，作家选取了最能表现和概括整个台湾人历史进程、生活经历和精神风貌的陆氏大家族，作为整个台湾人的代表和缩影，进行描绘。

第一部《沉沦》描写了陆氏家族从大陆移民到台湾九座寮庄后的发家过程。陆氏家族中信海老人在庆祝他七十大寿举家狂欢的日子里，突然传来了清朝大臣李鸿章因甲午战败，签订丧权辱国的《马关条约》，将台湾拱手割让给日本的噩耗，于是引起了全台湾人的震怒。官降民不降，台湾人纷纷自行组织起来，掀起此起彼伏大规模的武装抗日的情景。这部作品，对台湾人民自发的武装抗日进行了绘声绘色的描写。如果说钟肇政的长篇小说是大河小说，是史诗，那么《沉沦》这部作品的的确确具有大河小说和史诗那奔腾雄壮、恢宏浩阔的气势和气派。真正表现了台湾同胞在被抛弃之后那种捶胸顿足，化悲愤为力量，宁可玉碎，不为瓦全，与脚下的土地共存亡的无比英勇的献身精神和与敌人不共戴天的高尚品德。虽然，作品忠于历史，描写了以信海老人为首组织的这支武装的最终失败和陆氏家族被敌人剿灭的结果，但这是一部精神和意志不灭的悲壮史诗，台湾同胞的那种英勇精神和爱国热忱，将会因这部史诗般的作品永放光辉。

第二部《沧溟行》，是以陆氏家族的第六代子孙陆维梁为主人公。所描写的背景是台湾人民抗日斗争发展的第二个阶段。即当台湾人民此起彼伏"三日一小乱，五日一大乱"的武装抗日斗争被日本帝国主义血腥镇压下去之后，到了二十世纪二十年代左右，台湾的抗日斗争被迫地转入了非武装抗日阶段。如果说在前一阶段武装抗日为主要斗争形式的日子里，农民是主力，那么进入第二阶段，以政治、文化为主要斗争形式的阶段里，知识分子就成了斗争的主角。台湾的抗日斗争由武装转入非武装，除了因斗争环境特别恶劣，面对的敌人出奇的残暴和台湾地域狭窄、缺少与敌人周旋的游击战场诸因素之外，另一个非常重要的因素是，1919年祖国大陆爆发了震撼世界的五四运动，台湾许多知识分子都直接或间接地受到了洗礼。从五四运动起，台湾人民的抗日斗争实际上成了祖国反帝斗争的一个组成部分。《沧溟行》的作者为了便于反映台湾人民这个以政治和文化为主要斗争形式的抗日阶段，便将这部作品的主人公陆维梁，塑造成台湾非武装抗日时期激进的爱国知识青年。陆维梁"清楚地认识了她——祖国，也认识了自己——汉民族"。比起《浊流三部曲》中的主人公陆志龙从郑成功的"万里江山"碑前认识了祖国，陆维梁早了二十多年。无疑，陆维梁是台湾青年知识分子中的思想先驱者之一。作者描写陆维梁深入到台湾农村赤牛埔等地，发动农民与日本人进行斗争。不久，二林、竹林、高雄等地的农民也相继起事。于是日本人进行镇压，在"赤牛埔事件"中陆维梁被捕，由简溪水医师和林停鹿律师的救助，很快被释。为了开阔眼界，将台湾同胞的抗日斗争和祖国人民的斗争连接，从而得到祖国人民的支援，陆维梁肩负着使命，离开台湾，开始了浩阔的沧溟之行。《沉沦》是绝望中的奋起，表现了台湾同胞眷恋祖国，不做他人臣民，与敌人拼个鱼死网破的炽热的民族情感；《沧溟行》是希望中的探求。陆维梁满怀着深沉的希望和爱，期盼着能够在祖国的帮助下，寻找到战胜敌人回归祖国怀抱之道。两部小说在主题的熔炼和表达上，都有深邃的思考。这两部作品共同的不足是作者过分拘泥于历史事实，因而手脚受到捆绑，没有充分运用和发挥小说这种艺术形式的优势。这种不足在《沧溟行》中更突出，甚至损害了作品的内容和人物形象的塑造。这部作品中的陆维梁在恋爱婚姻的处理上，几乎和《浊流三部曲》中的陆志龙同一个模式。陆志龙先和日本女人谷清子相恋而失败，最后和台湾姑娘银妹野合；陆维梁亦是先与日本女人文子相恋失败，尔后与台湾姑娘玉燕结婚。所不同的是，陆志龙对谷清子是主动的，而陆维梁对日本女人文子则是被动的；银妹是白痴"藩仔"的童养媳，而玉燕是陆维梁自己的童养媳。而且玉燕的形象和银妹形象相比，大为逊色。

《台湾人三部曲》中的最后一部《插天山之歌》，描写陆家第七代子孙陆志骧，在日本东京留学，参加了抗日秘密组织，奉命与同伴李金池、蔡佳雄三人潜回台湾进行抗日活动。但不幸在轮船上被日本特务盯住，正当他们设计逃脱敌人的盯视时，突然轮船遇上水雷爆炸下沉，李、蔡葬身鱼腹，陆志骧幸而被一对老渔夫夫妇救起。陆志骧虽肩负重任，回到台湾后却一筹莫展，始终东藏西躲，不但没有完成任何抗日使命，反而给台湾的抗日群众招惹了很多麻烦。自回台湾到日本人无条件投降，他除了在一次逃难中将一位给他带路的台湾姑娘搞到手，并秘密地得了一个儿子之外，别的均一事无成。作品具有戏剧性的情节是，老奸巨猾的日本特务桂木追踪了陆志骧二十个月，一直未曾得手。偏偏在奔妹生孩子的当儿，在产房里发现了志骧，而且没有把志骧立即带走，还站在产床边教志骧如何给妻子按肚子助产。桂木把陆志骧抓去只关了一夜，日本天皇就宣布无条件投降了，他像送客人一样又把陆志骧送出监狱。《台湾人三部曲》中的第三部《插天山之歌》虽然作者也有较深的寓意——人民的力量如巍峨的大山，插入云霄，有了人民的保护就能获得胜利。但作品中的主人公实在太软弱无力。他不是一个抗日勇士，倒像一个胆小如鼠的逃犯；他不像一个地下工作者，倒像一个寻花问柳的公子哥。在他身上看不到，也感觉不出应该比一般老百姓更先进一点的思想觉悟，更深邃一点的思考，更果敢一点的行动。在他身上，甚至缺乏奔妹这个农村姑娘的那种机警和勇敢。在这部三十万言的长篇小说中，陆志骧既缺乏陆信海革命老人教导出来的陆氏家族的优良传统，作为现代青年革命者的形象也没有树立起来。这部作品和前两部比较，也只能算是虎头蛇尾了。

第三节　台湾长篇小说艺术的发展

　　长篇小说，尤其是多卷本的长篇小说，是文学中的重型武器。没有它，波澜壮阔、风诡云谲的历史画卷就难以展现。没有它，人物众多、故事繁复的全景式现实生活就很难搬进文学的画廊。没有它，史诗般的文学巨著将会成为一句空话。世界文学的历史表明，凡描绘和概括较长的历史时期，具有重大历史社会题材，刻画众多人物的文学作品，大都用多卷本的长篇小说形式来表达。多卷本的长篇小说创作，自二十年代台湾小说的滥觞，到五十年代，钟肇政还是第一人。驾驭这种重型体裁的文学样式，必须具备超人的文学勇气和气概，具有较丰富的艺术经验，具有丰富的生活阅历和素材积累；具有坚韧不拔、旷日持久创作的耐力，具有较深厚的语言修养并善于从不同角度观察和概括生活。钟肇政作为台湾文学承前启后的人物，作为台湾小说的大家和半个多世纪台湾历史的见证人，具备了上述条件。

　　多卷本的长篇小说，有古典式和现代式之分，在现代式之中又有现实主义和现代主义之分。钟肇政是台湾乡土派小说家，他的作品一贯表现出浓郁的现实主义艺术旨趣。尤其他的多卷本长篇小说，充分地继承了中国文学的现实主义传统。但是钟肇政并不死守现实主义的艺术法则，而是以现实主义表达艺术为主要手段的前提下，又融汇和吸收了现代主义的象征、暗喻、意识流、时空交错等表现技巧。因而钟肇政的多卷本长篇小说，明显地发展了吴浊流《亚细亚的孤儿》、钟理和《笠山农场》诸作品中确立的台湾长篇小说的现实主义表现艺术。概括起来，钟肇政的长篇小说有这样一些艺术特色：

　　一、人物结构法和事件结构法交叉运用。一部长篇小说，尤其是多卷本长篇小说，结构方式处于作品成败的要害地位。钟肇政根据他作品的题材和包含的生活内容及时序的长短，对《浊流三部曲》和《台湾人三部曲》分别采用了不同的结构方式。《浊流三部曲》采用人物结构法。即以作品的主人公陆志龙生活和斗争的历程为主轴和中心线索，去连起在那个时期内发生的，与作品主题相关的历史事件。《台湾人三部曲》所要表现的历史时序、生活内容、人物形象与《浊流三部曲》有所不同，其主要目的不是表现一个人物的经历和命运，而是在一百多年漫长的历史时期内，在纵横的台湾历史画布上描绘出台湾数代人前赴后继英勇斗争的历史图景。如果仍像《浊流三部曲》那样以人物结构法来结构作品，是行不通的。因而作者采用了以事件为主的结构方式，把台湾人的抗日史分为武装的、非武装的和迎接胜利三个时期，将众多的英雄人物的事迹含纳其中，分别进行描绘。这两种结构方式，承载着不同的文学使命，最后各得其所。

二、主线和副线随作品情节的展开交互前进。规模宏大的长篇小说，往往是多主题、多线索，在中心主题和中心线索的牵引下，或齐头发展，或交叉前进，或此起彼伏，或此暗彼明，或象征，或暗示。钟肇政的《浊流三部曲》的主线是通过主人公陆志龙的经历和命运，反映台湾同胞为抗击异族占领，为实现民族认同所进行的不屈不挠的斗争。在这条主线之外，还有一条副线，那就是陆志龙的爱情。在这条副线中，作家又巧妙地运用象征手法，明写爱情，暗写对乡土的眷恋和回归，于是这条副线又辐射出新的意义。其思想和艺术内涵极为丰富。最后随着陆志龙在漫天野地里与银妹的结合，副线后于主线而完成，使作品归于圆满。

三、第三人称的全知观点和第一人称半知观点的交叉使用。全景式和半景式交互呈现。作品中人称的选择，就是叙事角度和叙述方式的确定。一般来说，多卷本的长篇小说比较适合运用第三人称全知观点，以便不受任何限制地纵横驰骋笔墨，调整时空，毫无局限地解剖人物。钟肇政在《台湾人三部曲》中采用的正是这样的叙事角度。他可以将台湾人民的抗日斗争分割成几个阶段描绘，也可以自由地选择适合自己的方位、事件和人物进行描写。作者在这部作品中描写的农民起义军，并不是台湾武装抗日时期最具代表性的武装；他所描写的抗日领袖，并不是实际生活中最具代表性的人物；他所描写的战役，并不是历史上最著名的战役。例如作品中所提到的，具有代表性的事件，即发生在1915年，由著名抗日志士余清芳、江定、罗俊所领导的"西来庵起义"，并没有成为该作品的描写对象。再如，作品中提到的，非武装抗日时期的著名民族斗士简医师（即蒋渭水），也没有被作者选作主人公。然而正像许许多多历史小说并没有着力刻画某段历史的主要人物和主要事件而不失为优秀的作品一样,《台湾人三部曲》也并没有因为没有描写"西来庵起义",没有把蒋渭水作为《沧溟行》的主人公,而被排斥在优秀作品之外。第三人称全知观点,选择事件和人物不受限制,解剖人物也十分自由,可以从各个角度对任何人物进行刻画,对其心灵进行开掘。而第一人称半知观点,在此可能要望洋兴叹。但是,第一人称也有其不可取代的优越性。叙述亲切,富于真切感,摄取的生活画面亲临其境等。尤其是自传体小说,第一人称最为得心应手。所以钟肇政在《浊流三部曲》中便使用了第一人称半知观点。

四、多角度的心理描写。小说中对人物的心理描写,可以有许多角度。选择的角度愈新,创造的心理触发因素愈真切,心理描写也就愈成功。心理描写角度的选择,决定着描写的深度和质量;心理触发因素的确定,决定着描写是否真切和鲜活。钟肇政在这两方面都有独到之处。试以《浊流三部曲》中陆志龙的心理活动作点剖析。其一,从道德裁判的角度来揭示人物的心理活动。例如,当陆志龙和银妹发生了关系之后,非常担心银妹怀孕,并把自己供出来。于是"呼吸急促,血从脸上倏然退下",左思右想,无计可施之下:"我也想到,叫阿银不要说是我吧。我可以告诉她,等我有了工作能自立后,一定娶她,请求她在那个日子来临前为我严守秘密。如果你爱我,就不应该让这事来断送了我的一生。噢!罪过!罪过!那分明是谎言,毫无实现的可能,我怎能说出口呢?这不正是小说里的色狼常用的老套吗?我没法做出这种利己主义的勾当!"此时的陆志龙仿佛在道德的法庭面前受审,是勇于承担起责任,还是当一个责任的逃兵。他进退维谷,在风险面前挣扎着,选择着。这里既暴露了他性格上的弱点,也表现了他最终道德裁判上的战胜自我。其二,从自我忏悔的角度来揭示人物的心灵。陆志龙是一个非常善于自省的人物。在许多情况下,尤其是当陆志龙做了错事以后,他便开始诚挚的忏悔。而这种忏悔无一不是通过心理描写实现的。陆志龙曾经忏悔过他对爱情的不专一,曾经忏悔过他给银妹造成的痛苦,曾经忏悔过自己政治上的混沌和软弱等。

第六编

二十世纪六十年代台湾
现代派小说的大繁荣

第一章
社会和文化背景

第一节　农业社会向资本主义社会的转变

五十年代台湾虽然靠美援为生，但就其经济形态来看，还是一种封闭型的贫困、保守、落后的小农经济。经过 1953 年的"土地改革"和从 1953 年开始推行的多期四年或六年"经建计划"，提出"以农业培养工业，以工业发展农业"的经济建设方针，台湾的农业获得较大的发展。进入六十年代之后，台湾采取了一系列有效措施，实行对外"开放经济"。例如六十年代初期，台湾先后颁布了"奖励投资条例"和"加工出口条例"。改革外贸政策，实行汇率改革、税收优惠、金融扶植等措施，使台湾的外资和侨资投资比例迅猛增长，促使了台湾经济的"全面起飞"。1966 年台湾的出口贸易结构发生质变，出口的工业产品居首位，从此改变了台湾历来以农产品和农业加工产品为主要出口货物的局面。这是台湾出口结构变化的转折点。台湾的对外贸易成了台湾整个经济的柱石、动力和生命线。

台湾经济"全面起飞"，经历了一个由内向型经济向外向型经济发展变化的过程。六十年代中期，台湾已完成由保守、落后型的农业经济向开放、富裕型的资本主义经济过渡，标志着台湾已由农业社会转向了资本主义社会。

当时台湾经济的主要伙伴是美国，即由美国输入原料和半成品进行加工后再向美国市场倾销。其次是日本。因此台湾的经济开放，说穿了就是对美、日开放。台湾实行的资本主义式的对外经济开放，是无抗体开放式，既开放经济市场，也开放精神文化市场。随着经济开放，西方的精神文化、社会风俗，也一齐进入台湾市场，因而台湾社会文化迅速西化，形成了经济起飞、精神颓废的局面。这种情况引起了台湾思想文化界有识之士们的隐忧，他们发起批判西化运动，构成了中西文化在台湾的冲突。在这种冲突中，西化受到了抑制，中国文化传统受到了保护。台湾从六十年代初期开始的新诗批判运动和七十年代的"乡土文学论战"，都是为抵御西方文化而兴起的中国式的文化运动。由于台湾文化界对西化的批判和广大台湾读者对西方文化的抵制，使台湾知识分子中兴起了一次民族意识的大觉醒。这一觉醒表现在从七十年代初的"保钓运动"到八十年代初期的乡土电影热运动和越来越兴旺的回归潮流。台湾社会由农业社会转向资本主义社会经历了一系列斗争，尤其是思想文化的斗争，经历了由西方式的资本主义向东方式的资本主义转换中的一系列思想文化形态的变化。目前台湾大体上是经济形态上以西方资本主义生产经营模式为主，而思想形态却是以中国传统式的儒家思想为主，这样一种中西结合式的资本主义。

第二节　西方文化思潮洪水般冲进台湾

这一节我们将分析西方存在主义哲学、弗洛伊德的心理学和泛性主义，以及现代主义文艺思潮对台湾的影响。五十年代，台湾采取严厉的思想钳制政策。除了"反共"思想、"反共"文学思潮之外，不准第二家思想分店存在。许多知识青年，因思想受到禁锢而极度苦闷。他们对现实不满而又无可奈何；他们厌恶"反共八股"而又无计可施，他们想冲决罗网而又深感乏力，在无可奈何中走向颓废、绝望、堕落、伤感、消极、迷失、哀叹。正在他们困顿迷惑之际，随着金钱和商品的流入，西方的哲学思潮和文化思潮也涌进了台湾。失落和苦闷的青年一代，一拍即合。他们首先接受的是西方的存在主义哲学。存在主义哲学产生于二十世纪二十年代初，成熟于三十年代初。它产生的时代背景，正是第一次世界大战的炮声残酷地摧毁了人们的理想、信任和人与人之间的情感之时。在悲观、绝望、痛苦的现实中，人们只能相信自我才是真实，自己的存在才是确切的事实。因而人们的追寻和探求，由客观外在转向主观和内在。存在主义哲学正是在这样的时代背景和思想情绪下产生的一种废墟上的哲学。第二次世界大战两颗原子弹的爆炸给人们带来更大恐惧和不安，在这种历史背景下存在主义哲学更加广为传播，形成了在西方拥有最大思想市场的一种主观唯心主义哲学。它的主要代表人物有尼采、萨特、彭迪、加缪、海德格尔、雅斯贝尔斯等。存在主义者认为：人不是万物的奴隶，而是自我的主人，因而他们把目光从客观外界抽回，投入到主观内在之中，在自我负责中显示出自我；在对内在的追求中找到自我的价值。除了自我之外，一切都是虚幻。尼采说："当一个人把他生活的重心不放在生活本身，而放在来世——放在虚无中——那么，这个人就根本剥夺了生活的重心。"这是存在主义哲学以自我为中心的最好说明。萨特在解释他的"存在先于本质"时说："人首先存在，碰到各种遭遇，在世界上起伏不定——然后限定他自己。假使像存在主义者所见，一个人为未限定者，那是因为开始时他便一无所有。直到稍迟之后才会成为某种东西，而那时他把自己造成什么便是什么。因此，无所谓人性，因为没有上帝创造这个概念，赤裸裸地存在。他不是想象中的自己，而是他意欲什么才是什么，他存在之后，才想象他自己是什么——这是在他跃进存在之后意欲的。人除了自我塑造之外，什么也不是。"这种自我就是一切，自己就是主宰，自己想是什么就是什么，除了自我之外什么都不是的主观唯心主义哲学和把上帝视为至高无上，上帝就是主宰，上帝就是一切的客观唯心主义哲学既矛盾又统一。在以自我还是以上帝为主宰方面，他们水火不容；在意识是第一，存在是第二方面，他们又共一条战线。存在主义这种颓废、迷失、绝望、感伤和无可奈何的思想和感情内核，那种除了自我一切都不可信任，世界上只有我是真实的那种纯主观信念，正好符合了台湾六十年代苦闷、彷徨、无可奈何的一代知识青年的思想。这种哲学既可以抒发其内心的淤积，又可以帮助他们建立对自我的信心，还可以帮助他们抗拒那不满和无奈的现实。因而这种哲学不仅被他们当作宝贝接受，而且迅速得以传播。

　　存在主义哲学于二十世纪五六十年代进入台湾，迅速被苦闷、彷徨的一代知识青年视为瑰宝，不仅是由于他们经历战乱后流落在一个孤独的海岛上，而且由于思想文化禁锢弄得他们度日如年的处境和思想情绪，成了存在主义最适合的土壤。另一个重要原因是存在主义是西方现代主义文学的哲学思想基础，是现代主义文艺思潮的源头。不仅存在主义的信仰是现代主义文学极力表现的主题，而且西方现代派的文学大师们，自身就是存在主义哲学的大师和信徒。如萨特、加缪等。以存在主义为思想基础的西方现代派的诗和小说，均成了台湾知识界生吞活剥的文学佳肴，都被台湾当时的文学青年视为独尊的祖师。例如以倡导"新诗再革命"的领袖自许的纪弦，于 1956 年在他们发起的台湾"现代派"成立时宣告的《六大信条》的第一条便开宗明义地写道："我们是有所扬弃并发扬光大的包含了自波德莱尔以降一切新兴诗派之精神与要素的现代派之一群。"那时西方现代主义的诗潮几乎独占台湾诗坛。"现代""蓝星""创世纪"三大现代派诗社的诗人们不约而同地聚集于现代派的门下。小说方面，宣传存在主义思想的作品，例如加缪的《异乡人》，卡夫卡的《变形人》《审判》《城堡》，萨特的《墙》，乔伊斯的《尤利西斯》等，被视为时髦的必读之作。仿佛谁没有读过这样的作品，根本就是文学的白痴，不配谈论文学。存在主义不断地寻求自我，坚决地维护自我，顽强地表现自我，无忧无虑地面对死亡的观念，成了台湾现代派描写和追求的两大最主要的题材和主题。

对台湾现代派影响最强烈的又一个因素，是弗洛伊德的潜意识和泛性心理学。弗洛伊德对人类的潜意识的发现，正好适应了现代主义文学回归内心、追求自我和通过意识流开掘人们思想底层的自我品质的需要；而弗洛伊德关于泛性心理学又冲决了儒家思想为中国人构筑的几千年的思想牢笼。于是乎向来对"性"噤若寒蝉的中国文人笔下，也大量出现了"性"这个最普通，但又最神秘、最神圣、最荒唐、最迷人，而又最可怕的怪物。虽然古代的中国文人也没有把性当作禁区，但在儒家思想一统天下的世界里，那种性描写的东西，大都处于非法地位。而今孔夫子后代的笔下，竟然也有了母子之间、兄妹之间的乱伦之恋。弗洛伊德的恋母情结在台湾现代派小说中屡屡出现。在弗洛伊德"梦的解析"的学说影响下，梦也笼罩在现代派作家的作品中，成了台湾现代派小说一个没有被遗忘的主题。解剖心灵，解析梦境，使人发现了潜意识深处的自我；泛性主义解开了人们思想的绳索。在特定的历史条件和社会环境下，弗洛伊德学说和存在主义哲学一样，成了台湾彷徨、苦闷的一代青年冲决罗网，实现自我解放的一种武器。

　　某种哲学信仰和文学思潮的广泛传播，会成为一种巨大的社会和精神的力量。台湾文艺理论家何欣在《六十年代的文学理论简介》一文中谈到那时西方现代主义文艺思潮在台湾传播的情况时写道："那时存在主义像一阵狂风般，其力似乎不可抗的。存在主义哲学方面的著作有了译本，获得了广大读者的喜爱，萨特和加缪的作品之分析介绍，出现在杂志上和报纸副刊上，没有读过《呕吐》《异乡人》，甚至卡夫卡的小说的文学爱好者，仿佛就像没有读过好书似的。为什么台湾的读者会那么热烈地接受存在主义哲学，多少有些令人不解，但这个哲学思想确曾迷醉了年轻一代。"那时宣传和介绍西方现代派文学理论和作品最早的纪弦的《现代诗》诗刊卖力于前，洛夫、痖弦、张默的《创世纪》努力于后。五十年代雷震主持的《自由中国》、李敖等主持的《文星》杂志和夏济安主持的《文学杂志》对西方现代派的介绍，也起了重要作用。1960年初《现代文学》创刊后，第一期就是《卡夫卡特辑》。接着连续介绍了加缪、亨利·詹姆斯、福克纳、托马斯·曼、贝克特等人。应该怎样看待台湾现代派的崛起和西方现代派思潮在台湾的广为传播，甚至占据了台湾文坛主角地位呢？我以为这是一股历史潮流，是不能也无法抗拒的，是不依任何个人的意志为转移的，是由台湾那时的历史趋势和文学趋势决定的。在封锁大陆文学作品，阻断中国传统文学的传播，文坛出现断根一代的形势下，不允许西方现代派文艺思潮的传播，就等于为"反共八股"文学帮大忙，就等于允许给台湾青年永远套上思想枷锁。因而西方现代派文学思潮的传播，对打破"反共八股"统治台湾文坛的局面无疑是一种有利的冲击，台湾青年从中也看到了新的思想曙光，推进了台湾新文学的发展。

第二章
台湾现代派小说作家群的崛起

第一节 二十世纪六十年代台湾现代派小说的出现

台湾大学外文系教授夏济安，因对"反共八股"文艺不满，于 1956 年 9 月，联合该系一批师生创办了学院式文学刊物《文学杂志》，在创刊号《致读者》中写道："我们的希望是要继承中国文学的伟大传统，从而发扬光大之。我们虽然身处动乱年代，我们希望我们的文学并不动乱。我们不想逃避现实，我们的信念是：一个认真的作者，一定是反映他们时代，表达他们时代精神的人。我们所提倡的是朴实、理智、冷静的作风。我们希望，因文学杂志的创刊，更能鼓舞起海内外自由中国人写读的兴趣。"该刊到 1960 年 8 月停止。它的作者中，有相当一部分是现代派作家，例如：聂华苓、於梨华、白先勇、陈若曦、欧阳子、王文兴等。这个刊物，在"反共八股"文学泛滥之际，为台湾文坛打开了一扇呼吸新鲜空气的窗户，接通了台湾文坛和西方现代主义文学的关系。这个刊物，对当时的台湾文坛有较大的影响，为台湾现代派的崛起进行了舆论准备，培养了人才，可看作是台湾现代主义文艺思潮到来的前奏。1959 年 7 月，夏济安去了美国，该杂志便进入了尾声。

《文学杂志》的一批学生作者，也是夏济安教授的学生陈若曦、王愈静等，于五十年代末，在台湾大学外文系成立了一个交友性的组织"南北社"。一年后，该组织扩大改组，更名为"现代文学社"，推选白先勇为首任社长。参加者有陈若曦、欧阳子、李欧梵、王文兴、王愈静等，后来加入者有戴天、席慕萱等。"现代文学社"成立不久，便于 1960 年 3 月创刊了《现代文学》杂志，白先勇任主编。白先勇曾这样描述《现代文学》杂志的各路神仙："欧阳子稳重细心，主持内政，总务出纳，订户收发，她掌管；陈若曦闯劲大，办外交、拉稿，笼络作家；王文兴主意多，是'现文'编辑智囊团的首脑人物。封面由张先绪设计，又找了两位高年级的同学加盟：叶维廉和刘绍铭。发刊词是由刘绍铭执笔，写得倒也铿锵有力。"[1]《现代文学》杂志的发刊词中写道："我们打算有系统地翻译介绍西方近代艺术学派与潮流、批评和思想，并尽可能选择其代表作品，我们如此做并不表示我们对外国艺术的偏爱，仅为依据'他山之石'之进步原则……""我们感于旧有的艺术形式和风格不足于表现我们作为现代人的艺术情感。所以，我们决定试验，摸索和创造新的艺术形式和风格。我们可能失败，但不要紧，因为继我们而来的文艺工作者可能会因我们失败的教训而成功。胡适先生当初倡导白话文和新诗，可是我们无理由要求胡先生所写的一定是最好的白话文和最好的新诗。胡先生在中国文化史上灿烂的一笔是他'先驱者'的历史价值。同样，我们希望我们的试验和努力得到历史的承认。我们尊重传统，但我们不必模仿传统或激烈地废除传统，不过为了需要，我们可以做一些'破坏的建设工作'。"从他们的宣言可以看出，这是一批生机勃勃、壮志凌云，以创建和实验现代派文学为使命，高擎着现代派文学大旗，向台湾文坛拓荒挺进的初生之犊。他们以胡适倡导白话文和新诗自比，他们以开拓者自许，他们以成功者自期，他们以破坏者和建设者自任，要做一番在他们看来前人还未问津的伟大事业。"现代文学社"的成立和《现代文学》杂志的创刊，成为台湾小说方面现代派崛起的重要标志；成为台湾文坛小说创作进入以现代派为主流时期的一种显示；成为台湾现代派小说大繁荣的一个开端。《现代文学》杂志创刊后，很快显示了这批青年男女大学生的才华和朝气。他们一只手创作，一只手拉稿，还要抽出时间搞翻译。这个文学社的成员，均以《现代文学》为阵地，成了台湾文坛的重要作家、理论家。也正像他们期许的那样，他们有计划有系统地引进了西方现代主义的理论和作品。第一期是卡夫卡专号，第二期是托马斯·曼专号，之后连续介绍了许多西方现代主义代表作家，如：乔伊斯、

---

[1]　白先勇：《〈现代文学〉的回顾与前瞻》。

劳伦斯、伍尔夫、萨特、波德莱尔、福克纳、亨利·詹姆斯等。他们自己的作品，也在《现代文学》杂志上大量问世。白先勇的小说，除少数外，基本上都是在《现代文学》上推出的。欧阳子主编的《现代文学小说选集》上、下册，从一个方面展示了《现代文学》的成就和作用。由于经济艰难以及"现代文学社"的大将们纷纷西去美国定居，使这个刊物步履艰难。曾于1973年9月停刊，到1977年7月复刊。进入八十年代中期之后，又日子难熬，干脆宣布停刊。台湾文艺理论家何欣在评价《文学杂志》和《现代文学》杂志时说："《文学杂志》和四年后创刊的《现代文学》在介绍西方文艺理论、批评与重要作家方面的贡献是无容置疑的。对于我国的作家有重大影响吗？我想，答案是肯定的。西方文艺理论与技巧为年轻一代的作家所吸收，所实践。他们也影响了以前从未接触过西方文学的作家。也影响了以后的杂志，如《纯文学》《幼狮文艺》等刊物所发展的路向。然而也就在这个时期，西方的文学理论家和作家，被'不加选择地'介绍来，又被读者'不加选择地'甚至是'曲解地'接受。在创作上，他们应该接受前一代的影响，但他们看不到前一代的作品，在习作模仿期他们从西方文学中发现了一个新的世界，接着有些读文学的青年到美国去读书，更深入地吸取了他们的意识形态，价值观念和生活方式。"[1] 何欣这段话对台湾现代派文学的功过和《文学杂志》《现代文学》的功过，进行了概括的论述。这是比较公允之论。现代派的小说创作能够在一个时期之内，占据台湾文坛的主流地位，能影响和吸引台湾一代作家，的确《现代文学》杂志和"现代文学社"的成员们是起了重要作用的。

第二节　现代派作家的创作主张和倾向（上）

台湾的现代派小说作家群落，是一个比较复杂的、创作主张和创作倾向并不太一致的隔代群体。他们大体上可分为三代人：第一代现代派作家

---

[1]　何欣：《中国现代小说的主潮·中国现代小说的传统》，台北：远景出版社1979年版。

起步于五十年代，第二代崛起于六十年代，第三代成名于七十年代。从创作倾向和创作主张上分，大体上可分为两类：一类是中西结合，创作思想偏向于现实主义，比较注意作品思想性的现代派；另一类是较为西化的现代派。聂华苓、於梨华是台湾文坛上较早、年纪也较长的现代派作家。她们比之后起的台湾"现代文学社"的一代年轻现代派作家们年龄、文龄均长十岁左右。

聂华苓，湖北省应山县人，1926年出生。1940年为逃避日祸，随母亲和三个弟妹到了四川，后入中央大学外文系读书，1949年去台湾。五十年代担任雷震主持的《自由中国》杂志的编辑，后因受"雷震事件"牵连，《自由中国》被查禁而失业。之后曾在台湾大学中文系和台湾东海大学中文系任教。1964年赴美，参加了保罗·安格尔主持的美国艾奥瓦大学"国际作家写作室"工作，后来与保罗·安格尔结婚。她的主要作品有《失去的金铃子》和《桑青与桃红》等。

长篇小说《失去的金铃子》于六十年代初创作于台湾。小说以抗日战争时期的后方生活为背景，描写了中国的封建婚姻制度，给中国妇女带来的严重不幸和重重苦难。作品中描写了多出婚姻悲剧中的一群不幸女子。主人公苓子在重庆读书，假期回到山村，暗暗地爱上了自己的舅舅——医生尹之。而尹之却与新寡巧巧热恋，于是成为三角恋爱之势。苓子恋尹之是中国社会绝对不能容忍的乱伦之恋，其悲剧结果可想而知。作者之所以这样安排，可能是企图向封建婚姻制度进行挑战。新寡巧巧与无配偶的尹之结合是天经地义的，但活活被封建卫道者们拆散，致使巧巧被逐，尹之被害。这是对"从一而终"残酷剥夺妇女婚姻自由的封建婚姻观念的有力一击。少女玉兰，尚未结婚，男人已亡，也不得不终身守节，与人私通，又被问罪。这从另一个角度表现了封建制度的残酷。丫丫被指腹为婚，男人却是个气喘病鬼，于是与人私奔，但却没有逃脱罗网；新姨被强制纳妾，精神上受到极大屈辱。作者通过抗日战争期间，西南大后方的一个小山村——三星寨，反映了看似平静，实则混乱，表面淳朴，实则残忍的生活现实。女作家着力描绘和敌占区被日本鬼子所糟蹋的那幅悲惨画面相对应的，还有另一幅悲惨画面，那就是命运的钝刀，宰割着无辜的妇女，而且杀人不见血，欲哭又无泪。作者把这个小山村作为数千年中国封建势力的一座阎罗殿，由于时局的动乱，从大城市中落难到此，闯进了这个阎罗殿的反叛者，苓子和尹之，他们与这个阎罗殿中不堪其苦的小鬼们——玉兰、丫丫、巧巧等结成统一战线，以三角恋爱、乱伦恋爱、私通、私奔等，这些封建卫道最忌讳、最恐惧的手段向他们进攻，于是打乱了这座阎罗殿的律条和秩序。虽然他们悲剧的结果是注定的，但却给封建的婚姻制度进行了愤怒的一击。虽然并不能使这座阎罗殿墙倒屋塌，但却使那些握着小鬼们生死簿的阎王们，受到了沉重的打击，使他们感到他们面前站起了一批从未有过的敌人。

聂华苓从台湾到美国后创作的另一部长篇小说《桑青与桃红》，描写了女主角桑青因中国和世界的动乱，由一个天真而单纯的少女，变成了疯子，易名为桃红的故事。小说的第一部写桑青乘船逃难的遭遇。桑青本是书香之家的小姐，由于日本帝国主义侵略中国，她背井离乡逃难到大西南，瞿塘峡木船搁浅险滩，不幸被困，她在这个难民的世界里，前进不能，后退不可，于是在迷乱绝望中走向堕落和毁灭。在一群男女不断演出的恶作剧中，她糊里糊涂地与流亡大学生发生了性关系，成为走向迷乱的第一步，也是桑青悲剧命运的开始。小说的第二部描写解放前夕，解放军围困了北京城，桑青住在北京一家姓沈的大杂院里。她明知沈家纲攀花折柳，勾搭女人，但却匆匆忙忙和他结了婚，于是进一步走向了悲剧的腹地。小说的第三部写她与丈夫沈家纲逃往台湾后的不幸。丈夫因挪用公款罪被通缉，她生命的航帆又被搁浅在台北的小阁楼上，终日提心吊胆。在丈夫病重时，她和别的男人享受了性的快乐，但这却不是一种解脱，而是在性的诱引下滑向悲剧深渊的又一步。小说的第四部写她去了美国，开始了性错乱、性疯狂时期。她一方面因居住权和美国移民局周旋，受到移民局的盘查和刁难；另一方面毫无节制地和周围的男人胡乱发生性关系，终于被美国疯狂的社会弄成疯子，完全丧失了桑青的面貌和品质，变成了西方世界中的桃红。描写桑青死亡桃红降生时，作者运用意识流手法来表现意识交替时那种朦胧和恍惚的情态，笔墨十分精彩："你死了！桑青！我活了。我一直活着的。只是现在我有了独立的生活。你不认识我，我可认识你。我和你完全不同。我们只是借住在一个身子里（多么不幸的事！），我们常常是作对的。即令我们做同样的事，我们的想法是不同的，譬如肚子里的孩子，你要保留孩子，因为你要赎罪；我要保留孩子，因为我要保留一个新生命。你不和江一波见面，因为你害怕移民局的人；我不理他，因为我瞧不起他。你和小邓在一起只觉得有罪，我和他在一起只觉得快活。我和你互相追迫，就和这世界上的两大超级强国一样。有时你占优势，有时我占优势。我占优势时就可以强迫你做不愿做的事。譬如太空人登月球那晚，你对江一波的挑逗和折磨，在鬼镇墓园里你对小邓的放荡。事后你就觉得罪孽深重，——我就喜欢那样子和你捣乱。因为你限制了我的自由。现在，你死了，希望你不要复活了，我就完全自由了！"这实际上是道德的死亡，邪恶的降生；人格的死亡，兽性的降生；心灵的死亡，肉欲的降生。从这个转折开始，实际上是作为人的价值的桑青的彻底毁灭，是作为没有精神的肉体的桃红的出现。

《失去的金铃子》和《桑青与桃红》都是描写妇女不幸命运，都带有聂华苓的某些自传色彩。但一个是依托历史的横断面，一个是铺展历史的纵断面；一个是暴露封建婚姻制度的残酷，一个是表达时局的动乱给人类精神造成的错位。两部小说从创作意义上来看，都是主题明确，意识强烈的主题型作品。这两部作品又都运用了现代派的表达艺术。尤其是《桑青与桃红》，和中国传统小说大相径庭，即使和中国五四以后的现代小说相比，也大不相同。首先是作品中象征手法的反复运用。例如：以搁浅的小木船、动乱中的大杂院、避祸中的小阁楼，象征着一个绝望、困顿和混乱的时代；以桑青象征着东方的美丽和纯洁，以桃红象征西方的荒淫和颓废；以沈老太之死象征一个王朝的覆灭；以尘埃覆盖、摇摇欲坠的小阁楼象征被困在人民反抗的茫茫大海中风雨飘摇的残余政权等。《桑青与桃红》以一种崭新而别致的结构吸引着研究者的兴趣。一个身体两个灵魂，以日记形式追溯历史，以信的形式表达现在；桑青从日记中站起，桃红从信纸上冒出。不同时代，不同品质，不同性格，却共着同一躯壳的人，在时空交错中却能同时出现，同步发展，这种时间上的互相穿插，不但没有造成混乱，而且给人一种错落有致，井井有条之感。作品中意识流的运用也相当得心应手，尤其是作家将主人公的精神错乱和意识流表达法糅合在一起，以精神错乱作为意识流的内容，以意识流手法作为精神错乱的表现形式，相得益彰，各得其所。

以聂华苓的两部长篇小说为例，在于阐明台湾现代派小说的一部分作家，其中包括於梨华、白先勇、陈若曦等，在创作意识上和现实主义作家接近，他们崇尚写实。不仅在作品中突出地强调和表现主题思想，而且追求环境的自然真实，表现典型环境中的典型性格，追求人物性格的突出和鲜活。他们善于从历史和时代兴衰的大背景下，展开自己作品的故事情节和塑造人物形象；善于让时代的洪流去冲刷人物的灵魂，使其在痛苦的挣扎中，在与时代墙壁猛烈的撞击中，溅出他们心底的真正哭声和笑声。这些作家毫不隐讳自己的文学应描写时代、反映现实的文学观念。白先勇在《社会意识与小说艺术——"五四"以来中国小说的几个问题》一文中这样说："'五四'以来以社会写实主义为主流的中国现代小说：凡是成功的作品，都是社会意识，与艺术表现之间，得到一种协调平衡后的产品。换言之，也就是说小说内容主题与小说技巧形式合而为一的作品。"陈若曦在台湾土生土长，因而她在台湾现代派小说作家中的地位更加特殊。就整个创作倾向看，她更接近台湾的乡土派作家，情感上，她和台湾的乡土作家，如陈映真、王拓等相当亲密，当他们的处境困难时，陈若曦为他们奔走呼号；当他们获得成就时，陈若曦为他们笑逐颜开。陈若曦对台湾的乡土人物充满挚爱，她曾经宣布："我的写作的目的便是刻画他们的生活……"这批以反映时代和生活为己任，但却以西方现代派的艺术技巧为表现手段的台湾现代派作家们，还是祖国文学传统的忠实继承者。这在白先勇的创作中表现尤为突出。白先勇从小就广泛涉猎中国古典的和现代的文学作品，他在《蓦然回首》一文中这样追忆："一到了寒暑假我便去街口的租书铺，抱回来一堆一堆牛皮纸包装的小说，发奋忘食，埋头苦读。还珠楼主五十多本《蜀山剑侠传》，从头到尾，我看过数遍。这真是一本了不起的巨著，其设想之奇，气魄之大，文字之美，功力之高，冠绝武林。没有一本小说曾经使我那样着迷过。当然，我也看张恨水的《啼笑因缘》《斯人记》，徐訏的《风萧萧》，不忍释手，巴金的《家》《春》《秋》也很起劲，《三国演义》《水浒传》《西游记》，似懂非懂看了过去，小学五年级便开始看《红楼梦》，以至于今，床头摆的仍是这部小说。"无可否认，白先勇成为台湾现代派作家中塑造女人形象，刻画女人性格的高手，《红楼梦》的金陵十二钗，对他不无启迪和借鉴。这一批台湾现代派作家是把现实主义和现代派、东方艺术和西方表现手法相结合的作家。由于他们个人的创作经验，思想观念和艺术天赋之差异，这种结合在他们每个人的作品中表现出的程度、效果和方式也不一样。

第三节　现代派作家的创作主张和倾向（下）

台湾现代派小说作家群落是一个很不稳定，不断发生着分化的群体。六十年代崛起的一批年轻的现代派作家，在他们登上文坛不久，便很快分道扬镳。白先勇、欧阳子、陈若曦等去了美国，沿着现代派小说轨迹继续搜寻；陈映真、黄春明、王祯和等，后来把现代派看作异端，以觉醒者的姿态反叛了现代派，而成了乡土派作家群的中坚人物。这批年轻的现代派作家发生分化之后，台湾现代派虽然组织上并不构成一个严密的整体，也没有支系和门户耸立，但创作实践中却泾渭分明地显出了两种风格和倾向。上一节中我们论述了现代派中的写实派作家。这一节我们将对台湾现代派中的非写实派作家，即西化倾向比较重的现代派作家的创作主张和倾向进行阐述。一般认为属于这一类型的台湾现代派作家有：王文兴、欧阳子、七等生、马森和早期的施叔青等。这一类现代派小说家和我们在上一节中叙述的写实派现代派小说家，有以下区别：

1. 为艺术而艺术的创作倾向。王文兴曾经直言不讳地说："文学的目的是什么？文学的目的是不是服务社会？一般来说，都公认为文学的目的是扩充人生经验，能够使读者更加深刻地感受人生。我有一个个人很粗浅的解释，我认为文学的目的就是使人快乐，仅此而已。你不要小看这个快乐，可能这个快乐就已经包括了它服务社会的目的在内，使人快乐并不是一件容易的事。"[1] 王文兴在另一篇文章中又说："简单地说，艺术就为了要使人快乐。创造时自己快乐，别人看作品时别人快乐。"台湾的文艺批评家李庆荣曾在《是法西斯，不是西化》一文中对王文兴的文学快乐观进行了批判。他说："王文兴说的快乐，是哪一种牌子的快乐？黄色小说能够引起读者性欲的冲动，是这种牌子的快乐吗？武侠小说，杀红蕃的电影，古罗马将人喂狮子的快乐都能满足别人虐待狂和被虐待狂，是这种牌子的快乐吗？灾难片也可以满足别人幸灾乐祸的心理，是这种牌子的快乐吗？事实上，那些都是浮浅的、虚伪的和不健康的快乐。所以，从性质上来分，快乐有浮浅的和不浮浅的，虚伪的和不虚伪的，健康的和不健康的等等分别。如果王文兴不分青红皂白，把健康的和不健康的都认为快乐，这不是在变相地替不健康的文学作品建立理论基础吗？"[2] 李庆荣接着还从另一个角度对王文兴的文学快乐观进行了批判，就是文学为什么人的问题。王文兴的所谓"快乐"，是为多数人的快乐还是为少数人的快乐。他认为，王文兴的"文学快乐观"是为社会上的少数人服务的。"从量来说，快乐还有多数人的快乐和少数人的快乐的分别。少数人往往把快乐建筑在多数人的痛苦上面。所以，少数人有少数人的生活，多数人有多数人的生活。生活不同快乐也不同，做停车场，是少数有汽车人的快乐，多数没有自备汽车的人是没有份的。而且汽车多了过马路反而不方便，这就反而不快乐了。实行节制资本，对少数有钱人来说，是不快乐，但多数人却快乐得很。"[3] 李庆荣和王文兴的辩论是在七十年代中期的乡土文学论战中进行的，双方的言论都不免带有论战的气氛和色彩。但是我们认为，王文兴一再强调文学的

---

[1] 尉天骢主编：《乡土文学讨论集》，台北：远景出版事业公司 1978 年版，第 520 页。

[2] 尉天骢主编：《乡土文学讨论集》，第 695 页—696 页。

[3] 尉天骢主编：《乡土文学讨论集》，第 696 页。

目的就是为了快乐，仅此而已，起码表现了王文兴为艺术而艺术的文学观。他只承认文学为艺术感染功能和娱乐功能，而不承认文学的认识功能和教育功能。他说的文学服务社会，也只限定在娱乐这一极其狭窄的地域，这样就把文学广阔的社会功能抹杀了，或者是限制了。王文兴的这种观念和上一节中我们叙述的那些现代派作家在自己的作品中努力去探索人生，或以人生的代言人去判断评价别人的作品是完全不同的。例如，白先勇在评价於梨华的代表作《又见棕榈　又见棕榈》时这样写道："直到《又见棕榈　又见棕榈》出版，於氏才真正成了'没有根的一代'的代言人，这说法正是在该小说中新创的。一语道破了年轻一代的处境。在全面描绘中国知识分子旅美生涯方面，没有台湾作家比得上於梨华，她的作品，从此被称为放逐者之歌。"[１] 这个例证，同时从两个侧面说明了白先勇的文学主张和於梨华的创作倾向。

2. 西化和反传统。西化和反传统是一个问题的两个侧面。主张西化的人必然反传统，反传统的人必然主张西化。我们这里讲的反传统，不是一般地批判地吸收传统，而是对西方的全盘移植和对中国的一股脑否定。台湾有个相当活跃、被人称作"文化顽童"、著述相当丰富、才华出众的学者，名叫李敖。五十年代便开始在他主持的《文星》杂志上鼓吹全盘西化，激烈抨击台湾时政，主张全面否定中国文化传统。他的主张和纪弦在诗歌方面提出的主张"横的移植"反对"纵的继承"遥相呼应，对台湾的西化之风起了推波助澜的作用。六十年代崛起的现代派作家中主张全盘西化者，承袭了他们的理论，并将这种理论融入了自己的创作。这方面比较突出的是现代派女作家欧阳子。她的所有作品，几乎都是按照西方的理论主张和创作模式写成的。欧阳子在她的小说集《那长头发的女孩》自序中说："亚里士多德分析希腊古剧，谈到'三条协律'，我对此非常感兴趣。我发现自己许多篇小说，恰好都符合了这三条协律。像《网》《半个微笑》《那长头发的女孩》《花瓶》《浪子》《最后一节课》等篇，除了回忆的部分及背景的描述外，故事都发生在一日之内，发生在同一地点，而且情节是单一的。

---

［１］　白先勇：《流浪的中国人——台湾小说的放逐主题》。

我不敢说我的作品因此就有古典的色彩，但我总是朝这个方向努力，尽量给我的小说以一种协调的形式。"[1] 欧阳子的自白和她的小说，准确无误地把她划入了西化派小说家。西方文艺思潮横扫台湾文坛时，引起了台湾有识之士的忧虑，他们自发地起来对西化进行抵制，而主张全盘西化的王文兴站出来阻挠。他把反对西化的人们称为"民族本位"。他说："那么，民族本位的，他们的第二点理论是，在文化上的仇视西方。他们认为接受西方的文化就是媚外，就是崇洋，就是卖国，这样的态度结果害到的是自己，因为最后变成了不是反对西方，而是在反对文化。今天社会上任何一种西化的现象，我敢说，都是在获取西方的好处，而不是在学习西方的害处。"[2] 而文学理论家胡秋原著文对王文兴的"反对西化就是反对文化"的论调进行了反驳。胡秋原说："王文兴所说的'反对西化就是反对文化'的观点，完全是洋奴梦话。因为西化根本不能叫文化。装洋相，装洋人的样子怎么叫文化呢？西化既不是文化，怎么反对西化就是反对文化呢？王文兴他自己根本不了解何谓西化，何谓西方文化。西方文化就是西方人的成就，他有他的弱点，但他有他的长处。然不是西方人，装西洋人的样子，自己忘了自己，你自己不能创造你的文化，以旁人的文化为文化，自外于自己的民族，还觉得高人一等，这是堕落。"[3] 虽然我们无意介入台湾文坛的论战，但秉公而论，胡秋原对王文兴的批评是击中要害的，也是极有见地的，无疑会唤起所有具有民族自尊的炎黄子孙们情感上的共鸣。通过这一争论的简要介绍，可以看出王文兴是现代派作家中理论和创作上，都极力主张全盘西化的人。

　　3. 写性，写死亡，写梦魇，写苦闷，写颓废。施叔青的早期作品，是这种主张和倾向的典型。白先勇在评论施叔青的小说时说："在施叔青的小说中，死亡—性—疯癫，这三种混合起来的力量，如地震，如台风，以压

---

[1]　欧阳子：《那长头发的女孩·自序》。
[2]　尉天骢主编：《乡土文学讨论集》，第540页。
[3]　尉天骢主编：《乡土文学讨论集》，第755页。

倒性的威力降临到人间，不允许任何人反抗，把人摧残得肢离体碎，心智丧失。"[1] 性、死亡、疯癫、颓废、变态等是台湾现代派作家从西方现代派大师们那里模仿、抄袭来的东西。卡夫卡《变形记》中的主角格里高尔阿，加缪《异乡人》中的默尔索，萨特《墙》中的囚徒等，便是台湾现代派作家笔下人物的前辈和宗祖。我们从施叔青的壁虎夫人、蜈蚣妇人的身上，可以明显地看到格里高尔由人变成大甲虫的遗传。台湾文艺理论家周伯乃在《西方文艺思潮对我国六十年代文学的影响》一文中说："六十年代的作家，有绝大部分接受了西方文艺思潮的洗礼，而承认了现代人在现代社会结构中的孤绝感。所谓失落，所谓迷失，所谓愤怒，所谓焦虑，这些承袭欧战以来的一切流风，都纷沓而至地盘踞在现代诗人、小说家的心灵里。"台湾现代派小说家笔下的性、死亡、疯癫、变态的描写，一方面继承了西方现代派的遗风，另一方面也是他们自己在台湾社会西化中产生的，那种迷失、混乱、绝望、没落情感的表现。那时，写这些东西似乎成了一种时髦，而写人生，写现实，反而要承受某些压力。人们的精神在扭曲的现实中被扭曲，几乎到了崩溃的边缘。一些初登文坛的青年作家，都一窝蜂似的向那迷惘黑暗和颓废的精神深渊中投去，犹如飞蛾扑火，面对死亡还以为是扑向光明。有位台湾文学评论家在描述那时的情况时写道："现代的年轻作家似乎不愿意在他们的作品里表示他们的价值判断，他们要求的是客观，想要弃除的是我，不喜爱的是主题，崇尚的是描绘现象。当今文坛似乎有一股暗流，仿佛一写亲情，一写温暖，一写人性光辉，就是落伍的，八股的，迂腐的，文以载道的。反之，一写苦闷，一写黑暗，一写冲突矛盾，就是有深度的，有价值的……"作为现代派的画像，这评语并不准确，我们仅借此说明部分现象罢了。

---

[1]　叶维廉主编：《中国现代作家论》，台北：联经出版事业公司1976年版，第539页。

第三章
二十世纪六十年代台湾现代派小说的成就和不足

第一节　现代派小说的思想成就

　　人们一提起六十年代的台湾现代派小说，便以内容贫乏，思想苍白，精神颓废予以概括。我以为如此概括并非不对，但是这样概括是不全面的，至少是把复杂的事物简单化了。任何一个文学流派如果根本没有思想没有精神，是很难在文坛上出现和站住脚跟的。诚然，台湾现代派的诗人和小说家，并不是以革命者的姿态，目的在于粉碎"反共"八股文学的窒息局面而走上台湾文坛的；恰恰相反，他们是以一种逃避现实，躲避灾难的心情而找到了现代派这种隐晦、内向的文学形式的。说实在话，如果在通常的历史条件和社会背景下，现代派在台湾不但不可能占据文坛主流地位，统治文坛达二十余年之久，而且也很难被人们重视，从而一呼百应，掀起潮流，形成气候。现代派之所以能在台湾引起一代人的兴趣，像风暴一样席卷台湾文坛，正是由于有台湾特殊的政治、文艺背景。现代派在那样的政治文艺背景下崛起的事实本身，就具有很强的反叛性，就有一种蔑视官方的"反共"文艺思潮的反潮流精神。台湾评论家渔父在《意识形态的追随者——唐文标》一文中说："无可否认，现代诗最初的出现，是具有反叛意义的。在现实上，现代诗所要反叛的是那种令人窒息的官式文艺八股，它代表着文学工作者的抗议精神。现代诗的流传始终没有受到政府的扶植。"[1]

---

　　[1]　台湾《中国时报》1986 年 1 月 31 日第八版。

现代派在诗和小说中使用的隐晦、象征、暗示等晦涩的表现方法和文字，目的之一，就是作为一种保护自我的反抗方式。从台湾现代派的诗和小说创作的实际看，那些内容苍白，思想贫乏，精神空虚的作品是有的，而且还相当严重，但那些作品在台湾现代派的诗和小说中，都只是少数。号称台湾现代派诗人领袖的纪弦的诗，大多数都是明朗而不晦涩的。他的代表作——长篇抒情诗《四十的狂徒》，思想性和战斗性达到无以复加之境。而作为台湾现代派小说旗手的白先勇，他作品的主题突出而又鲜明，毫无苍白和贫乏之感。因之用苍白、贫乏和虚无来一言以蔽之，来评价现代派的所有作品，或大部作品，实有冤枉之感，实有以偏概全之憾。作为文学评论家，不应在文学中制造"冤案"，应该像法官判案那样，逐个案子、逐个情节进行剖析，做出实事求是的结论。那么，台湾六十年代的现代派小说在思想上获取了哪些方面的成就呢？

1. 总结和概括了国民党由盛至衰，最后走向灭亡的命运。这一主题在白先勇的短篇小说集《台北人》中得到了充分的展示。白先勇的同班同学欧阳子，专门为白先勇的《台北人》写了一本专论《王谢堂前的燕子》。作者以唐朝诗人刘禹锡的七言绝句《乌衣巷》，来概括白先勇《台北人》的主题思想，是很有眼力的。刘禹锡的《乌衣巷》是以六朝时的战况已灭，时过境迁，人事已非，来感叹当今唐王朝的衰败。欧阳子以《王谢堂前的燕子》为书名，表明昔日国民党堂前的燕子，已飞入了如今的寻常百姓家。欧阳子说："我们读《台北人》，不论一篇一篇抽出来看，或将十四篇视为一体来欣赏，我们必都感到'今'与'昔'之强烈对比。白先勇在书前引录的刘禹锡的《乌衣巷》'朱雀桥边野草花，乌衣巷口夕阳斜。旧时王谢堂前燕，飞入寻常百姓家'就点出了《台北人》这一主题，传达出作者不胜今昔之怆然感。事实上，我们几乎可以说：《台北人》一书只有两个主角，一个是'过去'，一个是'现在'。笼统而言，《台北人》中之'过去'，代表青春、纯洁、敏锐、秩序、传统、精神、爱情、灵魂、成功、荣耀、希望、美、理想与生命。而'现在'，代表年衰、腐朽、麻木、混乱、西化、物质、色欲、肉体、失败、委琐、绝望、丑、现实与死亡。"[1] 欧阳子这一概括是相当精练、准确和清晰的。一个是过去，一个是现在；过去是生，现在是死。夏志清在《白先勇论》一文中，对《台北人》也做了这样的评价："《台北人》甚至可以说是部民国史。"不管欧阳子和夏志清对白先勇的具体作品作怎样剖析，但《台北人》总结了国民党由生到死的历史，仿佛是没有疑义的。

2. 探索了中国知识分子中"无根一代"的命运和遭遇。这一主题在於梨华的《又见棕榈　又见棕榈》《傅家的儿女们》，聂华苓的《桑青与桃红》，曹又方的《美国月亮》，陈若曦的《纸婚》等作品中，都有较突出的表现。其中集中展示这一主题的是於梨华的《又见棕榈　又见棕榈》。由于这部作品的出版，使於梨华赢得了"无根的一代的代言人"的称号。《又见棕榈　又见棕榈》描写了台湾留美学生牟天磊在美国的生活和爱情遭遇。多年以来，台湾的知识青年中曾长期、普遍地流传这样一个口号："来！来！来！来台大；去！去！去！去美国。"这个口号像航海者眼中明灭的鬼火，像漂泊者意识中向往的可以寄宿的小岛，像飞蛾竞相扑去的火焰。他们对它充满幻想，抱着极大的希望，以全部精力为动力和燃料向它奔波而去，但到头来却是不幸和毁灭。牟天磊早年出生在祖国大陆，从小随家人去台湾，后来又被留洋的美梦诱引到了美国，获得了梦寐以求的博士学位，但是他却没有得到幸福。一股孤独、苦闷、彷徨、游离的情绪时时跟随着他，笼罩着他。不但进入不了美国人的世界，而且连旅美的华人世界对他也是排斥的。他在酒店当服务生，却因端错了菜被老板狠狠训斥一顿。他在美国格格不入，但回到台湾后家里也把他当客人。在美国扎不下根，在台湾也落不下脚。因去美留学丢了未婚妻，回到台湾又找了个女朋友，结婚的条件却是把她带到美国去，使他大失所望。他理解不了别人，别人也理解不了他，不管走到哪里永远走不出自己那孤独、绝望的精神的小岛。"我是一个岛，岛上都是沙，每颗沙都是寂寞。"台湾现代派作家，对这种

---

[1]　欧阳子：《王谢堂前的燕子：〈台北人〉的研析与索隐》，台北：尔雅出版社1976年版，第9页。

放逐主题的描写，并不全是消极、悲观、绝望情绪的反映，它具有强烈而丰富的社会内涵。它是悲怆的时代感的一种折射，它是一种忧患意识的体现。白先勇在《流浪的中国人——台湾小说的放逐主题》一文中写道："战国时代中国首位伟大诗人屈原政治理想不得申而放逐，以《离骚》寄意，抒发内心的悲怆，今日台湾的作家也为'国难'沉痛，满腔悲情，他们的作品可能也不自觉地回应了这忧时伤国的伟大传统。"[1]

　　3. 赞美中国人的高贵品质。忠厚、善良、正直、贤惠是中国人最优秀的美德；宁可别人负我，而我决不负人是大多数中国人待人处世的哲学；即使别人坑害我，我也决不去坑害别人，是许多中国人的人生信条。陈若曦的长篇小说《纸婚》的女主角，上海姑娘平平，就是这样一个中国人。她冒着很大风险自费去美国留学。到餐馆去打工，受到美国老板的调戏和迫害，在面临危难之时遇到了美国青年项，他主动要求和平平假结婚，帮助平平渡过了难关，躲过了移民局的驱赶。但当绿卡快要到手之机，项却患了可怕的艾滋病。项患了艾滋病后，他的朋友都远离了他。平平面临着严峻的考验，表姊打电话骂她死脑筋，告诉她："明知要沉的船，你还留恋什么！"并隐含着威胁的口气说："这是我最后一次劝你啦，以后我们不会再提你搬出的事。"而她自己对这种病也极端恐惧，"我怎么不怕？每天睡前和醒后，想的都是他的病。看书时精神涣散，仿佛字里行间都跳跃着艾滋病的缩写字母。它像张爪鼓翅的秃鹰，早在我心空投下了不祥的阴影。这阴影又扩大成网，把我整个笼罩在黑暗中。"但是，在这样的关键时刻，的确也是考验一个人品质的最佳火候。此时如果平平离项而去，一不算忘本，二不会受到谴责。可是平平追求的不仅仅是水平面上的道德标准，不仅仅是不被别人谴责就够了，而是不给自己的良心留下缺憾。她想："在我惶惶然如丧家之犬的时刻，他伸出了双手。如今他身罹重病，见弃于父亲，不敢禀告母亲，邻居疏远，朋友渐稀。我若弃之不顾，今生今世将永远不能原谅自己。""中国人知书尚义，我不能比他做得少。"项病危时，平平守在

────────────

[1] 　中国当代文学学会编：《台湾文学研究资料》，中国当代文学学会 1981 年编印，第 222 页。

他身边，她想："万箭穿心大概是专为我而铸造的。我心上的每一小块土地都滴着血，呼应着他每一滴泪。然而我不能泄露自己的悲伤，还得打起精神哄他劝他，好像对方是个娇纵不懂事的娃娃。"平平和项假结婚前只见过一面，两人并没有什么感情，他们不是为情感而结合，而是各自相帮走到一起。平平之所以冒着被传染上绝症的危险，守候在项的身边，并千方百计给对方以安慰和鼓励，自然不是一种爱情的力量，而是一种高度的，达到忘我程度的人道主义精神的力量，而是一种自我牺牲的道德的力量。

4. 歌颂自我解放意识。自我解放意识是当今人类社会最宝贵，也是最初级的觉醒意识。如果没有这种意识，人们就失去了起码的前进向上的勇气和动力。歌颂自我解放的意识在欧阳子的作品中有较明显的体现。欧阳子作品中的不少主人公，都是生活在别人和自己为自己早已构筑好的精神的囚笼里。例如短篇小说《素珍表姐》中的女主角理惠，就一直生活在表姐素珍的影子里。在人们的印象里表姐总是比她强，有了表姐存在，就永远没有她的独立。于是她采取种种办法和手段，要从表姐的影子里解脱出来，争得自己人格和形象的独立。一方面她刻苦学习，学习成绩由班上的第二十几名，一下跃居第二名，盖住了表姐素珍。另一方面，为了表示比表姐强，她去抢表姐的朋友、去挖表姐的墙角，把表姐的未婚夫抢到手。理惠的这种积极摆脱别人影子，争取自我解放和独立的意识是积极的，是应该受到肯定和赞扬的。但是，她在争取自我解放过程中采用的某些手段，是不可取的。例如为了表示比表姐素珍强，她去争夺表姐的未婚夫吕士平。但当她把吕士平夺到手时，从吕士平的口里得知，吕士平是被素珍遗弃的，她争取到手的东西，原来是拣的别人的"破烂"，而不是"战利品"，顿时便对吕士平失去了兴趣。这种对待婚姻和爱情的态度和手段，是不值得肯定与称道的。总的来看，台湾现代派小说所取得的思想成就是不高的，和乡土派小说的思想成就相比，不可同日而语。和自身的艺术成就相比，出现了严重的重艺术、轻思想的倾斜。因而，虽然我不同意对台湾现代派小说的思想成就一笔抹杀的观点，但也不同意对其思想成就做过高的评价。

第二节　现代派小说的艺术成就

假如我们把台湾现代派小说的思想和艺术成就的总分算作十分，那么，其思想成就可能只占三分到四分，而艺术成就大约要占六分到七分。它们在思想和艺术上存在着明显的不平衡。台湾现代派小说本身的缺陷，又在有些人的眼睛里被放大，于是有的评论者和读者，便忽略了现代派小说思想方面本来就不高的成就。即使对其占总分百分之三十到四十的思想成就，恐怕还有不少人存有异议。可是谈起现代派小说的艺术成就来，肯定者恐怕是异口同声的。那么台湾现代派小说在艺术上有哪些主要成就呢？

1. 对人们内宇宙的开拓。中国传统的现实主义小说，把自己的开拓区域规划在对客观的外在环境，和主人公在客观社会支配下的外部行动，主要是形体动作的描绘上。追求主人公生存斗争所依托的自然和社会环境的自然、生动、细腻和真切；追求故事情节的连续性、合理性、真实性，以及和故事情节相适应的人物形象的逼真和细腻，人物性格的突出和鲜明，即典型环境中的典型性格。现实主义对人们的内宇宙也有挖掘，也有不少心理活动精彩片段的描绘，但从总的创作方法观察，却没有把开掘人类的内宇宙作为自己艺术塑造的中心。尤其是在中国的古典小说中，也包括古典名著《三国演义》《水浒传》《红楼梦》等作品，对人物的穿戴、衣着、面目、步态、说话的声音、生活习惯、嗜好、武器、战马、用具等等，一一进行反复交代，细致入微地描绘，但对人物的心理活动却很少涉猎，即使涉猎也一笔带过。台湾六十年代的现代派小说虽然将人们广阔的社会活动转向了人物的内心世界，虽然将人物有规则的性格活动化作了不规则的意识流动，但在塑造人、挖掘人、表现人方面却更加真实了。人作为一种有灵魂、有思想、有智能的高级动物，其主要活动方式有三：一是心灵，二是语言，三是形体。而这三种方式中，心灵，即思维活动是内在，语言是媒体，形体是外象。要想把人写活、写深、写真，而不揭示人物的心灵即思维活动，是很难的。仅仅揭示人物的一般的、浅层的心灵活动，还不够，于是又有了弗洛伊德的精神分析学的潜意识，甚至还有人的无意识和集体无意识。弗洛伊德对人类潜意识的发现，为文学深入地开拓人类的内宇宙铺设了更深远的道路，因而弗洛伊德学说成为现代派文学的圭臬。台湾六十年代的现代派小说，十分注意揭示人物的内宇宙和外宇宙之间的无法调和的矛盾冲突，从人物的内心世界和外部世界的冲突中，揭示现代人和台湾社会格格不入的矛盾。例如七等生的《放生鼠》中描写的主人公罗武格，就是内在性格和外在世界格格不入，不断发生着矛盾和冲突的人物。作品的开头，有个小序，写主角将自制的捕鼠器交给奚落他的女人们，唯一的代价是捉到老鼠后交给他。然后，他再将那灰色的大老鼠放掉。最终罗武格发现，那只灰色的大老鼠还是被人毒死而浮尸河中。那只灰色的大老鼠，实则就是主人公罗武格。他一直生活在现实的囚笼里。自身的生活和事业，均不被当今社会所接纳，爱情也处处受挫。他想摆脱这个世界，作了许多努力，但是走出了家庭的小牢笼，还有周围环境的中牢笼，除了周围的中牢笼，还有整个社会的大牢笼。想反叛，想摆脱，但孤身奋斗终无可能。罗武格的形象为人们提供了对人生和现实的对照思索。六十年代的台湾现代派小说除了揭示人物的内在世界和客观外在世界的矛盾冲突之外，还从人们内心世界自身的矛盾中去开辟第二个心灵斗争的战场。前一个战场，即内在和外在的冲突，虽然是现代派小说表现人物内宇宙的主要方法之一，但这种手法有时也被现实主义作家们所运用。描写人物自我的心灵冲突，让人物在自我设置的心灵的茧中进行抽丝，却难以获得剥茧的方法，仿佛更多地被现代派作家所占有。欧阳子小说中的许多人物，都是在自我设置的心茧中向外撕咬，企图咬个洞走向新天地，但是一个个却都成了半途而废的失败的心灵斗士。《半个微笑》中的汪琪，《美容》中的美容，都是这一类人物。

2. 象征手法。象征手法，既非现代派小说家独创，也非现代派小说家独有，不仅古已有之，而且为各种流派作家，各种体裁的文学作品所使用。尤其是在现代派的诗中，几乎达到没有象征就没有诗的地步。虽然如此，但在叙述现代派的艺术手法时，这种被现代派作为最主要的表现方法之一，且有创新的艺术方法，不能不加理睬。象征手法是一种内涵非常丰富，方法非常灵活的表现方式。它既是表现方法上的一种捷径，也是深化主题的一种有效手段。一般来说，象征手法有整体象征和部分象征之分。整体象征是作为作品整体构架，成为作品主体形象，对作品起着关键作用，和整部作品不可分割，和作品的内容及主题思想紧密联系在一起的一种表现方法。例如上面我们讲到的七等生的《放生鼠》、施叔青的《壁虎》、丛甦的《盲猎》、欧阳子的《花瓶》等等皆是。我们还是以七等生的《放生鼠》为例，作点分析。"放生鼠"不仅象征着作品中主人公罗武格，而且象征着这部中篇小说的主题——放生。整个作品的构架就是以"放生鼠"这个含意深刻而丰富的寓言故事为基点和终点而构思。假如我们把《放生鼠》这个标题和作品前面的寓言故事去掉，而赤裸裸地用《罗武格的人生历程》，作品隐含的力量马上就烟消云散。人们很难再去理解作品中人与环境搏斗中的放生之意。作品的思想意义将会顿落千丈。从这部作品对整体象征的运用上，我们可以看出整体象征对一部作品血肉相连的重要性和升华作品主题巨大的、化学反应式的作用。丛甦的小说《盲猎》描写主人公在黑夜里，拿着猎枪，看不见道路，看不见目标，失去了猎友，迷失了方向，陷入绝境。"只当我感觉到嘶嘶的痛楚的时候，我才知道自己是存在的。"假如把这个寓言式小说的题目换掉，或者仅仅去掉一个"盲"字，它的深邃的象征意义便不存在了。那黑夜和现实之间的线就被扯断了，人们很可能就无从理解这篇作品的思想意义。象征手法中的部分象征，是无关作品大局的，只起局部象征作用的表现方法。这种手法在现代派的小说中是常有的。例如施叔青《凌迟的抑束》中的那个象征着性欲的雄性猫，白先勇《青春》中象征着青春死亡的死螃蟹等。这种局部象征在深化作品主题方面意义不大。由于现代派小说家立志探索人的深层的内心世界，追求用隐含的手法来表达作品的主题和人物的情感，讲求造成作品含蓄的间隔效应，因而象征手法对他们来说是最适宜的。台湾现代派小说家在运用象征手法中，有这样一些特点。其一，把象征手法和作品的立意、构思相结合，从而把象征和本体糅在一起，把方法和内容糅在一起，把人物和主题糅在一起，开拓了象征的境界，扩大了象征艺术的疆域。其二，以象征来烘托作品的气氛，既造成人物的生存和活动环境，又表达出某种思想内涵。例如，丛甦的《盲猎》中盲和夜的交互象征造成的空茫、黑暗、绝望气氛，就把作品的思想、人物、环境糅在了一起。其三，根据不同事物的性质，采用贴切的象征物。施叔青《凌迟的抑束》中的雄性猫和《壁虎》中的壁虎同样是象征性的，但一个象征男人的性是处于进攻姿态，一个象征女人的性处于被动地位。因而采用进攻性很强的雄猫和不具有进攻能力的壁虎分别作为象征物。

3. 意识流手法的运用。意识流是现代派小说家开拓人们内宇宙的最主要、最直接的方法和途径。意识流手法是以现代心理学为基础的，是心理的文学化，或者是文学的心理化。意识流的文艺心理化不是一般意义上的文艺心理学理论，而是文学化了的心理活动流程，是文学作品中人物心绪流动的反映和记录。最早使用这一名词的美国心理学家和哲学家威廉·詹姆斯，也是把心理活动的形式加以形象化，用水的流动来形象地比喻思想、情绪和意识的活动方式，于是便有了"思想流""意识流"和"主观生活流"等说法。但是心理学家所说的意识流和小说家在作品中所表现的意识流，虽然都是心理活动的方式，但它们却是不同的东西。心理学家和精神分析学家是从生理和病理的角度来考察意识流，作家则是从文学的角度来运用意识流。作家笔下的意识流不仅具有丰富的情感色彩、思想内容，而且是作为塑造人物性格的一种手段，为实现创作意图服务的，显示了个性色彩和时代特征。意识流虽然是一种心理活动，但它与一般的心理活动有所不同。中国的古典小说中、现代小说中也有精彩的心理活动的描写，但那种心理活动的描写绝不会脱离作品的故事情节、人物所处的客观环境，也极少连续不断地、天上地下没有规则地流动。在表现方法上则多半采取心理外化形式，把形体动作和内心活动结合起来。而在现代派作家的小说中，心理活动既可是心理外化的，也可是形体内化的，即将心理活动转化为外部形体动作，还可以把外部的形体动作内化为心理活动。欧阳子的短篇小说《墙》中的女主角若兰和施叔青的短篇小说《常满姨的一日》中的常满姨等人物的心理揭示，都具有这样明显的性质。这种心理活动方式在表面看来有点和传统文学的心理描写方式相似，但也有着明显的不同。这些作品中人物的心理活动是连续的，或者是前后数个片段串在一起的，是运用自由联想的方式将笔探入人物潜意识的领域。这在传统的心理描写中是极少见的。另一种形式的意识流是白先勇《游园惊梦》等作品中的意识流。《游园惊梦》中的钱夫人面对自己地位的没落内心如翻江倒海。于是，她的意识像脱缰的野马，离开作品的情节，离开当前的时空，一会儿过去，一会儿现在；一忽儿东，一忽儿西，意识流表现了她性格的主要成因和方式。台湾文学评论家丁树南在论及意识流小说时说："一般来说，意识小说与传统小说的主要不同，可以从两个方面来看：（一）作者除刻画人物的意识活动外，并描绘人物的潜意识生活；（二）呈现潜意识生活部分以自由联想的方式去加以表达。"[1] 也就是说意识流小说和传统小说的心理描写，最主要的区别是表不表达潜意识和用不用自由联想式。谈到了意识流小说中潜意识的含意时，他说："意识流小说刻画人物所根据的心理学基本原理是，从婴儿时期起，我们为了适应文明社会的要求，某些原始的冲动与欲望遭受压抑，它们并不消灭，只是隐伏入潜意识，但我们心脑的意识层却随此隐伏而留下恐惧及其联想，它常支配我们的人格，或持续一生，或仅在危机当口（在小说写作上，前一种情形，潜意识具有性格的意味，后一种情形则具有情势的趣味）。此等隐伏于潜意识中的冲动或欲望只在我们意识的，经过文明洗礼的心脑不加戒备时出现——睡梦中、精神错乱时、酒醉时；偶或在白日梦当中也会出现。那些不为我们自己所觉察的欲望以及不为我们自己所完全认知的记忆加上我们的意识对外界种种刺激的反映，便成为一般出诸写实手法的意识流小说的素材。"[2] 丁树南的这段论述，来自弗洛伊德的精神分析学。台湾的现代派作家们在意识流的运用实践上，已显示出不少成绩，但台湾的文艺理论家们还没有对他们的创作实践进行认真总结，言必谈西方，连作品举例都是西方的，虽然也能谈出一些道理，

---

　　[1]　丁树南：《文艺选粹·意识流小说三类型》（第一集），台北：正中书局1973年版，第2页。

　　[2]　丁树南：《文艺选粹·意识流小说三类型》（第一集），第2页。

但却不无遗憾之感。意识流小说的语言也和传统的小说的语言有着很大区别。意识流小说为了适应思想情绪在如梦似幻的境界中，如行云似流水，如轻烟似飘雾般地飘浮，流转，徐缓，悠然的状貌和飘忽无定，即生即灭，如闪电似火花的特点，它需要一种较为特殊的，专门为表现情绪而设置的"自动语言"。台湾文学评论家周伯乃在论到意识流小说的语言时说："意识流小说有一个最大特色，就是小说语言已不再是传统小说的语言，而是接近于现代诗的小说语言。特别重视意象的重叠，是超出日常惯用的语法而创造出一种足以捕捉那些瞬现即灭的人类意识活动的语言。这种语言，亦就是超现实主义者所谓的'自动语言'，是最能展示现代人内在精神世界的语言。"[1] 周伯乃认为："意识流小说，不是呈现出具象的世界，而是呈现出一个抽象的世界。我们欣赏一部意识流小说，不要企图认识小说的衣饰，而要透过衣饰窥探出隐藏在衣饰里的真实。现代小说的精神不在外貌的显现，而在其质的内涵力的呈现，如同现代诗一样，其本身就具有向外扩展的张力。"[2] 这一观点值得商榷。我以为意识流小说并未改变小说这种文学样式形象地（即具象）反映世界的功能。只是在形象的捕捉和塑造的方式上采取一种流动式、多镜式、像电影叠印镜头，摄入了更多的东西，比现实主义小说捕捉形象的方法更灵活，更快速罢了。小说的张力大小决定形象的典型性，而不是从抽象还是具象的区别而来。

4. 时空交错。世界上除了时间和空间外，没有别的东西，万物皆囊括在这两个可以无限延长和无限扩大的怪物中。作家写小说，就是用自己的智力和技巧处理这纵横交错的时间和空间中人的故事。因而，可以认为小说是时空艺术。在对时空艺术的处理中，能力大小、素质高下、修养深浅不同的作家，写出的作品时空感大不相同。高明的作家可以在有限的时空中，写出超时空的作品，创造出自己作品的独特的宇宙，作品的形象和意义可以在任何时空中作无限的延伸和扩大。而蹩脚的作家，只能就事写事，

---

[1] 周伯乃：《西方文艺思潮对我国六十年代文学的影响》，台湾《文讯月刊》第十三期。

[2] 周伯乃：《西方文艺思潮对我国六十年代文学的影响》。

就人写人，在作品中升华不出超时空的宇宙感。超时空的作品可以代代流传，永读不厌；缺乏宇宙感的作品，很快就被人们淡忘。小说的时空处理，是随着历史的发展，科学的进步，人类内宇宙开拓的不断深入而发生着变化的，是由单纯和单一型，向多维型、多样化的方向发展的。中国的传统小说，在时空的处理上，均以时间为基点。写人，则由生到死；写事，则由发生到结束；写场景，则由发现到离开。一切均是顺着时间的延长而延长，顺着时间的发展而发展。例如《红楼梦》的故事，从一块石头开始把《石头记》引出来，到一僧一道携去了那块石头而结束。中间虽然有荣、宁二府由盛而衰，众多人物由生而亡，但都通通纳入那日、月、年的顺时序发展中。再如《西游记》虽然是一部天上、地面、海中、人间、神灵、魔鬼，无所不包、无所不能的神话小说，但它的基石仍然是死死地放在时间上。唐僧取经以长安为起点，路上收了孙悟空、猪八戒、沙和尚，经历九九八十一难，最后取到真经，又回到长安而结束。时空处理到了现代的小说中，就大不一样。手法丰富多彩，尤其是现代派小说，改变了以时间为基础的写作方法，而主要以空间为基点的方法。于是就有了倒叙、插叙、中叙、时空交错等丰富多彩的时空艺术。例如聂华苓的《桑青与桃红》，采用的是时空交错法，以日记的方式追述过去，以信的形式表达现在，交互发展，齐头并进，把相隔数十年的事情浓缩到一个时空里表现。而水晶的《爱的凌迟》，故事则是从中间落笔，作品开篇就写道："她给一场梦魇惊醒的时候……"第一段写了她目前的境况，接着第二段才开始了过去的故事："她想起那场梦魇来。恍惚和死去的宗侃在一起。在新公园里，一丛杜鹃树下……"写了一段过去三角恋爱的事，到了作品中间不时又叙述眼前："她再度醒过来的时候，太阳已经下去了，风也静止下来。金小姐拉下嫩绿色塑胶横条窗帘，掩去了窗外的景色……"有的作品采用倒叙的形式，可称之为倒时空。即先把故事的结果交代出来，或先交代眼前的处境，然后将时空倒推过去。例如丛甦的《盲猎》，作品是这样开头的："……它在那儿栖了很久了，也唱了很久了，其实，真的没有人确知究竟在那儿多久了……它浑身披着黑得净亮的羽毛……即黑色的鸟儿，在那黑色的森林里……很久以前，我们听到这样一个故事，但是我们已经不能确切记得究竟在哪里听到……"于是作品的故事便由此倒叙过去了。再如王文兴的长篇小说《家变》采用的也是倒时空。台湾六十年代崛起的现代派小说家们，把西方现代派文学中的时空艺术引进自己的作品，并进行了创新，从而发展和丰富了我国小说的时空艺术，把我国小说的时空艺术推进到了一个新的阶段。他们的这些成就，应该给予充分肯定。时空艺术可以改变作品的俗套和呆板，使故事情节机动灵活富于变化，创造起伏跌宕的波澜，达到刺激读者感观引人入胜的效果。过去我国的传统小说和现代小说，对时空艺术重视不够，因而作品结构上很少变化，给人一种刻板之感。要想改变我国小说结构上的弱点，必须讲求时空艺术的创新。

5. 创造复合意象。复合意象，即是一种由此及彼，连类想象，使人们看到甲便想起乙，看见乙便能照见甲的隐含艺术。主要是用"陈仓暗度"法来表现的。在现代派的小说中，主要利用超现实的艺术方法来实现。超现实的方法，在现代派的诗和小说中，形式丰富多彩。比如：梦境、寓言、象征、鬼魅、神经错乱、醉酒等等。总之通过处于非正常的精神状态下，或现实中形式上无，实质上有的扭曲性的描写；通过折射之光，利用读者的想象和联想能力，再恢复到正常精神状态下人之行为中，再回复到现实中有的事物身上，形成一种非正常状态和正常状态，现实和非现实意象的重叠和复合，达到表现作者情感和思想的目的。即通过形式上的荒谬和实质上的不荒谬，来实现作家的创作意图。西方现代派大师加缪的小说《鼠疫》中，作者描写了一场可怕的鼠疫，小说的主角刘医生和同伴塔鲁，奋不顾身与鼠疫搏斗，去扑灭那场鼠疫。实际上作者是以鼠疫来象征战争和暴力。扑灭鼠疫就是象征扑灭战争和暴力，反对制造死亡。加缪在《西西弗的神话》中，写神惩罚的人西西弗，永不停顿地推一块石，从斜坡推上去，不管用多大劲，推多么高，最终那块巨石还是要滚下来，滚下后再推，再推再滚下，再滚下再推。看似灾难，看似荒谬，但这灾难和荒谬中却包含着深刻的哲理，表现了人定胜天，不怕困难，不怕灾难的无比坚强的毅力和勇气。六十年代的台湾现代派小说中的超现实手法虽然从西方现代派那里学来，但却适应了台湾的需要，化作了台湾文学的血肉。而且超现实手法在台湾现代派作家们的笔下，变得更加多姿多彩了。我们上面引用过的丛甦的《盲猎》是用的寓言形式，以寓言中的黑暗、绝望来象征现实中人生的茫然和无着。施叔青《倒放的天梯》以神经的错乱，来象征现实的昏暗。七等生则虚实相间，利用主人公思绪的忽断忽续，忽东忽西，以"即兴式的写作，把现实的善恶的区别观念完全抛弃，让良知和自由的灵魂展现出来"。不管是寓言，还是梦魇；不管是象征，还是神经错乱，我们读过作品后细细思索，都绝不是单纯的、单一的形象，而必定有作品里和作品外，过去和现在，梦中和梦外……的复合意象和复合形象出现。这种复合意象和复合形象是作者和读者共同创造的，是创作和阅读两种过程，两个母体的共同产儿。没有作品，复合意象和复合形象无由产生，但没有读者的思索和联想，意象和形象也得不到复合和呼唤。"复合"二字便包括了两个创作过程。白先勇在论述施叔青的小说时写道："施叔青的小说世界，是透过她自己特有的折射镜所投射出来的一个扭曲、怪异、梦魇似的世界。光天化日之下社会中的人伦、道德、理性，在她的世界中是不存在的。那是一个不正常、狭窄的，患了分裂症的世界，但是它的不正常性，正如同鹿港海边在不正常的天气时，那些台风，海啸一般，有其可怕的真实性。"施叔青作品中的不正常世界和台湾鹿港海边不正常天气下的台风、海啸两个形象的复合，是施叔青和白先勇共同创造的。一个是创作过程的产物，一个是评论过程的感受。文学作品中复合意象和复合形象的创造，扩大了文学作品的容纳度，也增加了作品的含蓄性。

台湾现代派小说，在内容和艺术上，都存在着一些不足，尤其是内容方面的缺陷更为突出。比如，作家缺乏宏阔的历史和现实视野，因而造成题材上的狭窄；作家缺乏直面现实的勇气，因而不少作品显露出逃避现实的迹象；有些作家不仅在艺术手法上，而且在作品取材上，都模仿西方，因而使自己的作品缺乏独特性和独创性；有些作品中关于乱伦的描写，有违中华民族的道德习尚和阅读心理；有些作品过于扑朔迷离，给阅读者造成了不少困惑等。对于现代派小说存在的这些缺陷，应该怎么看待呢？我认为任何一个文学流派在其发展过程中，缺陷和不足总是难免的。而读者和评论家对任何一个流派，一个作家，一部作品的缺陷进行批评，也是完全正常的，不必大惊小怪。但是我们在批评一个流派，一个作家，一部作品时，切忌抓其一点不及其余，给予全盘否定；也切忌以偏概全，一概肯定。我们也不主张在文学流派之间以甲之长攻乙之短，或以乙之短比甲之长。正像台湾文学评论家渔父所说："我们固不必以写实主义的文学主张作为判断的标准，来否定现代主义的价值；也无需以现代主义所标榜的创作技巧来讥评现实主义的落伍。在这个问题上，其实是无法以彼非此或以此非彼的。"[1] 在不少事物中，他们自身的存在条件是相互制约互为因果的。正因为有此长处，所以才有彼缺陷；也正因为有彼缺陷，才有此长处。例如，正因为台湾的现代派有逃避现实之倾向，才使他刻苦创造逃避现实之表现艺术，因而才创造了丰富多彩的表现手法。我们在文学研究中，要充分注意艺术的辩证法。

---

[1] 《意识形态的追随者——试论唐文标》，《中国时报》1986 年 1 月 30 日。

第四章
二十世纪六十年代台湾现代派小说的旗手
白先勇

第一节　他的创作从中国文学传统中起步

白先勇是一个誉满东西方的名字。不仅由于显赫的家世，他是国民党名将白崇禧之子，而且更因为他是才华横溢的小说家；不仅由于他台、美两栖，而且因为他是台湾《现代文学》的灵魂；不仅由于他是美国加州大学、圣巴巴拉分校的中文教授，而且因为他是台湾现代派小说的旗手。

白先勇，广西桂林人，1937 年 7 月出生。抗日战争爆发后，他们全家迁到重庆。还在幼年之时，他不幸染上了肺病，被关在宅舍里达四年之久。这场肺病，几乎使一个天真活泼、性格外向的孩子改变了性格。他说："据母亲告诉我，小时候我是个好热闹又调皮的孩子，个性是外向的。在我七八岁的时候得了肺病，在床上躺了四五年，养病使我与外界隔绝。当我病好再去上学时，我的适应能力很差，因此也变得敏感内向。后来一直到大学，我才渐渐又恢复了被埋没已久的开朗外向的性格。"1945 年，他们全家由四川搬到了南京。1948 年又迁到了香港。1952 年，去台湾。白先勇的童年和少年是在颠沛中度过的。1956 年高中毕业后，他被一种浪漫的理想所驱使，希望将来能在长江三峡建造水电工程，便进入了台湾成功大学的水利系。读了一年之后，白先勇发现自己选错了人生道路，他的兴趣不在水利而在文学，又回过头来重考台湾大学外文系。虽然学业上耽搁了，但却使中国诞生了一个卓越的现代派小说家。1963 年，白先勇大学毕业后赴美留学，1965 年获文学硕士学位，后在美国加利福尼亚大学和加州大学圣巴巴拉分校任教。

白先勇从小就对文学有着浓厚兴趣。七八岁时遇上了他文学道路的第一位老师，白公馆的火头军老央头。老央头为人忠厚朴实，善讲故事。他讲的薛仁贵的形象是奠在白先勇文学大厦最底层的一块基石。白先勇在《蓦然回首》一文中讲到引导他进入文学之门的第二位老师是他的中学老师李雅韵。这位北京籍的语文女教师，不仅给白先勇讲授语言知识，而且帮助他投稿。当她将白先勇的第一篇作品推荐到台湾《野风》杂志发表后，白先勇非常高兴。白先勇文学道路上的第三位启蒙老师是台湾大学外文系教授夏济安。那时夏济安不仅教白先勇的写作课，而且主编《文学杂志》。由于他的赏识，白先勇的第一篇小说《金大奶奶》才得以在《文学杂志》上正式发表。一个成名作家发表一篇作品算不得什么，但是处女作获得发表对任何人来说，都是他创作道路上最喜悦、最激动、最难忘的时刻。处女作的发表，对任何一个作家来说都可能对他的生活道路产生重大影响，甚至决定一个创作生命的诞生。正是这个原因，白先勇对他这篇并不算十分重要的作品的发表，才给予出乎寻常的重视。他回忆第一篇小说发表时的情景说："我记得他那天只穿了一件汗衫，一面在翻我的稿子，烟斗吸得呼呼响，那一刻，我的心在跳，好像在等待法官判刑似的。如果夏先生当时宣判我的文章'死刑'，恐怕我的写作生涯要有许多许多波折，因为那时我对夏先生十分敬仰，而且自己又毫无信心，他的话，对于一个初学写作的人，一褒一贬，天壤之别。夏先生却抬起头对我笑道：'你的文字很老辣，这篇小说我们要用，登到《文学杂志》上去。'那便是《金大奶奶》，我第一篇正式发表的小说。"白先勇长期阅读夏济安主编的《文学杂志》，对西方文学有了较多的接触和了解，为他后来创办《现代文学》作了知识上、思想上的准备。台湾许多批评家都把白先勇和《现代文学》等同。他们说，白先勇就是《现代文学》，《现代文学》就是白先勇。《现代文学》于1960年创刊。当时的成员有白先勇、陈若曦、欧阳子、刘绍铭、李欧梵、戴天、叶维廉、王文兴等。平均每个季度出一期，十三年共出刊了五十一期，创刊号只销六七百本，最多时突破一千本。白先勇把自己的智力和财力全都化成了血液无私地输给了它，连自己家里给的津贴费，到美国教书的全部收入，都花在了《现代文学》身上。一次他将为《现代文学》积蓄的资金分别交给两家企业，想以利息养《现代文学》，不料其中一个工厂倒闭，欧阳子为讨债几乎跑断了腿，而血本无归。白先勇为推销《现代文学》，抱着刊物跑书摊，还偷偷观察书摊上刊物的销售情况。办到第十三个年头，即 1973 年，因白先勇再无力支撑经济消耗，《现代文学》终于停刊。事隔三年半，即 1977 年，《现代文学》又在台湾远景出版社的支持下复刊，到 1986 年，又因经济艰困而停刊。白先勇不仅是《现代文学》的经济后盾，也是《现代文学》的智力后盾。据统计，白先勇共写了三十四个短篇小说和一部长篇小说《孽子》，除了六个短篇，即《贵妇人之死》《金大奶奶》《我们看菊花去》《闷雷》《秋思》和《夜曲》没有在《现代文学》上发表外，其他二十八个短篇和长篇，包括全本《台北人》，均是在《现代文学》上刊出的。因而又有人称《现代文学》是"白先勇的第二生命"。白先勇虽然是个名作家，但他却不是一个多产作家，而是一个多书作家。他虽然只写了三十四个短篇小说，而且大都文字不长，但却出版了十二个短篇小说集，它们是：《谪仙记》（文星书店，1967 年 6 月）、《谪仙记》（大林书店，1970 年 3 月）、《游园惊梦》（仙人掌出版社，1968 年 10 月）、《游园惊梦》（晨钟出版社，1970 年 9 月）、《台北人》（晨钟出版社，1971 年 4 月）、《台北人》（尔雅出版社，1983 年 5 月）、《寂寞的十七岁》（远景出版社，1976 年 12 月）、《蓦然回首》（尔雅出版社，1978 年 9 月）、《游园惊梦》（剧本，远景出版社，1982 年 8 月）、《明星咖啡馆》（皇冠出版社，1984 年 3 月）、《骨灰》（华汉文化事业公司，1987 年 11 月）。长篇小说《孽子》，1983 年 3 月由远景出版社出版。白先勇的短篇小说，仅在台湾地区，先后就被选入二十多种小说选。例如：《名家创作集》《现代小说选》《这一代的小说》《新刻的石像》《现代文学小说选》《中国当代十大小说家选集》《中国现代文学选集》《中国现代文学大系》等等。这一事实说明白先勇的小说普遍受到专家、读者们的欢迎和承认。

白先勇虽然是台湾现代派小说的旗手，但从创作思想倾向看，他却是一个具有浓郁写实气质的现实主义小说家。他虽然在表现手法上吸收了大量的西方现代派的东西，但他的小说中却始终贯穿着中国小说的传统。他的创作起步，不是萌生于西方现代派的根茎上，而是出生在中国传统小说的土壤中。

第二节　白先勇小说的思想倾向

尽管白先勇的小说中还存在着某些不足，有的甚至算得上是瑕疵，但是我还是要肯定地说，白先勇的作品，是台湾现代派小说中的瑰宝；尽管白先勇自身还存在着某些局限，但我还是要肯定地说，白先勇是台湾现代派作家中的佼佼者。不管是作品的思想还是艺术，似乎还没有第二个台湾现代派作家能出其右。他的小说在中国当代文学史和小说史上，自有其独特的价值。

白先勇的全部小说，可以他的三本书作代表。即《台北人》《纽约客》和长篇小说《孽子》，这三本书呈现了他的小说的整体风貌和整体性的思想艺术价值，代表了白先勇创作思想的发展脉络和过程。我以为白先勇《台北人》中的十四个短篇小说，孤立地看，可以是十四个短篇，但作为一个整体来看，也未尝不是一部《儒林外史》式的长篇。《台北人》通过所描写的门第和人物，概括了国民党由盛到衰的轨迹。欧阳子将《台北人》中的主人公归纳为两个人，一个是过去，即新生；一个是现在，即死亡。而实际上还可以再加以概括和简化。《台北人》的主人公就是一个，那便是国民党。在大陆时期是它的过去，逃到台湾之后是它的现在。而构成国民党的一个个细胞，就是书中的尹雪艳、朴公、李浩然、钱夫人、金大班等等。不管他们是将军悲死，还是美人凋颜，都代表着不可逆转的悲剧揭幕和不可抗拒地换了人间。白先勇是国民党人员的后代，很不情愿看到国民党的树倒猢狲散，他在叙述这些悲剧时怀着十分痛惜的心情。甚至想用秦始皇梦想的长生不老术来挽救国民党的末日，因而创造了那个奇妙的，似有似无，似真似假，既像羽毛，又像雪片，既像人，又像精，仿佛可以超越时空，不受生、老、病、死之神管辖的，永远不凋也不老的"永远的尹雪艳"。作者幻想出这个人物，想把"物是人非"的客观规律改变成"物非人是"，象征着国民党永远不老。这不过是一场很不真实的梦。但是，白先勇又是一个实事求是的，清醒的，忠于历史，忠于生活的写实主义作家。他的良知和历史责任感又使他不愿去涂抹历史，不愿去歪曲生活。因而面对历史真实他只能唱哀歌，唱挽歌，而不能唱晨曲，唱颂歌。正因为如此，国民党名将之子的笔下，才产生了《台北人》这样真实而生动的挽歌式的作品。

最能体现小说集《台北人》思想的莫过于《思旧赋》《梁父吟》《国葬》和《游园惊梦》诸篇。《思旧赋》是一个只有五千字左右的短篇，作者的描写角度和表现技巧相当高超。意在写李家的盛衰，李宅的今昔，然而既没有让主角出场，也没有正面描写这个宅院的主人，却以"思旧"为中心，让两个年过七旬的老仆，走到舞台上来讲见闻。由于是"思旧"，作者极力搜求众多旧得不能再旧的意象，聚集成一个旧的集合体。旧的宅第，年逾七旬的两个老仆人，岁暮冬日，日暮黄昏，死去了的李妇人，嚷着要出家当和尚，身体和精神都废了的主人，私奔了的小姐，痴呆了的李少爷……全篇的意象中没有一个是新生的、富有朝气的，全都是残破、衰败、逃跑、老迈、痴呆和死亡。不仅如此，这一家人还众叛亲离，两个年轻佣人在夫人死后拐物而逃，小姐和有妇之夫私奔而去，除了七八十岁的顺恩嫂从台南来看望外，竟无一个朋友光顾。这个住宅的主人当年在南京清凉山的公馆是何等豪华奢侈，今昔之比，真是天壤之别。"我跟长官夫人到长官公馆来，前后也三十多年了。长官一家，轰轰烈烈的日子，我们都见过。现在死的死，散的散，莫说长官老人家难过，我们做下人的也心酸。"这是历史见证人罗伯娘所做的见证。不仅如此，就是这风雨飘摇，残破不堪的李宅，如今想原样保持下去，也是不可能的了，因为它是象征着这旧世界的最后一个残垒。"李宅是整条巷子中唯一的旧屋，前后左右都起了新式的灰色公寓水泥高楼，把李宅这幢木板平房团团夹在当中……"这残破不堪的旧宅第，大有被现代化的水泥公寓吞没、压倒之势。这个残破宅子和它的主人，就要永远从这个世界上被开除了，他们没有复萌的希望，没有东山再起的可能，因为他们不仅众叛亲离，而且后继无人。请看作者描绘的这个宅第中唯一出场，但却没有说一句话，犹如死尸般的李家少爷。"当罗伯娘引着顺恩嫂走到石径的尽头时，顺恩嫂才赫然发觉，茎草丛后面的一张纹石圆凳上，竟端坐着一个胖大的男人，蒿草的茎叶冒过了他的头，把他遮住了。他的头顶上空，一群群密密匝匝的蚊蚋正在绕着圈子飞。胖男人身上，裹缠着一件臃肿灰旧的呢大衣，大衣的纽扣脱落得只剩下了一粒。他的肚子像只塞满了泥沙的麻包袋，胀凸到了大衣外面来，他那条裤子的拉链，掉下了一半，露出了里面一束底裤的带子。他脱了鞋袜，一双胖秃秃的大脚，齐齐地合并着，搁在泥地上，冻得红通通的。他的头颅也十分胖大，一头焦黄干枯的头发，差不多脱尽了，露出粉红的嫩头皮来，脸上两团痴肥的腮帮子，松弛下垂，把他一径半张着的大嘴，扯成了一把弯弓，胖男人的手中，正抓着一把发了花的野草在逗玩，野草的白絮洒得他一身。"作者为什么这样细致入微地描绘这个没有灵魂，形若死尸般的李少爷？因为李少爷是李宅的新生代，代表李宅的未来和希望。这个行将灭亡的李宅，虽然有个后代，但却是一个没有希望，没有未来，没有生命，没有灵魂的后代。作者不厌其烦塑造这个形象，其寓意是相当深刻的。

《国葬》是《台北人》中的最后一篇，欧阳子说："如果《永远的尹雪艳》是《台北人》的序言，《国葬》更显而无疑的，是这本小说的结语。或许，我们甚至可以说，《国葬》一篇是《台北人》墓碑上雕刻的志文。"[1]欧阳子的这一评语是很恰切的。《台北人》的前十三篇中写了各种各样人物的今昔，写了各个不同历史时期，从辛亥革命到迁逃台湾，正像夏志清所说"《台北人》甚至可以说是部民国史"。现在这部"民国史"写完了，到终结了，应该在这个故去的人物的石碑上写下怎样的碑文呢？它不可能是"序言"中的"永远的尹雪艳"了，它是寿终正寝的"死亡"二字。所以用《国葬》来作碑文，告一终结。这篇小说写的是国民党的最高将领，一级上将李浩然的葬礼。他带着自己手下的三员猛将，即两位"钢将军"一

----

[1] 欧阳子：《王谢堂前的燕子》。

位"铁将军"威风凛凛走过了国民党生命的全程。而今他的部下老的老，残的残，当和尚的当和尚，这些风烛残年的角色们聚在主子的灵前，一片哀乐声中，送葬的队伍由街这头排到那头，浩浩荡荡地向坟墓走去。这当年不可一世的至高权威人物，灵柩上覆盖着青天白日满地红的"国旗"，难道这不是象征着总的死亡，总的埋葬，总的消失吗？《台北人》是一部内容丰富，时代感、历史感强烈的优秀之作。历史的兴衰，时代的变迁，沧海桑田，感伤情怀，永远是《台北人》的主旋律和主曲调。

白先勇的另一代表作品《纽约客》，是一曲浪子悲歌。作者以深挚的民族情感和手足之谊，描绘了从台湾到美国去淘金的人们悲惨的遭遇和苦难的命运。作者通过笔下人物的经历和结局告诉人们，美国也并非人间仙境，理想之邦。或许，那里的物质生活比东方要富一点，但那里的精神歧视，道德败坏，人格沦丧却比东方的穷困更要凶恶。多少人怀着美梦，历尽千辛万苦去到了美国，但最终却是事与愿违，美梦破灭，不是被困愁城，就是被疯癫、死亡拉进黑暗深渊。如果说《台北人》中那些角色背负的是民族分裂悲剧下的小乡愁，因为他们虽然远在他乡，抛家别子，但他们毕竟还是在自己的宝岛，中国的国土上；虽然失去了乡土的温暖，但却仍有同胞的情意和关照。而《纽约客》中的角色，他们背负的却是东西方文化、民族、生活方式、人情世故等矛盾冲突悲剧下的大乡愁。他们是一批漂泊于海角天涯的孤魂野鬼。既失去了乡土的温暖，也失去了同胞的关怀；既没有祖国可作屏障，也没有主人的身份赖以自持，而是完全生活在不能自主、无依无靠、举目无亲的环境里。《台北人》中的主要角色们如果是历史和时代的弃儿，那么《纽约客》中的角色却是些漂泊异乡的孤儿；前者所怀的是灭亡之痛，后者心底却是流浪的悲哀。因而他们尽管都是游子，但他们却各有不同。例如《纽约客》中的名篇《芝加哥之死》是写一个中国留学生吴汉魂。作者破例地在小说之前写了主人公的简介："吴汉魂，中国人，三十二岁，文学博士，1960年6月1日芝加哥大学毕业——"吴汉魂家庭贫苦，在美国留学，没有经济来源，"每天下午四时至七时，吴汉魂到街口一家叫王詹姆的中国洗衣店帮人送衣服。送一袋得两毛半，一天可得三块多。到了周末，吴汉魂就到城中南京饭店去洗盘子，一个钟头一块半，凑拢，勉强付清膳食学杂。"吴汉魂在台湾的家中年迈多病的老母，还要靠他负担。"每月从房租省下来的二十来块钱，吴汉魂就寄回台北给他母亲。"在这样艰苦的条件下读书，吴汉魂自然非常勤奋、刻苦。可是他虽以优异成绩毕业了，但知识的增多、阅历的增广不但没有使他更加清醒和具有信心，反而越来越迷惘，越来越困惑。这里作者着力描写了西方文化和美国的生活环境，构成了扼杀中国人意志的巨网。吴汉魂和他所处的环境格格不入："各种噪音从四面八方泉涌而出，音量愈来愈大、音步愈来愈急，街上卡车像困兽怒吼，人潮声一阵紧似一阵的翻涌，整座芝城，像扭扭舞的爵士乐，野性奔放的颤抖起来。吴汉魂突然感到一阵莫名其妙的急躁。窗口的人影，像幻灯片似的扭动着。乳白色的小腿，稻黄色的小腿，巧克力色的小腿，像一列各色玉柱，嵌在窗框里。吴汉魂第一次注意到这些浑圆的小腿会有这么不同的色调。一群下班的女店员，踏着急促的步子，走过窗口时，突然爆出一阵浪笑。吴汉魂觉得一阵耳热，太阳穴开始抽搐起来。"吴汉魂不仅适应不了美国的社会环境，就是对他隔洋渡海到西方来学习和追求的西方文学，也感到极度厌恶和鄙弃。"书架上砌着重重叠叠的书籍，《莎士比亚全集》《希腊悲剧精选》《柏拉图对话集》《尼采选粹》。麦克米伦公司、中午公司、双日公司、黑猫公司。六年来，吴汉魂一毛一毛省下来的零用钱全换成五颜六色各个出版公司的版本，像筑墙一般，一本又一本，在他书桌四周竖起这堵高墙中，将岁月与精力，一点一滴，注入学问的深渊中。吴汉魂突然打了一个寒噤。书架上那些密密麻麻的书本，一刹那，好像全变成了一堆堆花花绿绿的腐尸，室内这股冲鼻的气味，好像发自这些腐尸身上。吴汉魂胃里翻起一阵恶心，如同嗅到解剖房中的福尔马林。吴汉魂一把将椅背上的西装外套穿上，夺门冲出了他这间地下室。"吴汉魂六年来被埋在腐尸中，但却没有被腐尸所浸透、所感染、所腐烂。这说明东方文化是相当坚韧、顽强和根深蒂固的。在东西方文化冲突中，中国文化是不会轻易屈服，轻易灭亡的。这里充分地表现了白先勇的文化观念。由于吴汉魂的汉魂不灭，因而他宁可躯体死亡，而不灵魂投降。

吴汉魂之所以投芝加哥的密歇根湖而死，不能仅仅看作是受了老妓女的骗，而无颜再见江东父老。这样看似乎把复杂的事物简单化了。吴汉魂之死是灵魂不屈的表现，是东方文化不屈的表现。《台北人》和《纽约客》两部作品，还可以从书名上来辨识它们的意义。两书虽然都描写乡愁、刻画游子，但乡愁的性质不同，游子的身份不同，因而一个用"人"，一个用"客"，这是有深邃思考的。

白先勇的长篇小说《孽子》，是一部很特殊的作品。它以同性恋为题材，表现社会的没落、腐朽。小说的故事极其简单，即被家庭和学校遗弃的一批国民党的第二代孩子们按"物以类聚，人以群分"的法则，自动地汇集在台北市的新公园中，结成团伙，打架、斗殴、盗窃、卖淫、杀人，无所不干。他们的长辈在大陆上失去了窝巢，逃到了台湾；而这第二代人却失去了人世间的窝巢，逃到地下。他们在没有白天只有黑夜的角落里，干着见不得人的勾当。作品中一再强调，这是一个"王国"。这个王国有首领，有家谱，有领土，有事业，有臣民，有活动规律。

他们的首领是杨教头。杨教头是怎样一个人物呢？他"穿着一身绛红的套头紧身衫，一个胖大的肚子箍得圆滚滚的挺在身前，一条黑得发亮的奥龙裤子，却把个屁股包得扎扎实实隆在身后，好像前后都挂着一只大气球似的……手中擎着一柄两尺长的大纸折扇，扇一张，便亮出扇面'清风徐来'，扇底'好梦不惊'，八个龙飞凤舞的大字来……杨教头自封为公园里的总教头。他说，我们这个老窝里，地上有几根草他都数得出，在他手下调理出来的徒子徒孙，少说些，怕也不下三五十人。他常挥舞着他手上那柄两尺长的折扇，一杆指挥棒似的，猛地戳到我们面前来，喝骂道……"。这个流氓头子虽然对这个王国中的臣民具有无上权威，却无力给他的臣民们以保护和出路。"我们那个无政府的王国，并不能给予我们任何庇护，我们都得仰靠自己的动物本能，在黑暗中摸索出一条求存之道。"

这个流氓团伙的家谱掌管在照相出身的郭志手中。他的那个《青春鸟集》中聚集着王国历代全体成员的玉照，展示着这个王国发展演变的历程。

这个王国的疆域"其实狭小得可怜，长不过三百公尺，宽不过百把公尺，仅限于台北市馆前路新公园里那个长方形莲花池周围一小撮土地。我们国土的边缘，都栽着重重叠叠，纠缠不清的热带树丛：绿珊瑚、面包树，一棵棵老得须发零落的棕榈，还有靠着马路的那一排终日摇头叹息的大王椰，如同一圈紧密的围篱，把我们的王国掩盖起来，与外面世界，暂时隔离"。

这个王国的活动规律怎样呢？"在我们的王国里，只有黑夜，没有白天。天一亮，我们的王国便隐形起来，因为这是一个极不合法的国度。"

这个王国的"事业"是什么呢？这是白先勇这本书的题旨，也是孽子之孽的主要缘由，也是读者所关切的话题。"周末的晚上，我们到齐了，一个挨着一个，站在莲花池的台阶上，靠着栏杆，把池子围得密密的。池子的周围，浮满了人头，在黑暗中，一颗颗，晃过来，晃过去，在绕着池子打圈圈。在幽暝的夜色里，我们可以看到，这边浮着一枚残秃的头颅，那边漂着一绺麻白的发鬓，一双双睁得老大，闪着欲念的眼睛，像夜猫的瞳孔，在闪着精光。低低的，沙沙的，隐秘的私语，在各个角落，嗡嗡营营地进行着……"这是在犯罪，这是在卖淫，这是男妓们和自己的同性恋伴侣在进行着最龌龊的勾当。他们不仅在他们的"国土"里活动，而且"一窝蜂钻进新南阳里，在那散着尿臊的冷气中，我们伸出八爪鱼似的手爪，在电影院的后排，在捕捉那些面目模糊的人体。我们躲过西门町霓虹灯网的射杀，溜进中华商场上中下各层那些闷臭的厕所中。我们用眼神，用手势，用脚步，发出各种神秘的暗号，来联络我们的同路人。我们在万华，我们在圆环，我们在三水街，我们在中山北路……"实际上台北市的大街小巷，各个角落，所有见不得人的地方都有他们的幽灵在游荡，都有他们的同类在犯罪，都有他们散发的臭气和腥味。黑夜绝对是他们的天堂，天一亮，他们的"事业"就暂告一段落。"我们手里捏着一叠沁着汗水的新台币，在黎明前的一刻，拖着我们流干精液的身体，放肆而又虚脱，漫步蹭回各自的洞穴里去。"

从上述各个方面的描写里，我们可以看到这个团伙的组织形式、活动方式、作案规律等等。和台北的新公园相对照，相呼应的是美国纽约的中央公园。小说中的王夔龙便是一个勾通台北和纽约的国际男妓。台湾的男妓是西化的产物，因而，虽然相隔万里之遥，但台北新公园里的同性恋王国和美国纽约中央公园的同性恋王国却有着血亲关系。新公园的同性恋是中央公园的支系和派生物。白先勇有意识地将大洋两边的同性恋王国联系起来，是有其事实根据和内在思考的。

读了《孽子》，将之和《台北人》联系起来思索，我们可以认定，这孽子是国民党的孽子，是去台国民党人员的不肖后代。作者在书中屡有交代。比如绰号"杨教头"，自称为同性恋王国的"开国元老"的杨金海，就是官宦人家子弟。王夔龙则是达官显贵王尚德的独子。有人以为这是白先勇的化身。台湾《新书月刊》负责人袁则难在访问白先勇时直言不讳地问道："龙子与你本人有许多地方相似，例如令尊大人生前也是大官……我不知道该不该这样问？"白先勇答道："你是说家庭背景相像是嘛？我想绝对不会是自传，我一辈子也没杀过人。可是龙子那种性情心态我是可以明白的。"[1] 不管龙子是不是白先勇本人，但龙子的身份、地位、背景和白先勇的地位相似却是真的。除了杨金海、王夔龙、傅卫这些达官显贵出身的之外，其余均出身于国民党的中下层军政官员家庭。人物方面，《孽子》和《台北人》有着极密切的传承关系。"台北人"是被历史遗弃的一代，是走向崩溃和灭亡的一代，是对人民和历史欠债的一代。他们的第二代究竟怎样呢？白先勇用"孽子"二字做了回答。作者非常注意描写和追寻孽子们走向犯罪道路的根源。其一，他们的家庭均有类似的前科。比如阿青的父母是老少配，在没有爱情的情况下，母亲生了两个孩子后与一个喇叭手私奔。小金宝的母亲是一个暗娼，靠卖淫维持家计。阿玉的母亲睡了数不清的男人，不以为耻，反以为荣，阿玉至今还弄不清楚自己是谁的野种。其二，这些孽子们一个个名字被写在同性恋王国的家谱上。他们都是被赶出家门，赶出校门，失去了家庭和学校教育与保护的一群。其三，这些孽子都处在不良的社会环境中，他们被别人坑害而又去坑害别人。其四，这些孽子们之间互相影响，互相拉扯，在犯罪的道路上愈走愈远，越陷越深。他们不但卖淫，而且失去了人的理性和良知，到了杀人不眨眼的地步。一

---

[1]　袁则难：《两访白先勇》，《新书月刊》1984 年 2 月第五期。

次龙子找阿凤，碰到阿凤正在公园里与一个老酒鬼讲价钱，老酒鬼出五十块钱阿凤就要跟他走，而龙子拦住阿凤，叫阿凤跟他回家，阿凤不肯，龙子一把揪住阿凤说："那么你把我的心还给我。"阿凤指着她的胸口："在这里，拿去吧。"龙子一柄匕首，正正地便刺进了阿凤的胸膛。阿凤倒在台阶的正中央，滚烫滚烫的鲜血喷得一地，而龙子也坐在血泊里搂住阿凤的尸体疯掉了。白先勇虽然在《孽子》中充分地表现了人们最无耻和最丑恶的一面，挖掘到了人们灵魂的最深层，但他却没有让这个世界彻底毁灭。他仍然以宽慰的心情给了这个最黑暗、最丑恶、最无耻的世界放入了一点点希望的光芒。孽子们有的从良，有的就业，有的万里寻父。作品有这样一个耐人寻味的结尾："在一片噼噼啪啪的爆竹声中，我领着罗平，两人迎着寒流，在那条长长的忠孝路上，一面跑，我嘴里一面叫着：'一二、一二、一二、一二'。"

白先勇在谈到这本书时说："虽然书里写的人物是同性恋的，可是《孽子》传达了作者对人的同情。这本书如果有点成功的地方，我想就在这里。也有人从文化的观点去研究这本小说，着眼于其中所描述的父子关系和父权社会的状况。《孽子》所写的是同性恋的人，而不是同性恋，书中并没有什么同性恋的描写，其中的人物是一群被压迫的人。"《孽子》通过同性恋者的活动表现了社会人事的沧桑。

白先勇写长篇小说不像写短篇小说那么得心应手，《孽子》在艺术上还有一些瑕疵。例如作品的结构比较松散，有时衔接不上，主次人物不够分明，故事情节变化不大，以致失之单调等。但应该说，这是一部开辟了新题材、新领域，有着相当深刻寓意的作品。

第三节　以意识流为中心的多元化表现艺术

作为台湾六十年代现代派小说的旗手，白先勇是以他丰富的现代派的表现艺术来奠基的。所有评论白先勇作品的学者，几乎都一致肯定白先勇是台湾作家中东西方文学表现手法相结合的集大成者，几乎都异口同声地肯定白先勇意识流手法的运用，在台湾现代派作家中是最成功的。我以为，从某种意义上说，白先勇对中国文学贡献最出色的有两点，其一是他以一个艺术家的真诚与良知比较真实生动地描写了国民党由盛到衰，由诞生到覆灭的历史必然；其二是他以一个艺术家的聪明才智为中国文学提供了崭新的艺术视境。这里，我们着重论述白先勇小说的现代派表达艺术。

1. 意识流。意识流是形象地说明人的思想、精神、意念连续不断的活动形式，是表现人们潜意识的一种创作方法和途径。西方现代派作家用它来表现人物内在的心理活动，从而构成了现代派文学和现实主义文学区别的重要标志之一。一般来说，意识流多产生于今、昔或甲、乙的境况对比中。白先勇所有的作品，几乎都是描写人物今昔、彼此、甲乙对比的，因而极易构成内心动荡和冲突。尤其是他写的传世之作《台北人》，人物几乎都是悲今吊昔式的典型。他们每个人的脑海中都有一个装得满满当当的潜意识的世界。因而运用意识流手法写他们，可以说是最有效、最适合的。作者将这些人物置于内心矛盾的尖端，使之酸甜苦辣感慨万端，潜意识便通过自由联想从心灵的底层源源涌出。在白先勇的小说中，意识流表现得最成功的是《游园惊梦》和《秋思》这两篇小说。《游园惊梦》主要借"游园惊梦"这出戏，台上台下相呼应的手段来表现意识流动。《游园惊梦》是根据汤显祖的《牡丹亭》改编而成，讲杜丽娘和柳梦梅的爱情故事。小说的主人公钱夫人当年是唱昆曲的女戏子，作了钱志鹏的填房之后，便一夜之间成了将军夫人。但一个不满二十岁的女子岂能在一个六十岁的老头子身上满足情欲，于是便与副官偷情，戏内戏外正好演着同样内容勾动钱夫人的五脏六腑，潜意识的不断流泻恰好表现出她的没落感。而《秋思》中的华夫人，虽然人到秋天，却不服老。她这个惯于养花的官太太，当年在南京时菊花"一捧雪"曾在她的生活情趣中起过重要作用，也最能触到她的灵魂："一阵凉风掠过，华夫人嗅到菊花的冷香中夹着一股刺鼻的花草腐烂后的腥臭，她心中微微一震，她仿佛记得，那几天，他房中也一径透着这股奇怪的腥香，她守在他床边，看着医生用橡皮管子，插在他喉头上那个肿得发亮，乌黑的癌疽里，昼夜不停地在抽着脓水，他床头的几案上，那只白磁胆瓶里，正插着三枝碗大一般的白菊花，那是她亲自到园里去采来插瓶的。园里那一百多株'一捧雪'都是栖霞山移来的名种，那年秋天，人都这样说：日本鬼打跑了，阳澄湖的螃蟹也肥了，南京城的菊花也开得分外茂盛起来。他带着他的军队，开进南京城的当儿，街上的老头子老太婆们又哭又笑……"这一大段意识流就是由菊花引出来，并和菊花有密切关系。《游园惊梦》和《秋思》这两篇小说，人物的命运、身份、地位、性别、经历、处境和当下的行动都基本相似，却产生不同方式、不同原因、不同象征的意识流，从而我们可以领略白先勇运用意识流的熟练程度和千变万化不拘一格的多样性艺术构思，还可以从这不同样式的意识流描写中看出作者广泛捕捉意象，将短暂的思想闪光化为永恒艺术形象的艺术家才智。

2. 多样化的象征手段，构成了作品中深邃的历史感和时代感。翻开白先勇的小说集，许多具有象征内涵的作品篇名展现在眼前：《国葬》《思旧赋》《游园惊梦》《岁除》《冬夜》《秋思》《永远的尹雪艳》等等。运用象征手法是大多数作家的本领，但在作品中以特殊事物作为象征手段，从而形成自己独特的风格，却不是所有的作家都能做到的。白先勇运用象征的特殊手段是采撷众多的历史事物唤起古今的共鸣，从而形成特有的、浓郁的历史感，进而凸显作品深邃的时代性主题。例如《思旧赋》这篇小说标题，原出自魏晋时期竹林七贤之一的向秀笔下，是为怀念竹林七贤代表人物嵇康所写的一篇赋。白先勇借古人之酒杯浇今人心中之块垒，但值得注意的是白先勇用这个题目唤起的情感与古之向秀有所不同。向秀是一种凄切的悲愤感，白先勇是一种无可奈何的惋惜情；一个是以正义之心控诉邪恶之罪，一个是以悲怀之情面对自己被吞没的历史洪流。"梁父吟"借用杜甫《登楼》一诗中的句子。白先勇以《梁父吟》为小说标题，隐喻郑板桥题写诗句的象征意义，描写朴公以诸葛亮自喻，表明自己"请缨有志，报国无门"的情感。作者一方面悲叹失败之不可避免，另一方面又寄怀某种空寂的幻想，将孙中山遗嘱中的"革命尚未成功，同志仍需努力"作为座右铭。作者并非呆板地以古喻今，或以今比古，而是为凝集某种历史的失落感、沧桑感，与作品中主人公的情绪产生共鸣，从而形成一种古、今对应。白先勇的作品熔中西和古今于一炉，既可以使读者品尝到西方现代派的表现艺术，又可以勾起读者对古之沉思，从中发现某些历史的规律性，体味出相隔几千年的时空里，却演出过一些故事、人物、内容仿佛极其相似的戏剧性的奇观妙景。

3. 熟练地运用色彩艺术。文学作品中的色彩艺术不仅古已有之，而且它已越来越多地成为当代作家们表达主题、塑造人物的方法和手段。在中国当代作家中关于色彩艺术的运用，还没有人能赶上白先勇。我曾在《论白先勇作品中的色彩描写》一文中，集中对白先勇在塑造"永远的尹雪艳"和"中国皇帝的公主"李彤两个人身上，分别成功地运用"白"和"红"两色，进行了论述。我以为，没有"白"就没有尹雪艳，没有"红"就没有李彤。白，象征着妖冶，象征着梦幻，象征着虚无和永恒，象征着惨白的雪，象征着酷烈的光。这雪能把一切都埋没，这光能把一切都熔化。因此，有了尹雪艳，国民党的大官小吏、巨商大贾、朝野人物都挨着死，碰着亡，一批批、一个个被那雪吞没，被那光所熔化。她一出现，几乎所有的人噤若寒蝉，被白光窒息。她比《西游记》中的白骨精还要厉害十倍百倍。白骨精虽然受到唐僧愚昧的保护，但毕竟有孙悟空的火眼金睛可以识破，金箍棒可以降服。而国民党中既无孙悟空的火眼金睛，也无孙悟空的金箍棒。因而面对这烈性堕落剂和腐蚀剂只好听之任之，由大陆到台湾，由百乐门到尹公馆，构成一条国民党走向死亡的线。作者虽然精心地塑造了这个白骨精式的"永远"不老的女人来象征国民党的不老，但奇妙的艺术反差效果，却变成了"永远的尹雪艳"之不死，就是国民党之死，因为国民党是没有能力抗拒那雪的吞没和光之熔蚀的。尹雪艳这个白色的妖精毫无疑问是国民党的克星。她不管在什么场合，什么时候永远是一身洁白，白色的皮肤，白色的衣衫，白色的绣花鞋。而《谪仙记》中的李彤，不管走到哪里都是一身鲜红。《谪仙记》中四个姑娘代表第二次世界大战中的"四强"，"李彤自称是中国人，她说她的旗袍红得最艳"。由此可见作者让李彤处处一身红色打扮，是要以红色象征中国。作者这样形容李彤："像一轮骤然从海里跳出来的太阳，周身一道道的光芒都是扎得人眼睛发疼的。"
"她那一身的红叶子全在熊熊燃烧着一般，十分的惹目。"李彤犹如一轮中
国的红日，升入了西方的天空。她在那里玩世不恭，任意闯荡，最后终于
坠入威尼斯河中。色彩在白先勇的小说中，不仅是主人公形象的重要组成
部分，而且渗入人物的性格；不仅是主人公外在的装饰，而且浸入了人物
的血液；不仅是酿造气氛的手段，而且具有作品主题的象征意义。诚然，
我们不能把文学创作中的色彩艺术强调到不适当的地位，但它作为诸种艺
术表现手段之一，在文学创作中也绝不应当被冷淡。

4. 以数字结尾造成诗一般含蓄无尽的意境。在白先勇的小说中，有两
篇的结尾非常新鲜而别致。短篇小说《金大班的最后一夜》和长篇小说
《孽子》，均用数字作结，以有数来表现无数，以脚下来展开长远。这样结
尾让小说在故事完结时，把意念推向遥远，构成全篇气象和主题的复沓，
使小说具有了诗一般的含蓄意境。《金大班的最后一夜》描写风尘女金兆
丽，由上海百乐门舞厅到台北的夜巴黎，当了二十年舞女，如今是最后一
夜当舞女，明天就要摇身一变成为老板了。在舞女生涯的最后一夜，金兆
丽遇到了一个童子男，把这个人搂在怀里使金兆丽顿时想起了她当年在上
海百乐门舞厅时的那个小情人月如。正当金兆丽梦酣意甜想入非非之际，
那个男的却说："这个舞我不会跳。"停下了脚步，金兆丽像饿狼抓住了绵
羊，像饿鹰抓住了小鸡，岂肯罢休。她说："'不要紧，这是个三步，最容
易，你跟着我，我来替你数拍子。'说完她便把那个青年男人搂进怀里，面
腮贴近了他的耳朵，轻轻地，柔柔地数着：一二三——一二三。"这个数字
结尾很妙，人们尽管去想象事情后来的发展和演出。这里二十年前的上海
百乐门舞厅和二十年后的台北夜巴黎产生了重影；这里二十年前的月如和
二十年后的小男人发生了重叠；这里金兆丽多年的梦幻重新复活；这里一
出新戏又在旧的梦幻中上演；这里头一个结束正是后一个开始的前奏；这
里两个舞台的脚步声同时产生交响；这里一切含蓄在一二三、一二三……
无尽地重复和前进之中。前面我们已经提到长篇小说《孽子》的数字结尾。
显然，作者是含着泪水在痛惜地叙述，但又不愿让孽子们彻底走向毁灭，

于是在作品结束时，作者故意上扬一下，点上一笔光明和希望。"在一片噼噼啪啪的爆竹声中，我领着罗平，两人迎着寒流，在那条长长的忠孝路上，一面跑，我嘴里一面叫着：'一二、一二、一二、一二'。"作者不仅把李青和罗平的跑步起点定在台北新公园同性恋的老窝，多年来他们的犯罪之地，而且把他们起跑的时间放在辞旧迎新的除夕之夜。毫无疑问，这预示着另一条道路，另一个时期，另一种人生的开始。

第五章
跨越流派的女作家陈若曦

第一节　一条坎坷而崎岖的路

　　陈若曦，本名陈秀美，台湾台北人，1938 年出生在一个木匠家庭里。她父亲是个民族观念极强的老工人，一生痛恨日本帝国主义，坚决反对日本人搞的"皇民化运动"，拒绝学日语，拒绝改日本名字。日本人一投降，他便立即将孩子们的日语教科书全部烧毁，并修好一个捡来的破收音机，让孩子们收听"国语教学"节目。陈若曦受到家庭的熏陶和影响，从小仇视日本入侵者，排斥一切日货，直到大学二年级，"受夏济安老师游说去看了武侠片《宫本武藏》，才有所改变。从此，我把日本人民、文化和政府区别开来"[1]。陈若曦在台北一女中和欧阳子、琼瑶是同班同学。她走上文学之道，一是同学之间互相影响，二是因家庭贫穷，要靠挣稿费上学。她说："除了争取学校的奖学金外，我唯有努力写稿赚钱——后者可能是我后来走上文学创作的原始动力吧！"[2] 中学时期，她最感兴趣的是教育，其次是新闻，因受到台北一女中女校长陈学珠献身教育终身不嫁的影响，"在她六年的身教言教下，我也一度矢志不嫁，准备走教育救'国'的道路。我理想的'国民学校'是十年制，强迫教育。那时最爱在白纸上涂画理想的校舍，必定留出宽大的空地，供师生耕耘花园和菜圃。"[3] "除了教育，我对新闻也感兴趣，曾梦想做个无冕王。"但是由于家庭贫苦，无力供她上

[1]　陈若曦：《述说四十六年》。
[2]　陈若曦：《述说四十六年》。
[3]　陈若曦：《述说四十六年》。

大学，"为了走读省钱，还是投考了台湾大学外文系"。就这样阴差阳错，陈若曦没能成为教育家，而成了一位作家；她中学时代在白纸上画的一叠叠美妙的教育蓝图，没能变为一座座校园，却变成了一部部动人的小说。陈若曦进入台大外文系之后，便开始了她的文学生涯。"台大一年级的'国文课'是必修，规定上下学期要交一篇作文。我尝试以小说代替，写了《周末》和《钦之舅舅》。"果然《钦之舅舅》受到老师的赏识和推荐，成了陈若曦小说道路上第一块基石。接着在夏济安老师的鼓励下她又写了《黑眼猫》等，在夏主编的《文学杂志》发表。那时《文学杂志》稿费很高，陈若曦的稿费和当家庭教师的收入，除了交学费、自用外，还常常贴补家里，援助妈妈。大学三年级时，陈若曦和白先勇、欧阳子、王文兴、李欧梵、戴天等在原校友组织"南北社"的基础上，组成了台湾"现代文学社"，创刊《现代文学》杂志。陈若曦是六十年代台湾现代派小说作家群中的活跃人物和骨干作家。她和白先勇等这批初出茅庐的青年作家兴起了六十年代的台湾现代派小说运动，台湾现代派小说运动也造就了这一批现代派作家。陈若曦在谈到那时的情况时说："白先勇当社长，王文兴和我管小说，戴天管诗，李欧梵负责文学评编和翻译等，欧阳子理财。为了节省稿费支出，我们规定同仁要定期写稿，我便是这样逼出了几个短篇小说。"1961 年陈若曦大学毕业，翌年，她的第一本小说集《招魂》（英文）出版。这本书的版税正好为她赴美留学提供了旅费。1963 年，她在美国霍普金斯大学遇到了学流体力学的段世尧。他们一见钟情，此后，陈若曦走进了一条五味杂陈，然而却是充满新鲜感的传奇之路。

　　陈若曦对从未谋面的祖国大陆山河，抱着一种神奇的、宗教般的虔诚和向往。她"常常抱着徐霞客著作，跟着神游名胜古迹。那时，日夜向往的是有朝一日登泰山观日出，上西藏高原采雪莲，不辞千里去寻找长江的源头……"，如今有了段世尧作向导，可以一展童年、少年、青年时期的美梦了。这是一个千载难逢之机，她更坚定了投身祖国大陆，为社会主义大业贡献才智的信心。这种美妙的理想和饱满的爱国热忱，使陈若曦的观念和性格都发生了变化。"我们的工农家庭出身，以及五十年代台湾的社会和政治情况，都在激发我要求改革的心情。终于，从害怕政治，我一变而热衷政治。"[1] 他们在回国之前不仅奔跑于美国东西海岸联络成立爱国读书会、小组，而且还购买了大量的马列和毛泽东著作，刻苦学习。"我们购买了《毛选》四集，精心阅读。世尧的枕头下压着一本《毛主席诗词》，睡前必朗读一首，有如教徒做祈祷。我的床头柜上是一本厚厚的英文《资本论》，规定睡前必读十页。""不但每日虚心学习，更盼着早日到大陆去接受脱胎换骨的改造。" 即使陈若曦夫妇如此虔诚，在有些人的眼里还是算不得"左派"。"当时有刚从台湾出来的同志，满口马列词，思想当然进步，俨然以领导自居。开会时，他们很少自我批评，专门批判别人的自我批评。也提'成分论'，但个个都以为自己像周恩来那样，已经背叛了自己的阶级，站到无产阶级这边来了。反倒是我这个唯一工农出身的，却动辄得咎，不时被冠以'资产阶级思想'，'右倾'，或'小资情调'的帽子。"可见，当时"左"已不限于国内，而是具有国际色彩的了。1966 年夏天，陈若曦夫妇满怀虔诚经欧洲回到大陆。他们的悲剧就在于他们生不逢时。饱学之士，却遇到了一个不要知识而且破坏知识的年代。于是他们在回国七年的时间里，不得不在惊讶、错愕、痛苦、迷惘和忍耐中度过。1973 年，他们终于在彻底失望中饮恨含憾离开了自己从小就憧憬的国土，经香港、加拿大又到美国定居。正是因为这一段经历，陈若曦成了海外作家中伤痕题材的独占者。因而陈若曦的悲剧不悲，"一分为二"的名言仍然应验在陈若曦身上。作为物理学家，段世尧回首七年，心怀悲叹；作为作家，陈若曦回顾七年，不无庆幸。

　　陈若曦的出身、经历和学识交互地对她的创作产生着影响。她的作品不是一幅幅素描，呈现着纯净的、单一的色彩，而是一幅幅色彩斑斓的油画，由多种造型和多种颜色构成。既不是纯现代派的，也不是纯乡土的；既有存在主义哲学的影响，也有象征主义艺术的吸收；既是写实的，又是超现实的。在创作思想和题材的选择上，陈若曦接近台湾乡土派，基本上是一个现实主义的写实派作家。她在《陈若曦自选集》的自序中说："我小

[1]　陈若曦：《述说四十六年》。

时候生长在乡下，家里来往的亲友不是务工便是务农，朴实无华。也许生活方式略有不同，但是他们对生活的追求和生活的奋斗，照样的狂热炽烈，七情六欲的表达更加真实、健康……这时，我下了决心，写作的目标便是刻画他们的生活。《辛庄》《妇人桃花》和《最后夜戏》便是这种尝试。"从想当作家起就决心要描写工农的生活，表现他们的思想和情感，这是一个现实主义的乡土作家最基本、最可贵的自我创作定向，这也是乡土作家和现代派作家最根本的区别和分野。但是，陈若曦大学学的却是西方文学，生活的经历、同窗的友谊、老师的教诲，又把她逼进了现代派作家群，使她成了现代派运动中的骨干分子。因而，她又是从现代派的大门里跨进文学王国的，她不可能不接受现代派的主张，受到现代派的感染。"《现代文学》标榜西方现代技巧，对文学上的意识流和哲学上的存在主义，一概进行横的移植。有这么整整一年，我醉心于此，并刻意模仿。《巴里的旅程》便是这段时期的代表作。大四时，我忽然领悟，这样模仿永远写不出'异乡人'的思想感情，东方究竟是东方。于是回头再写我所熟知的乡土人物。《辛庄》发表，承黎烈文教授鼓励，我从此和乡土写实主义结了缘。"[1] 陈若曦创作题材和主题上偏向于乡土写实，表现方法上偏向于现代；有的作品偏向于乡土，有的作品偏向于现代，因而，她是一个跨越乡土和现代之间的作家。陈若曦的著作很多，例如，短篇小说集有：《尹县长》《陈若曦自选集》《老人》《城里城外》《陈若曦小说选》《陈若曦中篇小说选》等。长篇小说有：《归》《突围》《远见》《二胡》《纸婚》等。散文集有：《生活随笔》《无聊才读书》《天然生出的花朵》等。此外，还有不少译著和论文等。

第二节　彻底否定"文革"，深切洞察人生

陈若曦的小说创作，以生活的自然流程断为三个阶段，界限鲜明。第

---

[1]　陈若曦：《述说四十六年》。

一个阶段为大学时期，即创作探索时期；第二个阶段为去国以后，即彻底否定"文革"时期；第三个阶段为八十年代，即以中、长篇创作为主走向成熟和深入时期。和其他作家一样，陈若曦在迈向文坛的初期，思想活跃，激情充沛，进取心切，像一个酷爱鲜花的少女初入花海，姹紫嫣红，应接不暇，有点手忙脚乱，不知应该在何处停下脚来，确定自己独具的芬芳和色彩，她东采一朵，西撷一片，造成作品的题材、主题和风格极不统一。那时，虽然陈若曦的作品不多，但却截然地分为两类。一类是接近乡土派的作品，如《最后夜戏》《辛庄》和《妇人桃花》等；一类是模仿现代派的产品，如《钦之舅舅》《巴里的旅程》《乔琪》等。但是，即使路向还没确定，风格还没形成的创作初期，陈若曦的选材还是以乡土题材为主的，其主题思想的表现也没有像早期的施叔青那样，陷入梦魇、死亡和性的迷阵中难以自拔。她的作品思想仍然是明确而清晰的，仍然是积极而健康的。

　　具有代表性的早期作品《最后夜戏》，描写了台湾地方戏，即歌仔戏旦角演员金喜仔的辛酸血泪。金喜仔本来是一个很红的演员，但是由于歌仔戏受西化之风和电影的冲击，一年不如一年，一天不如一天，加之金喜仔染上毒瘾，嗓子和身体俱被弄坏，并遗毒婴儿，因而处境变得极为困难，受到老板的训斥。老板恶狠狠地对她说："早告诉过你啦，歌仔戏院不是养孩子的地方，那个时候那么想要孩子，为什么不跟那个茶商去？嘿！今晚居然没有讨照片的！金喜仔，不是我翻脸不认人，这样下去总不是办法，弟兄们要吃饭哪。合同下个月满，你多多考虑考虑吧。我可是把话说在前了。"作者通过金喜仔三下芦州乡，三次演出的变化，把演员的命运和歌仔戏的命运糅在一起，说明其每况愈下的原因和背景。从演员角度来说，第一次来时十八岁，年轻漂亮，充满魅力，于是不仅戏票一抢而空，而且还卖了一百多张站票，如今人老珠黄拖儿带女竟然要被遗弃；从歌仔戏的角度说，如今附近的一家电影院正在放映美国电影，"女人不穿上衣，露出大腿，和男人亲嘴……"中国的乡土文化被西方的色情文化所吞噬，观众无情地被拉走，于是濒临绝境。作品写得深刻之处在于作者没有孤立地去描写金喜仔的不幸命运，也没有孤立地去表现歌仔戏的衰落，而是把金喜仔的不幸和歌仔戏的衰落与台湾社会变迁的背景相联系，从而发掘出了其深刻的社会和历史意义。就像一件凶杀案，不仅抓获了作案的杀手，而且逮住了背后的教唆犯。

《灰眼黑猫》突出地表现了反封建的主题。天真、活泼、美丽的村姑文姐被满脑子封建思想并贪财的父亲，卖给当地首富朱家的恶少。朱家表面仁义道德，实际男盗女娼。朱家父子好色成性，父亲三个老婆，其中一个姨太太被大太太虐待致死，儿子朱大年"吃喝嫖赌无一不精"。这样的家庭就预示了文姐的不幸。文姐过门后，一次一个灰眼黑猫蹲在衣橱里，不久朱家老头暴死。朱家把黑猫和文姐看作恶兆，于是把朱老头之死归罪于黑猫和文姐。之后，对文姐进行虐待，将文姐的孩子夺走，致使文姐精神受到刺激疯癫而死。作者把黑猫和文姐的命运连在一起，不仅造成了一种扑朔迷离的神秘气氛，而且揭露了封建迷信的危害。虽然这反封建的主题并不新鲜，但作为出生在台湾农村的陈若曦，刚刚踏上文学之路，就以自己的笔为自己姐妹的不平而呼喊，自有一股亲切感人的内涵。

陈若曦为了表现作品的主题思想，不管在任何一部作品中，都比较注意作品对人物的历史和社会背景的描述。比如，被人们称为"失败"之作，也被陈若曦自己说成是"有这么整整一年，我刻意模仿，《巴里的旅程》便是这段时期的代表作"的作品里，也通过巴里这个主角的眼睛，摄下了许多具有时代色彩和思想内涵的生活镜头。其中有招摇过市的妓女；有蓬头垢面的女乞丐；有"憔悴着一张黄脸，瑟缩坐在一级石阶上，怀里揣着一个铅灰婴儿"却找不到婴儿父亲的失足女青年；有起哄将一个流浪汉掷向那对母子以开心的围观者……这些社会背景本身就具有思想意义，就是作品主题的呈现过程。了解了这一点，再去读陈若曦其他作品就会明白，那些生活细节和见闻的描述，并非等闲笔墨，而是透露作品思想和情趣的一个不可缺少的窗口。

陈若曦创作的第二个时期，即去国后的"伤痕"文学，在她的整个创作中，占有举足轻重的地位。她的《尹县长》中的六个短篇具有强烈的现实意义。1973年陈若曦离开内地到香港后便写出了《尹县长》和《耿尔在北京》两个短篇，先后在香港《明报》上发表。这两篇小说，先在海外华人中引起强烈反响，不管是从陈若曦当时的动机和她至今仍然热爱祖国，热爱大陆，热爱社会主义的实际行动看，还是从陈若曦那些作品自身呈现的思想看，都不能把它和所谓"反共""反华"的字眼连在一起。不但不能连在一起，甚至还可将她的作品看成数年后国内崛起的"伤痕"文学的先驱，看成彻底否定"文化大革命"的前奏。陈若曦对"文革"的怀疑甚早，她说："六六年夏天，我们终于离开美国，经由欧洲去大陆。八月在巴黎等签证时，从报上得到老舍自杀的消息。我一向崇拜老舍，他的死使我对于蓬勃开展的文化大革命，很快发生了疑问。"[1] 陈若曦说："我并不欣赏中国七十年代以前的共产主义制度，但是仍然拥护社会主义的一些理想，而自小养成的强烈民族主义意识，也不允许把自己变成中国的敌对者。我是台湾人，最是思念故乡的亲友，然而怕当'反共作家'，也怕误会为'反华'者，我一直不敢作返乡行。"[2] 有人曾一度误把陈若曦视为同道，后来他们发现，完全不是那么回事，于是连她去台湾探亲也受到刁难。陈若曦在《尹县长》集子中体现的思想面是比较宽的。《尹县长》中通过爱国起义军官尹飞龙的被杀害，揭露了"文化大革命"杀害的是最忠实的共产党的干部，并彻底地破坏了共产党的对待起义人员的政策；通过耿尔和老傅等形象的描写，揭露了"文化大革命"对知识分子的迫害；通过对任秀兰等形象的勾画，揭露了"文革"是一场内乱。就思想的深邃性来看，《晶晶的生日》和《耿尔在北京》最为突出。《晶晶的生日》中作者刻意描写了两个儿童，一个是晶晶，一个是冬冬。他们都非常天真、活泼、纯洁、无瑕，脑子里是一片期待春播的处女地。他们还没有能力去分辨政治风云中的好和坏，更无法去判断大人物之间的是与非。路线斗争、阶级斗争对他们来说风马牛不相及。但那些信奉"左"倾的人们，却硬要把六七岁的儿童也卷进政治风云中。《耿尔在北京》中，写得最具思想深度的人物是小晴。小晴这个温柔美丽的姑娘爱上了一个比她大三十岁的知识分子耿尔，俩人热

---

[1] 陈若曦：《述说四十六年》。
[2] 陈若曦：《述说四十六年》。

恋着，就要准备结婚了，但是一场"大革命"摧毁了他们的爱情和婚姻，而且小晴参加工宣队后变成了一个毫无情意的政治机器。熟知陈若曦的台湾现代派诗人叶维廉对陈若曦的《尹县长》集子中体现的思想评价道："她在小说里的抗议，不是那简单而含糊的'反共'二字可以说明的，我们或可如此说，她基本上是相信社会主义的可行性的，她反对的是现行制度硬化后的形式。"[1]　由于视野的限制和情感冲动之故，陈若曦的《尹县长》偏于揭露而疏于剖析，而且对于"文革"悲剧的根源过于归咎某个人的责任，而缺乏对它产生的历史和时代背景的分析。这表现作者观察事物的全景性和深邃性，判断事物的冷静性和科学性还比较欠缺，这和陈若曦是属于感情形态的作家，关系极大。

七十年代后期，陈若曦即进入了以中、长篇小说为主的创作阶段。此一阶段，她以成熟的笔触探入了海外游子生活的领域，奋笔疾书他们的生活和命运，他们的情感和品质。长篇小说《突围》，描写了在美国教授中国文学的华人教授骆翔之。他是杭州人，有着深厚的民族情感。六十年代曾打算回国教书，但是由于理想中的《近代中国文学史》没有写成功，想先立名后回国，加之母亲的阻挠，便没有成行。进入七十年代后，因台湾留美女学生"美月闯进了他的课堂，也攫住了他的一颗心。他爱美月，兴趣也跟着转到台湾"。他和美月结婚生子后，感情慢慢淡漠，又和从杭州来美留学的姑娘李欣欣打得火热，两人曾背着美月在外同居。他允诺离婚后与李欣欣结婚，气得太太离家出走，家中留下一个患自闭症的孩子，弄得他狼狈不堪，于是打消了离婚念头，急盼妻子回家。而作品中的另一主角李欣欣，杭州人，因多年代骆翔之的老母给翔之写信，便蓄谋通过骆翔之的帮助去美国留学。当她到达美国后，因各方面都要靠骆翔之帮助，便和五十九岁的骆翔之一起鬼混。李欣欣像一个闯进别人果园里摘桃子的盗贼，胆怯心虚，却又执着任性。当破坏了骆翔之的家庭，给美月造成了精神上的剧痛之后，她还有一套自欺欺人的理论，把责任推得一干二净。最后骆翔之夫妇和好，李欣欣却在自我矛盾中作了失败者。"我的理智说，你应该

[1]　《陈若曦的旅程》（《尹县长》，第23页）。

马上走；可我的身体说，你要留下来。我就是这么挣扎过来的。翔，随你吧，如果你愿意面对明天的麻烦——不过，也是最后一次了。"书名"突围"，表面是写骆翔之的孩子从自闭症中向外突围，从隐蔽的深层象征意看，是李欣欣从不正常的情感和爱情关系中向外突围。作品不是简单地描写三角的男女情感纠纷，探索家庭和睦之道，而是从深层意义上探讨中西文化的冲突。作品中的林美月是个贤妻良母型的人物，是中国传统文化的代表，即使浸泡在西方文化的大染缸里，她也不变颜色。在中西文化冲突中失落的一群是骆翔之、李欣欣等。陈若曦描写中西文化的互相冲突和渗透，完全是通过人物的生活、情趣、爱好，通过人物的性格活动来体现的，她的另一部长篇《纸婚》和《突围》的题材、主题乍看相似，细究则不同。这部小说描写了中国大陆姑娘平平自费到美国留学，为了筹集学费到餐馆去打工受到老板调戏。因反抗老板，被其告发，美国移民局限期离境。正当平平进退维谷时，美国青年项帮助了她。"在我惶惶然如丧家之犬的时刻，他伸出了援手。"为能拿到绿卡，获得永久居住权，项和平平进行了假结婚，即"纸婚"，骗过了移民局的眼睛，帮平平渡过了难关。但是当平平将要离开项之际，项却患了不治之症——艾滋病。此时如果从个人考虑，平平正好趁机离开项去读自己的书，但是平平却在项众叛亲逃的情况下留了下来，对项进行了无私的体贴和照料。如果说这部小说和《突围》一样是表现海外华人孤寂的漂泊灵魂，倒不如说它侧重于东西方文化的对比，从而表现西方世态的炎凉，人情的冷漠。平平的假美国丈夫项患艾滋病后，父亲见弃，朋友纷纷逃离，以及平平初到美国后姑妈的冷漠，都十分深刻地画出了西方生活的世相。

第三节　象征、哲理、情趣

陈若曦作品中激情的洪流，使人感到有一种巨大的冲击力。它席卷着、推动着读者的心灵随着这洪流向前，无岸可泊、无站可停。这种情况最突出地表现在她早期和中期的作品中。叶维廉评议道："她那时期的小说，情绪激溢，语言夸张，着重戟刺，小说的进展被强的未受节制的主观意识及偶发而具爆炸性的潜意识活动所左右，而这些文字现象又是由于她缺乏一种熟思的完整观念的视界，作为她所批判或抗拒存在现实的准据。因而也无法构成强烈的悲剧意识。"《尹县长》中的篇章之缺乏历史和时代的宏阔视野，缺乏人物命运和时代命运相联系、相交织的深邃思索，就是上述原因造成的。陈若曦进入中、长篇为主的创作阶段后，便注意克服这种局限，运用哲理的手段和象征手法使主题得到深入。陈若曦的作品在艺术上表现出下面一些较为显著的特色。

1. 哲理手段的运用。哲理在文学作品中是深化主题的有效手段之一。小说中常常有这样的情况，经过大段大段的故事情节和人物活动的描写，如用具有哲理性的语言稍稍一点，其意义便骤而升华，给人拨云见日之感。比如《纸婚》等作品中就多次运用哲理手段来激励和启迪人们的思考。《纸婚》后半部的"感恩节前夕"一节中写道："每个人有各自的理由感恩戴德，但是一个人的甜食却可是他人的砒霜。当众多美国人为了纪念最早移民安抵美洲大陆，纷纷购买火鸡并制作南瓜饼过节时，电视却揭露了历史的另一面。印第安人也集会纪念同一个日子，但目的在忆甜思苦，他们抗议白人鲸吞土地和杀戮族人；控诉白人摧毁文化并且灭族灭种。"美国这感恩节对印第安人来说不但无恩可感，而且是激起愤怒和仇恨的契机。

2. 象征手法的运用。《突围》是多层象征手法的套用。就作品的整体来说是一种人物命运的集体"突围"；是一种观念形态的"突围"。但它又象征着小琴从"自闭"中向外突围，这是第二层象征。以小琴的"自闭症"来象征李欣欣从不正当的情感和爱情关系中突围，为第三层象征。因而我们可以说，这部小说是一种象征结构法。陈若曦的早期作品象征手法运用也非常成功。像我们上面谈到的《灰眼黑猫》中灰眼黑猫和文姐不幸命运之间的象征性，《巴里的旅程》中以自然环境的黑暗象征社会的污浊等。

3. 细腻生动的细节描写。小说的感染力虽然是一种作品的综合效应，但是，生动、真实的细节描写，却是造成作品感染力的主要因素。陈若曦是一位细节描写的高手。首先请看《耿尔在北京》中的一个细节。耿尔在

"文革"中去餐馆吃饭，"乘别的座客忙于点菜付钱，他从中山装的口袋里掏出一个小瓶，取出两团酒精棉花，把一支筷子拿到桌下，用棉球擦拭了一番；小碗也如法炮制。"这个细节首先表现了耿尔的身份和性格，同时也表现了当时的气氛和环境。他来吃饭前事先准备好了酒精棉花球，表明了科研人员的精细，同时也表明"文革"中小餐馆一贯脏和乱。耿尔把手伸到桌子下面拭擦筷子的潜台词一是怕别人骂他"穷讲究"，二是当时知识分子动辄得咎，形成一种下意识的避祸动作。再请看《突围》中作者描写林美月出走后，骆翔之和她通了电话，向她说出"美月，这个家不能没有你，孩子需要你，我……我也离不开你"时，"她痴痴地盯着电话机，周而复始地咀嚼着丈夫的话。双手交叉贴在胸口时，才发现手在颤抖。心情却是轻松的，好像刚刚经历了一场疾风骤雨，现在雨过天晴，心上也是一片爽朗"。这细节生动逼真地说明了一个被迫出走者获得期待后的形体和心灵状态。

第六章
着力探索心灵艺术的欧阳子

第一节　没有童年的女作家

　　被称为台湾大学外文系才子派的女作家欧阳子，常常为自己没有童年而叹息。的确，一个作家的童年犹如一切植物之幼苗时代，幼苗苗壮的树和先天不足的树，其生长发育便大不一样。欧阳子在台湾现代派作家林中，是一个才华出众，但却先天不足的作家，她的作品大都生活基础比较薄弱。

　　欧阳子，本名洪智惠，1939 年出生于日本，台湾南投人。欧阳子的祖父洪炼，是当地的一名乡绅，也是台湾的名士，十分重视对子女的培养，日据时代将欧阳子的父亲洪逊欣送到日本留学。洪逊欣学成后留在日本广岛法院任职，因此欧阳子便出生在日本广岛。由于洪逊欣调到冈山市法院任职，全家才免于原子弹之灾。欧阳子的童年，即小学时代在日本度过。1945 年日本帝国主义投降后，洪逊欣辞去日本法院之职，带着妻女返回台湾。欧阳子的童年丢在日本，对她的文学创作是个相当大的损失。她说："就创作来说，我在日本度过童年的事实，对我十分不利。绝大多数的人，记忆中的童年，是温馨的，美好的；童年时代接触的人物，在回忆中多是朴实无华、善良无比。我自己也有一些这样的童年记忆和印象……在我有了国家观念之后，尤其在我了解了日本侵华的历史之后，当然就不愿意也不能够再提的了。试想，有过日军在南京的大屠杀，我还有什么心情，什么权利，去追叙我心爱的一年级老师，在抗战末为'大日本国'慷慨捐躯，所带给我幼小心灵的强烈震撼？所以，在写作生命中，我是一个没有童年的人。这是很吃亏的。看看中外古今多少文学作品，特别是长篇小说，都和作者本人的童年经验有不可分离的关系!"[1] 欧阳子在台北一女中读书时，即十三岁便开始写作，高中毕业时她发表的散文竟也剪贴了厚厚的一册。欧阳子说："高中时候，直到大一，我的专长是写抒情文与散文诗。文字充满浓厚的梦想色彩，总是写得凄婉哀愁，柔肠寸断似的，却赢得'国文'老师'意境超轶''美哉斯文'等佳评。有的同学比喻我是'张秀亚第二'，更使我得意万分。"欧阳子开始写小说，是进入台湾大学外文系，到了二年级和陈若曦、白先勇等一起创办了"现代文学社"，出版了《现代文学》杂志之后。自从写小说后，欧阳子的文风一变"超轶"而为"冷静的心理写实"。她说："在上《英国文学史》的时候，夏教授偶然闲谈起年轻人写文章的通病。那便是温情意味太浓，形容词太多，陈腔滥调遍布，内容虚幻不实，不客观，不冷静，缺乏理性控制……我觉得简直就是针对我而说的。夏教授也是同样一句话：'人生不是这样的。'所以，后来我们办《现代文学》，我试写小说，就乘机把作品的风格和题材改换了，开始以冷静分析的手法，从事心理写实。"[2]

欧阳子是台大外国文学系毕业的，大学四年攻读西方文学。大学毕业后于1962年又赴美留学，进入艾奥瓦大学小说创作班专修西方小说，1964年获硕士学位。1965年随丈夫到南部得州奥斯汀市定居。欧阳子先后曾在艾奥瓦大学、伊利诺伊大学等研读亨利·詹姆斯、海明威、福克纳、萧伯纳等的小说和戏剧，《基督山恩仇记》《简·爱》《小妇人》《查泰莱夫人的情人》等西方名著曾强烈地打动了她的心。弗洛伊德的学说、西方的存在主义哲学、美国心理学家阿蓝·佛罗姆的心理学对欧阳子也有深刻影响。因而欧阳子的小说，在台湾现代派作家中是属于反传统的西化之作。欧阳子在谈到她的创作受到西方文学的影响时说："那时我刚修过福克纳，满脑子都是他的作品。学期报告我写的是'《当我垂死时》之结

[1] 欧阳子：《关于我自己——回答夏祖丽女士的访问》，庄明萱、阙丰龄、黄重添选编：《台湾作家创作谈》，海峡文艺出版社1985年版，第160—161页。
[2] 欧阳子：《关于我自己——回答夏祖丽女士的访问》，《台湾作家创作谈》，第160—161页。

构与语调'，我采用从爱荷华创作班得的新批评法，详细论析福克纳的这一名著，当时极受教授的赞赏。大概因为我太用心写这份报告，印象久留不去，数月后写小说《近黄昏时》，我竟也跟着试验起多重观点的运用，不同语调的运用。甚至小说人物，母子之间的暧昧感情等等，也有点是取自《当我垂死时》。所以后来我的小说遭受攻击，有人骂《近黄昏时》不像中国人的作品，我也无话可说。"台湾批评界对欧阳子的小说有褒有贬，褒者大都从作品的艺术技巧方面给予肯定；贬者大都从内容方面进行批评。的确，在心灵解剖方面，不管是台湾的现代派作家，还是乡土派作家，都无人与欧阳子相抗衡。因而"心灵的外科医生"和"心灵艺术家"的称号，对她来说当之无愧。但就作品内容之贫血和苍白而言，台湾批评家们也无疑击中了要害。何欣在《欧阳子说了些甚么》一文的结尾，这样概括欧阳子的作品："《秋叶》集里的人物，便都是些缺乏思想、缺乏性格的浮萍。我们无法相信台湾大学文学院里那批高材生就只生活在以报复、以诡计为基础的爱情里，我们也难以相信三四十岁的妇人们生活目标只不过是宜芬丽芬变态性冲动，或兰芳敦敏的阻挠儿子恋爱以免自己陷于空虚。也许由于这些，《秋叶》集里的故事都缺乏力量，推着故事发展的那种汹涌大浪的力量，也缺乏声势夺人的紧张；更缺乏咄咄逼人的现实感。"欧阳子的小说不算多，甚至可以说是太少，但人们却都承认她是台湾现代派中的大家之一。假若欧阳子的作品不是在艺术上有着不可取代的独特地位，假若欧阳子的作品毫无内容可言，欧阳子是不可能凭空得到这顶桂冠的。

第二节　苍白中呈现的红晕

在评价欧阳子的作品思想时，不应以陈映真和黄春明的作品主题来要求。欧阳子小说的主题有下列几点值得一提：

1. 进行人生"突围"，争取个性解放。这一思想表现得最突出、最成功的是《素珍表姐》。作品中的女主角理惠和她的表姐素珍从小一起生活，一起长大。"素珍的阴影，却总是覆罩着她，浓浓重重，使她一次又一次丧失了自己。"理惠在素珍面前也充满自卑感，她"对表姐唯命是从，跟着跑前跑后，由她发号施令"。到了初三，理惠开始觉醒，她运用一切方法，也包括不光彩的手段，要超过素珍，把自己变成强者。学习上她发奋图强，由全班的第二十几名一下跃居第二名。她夺表姐的女朋友余丽真，她也不惜像琼瑶《烟雨濛濛》中的女主角陆依萍夺其同父异母妹妹的未婚夫一样，去夺素珍的未婚夫。在这种生命突围、个性解放的斗争中，理惠虽然没有大获全胜，但却有了出人头地的时刻。应该说理惠是欧阳子笔下个性解放中唯一的女英雄。《秋叶》中的敏生，为了从父亲的孔孟之道说教中获得解放，不惜和自己的后母宜芬进行乱伦之恋。欧阳子的小说中还有一类自我解放者，是没有成功的茧中"英雄"。《半个微笑》中的少女汪琪，她很不情愿扮演"人家要她扮演的角色：用功、规矩、拘谨、持重，虽然她明明知道这并不是真正的自己，她没有办法，她是个懦夫"。汪琪也曾多次为恢复自己真正的角色，去掉罩在头上的假面具而设想过，激动过。她的失败就在于她是一个口头革命派，不但没有任何实际行动，而且一面幻想着解脱却一面继续在做茧。"她绝望了，从来没有这样绝望过。她眼看自己辛辛苦苦脱下一副假面，原不过是为的另换上更可怕、更虚假的一副。她永不得为自己生活，她永远必须演戏。"

2. 中西方文化冲突，是许多海外作家笔下常出现的主题。欧阳子的小说《考验》，描写了中西方文化冲突的两条线索。一是由一百多位台湾和香港的留学生及大陆（内地）教授们形成的反对西方思想，固守中国文化的"中国集团"。他们"总是聚在一起，吃中国饭、说中国话、固守一切中国习惯，并坚持排拒一切美国思想、美国作风。"他们在汪洋般的西方文化大海中，凝聚成一个独立的中国精神的小岛，抗击着西方文化风暴的冲击，抗拒着西方精神的侵入。另一个线索是女主角美莲和美国青年保罗的恋爱。美莲认为东方文明"已经过时，不合时代潮流的"，而保罗却是中国传统文化的崇拜者，经常畅谈"他对东方精神文明的倾慕，对西方物欲主义的厌恶，并大大赞扬儒家思想，把孔子捧得比神还伟大。"这两个各自背叛自己文化的青年男女，虽然他们在外表上有着各自的吸引力，但由于文化观念的各自背叛，而终于爱情之丝断绝。作者似在表明传统文化的根深蒂固，东西方文化之难以交融，即使在各自背叛的情况下，也难以合而为一。

中西方文化的冲突，在《秋叶》里表现得尤为突出。中国文化的象征启瑞，虽然在美国教书，但却出淤泥而不染。而启瑞的混血儿敏生，成为中西文化冲突的交点。他身上既有中国人的血统，也有美国人的遗迹。东西方文化在他身上汇集，又在他身上争夺，因而他"长期地探索自我的挣扎，我问自己，我到底是谁，我究竟是爸爸，还是妈妈？是东方人？是西洋人？是中国人？是美国人？……两股力量，在我胸中，相扯相斗，输赢难分。我有被撕裂的感觉，永远痛苦，得不到安宁"。欧阳子通过敏生这个人物，将东西方文化冲突人格化，从而表现出这斗争的尖锐性和内在性。不过在欧阳子的笔下，中西方文化冲突中，东方文化是个失败的角色。《考验》里一百多人构成的"中国集团"反对中国姑娘美莲与美国人保罗的关系，但美莲却顶住压力投进了保罗的怀抱；《秋叶》中启瑞花了那么大精力去争夺敏生，但却在不动声色的西方文化面前失败。敏生不仅几乎夺去了他的少妻宜芬，粉碎了孔孟的长幼尊卑之道和孝悌观念，而且最终离开启瑞而去，到芝加哥去寻找他的美国母亲去了。这里作者以异国的一男一女结合又分裂，来显示东西方文化之不可调和，以敏生反对父亲，向往母亲，而最后又奔向母亲，来显示东方文化在较量中之失败。这里虽然是作品中人物之活动，但通过对人物的刻画和褒贬，也表达了作者的文化观念。和许多留美作家把东西方文化冲突和浓郁的乡愁结合在一起，从而表现出对中国传统文化的深切眷恋相比较，欧阳子的作品在表现中、西方文化冲突时，却和乡愁没有关系，两者是隔离的。

3. 描写没有爱的婚姻之不幸。没有爱情的婚姻是不幸的，这一点虽然为人们所公认，但是却因种种原因没有爱情的婚姻层出不穷。而且，很多又都是发生在当事人自愿的情况下。在现代社会里由于生存的需要，有的人利用优越的经济条件和地位，去购买色相和情欲，而另一部分人却因生存需要去出卖自己的色相和情欲，于是感情上的缺陷被金钱、荣誉作了掩盖；常常婚姻上的不公平等被别的欲望来填补。这样虽然没有爱情，但却双方自愿的婚姻就屡屡发生。《秋叶》中的宜芬，原来的丈夫鸿毅是个飞行员，"飞行训练尚未完结，就遇难身亡"，自己成了一个年轻寡妇，身价顿跌，便贪恋比她年长二十岁的启瑞"有雄厚的经济基础"，又有"很高的声望"，委身于他。但金钱可以满足她的生活欲望，提高她的享受，却满足不了她感情需要，解决不了她欲火的冲动，于是当敏生向她挑逗时，她"突然觉得自己枉费过去的青春，一下子全都回来了，取之不尽似的"。《近黄昏时》中的四十多岁中年妇女丽芬"小时候算命先生总说你命好，现在瞧瞧，你落个什么下场。嫁得个不是你丈夫的丈夫。剩得个不是你儿子的儿子"。这说明她与比她大二十多岁的丈夫永福是一桩不幸的、没有爱情的婚姻，因而她就和一帮小男人们鬼混。"那些男孩儿们，一个个来又一个个走，总是把从你身上学到的，用到年轻女孩子身上去"。于是她成了一个性欲狂，死死抓住与她儿子一样大的余彬不放。《花瓶》中的女主角冯琳本来热恋着自己的表哥，但却与自己不爱的石治川结婚，于是两人互相争闹，进行报复，差点儿在月光下被丈夫掐死。"为什么没把我掐死，谅是你怕，你没有这胆量。"《网》中的余文瑾本来爱着唐培之，但却和没有爱情的丁士忠成了鸳鸯，所以婚后还暗与唐培之来往，两人的信被丁士忠抓获，闹出了一场不小的风波。《魔女》中的魔女与丈夫结婚二十年还每月背着丈夫去和情人约会同居，最后受到女儿报复。在欧阳子的小说中，除了《最后一课》外，没有一篇不是描写爱情的，但奇怪的是却没有一桩爱情是美满幸福的。全都是残缺不全，或移情别恋，或三角并进，或始恋终弃，或老少搭配，或夺爱报复，或母子乱伦等等。欧阳子的笔下，虽然全是残缺不全的不幸爱情，但是由于这些人物奇特的心理和超出常规的行为，却没有酿成真正的悲剧意识。那些激人悲悯的悲剧意识，都被悲剧角色的反常行为驱跑了，或冲淡了。因而很少能激发人们的同情和共鸣。欧阳子为了追求作品的戏剧效果和新奇，在某种程度上却以牺牲作品的悲剧意识和人物性格作了沉重的代价。

第三节 心灵艺术上的突破

欧阳子小说的成就突出地表现在她对人物心灵的解剖上。她在《那长头发的女孩》一书的自序中说："对于人类复杂微妙的心理，我一向最感兴趣。我喜欢分析探究人类行为的动机。因此，我的作品内容，常是叙述并解析一个人在某种情况下，面临某种难题时，会起怎样的反应，会做怎样的抉择。他之有此反应，做此抉择，一定有其必然的道理，而这道理常可从他的环境、他的过去、或他的天性中，追溯得出、分析得出。"[1] 从这段话中我们看出，一、作者创作的目的和动机都是建立在挖掘人物内心世界基础上的；二、作者探索的是人物心理活动的全过程，并非心灵片段；三、作者是把人物放在面对难题时的心灵撞击和抉择上；四、探索人物做出此种选择的内外因素。像欧阳子这样，把创作的重心放在对人类内宇宙的开拓上，有计划、有目的、有策略地去探索人物的心灵世界的台湾作家，还是不多见的。这种创作路向，实现了这样的转变：一是文学功能由反映和描绘人的社会生活等的外部世界，向人的心灵，即内部世界的转变；二是创作方法上的由反映、描绘可见世界向开掘和探索隐秘世界的转变。因而在欧阳子的作品中大量的不是描绘和反映人物的社会活动和外部形态，而是探索人物那种未公之于世，或不便公之于世的心灵内幕。为了达到这样的目的，欧阳子为自己铺展了通向心灵的广阔之路。

1. 选择情节不太复杂，人物比较少，但却具有丰富心理内涵的事物。这种选择可以避免把大量的笔墨挥洒在故事和情节的交代上，而把节省下来的笔墨充分地运用到人物内心世界的刻画上。比如《花瓶》，始终就是两个人物，情节也非常简单。小说男主角石治川和女主角冯琳，夫妻俩生活在没有爱情的婚姻中。石治川狭隘、自私，把妻子当作玩赏的"花瓶"，一心要在妻子面前显示大男子的自尊，但却无能为力。他的一切，甚至连心理活动都被冯琳看得一清二楚。一天夜里，"石治川坐起身，聚精会神地凝

---

[1] 欧阳子：《那长头发的女孩》，台北：文星书店1967年版，第2页。

望这沐在月光中的美女。于是，慢慢地，他开始爱抚她的肉体，他首先将手搁在她的小腿上，然后缓缓向上移动。他抚摸她平滑的大腿、丰满的臀部，接着又抚摸她柔软的小腹、隆起的乳房。最后，他将手停留在她脖子上。她的脖子是如此细小，这般纤弱，只须他用力一扼，十来分钟即可解决一切。他自信有这股力量。一切都极简单。"连石治川这样细微、隐秘的罪恶心理，也没能瞒过冯琳。"为什么你不扼死我？谅是你怕，你没这胆量。"石治川既爱她，又怕失去她；既想在她面前摆出大男人的样子，但又妒火攻心，没有谅解她与表哥藕断丝连的气概；既想独占她，又想在占不了时掐死她；既想掐死她，又没有杀人的胆量，于是只能"全身软瘫，精疲力竭，再也动弹不得"。石治川这个人物集狭隘、自私、嫉妒、猜忌于一身，这样的人物心理内涵最为丰富，最适合作心理揭示的对象。女主角冯琳，美丽漂亮，不甘受无爱情婚姻的熬煎，于是红杏出墙，和表哥明来暗往。她在石治川面前，一切都明白如镜，但却大智若愚，不到关键时刻不出击，出击必胜，打得对手无招架之力。这样富于心机的人物，当然也是心灵艺术家最乐意解剖的对象。《花瓶》人物只有两个，故事极其简单，但心理内涵却极为丰富，最适合心理开掘。和《花瓶》一样，《半个微笑》等，也是人物少，故事简单，但心理内涵却极为丰富的典型。

2. 让矛盾冲突去撞开人物深邃的心灵。人们的心灵有如原子，有外壳有核心，不经原子旋转加速器撞碰，就很难见到原子核而释放出能量。如果说原子旋转加速器是击出原子心灵火花的手段，那么矛盾冲突，则是击出人类心灵火花的机器。正因为如此，欧阳子与一般作家不同，不是先从人物出发来结构故事，而是先选择有冲突的事件来设置人物。她说："我差不多的小说题材，都是关涉小说人物感情生活的心理层面，以及他们的自我觉悟过程。多数人写小说，常是先想出一个人物，然后围绕着这一人物，构选出情节故事。我却有点不同，我总是首先想到一种处境，或困境，继而推想，一个具有某种性格的人，在陷入这样的困境时，会起怎样的心理反应？会采取怎样的实际行动？而这个主角最后采取某种行动，或显露某种表现，一定和他对于该困境所起的心理反应，有直接而必然的关联。"欧阳子这里所说首先选择一种困境，然后看人物怎么对待这种困难，有怎样心理反应，就是选择矛盾冲突，就是要在激烈的矛盾冲突中观看撞击的火花，从而捕捉人物心灵的真谛。因为深埋在心灵深处的东西，不像人物的形体活动，只需要进行一般观察便可获得，如包藏在外壳内的核桃仁，必须敲碎外壳才能到口。欧阳子寻找困境的过程就是寻找敲开人物心灵外壳的武器，把人物内心的核桃仁裸露出来。例如《魔女》中倩如的母亲魔女，与丈夫婚后二十多年的时间里，固定借口每个月去鹿港看母亲而去和情人赵刚同居一次。而赵刚却是一个玩弄女人成性的人。撞开这样女人的心灵世界是件很困难的事，但作者却抓住她是"魔女"这特点，揣摩"魔女"必然最经不起嫉妒之火的攻击，于是便设置了由她的女儿倩如把一位风骚的女同学美玲塞给赵刚，于是，嫉妒之火使魔女发疯，嫉妒之火烧开了这颗麻木的心灵。欧阳子不仅善于选择矛盾，而且非常善于组织戏剧性的冲突，随着作品情节和人物性格的发展，适时把矛盾激化，引入高潮，使人物的心灵在矛盾的巅峰上获得最充分的展示。

3. 把人物置于自我矛盾的状态中。最典型的作品是《半个微笑》《网》和《美容》等。《半个微笑》中的少女汪琪，一直被套在一个假面具里，她明明知道"用功、规矩、拘谨、持重……这并不是真正的自己"，很想突出重围，还其生动活泼的少女真相，但她没有勇气。"大家都把她看成一个过分'正经'的女孩子，正经得只会念书，连个电影都不看。但我不是呀！我并不是这样的呀！汪琪心里呐喊着：就算我是的话，也是你们这批人把我逼出来的呀……"汪琪生活在自己做的茧里，不满那茧，却又无力咬破，因此只有永远在自我矛盾中纠缠，这种自我矛盾正是心理描写的最佳温床。

4. 心理活动细节的真实可信。人物心理活动细节的真实可靠，不仅是人物性格的基础，而且是心灵艺术成功的最根本的依据。没有人物心理活动细节的真实，其他心灵艺术的主张都将落空。欧阳子对人物的心灵探索，虽然在某些人物身上不无突兀之感，例如对《墙》里的少女素兰，对《网》中少妇余文瑾的情感和思想转变过程的描写，就不能令人信服，但一般来说，欧阳子这位"心灵艺术家"所以成功，在很大程度上，是其作品建立在人物心理活动细节的真实之上。《美容》中对美容心理活动细节的描写，就达到了令人拍案叫绝之境。例如，当美容甩掉了雷平后，反思自己有没有漏洞时，作家写道："她相信自己并没有出任何差错。也许，在离开青龙的门口之前，她应该停一步，回头，留恋地投给雷平最后的一瞥。她当时急于离开，没想到这样做。但她想，这样一个小疏忽，总不致太要紧的。"又如，她甩了雷平，目的是投进富家子弟张乃廷的怀抱，但她要控制投进张乃廷怀抱的速度和节奏。审时度势，见机而行。"她想明天，也许后天，张乃廷会再次试邀她看电影，或去听音乐。这回她该不该再拒绝他呢？上次他邀请她，她笑着拒绝，轻轻说了声：'也许以后！'使得他虽然被拒，心里还是乐陶陶的。但她决定，最近之内，她必须再继续含笑婉拒，否则被人碰见和他在一起，就搞得一团糟了。她必须牢牢记住，自己现在是伤心人。从明天起去学校不能太打扮。晚上千万不能睡足，白天才露出疲倦困顿的样子。"这心理活动细节中，每一个动作，每一个字都包含着丰富的内容。再如，当她想到要和张乃廷订婚到美国去，又想到美国遍地英俊潇洒长得高高的博士时，心情无比畅快。"她觉得整个人要飞起来了似的。不由自主地，她开始哼起快乐的小调，但突然她想起自己是伤心人，赶忙住口，将头发一把掠到耳根后，自责似的扮个鬼脸。"这些心理活动的细节真实得令人击节赞叹。

5. 心灵活动外化和形体动作内化。欧阳子对人物心灵的剖析并没有采用天马行空的意识流手法，而是采取心灵外化和形体内化，把人物的心理活动和人物的形体动作融入一起的方法。如前面提到美容的心理活动细节，便是如此。美容的笑、做鬼脸、装作伤心人的样子，都是心灵外化的表现，同时也是形体内化的反映。再如，《墙》中若兰的心理描写，有一段心理外化和形体内化的精彩段落："平常在家里，如果姐姐不在旁边，若兰避免与姐夫闲谈，她怕姐姐疑虑的眼睛暗中追踪。如果姐夫找她说话，她就用很大的声音回答，让姐姐也能听得清楚。夜里乘凉，如果姐姐起身回房，若兰也一定慌忙起身，不肯多待一分钟。每次若兰穿上一件比较漂亮的衣服，她会觉得对不起姐姐。她时时躲着抚玩姐夫给她的别针，可是一次也不敢别在身上。"这段心理描写充分地体现了一句中国的俗话:"心中有鬼"。由于心中有鬼,若兰的每一举动都不自然,而这不自然的动作,正是心理活动的结果,这些心理活动的结果都是以一种扭曲方式,为了掩盖真实内情而呈现的。她明明爱着姐夫,却偏要大声和他说话;她明明想和姐夫在一起,但姐姐一进屋她必得马上跟着走;她明明喜欢姐夫送的别针,但却不敢拿出来炫耀。因而这每一扭曲性的动作背后,都有一段心理活动,而这些动作既体现了心理活动在形体上的外化,又都带着形体内化的浓郁色彩。这种形体内化和心灵外化,使心理描写变得凝练、精粹、深刻、动人。这种心灵外化和形体内化的方法,是心理描写中较为优秀的方法。它继承了中国传统文学的心理和形体相结合的艺术传统。

第七章
主张全盘"西化"的王文兴

第一节　王文兴的生平和文学主张

　　王文兴是六十年代初崛起的"现代文学社"中的智囊人物。他是六十年代崛起的台湾现代派作家群中，仍然留在台湾的唯一知名度较高的作家。假如说，那些已在美国定居了二三十年的台湾现代派作家，早已跻身于"海外作家群"，那么王文兴是他们之中坚守阵地，毫不含糊地属于台湾现代派作家的人。

　　王文兴，原籍福建省福州市，1939 年生。1947 年去台湾。1958 年中学毕业后考入台湾大学外文系，和白先勇、陈若曦、欧阳子等为同班同学。大学三年级和白先勇等共同发起创办"现代文学社"和《现代文学》杂志。白先勇称他为："王文兴主意多，是'现文'编辑智囊团的首脑人物。"王文兴在回忆起创办《现代文学》杂志的情况时说："这恐怕得感谢当时台大的课太轻松、太坏了。基于对学校课程的不满，我们才投入写作。如果那时学校的课程排得好，我想《现代文学》大概会晚几年诞生，甚至根本不诞生了。"[1] 王文兴和白先勇不同，白先勇从小就受到中国传统文学之熏陶，并如饥似渴地读中国古典小说，而王文兴："他看的书几乎百分之百是小说，尤其是西方小说，他很少看中国书。"[2] 因而王文兴不但中国文学基础比较薄，不能和白先勇相比，而且对他因教学需要不能不涉猎的少数

---

　　[1]　夏祖丽：《命运的迹线——王文兴访问记》，《台湾作家创作谈》，海峡文艺出版社 1985 年版。

　　[2]　夏祖丽：《命运的迹线——王文兴访问记》，《台湾作家创作谈》，海峡文艺出版社 1985 年版。

古典名著，也以不屑一顾的态度对之。比如，他在台湾大学曾开过一门《红楼梦》的专修课，并不是因为他喜欢这部巨著，而是被迫而为。他说："我开《红楼梦》的课，一大半原因是为学生需要，因为他们在中国小说方面始终没有看过一部重头的著作。我不觉得《红楼梦》的文字很好。但它的确是部很好的小说，我承认其价值，但怀疑它是否对我有影响……我读《红楼梦》看到众多妇女的人力浪费，仿佛发现了一座妇女的千人冢，闭目都会看到成千成百的美丽幽灵的眼睛对我一眨一眨飞来飞去，这是一本极美丽的书，也是一本恐怖的书。"[1] 这段话告诉我们，王文兴对中国传统文学似乎既不大感兴趣，也不怎么重视。因而他怀疑《红楼梦》对他是否会有影响，的确是心里话。和对中国文学的态度相反，王文兴对西方文学佩服得五体投地，他甚至认为不向西方学习就不能做一个够格的作家。他在《新刻的石像》小说选序文中说："今后我国的作家，如欲达到够格的水准，惟有向西方学习，思想和技巧一律学习。我曾听见有的人说：'思想我们是有了，该向外国作品学习的就是技巧而已'。这话证明他毫无思想。"出于这种观点，《现代文学》创刊后的西方作家专号，大都是在王文兴的策划和支持下推出的。介绍西方文学，学习西方作家无可厚非，但作为实现全盘西化主张之步骤和措施，却不免被人非议了。王文兴对小说的认识，也与众不同。他无视小说的思想内容诸要素，而依照西方理论家的主张，把属于表达形式中的文字，强调到了无以复加的地步。甚至认为，文字就是一切。他说："对于一个受过写作训练的人来说，写作除了文字，别无其他。外国作家 Stein 曾说过，写作就是把恰当的字放到恰当的位置。我想，我还可以加上一句：把恰当的标点放到恰当的位置。我经常为了找一个恰当的字找遍了它的每个同义字。运气好，找到了我想要的，运气不好，甚至可以发明一字。"[2] 正是出于这种理论，王文兴的作品中到处都是自己生造的字、词。文字是人类历史发展中的社会文化现象，它的出现和形成是约定俗成，有较强规律性和稳定性，它不是一种个人行为，因而不能随

---

[1] 夏祖丽：《命运的迹线——王文兴访问记》。

[2] 夏祖丽：《命运的迹线——王文兴访问记》。

意改变和创造，否则，每个人都根据自己的需要和爱好创造文字，它便失去了传达和交流工具的作用了。因而王文兴在文字上的"创新"，实则是应该大打折扣的。诚然，文字对于小说创作是相当重要的，缺少文字修养的人，是很难写出好小说的。但是，文字对小说来说绝不是："写作除了文字，别无其他"那么重要。否则，凡是具存文字知识的人，都是小说家了。王文兴小说观念中的另一个值得商榷之点，是否定文学作品的社会功能。前面我们已经引述过王文兴的文学"快乐"观之说，在有人对《家变》的主题做出评价时，王文兴这样说："我不反对别人对我的作品作这些解释，但是我是在写作时丝毫没有想到要替现代社会看病或找出病根来。我主要是写生活的本质，而不是想去解决一个问题或发觉一个问题。这本书可以说是社会性很弱的，假如是有的话，也是其他的人附会上去的。"由于王文兴固执的文字观使他固执地否认自己作品的社会意义。"我主要是写生活的本质"这句话假如真是王文兴的创作动机和追求，那么他的作品就绝对逃脱不了对社会生活的判断和褒贬，既对社会生活进行判断和褒贬，作品的社会意义就只能是被别人说破而不是由别人附会了。王文兴大学毕业以后，于 1962 年赴美留学，在"作家工作室"进行创作研究，获艺术硕士学位，回台湾任台湾大学外文系教授和系主任。

第二节　筑在沙盘上的文学之路

王文兴虽然在文学理论和小说创作两方面双管齐下，但这种探索和实验西方现代派小说的道路，是一条没有民族基础、缺乏生活实践、构筑在沙盘上的道路。写出来的作品十分脆弱，像空中楼阁，经不起敲击。从王文兴的自白中发现，他写小说，犹如摆积木，做垒文字的游戏，作品理想与否，关键看是否把每个恰当的字和每个恰当的标点，摆在每个恰当的位置上。他说："到写《龙天楼》，我才知道怎样把握住自己的风格，知道怎样安排句子，甚至标点符号。因此从《龙天楼》之后我就写得慢了。曾经有一两年的时间我一天只写三十个字。最近我渐渐习惯这种写法了，但也快不到早期写作的速度了，现在我一天大概写一百字。如果上午没课，我就在家写，如果上午有课，我就下午写。"[1] 假如靠稿费为生的作家，如此速度，早就饿掉了大牙。王文兴写小说十分注意"精省"。他说："严格说来，中国至今还没有几个短篇小说算得真正的短篇小说。最主要原因在我们从不知道'精省'为何物。短篇小说，无论如何，必须做到文字、人物、事态、结构情节减至少而又少，只够基本需要的地步。'精省'几乎是一个短篇小说家的人格，这点如有瑕玷，其他概不必论。"[2] 王文兴的创作"精省"原则，多数方面是做到了。比如篇幅、人物、结构、情节等。他早期的小说《最快乐的事》只有三百字左右，人物只有一个，情节极为简单。主人公男青年离开床上的女人，呆望天花板良久，之后隔窗垂视大街，额头抵住冷玻璃，街上是灰蒙蒙的一片。一切皆是麻痹状态。最后该青年自杀身亡。如此，作者到底表现了什么样的"生活本质"呢？王文兴的早期创作，主要是短篇小说，共有三个短篇集：《玩具手枪》《龙天楼》和《十五篇小说》。实际为两个集子，《十五篇小说》是前两个集子的合集。1972 年《家变》在《中外文学》上连载，1978 年 11 月出版单行本，1979年出版长篇《背海的人》。统观王文兴的这些作品，基本上是一个对西方现代派作品的模仿和实验过程。上面我们举出的《最快乐的事》，仿佛是对西方某篇现代派小说的缩写。那气氛，那物象，那人物仿佛都没有半点中国味，似乎和台湾的生活也有一段距离。因而不像生活中撷取的带露的红苹果，倒像一枚装在玻璃袋内的杏干。由于王文兴无时无刻不在学习和模仿西方，因而一些具有突出乡土特色的题材，也被他弄得洋味十足，面目全非。比如《海滨圣母节》本来是描写台湾东部海滨，在妈祖诞辰之日，一个渔民，在舞狮子的过程中死了。但王文兴不写成妈祖生日，或妈祖诞辰，而称"海滨圣母节"给中国的神也披上了西方圣母的裂裟。台湾东部海滨的景象，在作家的笔下变成了"一座灰色的渔港，灰得像化石一般，灰得

---

[1]　夏祖丽：《命运的迹线——王文兴访问记》。
[2]　王文兴：《新刻的石像·序》。

像风化中的古老城墟……" 难怪台湾青年评论家高天生说，王文兴的"每一篇小说都跟西方小说惟妙惟肖，纵使一个有浓厚民族风格的题材，在王文兴的妙手处理下，也呈现一种异国情调。"《家变》是王文兴中近期的两部长篇小说之一，也是王文兴创作的高峰。这部作品中范晔寻父有西方名著《尤利西斯》中斯蒂芬·迪达勒斯寻找漂泊的布鲁姆的影子，虽然结果不同，但却不能排除其中的启迪和影响。这部作品中的主人公范晔的家庭观、伦理观、人生观等和中国的观念格格不入，完全是西方的，至少是西化了的。王文兴另一部长篇小说《背海的人》中，描写一个醉酒后的流浪汉，夜间爆发出内心深埋的人生观念和对周围环境的批评。作者以意识流手法，追求狂放，仿如书法的狂草。但由于王文兴的畸形追求，使他的第二部长篇小说不但没有超过第一部《家变》，而且显出很大倒退。正像高天生所说："当我们耐着性子读完《背海的人》，却不得不对王文兴表示失望，一则是文字被弄得不忍卒读，一则是它似乎沦为'脱衣舞娘以及春宫照片的水准'。小说末尾将近两万字几乎让人怀疑是某一册黄色小说的片段，甚至还更加精彩万分呢！"[1] 王文兴想以他的创作实验填补和证实他的"西化"理论。他的作品不仅是他文学西化观的实验品，也是他主张政治西化的印证。他认为：文化侵略和政治侵略不能算侵略；他认为，反对西化就是反对文化。他说："我坚决相信，世界上只有军事侵略，才会造成亡国，文化侵略和政治侵略不能算是侵略，都不会危害到国家的安全。"[2] 1977年的乡土文学论战中，王文兴扮演了打手的角色，是与他的这种政治、文化、文学全盘西化主张分不开的。因而他的政治、文化、文学观念和他的文学创作四位一体，表现出了惊人的一致性。他的创作过程也是他的政治、文化、文学西化观念的体现过程。我认为他的创作道路是建立在西化沙漠上的，前途暗淡，愈走愈窄，终临断崖之道。他写了《家变》和《背海的人》之后，再也没有什么作品问世，也使我的这一看法，得到印证。

---

[1] 高天生：《现代小说的歧途——试论王文兴的小说》，《文学界》第一集1982年1月15日。

[2] 尉天骢主编：《乡土文学讨论集》，台北：远景出版社1978年版，第542页。

第三节　《家变》所体现的创作成就

虽然王文兴对给他的作品做出社会评价的人们扣上"附会"的帽子，但我们还是要对他作品中客观存在的社会意义做出评价。文学作品中形象大于思想，作品的客观意义超出作者的主观意识的事情是常有的，《家变》就是这样一部较为典型的作品。《家变》的故事和人物都非常"精省"。父亲范闽贤和母亲秋芳对小儿子范晔（毛毛）从小视为掌上明珠，关怀照料，无微不至。但范晔大学毕业当了助教后，却对这个曾留学法国而退了休的父亲，怎么看都不顺眼，原来都习以为常的生活中的小事，现在却突然变得别扭起来。"在这一段时间里，他蓦然发现他之父亲原来是个个子奇矮，并且他一生以来首一次察觉到他的父亲原来是个拐了只脚的残废。他惊讶于他自个儿竟然的这么久没有发现他。""他的父母亲的小时候称赞他的很会读书其实也是对他的一项侮蔑，分明他们以为他原就该生来是一位，和他们一样的，低智庸常的人物。"连他父亲从小教他的用热毛巾捂脸，用凉水漱口等健身之法，仿佛都变得荒诞可笑了。由于范晔对父亲的情感发生变化，进而对父亲进行虐待，粗暴地命令父亲不准吃饭，将父亲关禁闭，将父亲逼得离家出走。作品采取倒叙的方式，开篇便是范闽贤离家出走的镜头，接着是范晔四处寻父的过程，直到全书结束，寻找了三个月没有找到而终止了寻找活动。

这部作品无情而真实地解剖了台湾在由农业社会向资本主义社会转型阶段，西方意识向东方意识强烈地侵入过程中，金钱和道德发生剧烈对撞的情况下，台湾家庭形态的演变情况。范晔的家庭，本来就不是一个典型的由儒家思想结合和结构成的封建型的家庭。他父亲是留法学生，娶过两个妻子，秋芳还怀疑他在单位有外遇。家庭中的气氛也并不那么森严。因而范晔对父亲的虐待、对家庭的挑战，并不具备任何反封建的性质。只是由于受到西化之风的影响和地位变化之后，他自己的家庭观念、道德观念发生了变化，才招致了"家变"。"家变"的动因在范晔，而这个"家变"并不具有先进的"革命"性，而是一种颓废和自私思想支配下的行动。范晔一方面叫喊："家！家是什么？家大概是世界上最不合理的一种制度！""我将来，我现在发誓，我不要结婚！假使我或者背叛了这一誓矢的话，我也一定断断不会去生养小孩子女生出来！我是已经下定了决心不再去延续范姓的这一族线的族流传了……"另一方面，范晔却又在极力维护这个家庭。父亲的出走，既是他的所为，也是他的愿望。但令人费解的是范晔连连在报上刊登这样的广告："父亲：您已经离家××月了，请归来，一切问题当照尊意解决。子晔"。这不是明明以具体行动在维护这个家！而且范晔在家庭中又靠其母侍候，享受着家庭的温暖。所以范晔之逼走父亲，要取消家庭并不是他口头上讲的"如果我们开眼看一看人家其他的异种西方国家文明，看看其他的高等文明，就知道根本就不认为什么孝不孝是重要的东西……"而是他道德沦丧，被拜金主义慑住了灵魂；信奉谁赚钱谁就是统治者，谁不赚钱谁就应当被奴役的结果。范晔叫喊着要取消家庭，只是要取消家庭中的"孝"，取消自己赡养老人的责任；而他并不主张取消其他家庭成员给自己的方便，并不主张取消自己在家庭中的享受。他一方面虐待老人，但另一方面又怕承受社会舆论的压力，因而这是一个在台湾西化斗争中产生的典型的以自我为中心的西化胎儿。这个形象在台湾现实社会中具有较典型的意义，一定程度上反映了台湾社会生活某个侧面的本质。这个形象反映出来的思想在台湾具有较为普遍的意义。作品中有这样一个镜头，当范晔寻父到了一个庙宇时，一个老和尚对他说："两天前一个与你很相像的年轻人上这儿来。同样的在寻他父亲。我也曾带他到这房里看过，——他也说不是其父。因为口音不一样。"这个小小的镜头透露出多少不幸的老人在台湾"家变"中，遭受池鱼之殃。"家变"，扩而大之，也可以看作是台湾社会之变，看作是台湾价值观念和人心之变。《家变》写得深刻之处是它的结尾。范晔三个月没有找到父亲而终止了自己的行动。这说明"家变"不但没有停止，而且还在发展。假如让范晔找到了父亲，以大团圆收场，来个范晔痛改前非，作品的思想性就一落千丈了。我虽然并不同意颜元叔把《家变》看作"是'五四'运动以来中国最伟大的小说之一"之说，但也不能说《家变》是很糟的小说。这部作品在结构上颇有特色。采取时空交错，过去和现在平行发展交替前进。现在时，用英文字母分段，交代父亲离家出走和范晔寻父的过程，各段之间以《寻父启事》进行连接；过去时，以阿拉伯数字编序，讲述范晔的成长过程和家庭之变迁历史。全书结构清晰严谨、井然，表现出了王文兴很强的疏浚、思辨的驾驭才能及卓然的清晰思路。采取时空交错平行发展结构的虽然尚有前例可循，比如聂华苓的《桑青与桃红》等，但运用时空交错平行发展结构来体现王文兴所要表达的题材和人物，却是达到了天衣无缝、炉火纯青之境。这种结构方式对于体现王文兴一再强调的"精省"原则，有重要作用。《家变》中作者采取反衬的艺术手法，也收到了良好的效果。作品的前半部，作者极力描写范晔的父母对少年时的范晔的百般宠爱，而作品的后半部又极力夸张长大后的范晔对老父的残暴虐待，使读者一路读来强烈地感到范晔的忘本，从而对范闽贤寄以深切的同情。或许，这种效果并不是作者所追求的，作者心目中的好汉也许是范晔，但作品的客观效果却告诉人们，中国传统的尊老爱幼观念比西方的遗弃父母的行为还是要高尚得多。

此外，《家变》在文字运用方面，有不少欧化句子，语法错误，在此恕不详列。

第八章
游刃于现实和超现实之间的七等生

第一节　卓然不群的创作和人生

　　七等生，原名刘武雄，台湾苗栗县通霄镇人，1939 年出生。大甲中学毕业后，进入台北师范学校艺术科。该校毕业后曾任小学教师及电力公司、广告社、报馆、文艺沙龙、皮鞋店职员和店员等。七等生出生在一个穷苦的农民家庭里。台湾光复后，父亲失去乡公所职员之职，家境更为困难。中篇小说《隐遁者》，是其自传体小说。书中写的鲁道夫即七等生的自画像。他出于气愤，一天跑到汤阿米女老师家询问父亲为什么被解职，正好遇上当初迫害他父亲、而今与汤阿米老师相恋的陈甲先生。由于汤阿米老师坦诚正直地告诉了鲁道夫其父被解职的真实原因，引起了陈甲一阵暴跳，并大打出手。七等生在他的年表的"民国三十五年（1946 年）八岁"一栏中填写道："父亲失去乡公所职位，失业在家，家庭陷入穷困……"可见《隐遁者》中写的是真有其事。1965 年七等生和许玉燕结婚。之后他们夫妇一起进皮鞋店工作，生活虽然清贫，却也相当幸福，生有二子一女。七等生多才多艺，既写小说，写诗，也写散文。他二十四岁登上文坛，这一年他一下创作发表了十三个短篇小说和一篇散文。从此，他的创作如冲决地壳之涌泉，一发而不可收。台湾文坛门户林立，但七等生除了文艺界朋友的互相帮助和正常交往外，绝不拉帮结派、互相攻讦。大约是为了避开台北大城市的人事干扰和市声喧嚣，1970 年 3 月 29 日，七等生作了"隐遁者"，他带领自己的妻子儿女由台北市回到自己的家乡——苗栗县通霄定居。一面在乡间小学教书，一面进行创作。自 1962 年发表作品以来，七等生出版的著作有：短篇小说集《僵局》《石蟹集》《来到小镇的亚兹别》《我爱黑眼珠》《谭郎的书信》《散步去黑桥》《老妇人》；中篇集有《放生鼠》《沙河悲歌》《隐遁者》；长篇《瘦削的灵魂》《城之迷》；散文集《耶稣的艺术》《银波翅膀》；诗文集《情与思》；诗集《五年集》等。七等生的作品，曾在台湾多次获奖。例如：1965 年获第一届台湾文学奖，1966 年获第二届台湾文学奖，1976 年获台湾"联副"小说奖，1985 年获《中国时报》小说奖等。

　　七等生的创作在台湾文坛上具有很特殊的地位。早期他曾参与发起和创办《文季》，不少重要作品均发表在《文季》上，后因"不能贸然依从某种文学的主张"而和《文季》同仁们疏远。他的另一些重要作品发表在《现代文学》杂志上，但他却有意"表明自己不是《现代文学》同仁，也不是朋友，只是一个投稿人，用以界别议论"。七等生的作品绝对"忠于我的灵性。"他说："我从实际生活和阅读中获得一些很怪异的启示，因此我开始采用追随我的心思的起伏的一种自动即兴式的写作，把现实的善恶的区别观念完全摒弃，让良知和自由的灵魂人物展现出来。我认为这种人物是每一个最原初的形体，但却被抑于现实生活的意识底层，这种原我像囚犯一样地被拘禁被束缚，他们的唯一愿望是争取活跃的时空。而人类在各种禁忌和伪善之下委屈的生活正是这些肉眼非见的痛苦幽灵的象征，我们的知觉和梦不能否定他们的存在。"七等生的追求"原我"也好，忠于"我的灵性"也罢，其目的都是寻求内在的自我，追求没有被社会世俗所污染、所扭曲的最原始的意识，也就是沉潜于原我和意识背后的潜意识。他的这种挖掘人物的"原我"和"潜意识"就是弗洛伊德倡导的用"自然联想"即意识流的手法去表达被现意识掩盖着的"潜意识"学说。也就是白先勇、欧阳子、王文兴等"现代文学社"现代派作家群所一致追求，但却各有表现特点的意识流。因而，尽管七等生表明他只是一个《现代文学》的投稿人，但在创作方法上，他却和这个作家群的作家们同属一个流派。不过，七等生作品的超现实成分超过任何一个现代派作家，同样的，他小说中的现实成分，也是任何一位现代派作家所不及，因而七等生在台湾现代派作家中既是最超现代的，也是最写实的。

第二节　在现实之中超现实

七等生既是超现实的，但又没有离开现实的基础，他是现实基础上的超现实。因而七等生的作品虽然是超现实的，但却具有较强的现实性和思想性。那么，七等生小说对现实的批判揭露是以怎样的方式表现的呢？

一、作品立意和现实的不可调和。《隐遁者》之所以要由城镇而到乡下去隐遁，是由于"城镇在隐遁者鲁道夫牢固的观念中是群魔群鬼聚居的处所。城镇内里有数不尽的混乱倾轧"，再加上爱情的失败，他感到和那城镇格格不入，他要坚强地守护住人类剩下的那片纯净的心灵之地，才"隐遁于沙河对岸的森林"。沙河对岸的森林也正是七等生1970年隐遁于苗栗县通霄农村的别名。《精神病患》中的精神病患者赖哲森，在精神病院求医期间遇上了在水果店工作的童年伴侣阿莲，他们经过恋爱而结婚了。不久阿莲因受到赖哲森梅毒的感染而流产，几乎丧命。当阿莲第二次怀孕后，赖哲森不忍看到阿莲再次痛苦的模样，而将阿莲掐死，警察将他逮捕。赖哲森的精神病，其实也是心理病。他寻找治疗精神病的良药，实际也是寻找治疗社会病态的良药，因而，他的精神病似有似无，似假似真。社会是一个囚笼，精神病院是囚笼中的囚笼。最后，他终于被关进了真正的囚笼。他的精神病，是社会逼迫的产物。比如作品中描写那位作家因受到社会的诬陷突然失踪的事，不能不令人心悸。但他的精神病在那诬陷成风、好人难为的社会里，有时也不失为一种抵抗邪恶、自我防身的手段。

二、通过人物的口表达对社会的不满和愤怒。七等生所有作品中的人物，都是和他们生存的社会格格不入的。不但格格不入，而且呈现尖锐的对抗。《精神病患》中的赖哲森在和现实的对撞中葬身鱼腹；《放生鼠》中的罗武格被现实一次又一次地推向无奈；《隐遁者》中的鲁道夫终于离开充满欺诈的城镇到森林中去隐遁；《来到小镇的亚兹别》和现实难以调适。他们生活苦闷，经济穷困，希望破灭，爱情碰壁。他们心中都有座对现实不满的火山，只要有一点缝隙，那火苗便顺着缝隙向外喷射。

三、通过作品情节和作者叙述，直接对社会进行抨击。比如，《隐遁者》中鲁道夫一天去到汤阿米女老师家里询问其父当年为什么被免除乡公所的职务，碰上陈甲大打出手时，汤阿米挺身而出保护鲁道夫，她不顾与陈甲爱情之破裂，将陈甲轰出家门。汤阿米说："我在这里住不下去了，我要到美国投靠我的儿子。我现在坦白地告诉你，你的父亲就是他们几个人商议把他踢除的，你的父亲像你一样都是耿直善良的人，并没有做错什么事，他只是不合群，不懂险恶的人情世故……"因为说出了事实真相，汤阿米便在那里待不下去了。仅从这件事便可体会到作者对那社会揭露之深，汤阿米在事实面前不徇私情而受人尊敬。这个形象虽然着墨不多，但她代表的精神和思想，在那阴暗的社会中是一抹东方曙色。

分析了七等生小说中的现实性和思想性之后，可以看出他的超现实小说是建立在深厚的现实生活基础之上的。他以自己的经历和体验，将生活的原汁注入那些带有自传色彩和自我投影的人物身上，使他作品中的每一个人物，都带有生活的烙印和思想的火花。尽管七等生为了强化作品和人物的艺术性，为了淡化作品和人物的现实性，以逃避某些不必要的麻烦，给作品和人物装饰了一种似有似无，似幻似真的超现实气味，但是，七等生作品和人物身上的超现实色彩并没有改变他们强烈的现实感和社会性。

第三节　富于独创性的小说艺术

七等生的小说创作，从来不逃避对作者自己内心中丑恶东西的揭示，不管是光明的和黑暗的，善良的与丑恶的，只要是真实的，他都一一进行描述，因而他的小说达到了相当高的真实性。他在《我年轻的时候》一文中说："我的写作一步步地揭开我内心黑暗的世界，将我内在积存的污秽一次又一次地加以洗涤清除。"这种自我暴露，自我清洗的真诚态度，保证了他作品艺术上的真实性和独创性。

凡是研究七等生小说的人，大概都不会放过他作品中始终弥漫着的那种浓郁的超现实的幻境，更不会放过鼎鼎有名、争议不休的短篇小说《我爱黑眼珠》。这篇小说叙述了男主角李龙第在下雨的日子里，带着雨衣、香花和面包去城里接他下班的妻子晴子，两人准备去看电影。但当他冒雨到达晴子工作的商店时，老板告诉他晴子已经离开了那里。当李龙第置身于那些身体淋透、四处奔逃的人群中时，他想"即使面对不能逃避的死亡，也得和所爱的人抱在一起啊"，但是时间刚刚过去那么一小会儿，李龙第在暴雨中遇到了一个患病挣扎的妓女，他从水中把妓女拉上屋顶，和妓女搂在一起，将给妻子准备的面包喂给了妓女，将给妻子准备的雨衣穿在了妓女身上。此刻，他的妻子晴子在河对岸的屋脊上看见了他，并呼叫他。他矢口否认他有妻子，他的妻子被人们当作疯子。为了得到他，他的妻子跳进洪水想泅渡过来，却被洪水冲去，他也无动于衷。此时妓女问他的名字，他不承认叫李龙第，而说叫亚兹别。他和妓女热烈地拥抱着、吻着，当雨停水退后，李龙第把给妻子准备的香花插在了妓女头上。妓女弃他而去后，他才又"想念着他的妻子晴子，关心她的下落"。这篇小说分为三个段落，第一段和最后一段，建立在现实的基础上，中间发大水的一段是一种幻境。在现实中李龙第爱他的妻子，思念他的妻子；在幻境中，李龙第的精神陷入迷幻和游离状态，因而他忘记了自己的妻子。整篇作品由现实和幻境两种情节构成。当进入现实时，一切都是真实的，李龙第的精神和意识处在正常状态中；当进入幻境时，李龙第的精神和意识处于非正常状态中。作者设置虚幻之境是为了追寻李龙第的"原我"和潜意识，是要真实地表现李龙第没有经过伪装的内心世界。这种"原我"和真实的内心世界，也在虚幻的境遇中得到了充分的体现。幻境在《我爱黑眼珠》中起到了非常重要的作用。此外，幻境的设置还从另一个角度反衬出现实的真实，从而体现了作品社会批判的主题。由于幻境的设置，使处在现实中的晴子为保护自己的婚姻和家庭进行呼喊，并泅水追回自己的丈夫而被洪水冲走，这种完全正常的自卫行动却被虚幻世界中的人们视为"疯子"，而真正处于精神错乱状态中的李龙第，却被视为正常人。有了幻境的设置便突出了这种颠倒现实中是非的效果。在《精神病患》诸作品中，也是现实和幻境交替出现的。赖哲森处于清醒状态时，便进入了现实；而当他处于精神错乱状态时，便进入了虚幻。他将妻子阿莲掐死便是虚幻状态下进行的。在清醒的现实状态下，他批判和诅咒现实，在虚幻和错乱状态下，他是社会现实摧残的罪证。虚幻和超现实表现手法的熟练运用正好突出和反衬出了七等生作品强烈的现实性。有一位台湾文学评论家说："幻想与现实同时存在于七等生的小说世界。若是现实已经勾划清晰，则幻想扩张之，深刻之；若是现实仅见梗概——在一般情形下，七等生的现实相当隐晦——则幻想揭而显之。幻想对七等生而言，只是手段而已，他通过幻想之运作开发探讨他亲身体验思维的现实问题。"[1]

还是上面那位文学评论家又说："七等生是台湾三十年来最具哲学深思的小说家之一。"把哲理的深思与论辩和小说创作进行紧密结合，从而深化小说的主题和提升人物的层次，是七等生小说创作的另一个较显著特征。七等生的作品，大都是较熟练地运用象征手法的典范，像《放生鼠》《隐遁者》《僵局》《精神病患》等既包含象征，也深具哲理。《我爱黑眼珠》中有这样一段议论："人往往如此无耻，不断地拿往事来欺诈现在。为什么人在每一个现在中不能企求新的生活意义呢？生命像燃烧的木柴，那一端的灰烬虽还具有木柴的外形，可是已不堪抚触，也不能重燃，唯有另一端是坚实和明亮的。"在七等生的小说中，像这样富于哲理的议论和形象，随处可见。而这许多曲折、幽深的哲理，又都是从生活中概括和升华出来的，所以又具有鲜活、生动的特色。

---

[1]　《七等生小说中的幻与真》，《文学知识》，第 107 页。

第七编

台湾爱情、婚姻小说潮的涌起和发展

第一章
台湾爱情、婚姻小说潮的背景和传承

第一节　台湾爱情、婚姻小说潮的背景

从六十年代初开始，台湾社会全面地进入了西化期，在欧风美雨吹淋下，台湾的社会风气、婚姻观念、家庭结构等，像气候剧变时的寒暑表，迅速地发生了变化。台湾著名青年女作家廖辉英，在谈到台湾社会转型期变化中的社会情况时说："随着社会变化，两性纠葛提早来到。我们往往惊心于十四岁的少女'为爱'跷家，十九岁的少年充当妓院老鸨或威逼女友卖淫等恐怖事实！如今，男女问题的发生，似乎有年龄降低、影响面扩大的趋势。更多爱悦多年的夫妻反目离异；更多'爱人结婚，新郎或新娘不是我'的爱别离伤感事件演出；许多单亲家庭与二度单身者面临困境；在主客观因素限制下受到创伤的非贵族之单身族类增多；外遇泛滥相当程度地威胁着现代妇女；生存竞争尖锐残酷；失婚女性情感错置的问题严重；青年男女择偶条件的物欲化；两性关系的性爱化；婚姻制度的岌岌可危；家庭功能的退化、老年问题和两代关系之棘手……一时之间，触目所及，尽是在轨道外流离失所的男男女女，老老少少。"[1] 由于婚姻爱情观念的变化，由于社会风气的恶化，强奸、外遇、离婚事件层出不穷，大大损害了妇女的利益，尤其使较低下层妇女的利益失去了保障。在一片隐忧的气氛中，引起了一些作家，尤其是女作家们对妇女问题的关注，激发了她们对爱情婚姻问题思考和探索的兴趣。她们急欲通过爱情婚姻题材小说的创作，来探求妇女问题的出路，为不幸的姐妹们鸣不平。这是进入六十年代以

---

[1]　廖辉英：《今夜又微雨》（台湾《联合报》1986 年 3 月 23 日）。

后，台湾的爱情婚姻小说潮迅速涌起达到高潮，并持续发展的重要原因之一。

爱情的观念和内涵，爱情的发生和发展，是随着社会的演变而演变的。如果说六十年代初期，即台湾刚进入资本主义社会的爱情和婚姻，还处于传统和现代的过渡时期。那时的爱情婚姻小说，比如琼瑶、玄小佛、华严等人的作品，传统的成分还相当浓烈，现代的因素还比较少。七八十年代，到了李昂、苏伟贞、杨小云等女作家的笔下，爱情的含义和形式，都有了巨大的变化。如今，有的台湾学者，已经在探讨"后现代爱情"，台湾学者孟樊说："在后现代的新纪元里，最美丽、最迷人也最通俗的爱情究竟呈现了什么样的面貌？首先，爱情两字的含义已有所改变，它不一定再理所当然的指男女之感或异性之爱了，同性恋已为爱情一词增加新义。古希腊同性恋的神话，在后现代社会中复辟。其次，由于后现代文化是丧失历史感的文化，男女之爱时间的久暂，对双方本身均不构成'必然结合'的命题，一拍即合者有之，交往几千几百个日子到头来烟消云散者亦有之，时间在后现代里已失去意义，爱情的浓度和时间的长短成正比。失去时间意义的爱情，显现出来的是一种缺乏深度感的情爱，不仅柏拉图式的精神之爱因而不可能存在，精神因空虚、薄弱的结果，导致感官性需求的抬头，性爱便顺理成章地在双方交往的过程中，占了一个主要地位。于是：①传统农业社会的贞操观念逐渐趋于淡薄；②可使感官性刺激与享乐的场所如雨后春笋般大量增加，符合了经济学上供需定律的要求；③肢语（肢体语言）的互动将打败口语（口头语言）的沟通。"[1] 就是说"后现代爱情"具有肢体性、易变性、适用性、消费性、享乐性诸特点。爱情和婚姻的关系不像过去那么密切，爱情和性的关系却更融入，爱情的传播媒介不再依靠信鸽鱼素。台湾八十年代崛起的一些青年女作家的爱情婚姻小说创作，就颇有"后现代爱情"的意味。妇女的处境和命运的探索，已显示出逐渐淡化的倾向。但是，也有人在探讨琼瑶小说八十年代在台湾读者中再次引起重视的原因时，讲到：在西潮影响下，性爱导致了爱情的贫血，造成人们精神上的空虚，因而一部分读者又企图通过"纯情"来达到心理净化，从而

---

[1] 孟樊：《后现代爱情篇》（台湾《中国时报》1988 年 5 月 16 日）。

弥补性爱泛滥造成的精神匮乏，获得无害之快感。人们精神领域的东西是极为复杂的，任何时候都处于一种交织和衔接状态，因而我们也如此看台湾的爱情世界。

台湾爱情婚姻小说潮中最活跃的浪花，差不多都是女性作家。随着台湾的社会转变，妇女从繁重的家庭劳动和封建意识中跳了出来，她们有了上学接受知识文化的机会，不少女大学生进入文学界，成了作家。一部分成为家庭主妇的，她们在做家务，教育孩子之余，也想握笔一试，因而从六十年代起，台湾的女作家大批大批涌现。如著名女诗人朵思、涂静怡，女小说家袁琼琼等，都是从相夫教子的家庭主妇的位置上跻身到作家队伍中来的。

六十年代台湾现代派小说的大繁荣，改变了五十年代台湾"反共八股"控制文坛的沉寂、僵死局面，使台湾文坛的创作气氛和文艺思想空前活跃，尤其是西方现代派作品的大量引进和移植，使文学中的一些死角也空前地活起来。这种社会空气和文坛气息，非常适合爱情小说的萌生和发展。

爱情婚姻小说潮的涌起，还有一个十分重要的原因，就是接受者和欣赏者的需求。台湾六十年代经济起飞之后，随着物质生活的丰富和提高，竞争、求职、拼搏的辛劳，使人们逐渐地也开始要求精神方面的补偿。工人下工，学生放学，职员下班，家庭主妇忙过了家务，都需要一股文学的清流来滋润焦渴了一天的心灵。于是爱情小说——这股充满柔情，充满温馨，充满甜美，散发着芬芳的精神之泉，便很自然地流进人们的生活，流进千家万户，成为人们欣赏和消遣的工具。

第二节　台湾爱情小说潮和"鸳鸯蝴蝶派"

作为一种小说题材，自台湾小说诞生的那一天起，台湾的爱情小说也就面世了。1924 年由追风创作的台湾第一篇白话小说，就是爱情题材。这里讲的爱情小说潮指的不是一般爱情题材小说，而是指的涌起于六十年代初期，直到八十年代，不但历久不衰，而且越来越兴旺的爱情婚姻小说的潮流。这股潮流中的每位作家，都是专写爱情小说，或以写爱情小说为主的能手。对这股潮流尽管众说不一，有人称为"言情小说"，有人称为"纯情小说"，有人称为"爱情小说"，对这股潮流的规模和范围，尽管还没有明确的界说，但是，我们绝不应该孤立地、静止地去看这一文学现象，甚至将其说成是个别作家少数作家的个人行为，更有甚者把琼瑶和其他写爱情题材小说的作家，排斥于文学大门之外，不承认她们是作家，不承认她们的作品是文学。这种做法既不能服己，也不能服众。这也更促使我们有必要从文学发展的角度，来阐明这种不容忽视的文学现象。

中国文学史上有所谓"鸳鸯蝴蝶派"小说。如清朝末年的爱情小说，民国初年江苏、上海一代以包天笑为代表的，包括周瘦鹃、半侬、林纾、铁樵、李定夷、徐枕雪等作家在内的"鸳鸯蝴蝶派"作家群。他们以《小说月报》《小说时报》《小说新报》《小说大观》等刊物和《申报》副刊等为阵地，形成了一股相当大的势力。包天笑的长篇小说《碧血幕》、李定夷的长篇小说《美人福》、徐枕雪的长篇小说《玉梨魂》和《雪鸿泪史》等，都因描写的爱情曲折动人而广为流传，轰动一时。到了三四十年代，张恨水、张爱玲等的爱情小说，更以感情细腻，情节曲折生动，人物鲜明突出打动人心，几乎家喻户晓。他们也被称为"鸳鸯蝴蝶派"的代表作家。对于"鸳鸯蝴蝶派"鲁迅先生曾有过恳切的评价。他说："这时新的才子佳人小说便又流行起来，但佳人已是良家女子了，和才子相悦相恋，分拆不开，柳荫花下，像一对蝴蝶，一双鸳鸯一样，但有时因为严亲，或者因为薄命，也竟至于偶见悲剧结局，不再都成神仙了——这实在不能不说是一大进步。"[1] "鸳鸯蝴蝶派"小说出现与发展的历史和社会背景，是资产阶级思想抬头和兴盛的时期，是比较注意和尊重人的个人情感和幸福时期，是比较注意人的自由意志和情感生活的时期。在中国封建社会末期歌颂婚姻自由和男欢女爱，歌颂个人幸福应该说是一种进步的民主思想，它有助于促进民主革命，有助于促进封建主义的崩溃。恰恰在需要推动资产阶级民主革命的时候，反去批判资产阶级思想，岂不帮了封建主义的忙，因而把

---

[1] 鲁迅：《上海文艺之一瞥》。

"鸳鸯蝴蝶派"小说歌颂的婚姻和爱情批判成"资产阶级的破烂"，就起了帮倒忙的作用。诚然，作为一种文学流派，"鸳鸯蝴蝶派"是相当复杂的，我们不能笼统地给"鸳鸯蝴蝶派"予以肯定。不过，往昔批判它的"脱离时政"，"专写不健康的男女爱情"，恰好是批判了值得肯定的地方。乃至把"鸳鸯蝴蝶派"判为"文学逆流"，很值得我们重新思索和判别。

六十年代台湾爱情小说潮的涌起和"鸳鸯蝴蝶派"小说有着师承关系。不少写爱情小说的作家，都把张恨水，尤其是张爱玲当作祖师爷，自称是她的门徒。香港文学评论家舒非在评论施叔青的小说时曾说："施叔青崇拜张爱玲，从她的《一夜游》集子的第一篇小说的命名即可窥见端倪（施叔青的小说叫《愫细怨》，女主角愫细亦是张爱玲小说中一个女人的名字）。施叔青自己也直言不讳："我是张爱玲迷。我常向朋友强调，张爱玲是绝对有资格获得诺贝尔文学奖的中国作家之一，另外两位是鲁迅和老舍。我曾追问她：'那你为什么不学鲁迅、老舍而学张爱玲？'施叔青答我：'因为张爱玲写女人，而我也是。'"[1]台湾爱情小说的大家之一琼瑶，也是以张爱玲为师的。台湾大学中文系女教授齐邦媛，在她的长篇评介文章《闺怨之外——以实力论台湾女作家》中把张爱玲当作台湾女作家论述。文中讲道："在台湾有许多人研究乃至模仿张爱玲的文学技巧。对有心人而言，张爱玲的文学风格题材变化万千。"恐怕就是因为台湾"有许多人研究乃至模仿张爱玲"。人们才把这个与台湾无涉的女作家拉进台湾的作家行列。

第三节　台湾爱情小说潮的流变

台湾的爱情小说题材范围相当广，纯爱情小说、描写妓女的小说、同性恋小说、描写未婚妈妈和失足青年的小说、描写外遇的小说等等，都可看作爱情小说之潮流，但其主潮还是指纯情小说和以爱情婚姻为主要支架

---

[1] 施叔青：《女人写女人——〈一夜游〉读后》。

的小说。日据时期，由于民族矛盾异常尖锐，人们的全部精力和智慧都集中在了抗击异民族奴役，争取回归祖国怀抱的政治斗争上，生活领域中的一切，也包括爱情，几乎都染上了民族斗争的色彩，因而那时台湾的爱情小说很少，即使有一些爱情小说，也大都是以爱情为题材而表现了反帝反封建的思想主题。纯情小说极为少见。从1945年8月日本帝国主义投降到1949年国民党统治集团退踞台湾的五年时间里，台湾同胞刚从异民族的镣铐下挣脱，还没有来得及畅快地笑一笑，很快就被打进了另一个苦海。1947年"二二八"爆发了全省大起义，无数优秀儿女倒在血泊中，这种连命都活不下的日子里，爱情自然又被放逐，而爱情小说也无缘问世。1949年国民党统治集团退踞台湾时，大陆上一批女作家随之去台。比如：谢冰莹、苏雪林、张秀亚、艾雯、徐钟佩、琦君、张漱菡、郭晋秀、繁露、郭良蕙、孟瑶、聂华苓、於梨华、华严、潘人木等等。她们到台湾生活稍加安定之后，便又投入创作，写出了一些以爱情为主要内容的作品。台湾省籍女作家林海音可看作是台湾婚姻爱情小说的真正开拓者，由于她生在日本，成长在北京，工作在台湾，把北京和台北都看作是自己的故乡，对海峡两岸的生活都有较长的亲身经历，因而她作品中的爱情主角往往都是跨越海峡的。她的许多中篇小说和长篇小说，如《晓云》描写的爱情都可称之为两岸的爱情。尽管五十年代上述女作家在环境十分艰苦的情况下写了不少爱情小说，但在以官方极力倡导、大肆褒奖的"反共八股""战斗文艺"的压抑和排斥下，爱情小说没有也不可能形成一股潮流。而且，那时作家笔下的爱情，一般都是保守的，旧式的，受传统婚姻观念制约的，和今日的爱情小说中描写的爱情有着极大的区别。那时作品中的主角大都是在封建枷锁的捆绑下，守护着所谓男尊女卑的"妇德"。直到六十年代，随着台湾由农业社会向资本主义社会的转型和对外开放，人们的观念产生了巨大的变化，一批文学新人登上文坛，在新老作家的催生下台湾的爱情小说潮才真正到来。

台湾爱情小说潮的到来有这样一些标志：其一，成批的爱情小说家的出现。比如琼瑶、朱秀娟、欧阳子、施叔青、曾心仪、曹又方、荻宜、季季、心岱、玄小佛等。其二，出现了一大批影响颇大的爱情小说。比如琼瑶和玄小佛等发表和出版的大量的纯情小说，都在此一时期。其三，爱情小说作家和爱情小说作品已引起社会的广泛注意。其四，爱情小说的题材变得相当广泛。其五，爱情小说的风格变得多样化。比如像琼瑶、朱秀娟笔下的作品和人物具有浓厚的传统色彩，而欧阳子、施叔青、曹又方笔下的作品和人物则带有明显外来痕迹。有的纯情柔美，有的激越热烈，有的明朗清晰，有的扑朔迷离，有的朴实单纯，有的丰富深邃。作家们选材的角度，观察事物的视角，剪裁生活的方式，塑造人物的手法等，都各有长短。其六，爱情小说潮涌起之后，形成了一个持续不断的洪流，到了七十年代和八十年代，一代新人崛起，又迎来了更大的爱情小说潮流。李昂、袁琼琼、萧飒、萧丽红、苏伟贞、廖辉英、朱天心、朱天文、郑宝娟、姬小苔、杨小云、蒋晓云、平路、许乡君等青年女作家跻身文坛，为台湾文坛增加了活力。她们的创作把台湾爱情小说潮推向了一个更高的潮头，使台湾的爱情小说变得更加多姿多彩。其七，爱情小说的写作技巧，变得更加充沛和成熟，不像过去那么简单和单调了，尤其是爱情主体的刻画和五十年代相比不可同日而语。

第二章
台湾爱情小说的集大成者琼瑶

第一节 从痴情女郎到爱情小说家

琼瑶的爱情小说和她自身的爱情经历紧紧地连在一起，她首先是一个多情女郎，然后才是一个卓越的爱情小说家，假如没有前者，或许也就没有后者。

琼瑶本名陈喆，原籍湖南省衡阳市。1938 年生，1949 年十一岁时随家人去台。她出身于书香门第，祖父陈致平是著名的历史学教授。由于琼瑶姊妹多，加之父母有严重的重男轻女观念，所以她们童年和少年缺乏家庭温暖。抗日时期，在一次逃难中，两个弟弟走失了，其父竟烦躁地指着幼小的琼瑶说："为什么丢的不是你!"这话深深地刺痛了琼瑶幼小的心灵。琼瑶上中学时，因母亲在夜校教书，她不得不每天一大早就起床，给弟妹们准备菜饭。下午还得提前悄悄溜回家，为全家人准备晚饭。为此老师扣了她的操行分数，父亲还将她痛打了一顿。琼瑶在家里得不到温暖，便向外寻求感情寄托，当她的高中语文老师对她表示关怀时，她感到获得了人间最大的幸福，便痴情地将情感和初恋一起献给了他。这桩轰动校园和琼瑶家庭的师生恋，因遭到各方面的议论和反对，以悲剧收场。当琼瑶决心要向文坛进军时，首先便选择了这一素材，创作出了她的成名作《窗外》。琼瑶回顾十八岁进行的那次师生恋时说，那场恋爱"被外界四面八方涌来的阻力截断。那次恋爱几乎毁了我，又重新创造了我"。这"重新创造了我"指的大概就是因有这次恋爱而获得了作家的生命。两年后琼瑶又开始恋爱了，但这一次她却误入赌徒的怀抱，结婚四年，生了一个儿子后，无可奈何地与男方离了婚。琼瑶的《窗外》就是在家庭破裂，极度痛苦中，"左手抱着幼儿，右手拿笔写稿的情况下完成的"，而且中间曾经遇到不少曲折和困扰。《窗外》投寄出去后，并没获得热烈的反响，几家报刊都以篇幅长为由退了稿。正在琼瑶走投无路之际，台湾皇冠出版社的负责人平鑫涛，果断地出版了这本书。书一出版，"效果奇佳"，接着便连连再版。从此，琼瑶和平鑫涛便成了老搭档，琼瑶的作品都交皇冠出版。正是由于事业上的结合，他们的感情也融合了。他们终于开始了"黄昏之恋"，于1979年结了婚。琼瑶的爱情生活和她的文学创作，有着很大程度的互补性质。她在谈到她的爱情生活和爱情小说创作的关系时曾这样说："我这一生已经把人家几辈子都过去了。我在生活、爱情及婚姻上遭遇这么多，我才会有这么多可写。人有一种潜意识的发泄心理，有人用写日记来发泄，我却发泄在写作上。"[1] 琼瑶这种把自己的爱情婚姻生活发泄在写作上的说法，正好说明了她的生活和创造的关系。假如说，琼瑶第一次的悲剧婚姻是因误解而结合，因了解而离婚，那么琼瑶第二次和平鑫涛进行的"黄昏之恋"便是因感激而相恋，因了解而结合了。琼瑶不仅是一个重感情的作家，而且是一个有才华的作家。早在1947年，她九岁在上海读小学时，上海《大公报》便刊发了她的第一个短篇小说《可怜的小青》。到台湾后，十六岁那年，又在台湾的《晨光》杂志上发表了短篇小说《云影》。琼瑶上中学时，由于将精力投向创作，怠慢荒废了学业，所以两次高考都名落孙山，这就更加迫使琼瑶不得不走创作成名之路了。琼瑶自1963年出版她的《窗外》，跻身文坛二十多年的创作生涯中，共出版了四十二部长篇小说和大量的中短篇小说，依据她的小说拍成的电影有五十余部。琼瑶差不多一年平均创作两部长篇，可算是台湾的高产作家之一了。琼瑶出版的长篇小说和中、短篇小说集，假如一一列举，那将是一个很长的篇目，现将她的重要作品列举如下：《窗外》《烟雨濛濛》《幸运草》《春尽翠湖寒》《几度夕阳红》《月满西楼》《哑妻》《彩云飞》《心有千千结》《雁儿在林梢》《月朦胧鸟

---

[1]　刘文达：《名作家的爱与婚姻》，香港：奔马出版社，第156页。

朦胧》《在水一方》《船》《菟丝花》《星期日岛》《秋歌》《碧云天》《婉君表妹》《我是一片云》《人在天涯》《白狐》《水灵》《潮声》《寒烟翠》《海鸥飞处》《聚散两依依》《紫贝壳》《剪剪风》《女朋友》《一颗红豆》《浪花》《一帘幽梦》《冰儿》《庭院深深》《梦的衣裳》等。

第二节　探索历史、现实和人生

琼瑶的作品既是纯情的，又是有思想性的，在柔美的情感中，包含着深沉的思想内涵。琼瑶的众多作品中，主题思想表现得比较突出和强烈的有《婉君表妹》《几度夕阳红》和《烟雨濛濛》等。这些作品，起码表现了这样几个方面的重要思想内容：

其一，忠实地表现历史，客观地评价历史人物。琼瑶四十余部长篇小说中写得最好的一部是《烟雨濛濛》。这部作品以陆振华家族的兴衰和败亡为线索，从一个侧面，以管中窥豹的方式，客观地反映了中国数十年的动乱历史和演变状况。陆振华当年在大陆时期，威风凛凛不可一世。他不仅玩弄过无数女人，而且杀了无数的人。作品虽然没有从正面去描写大军阀陆振华的一生，但每到要紧处都对陆振华的罪恶历史作了扼要的披露。比如，当陆振华的小老婆雪琴与别人私通拐巨款出逃的第二天早上，台湾报纸的社会新闻版上，登出了一段新闻，其标题是：《过气将军风流债，如夫人卷巨款逃逸》。标题的旁边还有两行中号字的注脚：

> 曾经三妻四妾左拥右抱，
> 而今人去财空徒呼奈何！

陆振华的大女儿，《烟雨濛濛》的女主角陆依萍看了这则新闻后有这样的感叹："我深吸了口气，曾三妻四妾左拥右抱，而今人去财空徒呼奈何！真的，这是爸爸，一度纵横半个中国的爸爸，娇妻美妾数不胜数，金银珠宝堆积如山。可是，现在呢？我眼前又浮起昨天持刀狂砍的爸爸，萧萧白发和空屋一间！当年的如花美眷，以前的富贵荣华，现在都已成为幻梦一场了!"这一段文字可看作是对陆振华当年在大陆巧取豪夺、腐化奢侈情景的隔窗透视。作者在《烟雨濛濛》中,巧妙地通过陆如萍的自杀,给陆振华造成了一个心灵忏悔的环境,让陆振华说出了他过去在大陆犯下的杀人罪行。由于陆振华宠爱小老婆雪琴,排斥和打击大老婆——陆依萍的妈妈,并在雪琴的策划下将陆依萍母女俩赶出陆府,因而陆依萍决意要对雪琴进行报复:一是调查揭露雪琴与人通奸和走私的案件,二是夺取雪琴所生的同父异母妹妹陆如萍的未婚夫。当陆依萍将陆如萍的未婚夫何书桓夺到手后,陆如萍经不起失恋的打击,用陆振华的手枪自杀了。这件事把陆振华赶进了风暴的中心,使他痛不欲生,精神受到强烈刺激,他感到自己罪孽深重,于是凝视着自己的手,喃喃地说:'陆家的枪打别人!不打自己!'他的烟斗落到地下去了,他没有去管它:'这手枪跟了我几十年,我用它杀过数不清的生命。'他把手颤抖地伸到我的眼前来,使我恐惧。他压低声音说:'我手上的血污太多了,你不知道有多少生命丧失在这双手底下……所以,如萍也该死在这枪下,她带着我的血污死去……'"当年纵横半个中国杀人如麻的大军阀如今怎样呢?由于家庭内讧,大女儿报复小老婆,小老婆拐巨款与奸夫私奔,宠爱的女儿用自己的手枪自杀,小儿子陆尔杰(小老婆与奸夫生的野种)失去常态,大儿子陆尔豪混进流氓团伙而离开家门,另一个女儿梦萍也成了流氓,当了未婚妈妈。他最后落得个众叛亲离,死的时候身边没有一个亲人,堂堂陆府的金匾在陆府的破败中,悄悄坠地,落入了历史尘埃,整个陆府为抵债廉价地作了拍卖。作者虚虚实实、虚实相间地通过陆氏家族的兴衰和败亡,从一个侧面、一个角度反映了中国激烈变迁中的一段历史真实。从某种意义上讲,琼瑶的《烟雨濛濛》和白先勇的《台北人》具有同样的思想内涵,因而不应当把这样的作品当作纯粹的言情小说来读。《烟雨濛濛》中有些细节描写极其生动真实,在其他作品中还很少看到。该书的第十五章,作者通过陆依萍的视角写道:"雨,下不完的雨,每个晚上,我在雨声里迷失。又是夜,我倚着钢琴坐着,琴上放着一盏小灯,黄昏的光线照着简陋的屋子。屋角上正堆着'陆氏行李第×件',这大概是迁到台湾来时路上贴的。我凝视着那箱子,有种奇异的感觉缓缓由心中升起……"这个细节可以把人们的思绪牵回到那秋风扫落叶的历史情景中去，引出人们无限的回首和遐思。

其二，真切地披露现实。《几度夕阳红》是琼瑶众多作品中的力作之一。这部作品，跨越了中国历史的几个时代，从大陆抗日战争时期的重庆沙坪坝写到今日的台北市，从沙坪坝之花李梦竹曲折离奇的婚姻际遇，写到台北柔弱少女杨晓彤充满曲折的恋爱。但这部作品给人印象最深的还是对从大陆去台的这批游子所作的生动、真实、感人的生活情节的描写和对台湾现实社会腐败、昏聩、黑暗、霉烂现象的无情揭露。杨明远是个安分守己的知识分子，只是因对妻子李梦竹与情人何慕天旧情未了而显得苦闷烦躁，一天他在街上竟无端地、不分青红皂白地被当成"疯子"。旁观者把一个正常人看作"疯子"倒不觉新鲜，新鲜的是一个正常人竟被警察当作"疯子"抓了起来。杨明远对抓他的警察怒不可遏："我告诉你，你捉疯子的话，满街的人都是疯子，这世界上没有一个人不疯，整个地球就是一个大疯人院，我现在已经在疯人院里了，你还把我往哪里捉？"杨明远这满怀愤怒的话，既是一种反抗，也是一种揭露。这话中还深含哲理。从杨明远的无端遭愚弄的事实及其很有分量的话语中，人们不难观察出台湾社会的内景。《烟雨濛濛》中陆振华对陆依萍说过一句话，真切而深刻。当陆依萍问"爸爸，你的钱是怎么来的"时，陆振华眯起眼睛回答："什么来路都有。这个世界只认得你的钱，并不管你的钱是从哪里来的？你懂吗？"不难看出，琼瑶虽然在作品中没有像政治小说那样，以整篇作品去揭露台湾社会的疯狂、迷乱和黑暗，但她在作品的关键情节和关键人物口中，不时地画龙点睛，制作一个窗口，使读者从那窗口中透视出台湾社会的本质。

其三，对人生的探求。琼瑶作品中跋涉在人生探求道路上的角色，均是青年男女。有的是在恋爱婚姻道路上探求人生的幸福，有的是在茫茫的人生雾海中追求光明，有的是在肮脏的社会环境中寻求圣洁，有的是在繁杂的欲念中寻求超脱。《烟雨濛濛》中的陆依萍和方瑜两个少女的不同追求和归宿，是作者有意进行对比来描写的。陆依萍满怀人生热望，积极进取，奋勇拼搏，用一切机会和手段将对手置于死地，使自己的不利地位变为有利地位，由被欺压者变为胜利者。为了夺取人生斗争的胜利，她不惜以自己的姿色作赌注进行赌博；为了致强敌于死地，她不惜以姑娘之身去跟踪罪犯。虽然，她的人生目标并不十分明确，但是要做胜利者，要做强者，却是她处置一切事情的准则。她说："我争何书桓，只为了夺取如萍之爱，我将小心地不让自己坠入情网，一切要冷静，我必须记住一个大前提，我的所作所为，都是为了一件事，报复！"陆依萍是个女强人的形象，她明确地奉行着入世思想。而方瑜，在恋爱上受到点挫折后便遁入空门，出家当了尼姑。方瑜抱着一种灰色、颓废、一切皆空的出世人生观。作者的心目中，陆依萍是被肯定和颂扬的，方瑜的观念和做法则是被作家批判和否定的。琼瑶的作品中，在人生道路上摸索的有各种角色和各种类型的人物。不管是严肃对待人生的梁致文，或是在人生的岔道口选择的陆尔豪，还是在懵懂中乱闯乱撞的杨晓白，他们都是在各自的处境中，各自的水平线上探求着人生。他们中有的可能沉沦，有的可能毁灭，有的可能获得某种成功，不管他们的结果怎样，也不管他们自觉或不自觉，实际上他们都是资本主义社会人生道上的竞争者和探索者。

第三节　爱情小说艺术成熟的标志

琼瑶爱情小说的大量涌现，标志着台湾爱情小说艺术上的成熟。其主要表现有以下几个方面：

其一，多种形态的爱情描绘。琼瑶的爱情小说既然可以称之为爱情的百科全书，当然就包含各种形态：传统的、过渡的和完全现代化的；各种年纪的，老年、中年和少女；各种社会阶层的，学生、职员、企业家；各种时代的，封建社会、半封建半殖民地社会、西化的资本主义社会等等。这些不同形态，不同阶层，不同年纪，不同时代，处于不同精神状态下的人们，他们对待婚姻恋爱的态度，他们的道德观念，他们表达感情的方式，他们选择恋人的角度，他们的文化修养和文明程度对婚姻爱情的影响，他们的社会意识对爱情的渗透，都有着极微妙的区别。要想把各种人的婚姻恋爱都表现得真切生动，合情合理，的确是一件不太容易的事，它是一项细致的感情辨析和心理解剖过程。琼瑶对各种人物的描绘是令人信服的。《窗外》中的小女生江雁容进行的一场师生恋，是那样纯情而痴情。《哑妻》中的哑妻，在失去语言功能的情况下，对幸福的憧憬，对情感的执着，对痛苦的忍耐，对毁坏和剥夺自己幸福的封建势力的抗拒等等情态的变化，是那样细腻而丰富。对实业巨子何慕天、穷知识分子杨明远、寡妇杜慕裳、现代知识分子韦鹏飞、魏如峰等的情感表现都非常真实自然。

其二，众多类型人物的成功刻画。琼瑶作品刻画得最成功是以下几种类型的人物。第一类是青春少女，比如：刘灵珊、杨晓彤、陆依萍、江雁容、夏初雷、何霜霜等。有人认为琼瑶笔下的少女千人一面，仿佛都差不多，这是说琼瑶塑造的少女形象有公式化和概念化的毛病。我却觉得相反，琼瑶笔下的少女千姿百态，各有个性。刘灵珊和杨晓彤都属于纯情少女，都美得宛如艺术品，但杨晓彤像一朵带刺的玫瑰，刘灵珊像朵幽香海棠。何霜霜和雨婷都是非常自私、占有欲极强的少女，但何霜霜像一枚炸弹，为了达到目的她不惜去将别人毁掉；而雨婷却像一条蚕，她只对别人无声地吞食和占有。第二类是母亲形象。琼瑶作品中的母亲，大都是感人至深的无私奉献者。她们像天空，无私地向大地奉献雨露；她们像大地，无私地孕育生命；她们像阳光给人温暖；她们像雨露给人滋润；她们像港湾给人以保护；她们像江河，永远浇灌着大地。李梦竹为了孩子的幸福，为了家庭不致破裂，强烈地抑制自己的情感，拒绝了情人的要求，舍弃了送上门来的晚年幸福；杜慕裳默默地为女儿守寡到中年，又为治愈女儿的病而向医生夏寒山献了身。第三类是处于性格变化中的中下层青年。《几度夕阳红》中的杨晓白，《月朦胧鸟朦胧》中的陆超，《烟雨濛濛》中的陆尔豪等，他们参加流氓团伙，他们聚众斗殴，他们玩弄女人，他们身上带有很大的危险性和破坏性。但给人的感觉却是惋惜而不可恨，感到责任在社会而不在他们。这一类人物的现实感非常强烈，他们身上体现着台湾社会的某种本质。

其三，许多作品的结构非常适合内容的特点。《几度夕阳红》的创作意图，是要描写和表达几代人的婚姻和命运，并从中透露出中国历史的变迁，因而采用大构架和大跨度的时序推移式。作品好比是时间跨度上的一座巨型桥梁，一头架设在三四十年代的重庆，一头架设在五六十年代的台北，桥上行走的至少有两代人，即老一辈的何慕天、杨明远、李梦竹，新一代的杨晓白、魏如峰、杨晓彤、何霜霜等。这种顺序的推移结构，比较易于呈现不同历史时期的社会状貌，从而表现出人们命运的变化。而《烟雨濛濛》侧重点在描写陆府的衰落和败亡，因而重心放在现实，对历史只作蜻蜓点水式的回忆，或管窥式的夹叙，它的结构形式和《几度夕阳红》不同，呈现出一种基点辐射式。即以现实为基本点，根据内容需要作回顾式的辐射。和《几度夕阳红》中强调"几度"，《烟雨濛濛》中强调"现实"的特点不同，《一颗红豆》则在于突出情感，作品节奏一浪高一浪地推进着。随着感情浓度的增强，感情流量的加大，作品的后半部波澜重重，高潮迭起。这种以情感推动作品情节的发展和节奏变化，犹如流水滔滔的江河，读者的情绪也被作者的感情洪流推波而下。因而，《一颗红豆》具有情感结构的特点。

其四，语言生动优美。不少读者反映读琼瑶的作品刹不住车，就像坐顺水船，轻松流畅，一读到底。这中间虽然与吸引人的故事情节分不开，但很重要的原因是流畅通达、生动优美、熟练而规范化的文学语言产生的魅力。如果琼瑶的语言青涩难懂，不符合语言规范，便必定无此良好效果。

琼瑶小说也有不足，比如题材狭窄，有些作品给人一种雷同之感，有的作品情节上因缺乏慎思而出现了某些不合理。

第三章
朱秀娟、曹又方、施叔青

第一节　朱秀娟

　　朱秀娟是台湾文坛上的一个异数。她爱文、习商、写小说、开办贸易公司，样样都来，以多技能、多侧面、多行业，在广阔的生活和事业的基础上，形成了她的文坛女强人形象。朱秀娟虽然出版了二十多部作品，但在文坛上知名度却不是很高。她是一个虽然不很轰动，但却实力强悍的女作家。

　　朱秀娟，江苏省盐城县（今盐城市）人。1936年10月3日生，1949年随家人去台湾。台北恕强高中毕业后，考取了铭传商业专科学校读会计统计系。1960年前后赴美留学，1963年返台投身商业界。朱秀娟姊弟五人，她是老大，在学校里一直是当女班长，在家里也是班头。她说："在家里，我不但是弟妹们的榜样，在他们四人之中还真有权威，除了二妹妹和我差不多大，还敢跟我顶顶嘴之外，三个小的，对我的话比爸爸妈妈的还要说一不二。我如罚他们跪，没有我叫他们起来，谁叫他们连听都不敢听。"朱秀娟从小就酷爱文学，她在念高中时就利用寒暑假尝试写短篇小说，但写好后不敢拿出去，而是悄悄藏起来，直到有一次邂逅一位著名的女作家，受到鼓励才鼓足勇气开始投稿。在台湾文坛上，朱秀娟虽然年纪比琼瑶、陈若曦、欧阳子等还大几岁，但就创作生涯来看只能甘作小妹，但她却是一个高产作家，出版的作品已逾二十余部。例如：短篇小说《桥下》《朱秀娟自选集》，长篇小说《再春》《雨荷》《破落户的春天》《归雁》《梧桐月》《花墟的故事》《丹霞飞》《万里心航》《晚霜》《双心茧》《女强人》

《花落春不在》《没有明天的女人》，散文集《纽约见闻》等。朱秀娟在《我的创作生涯》中曾经讲到她要弃商从文，决心从事小说创作的动机：“我的创作生涯开始得很晚，学校毕业后，就在社会上做事，深感世事无常，自己所拥有的实在是太少太少，再加上我酷爱阅读，顿然希望如能把自己的思想用文学留下来的话，当可足慰平生了。”朱秀娟的创作目的十分简单，就是要用文学留下自己思想的足迹。不过，朱秀娟的创作成就，早已大大地超越了她当年的纯主观意识，她的作品的社会作用和在读者中产生的反响，已把她推上了历史见证人和妇女代言人的地位。朱秀娟是一个善写长篇小说的作家，她最善于在曲折但不离奇的故事中去展现女主角的生活和命运。她的第一部长篇小说《雨荷》是描写她自身的婚姻故事，“忏悔我对一段纯真感情的漠视。那种幼稚与骄傲，使我的婚姻到三十出头才开始。”《破落户的春天》描写一对留学生在新婚的蜜月中，扫除不了寂寞和苦闷，仍带着浓郁的自传色彩。“我的婚姻就是在美国那破落户似的小城中完成的。那里的人与事至今仍鲜明地活在我心底。”《归雁》和《万里心航》《晚霜》都是描写留学生生活的，描写他们家庭的不快和婚姻中的“外遇”，表现了他们在物质生活和精神生活上的不平衡。《没有明天的女人》描写了女主角赵婉宜因离婚而引起的心灵上的创痛，以及经过曲折的相恋和痴心男子钟祖农结合的故事。在朱秀娟所有的长篇小说中写得最好和最深刻的是《女强人》。虽然朱秀娟1977年曾获“中国文艺协会”第二十一届文艺小说创作奖，但是直到她的《女强人》于1984年获台湾中山文艺奖，成为台湾持续不衰的畅销书之后，朱秀娟才成为台湾家喻户晓的人物，人们才特别投注给朱秀娟以钦敬的目光。

《女强人》不仅是朱秀娟创作的里程碑，而且也是八十年代台湾文坛长篇小说创作的重要收获之一。作者以洗练的笔墨描写了女主角林欣华在高考落榜后，不堕落，不自卑，不气馁，以非凡的毅力和勇气，一步一个脚印地走出了一条成功的创业之路。林欣华从一个中学毕业的小女生，在风云诡谲的资本主义世界里锻炼成了一个十分精明强悍，能够战胜阴电阳电的撞击，能够力克酷风凄雨的横祸，能摆脱明福暗祸的陷阱，而成为经常立于不败之地的成熟的女企业家，一个名副其实的女强人，这实在是一曲高亢的现代妇女的颂歌。不仅是台湾妇女，也是全中国现代妇女的榜样。仅仅林欣华这个成功的形象塑造，就足以使《女强人》成为不朽之作。林欣华这个形象，具有浓郁的时代气息，容纳了丰富的历史内涵。这部小说表明，对台湾社会现实的反映和描绘，不一定只有写黑暗面，才会深刻；不一定只有揭得鲜血淋淋才能痛快；不一定只有把女性写成堕落，成为社会的牺牲品，才是本质。当然，像李昂的《暗夜》，萧飒的《小镇医生的爱情》，廖辉英的《盲点》等作品，均不失为反映了台湾当前社会生活本质的优秀小说。然而朱秀娟的《女强人》，却是开拓了另一条反映台湾资本主义社会生活本质的途径，那便是描写和刻画资本主义社会中的正面形象，塑造具有中国精神和气派的，并可以在世界范围施展才华和抱负的，具有较高精神品格的女实业家。

朱秀娟在《女强人》中最突出的艺术特色，便是形式和内容，格调和气氛，环境和人物等的和谐与统一。文字干净利落，极富有表现力。在塑造林欣华形象时，十分注意外在环境的烘托和人物内在世界的深入开拓相结合，使人物富有立体感，具有力度。

第二节　曹又方

曹又方既是一位女作家，也是一位妇女运动的活动家；既搞创作，又研究婚姻爱情理论；既写小说，又写专栏。在爱情婚姻理论方面她主张：爱情是心灵的情感的交融和互动，爱情的回报就是爱情本身；爱情的双方都是独立的个体，爱的最高表示是对方做他想要做的事，而不是你希望他去做的事；爱虽是男女两个人的事，但它具有社会性。婚姻的最大满足是鼓励和期许，婚姻是两个人的身心静静停泊的港口。爱情在青年时期像座不设防的城市，不可抗拒，也不能抗拒，美丽、原始、自然、既浪漫又纯情。爱情到了中年，是理智，是美学，是哲学……曹又方从理论和创作这两股轨道上为追求和维护女性的利益而奔驰。

　　曹又方（1942—2009），本名曹履铭，出生于上海，幼时在上海善导女子小学读书，1949 年随家人去台湾，入台南师范附小，1954 年入台南市女中。她涉足文坛甚早，1952 年，即十岁时就在台湾《中华日报》副刊发表习作，1967 年开始以苏玄玄笔名发表小说，1970 年出版第一本小说集《爱的变貌》。1976 年苏玄玄时期结束，曹又方时期开始。这一年以曹又方笔名发表中篇小说《绵缠》，并连载和出版系列小说《蝴蝶怨》，担任台湾拓荒出版社总编辑。之后又陆续出版中篇小说集《绵缠》《云匆匆爱匆匆》；短篇小说集《湿湿的春》《风尘里》《捕云的人》；长篇小说《碧海红尘》《风》《美国月亮》。1978 年，曹又方同时独力撰写台湾《妇女杂志》的"开放的心"、《民众晚报》的"刺"、《新生报》的"剖"、《民众日报》的"现代人情怀"、《时报周刊》的"解剖男人、透视女人"、《台湾日报》的"曹又方专栏"等六家报刊的专栏，为妇女运动呼喊。她出版的专栏散文、杂文集有《随缘小集》《刺》《情怀》等。另外出版有婚姻爱情论文集《开放的女性》等。1979 年，曹又方赴美，1984 年开始任美国《中报》副刊主编。

　　曹又方被称为"张爱玲第二"，她的小说几乎全是描写男女关系和婚姻爱情故事的。她的短篇小说集《捕云的人》《风尘里》《湿湿的春》称为"鸳鸯谱系列小说"之一、之二、之三。由冠以"鸳鸯谱系列"便可窥见小说的内容了。在"鸳鸯谱系列小说"的序里，曹又方说："男人和女人之间的故事是永远写不完的，二十世纪实在是一个十分变异的时代，许多观念和价值都在变，男女间的事也变得更为复杂和光怪陆离了。"这种光怪陆离是对传统的挑战，也是现代意识在男女关系上的一种反映。它迫使作家以新的观念，新的方法塑造爱情主体，表现爱情气象。

　　曹又方众多作品中写得最好的是 1984 年出版的长篇小说《美国月亮》，这个书名本身就含有强烈的讽刺意味，即用以讽刺那种"美国月亮比中国月亮圆"的崇洋媚外之徒。小说男主角，三十八岁的陶敏士在美国端了十年盘子，一事无成，连恋人也告吹。回到台湾后登报征婚，应征者中有位十九岁少女周起凤，非常精明漂亮，她应征的条件是到美国去。陶敏士在母亲和妹妹的帮助下突破父亲的阻力和周起凤结了婚，去了美国。但三十八岁的留学生陶敏士却被十九岁的周起凤玩弄于掌上，不仅逼走了合作者，掌握了餐馆大权，而且运用手腕把她母亲和弟弟都弄到了美国，母亲夺了餐馆的财权，弟弟夺了餐馆的勺权。小说十分出色地塑造了既有崇洋媚外观念，又富于心机，非常能干的少女周起凤的形象。周起凤涉世未深，但却圆滑老练；身在美国，却运筹于万里之外的台湾。小人物却有谋士风度，美女却有丈夫气概，颇有《红楼梦》中"凤辣子"的风韵和手腕。《美国月亮》不失为深沉的讽刺之作。周起凤的形象不仅是曹又方小说中女性形象的高峰，而且在众多同类游子形象中也有新的突破。曹又方早期作品中的爱情主体，几乎全是在传统和现代的交界线上迷惘、矛盾、挣扎、毁灭，而且基本上是以床上活动作为挣扎和叛逆的主要形式。有位评论家在谈到曹又方的早期小说时写道："早期的曹又方小说，描写的正是这样的一群对爱情抱着理想主义，却又因为现实的残酷而告幻梦破灭的人物。因为他们年轻，所以有梦、有憧憬，并且他们的梦圣洁得如同河畔的天鹅。也因着他们是活在这一时代里的人，所以有抱怨，有不满，为着摆脱'五千年父亲'的羁绊，他们幻想着能从背德的实践中去寻求自我的认同，然而在床上的此种叛逆，等到'明天便成了一种残酷'——官能的快乐终究是无能解救灵魂的困苦啊！"[1] 到了中期《绵缠》中的女主角顾敏纯虽仍然在不幸的婚姻中颠沛和苦闷，但小说的人物和前已有不同，她已能摆脱痛苦婚姻的绵缠去作新的追求，尽管那种追求仍然是渺茫的。到了《美国月亮》中的女主角周起凤，曹又方的爱情主体有了一个突变。那便是脱离了纯粹情欲的纠缠，把目标转向了事业和人生。对周起凤来说与陶敏士的恋爱结婚，更多的是为了完成和达到她去美国，追求富裕舒适生活，荣耀门庭的一种手段。尽管周起凤的事业和人生是需要大打折扣的，作者也是以批判的态度来描写的，但是这种摆脱床上战场和以自我毁灭为代价的叛逆，毕竟使曹又方的人物迈出了新的步子。

---

[1] 陈映湘：《缠绵以后呢？——试论曹又方的〈绵缠〉》。

第三节　施叔青

　　施叔青，1945 年生，台湾彰化县鹿港人，台湾淡江大学外文系毕业。1970 年赴美攻读戏剧，获纽约市立大学戏剧硕士学位。后曾在台湾政治大学和淡江大学任教，1978 年随美国丈夫到香港定居。施叔青在大学读书时便开始了小说创作，得到陈映真和白先勇的帮助而跻身文坛，出版的短篇小说集有《约伯的末裔》《完美的丈夫》《夹缝之间》《拾掇那些日子》《常满姨的一天》，长篇小说《牛铃声响》和《琉璃瓦》等。另有戏剧论著《西方人看中国戏剧》等。

　　施叔青的创作经历了台湾、美国和香港三个时期，早期施叔青的创作脚步是踏在现代派的国土上的，她以少女青涩美丽而朦胧的梦幻，编织了一些奇妙而不成熟的故事。她早期的代表作《壁虎》描写一位望门中的少女和同胞哥哥产生乱伦恋倾向，因而对新过门的嫂子深怀夺爱之恨，最后竟控制不住发疯般地冲进哥哥的卧室，执着剪刀凶暴地将情敌嫂子刺死。作品中的"壁虎夫人"即少女的嫂子，是性的象征，"是属于动物世界，一种超道德的自然力量，——如狂风，如海啸。当这种力量闯入人类社会中，其结果是死亡，是疯癫。"[1] 白先勇评价施叔青早期小说时写道："死亡、性和疯癫是施叔青小说中循环不息的主题，而这几个主题又是密切相关，互为因果的。死亡和性这两种神秘而不可解的生命现象，在任何文学传统中，都是经常出现的两则主题，但是在施叔青的小说中，却挟雷霆万钧之势出现，它们震荡了人的心灵，粉碎了社会的道德秩序。"[2] 施叔青 1970年去美国后写的《完美的丈夫》中的一些短篇小说以及《夹缝之间》中的《常满姨的一天》《牛铃声响》等描写旅美华人女性生活的作品，改变了早期的青涩，逐步地由空中来到了人间，由幻想回到了现实，开始描写人生

---

　　[1]　白先勇：《施叔青的〈约伯的末裔〉》，叶维廉主编：《中国现代作家论》，台北：联经出版事业公司 1976 年版，第 537 页。

　　[2]　白先勇：《施叔青的〈约伯的末裔〉》，叶维廉主编：《中国现代作家论》，第 537 页。

的不幸和苦闷，尤其是旅美华人女性和不幸遭遇。像《常满姨的一天》中的常满姨，《回首·蓦然》中的范水秀，《后街》中的朱勤，《完美丈夫》中的李悸等女主角。她们身上再没有《壁虎》中那位少女和壁虎夫人的影子。常满姨这位台湾普通的劳动妇女到美国后，在孤独中熬不住性的煎迫，竟然癫狂地想脱下裤子，大喊男人来吧；竟然主动扑向晚辈留学生阿辉的床上而失败。这虽然也是一种性的描写，但它有了现实生活的内涵，是被生活环境逼得疯狂的结果。尤其是对李悸反抗性格的描写，是施叔青的创作进入新阶段的重要标志之一。施叔青在美国时期写的小说，华人都是被囚在美国社会的牢笼中，在艰困和乡愁的折磨中挣扎。比起男人，旅美女人除了美国社会的牢笼外，还有男人给她们做的牢笼，受着男人的凌辱和压迫。像范水秀受到那么残忍的摧残，和封建社会没有两样。1978 年施叔青到香港定居之后，便开始了《香港系列故事》创作。这系列故事中仍然是女人扮演主角。这些生活在香港殖民湖泊中的浮游动物，比旅美女人们的地位还不如，她们一年四季思考着怎样用自己的色相和性作工具，去勾住那些有钱的男人，在那些吸血鬼们身上再吸一次血。那些男人们在玩弄她们之余，以怜悯的态度施舍一点余唾，使她们的生活延续。她们是一群叮在吸血鬼身上的蚊虫，在夹缝中生活。《悸细怨》中的悸细，《一夜游》中的雷贝嘉，《窑变》中的方月等，都是既可怜又可悲的人物。《香港系列故事》的意义在于，作者通过这批在肉欲和色相中挣扎的女人，揭露了这个无奇不有、堕落、霉烂、无耻、凶险丛生的殖民小岛社会的真实，并寓有并不太强烈但却可以感到的批判意味。施叔青的创作成就还表现在她以细腻生动的笔墨，刻画了资本主义世界各色各样，既有缺陷，但却又值得同情的女人形象。有不少人物性格异常鲜明突出。施叔青文学语言的最大特点是，根据作品题材的变化，不断地调整语言格调。拿《壁虎》中的语言和《完美的丈夫》中的语言一对比，便可看出她的语言由"不属于中国典雅平顺的传统语言"向通顺流利适合新内容表达的中国语言转变的明显轨迹。

第四章
李昂、萧飒

第一节　在性描写方面最有争议的李昂

　　李昂，本名施叔端。1952 年 4 月 7 日出生于台湾彰化县鹿港镇。从小在本乡读小学、初中和高中，台湾文化学院哲学系毕业后，到加拿大和美国留学，1977 年获美国俄勒冈州立大学戏剧硕士学位，1978 年返回台湾，开始在台湾文化学院戏剧系任教。李昂出身书香门第，成长于堪称中国古文化标本的鹿港镇，因而从小受到中国传统文化的熏陶。李昂姊妹三个都是当代台湾文坛著名的女文人。大姐施叔女是文学评论家，二姐施叔青是定居香港的小说家，因而她生活在十分优越的文化环境中，成长于姊妹们比赛着要当作家的良好文学气氛中。当作家的梦想一直是她跃跃欲试的精神力量。还是在中学读书时她就开始了写作，高中一年级就发表了处女作短篇小说《花季》。进入大学后，她开始发表描写自己家乡风土人情的鹿港系列小说九篇，这九篇小说，以古朴的鹿港风情为背景，以鹿港人的命运为主线，反映了鹿港古镇六七十年代的社会变迁和人世沧桑，使李昂在台湾文坛初露锋芒。李昂在大学期间还创作了另一个短篇系列《人间世》，其中《人间世》获台湾《中国时报》短篇小说奖。这篇作品描写了台湾大学的一个女学生，因一时冲动与男生发生了性关系，由于缺乏生理卫生知识，看到处女膜破裂下体出血后非常恐惧，怀着信任的心情将事情经过悄悄地告诉了训导老师。但却没有料到，学校决定将她开除，使这位女生精神上受到巨大打击，她产生了严重的信任危机，发出了"不知该信任谁"的哀叹。这篇揭露台湾教育制度弊端，为青年鸣不平的小说一面世，就受到了台湾各界的广泛注目，李昂之名从此不胫而走，蜚声台湾文坛。李昂出版的中、短篇小说集有《混声合唱》《人间世》《爱情实验》《杀夫》《她们的眼泪》《暗夜》《一封未寄出的情书》等。她的获奖作品除《人间世》外，还有《爱情实验》和《杀夫》等。

李昂的创作分为两个时期。在未完成的《人间世》和《鹿港故事》两个短篇系列之前，作者是处于"孤芳自赏"阶段，比较注意作品形式的追求，而较忽视主题思想的呈现。那时李昂所描写的女人和性，大都是一种思想贫困，缺乏筋骨的性游戏和陶醉于对自我胴体的玩味和自赏中。自从《人间世》面世，李昂"试图回到人间管管是非"之后，她逐渐赋予了性描写以积极深沉的社会主题，使自己的创作骤然地升华了一大步，至此，她才真正在自我追寻中找到了自己的位置。

"人间是非"是个极为复杂而庞大的命题。李昂在她的社会意识明确地觉醒之后，便自觉地在这个题目下去寻求答案。但李昂所管的"人间是非"只是这个题目下极小极小的一部分。而我们在此探索的又只是李昂答案中的主要部分。那么李昂究竟管了人间哪些是非呢？

第一，无情地揭露和痛击封建势力对女性的摧残。不管是大陆，还是台湾，尽管社会形态不同，但封建主义的枷锁和镣铐，仍然捆绑着不少姐妹的肢体和灵魂，在某些领域，封建势力十分猖獗，还在残酷地吞噬着人们的生命，威胁着人们的生存，反封建的任务还相当急迫。正是由于这样的原因，所以就出现了这样的怪现象，数千年前我们祖先在文学作品中所歌唱的反封建主题，直到二十世纪八十年代，仍然老调重弹。《孔雀东南飞》中所描写的婚姻悲剧，如今仍比比皆是。由于这种题材是直接关系千百万人，尤其是妇女的命运，因而常写常新，广泛受到关注。李昂是个十分敏锐的作家，她紧紧地抓住这种题材，对封建主义的无耻和残暴进行了无情的揭露和抨击。中篇小说《杀夫》，是这方面的佳作。《杀夫》对封建势力的揭露是从两条线索和两代人的命运进行的。作品虽然是以描写林市年轻一代的命运和遭遇为主，但对林市母亲老一代作为铺垫式的描写也具有深刻意义。林市父亲死后，为了侵夺林市家的财产，林市的叔父便将这孤女寡母赶出家门，她们住在破庙里靠乞讨度日。在许多天都无食可进奄奄一息的情况下，一个士兵用白米饭作诱饵强奸了林市的母亲。此事被林市的叔父发现后，便将林市的母亲和那位士兵毒打后坠石投河，嘴里还不断地讲，假如林市的母亲能够抗拒士兵的强奸，他还要为她立贞节牌坊。作者在这里既无情地揭露了封建势力代表人物林市叔叔的凶恶残暴，也揭露了他鲜有的无耻。他夺走了林市母女赖以生存的家产，把她们母女逼上了死亡边缘，还口口声声叫林母抗拒士兵的强奸，为她立贞节牌坊。这是何等深刻的讽刺，比豺狼吃了绵羊，然后叫它的尸骨去成神仙还要滑天下之大稽。作品的另一条线是沿着林市的命运展开的。母亲被害死后，林市成了叔叔家的小女奴，他们对林市进行残酷折磨和剥削之后，又将林市卖给野屠户陈江水，换得了可长期吃肉不要钱的肉票。陈江水买了林市之后，奉行着"我给你饭吃，你就得和我睡觉"的兽性哲学，对林市进行百般的肉体折磨和精神凌辱。每次他从外面喝酒回来，抓住林市就进行凌辱。一次，陈江水为了吓唬林市，故意将怕见杀生的林市弄到屠宰场叫她看杀猪，林市被吓得精神恍惚以至失常。一天夜里，在精神错乱的情况下，林市用陈江水的屠刀将陈江水分了尸。陈江水对林市百般凌辱无人管，而林市在精神错乱的情况下杀了陈江水，却在劫难逃，被五花大绑游街示众后，处以死刑。陈江水比起封建卫道者林市的叔叔，是另一种封建势力的代表，即大丈夫主义兼刽子手。林市以弱杀强，是妇女对封建压迫的反抗，是被迫采取的自卫行动，象征着被压迫者再不愿那样屈辱下去，封建主义任意横行的日子已经结束。林市被五花大绑示众、杀头，一方面暗示封建势力还相当强大，妇女的解放还需付出巨大的代价，但另一方面却激起人们更大的愤怒和不平。

　　第二，对资本主义的虚伪、荒淫和贪婪进行深刻揭露和抨击。李昂曾经形象地把《杀夫》称为"吃不饱的文学"，而把她的另一个中篇小说《暗夜》称为"吃得饱的文学"。吃不饱，被人欺凌残害；吃得饱，腐化堕落自我溃烂。吃不饱，表示对封建主义的揭露；吃得饱，表示对资本主义的批判。李昂的《暗夜》比起《杀夫》，不管思想还是艺术，都有新的突破，标志着李昂创作的新高度。尤其是主题思想的表达，呈现出更为深邃的特点。《暗夜》描写台湾进入资本主义社会之后，人们物质富裕，精神空虚，富裕的物质成了人们灵魂的腐蚀剂、销魂散。报社社会版的记者叶原，利用获得的经济情报大发横财，并用这不义之财吃喝嫖赌。他一头抓住女大学生丁欣欣寻欢作乐，另一头勾住朋友黄承德的妻子——在四十多岁的女人身上寻求异样的韵味。而实业家黄承德，一方面冷妻子热情妇，致使自己的妻子与叶原偷情；另一方面，为了从叶原那里获得源源不断的市场信息，不惜以妻子做交易。伪道德家陈天瑞，表面道貌岸然，实际最不道德。当他单恋的大学生丁欣欣成为叶原床上的猎物时，便不能容忍，但又没有力量给叶原以惩罚，于是便暗中借刀杀人。一天，他匆匆忙忙以不速之客的身份来到黄承德家里，以社会道德裁判家的身份和拯救社会道德、打抱不平的面貌出现。他神秘地告诉黄承德，其妻与叶原通奸，劝黄承德为了自己，也为净化社会道德着想，给叶原以打击，并事先为黄承德想好了报复叶原的方法。那便是将叶原的情人丁欣欣与留美博士孙新亚通奸的事，告诉叶原，给叶原以精神打击。黄承德开始一直沉默，伪装对陈天瑞的企图一无所知。当陈天瑞讲出了自己的全部设想，黄承德才缓缓开始回击，讲出陈天瑞不过是想借刀杀人，报复丁欣欣，使丁欣欣企图通过孙新亚赴美留学的幻想趋于破灭。黄承德说："我听叶原告诉我，你一直在爱丁欣欣……丁欣欣根本不当一回事，当笑话告诉叶原……你为了报复丁欣欣，因为你要不到她，你嫉妒，你要害她也不好过……什么狗屁的道德净化，你比我们谁都不道德，我们至少不设计害别人……"这段描写把资产阶级道德极其虚伪的本质揭露得淋漓尽致。作者在《暗夜》中以惊人的观察力和组织力，绘制了一个以金钱和性为网络，里面装满着丑恶、奸诈、荒淫、无耻的台湾资产阶级社会的关系图。在这个图中有血的吸吮，有性的交易，有争夺的疯狂，有报复的凶狠，有嫉妒的烈火，有贪馋的涎滴。这个图中的所有人既没有思想，也没有灵魂，一个个都患着严重的精神贫血症，作者对他们的揭露入木三分。

第三，对台湾教育制度的批评。前面提到《人间世》这篇小说的内容和主旨，是告诉人们台湾教育制度的弊端和失败。学校当局担任着塑造人的灵魂的神圣使命，但却事先不注意对学生的品行和生理知识方面的教育，而当学生出事后，又把责任全部推给学生，不教而诛，将学生开除了事，这无疑是把问题推给社会，给社会埋下隐患。作为教育机构不但不能为社会分担忧愁，消除和减轻社会的不安定因素，反而给社会增加隐患，这是教育无能的表现。另一方面，学生信任老师才将隐私向老师汇报以求助，而老师不但放弃了教育帮助学生的职责，而且打小报告，既违背了为人师表的天职，也造成了信任危机，严重亵渎了教师的形象。

李昂有意识地将社会性的主题凝结在爱情婚姻题材上，通过主人公的婚姻爱情事件，成功地表现出"人间的是非"，完成社会性的创作意图。李昂在她的诸多作品中集中地抓住对妇女关系最大，影响妇女命运最深、最烈、最久的性，从各个角度进行深入开掘，从而表现出强者对弱者，男性对女性的掠夺，并把这种掠夺和社会现实紧密地联系在一起，表现出其社会本质，李昂在描写这种性关系时，努力表现出女性的性自由、性自主和反抗的强烈意识。虽然性自由、性自主、性反抗并不代表女性利益的全部，但是，自古以来妇女的命运就和性纠缠在一起。妇女什么时候不能摆脱性掠夺、性欺凌，什么时候就不会有真正的人身自由和自主，就不会有真正的婚姻自由和男女平等，真正的人道主义也就不可能来到妇女身边，因而性可以说是一切被压迫、被奴役的女性们的枷锁和镣铐。李昂紧紧抓住这个问题不放，就是要在这个关系到妇女全局的问题上，为妇女命运的解放，打开一个缺口。

李昂的两部备受瞩目的中篇小说《杀夫》和《暗夜》，在形式和内容的调配方面最为成功的是作品的艺术构思和人物塑造。以《杀夫》为例，为了表达反封建的主题，作者特意在作品中安排了林市幼年的一段生活，即叔父夺其财产，母亲因一把白米饭而被强奸，断送生命的情节，尤其是对其母被强奸被处死的情节描写得非常细致。这一安排既强化了作品反封建的社会主题，又为林市后来命运的发展做了有力的铺垫，使林市后来的性格变得十分可信。为了表现陈江水的大男子沙文主义，作品也做了很多铺垫,通过乱刀剁死家禽,将屠刀放在床头威胁林市,和林市做爱还要强迫她高声喊叫从中取乐等情节的描写,极力表现出陈江水野蛮、凶暴,杀猪杀红了眼睛,不杀点什么手就痒痒的职业性格和大男人主义相结合的特点。在这样的野兽身边,时时都有一种危险感存在,任何人都难以忍受,不是逃离就是被弄死。对付这样一个野兽,就是一个彪形大汉,也绝不是对手,何况一个瘦骨嶙峋、弱不禁风的小女子林市呢?面对这样一头凶暴的野兽,李昂又交给林市一项必须完成的神圣使命——杀夫。于是就要在作品的结构上下功夫,创造出令人信服的杀夫的条件和环境。作者安排了一个关键性的细节,即陈江水把林市拖到屠宰场,让害怕看杀生的林市看杀猪,从此林市精神受了刺激,常常处在精神失常的错乱状态中,拿起床头的杀猪刀将陈江水当作一头猪杀死,也就非常自然合理了。假如不是这样安排,而是换一个环境,让林市在精神清醒的正常状态下去杀死陈江水,就不可思议了。所以作品怎样构思,怎样布局,怎样巧妙地安排情节,是使艺术形式和思想内容达到一致的极为重要的问题。

下面,以《暗夜》为例再看李昂小说的人物塑造。这部作品的人物塑造极具特色。作品中的个个人物都是活生生的生活中的人,而不是因作者的需要而做出的木偶和摆设;他们每个人都代表着一定的生活本质和思想内涵,是作品中必不可少的,而不是可有可无的;他们都是表达主题需要的,而非游离主题;他们都是符合作品所呈现的时代的,而不是游离于时代之外的人物。在众多的人物中,叶原的形象和性格塑造得最为出色。这是一个现代化的资本主义社会的产儿,是个典型的新式资本家。金钱和性是他生命和性格的两大支柱,他在这两个方面去追求极致,他是一个金钱狂和色情狂的混合物。他的性格的这一特征,正好是现代资本家的两种特性。作者是这样描写他和金钱、资本主义的股票市场混而合一,无法分割的关系的:"在股市十多年,叶原已然被训练成像猎犬般对变动的股价有一种近乎本能的判断。而且越来越少出错的可能,他闻得出股票市场的晴朗与风雨,甚至像相对湿度这类细微的差别,也难逃他敏锐的触感。""他心中激切的热情似乎从来不欺骗他。股价有若猎物的伤口,引发出蛰伏在他身上的本能，一种来自与自身血液、血脉相通的呼唤与需求，指引着去寻找，挖掘与获得。"假如把资本主义的台北比作一个狩猎场，叶原就是一只最灵敏的猎犬；假如把资本主义的股票市场比作一片血污，叶原就是叮在这片血污上的苍蝇；假如把股票市场的电动看板比作群星闪烁的夜空，叶原的目光就是夜空忽闪忽闪的星星。然而这只是叶原生命和性格中的一根支柱。他性格的另一根支柱是性，是玩女人。股市和女人的香巢像一条小路连着的两个巢穴，叶原永远流连在这两个地方。股票市场猎获得的金钱，拿到女人香巢中去消化；而女人的香巢又靠他在股票市场的猎获来支持，来填充。他既从四十开外带有旧式的女人身上去寻找欲开欲守的性满足，又从现代化开放的女大学生那里去享受性开放的欢乐。他从和李琳奇特的做爱方式中，感受着一种对朋友莫名的报复心理的发泄，而且这是一个只有性欲而毫无情感的家伙，只要可能，他可以一夜之间上一百个女人的床。李琳被他害得死去活来，他从未表示要负什么责任。叶原是有文化，有野心，有能力，贪婪和享受同步进行的现代的资本家。作者把他性格中的两个特点结合起来进行表现，使这个形象不仅有血有肉，而且具有浓烈的时代感。

第二节　擅写"外遇"的萧飒

从广义看，活动在人生舞台上的只有男人和女人。因而活动在文学舞台上的也只是男人和女人。所有作家的创作都是在文学舞台上调动、转换、调适着男女的角色。不过各有各的领域和侧重点罢了。萧飒和绝大多数女作家一样，她的领域和侧重点是放在男女的爱情和婚姻上。后来，她的笔墨又着重地挥洒在了最易掀起男女情感风暴的、最易激发家庭矛盾的"外遇"题材上，集中地在这个情感旋涡中去暴露主人公内在的心灵世界。

萧飒，本名萧庆余，原籍江苏省南京市。1953 年出生于台湾台北市。台北女师专毕业后，又考入淡江文理学院（淡江大学前身）夜间部中文系攻读两年。后因掉进爱河而退学。萧飒从小爱好文学，在她还不到入学年龄时，就经常从广播里收听连播的爱情、历史、推理等小说。当她有能力进行阅读时，《红楼梦》等作品又成了她最好的文学营养。据她回忆，初中时她就写了一篇胎死腹中的万余字表哥爱表妹的小说。进入台北师专后，她对白先勇的《现代文学》、尉天骢的《文季》和较早的《笔汇》等刊物，十分喜爱。从这些刊物上她接触了大量的台湾当代作家们的作品。她说："比较起来，我看日本翻译小说，确实要多过西洋翻译小说，因为我一直觉得，那种东方式的感情和民族性，我比较懂得。"[1] 由于大量阅读日本作家作品的结果，便使萧飒的小说，常常表现出日本文学中那种叙述简练、格调清新淡雅的气氛。但是萧飒认为她的创作是学习和综合了各种文学作品所取得的成就，并没有明显地受某位作家的影响，也就是说萧飒就是萧飒，她和任何一位名家都没有似曾相识之处。她说："我想，我之成为我，是受着各式各样的影响。很幸运的，至今没有人断言的说，我的文学脱胎于某人，或风格脱胎于某家。"[2] 萧飒于 1970 年，即师专一年级时跻身文坛，先后出版了长、中、短篇集子共十二本。长篇小说有《少年阿辛》《如梦令》《爱情的季节》《小镇医生的爱情》，中、短篇小说集有《长堤》《日光夜景》《二度蜜月》《我儿汉生》《霞飞之家》《死了一个'国中'女生之后》《唯良的爱》等。萧飒的获奖作品有《我儿汉生》《死了一个'国中'女生之后》《霞飞之家》等。萧飒的作品曾多次入选台湾年度小说选，受到不少评论家的好评。台湾著名作家、评论家、尔雅出版社的发行人隐地说："萧飒虽然年纪轻轻，可是一派大家风范，她曾以《我儿汉生》超越年龄的限制，又以《小叶》超越性别的限制，在小说的世界里，她已能控制全局，加上文字的驾驭能力也在水平上，只要她此生写小说的心态不改，萧飒实在是我国文坛上十分重要的一位作家。"[3] 比较起来，萧飒的创作选材在台湾女作家中是较为广阔的，她笔下的人物也是多种层次与各行各业的。比如：商人、医生、教员、女企业家、电影工作者、妓女、儿童、家庭主

---

[1] 《站在冷静的高处》（台湾《中国时报》1987 年 8 月 14 日第八版）。

[2] 《站在冷静的高处》（台湾《中国时报》1987 年 8 月 14 日第八版）。

[3] 隐地：《我看〈小叶〉》。

妇等等。近年来，萧飒的创作已走向成熟，其主要标志是她已经从中、短篇的创作阶段成功地迈入了长篇小说的写作。时间不长，她便拿出了令人注目的《如梦令》《少年阿辛》《爱情的季节》和《小镇医生的爱情》四部长篇，尤其是《小镇医生的爱情》的面世，标志着她的小说创作达到了一个新的高峰。

萧飒极善于描写台湾城市中男女的感情纠葛，从婚姻爱情事件中去开掘其丰富而深邃的社会内涵。虽然她和李昂都非常注意透过婚姻恋爱去解剖台湾社会，但李昂常常从婚姻爱情的一角——性的角度去深挖，而萧飒则是从情的角度着墨；李昂大都揭示得鲜血淋淋，一无遮拦，而萧飒则表达得较为温情和含蓄；李昂笔下的人物常常表现出一种暴烈和疯狂，而萧飒笔下的人物则表现出忧郁和苦闷。比如萧飒非常轰动的短篇小说《小叶》，以男主角刘智原之口讲述女主角小叶的故事。小叶被母亲改嫁时带到继父家生活，她读初中时就被好色的继父强奸，小叶便逃出家门，靠自己的身体养活自己。后来与观光饭店的侍者——刘智原同居。这个人好赌成性，将钱花光了就靠小叶赚钱供他作赌资。他虽然和小叶是同居关系，但却一方面向小叶要钱，另一方面对小叶又约束得很严。当小叶为了他到酒吧重操旧业时，他对小叶说："找个事做，很好，你也知道我赚的钱不够两人花。只是你要晓得一件事，我们住在一起，好歹你是我的女人，给留点面子。"小叶晚上回来晚了他毫不客气，对小叶拳打脚踢。小叶忍气吞声，逆来顺受，她也真的像妻子一样对待刘智原。后来刘智原又勾上了一个小妹，小叶为了维护自身的利益却与小妹大打出手，并以自杀相抗争。最后，她看到危局难挽，便跟上了另一个男人。台湾描写风尘女的小说不少，但萧飒笔下的小叶和黄春明笔下的白梅、白先勇笔下的娟娟都不相同。她既不像白梅那样抱着人生的希望——从良生一个孩子，回到正常的生活中去，终于看到生命的春光，也不像娟娟那样在无可奈何之际，猛地擎起黑色熨斗将嫖客虐待狂柯老雄砸得脑浆迸裂。小叶是一个非常温和善良的女子，既听天由命，又想争取好的人生，因而在"日光夜景"的社会中东撞西碰，不知何处是归程。比起白梅和娟娟来，小叶身上潜藏着更多的忧郁和苦闷，心灵上缠绕着更多的绳索，因而蕴藏着更多的，甚至是难以言状的社会控诉。

自从萧飒进入以长篇小说为主的创作以来，她把更多的注意力集中在了台湾社会转型期——家庭形态变化中较为经常和普遍发生的，对妇女和儿童损害最大的"外遇"问题上。随着社会的发展和变化，"外遇"自身包含的事实虽然没有变化，但人们对它的态度，和它在人们心目中的形象，仿佛正在和已经发生了巨大变化。它不像过去那么阴森可怖了；不像过去那么神秘莫测了；不像过去那么凶恶丑陋了；不像过去那样禁忌了。在一部分人的心目中，不但不凶恶丑陋，而且似乎变得美丽可爱了。萧飒的许多作品都是反映这个问题的。其中以《小镇医生的爱情》和《唯良的爱》最为集中和突出。《小镇医生的爱情》描写了这样一个故事：六十岁的内科大夫王利一由台北市的大医院退下来，回到家乡小镇开了一个诊所，收高中毕业生刘光美做护士。王利一结过两次婚，膝下有两个二十岁以上的儿子。妻子和自己结婚三十年来感情一直不算太好，也不算太坏，从未吵过嘴红过脸。自从青春勃发，体态柔美，不满二十岁的刘光美来到诊所后，王利一心中一直痒痒地想占有她。他凭借自己医生的地位和在刘光美心目中的权威，对刘光美展开攻势，并终于占有了她。刘光美痛哭流涕跑回家去，妈妈用木屐扑上来打她、骂她，吼着叫她"去死——去死——"。但奇怪的是，当王利一来接刘光美时，这个刚才还暴怒不息的妈妈，不但对王利一十分客气，而且一反常态又鼓励自己的女儿去和王利一好，并哀求王利一好好待自己的女儿。当自己的女儿要离开王利一的诊所到台北去谋生时，其母先是阻挠，叫女儿知道她已是王医生的人了，即使去台北，也还得住在王利一家里。在王利一的勾引和母亲的撮合下，刘光美心安理得地在王利一家里当着不三不四的角色。更加奇怪的是，刘光美的同学赖国宝引来的小青年阿坤苦苦追求刘光美，并带她到台北玩，她竟不动心，对王利一忠心耿耿，离开一会竟然想念得不行，恨不得马上回来拥抱他。后来由于刘光美使王利一的家庭矛盾激化，女主人要离家出走。刘光美在不得已的情况下离开王利一到台北去找工作。开始她与王利一仍藕断丝连，后来王利一的老婆因气病而死，刘光美仿佛受到良心谴责，才下了最后决心，和王利一彻底决裂，到台北当裸体广告模特儿去了。毫无疑问，这个故事真实地表现了台湾旧式家庭，在西化思潮的冲击下，破裂和重新组合的现实。王利一的妻子是一个旧式妇女，既是封建婚姻的牺牲品，也是西化思潮的刀下鬼。而王利一，正像名字所体现的意义，是个"利一"的唯我主义者。既和妻子摆脱不了旧情又要占有青春少女，在妻子身上去寻求旧道德的完善，在刘光美身上去追求肉欲的享乐。从情感和观念看，这还是一个传统的旧人物。而刘光美，一个出生在台湾现代化社会的青年却心甘情愿地拥抱旧的枯骨僵尸，一非出于钱财，二非出于继承，面对青春少年的追求而不动心。此人物年纪虽小但旧的因袭太深，那种一次占有，终身相随的封建意识不知从何而来，令人费解。刘光美的母亲也是一个外遇的受害者。她的丈夫与别的女人勾搭上以后，将他们母女三人抛弃，这样的身世应该对"外遇"事件深恶痛绝，但却在既没荣华富贵可享，又无希望继承财产的情况下，而鼓励自己的女儿去破坏别人的家庭，从不想让女儿去嫁个好丈夫。此人物实属畸形。《小镇医生的爱情》成功之处在于它描写了畸形社会中的畸形人物，表现了台湾社会转型期，旧式婚姻家庭处于破裂中的真相。其中在平、在论和素淳诸人物对待父亲王利一的"外遇"态度和对待刘光美的态度上，倒有着较浓的台湾现代青年的气息。他们既不抱怨父亲，也不痛恨刘光美，而且还常安慰刘光美。在他们看来情感和婚姻是两码事，合乎情感的不一定合乎制度，合乎制度的不一定合乎情感。因此他们对待这种事的态度是任其自然，既不鼓励，也不阻挠。作者对"外遇"抱着一种并不激烈的否定态度，始终没有让受害者王利一的妻子与刘光美交火，也没有让她与刘光美的妈妈对阵，让刘光美生活在不和谐但却是没有格斗的和平环境中。刘光美由迷误到觉醒，不是外在的逼迫，而是一种内省。这种处理法，恐怕也是符合台湾社会对"外遇"看得越来越淡的现实。《小镇医生的爱情》中，萧飒仍然坚持她作品的一贯风格。在不跑题，不旁生枝节的情况下，不失时机地尽可能为自己的作品埋下社会的基石，增强作品的社会批判性，以免使爱情小说漂浮于爱情的水面上——虽然能够溅起几朵爱情的浪花，但却缺乏深沉的底流。比如作品借阿坤的口说："什么人家高兴不高兴？这年头，你要等人家高兴，那连命都赔上，人家还不一定高兴！你要知道，要懂，现在的社会就是这样，好人被人欺侮，你不骑到他头上来，他就骑到你头上来。"赖国宝说："做人就是要狠！硬的不怕，软的不吃。干！穷都已经穷够了，还要怕谁不成？干！那些有钱人，也没有什么了不起，我谁也不在乎，有一天，我有了钱，他们一样要跪在地上拜我。"这些小人物的话是从他们的生活体验中概括出来的。

在描写"外遇"题材方面，萧飒的中篇小说《唯良的爱》是一篇十分感人的作品，它凝聚了作者的亲身体验和血泪。作品中女主人公唯良发现自己丈夫的心被舞蹈教师范安玲夺去后非常痛苦，于是便去找范安玲求她可怜可怜自己和孩子，放了自己的丈夫。可是出人意料，安玲不但没有羞辱感，没有愧意，没有歉疚，而且理直气壮地说："我要他……他是我……唯一一次，当真的。"当唯良厉声质问她："你，好好的女孩子，可以找任何人当真，找不到，就，一定要破坏人家家庭？你不觉自己不道德吗？"安玲毫不思索地回答："我不觉得。"当唯良激愤地说："你毁了我的家还有我的孩子……如果你，还有良心的话……"安玲却毫不动声色，平静地回答："我不觉得。也许在法律上我有罪，可是在感情上，我和伟业相爱，我爱他，就是爱他，我不觉得爱人有罪。婚姻只是一种制度，不一定合理……你不会懂的，你……根本不了解他。"安玲是一个典型的受西化之风熏陶，生活和观念都西化了的青年。在他们眼中一般人都是食古不化的怪物，只有他们才是悟透了，懂得情感懂得世界的现代人。在他们眼里无所谓道德不道德，他们的行为即使是有罪的，那也不是他们的错误，而是制度不合理，情感和自我就是一切。而在唯良的眼里，道理却是应当这样的："解决什么？怎么解决？我不要跟任何人分享我的丈夫，我不要破碎的东西，我向来不要不完整的……"唯良和范安玲相差不到十岁，但在观念上，她们却是两代人。奇怪的是完全西化了的范安玲热恋着的伟业，却并不是一个完全现代化的胚子。他虽然和范安玲胡搞但却无意和范安玲结婚，而是一种玩弄和取乐性质，因为他坚持不与唯良离婚，要维持家庭的体面。这种错综复杂的观念和人物以及由他们构成的错综复杂的社会关系，就是台湾的现实。作品中描写的专门由离婚女人组成的"离婚女人俱乐部"就是适应这种情况，为了抚慰离婚女人孤寂的心灵，而自发地诞生的社会组织。在对待"外遇"的问题上，萧飒有自己的主张。她在作品中塑造范安玲的姐姐，因丈夫"外遇"离婚后，开始很不习惯，后来奋发图强，成了一家企业的经理。这个形象就是萧飒对待"外遇"的办法。即女人要独立，创造自己的事业，不依赖丈夫，这样便可以摆脱感情上的纠葛。正像袁琼琼《自己的天空》中的女主角静敏一样被"外遇"的丈夫甩了，但不能灰心，不能堕落，要在事业上开创自己的天空。不幸的是当《唯良的爱》改编成电影《我的爱》时，萧飒的丈夫却和一个电影明星发生了"外遇"，萧飒不幸言中，自己却变成了作品中的女主角唯良。萧飒曾痛苦地想开煤气自杀，千钧一发之时，她猛然想起了自己的孩子而阻止了自己的行动。《给前夫的一封信》生动地记载了她的这一经历和战胜这一灾难的过程。萧飒探讨的"外遇"问题，表面是婚姻家庭问题，实则是在社会转型期，家庭形态变迁过程中提出的一个和旧的家庭观、道德观、社会观、人生观等紧密连在一起的重大的社会问题。萧飒不仅在自己一系列作品中一再提出这个问题，而且积极探索答案：本着有利于受害者，但又不固守旧的观念；有利于维护正常人的家庭，但又不给第三者以过重伤害的前提下，开出比较理想的处方，即在社会舆论和社会道德范围内，由社会自身去消化和调节社会自身产生的问题。

　　萧飒是现实主义青年作家，她的作品既是写实的，又是灵活多变的。台湾旅美作家张系国说："萧飒的小说技巧很重要的一环，便是选择适合的观点，用半透明的叙事方式，达到预期的效果。半透明的叙述方式，最适合于第一人称观点。所以萧飒最成功的短篇小说，几乎都使用第一人称观点。"[1] 张系国的这段话是有道理的，但仅适用萧飒的短篇小说。选择适合的叙事观点，灵活自如地进行叙述的确是萧飒小说的技巧之一，但这种选择既有半透明的，也有完全透明的，两者都取得了良好的艺术效果。比

[1]　张系国：《小说中的女性意识——读萧飒近作有感》。

如在中篇小说《唯良的爱》中，作者用第一人称的叙事观点，形成了作品感情亲切、旋律昂扬、节奏急迫、气氛紧张的特点，读起来如身临其境。但在长篇小说《小镇医生的爱情》中，作者采用了第三人称全知观点，用完全透明的叙述方式，形成作品情感淡雅，节奏徐缓，把所有人物的长处和短处，心灵和行为，都暴露在读者面前。叙事观点的选择，一是作家的叙述习惯使然，二是根据题材的需要，三是有利于人物的塑造。一个优秀的作家，在他的众多作品中，叙述观点应该是经常变化的。假如把自己固定在某一种格式里，将会显得单调而僵硬，必然限制自己才智的发挥。萧飒创作的另一项技巧是选材和剪裁方法的丰富多样，不拘一格。即使同样题材，她选材的角度和剪裁的方式也不一样。比如均是描写"外遇"表现角度和方式都不相同。《如梦令》描写穷家女于珍天生丽质，却在先孕后婚的情况下委身于杂货店无能的少爷黄伟成。于珍经过一番磨难之后，利用她的姿色去引诱和接触各种各样的人物，在商场几经周折成了一个女强人。于珍的扶摇直上，便是以"外遇"为阶梯的。后来当她从高峰上跌落，费了好大气力将女儿从黄伟成家要了出来，但女儿却在中学读书便在交友中怀了孕，她只好又带着女儿到香港去堕胎。作者在这部著作中，要突出的是物质和精神的关系。于珍想："多少年来，心高气傲的时候，还以为自己得到了一切，金钱、地位、爱情……可是如今面对女儿，于珍垂下眼，第一次知道，外在的物质和虚荣并不能满足全部的人生。"这部作品中还表现了因果报应的思想。有一次于珍责骂女儿时，她轻蔑地看着她母亲。那眼光，叫于珍不由一阵战栗，仿佛问她："你正派吗？你不是自甘下流的榜样吗？"在两性关系的问题上，于珍对于黄伟成是"强势货币"。而在《小镇医生的爱情》中，刘光美对王利一来说则是"弱势货币"。《小镇医生的爱情》中的刘光美和由穷家女凭姿色扶摇直上而将丈夫抛弃的于珍完全不同，她是一个非常软弱柔美而缺乏主见的人，即使后来走向觉醒，也是很有限度的。两部作品取材角度、剪裁方法及表达方式异中各显所长。而《小镇医生的爱情》和《唯良的爱》又差别极大。这篇小说选择了受害者唯良做主角，突出地表现了"外遇"给妇女造成的巨大创伤。可见萧飒虽然反复描写一种题材，但作品的内容和思想并不重复，没有雷同的感觉。这是萧飒思路之宽广和剪裁生活素材方法之丰富，驾驭题材能力之强的显示。此外，萧飒作品由构思和语言等因素形成的简练、朴实、清新、淡雅和极少旁生枝节，极少外景描写的叙事风格，在台湾女作家中也是非常独特的。

第五章
创造古朴典雅爱情世界的萧丽红

第一节　台湾妇女命运的历史概括

萧丽红，台湾嘉义县布袋镇人，1950 年出生。1975 年，她的第一部长篇小说《桂花巷》在台湾《联合报》连载，便引起人们注目。接着，1980年，她的第二部长篇小说《千江有水千江月》又获台湾《联合报》长篇小说奖，成为台湾持续不衰的最畅销的长篇小说之一。评者、论者蜂拥而起，使萧丽红的名字一下超过那些久负盛名的女作家，成为台湾文坛最著名的人物之一。萧丽红出生和成长的嘉义县布袋镇，和李昂出生、成长的鹿港镇有点相似，也是一个典型的中国传统文化的标本。而且从某种角度讲，它比鹿港更封闭。如果说在西化之风日炽的情况下，鹿港还受到了冲击，出现了像施叔青和李昂早期作品中那种传统和现代在演变过程中并存的情景，那么，从萧丽红的小说中，却看不到这种演变中传统和现代的并存现象。布袋镇是一个具有强烈抗拒力和封闭性的传统小镇。萧丽红为其作品选择的背景和为其人物确定的成长环境，无疑是萧丽红自身生长，而且非常熟悉的环境。从这个角度说，萧丽红的出身和成长对她的创作产生了巨大影响，这种影响甚至超过了台湾乡土派作家。也是从这个角度讲，萧丽红是典型的台湾乡土派作家。但萧丽红在作品中表现的并不是小乡土，而是以特定的历史和社会背景表现出了中国的大乡土，因而她既是台湾省的小乡土作家，也是全中国的大乡土作家。萧丽红的两部长篇小说，几乎表现了从十九世纪末到二十世纪六七十年代差不多一个世纪的台湾妇女生活的坎坷历程。《桂花巷》的女主角剔红，出生在晚清，即台湾被腐败的清政府割让给日本的历史背景下。她的生命史几乎和日本帝国主义霸占台湾的历史一样长。

《千江有水千江月》中的女主角却是生长在五十年代至八十年代之间。单从时间概念看，两部小说描绘了两个时代。不过从这两部作品和作品中的人物看，绝不能单考虑时间因素而区别新旧，也不能以她们生活的年代来判断她们的意识所代表的时代本质。作者是根据她的创作意图和主题需要而塑造人物的。虽然剔红生活在清末至四十年代那种封建社会和殖民地社会中，剔红的缠足等行为是典型的封建社会妇女的举动，但剔红却比生活在现代社会的贞观开放得多。她从小生长在一个穷苦家庭，苦难的生活给她造成巨大痛苦，但也教会她逃避苦难的方法。当弟弟也在海难中丧生后，因怕苦难，她抛弃了心爱的青年渔民丈夫，嫁给了城里的少爷为妻。"她一向恨眼泪，哭的人，像坐在最低的阶下，而世上所有的人，都高高坐起，随时可以低头来瞅她。"她当了富人家的媳妇后，曾在两个男人之间选择，曾有过风流的"外遇"而怀了私生子。她为了舒适生活而抛弃心上人，她感受到"外遇"的温情等，这些所为贞观应自叹不如。生长在狂风暴雨般西化期的贞观和大信却显得那样保守，两人虽然爱得那么热烈，但连接吻拥抱都没有。不仅是贞观，《千江有水千江月》中的其他女人，均都是保守型的，即使长期守寡的女人，也没有去招蜂引蝶的。为什么生活在资本主义社会的女人还没有生活在封建社会的女人开放呢？就实际生活来讲，生活在台湾六七十年代的女人肯定比剔红时代的女人开放，而剔红肯定比贞观身上的绳索要多得多。但作者的目的是要表现资本主义西化社会中中国的传统文化；是要以中国的传统文化来抵抗西方文化的入侵；是要在中国传统文化日益危机的情况下，让她放射出更强的光辉，以此来拯救它的危亡，以此来战胜凶猛的西化之风。因而作品的环境、气氛、人物越传统越好，越中国式越好，越古典越好。前半部作品中几乎既无故事，亦无情节，基本上是分段的中国传统习俗的抒情散文。如：生孩子家家户户送礼，端午的午时水，拉谷粒等等的描写，极为生动、细腻而真切。每一件事，都是一幅牵出人们无限遐想的风情民俗图画。不仅是风俗和外景，就是那里的人心，也都是没有受过污染的一片明亮而美丽的天空。比如，一次，贞观的外祖父从渔场回来，正遇上阿启伯偷他家的东西，贞观的外祖父一不去捉贼，二不喊捉贼，而是悄悄躲起来，怕偷东西的人受惊吓而不好意思，并且嘱咐贞观不要把这事讲出去。又如，贞观的大妗长期留着头发，不是为了自己，而是为了给贞观外婆做假发用。《千江有水千江月》中的布袋镇是一个纯然的中国传统文化的世界。那里风俗典雅古朴，空气新鲜清纯，人心一片真诚无私。以此与资本主义西化城市的环境脏乱、空气污浊、人心难测、凶杀、拐骗、抢劫、遗弃、掠夺、强奸等事件不断发生比较起来，人们自然留恋和追怀《千江有水千江月》中布袋镇的世界。这样的世界不仅是反西化之风的人们所向往，而且也是在灯红酒绿中翻滚得厌倦了的人们的安歇处。《千江有水千江月》之所以成为台湾第一畅销小说，与这种社会背景和人们的心理状况有极大关系。

此外，《千江有水千江月》除了通过作品的具体情节和人物的刻画来突出中国传统文化的优越之外，还经常通过主人公之口，高唱出民族的颂歌。例如，当贞观的大舅失踪几十年从日本回来后，贞观和大信借议论这件事，歌颂我们民族的凝聚力。大信说："方才，你拿圆作比喻，真是比对了。我们民族性才是粘呢，把它比作一盘散沙的，真是可恼可恨，怎么出这样的谬论？"再如银城的儿子满月时，贞观挨家挨户送礼，有礼必还。贞观对大信说："中国人有来有往，绝没有空盘子……"大信说："小小的行事中，照样看出来我们是有礼、知礼的民族。"毫无疑问，萧丽红的创作目的，就是要把《千山有水千江月》写成一部民族的颂歌。作品的这种格调和主题，正适应了当时台湾正在兴起的文化和文学诸领域民族的、乡土的回归运动。从创作动机看，作者也是深怀着民族的骄傲和自豪感来创作的。作者在该书的后记中说："唯有我们，才有这样动人的故事传奇。我常常想，做中国人多好呀！能有这样的故事可听！中国是有'情'境的民族。这情字，见于'惭愧情人远相访'（这情这样大，是隔生隔世都还找着去！）见诸先辈、前人，行事做人的点滴。不论世潮如何，人们似乎在找回自己精神的源头与出处后，才能真正快活。我今记下这些，为了心里敬重，也为了骄傲和感动。"[1] 从这段话中看出作者是为了回答"世潮"才在民族精神受到严重挫伤时，要找回它的源头。她要自己快活，也要给迷途的人们以快活。读者如此青睐就证明，萧丽红为人们找来了快乐。这就是实质，这就是深刻。台湾乡土作家郑清文评价说："我觉得《千江有水千江月》写得很好。第一，很自然；第二，很丰富。一些微不足道的事，却可以写得那么生动，那么引人入胜，也可以看出作者的天分，我有一种感觉，台湾继承着大陆的许多优良传统，却没有人把它表现出来。读这部小说我才感觉到许多久藏地下的东西，终于被挖出来了。"台湾作家尼洛说："从《千江有水千江月》中，使人读出中国文化的厚重，它写大家庭中人情间的琐屑，兄弟之间、姊妹之间、长辈晚辈之间的一些小事，写生死、亲情、爱情，有冲突、矛盾，也有宽恕，由小见大，使读者感觉到我们的民族，就是如此存长，有痛苦、眼泪，却又全被德性所包容，呈现的是中华民族的面貌，踏着的是中华民族的脚步。"[2] 在六七十年代，台湾几乎要被欧风美雨刮遍淋透的情况下，歌颂中国优秀的传统文化，表现中国人的心灵美，唤醒中国人的意识，提醒人们做一个中国人的自豪，不仅是十分必要的，而且是极为迫切的。萧丽红具有慧眼金睛，并以她卓越的才华回应了时代的这一需要，实在是难能可贵。不过对萧丽红在作品中描写的那些具有迷信成分和落后的东西，应该区别对待。

第二节　古朴和现代相交织的艺术

谁都承认，萧丽红的小说是台湾当代小说中最具古朴典雅之风的作品。《桂花巷》和《千江有水千江月》都比较明显和成功地继承了中国古典名著《红楼梦》等的艺术。尤其是在《千江有水千江月》前半部的结构上，有《红楼梦》的明显投影。以萧氏大家庭的盛衰故事为中心，将各路英雄聚会

---

[1]　萧丽红：《千江有水千江月》，台北：联经出版事业公司1981年版，第298页。
[2]　萧丽红：《千江有水千江月》，第306页。

到这里，再一一对他们进行解剖。萧氏大院使我们想起荣国府，贞观寄宿外婆家受到恩宠，使我们想起了林黛玉，贞观的外婆形象中仿佛也有贾母形象的某种渗透。《千江有水千江月》中有不少人物语言，就是由《红楼梦》的语言改造变化的结晶。而《桂花巷》也不例外，比如像这样的话就是从凤辣子的话中改造来的："水晶心肝玻璃人。"这样的话是平儿对二奶奶说的："若说了直话，奶奶可不能恼人。"正是这些古典式的结构，古朴的语言造成了作品浓郁的古朴典雅的风格。现代作品中能如此学习消化和运用中国古典文学，继承其优良传统的作家，萧丽红不仅在台湾青年作家中独树一帜，就是全中国的青年作家中也是少见的。我们不能不赞叹萧丽红古典文学基础的雄厚和才华之特出。

萧丽红的小说虽然古朴典雅，但她并不是一个复古主义者，她仍然能吸收和容纳现代艺术。作品中运用的象征、暗示和意识流手法以及在作品中表现出的恋母情结，都是台湾现代派小说中的时髦货。在象征手法的运用方面，比如剔红缠足，实有象征作茧自缚之意。剔红的脚缠得愈紧，她命运的包袱就越重，缠绕她的绳索就愈多，最后终于被精神的绳索窒息。《桂花巷》中一再出现的胎衣胞，既象征着性，也象征着死亡。第一次胎衣胞的出现是偷情有了私生子之后悄悄地在海边丢弃的，第二次是在梦中出现的胎衣胞覆盖着死婴，则象征着死亡。此外，惠池的恋母情结也是用象征手法表现的。惠池回到家中发现母亲怀孕，他在下跪时看到母亲鞋面上鲜艳的花色，又看到像日本人的樱桃小嘴，于是产生了被吸引的意念。那鞋面的花色和樱桃小嘴，都有性的象征。

当然，萧丽红在当时毕竟是青年作家，作品中也有不足和失误。一是作品的主观性太强，过多地将自己的意识投入，因而使作品和人物都给人一种热烈有余，冷静不足，主观进取有余，客观思辨不足的印象。二是作品中的心灵感应过多，有时使人觉得有点迷信成分。《桂花巷》中惠池在异乡梦见母亲怀孕了，回来一看果然与梦相合，母亲真的肚子大了。《千江有水千江月》中贞观和大信那种不谋而合、不期而遇到了离谱的程度，甚至半夜三更两人会梦游到一块去。从心理学的角度看，预兆、预感、不谋而合、不约而同的事不但不荒诞，而且具有某些科学性。因为人们的意志和感情相通，就常常不约而同地去想，去做同一件事。但心灵感应用得太多，太玄了，就失去了真实感。三是有个别关键性的情节安排不合理。比如贞观和大信的关系断裂，而成此恨绵绵无绝期，就令人难以理解，因而也削弱了作品的艺术魅力。

第六章
着力探究家庭和爱情关系的廖辉英

第一节　女强人式的经历和气度

廖辉英在《像花一样怒放》的文章里说："每一个人虽不一定能战胜生命的有限性，但我们要放手一搏，尽力演出！在自己的舞台上，从头到尾，彻彻底底，像花一样怒放！在这样的理念上，没有一个日子是能轻易浪费的，而且，必须尽量活得合理、心安、充沛，而且要尽可能的不浪费。"这话表现出的是一个现代女强人的拼搏意识。事业和成就，就是从这里奠基和耸立起来的。廖辉英在短时期内，以丰硕的成果异军突起于台湾文坛的事实，正好为这段格言式的话语作了最佳注脚。

廖辉英，1949年出生于台湾台中县。其父是一个优秀的机械工程师，其母是个医生的女儿。由于家里人口多（共有姊妹六个），母亲又不善持家，从小家里生活比较困苦。廖辉英的父母感情上又不太融洽，因而，家中的许多事都落在了廖辉英这位长女的头上，她既要背着穿开裆裤的小弟上学，又要洗一家八口人的衣服，还要付出更多的心血去搞好自己的功课。廖辉英1955年入乌日小学就读。台北一女中毕业后考取了台湾大学中文系，获文学学士学位。由于家庭经济困难，廖辉英大学毕业后选择了薪水优厚的广告公司工作。这项工作虽与文学无缘，但却因接触面极广，为她研究和了解各种人提供了最好的条件，为她日后描绘各种人打下厚实的生活基础，也为她深入观察台湾社会，打开了一个窗口。经过七年的爱情长跑之后廖辉英才结婚，婚后便与丈夫投资建筑行业，并经受了因竞争失败而负债累累的痛楚。有人给廖辉英做过这样的概括："生活对她的确总是特别严厉，好像非要鞭得她遍体鳞伤以后，才给她再开一条路，让她脱胎换骨地走下去。"[1] 廖辉英在成为专业作家之前，是台湾社会中一个执着但却失败的女强人。她干过《妇女世界》杂志主编、建设公司企划部主任和经理、《高雄一周》杂志总编辑等。廖辉英说过这样一段话："人生只是两只脚在踽踽而行，有人伴你走上一程，但却很少人能陪完一生；有人给你鲜花、石头，但须臾即过；到底如何觅食，船向何方，仍得靠自己。"廖辉英是在企业的航道上触礁后，才调转船头，驶向文学之路的。她从初中起便开始发表文章，但真正跻身文坛，被人们称为女作家，还是 1982 年的事。那年她因获奖小说《油蔴菜籽》而一举成名。以后，中篇小说《不归路》又获第八届《联合报》特别小说奖，并获得了"最善掌握现代男女两造情境的作家"的雅号。廖辉英虽然 1982 年才正式登上文坛，但至今已是成果累累，出版了中短篇小说集《油蔴菜籽》《不归路》《今夜微雨》，长篇小说《盲点》《落尘》《蓝色第五季》《窗口的女人》，散文《自己的舞台》《心灵旷野》《从咫尺到天涯》等。

第二节 从人生的"微雨"中发现女性的自我

廖辉英在《今夜又微雨》一文中说："由于曾长期工作于接触频繁的人群之中，所以我的小说，先天上'闺阁气'稍淡，而社会性时代感较强。又由于特别偏爱去处理人际之间的对应与相处关系，取材往往着眼于环境、外力与当事人间刺激反应的互动影响，所以连带的，笔端所及常是现代人心与情结的重现。也因此，读者所见，看似自己的恩怨情仇，又似是亲戚朋友的笑泪曲折，灯下读来，或许颇有交心之处。"[2] 廖辉英以创作感受谈出了她小说的特点，那便是在婚姻爱情题材中，写出了较强的社会性和时代感。成名作《油蔴菜籽》写出了封建枷锁下挣扎过来的最后一代旧式妇女，虽然饱尝了封建婚姻强加给她们的不幸，但在台湾社会转型期，对

---

[1]《廖辉英：红尘世界的旁观者》（杨明专访）。

[2] 廖辉英：《今夜又微雨》（台湾《联合报》1986 年 3 月 23 日）。

变化了社会条件下的新的婚姻恋爱观念却不能容纳，因而企图将自己受过的苦难再以"爱"的方式强加给自己的女儿。作者抓住人类社会这种一代接一代演下去的婚姻悲剧，以及青年一代的勇敢反叛，突出再现了新旧社会意识和婚姻观念交替过程中人们处于流变和过渡的精神状态。中篇小说《今夜微雨》和长篇小说《盲点》等作品，描写了社会转型期，家庭和婚姻关系急遽变动的不稳固状态。由于这种不稳，给女性带来许多不幸和痛苦，告诉妇女在这种情况下应该何以自处和怎样开拓自己的世界。廖辉英在《今夜又微雨》一文中说，身处转型期社会之中的现代男女，"不仅自处艰困，相处也或明或暗，如此那般的危机。对红尘儿女而言，一切皆在不安定的转换与错乱之中纷扰，于是个别行为通常也有意料之外的非常情况表现。所以，现代男女必须饱受传统例行与现代专有的双重磨难之煎熬，无疑苦过从前那些世代的男男女女。"[1] 长篇小说《盲点》以女主角丁素素的婚姻恋爱故事及其变故为主干，描写了"道德青黄不接中"三个受到严重伤害的青年妇女。丁素素是一个成长于有教养家庭里的女大学生，经过恋爱与同学齐子湘结了婚，两人情投意合，十分美满。但不料，结婚后却遇到一个封建余孽的婆母。齐玉瑶对丁素素百般虐待，挑拨他们夫妻关系，硬逼着儿子与她离婚。当丁素素生下儿子后，齐玉瑶又野蛮地将丁素素的儿子夺走。家庭破裂之后，丁素素在父亲的帮助下办起女性"丽姿"中心，企图以事业的成功来弥补婚姻上的痛苦，却不料事业上的靠山父亲死后灾难便接踵而至。流氓彦长波不仅醉酒后占有了她的身体，又到处对她中伤，几乎把她置于绝境。丁素素的确是一个"饱受传统例行与现代专有的双重磨难之煎熬"的青年女子。丈夫齐子湘虽有爱怜之心，但在凶恶强霸的母亲面前，却是个无能之辈，不但保护不了妻子，而且自己的独立人格也被破损。丁素素在反叛父母意愿的情况下和他结婚，遇到不幸真有咎由自取之嫌，在不便向父母泣诉，婆家待不住又不好去投靠娘家的矛盾状态下，她的处境尤为尴尬；她的痛苦尤为内在深沉；她的内伤尤为惨痛。虽然作品的结尾处，作者又给了她破镜重圆的一线曙光，但丁素素再不可能从这

---

[1]　廖辉英：《今夜又微雨》（台湾《联合报》1986年3月23日）。

个家庭中拾回丢掉的幸福。作者通过丁素素的形象，反映了转型期封建主义的余毒仍然在剥夺和吞噬着妇女的幸福。丁素素的好友陆萍讲了一句很深刻的话："中国人结婚，不是两个人结婚，而是两个家族结为姻亲。"丁素素生活在一个极不和谐的人际环境中：封建余孽的婆母；充作第三者、破坏他人家庭的小姑；优柔寡断两头受夹却一筹莫展的丈夫。丁素素是从小娇生惯养，又经大学训练的现代化的知识分子，却成了这个环境中的牺牲品。不过也正是这样一个环境，才逼得丁素素奋发图强，去创造自己的天地。正像中篇小说《今夜微雨》中的女主角，经过家庭破裂、离婚等痛苦的折磨，她终有了觉醒："走过那千恩万爱，走过那几番生死，如今她再不怕独行了。人生，充其量只是微雨中的一程罢了，也许扬歌，也许和泪，也许有人相伴，也许孤影随行，又有什么分别。终须要尝，终究要走的一程……"虽然有迹象表明丁素素可能还回归原来的家庭中来，但却不是她的妥协和投降，而是封建势力的代表齐玉瑶的转变。丁素素如果回归，也是一位胜利者，是走进一个新的自由的天地，而不是重新被装进齐玉瑶那封建的鸟笼。丁素素和《今夜微雨》中的女主角一样是由被动走向了主动，由被主宰走向了主宰的人物，这正是廖辉英为台湾妇女创造的既实际又理想的境界。《盲点》中第二个青年女子是陆萍，一个摆脱了不幸婚姻的羁绊，毅然地和有外遇的丈夫离婚而走向自由和超越的女人。《盲点》中的第三个青年女子是齐子湘的妹妹齐子沅，一个被人玩弄而走向绝路自缢的牺牲品。她与有妇之夫私通，对男的爱得死去活来，期待着男的离婚而成伴侣。但岂料身为她的顶头上司的经理，对她完全出于玩弄，虽然和她睡了觉，打了胎，但却不承担任何责任，不做任何承诺，直到事情败露。她在身败名裂的情况下割腕自杀。齐子沅的下场正是"道德青黄不接"造成的结果。《盲点》中的三个青年女子代表了三种类型，形象地概括了台湾妇女当前的社会地位和处境。既有对妇女的歌颂和赞扬，也有对姐妹的劝告和提醒。正像廖辉英所说："灯下读来，或许颇有交心之处。"《盲点》对封建势力的代表齐玉瑶是激烈鞭打的，她的形象，给人一种憎恨和厌恶感。但对这种人，作者也并没有将她置于死地，而是让她有所悔悟，表达了弃旧图新之意。对齐子湘其人，作者有种惋惜之情，因而在温和地对他批评后，有时也让他表现出微弱的抗拒性。《盲点》是一部时代感现实性很强的作品，正好符合了廖辉英"扩大关怀层面，尝试去做不同年龄、不同阶层、不同角色的各色人等的代言人"的创作意图。

廖辉英的小说将社会意识寓于爱情婚姻，将婚姻爱情放在社会生活的大背景中去描绘；将人物置于纷乱的社会纠葛之中，再让人物从社会纠葛中一层层地脱出，于是，就使作品有了深度和广度。廖辉英有较丰富的社会阅历，对人世间观察得比较深透，因而常常可以做到居高临下地面对现实，不时地从自己描写的婚姻爱情事件中概括出虽不玄奥但却耐人寻味的哲理。例如《盲点》中当丁素素和婆母之间的平衡关系被打破时，廖辉英适时地做了这样一段议论："人的关系，其实就是很典型的跷跷板原理。最平衡的时候彼此相安无事，各据一方，两人都举足轻重，谁也赢不了谁；等到偶然一次，甲方向前跨越一步，侵越了乙方领域，后者觉得无妨，忍忍即过。但是，侵略的一方一旦胃口大开，食髓知味，又发现对方并无反应，可以再进，于是，他又往前跨一步，一步步地，慢慢逼近了乙方小得可怜的立足点。"廖辉英虽然是就丁素素婆媳之间关系发出的这番议论，但却具有普遍的社会意义，适用于广阔的人际关系。再如当丁素素思考陆萍离婚的症结和原因时，想起这样一句话："幸福永远是一种模式，但不幸却是每一个人皆不相同，总是各具风貌。"这些深含生活哲理的语言像闪耀在一片锦绣上的明星，又像是一片原野尽处隐隐约约的连绵山峰，既给作品增加光辉，又给作品增加余味，不知不觉中提升了作品的品格。

第八编

处于低潮中的二十世纪六十年代台湾乡土小说和高阳历史小说的异军突起

第一章
处于低潮的二十世纪六十年代台湾乡土小说

第一节　从《台湾文艺》到《文季》，一脉相承的台湾文学传统

如果说崛起于六十年代初期的台湾现代派小说，是借西方现代派文学思潮，反叛了五十年代的"战斗文艺"，从而为台湾文坛输入了一股新鲜空气，打开了台湾文坛的僵死局面，为台湾小说的蓬勃发展立下了汗马功劳，那么，六十年代的台湾乡土小说，则是沿着自己以往的轨迹，在忠实地继承了赖和、杨逵、吴浊流、钟理和、钟肇政、林海音等前辈乡土作家精神和艺术的基础上，默默地向前行进。和五十年代相比，它有较大的发展。和七十年代乡土小说的大崛起相比，它仍然是处于低潮。就自身来看，它已经达到了相当的规模。从总趋势看，它正蓄势待发，为七十年代的大崛起，储备着雄厚的实力。

六十年代乡土小说发展趋势，首先表现在有利于台湾乡土小说发展环境和气氛的形势。这种环境和气氛，是在批判现代派诗和小说的论争中出现了台湾文学要中国化、大众化和乡土化的主张。1962 年 7 月 15 日"葡萄园诗社"成立，同名诗刊《葡萄园诗刊》同时创办，推进了台湾文学中国化、民族化的进程。该社和该刊首任社长、主编，台湾著名诗人、诗评家文晓村，明确提出了"明朗、健康，中国诗的路线"，并和他的同仁们为贯彻这条路线进行了大声疾呼和不懈努力。和文晓村的"明朗、健康，中国诗的路线"相呼应的，是台湾文学乡土化方向的确立。台湾前辈小说家吴浊流，为了推动台湾文学和乡土小说的发展，于 1964 年 4 月克服种种艰难，

以大无畏的气派创办了对台湾文学发展影响极大的《台湾文艺》。吴浊流创办《台湾文艺》时，辛辛苦苦积累了三万元台币作资金，但只出了四期就赔光了。于是他风尘仆仆四处奔走求人捐助，有热心文化事业者慷慨解囊，但也有拔一毛利天下而不为者。在碰了钉子、受了委屈之后，老作家不免地发发牢骚："这些人，上酒家、叫酒女，一夜挥千金都不动声色，但要他捐点钱，赞助文化事业，就比登天还难……"[1]吴浊流不仅为资金东奔西走，有时稿源不足也大伤脑筋。《台湾文艺》开始是季刊，后改为双月刊，由吴浊流苦心经营了十二年，五十三期。1977年3月吴氏辞世，由台湾前辈诗人巫永福和前辈小说家钟肇政接继，一为发行人，一为社长兼主编。1982年12月七十八和七十九合期，因经济拮据，难以支撑，又由医师陈永兴和小说家李乔、评论家张恒豪接棒。陈永兴任社长，李、张任主编。1986年又由青年诗人李敏勇出任社长和主编。《台湾文艺》被称为"是台湾历史上永不熄灭的文化灯火"。它忠实地继承和发展了台湾日据时期传承下来的和祖国五四新文学精神一脉相承的现实主义的文学传统，"贯穿了日据时代的台湾文学和战后的台湾文学，完成了承先启后的任务"。老诗人巫永福在纪念《台湾文艺》一百期的文章中说："虽然战争结束时有短暂的心神安宁，欢喜台湾光复的时刻，却遭随之而来的台湾政情动荡不稳，加上因语文的变化所造成的困扰致有前人彷徨后人不断的现象。在青黄不接的空当中历经万般困惑与辛酸，而于1960年始由吴浊流再创办《台湾文艺》杂志，使其重见天日，重新燃起台湾人的台湾新文学运动的火炬……提供舞台给台湾作家诗人发表创作及磨炼，而维护台湾新文学精神不坠。也培养了一些新人继往开来，留下不可磨灭的脚迹与贡献，而成为台湾新文学运动薪火的传递推动者和新的开拓者。"[2]《台湾文艺》的创办，像一块巨大的磁石，吸引了台湾老、中、青三代作家。仅就小说家言，日据时代的有张文环、杨逵、龙瑛宗、黄得时、王诗琅、吴浊流、叶石涛等。四五十年代的有钟肇政、郑焕、文心、廖清秀等。六十

---

[1] 《台湾文艺》第102期，第18页。
[2] 巫永福：《话说台湾文艺第100号》（《台湾文艺》1986年5月15日）。

年代前后的有郑清文、李乔、施明正、东方白、潘荣礼、陈若曦、七等生等。七十年代前后的有黄春明、钟铁民、黄娟、陈映真、王祯和、洪醒夫、季季、刘静娟、曾心仪等。八十年代前后的有宗泽莱、吴锦发、林双不、黄凡等。《台湾文艺》是台湾乡土文学，特别是台湾乡土小说林木赖以生长的大山，禾苗赖以茁壮的土地，对台湾乡土文学尤其是乡土小说的兴旺和发展，有母亲般的哺乳作用。

也是 1964 年由陈秀喜、陈千武、林亨泰等发起和组织的"笠诗社"和同名诗刊《笠》的创刊，虽然主要贡献在台湾新诗的乡土化、大众化、生活化，但对酿造台湾乡土文学的良好环境和气氛，促进台湾乡土小说的发展，也有一定作用。

台湾《文学季刊》，是六十年代台湾乡土文学和乡土小说的另一支劲旅。该刊创办于 1966 年 10 月 10 日，主要发起者和组织者有尉天骢、陈映真、黄春明、七等生等。该刊 1973 年更名为《文季》。这个刊物的主张十分明确：要面向生活，拥抱世界，反映时代，描写人生。他们主张："只有植根于生活之中，以无比的爱心去拥抱这世界的痛苦和快乐，我们的艺术才能同中华民族的命运一样，在漫长的悲怆与挣扎之后，成为安慰众生的声音。"1973 年改刊为《文季》后，对台湾文学的使命感和思想性有了更加执着的追求。《文季》第一期的发刊词写道："文学不但应该是生活的反映，更重要的还是如何透过这些反映在现实中教育自己。因为唯有一个作家能够把自己的命运与人类共同的命运结合在一起，他才能在不断地反映出个人的愚昧和自私中，领略生命的喜悦。也只有这样，他所创造出来的艺术品才会真正对人类产生虔诚的爱心，形成一种前进的力量。"[1] 该刊不仅有了自己的理论系统，而且开展了对现代派小说的强火力批评。改刊后的第一期，就开辟了《当代中国作家的考察——欧阳子》批评专栏，同时发表了四篇批评欧阳子作品的文章。

从尉天骢 1958 年接办《文汇》到 1964 年《台湾文艺》创刊，1966 年《文学季刊》创刊，接通了台湾乡土文学、乡土小说在低潮中汩汩涌动的血

---

[1]　《我们的努力和方向》（《文季》第一期）。

脉。它们像条条河道正汇聚着乡土文学和乡土小说的细流，向着七十年代乡土小说的大潮涌去。

第二节　二十世纪六十年代台湾乡土小说的成就

六十年代是台湾乡土小说大崛起前的酝酿、汇集、准备和起步时期。人们已从各种迹象预感到乡土小说大崛起的潮头将要到来。而汇成这个潮头的主要作家，在六十年代已经崭露头角，或正匆匆忙忙地从来路上，向潮头的地方汇聚。这些作家，既有老一代的乡土小说家，如杨逵、吴浊流、钟肇政、林海音等，也有中年作家，如李乔、郑清文、施明正等；更有这个未来潮头的中心人物，如陈映真、黄春明、王祯和、杨青矗、王拓、季季、洪醒夫、林怀民、钟铁民、林佛儿、林双不等等。除了老一代和中年一代的乡土作家外，这个未来潮头的中心人物们，虽然六十年代，有的还没有引起人们的注目，有的还正风尘仆仆跋涉在通向乡土小说的崎岖道路上，但他们却代表着台湾小说的未来方向，他们身上蕴藏着一股强大的创造力。随着他们的脚步声有一种驱旧纳新威力的逼近，在这股势力中，不光是台湾土生土长的省籍作家，还应当包括那些创作主张和创作意识与乡土派基本一致和大同小异的非台湾省籍作家。例如，蔡文甫、墨人、王鼎钧、张系国、子于、默人、康云薇、隐地、张晓风等等。这些现实主义作家和倾向于现实主义的作家，实际上是乡土派小说的得力助友，最起码也是乡土小说的同路人。因篇幅所限，有的我们只能在这里提提他们的名字，有的我们只能对他们略加论述。

郑清文是台湾文坛上具有相当影响力的小说家。1932 年出生于台湾桃园县。台湾光复前后上中学，受过日文教育，通晓日文。后又在台湾大学商业学系毕业，一直在台湾银行界工作。他是一个相当执着的小说家，1965 年出版了第一个短篇小说集《簸箕谷》之后，又陆续出版了短篇小说集《故事》《校园里的椰子树》和长篇小说《峡地》。七十年代出版了《现代英雄》，八十年代出版了《最后的绅士》《局外人》和《大火》等。郑清文的小说面向人生，面向生活。他笔下的人物常常在艰难的环境中表现出一种刚毅和勇气，从冷漠中激发出人性的尊严。

郑清文小说的基本格调是悲剧，这是他悲剧性的人生哲学所决定的，也是他对人生的考察所得出的结论。有一次，他在回答洪醒夫的访问时说："我觉得人本来就是一种悲剧角色，最基本的，人会死，死是一种悲剧，而人无可避免，现代人在知识方面有惊人的进步……却无法用以避免死亡，无法解除人类本身悲剧性的负担。"

由于郑清文信奉海明威的"小冰山"创作理论，有意把作品深潜水内的部分留给读者思索，因而又造成了他的小说粗读易懂，细读则难解的特点。如果不精心研读，很难释然其意。叶石涛在谈到郑清文小说的这一特点时说："郑清文把悲剧的头尾藏在他内心深处，不想把它呈现出来，同时描写悲剧的流程时，冷漠而客观，从不予以说明和暗示，因此有时候许多读者都会埋怨郑清文的小说世界既难解又扑朔迷离。其实郑清文的文体简洁明白，并不晦涩，显然，他的小说的难解并非来自文字技巧，而是读者没有耐心去分析其小说中人物的思想和行为模式来了解悲剧发生的前因后果罢了。"[1] 也就是说郑清文小说的难懂和现代派某些小说的文字晦涩不同，它是作品思想和人物行为的内在和深邃。读这样的作品不能像读流行小说跟着故事跑。只有边阅读边思索，才能解开其中味。

蔡文甫（1926—2020）是个相当严肃的小说家，也是台湾文坛上资历较深的小说家。他是江苏省盐城县（今盐城市）人，在台湾长期主持《中华日报》文艺副刊。他出版的小说有《解决的时候》《没有观众的舞台》《雨夜的月亮》《磁石神女》《雾中云霓》等。蔡文甫极擅写婚姻爱情小说。他的短篇小说《乡情》以巧妙的构思通过主人公少女晶丽与大陆籍的青年谈恋爱，父母不同意，晶丽用读家谱、分析"台湾话"与北方话的亲姻关系，说明台湾大陆是同乡、是一家，使父母无话可说，最后同意了他们的婚姻。小说在活泼的形式中表达了大陆台湾是一家的严肃主题。齐邦媛在评价他的小说时说："他的小说简直不靠高潮，没有泼辣与刁蛮或滑稽的特

---

　　[1]　叶石涛：《诚实的作家郑清文》（《台湾时报》1984 年 8 月 6 日）。

质，却值得读后沉吟玩味。"[1]

张系国，1944 年出生于重庆，1949 年随家人去台湾，在台湾新竹县长大。1962 年考入台湾大学电机系，1966 年赴美留学。1969 年获加州大学电脑学博士学位。现任美国芝加哥伊利诺伊大学教授。他的得天独厚的条件，使他成了台湾科幻小说的开拓者。在科幻小说领域掘进的虽然还有年轻的黄凡、黄海等，但这方面成就最为卓著的，恐怕还是张系国。张系国 1963 年出版了他的长篇小说《皮牧师正传》之后，又陆续出版了短篇小说集《孔子之死》《地》《香蕉船》《天城之旅》和长篇小说《昨日之怒》《黄河之水》《棋王》及科幻小说《星云组曲》等。

张系国是个民族意识极强的现实主义作家，因而在他的作品中，处处表现出对现实的揭露、批判和对民族、对祖国的向往和赞颂。长篇小说《皮牧师正传》，通过教会内部的明争暗斗，反映了作者对宗教的怀疑和否定，并透过皮牧师的升迁活动，反映了五十年代台湾的社会状貌。《昨日之怒》是以留美华人学生掀起的如火如荼的"保钓运动"的真实故事写成。描写了在这个运动中各种势力由聚集到分化，由积极到消沉的诸般情景。由于"保钓运动"中作者饱尝了分化、消沉和幻灭的痛苦，因而他在《地》的后记中写道，"我拒绝再充当'留学生文学'这荒谬文学里的荒谬角色。'留学生文学'是一条死胡同……由于期待愈高，所以失望也就愈深。"张系国的《棋王》透过一个"神童"的故事，透露了台湾"失落的一代"的失落和苦闷，对台湾文化圈中价值观念变化和拜金主义风行进行了揭露和讽刺。张系国的《地》等小说，通过主人公对泥土的眷恋，表达了落叶归根的主题。由张系国作品的上述思想可以看出，他虽然长期生活在西方世界，但他的作品却没有脱离台湾的泥土，并没有成为欧风美雨下的落汤鸡。他的创作意识和作品内容与台湾乡土派小说是一致的。

张系国科学家的身份，使他在科幻小说创作中，取得了显赫成就，他的《星云组曲》等作品，是台湾科幻小说中的名篇。《倾城之恋》《超人列

---

[1] 《文讯月刊》（1984 年 7 月）。

传》《剪梦奇缘》既充满引人入胜的奇异的科学幻想，又具有较高的艺术真实性，是台湾科幻小说中的佳作。

六十年代的台湾乡土小说，虽然和六十年代的现代派小说相比，远处于次要地位，但比起五十年代的台湾乡土小说，却有了较大的发展。概括起来，其成就有下列几个方面：其一，作家队伍大大的发展。尤其是中青作家的崛起和日据时期的老作家跨过语言障碍后重返文坛，使乡土派作家真正形成了一个人才济济的流派。其二，作品大量涌现。郑清文的《簸箕谷》，李乔的《飘然旷野》，黄春明的《莎哟娜啦·再见》，季季的《属于十七岁的》等作品的出版，已初步地显示了乡土小说的可观成果，并预示了乡土作家的巨大潜力。其三，创作题材的拓宽。其四，描写社会，反映人生，为广大的中下层人民鸣不平的创作路线的形成。其五，在写实的基础上，已注意到吸收和运用现代派的表达艺术。

第二章
二十世纪六十年代台湾现实主义作家的卓越代表李乔

第一节　从低潮中崛起

六十年代，在台湾现代派小说大繁荣的形势下，现实主义小说被人们忽略了。李乔正是在这种极不利的情势下，以自己丰厚的创作实力在低潮中崛起，成为卓越的台湾现实主义代表作家。

李乔，本名李能祺，笔名壹阐提，台湾苗栗县大湖乡蕃仔林人。李乔的童年，境遇非常贫苦，基本上是在饥饿屈辱的煎迫中度过的。他父亲是个抗日志士，被日本帝国主义抓进监狱关了八年。李乔生于1934年，正值台湾的抗日斗争转入非武装斗争，日本入侵者疯狂地推行"皇民化运动时期"。李乔在他的小说集《山女》的序言中又说："一捆一掌血，（这些故事）全是我童年生活的真迹写照。这里有我生长小山村的一群愚昧可怜而善良百姓的泪痕笑影；有苦难一生的双亲的声咳音容。那是异族统治下阴影里的生活貌，一个个小小的取样。"这段话既告诉我们，李乔童年生活的苦难背景，也讲明了李乔的生活道路与他从现实主义文学的王国中起步的密切关系。在李乔看来，创作必须植根于生活，否则将不会有什么成功。例如他在《寒夜三部曲》的《孤灯》后记中，谈了这部书如何找历史的见证人，收集史料和作品中如何使用这些史料之后，概括道："笔者也在此证实了一个文学原理：任何创作必须植根于生活，惟有真正忠于生活，才能创造出真正的文学作品来"。[1] 李乔有些作品，不仅取材于现实生活，而且取材于现实生活中具有轰动性的重大事件。例如，他发表于台湾《中国时报·人间副刊》1973 年 3 月 9—10 日两天的《孟婆汤》，就是取材于1972 年轰动全台湾的一个重大事件。1972 年 4 月 21 日，驻台美军鲁兹将台湾酒女林维清奸淫后残杀，引起台湾民众愤怒，但有关台湾司法当局却只判了鲁兹一年半徒刑。鲁兹还不服上诉，台湾上级司法部门竟说："鲁兹于五十九年（1970 年）二月来台，支持我反共战争，不无劳绩，得依法减轻其刑二分之一。"于是引起台湾各界的更大愤慨，人们纷纷上街游行示威。李乔为了维护中国人的尊严，揭露台湾有关司法当局崇洋媚外的丑态，创作了这篇小说。为了避免某些麻烦，李乔采用了一种比较曲折的、神话小说的表达方式。阴曹地府中的那些丑恶的酷吏、判官，实际上都是台湾官场上人物的再现。对于那些不便于去亲身体验，但作为一个现实主义作家，却又不能不闻不问的题材，李乔也千方百计进行补救，尽量做到生活真实和艺术真实的统一。妓女生活是台湾小说的重要题材之一，但这种生活又是不便去亲身体验的。那么作为台湾唯一的一部专写妓女题材的长篇小说《蓝彩霞的春天》，李乔是怎样写得栩栩如生，以致使不了解情况的人看了这部作品之后，误解李乔是"个中老手"呢？李乔虽然是台湾妓女文学的好手，但他却连妓院的门朝哪开都不知道。为了反映台湾妓女们苦难的命运，写好《蓝彩霞的春天》，李乔持续作了五年的剪报，凡是报刊上有描写妓院生活的文章和报道他都一一剪贴。他激动地指着一大叠、一大叠的剪报对朋友们说："这可是五年的苦心累积——间接经验来源也！"[2]

　　李乔于 1950 年毕业于大湖蚕丝职业专科学校，之后入新竹师范就读，1954 年毕业后，回苗栗教小学和中学，1981 年退休，现在专事创作。李乔于六十年代初期跻身台湾文坛，他早期的小说，基本上都是取材于故乡苗栗人的苦难生活，表现父老乡亲们的不幸，因而，他的作品大都是悲剧性的。他的系列作品《蕃仔林的故事》，就为后来的巨著《寒夜三部曲》作了

---

　　[1]　李乔：《寒夜三部曲（三）·孤灯》，中国广播电视出版社 1986 年版，第 454 页。
　　[2]　阿图：《光明教主李乔》。

充分的准备，在那些系列作品中，早就有了《寒夜三部曲》的某些人物和故事的雏形。进入七十年代以后，李乔的笔深入到了转型期台湾社会出现的种种变态。比如，旧的伦理道德被破坏，拜金主义的泛滥，价值观念的转变等。李乔出版的中、短篇小说集有《飘然的旷野》《恋歌》《晚晴》《人的极限》《山女》《恍惚世界》等，长篇小说有《山国恋》《蓝彩霞的春天》《痛苦的符号》《冤恨惨绝录》和《寒夜三部曲》等。此外李乔还创作了剧本《罗福星》等，其著作共达二十余部。

第二节　《寒夜三部曲》的主题思想

李乔的《寒夜三部曲》和钟肇政的《浊流三部曲》《台湾人三部曲》一样，堪称史诗般的作品。它以宏伟的结构，丰富的史料，超人的气派和清丽流畅的文学语言，凝集、概括和描绘了苦难、悲壮、风雨交加的五十余年的台湾血泪史。《寒夜三部曲》的上、中、下三部，即《寒夜》《荒村》和《孤灯》，分别概括了台湾三个不同的历史时期。第一部《寒夜》描写了汉民族到台湾开疆拓土，日本帝国主义强迫无能的清政府签订《马关条约》，割让台湾，台湾人民奋起武装抗日的历史行程；第二部《荒村》描写了台湾人民大规模的武装抗日斗争失败后，转入非武装抗日斗争的情形，主要描绘了"台湾文化协会""台湾农民组合"的成立与分化等；第三部《孤灯》描写了日本帝国主义妄图吞并全亚洲、全世界，征调十万台湾青年投入太平洋战争，以及日本帝国主义无条件投降，兵败如山倒的情景。《寒夜三部曲》所包容的时间虽然只有五十年，但作者的创作意图和作品虚含的历史内容却远远不止从清末到日本帝国主义投降的五十年历史，而是一部汉民族开拓台湾和御外护台，保护中华民族根基，保护中国人的尊严，保护炎黄子孙的血脉和灵魂的一整部台湾历史。因此这部史诗般的巨著就具有这样一些特点：（一）整体的包容性；（二）历史的真实性；（三）时间的伸延；（四）艺术的完整性。

三部曲的第一部《寒夜》，以广东梅县人彭阿强，拖儿带女到台湾苗栗县大湖乡蕃仔林去垦荒落户、传宗接代的故事开端，通过彭阿强这个汉民族开拓者、创业者，极其艰苦凶险的创业经历，歌颂了中国人坚韧不拔、知难而上、临危不惧的高尚情操和善良、正直、勤劳、英勇的品质。彭阿强率领彭家的子弟兵，一家七男五女十二口和黄阿陵、刘阿汉两人，进入蕃仔林之后，经历了令人难以想象的艰难和险阻。其一是先住民的陋习，不时偷袭杀汉人以"出草"，有不少汉人被他们杀掉。这种陋习，像一群埋伏在身边的恶狼，时时都威胁着他们的生命安全；其二是新垦户和老垦户、小垦户和大垦户之间尖锐的阶级矛盾。老垦户和大垦户，时时想从他们手里夺去开垦的土地，威胁着他们在蕃仔林的生存；其三是官方对他们的剥削和逼迫；其四是家庭内部的矛盾和灾祸，例如儿子彭人秀的暴死等。这一切都在严峻地考验着彭阿强：是迎着困难前进，还是到"吊颈树"下去认输，是面对现实坚强地生根开花，还是作为一个失败者带领全家离开蕃仔林。彭阿强虽然最后还是安详地死在了"吊颈树"下，但他率领的彭家子弟兵毕竟是克服和战胜了无数奇难异险、天灾人祸，成了蕃仔林的永久居民。

《寒夜》的后半部从"隘勇"刘阿汉入赘到彭阿强家，做了彭阿强的义女叶灯妹的丈夫之后，转入了如火如荼的武装抗日阶段。刘阿汉是《寒夜三部曲》中武装抗日阶段的中心人物。通过刘阿汉的武装抗日活动，作者串连起了台湾历史上一系列重大的武装抗日史实。例如：刘永福的黑旗军、孙中山派往台湾领导抗日的同盟会成员罗福星的抗日活动及其被叛徒出卖被杀的事实，由余清芳、江定、罗俊等领导的震惊中外的西来庵起义，台湾著名武装抗日领袖吴汤兴、姜绍祖和徐骧"三秀才"领导的铜锣湾大起义。刘阿汉正是"三秀才"义军中一名勇士。作品着重描写了吴汤兴等领导的这一支起义军与日本人血战的情景，这支起义军的领袖之一，姜绍祖是个大无畏的少年英雄。书中写道："姜绍祖，这位秀才义士，就在反攻新竹城之战，血溅城东牛埔山山腰一黄姓大宅，年十九岁。"书中最有光彩的形象是"剁三刀"和邱梅。"剁三刀"这位颇具草莽英雄性格的义军小领袖，对祖国、对人民、对乡土，一身忠勇，视死如归。他有一种特殊的本领，会使用飞刀，不知有多少次，敌人围上来，眼看他就要被活捉时，他的利刃猛地像飞蝗般掷出，顿时群敌像落叶般纷纷倒下，局面马上转危为安。"剁三刀"本名叫柯山塘，在一次战斗里，他被十几个日本正规军团团围住。"'降！嗯！投降唏咯！''哈哈！'剁三刀呵呵而笑。'难咯！'鬼子兵一脸狐疑，左右前后张望起来，枪口不觉也朝上移动。就在这时，剁三刀身子霍地离地弹起；不，是腰背拱起，双手划一个弧形，然后向前陡然挥出——六缕银白闪起，接着六个敌军旋身倒下……其他鬼子兵还未及反应，剁三刀又身子一打弯，然后挺直，左右手上又是各夹三只短刀……砰！枪声一响，剁三刀的六把刀同时掷出，'呃……'剁三刀肚腹间中了一枪。这次又有六个敌人中刀，倒下或蹲下，然后翻身躺下。砰砰！剁三刀又中两枪。但是剁三刀还是再摸出两把飞刀……"最后，当一个日本兵用刺刀刺中剁三刀的心房时，"剁三刀毫不含糊，以最后一口气，圆睁巨眼，掷出飞刀。"飞刀割断了日本兵的喉管，那个日本兵的"身子扑倒在剁三刀身上……剁三刀倒在地上的身体，倏地一转，居然摆脱了敌人尸体，滚开一尺左右，好像死也羞于和敌人接触似的。"中国人的英勇和无畏，中国人的顽强和智慧，中国人的伟大和尊严，无须再加任何说明，都顿时闪耀在"剁三刀"三个光辉的大字上。这部书中描写的另一个英雄人物是邱梅，他有勇有谋，既能打击敌人，又会中医，可以给战友疗伤治病；既具战士风格，又有长者风度；既有一身武功，又有谋士之才。作品对他虽然着墨不多，但他却是灵魂和胆魄的象征。

《荒村》是三部曲的第二部。这部作品是以刘阿汉和刘明鼎父子从事非武装抗日活动的故事为中心，反映台湾二十年代初期到三十年代之间二十年左右的抗日形势。刘阿汉是 1921 年 10 月成立的"台湾文化协会"的重要成员。台湾文化协会是台湾抗日斗争转入非武装时期，台湾抗日运动的主要领导者，二十年代初期台湾的抗日名士全都集合在它的旗下。台湾文化协会分裂后，1927 年 12 月由黄信国、简吉、赵港和陈德兴领导的"台湾农民组合"成立。在它的领导下，台湾农民运动蓬勃发展，很快会员达数万人，刘阿汉就是台湾农民组合大湖乡支部的负责人，后由其子刘明鼎接任。刘明鼎是简吉的崇拜者，他忠实地信奉和实行简吉的革命思想和理论。《荒村》写到刘明鼎对简吉的崇拜时讲："而简吉的一句话，倒使他觉得简捷明白有道理。简吉认为：台湾的反日人统治与斗争，并非社会主义革命，也不是全民革命，而是集中一切力量去完成二者：一是颠覆日本帝国主义的统治，争取全岛的自由；二是土地改革，消灭封建余势，让农民合法获得耕地。刘明鼎来自荒村蕃仔林，在躬身体验中，他已然背负了三代穷农民的悲惨景象，对于简吉这些令人震惊，却也使人激奋昂扬的见地主张，难怪要目夺神驰，心旌动摇了。"简吉的话，实际上就是台湾农民组合的纲领。作品还详细描写了刘明鼎等领导著名的"二林事件"的情况。李乔在描写了"二林事件"后这样概括当时台湾的农民运动："日本帝国统治台湾的重点是经济资源的掠夺吸吮，台湾蔗糖是台湾经济利益的主脉；而二林蔗农事件，是据台湾农民因陈情而遭受集体迫害的开端；蔗农的勇敢反抗正是被剥削的台湾大众争生存的伟大行动。从此以后，台湾的农民运动，由文化协会的提携，以及农民组合直接领导下，在全岛的各个角落，大小抗争，轻重的反击，就如野火般燎原而起……"李乔的这段话，既是他构思《荒村》的动机，也是这部作品主题思想的泄露。台湾的抗日运动，只有农民普遍地起来了，只有农民运动成了抗日运动的中心和主旋律，才真正到了高潮，才真正击中了日帝要掠夺台湾经济资源的要害。李乔从这一判断出发，在《荒村》中着重描写了台湾农民组合领导下的农民运动，正是抓住了这一时期台湾抗日运动的实质。《荒村》中进入老年期的刘阿汉，比《寒夜》中青年期的刘阿汉的形象更加光彩夺目。他是大湖乡农民的精神支柱，在人民面前，他是肩起一切灾难的闸门，他是指引大家前进的明灯。大湖乡农民组合支部成立时，人们激动地高呼："刘阿汉万岁！"一致推举他为支部长。在敌人面前，他是宁折不弯的大树，无论敌人抓他多少次，施加怎样的毒刑，都不能使他屈服。即使给他打毒剂，也不能夺走他的意志。他在最痛苦、最黑暗、面临死亡的情况下，眼中的前景却是光明灿烂的，对革命胜利和敌人的灭亡充满信心。他向凶恶的敌人宣告："'不错。我相信，我看到，我们子孙看得到''也许你子孙也看不到''那，全台湾四五百万双眼睛总看得到吧。'"在晚辈面前，他是遮风挡雨的大厦。他想："只要他撑起本地农组的旗帜，明鼎就比较安全——郭秋扬明白表示过，希望叫明鼎来领导大湖农总——为了保护明鼎，他只有豁出，撑持到底。"刘阿汉是打不倒、杀不死、压不弯、拔不掉，深深扎根在台湾土地上，和台湾泥土合而为一的台湾人民的集体形象的象征，在这样的人民面前，敌人除了哀叹和失败、崩溃和灭亡之外，别无他途。

《孤灯》是三部曲的最后一部，描写日本帝国主义愈疯狂愈失败，愈挣扎愈灭亡，走向断头台的过程。作家以时空转换结构，一章描写台湾，一章写菲律宾，一章写刘明基、彭永辉在战场的活动，一章写叶灯妹等在台湾的遭遇。四十年代既是日本帝国主义扩张野心膨胀到极点时期，也是由疯狂走向灭亡时期。大批的台湾青年和未成年的学生被他们强行征集到南洋当炮灰，充当侵略的工具。作者着重描写了刘阿汉之子刘明基和彭阿强之孙彭永辉等，被征调到菲律宾当炮灰的危险、痛苦经历和逃跑的过程。作品还描写了太平洋战争中日本帝国主义那种极度疯狂的情景。"于是，人类战争史上的特例，大西中将心坎深处的最后武器——人身炸弹的特攻队，正式登场。""人身炸弹的特攻队"即自杀飞机，这种飞机全身装有五百公斤炸药，行程只有五分钟，只能左右校正，不能上下操纵，飞出去就是死亡，绝无生还的可能。即使使出这么惨无人道的手段，日本帝国主义也没能改变无条件投降的结果。作品还描写了日本军人"玉碎"的自杀场面："'卟嗞！'少佐又抓起那把抛在血滩里的战刀，疯狂地，也是胡乱地往自己身上猛戳猛插……开枪！枪，枪杀塞……杀！杀哟！畜生！死吧！快死吧！"这是人类历史上最无耻、最疯狂、最堕落的行为，也是侵略者无可挽回失败命运的最后举动。刘明基等的不畏任何艰险的逃跑，并不仅仅是生存意识，除了生存意识之外，还有一种爱家乡、爱故土、爱亲人、爱祖国的回归意识。《孤灯》第十章"鳟鱼的行程"中这样写道："我刘明基一定要回去，活着回去！这是任何境况不能、不许，也无法改变的。那是一种熟悉的声音，一种无形无色的光，也是一种超感觉、超意志的神秘存在——在出生以前，在太古以前就和自己脱离时空局限而并存的……他必须回去，回故乡去，回去和那种声音，那种光，那种存在合而为一。这是万有运行的一部分，谁也阻挡不了、改变不了。他突然想起鳟鱼，在生物课上鳟鱼神秘生态的描述，鳟鱼就是这种奇异的生命体……"这里，刘明基的回归和鳟鱼的回归合二为一，可见鳟鱼就是回归的象征，就是生命寻找归宿的象征。"鳟鱼的故事"被放置在每一部的前面，作为主旋律和前奏曲。可见，《寒夜三部曲》的总主题也就和鳟鱼的回归连在一起，因而，爱家乡、爱故土、爱人民、爱民族、爱祖国，叶落归根，也就十分合理而自然地成为《寒夜三部曲》的总思想、总主题。

第三节　《寒夜三部曲》的艺术特色

这部近百万字的史诗性小说，首先给人的印象是，结构匀称，叙事清晰，语言干净利落，读之有条不紊，众多的历史事件被作者有机地熔铸在作品的整体结构中，既不显得过于臃肿，又不至于单调乏味。其二是虚实相间，既不拘泥历史上曾发生过的真实事件和真实人物，也不因过分的虚构而使作品失去历史的真实。历史小说和史诗小说在使用史料上恐怕是有区别的。历史小说应有更多的历史真实，作品所描写的主要历史故事和人物应是真的，历史上曾发生过的。作品的发展脉络基本上应沿着时间的自然顺序。不能为了惊险和猎奇任意地编造主要历史事件和人物。但史诗性质的小说则不然，它须以基本真实的历史事件作前提，根据创作的需要而选择人物和对次要的故事和情节作合理的虚构。李乔的《寒夜三部曲》就是这样处理的。整个历史进程是符合历史事实的，作品中的主人公彭阿强、刘阿汉、叶灯妹、刘明鼎、刘明基等和他们各自的活动历史，则是由作家在总的历史发展趋势下虚构的，但他们所行动的方向和道路以及和他们故事相关的历史主干却是不折不扣真实的。《寒夜三部曲》在处理虚构和真实的关系上是比较恰切和适度的。其三，象征手法的运用深化了主题。作品的序章"神秘的鳟鱼"出现在三部上首，其目的在于不断提醒读者，这是作品的总主题、主旋律。而这神秘的鳟鱼的故事，正是象征着和鱼的形体相似的台湾的来历。这神秘的鳟鱼和神州大陆有着极密切的联系。序章中有这样一段话:"听说,到了一万年前,那是第四冰期结束,后冰期的时候,冰层溶化,海水陡涨,神州大陆陷入大洪水中。东海面积扩大,把大陆陆栅浸蚀成海棠叶缘;东海中只剩下点点岛屿,像番薯、像马蹄、像串串葡萄、像片片孤云。那条大番薯,就是台湾。"神州大陆是母体,而台湾则是母体分出去的子女。序章又写道:"鳟鱼,是神秘的鱼,乡愁的鱼,悲剧的鱼。"于是鳟鱼就把神州大陆,台湾和投奔故乡途中的刘明鼎等,全都连为一体了。鳟鱼还是生命的象征,母亲的象征,于是通过鳟鱼又把刘明基等与台湾、与蕃仔林、与叶灯妹相连了起来。鳟鱼的故事是一个巨网,它的触角联系着作品的每一个部位,众多的人物,体现着母亲、大地、乡愁、民族、祖国等众多而重大的意义。这象征给人以无限深邃的想象和回味,造成了极好的艺术效果。其四是人物刻画上不做作,不装假,不拔高,不避短,栩栩如生,真实可信。我以为文学作品在刻画人物时,应在基本性格稳定突出的原则下,体现细节的真实。就是正面人物不排斥某种看似缺点的出现,反面人物不回避某些看似优点的描写。叶灯妹是贯穿三部作品的极具象征母亲、摇篮、大地般的人物,她的一生充满苦难,从小当童养媳,嫁给彭人秀后因新郎暴死,她又成了克夫的罪魁,无端受尽折磨和指责。当她做了刘阿汉的妻子后,终日为丈夫提心吊胆。她是革命的母亲,明基、明鼎等革命者出生在她的怀里,由她抚育成人;她是母亲又是大地,由于有了她,刘阿汉和众多革命者才扎下了根。但作为一个活生生的人,她也有明显的缺点和不足。她怕丈夫被抓被杀,曾拉过丈夫的后腿,甚至赌气和丈夫闹别扭。如没有这些,这个人物倒不真实了。邱梅是一个有勇有谋,颇有远见的革命者,但当叶灯妹来求他劝告刘阿汉不要再去冒风险时,他也毫不犹豫地答应了。刘阿汉是《寒夜三部曲》中第一个主人公,最优秀的革命者,但临终时也曾说过这样的话:"喔,是,明青你们,啊,你们,不要去吃他们的饭,不……不要去抗争,不要去革命……"刘阿汉临终对家人所说的这些话,表现了主人公当时的一种矛盾和彷徨心情,但并不是他的最后决断。在特定的条件下,让人物说出与其性格本质不太吻合的话,不仅真实可信，还可以增加人物内心世界的丰富性。

应该指出的是，《寒夜三部曲》的结构还有点松散和拖拉，有些地方过于拘泥于历史事件，影响了对人物的深入刻画和巨制性作品的宏阔视野。

第三章
卓越的历史小说家高阳

第一节　高阳的历史小说之路

高阳这个名字对所有的华人来说均不陌生，他是台湾文坛的大家，更是台湾历史小说的大家。说起高阳在大陆的影响，有人把他与香港武侠巨头金庸相提并论，他们说："有水井处有金庸，有村镇处有高阳。"此话可能不无夸张，但高阳的历史小说在大陆具有较广泛的影响却是事实。

高阳（1922—1992），原名许晏骈，字雁冰，笔名有高阳、郡望、史鱼等，原籍浙江省杭州市。高阳是名门之后，他曾有位先人是清朝高宗时期的举人。这位先人有八个儿子，其中七子在清朝金榜题名，皇帝赐高家"七子登科"金匾。这些曾经显赫于朝廷的先人们给高家留下许多遗物，这些遗物，每一件都可追溯出一段故事。高阳从小就在这种环境中长大。高阳的高祖父许乃钊，是清朝翰林，曾任江苏省巡抚。高阳的母亲是名门才女，曾遍读古今文史名著，她平时对孩子们教育用的都是各朝代的历史故事和名人遗训。耳濡目染下，高阳吸收了相当丰富的历史知识。高阳自小在书堆里长大，幼时酷爱读书，常常找个通风僻静处，捧一本厚厚的历史书躺在藤椅上，读以忘餐。高阳的二哥在上海做事，常从上海带回一些鸳鸯蝴蝶派小说，对这些作品他也生吞活剥，爱不释手。高阳读中学就偏科，数理化比较差劲，每次考试"全靠文史科拉分"。高阳大学毕业后，进入国民党空军军官学校，当了空军军官，1940年随军去台湾，驻扎在台湾冈山。1958年，高阳晋升，奉调到国民党军队的最高统帅机关——"参谋总长"办公室，担任秘书，直至退伍。高阳从军队退伍后，进入台湾《中华日报》

任主笔，专门负责撰写社论和短评，同时开始了小说创作生涯，写一些以抗日战争为背景的小说。这时高阳也有意识地向中国几千年极其丰富的历史原野进军。他以"虔敬的心情"开始刻苦研读中国上下五千年的浩瀚史料，决心要从这无尽的历史大山中去挖掘那闪光的金子。高阳说："研究历史，一直有新发现，一直有机会以今日之我否定昨日之我，大乐趣就在其中了。"研究历史虽然是写历史小说最关键性的，不可缺少的基本功，但是历史和历史小说毕竟是完全不同的两个行当，历史学家和历史小说家之间还隔着一个大海。高阳虽然对中国各朝代历史已经十分熟悉，但是由于他还没有掌握文学创作的最基本武器，即典型化原则，不得不一次又一次地面对失败。开始创作的几部小说，受到读者冷遇。只有当他"自行加入杜撰的人物和细节"，而又"严格遵守不破坏历史性质的原则"时，才取得了成功。高阳在由失败向成功的道路上过渡时，首先选择了唐人小说《李娃传》作为实验对象。他首先全面细致而深入地研究了唐代的科举制度、社会习俗和官场行情，对唐代社会了如指掌，才谨慎下笔。1966 年《李娃》一出，立刻受到广大读者的欢迎。从此他稳固地确定了自己历史小说的创作方向，《荆轲》《缇萦》《少年游》等成功之作也相继问世。高阳写的虽然是最古老的生活，但他使用的却是最现代化的写作手段。中文电脑刚刚问世，他便立即购买一台，学习和研究中文资料的储备和输入。除了写作，他每时每刻都在看书，读书已经成了高阳最大的乐趣。高阳常常同时创作几部不同朝代、不同历史背景的小说，但却各行其道，从不撞车，从不互相错混。一方面可以看出其史料是何等熟悉，另一方面可以证实高阳思路清晰，思维发达强健，具有历史小说创作的不凡天才。在二十多年的时间里，高阳共创作了六十余部历史小说。例如《李娃》《荆轲》《缇萦》《少年游》《慈禧全传》《胡雪岩》《红楼梦断》《红顶商人》《猛虎与蔷薇》《霏霏》《落花生》《笔与枪》《红叶之恋》《凌霄曲》《花落花开》《避情巷》《桐花凤》《红尘》《风尘三侠》《爱巢》《淡江红》《清末四公子》《清宫外史》《玉座珠帘》《乾隆韵事》《秣陵春》《百花洲》《小凤仙》《汉宫春晓》《小白菜》等等。他所描绘的时代，上下数千年；他所描写的地域，纵横千万里；他所涉猎的生活，有宫廷秘闻艳史，有宦官当道弄权，有城市的买卖商贾，有农村的平民苦难，有古人的婚姻嫁娶，有外遇痴恋，有笑里藏刀阴谋陷害，有路见不平拔刀相助等等，几乎可称之为中国古代生活的百科全书。他笔下的人物，有皇帝，有王妃，有宫女，有权臣，有骁将，有美女，有侠士，有商人，有农民等等，堪称中国古代人物画廊。高阳除了历史小说创作之外，还撰写学术著作，还有一手漂亮古朴的书法，还能写诗。他的学术著作有《高阳说曹雪芹》《高阳说红楼梦》《高阳说诗》等。其中《高阳说诗》曾获 1984 年台湾中山文艺奖金委员会 "文艺论著奖"。高阳不愧为多才多艺的、卓越的、多产的中国历史小说家。

第二节　高阳历史小说的成就和特色

高阳的历史小说内容和成因，大体上有以下几种情况。

其一，以真实的历史故事作经，以想象和虚构作纬创作而成。例如：《慈禧全传》《荆轲》《清末四公子》《明末四公子》《清宫外史》和《小凤仙》等。《慈禧全传》，从慈禧的家庭出身、周围环境、出生的历史背景等进行描述，由慈禧少年写到入宫、得势、垂帘听政及宫廷官场上的风风雨雨，尔虞我诈，钩心斗角。作者把慈禧个人的经历和中国当时的政坛风云结合在一起，把慈禧个人的喜怒哀乐和清朝宫廷内部的权力角逐糅合到一块，从而展示出广阔而复杂的历史背景，表现出慈禧的出现是一种历史现象，而绝非仅仅是个人的原因。再如《小凤仙》这部小说，实际上应叫作"袁世凯复辟前后"比较合适。小凤仙是北洋军阀时期北京城的一个名妓。反袁名将蔡锷为了"装糊涂"以避锋芒，因韬晦之计所需，让小凤仙介入了生活。但是蔡锷的妻子却醋意十足，不但不理解丈夫的用意，而且不能容忍蔡锷整天泡在烟花巷中，睡在小凤仙的床上，一气之下带着两个孩子与蔡锷离了婚。此事正好为蔡锷的韬晦之计镀上了一层迷人的色彩，小凤仙在这部六百五十页的书中，占着极为微弱的位置，连一个次要人物都算不上。作品写到二百页了，作为书名的小凤仙还未出场。一出场很快又消失了。直到书的结尾，蔡锷患了咽喉癌，要死了，小凤仙才又出现一下，而且还没有和蔡锷再见一面。此书写的是袁世凯由当总统，到当皇帝，到被迫自行取消帝制和患尿毒症而死，移尸出京"归隐洹上"的故事。故事的主轴与小凤仙基本上没有什么关系，作者以小凤仙为书名，大概是为了招徕读者的考虑吧。这本书的主题十分清楚，以活生生的历史事实批判和否定了那些倒行逆施，逆历史潮流而动的叛逆们。

其二，将历史上的民间传说和野史加以收集并给以想象扩张，进行铺演。比如：《小白菜》《汉宫春晓》《红叶之恋》《胭脂井》等。这些很久以前就在民间流传的家喻户晓的故事，原来都是非常简单的，经过作者的再创造，变成了内容丰富、主题突出、人物鲜活的优秀作品。比如《汉宫春晓》就是根据在民间流传极广且久的"昭君出塞"的故事写成的。王昭君出生在湖北省秭归县，与大诗人屈原同乡，天下第一美女。被朝廷选美入京后，因生性秉直，不愿阿谀行贿自我推销，得罪了画工毛延寿。毛延寿便将她的容貌画得非常丑陋，还加上两颗恶痣，而被冷落。当北方凶悍的少数民族首领呼韩邪单于强制和亲，要求将皇帝十六岁小女嫁给他时，朝中犬臣便出主意将王昭君封为宁胡长公主去顶替。皇帝见了王昭君顿时被其美色所迷，于是一方面取消宁胡长公主的封号，另一方面四处捉拿毛延寿。在群臣的策划下，为了对付呼韩邪单于，暗中使用调包计，将王昭君的义妹韩文冒充昭君去和亲，同时将王昭君封为明妃，准备和皇帝成亲。但不料画工毛延寿投靠了呼韩邪，戳穿了宫中调包的秘密，并给呼韩邪单于出谋划策，致使皇帝的好梦一再破灭。最后昭君为了避免战乱，愿意舍身为民，慷慨出塞，故事至此落幕。作品突出地揭露了宫廷内部的层层索贿，处处陷阱，太后的霸道专权，皇帝的好色无能，群臣的钩心斗角，成功地刻画了画工毛延寿的极端贪婪、狡诈和无耻。在他的提弄下群臣被弄得晕头转向，至高无上的皇帝也一筹莫展，呼韩邪单于被他玩于掌上。皇帝和群臣虽然对他恨之入骨，但他在匈奴患病返回长安后，竟然以一纸假军事地图作见面礼，而安然无恙。这个人物被作者写得栩栩如生。小说为了展开丰富多彩的描写，虚构了与王昭君同时应选入宫的同乡四美女，她们不但不互相嫉妒拆台，而且结为姊妹，互相体谅，互相帮助，互相支持，在虎狼出没的皇宫中不仅站住了脚，而且少受别人欺负，表现了乡村姑娘们的憨厚和淳朴。这四女中除了王昭君之外，韩文的形象令人叫好。在这些作品中，作者的笔墨相当灵活，既沿用原来故事的梗概和模型，又不拘泥于原来的传说，为重新创造拓开了道路。

其三，依据一定的历史氛围和主人公提供的蛛丝马迹，沿着主人公情感的脉络虚构故事，塑造人物。例如《少年游》这部作品中的主人公是北宋大诗人周邦彦。高阳反复阅读周邦彦的全部诗词，细致地、默默地从中体验他的思想、情感和性格，从诗词中呼唤周邦彦的形象，从情感中推演周邦彦的行动。于是一串串动人的故事便浮现在眼前，并且将北宋的社会、政治、人事、文化状况和周邦彦的生平交织在一起，周邦彦这位大诗人的形象便活了。

其四，将记忆中的事情和人物呈现在笔下，据说高阳的小说《胡雪岩》中的主人公胡雪岩，也是杭州人，不仅和高阳是同乡，而且和高阳祖上甚有交情。小时家人常讲起这个人物，高阳对他的事迹耳熟能详。由于《胡雪岩》是以商人和官场结合得比较密切的小说，不少外国商人为了打开中国市场，从此书研究作起，企图从前人的行动中找出当今中国大陆商、政之间的微妙关系。所以此书在西方商人中广为流行。

其五，从古典作品中撷取素材，进行创作。例如《李娃》《红楼梦断》等。

假如对高阳的历史小说做一个概括，可以看到以下几个特点：（一）历史真实和艺术真实相融合；（二）广袤浩瀚的历史背景和生动细腻的细节描绘相结合；（三）历史上的真人真事和众多的虚构情节与人物相结合；（四）丰富的历史知识凸显的认识价值与作者寓入的主体意识产生的现实意义相结合；（五）历史事实和科学精神相结合。高阳说："当我看到康熙皇帝的事迹时，不禁感慨万千：康熙时代，西方科学大量传入中国，他本身即深受汤若望的影响，成为中国最具科学精神的皇帝。对任何事，他均要求亲眼看见、试验和辩驳的过程。而对于臣子的进言，即使有时令他感到不悦，他也以理性的态度分析判断，而且只要对国家有益，他必定采纳。正因为如此，康熙时代是历史上难得的盛世之一。"[1] 高阳将他的这一重要认识，体现在了作品和人物之中。

[1]　曾永利：《说部巨著数高阳》（台湾"中央日报"1987 年 5 月 4 日）。

第九编

二十世纪七十年代台湾乡土小说大崛起

第一章
台湾乡土小说大崛起的社会和文学背景

第一节　社会背景

如果说六十年代的台湾社会在欧风美雨的吹淋下进入了疯狂的西化期，那么到了七十年代，台湾社会则在诸多因素的作用下，又开始向民族回归的方向转舵。七十年代和六十年代一样，台湾社会仍然处于一种动荡时期，它经历的内在的巨大震撼，甚至远远地超过了五十年代初期国民党统治集团退踞台湾的压力和六十年代社会转型的冲击。七十年代发生的数起和国际相联系的重大事件，几乎使一些人感到有一种末日将临的灭顶之灾。

1972年12月4日，台湾大学师生举行"民族主义座谈会"，提出"统一中国"的主张，在台湾知识分子中掀起了民族主义和爱国主义浪潮。台湾当局实行镇压政策，酿成"民族主义事件"。1975年4月5日，蒋介石病故，台湾上层统治圈中发生接班冲突，国民党内元老派和少壮派之间矛盾白热化。1977年11月19日，台湾举行"五项地方选举"时严重舞弊，激起桃园县中坜镇万余名群众起义——包围和冲击警察局，烧毁警车八辆、摩托车六十辆，砸碎警察局门窗，此举称之为"中坜事件"。1979年12月10日，以台湾《美丽岛》杂志成员为主的一批非国民党人士，为反对一党专制，与台湾当局矛盾激化，在高雄组织二万余人上街游行。台湾当局派出警察镇压，打伤二百多人，逮捕一百六十余人，其中有著名乡土作家王拓、杨青矗等，并查封了《美丽岛》《八十年代》《春风》等刊物，酿成"高雄事件"。台湾岛内发生的四起重大事件，虽然也均引起台湾政局的一时动荡，但最致命的，还是岛外的四起重大事件。

"钓鱼岛事件"：即"保钓运动"。钓鱼岛是我国领土，是太平洋中的无人珊瑚礁列岛，由于发现地下有石油，引起人们重视。美国为了向日本献媚，于 1970 年 8 月 12 日宣称，钓鱼列岛"是琉球群岛的一部分"，美国政府已"决定交还日本"。美国这种拿中国的领土作礼物送人的强盗行径，顿时激起了全世界炎黄子孙的强烈愤怒。他们立即纷纷组织游行示威，向美日抗议。这一运动以留美台湾学生和学人为潮头，很快覆盖世界各地。1971 年 1 月 29 日至 30 日，旅美台湾留学生和学人自发成立了"保卫钓鱼岛运动委员会"，组织发动全美中国留学生参加斗争，在纽约、华盛顿、芝加哥、旧金山、洛杉矶、西雅图等地举行了示威游行。从美国发起的"保钓运动"，很快传到了台湾岛内。同年四月，台湾大学、台湾师范大学等学校的学生，也纷纷走上街头，举行集会表示响应。这一运动使台湾同胞的民族意识随之觉醒，民族情绪大为高涨。

台湾当局被逐出联合国：1971 年 10 月 25 日，联合国通过决议恢复中华人民共和国合法席位，台湾当局被逐出联合国。这件事使台湾在国际上的地位一落千丈，由国际最大组织中的一员变成了一个被遗弃者。锁链一断，一崩即溃。一个山崩地裂式的"断交"潮流从西方到东方，从南方到北方迅速涌起，很快全世界重要的大小国家都纷纷宣布与台湾"断交"。这对台湾各界来说无疑是一次十级地震。他们很多幻想从此破灭，不得不认真地考虑自己的前途和归宿，整个台湾民心浮动。

美台"断交"：进入七十年代，美国政府看到大势所趋，便被迫改变了对中国的政策，由冷战以对，变成握手言和。1971 年 11 月基辛格访华；1972 年 2 月美国总统尼克松访华，《上海公报》发表；1975 年 12 月尼克松的继任者福特访华；1978 年 12 月 31 日美台正式"断交"。这一事件对台湾震撼极大。

日台"断交"：作为美国在远东的最大伙伴，作为资本主义世界在东方的最大堡垒的日本，在国际上是最善于观察风向，见风使舵的。当它观察到美国对华政策变化的倾向时，便抢先于 1972 年 9 月宣布与台湾"绝交"，日本的举动反过来更促进和加速美国对华政策转变的进程。失去了日本，仅次于失去美国的震撼。

在上述内外八大事件的夹攻下，台湾的社会和民心出现了以下一些变化。第一，民族意识大觉醒。首先是知识分子觉醒。例如，王拓在谈到"保钓运动"时说："我和我的许多朋友们都是在这个运动中被教育过来的人，而今天社会上普遍高涨的民族意识，也正是当年的这个保钓运动所激发起来的。"[1] 第二，意识到祖国统一的重要。如 1973 年 2 月 17 日，台湾当局逮捕了参加台湾大学师生举行的"民族主义座谈会"的陈鼓应和王晓波师生，次日，台湾大学学生郭誉浮便在校门口持刀自刎，用鲜血书写："和平、统一、救中国！"的标语，围观群众两千余人，人们情绪激昂，支持郭的行动。第三，增强了台湾同胞的自我生存意识。比如，当时台湾大学等校的学生，提出了"上山下海""为大众服务"的口号，他们纷纷组织"大学生服务团""拥抱人民先锋队"组织，自动地深入到农村、工厂、矿山进行服务和调查，激发中国人的自救自主意识。《台大社会服务团成立始末》中写道："青年们除了要作为'社会的气压计'外，更需要作为：'洗涤社会，拥抱人民'的先锋队！前者是消极的、软弱的，后者则是积极的、战斗的。"第四，人们在激发自我生存意识的同时，对台湾的逃跑主义者进行激烈批评。第五，对崇洋媚外心态进行批判。七十年代台湾内外出现的重大事件，不仅自身成了乡土小说描写的重要题材，这些事件激发的爱国主义和民族主义，更成了乡土小说的主导思想。

第二节　文学背景

台湾现代派文学的确对活跃台湾文坛气氛，打破五十年代"反共八股"小说控制文坛的局面和引进西方文学技巧，提升台湾文学的艺术层次等，做出了不可磨灭的贡献。但是，部分现代派的诗，有的走火入魔，造成严

---

[1]　王拓：《是现实主义文学，不是乡土文学》，尉天骢主编：《乡土文学讨论集》，台北：远景出版事业公司 1978 年版，第 102 页。

重的空洞晦涩，脱离台湾现实，脱离广大读者；有的陷入形式主义泥沼，刻意模仿，不思创造。这些均引起了人们的严重不满和忧虑。于是台湾兴起了批判现代派诗运动，如火如荼，势不可当。在批判现代派诗的基础上，从 1970 年起，台湾掀起了一个巨大的青年诗人运动和新诗的回归民族、回归乡土的运动。众多高举着民族、乡土旗帜以创造中国诗为己任的青年诗社、诗刊纷纷成立和创刊。这种民族主义和爱国主义的巨大的青年诗人运动，正是"保钓运动"中激发的民族意识在文学中的回响。

进入七十年代以后，台湾的文学批评界，也开始了对台湾现代派小说的一些弊端和西化中具有代表性的作家和作品，进行了尖锐的批判。首先是由尉天骢、陈映真等乡土派理论家、作家主办的《文季》，于 1973 年 8 月组织了对现代派著名女作家欧阳子小说的批判和对台湾现代派的孕育者《文学杂志》、现代派的刊物《现代文学》的西化倾向所进行的集中批判。这一期《文季》发表的文章有：尉天骢的《幔幕掩饰不了污垢》，唐文标的《欧阳子创作的背景》，何欣的《欧阳子说了些什么》等。何欣的《欧阳子说了些什么》的一文，分为主题和人物两部分。在这篇文章导论式的首段中，作者说："在欧阳子所属的这群大学才子派的作家中，绝大多数是读外文系的学生。无疑地，他们都深深受到英美作家，尤其是二十世纪初的那些小说家的影响。从他们的作品，我们会看到詹姆斯·乔埃斯、D·H·劳伦斯、亨利·詹姆斯的影响，也可看到他们从这些大师学得的写作技巧。当然这是个可喜的现象，但也有危险，如运用不纯熟，便会成为东拼西凑的杂烩。又因为他们浸泡在西方现代文学作品里，相对地远离了'五四'运动后中国文学的传统，所以他们的作品中缺乏中国读者习见的现实，而对中国一般读者就有了疏离感。"[1] 这段话可看作当时一般比较温和的台湾批评家对以白先勇为代表的台湾六十年代崛起的现代派作家们总的评估。何欣在比较客观冷静地分析了欧阳子《秋叶》中的作品后，认为："她所创造的人物和他们生活的环境都是现实生活中所无的。"不过是从西方的文学

---

[1] 叶维廉主编：《中国现代作家论》，台北：联经出版事业公司 1976 年版，第 420 页。

作品中移植过来而已。尉天骢的文章着重批判了欧阳子，即现代派小说的空洞、虚无而荒谬。唐文标的文章，以比较激烈的言词批判了台湾文坛上的西化倾向，即《文学杂志》和《现代文学》鼓吹西化的弊端。《文季》组织的对欧阳子小说的批判，可以看作七十年代批判台湾现代派小说西化的开端，也是台湾评论界比较集中注意台湾小说创作流变的开始。也可把这看作是台湾小说界乡土派和现代派的初次交锋。

　　紧接着对欧阳子小说的批判之后，欧阳子的同班同学，也是现代派大将之一的王文兴的第一部长篇小说《家变》于1973年3月在《中外文学》杂志连载完毕。这部小说一载完，就引起了一场激烈争论。张汉良先生主编的《中外文学》组织座谈会，发表文章，对《家变》进行肯定。而《书评书目》则连续发表文章对《家变》进行了针锋相对的批评。王文兴在《家变》新版序中说："批评界对《家变》的'关怀'（原注：美其名曰关怀），又使我甚感吃惊。什么不道德了，背弃传统了，文字不通了——尤其席斯了——各展其才，壮思逸兴，真好像是在举办征文比赛。继而，许多读者说：《家变》应该撇开文字不谈，只要看……"作者这段文字虽然对批评者不无讥讽之意，但从中也可帮助人们了解当时批评家和读者混合而成的批评《家变》的队伍之勇和声势之壮。当时从文字上肯定《家变》的有：颜元叔、张汉良、欧阳子等。而批评《家变》的有：隐地、杨志南、关云等。对《家变》的批评，集中在对《家变》的主题和文字上。主人公范晔，身为知识分子却将养育自己的父亲百般虐待和遗弃。中国人对这种破坏中国传统道德的行为和描写代沟的这种表现方式不太习惯。批评者认为这是从西方的精神垃圾中拣来的破烂。台湾文学批评家萧毅虹在《评〈中国现代文学选集〉小说集》一文中说："现代的年轻作家似乎不愿意在他们的作品里表示他们的价值判断，他们要求的是'客观'，想弃除的是'我'，不喜爱的是'主题'，崇尚的是'描绘现象'，当今文坛有一股暗流，仿佛一写亲情，一写温暖，一写人性的光辉面，就是落伍的、八股的、迂腐的、文以载道的。反之，若是一写苦闷、一写黑暗、一写矛盾冲突，就是有深度的，有价值的……"作者这段话仿佛是在批评年轻的现代派作家，所谓暗流，指的恐怕就是现代派的创作倾向，不过这一批评有点失之准确，对现代派小说的弱点并没有一针见血地挖在病根上，当时对现代派的批评，也包括对白先勇小说的批评，认为白先勇是在"为一个没落的贵族唱挽歌"。这种批评虽有某些道理，但对白先勇来说似乎缺少公平。

对台湾现代派小说的批评，尤其是对现代派为艺术而艺术、空洞虚无、脱离生活、脱离台湾现实、脱离台湾广大读者的批评，形成了一股相当强大的潮流，有力地推动着台湾文坛舆论和小说创作倾向的变化。在这种情况下，"社会写实小说"的概念便应运而生。颜元叔于1976年在台湾《中华文化复兴月刊》第十卷第九期发表了《我国当前的社会写实主义小说》一文，正式提出了"社会写实小说"这一概念。并以陈若曦、陈映真、王祯和、王文兴、黄春明、王拓、张系国、杨青矗八位作家的作品来论证这一概念。颜元叔提出的这一概念，还不是乡土小说，只是向台湾的乡土小说接近了一步。不过颜元叔只是看到了台湾小说由虚向实发展的这一总的趋势，并没有详细把握住这一发展脉络。作者把王文兴也画进这个圈子，就是一个疏漏，大概直到1977年乡土文学论战发生的前夜，即叶石涛的《乡土文学导论》于1977年6月《台湾文艺》发表，陈映真的《文学来自社会反映社会》于1977年7月1日《仙人掌杂志》发表，乡土文学，乡土小说才正式被重新提出。台湾文学批评家何欣说："当然，还有很多的人在继续讨论文学重返现实——大社会的现实——问题。这些讨论便促成了1977年发生的那场乡土文学之论战。"[1]

---

[1] 何颀：《当代台湾作家论》，台北：东大图书公司1983年版，第29页。

第二章
台湾文学回归的总枢纽——乡土文学论战

第一节　台湾乡土文学的内涵

乡土文学，顾名思义，就是描写"乡土"的文学，而不是描写域外的文学。有人考证，"乡土文学"一词最早出现在十九世纪末期的欧洲。那时是为了区别城市文学而称乡土文学，因而乡土文学一词是专指那些描写乡村农家题材的文学作品。经过历史演变，乡土文学一词早就超出了它诞生时的含义。1920年前后，台湾曾有过一次所谓"乡土文学"论战。但那时的乡土文学论战，只是文学语言之争，一方主张用台湾方言写作，一方主张用白话文写作。这一论争实际上是台湾白话文运动的一部分。乡土文学这一概念到了当代，其含义和内容都有了新的发展。大约有这样一些含义：第一，为了区别于西化，它具有坚实的民族性的内容；第二，为了区别于空洞虚无，它具有真实性的成分；第三，为了区别于陈腔滥调，它具有鲜活的泥土色彩；第四，为了区别于古色古香，它具有现代意识和城市意识。因而乡土文学再不是原来那种狭义的乡村文学，而是包含着极其丰富内蕴的、具有现代意识的，包括了乡村和城市题材在内的具有浓郁生活气息的活的文学。台湾的作家和评论家，对台湾的乡土文学做了许多解释。叶石涛眼中的台湾乡土文学，强调其地方性和本土性，突出"台湾意识"。他在《乡土文学导论》中说："所谓台湾乡土文学应该是台湾人（居住台湾的汉民族及原住种族）所写的文学……它应该站在台湾的立场上来透视整个世界。"而陈映真则十分强调台湾乡土文学的民族性。在陈映真的眼中，台湾的乡土文学，就是从反西化中发展起来的中国新文学，或中国现实主义文学。而这个文学既包括王拓的渔村文学，也包括杨青矗的工厂文学。在《乡土文学的盲点》一文中，陈映真说："所谓台湾乡土文学史，其实就是在台湾的中国文学史。"台湾乡土作家王拓在《是现实主义文学，不是乡土文学》一文中说："它包括了乡村，同时又不排斥城市。而由这种意义的'乡土'所生长起来的乡土文学，就是植根在台湾这个现实社会的土地上，来反映社会现实，反映人们生活的和心理愿望的文学……也就是说，凡是生自这个社会的任何一种人，任何一种事物，任何一种现象，都是这种文学所要反映和描写，都是这种文学所要了解和关心的。这样的文学我认为应称之为现实主义的文学而不是乡土文学。"[1] 王拓在这里所突出强调的这种文学的使命和功能与颜元叔所说的"写实主义文学"作了区别。写实主义文学强调写实，而乡土文学则要突出地反映生活在这个土地上的人们，特别是农民和工人的心理和愿望。

那么台湾的乡土文学是不是专指台湾省籍作家所写的文学作品呢？否。主要的是表现在文学的主张和认同上，而不在于作家的身份和籍贯。那些把台湾的乡土文学和台湾省籍作家所写的文学等同起来是不对的。同样的，那些把外省籍作家一律排斥在台湾乡土文学之外，也是不对的。台湾文评家萧新煌在《没有土地，哪有知识分子》一文中说："省籍并不是关键的划分因素，对文学及对社会的意识形态及认同，才是重要的社会学变项。在论战中，就有不少外省籍的作家和民族主义阵容里的政论家投入这场论战，而站在原来是以本省作家为主体的乡土写实文学支持者这一边讲话。也因为这一层关系，乡土文学论战中凸显的乡土意识无疑的又是一种'台湾意识'（社会意识）与'中国意识'（民族意识）的融会。"[2]

在研读了台湾的作家、评论家关于台湾乡土文学的各种解释和论述之后，大体上我们可以作出这样的概述：台湾的乡土文学，是指除现代派文

---

[1] 尉天骢主编：《乡土文学讨论集》，台北：远景出版事业公司1978年版，第118页。

[2] 痖弦主编：《悲怀与智慧·1986年不可磨灭的声音》，台北：久大文化股份有限公司1987年版，第122页。

学和"反共八股"文学之外，中国台湾人（台湾籍与大陆籍）所写的，一切有关台湾题材的文学。其时间包括全部台湾文学史在内。不仅涵盖使用白话文与台湾方言写作的有关台湾题材的文学，也包括日据时期和光复初期台湾作家们使用日语写的有关台湾题材的文学。台湾的乡土文学应该是特指性和包容性，民族性和乡土性，中国意识和地方色彩等相结合、相交融的中国文学中的台湾乡土文学。

第二节　乡土文学论战的起因、过程和实质

发生在 1977 年至 1978 年之间的乡土文学论战，实际上是台湾两种政治势力、两种意识、两种文学主张、两种文化心理等，经过多年淤积、摩擦、交战之后，汇聚成的一次总较量。从五十年代纪弦的现代派诗"六大信条"一发表，对现代派诗的批判就开始了。之后，这种批判和反批判虽然时缓时急，时高时低，但其总趋势是规模越来越大，范围越来越广，程度越来越深，直到唐文标要现代派诸君们靠边站，甚至号召青年们"踏尸"而过，酿成"唐文标事件"，矛盾已趋激化。在此以前，虽然小说家没有介入这场争论，但诗界经过多年交锋，实际上已经潜伏和酝酿着一场超越诗界，甚至超越文学界的汹涌的暗流。

由六十年代初崛起的现代派小说，经过将近十年的实验，它的西化倾向和脱离生活、远离现实、脱离读者的弊端，已经引起读者和评论界的不满。不少误入现代派的文学青年开始觉醒，决心要改变自己的创作路线。"保钓运动"中兴起的"上山、下乡、下海"的青年服务运动，为乡土文学的新崛起，提供了条件，指明了方向。于是青年乡土作家如闪烁群星般崛起，王拓写渔民，杨青矗写工人，黄春明写小人物，陈映真写小知识分子，王祯和写小职员，洪醒夫写农民等，形成了一个空前的、具有无限生命力的乡土作家群。这批乡土作家形成了坚强而勇敢的笔阵，反映人民疾苦，揭露社会黑暗，保护民族利益，回应人民的呼声，做着台湾文学中的惊天动地的工作。在他们的作品中，实际生活中的太上皇，如美国军官、跨国

公司老板、贵族、巨商大贾等，变成文学挞伐和批判的对象；实际生活中的"奴隶"，例如工人、农民、妓女、小职员等，变成文学中歌颂和同情的主角。这种把现实生活中的"奴隶"变成文学殿堂中的主人，而把现实社会中的皇上变成文学法庭中的被告的创作活动，当然会有人喜欢，有人愁，有人拥护，有人憎恨。徐复观在《评台北有关乡土文学之争》一文中，有这样一段话，十分清楚地讲出了台湾乡土文学的本质和必然导致乡土文学论争的趋势。他说："自 1970 年以来，台湾在经济上有了畸形的发展，在文化上也出现了转型的蜕化。所谓畸形，是指对外国资本家，尤其是对日本资本家的开门揖盗而言。所谓转型，是指在中华文化复兴的虚伪口号下疯狂地将中国人的心灵彻底出卖为外国人心灵而言。对此一趋向的反抗表现为若干年轻人所提倡的乡土文学。要使文学在自己土生土长、血肉相连的乡土生根，由此以充实民族文学国民文学的内容，不准自己的灵魂被出卖……他们把有时可望见显要豪富们的颜色，幻成水中月、镜中花的文学，斥之为买办文学、洋奴文学。这种话一经说穿，文学的市场可能发生变化，已成名或挂名的作家们，心理上可能发生门前冷落车马稀的恐惧……势必要借政治力量来保持自己的市场。"[1]

由于文学的政治的诸原因，一场不可避免的席卷台湾波及海外的政治和文学相混杂的风暴必定要发生了。

乡土文学论战的发难者是台湾"中央日报"的总主笔、"反共"作家彭歌。1977 年 8 月 12 日下午，台湾《中国论坛》杂志召开"当前中国文学座谈会"，主讲人之一的彭歌，本来只作了一个简短的讲话，可会后他大大发挥，加粗捻长，以《不谈人性，何有文学》为题，于 1977 年 8 月 17 日至 19 日在台湾《联合报》上发表。彭文把矛头直接对准乡土文学的代表作家和理论家王拓、陈映真、尉天骢。彭歌对王、陈、尉三人分别进行了攻击之后，又心怀叵测地说："某些乡土文学（很少的几篇）作品的内容，令人感到并不是要正确地反映，而是有着恶化社会内部矛盾之倾向。""我不赞成文学沦为政治的工具，我更反对文学沦为敌人的工具。""如果不辨善恶，

---

[1]　尉天骢主编：《乡土文学讨论集》，第 332—333 页。

只讲阶级，不承认普遍的人性，哪里还有文学！"[1] 彭歌的文章作为向乡土文学围剿的第一炮，已经把文学领域里的争论引入到了政治领域，已经向乡土文学的作家理论家亮出了屠刀，他以绷紧的弓弦为这一次论战定下了基调。紧跟着彭歌上阵的是诗人余光中，他从香港赶回台湾，于 8 月 20 日在《联合报》副刊上发表了《狼来了》的文章。这篇文章虽然不长，但它是急先锋使用的武器，是这次论战所有的文章中最猛烈、最凶狠、最政治化、最具杀伤力的文章。如果说它是一篇文章，倒不如说它是一道通缉令。余光中说："北京未有三民主义文学，台北街头却可见工农兵文艺，台湾的文化界真够大方。说不定有一天工农兵文艺还会在台北得奖呢？"余光中最后杀气腾腾地说："说真话的时候已经来到。不见狼而叫'狼来了'，是自扰。见狼而不叫'狼来了'是胆怯。问题不在帽子，在头。如果帽子合头，就不叫'戴帽子'叫'抓头'。在大嚷'戴帽子'之前，那些工农兵文艺工作者，还是先检查检查自己的头吧！"[2] 除了彭歌、余光中冲锋陷阵之外，助阵的还有尹雪曼、王文兴等。他们对乡土文学的围攻，势力之大、之猛，调门之激烈，是可把乡土文学的作家和理论家们置于死地而不能复生。

　　然而乡土文学阵营的作家和理论家们是一群具有强大生命力和蓬勃朝气的初生之犊。他们不知道害怕和退却为何物，坚决反击，据理力争。王拓在《拥抱健康的大地》，尉天骢在《欲开壅蔽达人情，先向诗歌求讽刺》，陈映真在《建立民族文学的风格》，陈鼓应在《评余光中的颓废意识与色情主义》等文章中，对彭歌、余光中、王文兴等，进行了无情的批驳，并且从各个角度，对乡土文学的理论进行了开拓性、创建性的探讨和论述，确立了乡土文学的理论体系。经过这一论争，在有关乡土文学的许多重大理论问题上，都有了较明确的答案。

　　得道者多助，失道者寡助。由于乡土文学代表着新生的、蓬勃向上的、体现着社会和文学发展本质的力量，他们又是处于被迫害、被围剿的地位，

[1]　尉天骢主编：《乡土文学讨论集》，第 249—263 页。
[2]　尉天骢主编：《乡土文学讨论集》，第 266—267 页。

他们的事业和理论又得到了人们的广泛共鸣，因而所有正义者都站在他们一边。其中包括胡秋原、任卓宣、徐复观等老一辈的文学家和名流，胡秋原还成了他们的理论后盾。海外的多数作家、学人也站在他们一边。事情的发展对他们越来越有利。

从 1977 年 8 月 29 日开始，在台北召开了"第二次文艺会谈"。出席者二百七十余人。余光中为主席团成员之一，彭歌为第四组组长。"总统"严家淦出席致辞。他强调，文艺要"配合'国策'，跟'反共救国'的大前提取同一步骤，服膺'三民主义'，配合中华文化复兴运动"，"消灭奴役的、唯物论的阶级文学"，"乡土文学不可为某一个特定的阶层为描写的主要对象，不可在唯物史观的意识形态下写作"。这次会议实际上是对乡土文学施加政治压力的会议，但其效果却使召开会议者失望。不仅如此，随着时间的推移，乡土文学派的支持者越来越多，乡土文学派的阵容越来越大，形势急转直下。于是，用政治手段结束文学论争的事出现了。1978 年 1 月 18 日到 19 日在台北召开了"国军文艺大会"。这个会议实际上是对乡土文学表示安抚和协调的会议。会议要求文学界"每个人都要平心静气，求真求实的化戾气为祥和，共同发扬中华民族文艺而奋勇前进"。台湾军政要人，"国防部政战部"主任王昇在会上作了一个多小时的讲话。他说："纯正的乡土文学没有什么不对。我们基本上应该团结乡土。爱乡土是人类自然的感情，乡土之爱扩大了就是国家之爱，民族之爱，这是高贵的感情不应该反对……"王昇虽然从息事宁人的目的出发，对乡土文学作了一些安慰，说了几句好听的话，但所谓"纯正"的乡土文学，一方面仍要把乡土文学纳入官方的"反共救国"文学路线之中，另一方面可以用"不纯正"作借口再开杀戒。

乡土文学论战是以文学的名义进行的政治搏斗，是在论争的口号下进行的残酷围剿，是在官方的导演下进行的民间交锋。白热化的搏斗虽然到此已经逐渐冷却下来，但这一论战的巨大影响正在深入和扩大。

第三节　乡土文学论战的意义和影响

　　七十年代中后期的乡土文学论战，实际上是以官方为后台，以御用文人为急先锋，企图以政治法律手段扑灭初生的乡土文学的斗争。论争中有的人狂叫要对乡土派作家绳之以法，企图血染文坛，就是证明。不过论战进行不到一年，发难者就由"消灭奴役的、唯物的阶级文学"而改变为"我们基本上应团结乡土"，看来正义的力量在一定条件下，仿佛比枪炮的威力要大得多，刺刀永远杀不死真理。乡土文学论战的结果是正义和真理，民心和舆论的辉煌胜利。

　　乡土文学论战的巨大意义不仅在于受压抑的一些乡土作家从此扬眉吐气，还不仅在于乡土文学自身的理论建设获得丰硕成果，其更大的意义在于，它成了台湾文化、台湾文学全面地回归民族、回归乡土的总标志，为在反西化中兴起的民族意识、爱国情感疏通了畅流的渠道。从此台湾文化的各部门都汇入了回归民族、回归乡土的潮流。台湾的校园歌曲蓬勃兴起，不少大专院校的学生到民间去收集民歌和民间乐曲，形成热潮。台湾音乐教授徐常惠在台湾音乐的回归中起了重要作用。由作家、舞蹈家林怀民等创办的云门舞集，把中华民族开发台湾的历史作为讴歌的主题，把台湾的舞蹈引入了回归的方向。绘画界矿工洪瑞麟描绘矿工形象，反映矿工生活的绘画和农民画家共通的乡土画，都在东西方世界造成广泛影响。戏剧界郭小庄的京戏改革，民歌界简上仁的民歌活动等等，汇成了一个全面的、声势浩大的乡土文化的回归潮流，这个潮流标志着在西化中被压抑的中国精神，被放逐的民族之魂，被搁置的传统文化的提升和复归。这个潮流重新接续和沟通了台湾日据时期，先辈们在和异族入侵者斗争中建立的爱国主义和民族主义的优秀传统和台湾的乡土情怀。乡土文学论战，为台湾乡土文学的大发展，拓开了广阔的道路，从此乡土文学作家的队伍迅速壮大。不仅六十年代末七十年代初崛起的陈映真、黄春明、王祯和、季季、曾心仪、王拓、杨青矗等创作上迅速成熟，一批批优秀的作品纷纷问世，而且又有一批更年轻的作家，比如古蒙仁、张毅、小赫、宋泽莱、吴念真、洪醒夫、林双不等崭露头角。他们汇成了一个汹涌澎湃的乡土文学的潮流。这股潮流，把乡土文学、乡土小说推到了台湾文坛主角的地位。乡土文学论战，扩大了乡土文学在世界上的影响，从此，黄春明、陈映真、王祯和等名字不胫而走。他们的作品在世界各地广为流传。日本曾出现"黄春明热"。进入八十年代初，他们的作品成了祖国大陆读者手中的圭臬，人们对他们名字的熟悉，超出了对大陆某些作家名字的熟悉程度。台湾青年文学评论家高天生在谈到乡土文学论战的影响时说："1977—1978 年间发生的乡土文学论战，是一场包涵文学、政治、经济、意识形态各层面的文化思想论战，它是本地自 1962 年中西文化论战以来，规模最庞大的一场论战，影响层面深远，自是不待言。考察论战后迄今台湾文坛的流变和发展，我们可以看到许多作家受到论战的冲击，及随后 1979 年 12 月发生于高雄的政治事件的再启蒙，都有了新的转向和再出发，这种创新和求变的精神，已为台湾文坛带来了新展望。"[1] 台湾新生代文学评论家彭瑞金在谈到乡土文学论战对台湾文学内在的深刻影响时说："经由一年多论战反复的申辩、探索与试炼，有助于澄清、凝练台湾文学的本质，予台湾文学更明确的定义，更真确的使命感。透过论辩中强劲的现实主义的主流理论，突示了台湾文学与现实结合的传统色彩，当现实的意义予以历史形式的延伸之后，我们深一层的发现，台湾文学所呈示、反映的绝不止数十年来的颠簸与苦难的再现，在骨子里已深刻地与台湾的历史命运紧紧地结合在一起了。"乡土文学论战，虽然是发生在小说领域，但它的影响不仅超越了小说，也超越了文学；它虽然只有一年多时间，但它的影响却是接续了台湾以前和以后的文学经脉；它虽然发生在台湾，但它的影响却波及了中国大陆和海外。因此，我们研究七十年代的台湾乡土小说时，不得不把乡土文学论争，作为它广阔的历史时代背景和理论依据。

---

[1] 高天生：《新危机与新展望——乡土文学论战后台湾文坛发展的新考察》，《台湾文学的过去与未来》，台湾文艺杂志社 1985 年版，第 201 页。

第三章
二十世纪七十年代台湾乡土小说的成就

第一节　小说理论和小说创作交互发展

与现代派作家们从西方移植过来文学理论，并按照移植来的文学理论进行创作的做法相反，乡土派的文学理论却是在论战和创作实践中，不断积累、总结、概括，然后又去指导实践，经过一次次的摸索，实验，再摸索，再实验，逐步诞生和完善起来的。理论和创作交互发展，同步前进，表现了较好的一致性。实践是理论的火石，而理论又是照耀实践之灯塔；论争靠理论去展开，而理论又在论争中成长和发展。因而我们从乡土小说理论和创作实践一致性的角度，对乡土小说做一些必要的探索。

第一，反对西化和反崇洋媚外。反对西化和反崇洋媚外，不仅是台湾乡土小说的第一要务，而且被台湾所有的民族主义和爱国主义者所信奉。不反对西化，不反对崇洋媚外，中国精神就无以复活，中国人在中国的土地上就不能扬眉吐气。乡土文学派的著名理论家尉天骢，把反对西化和反对崇洋媚外看作乡土文学的主要任务。他说："我们要关心我们的现实，写我们的现实，这就是乡土文学。它主要的一点，便是反买办，反崇洋媚外，反逃避，反分裂的地方主义。"陈映真说："在一个强国欺凌弱国的时代，在一个大约五分之三的人口还生活在长期、慢性的贫困、饥饿、无知和疾病的地球上，在跨国性产业和银行集团支配缺乏生产资本和技术的弱小民族和国家，从而挫伤了这些民族的心灵，污染了这些民族的自然环境，掠夺了这些民族的物质资源的时代，人性的问题，集中地表现在人怎样挣脱这一切的枷锁，夺回失去了的、被创伤的人的尊严，以释放在创造和革新上最大限度的能力，从而建立一个真正有人味的、自由、公正而幸福的世界。"[1] 在这一理论的指导下，和这一理论相呼应，台湾乡土小说中反崇洋媚外、反西化、反买办的题材占据了重要地位，而且呈现蓬勃的崛起之势。许多乡土小说家，都抓住了这一题材进行广泛探索，深入开掘。如陈映真的《唐倩的喜剧》，王祯和的《小林来台北》《美人图》，曾心仪的《我爱博士》，黄春明的《苹果的滋味》《我爱玛利》等，这些作品，有的对侵略者的丑态揭露得淋漓尽致，有的将洋奴的嘴脸描绘得栩栩如生。

第二，深入反映现实，促进社会变革。现代派小说的最大弊端是脱离现实，脱离台湾社会，描写一些不关人们痛痒的东西，因而广大读者对它也不关心。乡土派小说和现代派小说针锋相对，它就是要"描写民族受压迫，屈辱的惨苦面，谋求民族地位及个人地位的改善"，就是"要反映我们的社会问题，反映帝国主义经济侵略所带给民众的痛苦，反映当前的经济现象，指出某些不合理的制度，消除剥削，以趋向更美好的社会"。[2] 这方面题材的作品极为丰富，例如王拓的《金水婶》《望君早归》，杨青矗写工人生活的小说《工厂人》《工厂女儿圈》，洪醒夫的《黑面庆仔》，宋泽莱的《打牛湳村》等等。这些作品，从各个角度揭露了在西化过程中，由于帝国主义的经济入侵，由于资本家和地主的残酷剥削，造成农民破产失业，工人负荷重、工资低、处境悲惨的景象。乡土小说家企图对这些现象进行揭露和鞭打，以改善人们的处境，促进社会进步。杨青矗描写临时工的小说发表后，引起了社会舆论的广泛注意，临时工的处境，便得到了一定程度的改善。

第三，揭露外国的经济入侵，保护中国人的民族尊严。台湾进入西化期之后，以胡秋原为首的《中华杂志》集团的理论家们，一直认为台湾有殖民经济。胡秋原在《谈民族主义与殖民地经济》一文中说："今天台湾的经济，也有买办经济存在，松下、本田机车等等公司代理商也就是买办的资本。当然，我们也有一部分的民族资本，但是毫无疑问的，买办资本已

---

[1] 陈映真：《建立民族文学的风格》，《乡土文学讨论集》，第338页。
[2] 赵光汉：《乡土文学就是国民文学》，《乡土文学讨论集》，第287—288页。

占了一个很大的数字。总之，台湾是有殖民经济的成分。……到了一定时期，台湾就由经济殖民地到政治殖民地。"[1] 胡秋原认为："今天第一件事情就是要实行三民主义。民族主义就是要全体中国人民团结起来，自立自强，坚决不依赖外国，不受外国欺负。" 在开放的条件下，吸收外资和帝国主义经济入侵，殖民地经济与开放经济之间，有着极微妙、极复杂的关系。台湾的乡土作家们秉持着上述理论，从民族主义和爱国主义出发，创作了一系列揭露美、日经济入侵和批判洋奴买办的小说。这些小说在台岛内外部引起了极大反响。如黄春明的《小琪那顶帽子》，揭露日本高压锅等公司以劣次产品在台湾倾销，给台湾同胞生命财产造成了严重损失。再如陈映真酝酿已久陆续出台的系列中篇小说《华盛顿大楼》，广泛深刻地揭露了帝国主义的跨国公司，对台湾、对第三世界的剥削和掠夺。

　　第四，文学应该描写劳苦大众，为劳苦大众服务。文学为什么人服务的问题，在台湾新诗论争中争论得相当激烈。一部分现代派诗人，认为诗就是写给自己看的，对广大读者不屑一顾，而读者和评论界则强烈要求诗人应走出象牙之塔，写出群众喜闻乐见的作品。乡土派理论家和小说家，吸取现代派小说的教训，提出乡土小说要描写劳苦大众，为劳苦大众服务。例如尉天骢在《对现实主义的考察》一文中说："工农兵文学并没有什么不好，我们之中许多人都是工农出身，农人唱歌，工人写东西，当兵的提倡军中文学，又有什么不对呢？"王拓在《拥抱健康的大地》一文中，在历数了"那个为了使儿子挣脱贫穷的悲剧生活，不得不去炸鱼，而终于把自己炸死了的水盛叔；那个为了养活并教育六个孩子，而不得不整天挑了杂货担子在'八斗子'的大街小巷叫卖，结果却被她的成家立业的孩子们所遗弃了的金水婶；那个因丈夫遭遇海难，在年纪轻轻时就守了寡，并含辛茹苦地把子女们抚养成人的秋兰"。之后，他说："我原是和他们同属于一种类的人。于是我开始尝试写作，我开始试图把那些我所看到的、认识的这些令我感动的健康的人们的哀乐、的爱恨、的辛酸、的期望、的奋斗、的挣扎……透过小说来加以反映。我相信，这些令我感动的、多数广大的健

────────────

　　[1]　尉天骢主编：《乡土文学讨论集》，第 565 页。

康的人们所表现的心里的爱憎和愿望，以及他们在朴实的勤恳的日常生活中，为了下一代的幸福所作的牺牲和爱心，所表现的人性的光辉，是人类世界最宝贵、最值得珍视的东西。"[1] 王拓、陈映真、黄春明、王祯和等人，均把劳苦大众作为描写和歌颂的主要对象。他们笔下的主人公头上，都冠着一个"小"字。"小"在乡土作家的笔下，一方面表示这些主人公的社会地位低下，但另一方面却迸射着正直、朴实、勤劳和希望的光辉，并含有对"大人物"的反讽之意。

第五，台湾、大陆是一家。国家要统一，民族要团结，亲人要团聚，是乡土文学最重要的题材和主题之一。

乡土文学的作家和理论家们，对这个问题一再进行论述和描写。赵光汉在《乡土文学就是国民文学》一文中说："乡土文学的一贯内容就是以观照现实，表达民族、民权、民生三大问题，批判了汉奸、买办和走狗，与民众、与中国相结合。从上述观点来看，乡土文学就是国民文学。"[2] 陈映真在《乡土文学的盲点》一文中说："台湾的新文学，受影响于和中国'五四'启蒙运动有密切关联的白话文学运动，并且在整个发展的过程中，和中国反帝、反封建的文学运动有着紧密的关联。也是以中国为民族归属之取向的政治、文化、社会运动的一环。"陈映真抓住这一题材和主题，写了大量的台湾人和大陆人应该消除省籍界限，团结和睦的作品。读一读《第一件差事》《将军族》等作品，体会一下大陆人三角脸和台湾姑娘瘦小丫头拥抱一起而死的象征意义，就不难理解作者的苦心。其他乡土作家也是这类题材的热心描写者。季季的《异乡人之死》，洪醒夫的《老广》等，均是表达两岸情的作品。

第六，爱台湾，爱乡土。在台湾乡土作家的眼里，民族、乡土、祖国是三位一体而不可分割的。他们把自己看作是在祖先用血汗灌溉的土地上生长的树木和小草。他们认为自己的生命和灵魂都和脚下的乡土凝聚在一起。正因为他们无比热爱乡土，因而对损害和践踏，企图掠夺和占有乡土

---

[1] 尉天骢主编：《乡土文学讨论集》，第350—351页。

[2] 尉天骢主编：《乡土文学讨论集》，第298页。

的帝国主义和洋奴买办们恨之入骨。王拓在《拥抱健康的大地》中，深情地表达了乡土作家们对乡土的无比关怀和挚爱。他说："我们家从福建迁移来台已经有三百多年的历史，在这段漫长的岁月里，我们的祖先一代接一代在这块土地上不断辛劳地、勤恳地、满怀期待地工作着。在这块土地上播下心爱的希望，并用血、用汗、甚至用泪水来灌溉她，照顾她，呵护她。就像一个忠实的园丁对待他的田园，忠实的奴仆对待他的主人一样。更像一个勤恳的农人对待他的田地一般的死心塌地。我们是两脚深扎在这块土地上的一群人，死了也在这块土地上，和这块土地合而为一，混为一体。所以我们爱她！无条件、无保留地深爱着她。为她，我们愿意流汗、流血；为她，我们甚至可以死！因为没有这块土地就没有我们，没有我们的子孙、没有我们的一切！"[1] 乡土作家笔下和泥土融为一体，爱泥土胜爱自己生命的作品就更多了。例如，宋泽莱的《打牛湳村》《变迁的牛眺湾》，王祯和的《嫁妆一牛车》《三春记》等等。这些小说中的乡土人物，一方面背负苦难，一方面肩压着重任，他们在泥土上受苦，又和泥土凝合在一起，他们在泥土上进行挣扎，最后又没入泥土之中。与其把他们看作是泥土的儿子，不如说他们就是泥土的一部分。

在所有台湾当代的小说中，台湾乡土小说在题材的开拓和主题的深化方面是无与伦比的；在小说的生活化、大众化方面，成就是空前的；在作家与自己描写的对象和读者的结合方面，其他作家均会相比而逊色。我们可以不带任何偏见地这样说，台湾小说因现代派造成的与广大群众和读者隔离的局面，被乡土小说弥合了；台湾小说因现代派造成的主题失落和迷惘，被乡土小说挽回和唤醒了；台湾小说因现代派造成的题材狭窄和贫困，被乡土小说拓宽和丰富了。乡土小说把台湾文学引向了一个朝气蓬勃，充满活力，人心所向的康庄大道。

---

[1]　尉天骢主编：《乡土文学讨论集》，第361页。

第二节 现实主义创作方法与多种表达艺术相结合

有人把台湾乡土小说的特点概括为民族的，写实的，前进的，知耻的。这样的特点就决定了它的创作方法必须是现实主义的。王拓在反击台湾御用文人围攻时，曾写了《是现实主义文学，不是乡土文学》的文章，并给乡土文学下了这样的定义："反帝国主义的民族意识的高度觉醒，反对过分商业化的经济体制和关心社会大众的现实生活的社会意识之普遍提高，都采取着一致步调，而且正好与那股二十几年来一直默默耕耘的，以乡土为背景，忠实地描写个人的悲欢与民族的坎坷的作家和作品所表现的健康的、富有活力的现实主义的精神结合在一起了。"因而，乡土文学的表现艺术，也就是现实主义艺术。这种现实主义的表现艺术，具有这样一些特点：

第一，继承、发展和归属于中国文学的大传统。中国文学的大传统是什么呢？那便是从《诗经》、《楚辞》、汉乐府、唐诗等一脉相承的"文以载道"的精神。台湾哲学家、文评家王晓波在《中国文学的大传统》一文中说："宣民志，达民情，为生民立命，关怀民生疾苦，是中国文学的大传统……今天居然有人对描写饥溺无告之民的文学，不思有所改革，反斥他们'丑化社会'此亦'三千年来未有之巨变也！'"台湾的乡土小说正是在中国文学现实主义大传统的根基上萌生和发展的，并忠实地继承了这一大传统的讽喻和批判精神。

第二，新的表现方法。七十年代的乡土小说和日据时期、光复初期的乡土小说最大的相异点是：它是现代化的乡土小说。它吸收了现代小说的各种表现技巧，如象征、暗示、意识流、时空变化等；它充分吸取了现实生活中的现代语汇，有的对传统语汇赋予新的生机，有的将白话文与台湾方言相结合，给人们以崭新的语感；它输入现代意识，使作品和人物都具有新时代的特色和气质。

第三，坚持与创造鲜明的民族风格。乡土小说的反西化、反崇洋媚外的创作使命，就规定了它艺术上民族化的风格和特色。陈映真在《建立民族文学的风格》一文中着重强调，要"在自己的文学中表现中华民族的灵魂"，表现出中华民族的胆魄和勇气。他说："中国的新文学，首先要给予举凡丧失的、被侮辱的、被践踏的、被忽视的人们以温暖的安慰；以奋斗的勇气；以希望的勇气；以再起的信心。中国的新文学，也要鼓舞一切的中国人，真诚地团结起来，为我们自己国家的独立，民族的自由努力奋斗。"[1] 由于时间和背景的关系，他主要从文学的内容方面来论述创建台湾文学的民族风格，因为缺少民族精神的文学，首要的任务就是复归民族灵魂，否则，一切均是空谈。不过民族风格除了内容之外，还有艺术形式，比如民族的语言，民族的表现方法，民族的思维方式等等。这些方面，台湾的乡土小说都有极好的表达。我们仅仅从王祯和的《嫁妆一牛车》中的主角，中国传统农民万发身上和他赶牛车的经历和举动中，便可时时透视着浓郁的民族传统文化的风采。

第四，从苦难中塑造中华民族坚韧、顽强、刚毅不拔的优秀品格和性格。假如我们把台湾的乡土小说作一个展览，把乡土小说中的人物排一下队就会发现，每一个主人公，都是在命运的荆棘和泥沼中痛苦、艰难，且又坚定、毫不气馁地跋涉着。金水婶和她的丈夫，经过多少艰难和曲折，才把孩子们都培养出来，但当自己的生命和精力几乎全被耗干的时候，却被儿子们遗弃。这样的悲剧只能给她带来打击，却不能使她趴下。万发的生活道路更为艰难，做生意赔了本，坐了牢，一心想有一个牛车，然而得到牛车的代价竟是妻子被别人占有，这是何等的屈辱。但生活的重压和难以忍受的屈辱，并没有摧毁他。他仍然忍辱负重，赶着用妻子换来的牛车前进……

---

[1]　尉天骢主编：《乡土文学讨论集》，第339页。

第四章
乡土小说一面夺目的旗帜——陈映真

第一节　曲折的道路、顽强的人生

从信仰存在主义到批判存在主义，从信奉现代派到离弃现代派，从溟濛的空想到真切的现实，从单一和单薄的主题到深宏繁富的层递结构，从浅层的观察到深邃的开拓——陈映真走过了一条艰辛坎坷，布满荆棘，然而却是越走越宽阔，越走越光明，越走越引人注目的道路。可能就是这种原因，才出现了这样的奇观：他的作品虽然没有别的乡土作家多，但他的影响和名声，却远远地超过了其他乡土作家；他虽然从未表现出领袖欲，但时代却确定了他在乡土小说世界的旗帜地位。

陈映真，本名陈永善，台湾省台北县莺歌镇人。1937 年 11 月，出生于台湾西海岸的农村竹南。陈映真两岁时过继给他的三叔父，1944 年他的养父家和生父家因躲避空袭搬到莺歌镇，他又和自己的双胞胎兄长相聚。当他九岁的兄长病故时，他悲痛万分。感伤的情绪一直浓浓地笼罩着他的心灵。他的第一篇小说《面摊》，就以小哥的名字"映真"为笔名，以示对小哥的怀念。取"映真"为笔名，除了怀念其亡兄外，恐怕立志反映生活的真实，也包含在内了。1957 年，陈映真考入台湾淡江文理学院外文系读书，1959 年 9 月，大学二年级时，他的处女作《面摊》问世，从此跻身台湾文坛。陈映真既是作家，又是评论家，他以陈映真之笔名发表小说，以许南村的笔名发表评论。陈映真出版的中短篇小说集有：《将军族》《第一件差事》《陈映真选集》《夜行货车》《华盛顿大楼》（第一部）《山路》等。出版的评论集有：《知识人的偏执》《孤儿的历史、历史的孤儿》等。陈映真在以笔名许南村发表的自我评论《试论陈映真》一文中，把他前期的创作分为了两个阶段。他说："总的看来，陈映真的作品可以分为两个时期。从1959年到1965年是一个时期，在这个时期里头，他显得忧悒、感伤、苍白而且苦闷。这种惨绿的色调，在他投稿于《笔汇》月刊的1959年到1961年间为最浓重。1961年迄1965年，他寄稿于《现代文学》的时期，还相当程度地保留了这种青苍的色调，但同时也表现了这个时期的趋向终结以及另一个时期的开始，而呈现出比较明快的、理智的、嘲讽的色彩。"[1] 陈映真前期创作的第一阶段，即"忧悒、感伤、苍白而且苦闷"时期的作品，主要有《面摊》《我的弟弟康雄》《乡村教师》《死者》《故乡》《那么衰老的眼泪》《加略人犹大的故事》等。这个时期，陈映真还没有摸到现实主义的大门，而是在现代派超现实主义的泥路上艰难地跋涉。他怀着远大的理想，但却找不到理想的窗口；他想摆脱黑暗投向光明，但却望不见旭日东升；他想迈开脚步前进，但却总是缺少迈动脚步的力气。因而他的作品中总是充满着凄苦的无奈，他的人物大都在失败中走向自杀。《我的弟弟康雄》，透过姐姐的口，讲述弟弟康雄的故事。康雄是一个不甘寂寞不甘堕落的青年，怀着乌托邦式的理想。他企图通过建立贫民学校、建立医院、孤儿院等社会服务，实现平等自由美丽的新世界。这种理想实际上是满怀热情的青年的陈映真，对空想社会主义理论的一种朦胧认识，最后在理想破灭，又因恋着可作妈妈的女房东引起的道德自责中而走向自杀。这篇小说主题思想虽然比较灰暗，但却写得很美，读之令人陶醉。《乡村教师》的主角吴锦祥，《故乡》中的哥哥、《加略人犹大的故事》中的犹大等和康雄都是一类人物。陈映真的那些人物为什么一个个做了时代的牺牲品，将自己宝贵的生命也赔了进去呢？陈映真在《试论陈映真》中从这些人物的出身和身份及经济地位诸根本因素上进行了剖析。他说："在现代社会的层级结构中，一个市镇小知识分子是处于一种中间的地位。当景气良好，出路很多的时候，这些小知识分子很容易向上爬升，从社会的上层得到不薄的利

---

[1]　尉天骢主编：《乡土文学讨论集》，第164页。

益。但是当社会的景气阻滞，出路很少的时候，他们不得不向着社会的下层沦落。于是当其升进之路顺畅，则意气昂扬，神采飞舞；而当其向下沦落，则又往往显得沮丧、悲愤和彷徨。陈映真的早期作品，更表现出这种闷局中市镇小知识分子的浓重的感伤情绪。他的父亲一代出身于农村的败落家庭，因着刻苦自修，成为知识分子而向城市游移。1958年，他的养父去世，家道遽尔中落，这个中落的悲哀，在他易感的青少年时代留下了很深的烙印。这种由沦落而来的灰暗的记忆，以及因之而来的挫折、败北和困辱的情绪，是他早期作品中那种苍白惨绿的色调的一个主要根据。"[1]

陈映真前期创作第二个时期的主要作品包括：《文书》《一绿色之候鸟》《第一件差事》《将军族》《凄惨的无言的嘴》《兀自照耀着的太阳》等。陈映真把1965年至1968年他入狱以前这三年划作他的中期创作。这个时期作品数量很少，只有《最后的夏日》《唐倩的喜剧》和《六月里的玫瑰花》三篇，创作风格和特色上与前期的第二个阶段亦无太大的变化。因而仅仅因为这三年投稿的地方从《现代文学》转入了《文学季刊》，就把这三年和三篇小说单列了一个时期，似无太大必要。我以为陈映真的创作真正起了根本变化的是他出狱后的创作，所以我把陈映真前期的第二个时期，即1961年至1965年和中期1966年至1968年合并起来，统称为前期创作的第二个阶段。这个时期陈映真小说的特点是从超现实向现实过渡，许多作品有了较充实的现实生活，多数人物由空想踏上了现实的土地。海峡两岸人的关系被作者放在了突出的地位，作者对生活的价值判断发生了变化，对现实的揭露和讽喻取代了过去的无奈和逃避。常被评论家作为例据的《将军族》和《唐倩的喜剧》，是这个时期创作的最突出成果。《将军族》描写了一个台湾姑娘和大陆人的爱情悲剧。国民党康乐队里的三角脸是1949年随国民党去台的退伍军人，快四十了还是个光棍，在康乐队中和台湾姑娘小瘦丫头邂逅。小瘦丫头是个被卖到花莲的妓女，因不堪折磨逃到台北，进入了康乐队。两人虽然深深地互相同情，但各有难言之苦。三角脸为了帮助小瘦丫头从妓院里赎身，变成一个真正的自由人，一天夜里悄悄地将

---

[1] 尉天骢主编：《乡土文学讨论集》，第164—165页。

自己的全部退伍费三万元台币押在小瘦丫头的枕头下而出走了。小瘦丫头用了三万元台币不但没能赎身，反而更遭蹂躏，并被弄瞎了一只眼睛。五年后他们再见面时，小瘦丫头对三角脸说："我说过，我要做你的老婆，可惜我的身子已经不干净了，不行了。"三角脸也对小瘦丫头说："我这副皮囊比你的还要恶臭不堪的。"于是他们把希望寄托于来世，双双在甘蔗田殉情而死。他们要去追求那来世的"婴儿那般干净了"。这里既突出了人物自愧的心灵美，也突出了对现实的控诉。是现实弄脏了他们的身体，破坏了他们的纯真；是现实阻碍了情人的结合，摧毁了有情人终成眷属的希望。从这篇小说可以看出，陈映真的创作已经从幻想回到现实，从空中回到了人间，但这仅仅是一个良好的开始。

　　陈映真前期第一个阶段的创作，是以存在主义为构架的，他的人物大多是存在主义的实验品，即从死亡中去追求自我，从死中去追求所谓真正的存在，因而他们死得那么坦然和舒服。《兀自照耀着的太阳》中魏医生的女儿小淳的死仿佛比生更舒服。不仅她自己在衰竭中有一种"不可思议的安详"，而且当她断气时周围的一切是那么平静，连守护在她身边的人"都深深地睡熟了"。这仿佛是一个童话，而并非现实。作者之所以要这样安排是要突出存在主义的死亡就是新生，熄灭了蜡烛升起了太阳，死才是真正的存在的理论。而到了此一时期的《唐倩的喜剧》，透过开放性的女郎唐倩四次的换偶轮转，不仅对存在主义进行了嘲弄和批判，而且通过唐倩跟存在主义信徒老莫试婚，自己也变成了存在主义的信徒，之后又发现老莫极端虚伪的面貌，将老莫唾弃，自己又成了新实证主义者罗大头的妍妇。唐倩和老莫先火热后离异，这种描写揭露了存在主义的欺骗性。老莫实际上是存在主义的化身，从这里可以看出陈映真思想的一个飞跃性的变化。存在主义是现代派文学的灵魂，陈映真对存在主义的批判并和存在主义决裂，说明陈映真已憋足了劲要从现代派的影响中跳出，向新的行列，新的目标弹射了。

　　1968年正当陈映真准备应艾奥瓦国际写作计划中心的邀请，赴美深造的时候，台湾当局以阅读毛泽东著作的罪名，将他逮捕，一关就是八年。

但是八年的监狱生活不但没有把陈映真压倒，反而使陈映真变得更成熟、更敏锐、更坚定了。他说："我由三十岁坐牢到三十七岁，在牢里我们可以亲眼看到历史，亲身感受到历史的发生。整个世界的变化，都对这里产生影响。那几年的锻炼，的确给了我一点力量。"[1] 陈映真的人生和创作在经历了八年牢狱生活之后，达到一个崭新的高度，不仅进入了他创作的黄金时期，也进入了他人生的黄金时期。这个时期可称之为陈映真人生的觉醒期和创作的崛起期，为他迎来了世界级作家的崇高荣誉。陈映真在狱中创作了《永恒的大地》《某一个日午》，出狱后又发表了《贺大哥》《夜行货车》和《华盛顿大楼》系列，中篇小说《上班族的一日》《云》《万商帝君》等。到了 1983 年以后，他又开拓新的题材，向政治小说领域进军，发表了影响颇大的《铃铛花》《山路》等力作。他的《夜行货车》和《山路》分别获 1978 年吴浊流文学奖小说奖和 1982 年台湾《中国时报》文学奖小说推荐奖。陈映真像一个文学领域里的探险家，从不满足于脚下的获得，不断地踩着坎坷的路前行，不断地有所发现、有所创造。因而，他的作品中蕴含着一种振聋发聩的思想力量。

第二节 明确的理论、深沉的主题

陈映真是台湾乡土文学理论的开拓者、奠基者之一，他和尉天骢、胡秋原、叶石涛、王拓、何欣等对台湾乡土文学的理论建设做出了贡献。在七十年代中期的乡土文学论战中，陈映真、尉天骢和王拓被推入战斗的旋涡，成了主要的理论骁将。陈映真的文学理论不仅和其他乡土文学理论家的论述一起赢得了乡土文学论战的胜利，为乡土文学的大发展拓宽了航道，而且陈映真作品中的思想力量和他兼营理论关系极大。由于陈映真的文学理论是在实践中和反对西化的论争中创立的，因而它具有这样鲜明的特点，即战斗性、实践性、雄辩性、民族性，这与学院派在书斋中产生的理论有

---

[1] 冯伟才：《那孤单的背影——记在台北晤陈映真》（香港《百姓》1985 年1 月）。

着实质的差别。陈映真的文学理论有以下主要内容：文学源泉来自生活；文学必须启迪人生；文学有自身的规律，不能凭借暴力来左右或消灭；文学应建立自己民族的风格，首要的是民族的灵魂；台湾文学是中国文学的一部分，台湾文学要向中国文学和第三世界文学认同等。

应该说，陈映真的小说，尤其他出狱以后的作品，是在他的文学理论的指导下进行创作的。上一节在叙述陈映真的创作道路时，我们有意识地对陈映真的早期作品，即从六十年代初到 1968 年的小说进行了扼要的论述，这一节我们主要论述陈映真 1977 年以后创作和发表的作品。特别是代表陈映真新的创作高度的《夜行货车》《云》和《山路》三篇小说。陈映真是美国在台湾跨国公司的职员，对外国跨国公司对第三世界、对台湾掠夺的内幕极为熟悉，出于庄严的民族自尊和自信，陈映真从监狱出来后，明确地选择了揭露和批判帝国主义对台湾进行经济掠夺的民族性的题材。1978 年 4 月，他发表了《夜行货车》。这部中篇小说使陈映真的创作水准上升到了一个新的高度。作品描写美国跨国公司、台湾马拉穆分公司的三个中国人的故事。崇洋媚外的软骨病患者林荣平得到洋主人的赏识，当了该公司财务部的经理。他利用职权骗取了台湾姑娘刘小玲的爱情，但他对刘小玲只玩弄不结婚，刘小玲对他们之间这种野男人和情妇的关系非常不满，于是刘小玲便又爱上了该公司的中国职员詹奕宏。詹奕宏是一个贫穷农家出来的孩子，他是新成立的工会的组长，性格"粗鲁、傲慢、满肚子并不为什么的愤世嫉俗"。他一方面深深地爱着刘小玲，但另一方面刘小玲和林荣平的关系又像火一样地灼伤着他的心。当忘记了一切时，把刘小玲搂在怀里，接吻、拥抱、充满爱意，像头绵羊；而当他想起小玲与林荣平在一起的情景，他对刘小玲拳打脚踢毫不留情，像头野兽，他对刘小玲说："不要想赖上我，我可不是垃圾桶。别人丢的，我来拣！"刘小玲虽然先离过婚，后又误入林荣平的怀抱，但她对詹奕宏的爱是真挚的，当爱情和自尊在她身上发生矛盾时，她宁愿要自尊而不要爱情，她对詹奕宏说："我从来不敢想你会娶我。你就把我当做坏女人好了……孩子我自己生，自己养大……我会走得远远的。"刘小玲通过她在美国的姨妈弄到了"'美国大使馆'寄来办移民的表格"，在刘小玲去美国前夕的欢送宴会上，事情骤然发生了转机。刘小玲和詹奕宏的关系在民族、爱国的情感中得到了统一。在这次"宴请达斯曼先生，顺便给决定在下月初离职渡美的刘小玲饯别"的宴会上，美国老板不仅对中国女职员非礼，而且放肆地对台湾进行侮辱，于是激起了具有民族气节的詹奕宏的强烈愤慨。"摩根索先生似乎开始谈论政治。'Ｓ·Ｏ·Ｂ说，我们多国公司就是不会让台湾从地图上抹除'……"这话使詹奕宏受了极大侮辱。"他忽然发觉他的手不由自主地、微微地颤抖着。他忽然说：'先生们，当心你们的舌头……我以辞职表示我的抗议，摩根索先生，'詹奕宏说。他的脸痛苦地曲扭着：可是，摩根索先生，你欠下我一个郑重的道歉。"詹奕宏的举动把美国的洋老板弄得目瞪口呆。而林荣平却一方面向洋老板表示歉意，一方要和詹奕宏吵架。詹奕宏不愿在洋人面前自我消耗，于是他改用闽南语说："在蕃仔面前我们不要吵架。"詹奕宏说完，愤怒而去。而此时的刘小玲却在这场争论中觉醒，并在内心里迅速做了决定："'詹奕宏！'刘小玲忽然站起来。'詹奕宏！'她喊着，提起触地的长裙，追着詹奕宏跑出吊着温馨、豪华的吊灯的餐室。"詹奕宏对刘小玲说："别出去了，跟我回乡下去……"，"她一面拼命抑制自己不致放声，却一面忙不迭地点着头。"作家设置的这个宴会，实际是一个民族斗争的战场，在这个战场上民族主义者和洋奴、主子壁垒分明。詹奕宏和林荣平是天平的两头，刘小玲站在中间，她被民族主义爱国主义的感情打动，向詹奕宏一头倾斜，表现了民族主义爱国主义抗争的胜利。"夜行货车"隆隆向前，象征着回归民族、回归乡土的历史潮流。詹奕宏和刘小玲结合在一起，随着滚滚的夜行货车，到南部乡下，正是奔向七十年代台湾回归历史潮流的一种行动。不过，詹奕宏这位民族主义者的身上，过多纠缠了狭隘的嫉妒意识，对作品表现的主题有所削弱。

《夜行货车》之后，陈映真开始了《华盛顿大楼》系列中篇的创作。从目前发表的三篇——《上班族的一日》《云》和《万商帝君》看，这是一个宏伟、巨大而崭新的工程。这三篇小说已初步地展示了这项宏伟工程的风貌。目前在台湾作家中以系列作品的形式，集中揭露帝国主义对第三世界进行经济入侵和掠夺的，陈映真还是独家。这是他浓郁的民族意识、高度的国际主义和敏锐的时代观念相结合的产物。在《上班族的一日》中，作者着重描写了外国跨国公司内部互相倾轧和钩心斗角，以及像车轮一样忙转追求升迁的景象。作者写道："这一整个世界，似乎早已绵密地组织到了一个他无从理解的巨大、强力的机器里，从而随着它分秒不停地、不假辞色的转动。一大早，无数的人们骑摩托车、挤公共汽车、走路……赶着到这个大机器中去找到自己的一个小小的位置。八小时、十小时以后、又复精疲力竭地回到那个叫做'家'的像这时他身处中的、荒唐、陌生而又安静的地方，只为了以不同方式喂饱自己……"这是小公务员们生活方式和形象的具体写照。这个大机器，这个吞咽人们青春、生命、希望、贞操和尊严的庞然大物，就是资本主义社会，就是跨国公司。作品的主角黄静雄是个十分能干，一心想爬上高位的人物。他能把老板的账"合情合理的转掉"，即使纽约委托的查账公司也无从查起，但却使一个很有希望抓到手的副经理的位置突然地落在了别人手里。于是他感到"大家这样互相欺骗，没有意思"，一气之下辞了职。如果说《上班族的一日》是集中揭露跨国公司那架庞然大物是个吞咽人们灵魂、吞咽人们道德的机器，那么《云》则集中地表现了劳资双方和美国公司革新派与顽固派之间的矛盾。台湾文学评论家渔父，在评论陈映真的小说集《云》时写道："无可畏言，陈映真这本小说集是一支愤怒的投枪，它不仅控诉世界性的商品经济体制如何在追逐利润的贪婪动机下，一点一滴的改造、破坏和消灭不利于商品行销的任何本土文化意识和价值观念，而且也控诉这个体制对于它所吸纳的地区所制造的精神与物质上的双重污染。"[1]

到 1983 年，陈映真又开始创作政治小说。《铃铛花》和《山路》在台湾均发生了较大影响。《铃铛花》，通过我与放牛班学生曾益顺的活动，从侧面描写了革命者高东茂领导学生反对台湾不合理的教育制度的斗争。他对放牛班的学生说："分班是大人做的坏事，老师的错，在于用一个坏事来反对另一个坏事。"他还不顾校长的反对带领学生勤工俭学，增加学生的实

---

[1]　渔父：《愤怒的云：剖析陈映真的小说》（台湾《中国时报》1984 年 1 月 21 日）。

践知识，使"升学班"的学生"暗中钦羡不已"。他使学生懂得："分班教育是教育上的歧视，说穷人种粮食却要饿肚子；说穷人盖房子却没有房子住……"高东茂是"从中国大陆回来的一个青年，他原是日本人征了去中国大陆打仗的。可一去了大陆，却投到中国那边做事去了"。后来，台湾当局抓他，他躲到一个山洞里，终于被发现杀了头。《铃铛花》透过两个学生的口，对革命者高东茂进行了讴歌。《山路》是政治小说中的杰作，描写了一个十分曲折而动人的故事。作品中的女主角蔡千惠，一天从报纸上看到一则新闻，突然病倒了。为何病倒，到作品的结尾处才真相大白。早年她的情人革命者黄贞柏和战友李国坤等一天突然被逮捕了。李国坤被杀了头，黄贞柏被终身监禁。这是由于蔡千惠的同胞哥哥出卖造成的悲剧。从小就倾向革命的蔡千惠，闻讯悲痛万分，并一直为哥哥怀着负罪感，于是便冒充李国坤生前在外乡娶的妻子来到了李国坤家，做牛做马照顾李国坤的老人。李国坤母亲辞世后，她担起母亲的责任，将李国坤的小弟弟李国木抚养成人。因此，李国木夫妻也一直把千惠当母亲一样尊敬。蔡千惠突然病倒的原因是，她看见了当年被判为终身监禁的小时候的情人黄贞柏被释放的消息，心中无比激动，但又充满矛盾。病倒住院后医生怎么也查不出她的病情。当她死了后，她写给黄贞柏的一封深情的长信被发现，才真相大白。作者用了十分巧妙的方法，对遇难的革命者，特别是女主角蔡千惠进行了浓墨重彩的歌颂。这篇小说思想和艺术完美统一，标志着陈映真的短篇小说达到了又一个新的境界。

第三节　现实主义和现代派相结合的艺术方法

陈映真的小说艺术十分独特，他把现实主义深沉的揭露和批判精神与现代派的象征、暗示、时空交错等灵活多样的表达艺术相融合，使他的小说既有思想深度，也有艺术高度；既有现实内涵，也有梦幻色彩。陈映真小说艺术的特点概括起来，有以下几点：

一、梦幻和现实相交织的超现实主义手法。这主要表现在陈映真早期的小说中。例如《我的弟弟康雄》《兀自照耀着的太阳》《永恒的大地》等，都有一种浓郁的超现实的梦幻色彩。《兀自照耀着的太阳》描写的是一曲死亡的颂歌。但死亡却又并非真正的死亡，作者又用太阳来作象征，把太阳和死亡两个截然相反的意象并列在一起，在不和谐中又产生出一种梦幻式的和谐。《永恒的大地》是歌颂踏踏实实的大地的永恒的，但作为大地象征的妓女出身的妻子和丈夫之间却又似幻似真。他没有乡愁，没有爱情，只是"贪婪地在伊的那么卑陋而又肥沃的大地上，耕耘着他的病的欲情"。没有爱情却又能播种，使那永恒的大地长出"全新的生命"。不确定的时空，不确定的社会背景却又和真切的大地，深沉的主题连在一起。《兀自照耀着的太阳》酷似童话，《永恒的大地》又太像寓言。现实和梦幻，眼前和永恒，互相交织，造成一种扑朔迷离的艺术气氛。

二、整体象征和部分象征相结合。陈映真小说的象征运用自然又自如。象征的方法多种多样，有整体象征法，如《永恒的大地》《夜行货车》《云》等。《永恒的大地》以女人象征台湾的大地；《夜行货车》以隆隆向前开往乡下的列车象征台湾滚滚向前的回归潮流；《云》象征着工人运动如云翻涌……部分象征如《将军族》中三角脸和小瘦丫头拥抱而殉情，象征着台湾和大陆要排除阻力，决心实现统一；《夜行货车》中詹奕宏和刘小玲的结合象征着大陆人和台湾人应该融为一体等等。

三、层级结构，多重主题。陈映真的中篇小说，均有长篇小说的气象。很少是单结构和独主题的。比如《云》，一条线索是描写中国工人与帝国主义跨国公司的矛盾，另一条线索是表现新旧工会之间的矛盾。作品既揭露了帝国主义掠夺手段的多样性，又表现了帝国主义"企业的安全和利益重于人权"的掠夺的根本原则。《云》采用三级结构法，第一级结构是从张维杰被美国公司开除的两年后，与朱丽娟开设的小公司起头，但起头后即放下不表，直到最后"倘若你今晚有空……"才又衔接起来；第二级结构是张维杰的回忆，即回过头讲述他在跨国公司时组织工会的情景；第三级结构是装配工文秀英用记日记的方式讲她参加组织工会的活动和她的家境。三级结构分层表达，又在统一主题下融合，使作品既浑宏又统一，既壮观又清晰。

四、巧妙的运筹和构思。表现最突出的是《山路》。政治小说一般是很难写的，极易写成标语口号式流水账。但陈映真的《山路》却写得多姿多彩趣味横生，仿佛"山重水复疑无路，柳暗花明又一村"。获此效果最主要是借助了作者的巧妙构思。作品从"杨教授，特三病房那位老太太……"开始，杨教授查不出病情，很快把笔墨拉回了以往，直到结尾时，才恍然大悟地从女主角的遗书上明白了一切。这遗书是写给刚获释的小时候的情人黄贞柏的。故事是那样曲折而动人，蔡千惠女士的品德是那么磊落而高尚。小说给人以浓重的回味美。

第五章
小人物的代言人黄春明

第一节　"屋顶上的番茄树"——黄春明的
　　　　　自我象征

　　据说黄春明在小学读书时，画了一幅画——《屋顶上的番茄树》，屋子小小的，番茄树却比屋子还大。老师觉得不伦不类，质问黄春明。黄春明坚持自己的意见，粗暴的老师竟狠狠捆了黄春明几耳光，黄春明坚持到底。后来黄春明又写了一篇自传体同名的散文《屋顶上的番茄树》。这个故事很能说明黄春明的性格特点。

　　黄春明在 1965 年出版的钟肇政编选的《本省籍作家作品选集》中，写了一篇自传。黄春明写道："我姓黄，名春明，因为在二十八年前，一个春光明媚的季节里，我是粘附在春神的足踝上的一粒发酵的种，当春的脚步降临到罗东浮仑仔（台湾宜兰县），同时我也来了。八岁那年，母亲撇下我们五个，扛走了一块墓碑，据石匠说，那块石头本来是要做成石磨子的。我是老大（故黄春明的奶名叫阿大）。我们五个是一副重担，压在曾经缠过脚连自己都站不稳的祖母肩上。当然，我们五个小孩就跟着动荡了。我一直挨打长大的。我读过好多学校：罗东中学（退学），县城中学（退学），电器行学徒，北师（退学），南师（退学），屏东师范毕业。当教员时学生们喊我黄哥哥，当过两年通讯兵，曾在石门水库给水工程处拿圆锹十字镐，现在是宜兰电台编辑。"黄春明师范毕业后，当过兵，教过书，收集过民谣，拍过电影，经历相当丰富。但黄春明的创作也和许多作家那样，并不是一开始就找到了文坛大门的，而是在文坛的大门之外经过摸索、探寻、实验、冲撞……最后才成了作家。黄春明写过诗，知道自己并非诗才而退却；也创作过童话，并发表了《新桃花源》，出版了《我们的动物园》，且有"童话不只写给小孩看，大人也能看，而且要完全中国式才好"的童话理论，但童话也非他得心应手的工具。在作了各种尝试之后，黄春明还是选定了走小说创作的文学之路，黄春明的处女作是《城仔落车》，发表在1962 年 3 月 20 日的《联合报》副刊上。这篇小说，描写身体衰弱的祖母带着害佝偻病的外孙，去找当妓女的母亲，但由于售票员粗心，使祖孙二人坐过了站，于是祖母拉着行动不便的外孙，在阴风凄凄的寒夜里过桥赶路。幸好守桥卫兵拦了一辆货车送祖孙二人到了目的地。黄春明在这篇故事里通过一件偶然的疏忽带来的灾难，刻画了一位老祖母朴实坚韧的形象。如果说这是一篇较优秀的写实之作，那么黄春明的另一篇早期作品《把瓶子升上去》则是受现代派小说的影响，具有超现实意味的作品。该小说描写一个少年失恋后，由于性意识的冲动，将一个空瓶子升到高高的旗杆上去。任《联合报》副刊主编的林海音看了这篇小说后，心情非常矛盾，在肯定和否定、用和不用之间徘徊了良久。她说："这是篇使我喜欢又操心的小说，我怎样的读了又读，改了又改，发下去，抽回来，终于也以'自暴自弃'的心情发下去了。然后晚上睡在床上又嘀咕了好一阵子。"[1] 直到黄春明进入乡土题材，找到了真正的乡土人物，才找到了自己创作的真正矿藏，才发现了自己创作的真正活水。黄春明"在土地的舞台上，他可以随意调兵遣将，把人物放进故事里叫他们自己说话，或拈出个人抽样特写，让他自己推动情节，整个社会成员争先恐后排队等他写，……荣辱相关休戚与共，他是他们中间的一个……"。

黄春明的早期作品，即从六十年代初到六十年代中期，有《城仔落车》《两万年历史》《玩火》《北门街》《借个火》《把瓶子升上去》《胖姑娘》《男人与小刀》。这些早期作品大多发表在林海音主编的《联合报》副刊等刊物上，林海音可算是发现和培养黄春明的文学保姆。然而黄春明对自己

---

[1] 林海音：《这个"自暴自弃"的黄春明》。

的早期作品并不满意，他对自己早期作品的评价是："有多苍白就有多苍白，有多孤绝就有多孤绝。"这种对自己的不满，正是他前进的新起点。从1967年到1973年，"是黄春明创作力量旺盛时期"，也是黄春明称之为"文学季刊是我的摇篮"的时期。黄春明的得意之作大都发表在这个时期的《文学季刊》上，例如《青番公的故事》《溺死一只老猫》《看海的日子》《儿子的大玩偶》《锣》《莎哟娜啦·再见》等。台湾《六十一年小说选》的附注中，编辑人思兼写道："黄春明可以说是本省小说家中的代表性人物。他的作品，多半着重刻画台湾现实社会中一些底层人物的遭遇、性格与心声。他的笔触挥及前人所未注意的领域，开创了台湾乡土文学的新纪元。"这个时期是黄春明小说创作的黄金期，也是黄春明小说的成熟期，奠定了黄春明"世界级"小说家的基础。黄春明这个时期虽然发表了那么多得意之作，但当时不但没有引起文坛轰动，而且读者也并不很多。真正受到台湾读者注目的是1974年3月两个自选集《莎哟娜啦·再见》和《锣》的出版。台湾青年文学评论家高天生在分析这一原因时写道："我们认为1970年后，日渐高昂起来对周遭关怀的社会风气和时代潮流，在黄春明小说的宠遇里，所扮演的角色也该是具有相当大关键性的吧！所谓'文变染乎世情，兴废系于时序'，黄春明的遭遇便是具体的实例。"[1] 作品发表时没有太大反响，数年以后却掀起热潮，这的确与当时兴起的民族、乡土的回归运动有着直接关系。黄春明出版的小说集有：《儿子的大玩偶》《锣》《莎哟娜啦·再见》《小寡妇》《我爱玛莉》等。黄春明到了七十年代后期，即"乡土文学论战"前后，创作题材上有所变化即由乡土题材转向了对民族题材的关注，连续创作了《莎哟娜啦·再见》《苹果的滋味》《我爱玛莉》等批判崇洋媚外和揭露美、日帝国主义对台湾掠夺蹂躏的小说。这是由于"保钓运动"等激起普遍的民族情绪的高涨与民族意识的觉醒对黄春明激荡的结晶，也是文学中反对西化思潮感染了黄春明的灵魂所致。黄春明在《一个作者的卑鄙心灵》一文中说："自从我看清自己的过去，认识了自己与整个社会的关系，我的心灵才有一点成长，也始会多思想。无形中，

---

[1]　高天生：《开创乡土文学新纪元的黄春明》（《暖流》第二卷第二期1982年8月）。

作品也慢慢地有了转变，写的东西不再考虑文学通的趣味。于是从《鱼》一变《苹果的滋味》《莎哟娜啦·再见》这类作品了。"高天生在《开创乡土文学新纪元的黄春明》一文最后说："对于黄春明的小说，我们最基本的已认知到它：'有自己人的面貌，有自己人的文字，有自己人的语言、事件和生活，在自己人舞台上演出。'将文学史比喻成一棵多年生的树，黄春明曾自谦地说：'我自觉得自己不可能是那树干。在多少万的树叶中，我可能是一叶，落下来，参加作为肥料的行列。'然而，这个时代许多读过黄春明小说的人都知道，黄春明是可以期待的，他即使是树叶，也是特别丰厚的一片。"

第二节　浓郁的乡土性和鲜明的民族性相融合的主题

黄春明的小说题材触及的生活面相当广阔，对主题的开掘也十分深刻。假如我们加以分类，可从以下几个方面叙述。

第一，从乡土题材中开掘社会变革的主题。提到乡土，很容易产生这样的错觉，即很土的，保守落后的，愚昧无知的，粗鲁笨拙的，俗不可耐的等等，并把它和社会进步、变革，和现代化的科学技术，以及新的观念和意识形态完全隔绝和对立起来，我以为这至少是一种误解。否则，随着社会的进步和科技的发展，"乡土"二字岂不就要被消灭和淘汰了吗？乡土和民族是紧紧联系在一起的，它们的含义不是一成不变的，而是随着历史的发展而发展的。例如八十年代的乡土，至少和二十年代的乡土有所区别。王拓有一段话值得深思，他说："在强调热爱乡土的感情上，我们也要努力辨明一个客观的事实。就是：历史是要向前进步的，在历史进步的过程中，一定有一些东西，有一些人物是要被淘汰的。在这种情形下，我们必须冷静分析一个乡土人物的没落与挣扎；而千万不能给予一味的拥抱和惋惜。有一些人的挣扎是违犯历史进步的原则的，有一些人的挣扎是合乎进步原则的。对那些人，我们要以批评的眼光去否定或肯定他。如果不顾历史进

步的事实，而一味去肯定、去拥抱、同情这些人们，那在实质上，其实与
拥抱没落腐化的贵族也没有什么两样。"[1] 王拓这段话十分深刻，它提醒
我们对于乡土也必须用先进的、有利于历史发展的眼光去判断，否则就会
以拥抱乡土为借口，拉历史倒转或阻挡历史前进。凡是阻挡历史前进的，
不管是洋是土，不管是贵族是平民，都必须一概加以否定。先驱者的可贵
不在他的出身，而在他的目光。黄春明是爱乡土如命的，但他不但不因爱
乡土而拥抱落后，反而因爱乡土而否定落后。例如，他的小说《溺死一只
老猫》，就十分生动地表现了这一主题。这篇小说描写台湾进入资本主义社
会之后，距离大都市七八十公里的农村街仔，受到了新潮流的冲击。对这
股像洪水一样冲击着传统风俗习惯的潮流，上一个时代的遗老们，不仅看
不惯，而且像抵抗瘟疫一样的反抗着，最典型的事件就是反对在清泉村建
游泳池。他们认为："当游泳池开放的时候，那些来游泳的街仔人，不管是
男的女的，只穿那么一点点在那里相向，谁知道他们脑子里在想什么。我
们清泉向来就很纯朴很单纯的，这么一来不是教坏了我们清泉的子弟？把
我们清泉都搞浊了嘛！"再说，"让龙目看了这些不正经穿衣服的男女也是
不好的，这样地龙整身都会不安起来。"愚昧和迷信有时也会在群众中揭起
风暴，他们"内心的优越就如面对着什么敌人都不怕而高喊着：来吧！他
妈的！逃走是狗娘养的！"阿盛伯是这些遗老中最坚决、勇敢，且最有见识
的领袖，在村民大会上，阿盛伯慷慨陈词，激昂的情绪不仅使他的语言如
流水滔滔，而且使一个老实的农民把自己的才华临场发挥得淋漓尽致，言
词也变得那么俏皮："请你们回去告诉街仔人说清泉的阿盛伯说的，他们要
游泳的话，请回到家里的浴盆里游泳去吧！"他的话引起了雷鸣般的掌声。
他们的口号也十分响亮："因为我爱这块土地，和这上面的一切东西。"因
而他们赢得了村民们的支持。但是，他们的行动并没能阻止游泳池的开工。
当外地的五十名男女工人动土以后，"他们几个老人纷纷回去发动了一批男
人，每个人手里都握着棍棒或是劈刀，往工地这边赶过来。工地这边的人

---

　　[1]　钟言新：《访问王拓》，王拓《街巷鼓声》，台北：远景出版事业公司 1977
年版。

见了这情形，丢下了扁担和簸箕就跑离工地。阿盛伯带来的这批人，把散乱在工地的这些工具集成一堆，放了一把火就把它烧了"。他们的这一行动，引起了警察的干涉。嘟嘟的警车，把他们都捉进了警察局。经过这一沉重打击，不仅村民们不敢再支持阿盛伯了，连几个遗老也纷纷退却了。阿盛伯从警察局出来后虽然仍继续抵抗，去县府找了陈县长，但也被一钉子碰了回来。余下的就只有投降和殉身两条路了。但作为旧势力的代表人物，是不会轻易投降的，当游泳池建好后，阿盛伯看见那些出工的年轻人，望着游泳池里的奶罩和红短裤而出神，心里非常难受。他疯狂地闯进里面，大声喊叫："要脱嘛就干脆像我这样脱光！"说着便把衣服全脱光了。小姐们被吓得吱吱乱叫乱爬。不会游泳的阿盛伯被几个穿泳装的女郎抬上来后已经死去，阿盛伯为反对变革，为保护旧秩序而殉身了。对于这样一件变革和反变革，破旧和守旧的斗争，黄春明的态度是非常明朗的，他不是站在阿盛伯一边，而是站在建游泳池的街仔人一边。作品的名字《溺死一只老猫》就带有轻蔑、鄙视之意。作品的结尾处一边是："阿盛伯只留一个名字什么都没有了。"另一边是："当棺材经过游泳池前，四周的铁丝网还是关不住清泉村的孩子偷进去戏水的那份愉快，如银铃的笑声不断地从墙里传出来……"对于这种对比性的安排，我们借用唐诗人刘禹锡的两句诗加以概括："沉舟侧畔千帆过，病树前头万木春"，这就是《溺死一只老猫》的主题。

第二，揭露和控诉社会的黑暗。黄春明是个使命感十分强烈的作家，他作"小人物的代言人"就是要呼吁改变这些人的地位和处境，他的一系列作品，如《儿子的大玩偶》《两个油漆匠》《锣》《看海的日子》《青番公的故事》等，就是通过展现小人物的地位和处境，来揭露社会的不公和黑暗，来控诉人间的罪恶与不平。这些作品中《儿子的大玩偶》表现得最为深沉。小说描写小镇上的穷人坤树被生活所逼，化了妆去做活广告。他脸上涂满了粉墨，身前挂着百草茶，身后挂着蛔虫药的广告。整天不停地沿街叫喊。他的大伯说他："坤树！你看你！你像什么鬼样子！人不像人，鬼不像鬼，你！你怎么会变成这个模样来呢?！"然而，不是孩子、老婆等着吃，谁愿意去干这种又累又脏叫人瞧不起，连妓女都奚落的卑贱职业呢？假如仅仅是描写了坤树家生活之苦，干这种职业被人歧视又劳累不堪等现象，仅仅观察到社会的这一点点皮毛，那绝对不是黄春明。黄春明之成为黄春明，是因为他独具慧眼，开掘到了别人开掘不到的生活的深处，挖出了别人没有挖出的大山中的金子。本来生活就已把一个正常人逼成了一个鬼，何况他为了谋生在社会上将自己画成鬼呢？在社会上他失去了人的地位，只能以鬼的形貌出现。只有到了家里，他才能卸下鬼装，复原人的形象。但是，由于他的不懂事的婴孩看惯了他的鬼相，只认得那个鬼脸的是他爸爸，而人脸的真爸爸却完全陌生，因而当坤树卸妆后来抱孩子时，孩子却吓得大哭大叫，就是不让他抱。尽管他一再向孩子解释："傻孩子，是爸爸，是爸爸……"但孩子仍然大哭不止，于是迫使坤树悄悄地拿出关在抽屉里的粉墨，重新抹起来。妻子阿珠不解地说："你疯了，现在你抹脸干什么？"坤树却"我、我、我……"难以明言。这是何等悲凄而令人气结的事？社会把人变成鬼，而想复原成人却又办不到。这种掘根式的描写，实非一般浅薄者能为。

第三，批判崇洋媚外。黄春明是台湾批判意识最强的作家之一。他的《苹果的滋味》和《我爱玛莉》等作品，对民族的软骨病患者进行了无情的批判和辛辣的讽刺，对丧失民族自尊甘当洋奴的无耻之徒刻画得惟妙惟肖。《我爱玛莉》是这类作品中的佳作。在台湾某一美国机构里工作的台湾人陈德顺，改外国名字为大卫·陈。"洋老板最是喜欢这种人了。这种喜欢并不是人与人之间的感情关系，而是对当地的洋务推展上，有多角性利用价值。"此人并不喜欢狗，但当他的洋老板回美国之际，他死乞白赖向洋主子要那只洋狗玛莉，其实并非纯种，而是混血狗。大卫·陈得到了玛莉后，把这只狗当作洋主子一样看待。因其妻一时疏忽，洋狗发情期间跑出去与土狗进行了交配，大卫·陈就痛心疾首将其妻拳打脚踢揍了一顿，并把狗弄到医院打胎。他的妻子实在忍无可忍，终于向大卫·陈摊牌了："过去的我们不谈，现要我问你，"她停了一停，"你爱我还是爱狗？""爱狗！"大卫·陈疯了似的叫起来……崇洋媚外是台湾西化中的一种社会病。凡是具有民族情感和民族自尊的人，对患这种病的人都嗤之以鼻。但像黄春明这样从家庭的角度，从夫妻的角度，把洋狗和妻两个截然相反的东西，放在天平的两头，让崇洋媚外者选择，既把矛盾推向了尖锐的顶峰，也把对崇洋媚外者的考验推到了极限。而大卫·陈在这种选择中竟然毫不犹豫回答爱狗不爱妻，就把大卫·陈置于了不仅丧失了起码的民族情感和民族尊严，而且完全丧失了人性和人情，更不要说夫妻之间的爱情了。作品揭露得巧妙深刻，批判得痛快淋漓。

第四，赞颂民族主义。这一主题和批判崇洋媚外的思想紧密联系在一起，但它们又是一个问题的两个方面。批判崇洋媚外是揭露病态和丑恶；赞颂民族主义是褒扬光荣和正气，歌颂苦难中表现出的民族的忍辱负重和坚韧不拔的精神。其中《莎哟娜啦·再见》比较突出。这篇小说描写日本一批观光客到台湾去观光发生的事。这批观光客当年曾入侵过中国，是日本"千人斩俱乐部"的成员，把往昔每人杀一千人的口号变成每人要玩弄一千个女人。作品点明他们帝国主义的本质没有变，只是入侵的方式和手段变了。作品的叙述者黄君在老板的指派下被迫带这些日本人到台湾的旅游地礁溪去玩弄中国的女同胞，黄君地位尴尬，心情难受。于是他就变着法儿整日本人。在礁溪把他们一个个变成小丑，利用语言不通来骂他们，并提高陪宿费，增加台湾姑娘的收入。在火车上，遇到一个台湾大学中文系四年级的学生，是个崇洋媚外之徒。黄君利用自己翻译的身份，按自己的意思翻译他们双方的回答，把日本人置于被审判的地位，揭露日本人南京大屠杀、黄浦江沉尸和大轰炸的滔天罪行，并强迫他们认罪，表现了极其强烈的民族主义和爱国主义情感。台湾文评家何欣在《论黄春明》一文中说："黄春明是个正义感极强，爱憎极分明的作家……在他写《莎哟娜啦·再见》时，那股强烈的民族自尊心和爱国心占据了他整个的心灵，我们可以在这篇故事中看得出来。这股强烈感情控制了一位艺术家之手，使手服从了感情激流，因此整篇故事的结构，就相当凌乱，尤其黄君在很多地方做了过多的解释，穿插在叙述中，也构成了这篇故事中的缺点。"的确，由于情感的冲击，作品结构受到了一定的损伤。

第三节　小说艺术的多种尝试

黄春明和陈映真一样是台湾作家中创造性最强的作家之一，不仅题材上不断开拓新的领域，艺术手法上也不断变化和创新，绝不满足和停留在一个基点上。概括起来，黄春明的小说艺术有这样一些主要特点：

其一，突出的人物刻画。黄春明小说的最大成就就是千姿百态、惟妙惟肖的刻画人物的艺术。乡土人物中青番公、阿盛伯、甘庚伯等这些经过长期风吹雨打、日月熬煎的老人们，像百年老树，虽然老态龙钟，有点枝枯叶黄，但却硬骨铮铮，如铜似铁。值得特别赞赏的是，他们虽然同是六十多岁的老翁，但个性绝无雷同，个个都有鲜明的性格特色。比如阿盛伯和青番公。黄春明写阿盛伯，着重突出他对社会发展和历史前进之不相适应。对旧事物怀着深深的怀恋之情，因而奋不顾身勇作旧事物的保护人，妄图阻拦历史前进，甚至作了旧秩序的殉葬品，在保护旧事物方面他是无人可比的"英雄"。阿盛伯虽然是一个挡道者的形象，但却有一种为信念而献身的英雄气概。而青番公虽然也是个老农，对土地爱之如命，但作者却主要在传达从苦难中锻炼出来的一种坚韧意识，传达主人公高超的农耕技艺和与自己职业有关的在灾难中留下的迷信心理。在人物刻画上，黄春明极善于肖像描绘和心理刻画，职业特点和生活经历，语言行动和思想智慧结合起来，使人物鲜活而有趣，丰盈而饱满。例如《锣》中的主角憨钦仔，作者这样描写他吸烟的模样："他小心地吸那短得不能再短的烟蒂，像在做最后的吻别那样。当他不能不把它扔掉时，他还捏着那么一点点的地方，望了一下，实在再容不下嘴唇了。他吐出最后一团烟雾，觉得舒畅死了，恨不得一下子就腾上烟雾飞到南门。"无须再作任何交待，看了这段话，读者就可以从吸烟屁股的动作中看到一个穷流浪儿的形象。他明明失了业，打锣的饭碗被喇叭车夺去了，但在茄冬树下，被人说穿了以后，他却觉得"这句话太不中听了。他瞅了那个人一下，看他还抽着他敬的香烟，心里更加不快活。他大声地想压过上句话的锐气，很不以为然地说：'那种不伦不类的东西算什么？碰巧我憨钦仔不想打锣，他捡去干罢了。干伊娘！好多人都以为我憨钦仔这个老乌精的饭碗，竟砸在少年家的手里。'"具有当代职业特点的精神胜利者的形象活灵活现。憨钦仔一次因肚子饿去偷人家的白薯，被小主人发现追来，躲之不及，他灵机一动，把裤子脱下来蹲在白薯田装拉屎。当少年追到时，他却倒打一耙，反败为胜。假如把憨钦仔说话的语句、口气和神态，与阿Q做个对比，人们会不禁惊呼：当代的阿Q出世了。然而憨钦仔的作者对待憨钦仔，却不像阿Q作者对待阿Q那样，是一种怒其不争的态度；在黄春明的眼里，憨钦仔是个落伍者的形象，在历史前进的潮流中，他不可能像阿Q一样成为糊涂的革命者，变成刽子手刀下的冤鬼。黄春明在这个人物身上，寄予了更多的对社会的批判。

其二，辛辣而深刻的讽刺艺术。上面已经讲过黄春明《我爱玛莉》等作品中刻画人物的讽刺技巧。尉天骢写过《欲开壅蔽达人情，先向诗歌求讽刺》的文章。他认为："古今中外，无论经济学家、政治学家，乃至文学家、艺术家，只要他还对人类具有爱心，便没有一个不是透过自己的工作努力去为人们争取平等的生活的，在他们的努力中，即使不能立刻有所进展，也会继续为这理想而奋斗……"[1] 在尉天骢看来，讽刺不仅是一种手法，而且是一种实质。它的基本内涵应该是对社会的不公和腐败现象进行揭露和抨击。而在黄春明的小说中，他把内容和手法两者结合起来，使讽刺艺术不是轻佻滑稽可笑，而是笃实深沉，使人欲哭无声，欲泣无泪，赋予这种讽刺以庄严的肃穆感。比如，《我爱玛莉》中的大卫·陈，这是一个完全丧失民族气节，非常卑劣无耻的家伙。如果用滑稽的漫画手法来勾勒他，将会使这种庄严的题材被污染，将会使发人深思的问题被人一笑而在笑声中散掉。因而作者采取非常严肃而庄重的讽刺手法，当他的妻子质问他是爱我还是爱狗，而他回答"爱狗"时，人们被激发的是一种愤怒，而不是笑声。

其三，新的叙述手法的尝试。在小说的叙述方式上，可能已经有不少人感到陈旧和单调，也有不少作家企图寻找新的叙述方式，从而突破自小说诞生起沿用至今的叙述方式。黄春明是小说叙述方式变革的勇敢实践者，

---

[1] 尉天骢主编：《乡土文学讨论集》，第365页。

他的名著《儿子的大玩偶》是这方面的尝试篇。作者采取括弧内和括弧外两部分来进行叙述。括弧外表现人物的行动、对话和作者的叙述；括弧内表现心理活动。其内容有人物回忆、感叹、内心的感动、无声的批判等。比如，（那么你说的服装呢？）其实这是心中的问话，并没有问出声响。（不会为昨晚的事情，今天就不为我泡茶吧！唉！中午没回去吃饭就太不应该了，上午也应该回去喝茶。阿珠一定更深一层的误会。他妈的该死。）这是未表于行的心理活动。（早就不该叫他大伯了。大伯仔，屁大伯仔哩！）这是无声的反抗。黄春明作品中的括弧，不仅起一种简单的说明和注释作用，而且是作品的重要构成部分。有的括弧中并不只表单一的意思，如，（我不应迁怒于她，都是吝啬鬼不好，建议他给我换一套服装他不干，他说："那是你自己的事！"我的事？真是他妈的狗屁，这件消防衣改的，已经引不起别人的兴趣了，同时也不是这种大热天能穿的啊！）这已成为作品情节的推动因素。黄春明的这种试验虽然还不太理想，有的括弧内、外区别还不太清晰，但这却是有意义的作为，是一种叙述方式上的一种变革，这篇作品中运用得是否成熟，并不影响它的开创意义。

其四，语言生动鲜活，个性化。黄春明成为乡土小说的代表人物，乡土人物语言的成功帮了他的大忙。他的每一个人物的语言都不会相混，各人的语言特点都非常鲜明。但是黄春明的叙述语言更有特色，有些话语非常凝练、生动和俏丽。例如，"其中先有一两个扑哧地笑了一声，但眼看奕头和一些人的脸孔都板起来以后，后头跟着来的笑声也都给闷死了。"这句话中一个"闷"字写得十分传神，把用好多词才能表达清楚的意思一词说清。又如，憨钦仔肚子饿得咕咕叫去偷木瓜，冒着风险，费了九牛二虎之力用长竿打下一个木瓜，却掉进了干了一层壳的粪池中。作者这样写道："眼看就到手的大木瓜，扑刺地一声闷响，掉落在干了一层壳的粪坑里，木瓜稳稳地往坑底，一点一点地下沉，憨钦仔像与情人惜别，痴痴地目送着将沉没的瓜，咽了几口口水，慰藉此刻饥肠的绞痛。"一个"与情人惜别"，一个"慰藉此刻饥肠的绞痛"，把憨钦仔的处境和神态写得栩栩如生。再如，作者写憨钦仔住在防空洞里，早晨从竹床上坐起时写道："他凝望的片刻间，感到自己就要化羽，从那阳光中飞走似的。" 黄春明写乡土人物却不用闽南语，却能把乡土人物写得活灵活现，表现了黄春明语言上的很强的功力。

第六章
用喜剧手法表现悲剧人物的王祯和

第一节 永不疲倦的探索

王祯和在台湾同代作家中，他的作品个性最为突出和鲜明，他是台湾文坛上最具创作活力的作家之一。他对小人物充满同情和关切，但对他们身上的劣迹绝不给予保护；他无情地揭露那污浊的现实，但却不使你完全绝望；他根据自己作品的内容和人物塑造自己的语言，使人物活在自己独特的声音里。

王祯和（1940—1990），台湾花莲县人，在本县就读小学和中学，1959年中学毕业后，考取台湾大学外文系，1963年大学毕业后，按照台湾当局的规定例行服兵役一年。1965年返乡任花莲中学英语教师。1967年转任台湾台南亚洲航空公司职员，翌年转台北国泰航空公司任职员。1969年到电视公司任职。1971年赴美，在美国艾奥瓦国际写作计划中心学习。1973年回台湾，又到电视公司任职。王祯和多灾多难，他生活中有许多痛苦的经验，疾病曾使他的左耳失聪。八十年代初，他又患了喉癌，在台大医院做手术，长期不能说话，不能进食，使他受到严重折磨。患病三年期间，他虽度日如年，但仍不忘文学事业。"仍然一字一字从事写作，完成了短篇小说《老鼠捧茶请人客》，长篇小说《美人图》，十二万字新长篇小说《玫瑰玫瑰我爱你》，译了二十多万字的《英格丽·褒曼：我的故事》……"表现了坚韧不拔的精神。

王祯和的处女作《鬼·北风·人》于大学一年级时发表于白先勇主编的《现代文学》上。此时正值西方现代派文学思潮在台湾兴起之时，也正是白先勇、欧阳子、陈若曦的现代文学社刚刚问世之日，作为学弟的王祯和，无疑受到学兄学姐们的影响和现代派文学思潮的冲击，因而王祯和从文坛起步之时是和现代派走在一道的，他的《鬼·北风·人》就具有浓郁的现代派的意味。王祯和虽然受到现代派的某些影响，但他并没有和现代派热恋，更没有与之成为情人。恰恰相反，王祯和稍稍和现代派接触之后，便发现她是一个有着严重缺陷，和自己不可同道的女郎。于是，他便很快地扳正了自己的创作航向，以反映小人物不幸命运，揭露不合理的社会现实为己任，十分注意创作的动机和目的了。王祯和说："在写一篇小说之前，我总提醒自己：别忘了基本的是非和原则。我会问自己：你站在什么样的立场说话？对于哪些人，你该给予更多的关切和同情？而哪些人又该给予谴责？写这篇小说，我有什么东西要与读者共享？并且是有意义的共享？如果一个故事不合乎这些标准，我就不会去写，因为没有意义。"[1]遵从这样的现实主义的文学主张，王祯和写出了《嫁妆一牛车》《来春姨悲秋》《寂寞红》《香格里拉》等坚实的现实主义之作。到了1973年以后，王祯和笔锋一转，去开掘民族主义的题材，深入反映由于西化，给台湾社会带来的那些崇洋媚外、民族精神沦丧等严重的社会病症，写出了《小林来台北》《美人图》《玫瑰玫瑰我爱你》等力作，进一步为王祯和赢得了荣誉。到目前为止，王祯和出版的作品有：中短篇小说集《嫁妆一牛车》《三春记》《寂寞红》《香格里拉》《人生歌王》，长篇小说《美人图》《玫瑰玫瑰我爱你》。此外还有剧本和译著等。王祯和以他卓越的才华，赢得了台湾文坛著名作家的地位。

第二节　台湾社会转型期的历史画图

假如我们用非好即坏的模式来分析王祯和作品中的人物，是行不通的。因为他描写的社会背景没有也不可能提供这样的性格的生成环境。王祯和

---

[1]　《第三届时报文学周讲演》(《中国时报》1983年8月20日)。

作品中的人物，大都是亦好亦坏，亦坏亦好，即使代表生活本质和主流的人物，也大多有着明显的缺陷。因而我们不妨从王祯和小说人物的生存环境和性格生成的背景，来探讨他作品的思想内涵。

王祯和在他的名作《嫁妆一牛车》的前面，引用美国十九世纪著名作家亨利·詹姆斯的长篇小说《贵妇人画像》中的一句话作为题解，来提示这篇小说的主题，即："生命里总也有甚至舒伯特都会无声以对的时候……"这句话包含的意思十分丰富，含蓄而深邃，不管怎么解释它，仿佛都难以准确地道尽其义。台湾文艺批评家和戏剧家姚一苇对这句话这样看，他说："无声"的第一个层次，最表面的解释，可以说是指着万发不幸的耳聋吧。其次，如果说'甚至舒伯特都会无声以对的时候'是一个'境'，则通过整个故事的动作去看，这所指的该是那一种无可奈何之'境'，（甚至于它不是一个快乐的、令人愉快的'境'而是一个苦恼的'境'。）在我们的人生之中，更多的是这样无可奈何的、无告的处境。"[1] 王祯和正是在这样无可奈何的、无告的'境'中，通过他的人物，透露出他作品的主题。《嫁妆一牛车》描写了台湾老农万发极其苦难和屈辱的生活历程。他虽然名叫万发，但却不是钱财万发，而是横祸万发。他种田长不出庄稼；种肺炎草被洪水洗劫一空；洗澡耳中灌入污水，让妇科医生给他治成了"三分聋"；娶了个奇丑无比的老婆，却既好赌又好色；赶牛车却撞死了一个三岁的小孩银铛入狱；因赤贫眼看老婆与别人通奸，还得有意识回避……作者描写万发在社会的污水中极力挣扎，到最后敌不过命运的重压，而无可奈何地接受了现实，以一辆牛车的代价，承认奸夫与老婆的通奸关系，把自己置于最屈辱的地位。然而万发本来并非如此的，他曾为了维护自己的尊严与酱油贩子大打出手，他曾为了保护自己的家庭将姓简的轰赶出去。是什么使万发变得麻木不仁了呢？是社会，是生活，是贫困。《嫁妆一牛车》描写的时空是台湾刚刚由闭锁的农业社会开始向资本主义过渡的初期。万发弃农而拉脚，姓简的成衣贩子从鹿港到花莲经商，酱油贩子来到农村这

---

[1]　姚一苇：《论王祯和的〈嫁妆一牛车〉》，叶维廉主编：《中国现代作家论》，台北：联经出版事业公司 1976 年版，第 502—503 页。

偏僻的坟场等，均说明台湾城市资本主义的须根已伸向这农村最偏远的土壤里。而万发的不幸，正是这种商业侵犯农业，商人欺压农民，城市进入乡村所带来的结果。和万发的命运表面上不同，但本质上却一样的《素兰要出嫁》中的素兰的爸爸辛先生，《寂寞红》中的秦世昌，《五月十三节》中的罗老板，《来春姨悲秋》中的来春姨，《香格里拉》中的寡妇阿缎等等，都是他们生活环境的受害者和牺牲品。他们无一例外地在贫穷、困苦和灾祸中奋斗、失败、挣扎，最终却很少有从悲剧舞台上跳出去的。例如《素兰要出嫁》中的辛先生，他的一系列不幸，完全是社会强加给他的。最早的祸根起于大学联考，不合理的教育制度逼疯了他的女儿素兰，于是一连串的祸端便由此而起。作者在描写辛先生家庭的不幸遭遇时，十分注意揭示造成他们不幸的社会背景，比如石油涨价、经济萎缩、货币贬值等。《来春姨悲秋》则对台湾社会转型期，中国的传统美德被资本主义的拜金主义所破坏，进行了揭露。王祯和对台湾社会的揭露和鞭打，是因为他对自己作品中的主人公，对受苦难的台湾同胞有一种感同身受的切身体验，有一种要变革他们地位和处境的历史责任感和使命感。他不是隔岸观火，而是身临其境；他不是隔靴搔痒，而是自挖脓疮。他说："吸引我去写小说的，是人物，是一批我听过的，我见过的人物。他们的遭遇、言行、挣扎、痛苦，或是他们的荒诞行为，都给我很深很深的印象。十年、二十年、三十年，都忘不了，仿佛成了生命的一部分。"[1]

王祯和小说另一方面的重大主题，是深沉的民族主义和爱国主义。《小林来台北》《美人图》《玫瑰玫瑰我爱你》等作品，将这一主题表现得十分强烈。《小林来台北》发表于1973年，到了1980年王祯和又在《小林来台北》的基础上，以大体相同的人物、题材、主题和构架，创作了长篇小说《美人图》。两篇作品相比较，《美人图》将《小林来台北》的人物、情节和思想，都丰富和发展了。因而《美人图》亦可看作《小林来台北》的续篇。所不同的是《小林来台北》是着重写张总务家庭中女儿病死等不幸遭遇，而《美人图》则着重写小林的父亲到台北看望小林的经过。由于中心

[1] 王祯和：《永恒的寻求：谈小说写作》，《文季》，1983年11月第1卷第4期。

故事的变化，《美人图》中又加入了小郭这一重要人物。王祯和说："美人指的是一些向往美国，自认是高等华人的人。另一方面，'美人'是丑的反讽，指一些唯利的没有人性的人。"这是一部讽刺性很强的讽刺小说，描写美国在台的一家航空公司的一些高级职员们种种崇洋媚外的丑恶嘴脸。从公司到每个职员的名字，都以谐音写成怪里怪气的，带有嘲弄性的贬义字眼。比如，这家航空公司称之为"流鼻涕航空公司"。人物的名字有：垃圾桶、倒垃圾、倒过来拉屎、屁屁真、踢屁股、光屁股、性病王、贞节狐等等。这些人的名字都是他们为崇洋媚外而挖空心思起的英文名字。在"流鼻涕航空公司"起个洋名或许是较为普通的事，也还有到美国去生孩子的，因为去美国生孩子，不但小孩可以拿到美国护照，而且父母还可顺手牵羊，拿个永久居留权回来。在这部作品中，作者还揭露了旅行社的副经理，患有同性恋症，和小郭睡一夜就开出三万元的支票。可是，和这伙人形成明显对照的是小林与小郭。小林的父亲为了留住二儿子在农村种田，给他娶媳妇，需要两万元台币。可小林省吃俭用积蓄了两年，存折上只有三千五百元。他父亲来找他要钱时，他十分内疚，感到很对不起父亲。但他父亲却生怕苦了儿子。于是，父子之间着着实实互相安慰、体贴了一番。相比之下，汪太太从美国留学回来的女儿，因妈妈一句话不入耳，就非逼妈妈赔礼道歉不可。小林父子之间的"热"和汪太太与女儿之间的"冷"形成鲜明对比。汪太太女儿的作风是从美国学来的，小林父子的亲情完全是中国土生土长的。通过这样的对比，批判了"洋"，歌颂了"中"。和那些崇洋媚外的高级职员之间为点小利钩心斗角、唯利是图相对比，小郭和小林是穷朋友之间的至交。他们不仅非常真诚，而且大公无私，为朋友甘愿牺牲自己。小郭租的房子叫小林白住，当他听到小林家里有困难时，慷慨地将自己卖身得的两万元交给小林，叫他寄到家里应急。这种穷孩子间的无私和真诚，成了鉴照那些所谓"高等华人"灵魂的一面镜子。

王祯和的最新力作，长篇小说《玫瑰玫瑰我爱你》，与黄春明的中篇小说《小寡妇》的题材相似。也是描写侵越美军以台湾为度假地，台湾一些见利忘义之徒，借此机会不惜以自己女同胞的身体为资本，大开妓院赚取美金的故事。《玫瑰玫瑰我爱你》原是第二次世界大战期间流行在中国境内的民歌。这首歌不仅在中国流传，而且飞洋渡海也在美国广为流行。美国也有一首民歌《爱你在心口难开》在 1961 年西化之风正盛时的台湾流行。王祯和以此歌为小说的标题，实含反讽之意。前两首歌在台湾和美国之间互相交换，颇有爱的交换之意。而今美军来台湾度假，崇洋媚外之徒以性达成美、台交易，两者之间存在着某种联系。王祯和以此歌名为书名，把这种暗中的对应联系明朗化，颇值得思索。《玫瑰玫瑰我爱你》，除了书名、歌名之外，还暗指西贡流行的性病，一语三关。这部小说的时空非常短暂，即描写侵越美军来台度假前夕，台湾以董斯文老师为首的一批患软骨病的知识分子，在"美军即美金"的口号下，带头组织策划"吧女训练班"，准备大做性生意的情景。王祯和谈到这部小说的主题时说，他是为了揭露台湾"工商社会带来的唯利是图，大利灭亲"。王祯和在这部作品中又大大地发挥了他的讽刺天才，在强烈的讽刺中表现出了作者鲜明的民族立场和民族情感。

"用喜剧的方式来写悲感，用喜笑的角度来面对命运的刻薄"是王祯和在长期苦难的生活中确立的人生态度和在长期的创作实践中练就的艺术本领。

第三节 丰富多彩的艺术表达方法

一、刻画人物。王祯和是刻画各种人物的高手。他虽然对不同的人物给予不同的爱憎，但他是按照生活中呈现的真实来刻画人的，而不事先画框框、定调调。他说："我写人物并没有刻意去褒贬他们，每个人都有对的地方，但也有不对的地方。我觉得我们现代人，大部分都是中间人，我就想写这样有对也有错，对对错错，错错对对的中间人。"[1] 但王祯和塑造人物的基本方法就是根据作品题材和主题的需要进行适度的艺术夸张。这

[1] 丘彦明：《把欢笑撒满人间——访问小说家王祯和》，见王祯和：《玫瑰玫瑰我爱你》，台北：洪范书店有限公司 1994 年版。

种夸张有两个原则：一是根据事实加×或减×。这×就是未知数；第二个原则是不妨碍作品情节的发展，而有利于作品情节的发展。事实加未知数，就是生活加创造。王祯和对人物的创造部分又多呈现两种方式：其一是利用语言上的谐音在人物的名字上做文章，增加人物的滑稽性和幽默感。例如，"屁屁真""垃圾桶""倒垃圾""倒过来拉屎""钱脱裤""恽颂主"等等。其二是改造人物的外形和塑造人物的劣习和嗜好。在王祯和小说中，完美无缺的人几乎是没有的。《嫁妆一牛车》中的万发耳聋，姓简的有烈性狐臭，阿好奇丑无比。《玫瑰玫瑰我爱你》中董斯文爱放屁，总以放屁来结束问题，他屁无处不放，无屁不响。王祯和在谈到他为什么写人物的这些缺陷时说："《嫁妆一牛车》，原来人物四肢是健全的，耳聪目明。我觉得这样一个相貌堂堂的人，喜感不够，悲哀感不足。请他当男主角，给人印象不会深刻，而且有碍情节的铺张（人家不相信他会这样、那样）。这就如戏里的主角的型不对，无论怎么认真演，观众总是不信服。于是我就——这倒有点像上帝一样——这也可能是写小说的一种乐趣——让主角耳聋，让他的男性不及格一点。"[1]

二、小说结构上的"抓猫法"。关于小说的结构方式，有的是从故事开头写起，到故事结束为止，此为平铺直叙法；有的从故事的末尾开始，倒逆而上，此为倒叙法；也有从故事的中间开始，向两头发展，此为中分法。孰优孰劣，依作家的写作习惯决定。但一般认为，平铺直叙较为呆板。王祯和在作品的结构方式上却与众不同，他的小说是从故事的三分之二处开始，即从关键的地方，从危机爆发的那一刻开始。王祯和把这种方法称之为"抓猫法"。他认为，抓猫，抓头抓尾都抓不牢，不是让猫跑掉，就是被咬伤，只有抓住猫体的三分之二处，即脖子，才最稳当而保险。写小说也和抓猫一样，只有抓住三分之二的地方，才能引人入胜。他说：电视剧"就是第一集要吸引人，尤其是第一集的前十分钟更要吸引人，否则观众就要转台了。一转台就没有高收视频率，没有高的收视频率，就没有广告进档了。也许是近墨者黑吧！所以我非常注意小说的开头，一定想办法吸引

---

[1]　王祯和：《永恒的寻求》（《中国时报》1983 年 8 月 20 日）。

读者，不让他们转频道"。[1]

三、作品情节跟进法。王祯和的许多小说，其情节一波未平一波又起，一个悬疑接着一个悬疑，一个情节跟着一个情节，使读者步步跟进，难以释手。例如：《素兰要出嫁》从素兰因大学联考受到刺激患神经病需要治疗起，情节便一个衔着一个推出。因治病缺钱欠债，辛先生提前退休，将多余退休金开大理石加工厂；因经济萧条倒闭，辛先生沦为护林工人；素兰找错对象被毒打旧病复发；辛先生赶来看女儿，中途摔断了腿……横祸连连不断，对辛先生的打击一次比一次严重，读者的目光被这一个个不幸事件牵引着，要看辛先生的命运之船，被这险涛恶浪推向何方。又如《美人图》，小林要到台北车站接他的老农爸爸，但他的公务就像山坡上滚下的石头，一个接一个，打得他抬不起头来；就像纷纷的落叶，把小林埋了起来，使他难以脱身；又像一道道绊脚绳索，使他迈不开脚步。小林急得满头大汗，十多年未到台北的爸爸怎能撂在车站不管？小林把公务办完赶到火车站，已是下午七点多了，老人在举目无亲的火车站靠背椅上已等了几个小时了。读者的心和小林的心一起熬煎着，焚烧着，为老人下火车后的无着而不安。王祯和在作品中创造悬疑，但不让这个悬疑马上解决，而是在解决这个悬疑的路上，设下许多路障，吊住读者的口味，使他追逐着悬疑前进，直到作品尾声。这显示了王祯和极强的结构故事的能力和居高临下驾驭作品和人物的熟练技巧，否则作品情节和人物性格的发展将很难和谐地衔接起来。

四、独特的语言运用。王祯和小说的语言非常独特。他的语言技巧在台湾作家中很少人能与之匹敌，他不仅能熟练地运用闽南语，也能熟练地运用汉语，还能兼用其他方言和古语。他可以根据自己人物的籍贯、身份、地位、文化水平来选择文学语言，因而我们看到，他有的作品用闽南语写成；有的用汉语写成；有的汉语、闽南语混用。王祯和在文学语言的塑造上，方面很广，下的功夫很深。第一，他非常注意吸收民间语言的精华和活力。他说："民间语言的生动活泼，民间语言想象力的丰富，组合力的精

---

[1] 王祯和：《永恒的寻求》（台湾《中国时报》1983 年 8 月 20 日）。

妙，大大令我惊奇感动。也就在这时候，每当年纪大一点的，讲起闽南话，我一定像只猫那样竖起耳朵听。没有办法听，就偷听。我想可能是听过分了，菩萨生气了，现在就惩罚我一只耳朵听不见了。也从那时起，我大量地运用方言，想把这块失去的珍宝，保留一点下来。"[1]　第二，寻求语言的陌生和阻隔效应。作品的语言太陈旧，影响新内容的表达，读起来感到俗；作品的语言太流畅，易使读者跑情节，留不下对作品的太多印象。因而，语言也需要创新。追求适度的陌生和阻隔效应，就是语言的创新形式之一。王祯和有些作品的语言青涩、怪诞、主谓颠倒，读起来非常吃力，这是作者有意识创造的陌生和阻隔效应。他说："小说的媒体就是文字，最能表达作者风格的也是文字。因此个人非常喜欢在文字语言上做实验。做实验不是为了标新立异，是为了把方言、文言、'国语'混杂在一起来写。把语言这样那样颠倒运用，是不是更能具体形容我要形容的？更符合我所要表达的嘲弄讽刺？把主词摆在后面悬宕性和紧张性是不是比正常的句子高一点？"第三，寻找适合作品和人物的语调。每一篇小说都有自己的语气和语调。有时语气和语调不对，就像鞋和脚不合，很不舒服，路就难得走下去。王祯和说："语调的问题，是我写作时常困扰我的，因为语调不对，就像歌星唱歌没有套谱或用错了套谱，荒腔走板不堪入耳。"他写《三春记》时，开始就没有找到语调，因而写了撕，撕了写，折腾了许多遍。他说："写《嫁妆一牛车》时，已经写了五千多字，我还是觉得没有把我要营造的那种怪诞、荒谬、悲凉、好笑的意思表现出来。并且这样的意思必须让读者在阅读时，一边读一边慢慢思索体会。于是我就试着把一些主词、动词、虚词调换位置，把名字扭过来倒过去，七歪八扭的，我想要的语调终于出来了。常常，我写一篇小说时，为了找适合的语调找了好几个月，可是这是没有办法的事，因为如果没有找到语调，你即使花了九牛二虎之力，也很难把作品写好的。"[2]　第四，王祯和极善于在作品中运用谐音、歇后语、谚语、俚语等。例如，"家贫不是贫，路贫贫死人"；"脚长眼睛，

---

[1]　王祯和：《永恒的寻求》。
[2]　王祯和：《永恒的寻求》。

自看自高";"内心对内心，屁股对屁股"等。

　　但是，王祯和的作品中也存在着一些不足。比如，对有的不该鞭打的人物，给了过多的伤害和嘲弄，使人产生不舒适的感觉。如对万发。有的作品闽南语运用过多影响了不谙闽南语读者的阅读；有的语言经过主谓颠倒后，出现了语病。例如："早火熄了。"火是主语，放在时间副词"早"的后面，便成了病句。

第七章
台湾渔民的代言人王拓

艰难坎坷的人生历程，带给王拓极其丰富的生活感受。就像丰硕、圆润的苹果成熟在根深叶茂的苹果树上一样，王拓在他那充满崎岖和苦难的生活之树上，结出了自己创作之果，被举世公认为台湾渔民的代言人。王拓之所以享誉台湾文坛，不仅因为他是一个作家，还在于他是一个新崛起的乡土文学理论家。七十年代台湾乡土文学论战中，他和陈映真、尉天骢首当其冲，被御用文人们点名攻击。因而在这一关于台湾文学前途和命运的论战中，王拓和陈映真、尉天骢一样，成了乡土文学的理论斗士和骁将，在激战中，为台湾的乡土文学作了颇多的理论建树。

第一节　乡土文学论战的骁将

王拓，本名王纮之，1944 年出生于台湾基隆市郊的八斗仔小渔村，祖祖辈辈靠捕鱼为生，被称为"讨海人"。幼时家庭生活非常贫苦，不少亲友葬身海底。为了谋生，幼小的王拓便知道分担家庭生活的重负。他提篮子到发电厂周围去捡破烂，无端受到富人的奚落和辱骂，使他从小便认识这世间的不平。他说："我在童年时代常因为贫穷而受到歧视，这使我对人的看法有很大影响，使我不知不觉地要把人分成各种不同的族类。而事实上，在我们社会里，也确实因为人所拥有的金钱的多寡而自然把人形成各种不同的类别，最有钱的为一类；次有钱的又是一类；没有钱的人又是一类。"这种非常朦胧的阶级意识，对他后来的创作产生了重要作用。王拓在本乡读完小学和中学，1967 年台湾师范大学中文系毕业，1973 年台湾政治大学中国文学研究所毕业。他曾先后任教于花莲中学、政治大学和光武工业专科学校。1975 年离开教育界，转入商业界。1977 年，在乡土文学论战中显出理论锋芒。1978 年 11 月正式登记为"中央民意代表"候选人，1979 年 9 月创办《春风杂志》，任社长。同年 12 月因"高雄事件"被捕入狱，1984 年 9 月假释出狱。王拓于七十年代初开始文学创作，他的处女作《吊人树》1970 年 9 月发表于林海音创办的《纯文学》杂志上，从此跻身台湾文坛。之后相继发表了颇有影响的中短篇小说《炸》《金水婶》《奖金二〇〇〇元》《望君早归》等。王拓入狱后，在极端艰难的情况下仍未中断小说创作。在狱中创作了《牛肚港的故事》《台北·台北》两部长篇小说和长篇儿童故事共一百余万字。王拓说："为了减轻牢狱所加给我身心的折磨和伤害，我只有写作。因为只有在写作时，我才能忘记身在牢狱，只有在写作时，我才能重新感觉到自己是一个人，一个真正有尊严、有信心、能自由思想的人。"[1] 王拓出版的作品有：短篇小说集《金水婶》《望君早归》，长篇小说《牛肚港的故事》《台北·台北》，文学评论集《张爱玲与宋江》《街巷鼓声》，政治社会评论集《民众的眼睛》《党外的声音》等。

王拓是 1977 年至 1978 年发生的乡土文学论战中的乡土文学的理论骁将之一，他的文学理论是在和对手激烈的交锋中诞生的，所以，他的文学理论具有实践性、战斗性、雄辩性、鲜明性的特色。王拓在谈到乡土文学的定义和内涵时说："这种文学之所以会被普遍接受并引起广泛的重视和爱好，是基于一种反抗外来文化和社会不公的心理和感情所造成的。因此所谓'乡土文学'事实上是相对于那些盲目模仿和抄袭西洋文学、脱离台湾的社会现实，而又把文学标举得高高在上的'西化文学'而言的，在这种意义下，把'乡土文学'理解为'乡村文学'虽然不能说完全没有道理，但是，却很容易引起一些观念上的混淆以及感情上的误解和误导。首先，它使人们可能想到都市和乡村的对立，进而使人们误以为只有乡村和乡村人物为题材的文学才是'乡土文学'，而排斥了以都市和都市人为题材的文

---

[1] 王拓：《我们的苦难是真有价值的——为〈牛肚港的故事〉在〈台湾与世界〉连载而写》。

学作品。"[1]

王拓认为，乡土文学不仅是以乡村为背景描写乡村人物的文学，它还是以城市为背景描写都市人的文学。因而这种文学的目的和使命是："不只反映、刻画农人与工人，它也描写刻画民族企业家、小商人、自由职业者、公务员、教员以及所有在工商社会里为生活而挣扎的各种各样的人。""这种'现实主义'文学是植根于我们所生长的土地上，描写人们在现实生活中的种种奋斗和挣扎、反映我们这个社会中的人的生活辛酸和愿望，并带着进步的历史的眼光来看待所有的人和事，为我们整个民族更幸福美满的未来而奉献最大的心力。"[2] 王拓在他的文学理论中还特别强调乡土文学要植根乡土，拥护人民。"我们是两脚深扎在这块土地上的一群人，死了也还在这块土地上，和这块土地合而为一，混为一体。所以我爱她，无条件无保留地深爱着她。为她，我们愿意流血流汗；为她，我们甚至愿意死。因为没有这块土地就没有我们、没有我们的子孙、没有我们的一切。"

王拓的文学理论和陈映真、尉天骢等的文学理论一起，形成了台湾乡土文学完整的文学理论体系。这种理论不管是在乡土文学论战中和指导台湾文学的发展中，都起到，还将起到巨大的深远的影响。不过，王拓的文学理论首先是他自己长期创作实践的概括和指南。

第二节　台湾文学中新崛起的道德力量

蒋勋在评价王拓的小说时指出："台湾 1949 年以后的写实文学终于塑造了一个有坚定道德力量的人物，然而这人物却是从怎样惨苦的、挫辱的、受欺压的苦痛成长过程中一点一点学来的。"[3] 蒋勋的这个评价虽然指的

---

[1] 王拓：《是现实主义文学，不是乡土文学》，尉天骢主编：《乡土文学讨论集》台北：远景出版事业公司 1978 年版，第 116—117 页。

[2] 王拓：《是现实主义文学，不是乡土文学》，尉天骢主编：《乡土文学讨论集》台北：远景出版事业公司 1978 年版，第 117 页。

[3] 蒋勋：《台湾写实文学中新起的道德力量》，尉天骢主编：《乡土文学讨论集》台北：远景出版事业公司 1978 年版，第 479 页。

是王拓《望君早归》中的男主角邱永富，但这个评价也适合于王拓小说所表现的整个思想和主题。

王拓是在台湾渔村生活的苦水中、台湾政治动荡的波涛中、台湾社会转型的风雨中涌现出来的变革意识和使命感十分强烈的乡土派小说家。他从创作起步时就把自己的同情和关怀无私地献给了自己脚下的土地和人民。他早期的短篇小说《炸》，通过描述渔民陈水盛的不幸遭遇，真实生动地表现了七十年代初期台湾在所谓"经济起飞"形势下，下层劳动者的苦难处境。王拓以他敏锐的眼光看透了台湾社会向资本主义社会过渡中，那个牵动着千万人命运，但却散发着铜臭，腐蚀着人们的思想和灵魂的金钱——在创造了所谓商业繁荣的背后，给台湾人民带来的不幸和苦难。他的代表作之一《金水婶》，把金钱的罪恶揭露得十分深刻。王拓出生的地方——八斗仔小渔村活跃着一个肩挑小贩，她就是慈祥、宽厚，能够使每一个有良知的人都感动得不禁要呼喊一声"妈妈"的金水婶。金水婶和她的丈夫靠挑着货郎担风餐露宿，走街串巷，一分一文积攒血汗钱将六个儿子培养成人。其中四人大学毕业身居要职，个个都成了家立了业，有了汽车洋房，住上了高级住宅。但他们个个却都忘了本，灵魂都在金钱的腐蚀剂中变质霉烂。他们不仅拒不赡养父母，就是父母为他们入股借的债务，他们也一推了事，逼得父亲金水走投无路，含愤呼"钱"而亡。更有甚者，当金水婶去银行找大儿子阿盛时，他竟嫌自己的母亲衣着破烂，让母亲从后门出去，使金水婶茫然莫测，不敢相信眼前发生的一切是真的，以为自己是在做梦。人们读了这样的作品，不能不为这些不肖子孙逼死父亲、赶走母亲的恶行扼腕痛惜。人们不得不感叹：有了钱，却没有了道德和灵魂。资产阶级的拜金主义，摧毁了中国的父子亲情，破坏了中国传统的父慈子孝的道德观念。王拓对资本主义社会拜金主义对人与人之间关系的破坏和垄断、吞噬和腐蚀，不仅看得入木三分，而且深恶痛绝。他说："工商社会的唯一动力是利润。利润在现实生活中的讲法就是金钱。人与人的关系卑下到单纯的金钱关系。老板、工人之间当然不必说了，即夫妻、亲子、朋友、教授与董事会、医生与病人，老师与学生、牧师与信徒……之间，分析到最后，是金钱的关系。拜物主义统治我们的思想、感情和文化。这是一种猥亵，一种丑象，一种恶心，一种失态。"[1] 无情地揭露资本家心灵的肮脏和狠毒，描写小人物由无奈而任人摆布，到联合起来，进行抗争，也是王拓小说表现的重要内容。王拓的力作之一，中篇小说《望君早归》描写台湾华丰号渔业公司，只管赚钱，不顾渔工死活，派出有问题的船出海捕鱼，结果遇到台风，致使一、二号船上的二十多个渔工遇难。因为公司的船有保险，旧船毁了还可得到一条新船，并可从渔工的保险金中大捞一笔，这样公司不但不赔钱，还可以赚一笔渔工们的生命钱，因而华丰渔业公司老板采取推脱和欺骗手段，怎么也不愿意派飞机和船只，到海上去寻遇难者，使本来落水后可以生还的人也死于公司老板设下的阴谋中。事故发生后，官方、老板和渔业工会三方勾结起来对付渔工家属和社会舆论，企图以每人三万元台币的安家费和赔偿金，将事情草草了结。但是，贫苦渔民的后代，渔业工会的叛逆者，台湾水产学校毕业的青年知识分子邱永富挺身而出，将渔民们组织起来和官、商、渔会进行坚决斗争，并敲锣打鼓抬着棺材到渔业工会请愿，登报争取社会舆论的支持，使原来气势汹汹的老板和走狗感到恐惧，大大鼓舞了渔民的斗志。邱永富明确地号召大家："我们要团结起来，大家一条心和他拼到底。不然，伊娘哩，都被船公司吃得死死的……"王拓在这篇小说中不仅血淋淋地揭露了官商勾结迫害渔民的罪恶阴谋，而且描写了走向觉醒的渔民为自己的利益和命运进行的有组织的斗争，塑造了台湾文学中罕见的青年渔民领袖邱永富的形象。这个人物正像蒋勋所说，是具有强大道德力量的人物。

王拓在狱中写成的，1986 年在香港出版的第一部长篇小说《牛肚港的故事》，是王拓小说创作中的一个新的里程碑。这部小说发扬了王拓小说的一贯风格：人物性格鲜活，主题思想突出，表现了作者对现实的深邃观察和明确爱憎。作品以少女徐淑珍陈尸崖下的命案为悬疑，展开故事的纵横描写。书的开头便是一个本质好却爱酗酒的青年渔民林四海，浑身带着创伤和血迹匆匆忙忙跑来报案，说少女徐淑珍陈尸崖下，而他的一身伤痕和

[1]　钟言新：《访问王拓》（《夏潮》1977 年 1 月）。

鲜血无法说清，被当作第一个嫌疑犯抓了起来。这就把读者引入非看不可的紧张的情节之中。接着作者将笔锋一转，开始交待徐淑珍的身世。之后，作品分两条线平行发展，一条是徐淑珍的命案由派出所侦破，另一条线是赵孝义的政治案件因训导主任告密，而遭到特务机关的暗中侦察。赵孝义是当年"保钓运动"中的骨干分子，政治上比较激进，公开在报纸上发表文章抨击时政。因而当局暗中对他进行监视，最后将他逮捕。因赵孝义对失学的徐淑珍非常同情，常帮助她和借给她书阅读，徐淑珍在日记中写了不少赵孝义的事，因而赵孝义就成了徐淑珍腹中的四个月死婴的当然嫌疑父亲了。两条线索一明一暗向前推进。最后虽然查明奸夫是徐淑珍的义父陈进财，但赵孝义却没有摆脱牢狱之灾。原来逮捕他是另有名堂："思想犯"。《牛肚港的故事》虽然是以命案的侦破故事的形式出现，但它并不是侦探小说，而是反映台湾社会重大现实问题的作品。作品反映了美、日勾结霸占我国神圣领土钓鱼岛，日本的军舰竟疯狂地搜查和驱赶在我们自己海域捕鱼的台湾渔民。台湾老百姓对此愤怒不已，但当局却无动于衷。作品中描写训导主任偷偷地布置学生监视老师，记录老师的讲话，写老师的黑材料，以致将老师赵孝义逮捕，将女老师李娟拘留，诬蔑她与越共有联系。政治黑暗，使人们生活在恐怖之中。赵孝义意识清醒，思想敏锐，在历次民族、爱国活动中均是骨干人物，是台湾青年思想的先驱。作品中这样写道："关于渔民在钓鱼岛遭到日本炮艇无理骚扰和逮捕这件事，他更是表现得激昂慷慨，义愤填膺：'政府如果不能保护人民的生命财产和领土主权的完整，人民还拥护它做什么？'"赵孝义本来是大学的高才生，但大学毕业后却放弃了城市的享受，并将未婚妻李娟带着来到乡下，脚踏实地地为群众服务，实实在在地实践自己的理想，这些均是平庸之辈难以比拟的。《牛肚港的故事》虽然显得政治性强了一点，但却是一部深刻反映台湾社会现实重大题材的优秀之作。

王拓小说在艺术上也有鲜明的特色。

一、作品的故事、主题和人物和谐一致、浑然一体。例如，作者要表现资本主义金钱关系赤裸裸控制、笼罩、左右着一切、代替着一切的主题，他就选择了金水、金水婶、陈水盛和郑文良这样的人物和他们的故事。儿子因金钱不认父母，邻居因金钱断情绝义，有的人因金钱铤而走险，有的人因金钱差点丧命。这些作品一切都自然、和谐而妥帖，绝无突兀和别扭之感。这样完美的艺术效果，是来自故事、主题和人物的一致性。同是表现拜金主义，假如金水婶不是一个慈祥、宽厚、令人敬爱的老母亲，而是一个挥金如土贪得无厌的老太太，揭露金钱残酷的主题意识将会荡然无存。

二、塑造台湾文学中道德力量最强的人物，是王拓作品的最大特色。王拓基于对下层人民的同情和关怀，他很少用嘲弄和侮辱的笔调塑造小人物。他对每个小人物都赋予不同的思想和艺术使命，尤其是他们中的代表人物，比如邱永富、赵孝义等。他们先天下之忧而忧，后天下之乐而乐，宁可牺牲自己也要成全大众。还有一些并非具有博大胸襟的普通小人物，例如金水婶、秋兰、金风等。她们虽然被损害，但她们决不害人。他们勤劳、朴实、忠厚，像构成大地的一方方土块，虽无耀眼光辉，却有质朴之美。第一类人物身上闪射的如果是太阳之光，第二类人物身上放出的就是月亮之辉。在某种意义上，月亮之辉比太阳之光更浑厚，更深沉。王拓笔下的小人物都是道德上的强者。他们有的赢得人们的崇敬，有的赢得人们的炽爱。

三、宏阔的视觉和精细的构思。长篇小说《牛肚港的故事》情节比较复杂，但王拓采取一明一暗双线平行发展，又互相交织，处理得井井有条，前后衔接呼应。每一个头绪都有交代；每一个人物都首尾相顾。第一部长篇小说就显示出了驾驭较为复杂的故事情节的艺术魄力。值得称道的不仅是两条线索清晰不紊，还在于作者对两条线索安排得繁简适当，又穿连得十分巧妙。试想如果把赵孝义关怀徐淑珍因而被怀疑为奸夫的情节去掉，两条线就完全脱了节，这样两条线之间就没有了桥梁，而两条线上穿连的不少人物，将会变成多余的人。这部作品既表现了王拓宏阔的艺术视觉，又表现了王拓精细的艺术构思。

四、干净利落的文学语言。王拓是台湾土生土长的作家，但他的作品除少数人物语言中使用了少量的台湾方言之外，基本上使用普通话。而且他的普通话生动流畅，干净利落，为他赢得了更多更广的读者。

第八章
台湾的工人作家杨青矗

第一节　在工人队伍的大崛起中崛起

从六十年代至七十年代，台湾社会发生着急剧变化，由闭锁的农业社会向开放的资本主义社会转化。随着社会的剧烈变化，台湾的人口状况也在发生着迅速的变化：农村人口减少，城市人口增多；农民数量减少，工人数量增多。据不完全统计，1956 年台湾农村人口占总人口的 50%，而到 1978 年则下降到 32%。反之，1956 年台湾城市人口占总人口的 50%，而到 1979 年则上升为 77%。随着农村人口的大批涌入城市，台湾工人队伍迅猛崛起。到 1979 年 6 月底，台湾的产业工人总数达二百三十六万四千人，是 1950 年产业工人的十倍，占城市总人口 50%。这个数字表明，由于台湾社会的变迁，台湾的社会结构已由农业为主，转变成以工商业为主了；台湾的人口结构，已由农民为主体逐步转变为以工人为主体了。工人队伍的大崛起，就要求文化上的适应，于是，六十年代到七十年代便涌现了不少工人作家和诗人。比如，著名的工人作家杨青矗和工人诗人詹彻、李宪昌、吹黑明，女工诗人叶香等，都是在这种形势下崛起的。尤其是杨青矗，名扬台岛内外，成为具有世界影响的工人作家。说杨青矗是工人作家，一是指杨青矗出生于工人家庭，自己是工人，二是他的小说歌颂和描写工人。说他歌颂和描写工人并不排斥他描写其他阶层的人，因为构成社会生活全景和构成文学作品全景的，绝不是单纯的某一个阶层。比如，没有农民就没有工人，首批工人基本上是脱了农装的农民；没有资本家也就没有工人，因为工人诞生和活跃于资本家开设的工厂、矿山等企业中。所以杨青矗虽然也描写了非工人生活，但并不能改变他工人作家的身份和地位。陈映真在以许南村为笔名发表的《杨青矗文学的道德基础》一文中说："杨青矗是三十年来台湾第一个以现代产业工人为主人翁，以工厂为背景，以工厂中的人的葛藤为内容的小说家。杨青矗的产生，反映出现代工业在我们国民经济中已经占有足以反映到精神——艺术生活的比重；另一方面，也意味着台湾的中国新文学民主化的趋向——使小说内容，从其一向反映中间城市市民的生活，扩大到反映大量集结于城市工厂的工人生活。仅这一点，杨青矗在近三十年来台湾的新文学史中，便有一定的地位。"

杨青矗，本名杨和雄，1940 年出生，台湾台南县七股乡后港人。十一岁那年全家迁移到高雄市，他父亲在高雄市一家工厂当消防队员，1968 年清明节在参加油轮救火中殉职。杨青矗在十分艰苦的情况下读完初中、高中，因经济拮据没有继续读大学，投入了工人的行列。他曾经搞过出版，开过西服店、女时装店，做过毛衫加工，在工厂当过十年的事务管理，还在夜间兼任一个洋裁缝补习班的老师。杨青矗从小爱好文学，但他的文学知识全靠刻苦自修获得。1979 年底，杨青矗在"高雄事件"中被捕，坐牢三年多。

杨青矗踏上文学之路是基于一种强烈的责任感和使命感。由于他的生活经历，使他亲身体验到和看到台湾社会的不平和不公，因而他要表现自己的愤怒和正义，他要为处于苦难中的人们鸣不平，他要阐明自己对生活的评价，促进社会变革。"二十多年来，时时看到乡村的衰微，都市的垃圾地长高楼，市郊的农地变黄金、建工厂；年轻人一窝蜂往都市跑，乡村反剩那些'没有出息'的老头，拖着老命，荷锄耕种，种粮给年轻人吃，给都市人吃。都市人肥得不知道怎么减肥，他们却瘦得不知道怎样增胖。我每次回乡，看到那些荷锄的阿伯阿婶，五十出头脸皮就皱得可以夹死苍蝇，我会觉得每餐所喝的是他们的血汗，吃的是他们的骨肉！有一种使命感要我写下这些，为类似的这群人说话。"[1] 杨青矗写小说伊始，并没有选择

[1]　李昂：《喜悦的悲悯——杨青矗访问》。

工人生活的题材，他 1967 年 4 月发表于台湾《新文艺》月刊上的处女作《成龙之后》，是反映台湾社会中忘本的故事，老人将儿子培养成人后，儿子将老人遗弃。杨青矗描写非工人生活的作品还有《在室男》《无园别馆》《盐贼》《冤家》《醋与醋》《切指记》《海枯石烂》《雨霖铃》等。杨青矗的这些描写非工人生活的作品，大都不是他文学中的精品，多数带有粗糙和原始的气味，像一个没有出落成熟的少年，带有某种童稚和天真。但是，杨青矗的这些作品，时代感和主题意识，却是非常强烈和鲜明的。比如被人们称道的《在室男》，描写一个乡村的纯洁少年进入城市后，在西化之风和灯红酒绿的引诱下，和一个酒女相恋相爱。但这位酒女却非邪恶之徒，而是充满人性和纯情的人物，她既将少年引入性的迷宫，又帮助和启迪少年觉醒。当酒女死去时，少年却成熟了。这篇小说除了揭露资本主义和西化之风的腐蚀之外，还有一种粪堆上长草，污泥中长荷的反面的肯定功效。对酒女也是一样，既描写了她那灰暗的生活，也表现了她的真诚。这篇小说呈现了多重意象，表现出了二重主题。杨青矗早期的小说，就像《在室男》中的少年，从坎坷曲折中走向成熟。

杨青矗著名工人作家的地位，是他小说中的精华——描写和反映以工人生活和工厂现实为葛藤的作品奠定的。杨青矗曾经说过，他的名字"矗"就是直直直！直直挖！向生活的深部直直地开掘。像杨，直而上；像柳，垂而下。他的名字既反映了个性，也反映了他作品的风格，又反映了他的作品和生活的血肉联系。杨青矗说："也许我吃了太饱的人间烟火，我的作品颇多人间烟火味，空灵不起来……我的作品所载的道，是人间烟火卑微的道。假如您纵身一跳，脱离人间烟火，形而上起来捕捉我的道，您所捕捉的，可能是一片空白。因为我无意为哲学演戏。"[1] 杨青矗的这段话，是一把开启杨青矗文学世界的钥匙，我们可以从这个孔洞里看到杨青矗对工人兄妹的一颗炽热真诚的心。杨青矗出版的小说集有《工厂女儿圈》《在室男》《妻与妻》《同根生》《心癌》《工厂人》《这时与那时》《厂与厂》等。杨青矗曾获 1971 年吴浊流文学奖小说奖。杨青矗的散文集有《工者有

---

[1] 杨青矗：《人间烟火》（小说集《同根生·跋》）。

其厂》《笔声的回响》。此外，杨青矗还在三年多的铁窗生活中创作了一部三十余万字的，以描写六十年代前后台湾工商企业发展和房地产蓬勃兴起为内容的长篇小说。

第二节　台湾工人的心声

杨青矗描写工人的小说，主题意识大体上可以分为这样几个方面：

其一，表现作者乌托邦式的人生理想，即从太平天国的"耕者有其田"演变成现代工业社会的"工者有其厂"。短篇小说《龟爬壁与水崩山》，是这一理想的突出代表。这篇小说描写女工待遇低微，人格上受到歧视，生活上受到虐待，因而对老板极为不满。小说中有这样一个情节，一天午餐，老板对工人动了恻隐之心，多加了一桶肉臊汤，一下被人们抢舀一空。后来者因无汤可喝便"望着空桶拿起瓢子故意敲空桶，有的故意用瓢子刮几下桶底"表示抗议。这时"有人跑去告诉总经理，总经理来了，看着桶底，双手插上腰，两眼发火，腮帮胀鼓地扫视吃饭的人。好神气，三十岁左右的年轻人，那副表情在暗示：你们这些工人，吃我的，为什么不守规矩?"作者以无声的画面，把劳资双方的尖锐对立和工人被虐待、受压抑下的内心愤怒，表现得淋漓尽致。富有同情心的大学毕业生黄宿嘉对这种人剥削人、人压迫人的现象十分反感，不能容忍。于是便发出了变革现实的畅想，他安慰女工说："我假如有能力开工厂，我一定高薪雇用女工，每年把所赚的钱分红利给员工；我的企业目的在于造福员工，让每个员工以薪水、年资或红利入股当股东，是工人也是老板。资本大众化，赚钱大家分。我要做到'工者有其厂'，这样才能达到民生主义的均富目标。"这种理想不仅在台湾是空想，在世界任何地方都无法实现。十九世纪欧洲的空想社会主义者，早以他们的失败作了结论。这种理想忽略了劳资双方之间根本的阶级对立。因而当"工者有其厂"者在发表他的主张时，就有工人讥笑他："不要吹，等你当老板时，我看也是土财主的做法，暴发户一个。"虽然是句玩笑，但却道出了事情的本质。

其二，揭露资本家剥削和摧残工人的狠毒嘴脸，表现出工人和资本家之间阶级对立的实质。这方面的内容在杨青矗的小说中表现得极为丰富和突出，对资本家丑恶嘴脸的刻画惟妙惟肖。资本家对工人，尤其是对女工的摧残是多方面的，如经济的、政治的、人身尊严的等。其手段有赤裸裸地凶相毕露，有借刀杀人，有笑里藏刀，有无耻欺骗。台湾工人中处境最恶劣的是女工、童工和临时工。而临时工中多数又是女工，她们进入工厂之后，不仅工资极低，还不到正式工的一半，而且贞操难保，受尽凌辱。例如《昭玉的青春》中女主角黎昭玉，从十七岁进厂，干了二十二年，到了三十九岁，她求爷爷告奶奶，由临时工变成短雇工时，十分凄苦地想到："自己付出了二十二年的青春换来的代价，她眼眶湿润，分不清是心酸或是喜悦。"《升迁道上》女主角之一的侯丽珊，为了升个小组长，贞操被厂长林进贵夺走。林进贵抓住侯丽珊想当组长的弱点，在一次郊游中，将侯丽珊诱进草丛，强行按倒在地，将她强奸。但当林进贵夺去了她的贞操不久，就又对新来的女孩施妙惠垂涎三尺，强行要调她到厂长室当私人"秘书"，虽然这个青年女工英文、打字等什么都不会。《上等人》中的余总经理，和女秘书出去兜风，撞死了一个挑箩筐的农民，仗着有钱有势，叫司机陈永福去替他顶罪坐牢，司机"不敢说个不字"。《低等人》中的董粗树，给一家公司当了三十年的垃圾临时工，在将要被解雇之前，想到解雇后不但自己生活无着，而且九十二岁的老父将无以奉养。于是他想以自己的生命为代价，换来一笔抚恤金，好使老父老有所安。为了能够以身"殉职"，想了许多办法，最后他连人带垃圾车一起滚在了总经理的轿车下，总经理的车轮碾过了他的肚子，他达到了自己的夙愿。这是一个极端残酷、具有强大的批判力的故事。当一个工人无法养活自己和老人，千方百计以求一死，来为老父换一笔抚恤金时，这个社会已冷酷到令人发指的程度。

其三，表现工人的觉醒和反抗。台湾乡土作家中，其作品表现的反抗意识最强的是杨青矗和王拓。他们两人小说中的道德力量，远远超过了其他作家。在他们的笔下都出现过别的作家笔下不曾有过的人物。这些人不是简单的代表自己，而是具有时代的特质，代表着一个群体，一个阶层的觉醒和反抗意识。杨青矗等笔下的这一类人物虽然不是个个都光彩照人，但他们的确不愧为广大工人的榜样。例如：《秋霞的病假》中，秋霞的哥哥萧毅夫，不仅具有较高的觉悟，而且有敢于挺身而出为工人利益进行斗争的勇气。当他去秋霞所在的工厂要劳保住院单时，发现该厂规定工人病假期间不发工资，于是萧毅夫便去告状，经过斗争，终于为秋霞争得了半月的工资。萧毅夫对吞食工人血汗的何课长痛斥道："你是台湾人，日本侵占台湾五十年，好不容易打了胜仗脱离他们的侵略。现在你当课长的，不为自己同胞的劳工姐妹们说话，还帮日本人经济侵略，剥削我们的女工。难怪在日本人开的工厂工作的女工都骂中间干部的中国课长、经理、主任是哈巴狗，只顾自己的升迁讨好日本老板，帮他们设想剥削的办法，不为自己的女工同胞争福利。"再如《升迁道上》中的女工蓝瑞梅，是女工中的英雄人物。她不仅坚决保护工人利益，敢于挺身而出揭露老板为姐妹们鸣不平，她在给厂长林进贵的长信中说："你这一连串快速升迁图，我看得清清楚楚，说穿了，你的升迁秘诀是刻薄自己同胞女工，谄媚洋总裁。你权谋深算，懂得提携自己的亲信，全厂布下你的耳目，排除能力比你强的异己……"她具有强烈的民族情感，对老板的崇洋媚外丑态深恶痛绝。她当面痛斥沈主任："不是你没办法，而是你崇洋媚外，洋奴性太重了。"当沈主任说要开除她时，她毫不示弱。"'我请你赶快开除，'蓝瑞梅声调提高：'本姑娘在你们这种夹洋欺内的哈巴狗手下干得早就烦透了。你要我走我最高兴，我还会带几十人一起走，你放心好了。'"因为她是女工们心目中的领袖，老板对她毫无办法。再如《工等五等》中的工人张永坤，对压制他的课长愤怒地说："我已经好好干了二十年了，凭良心讲二十年来我没有不为厂里认认真真卖劳力的，哪里有薪水越干越低的？不平则鸣；这里是工厂不是军队，你没解释的必要，我也没有绝对服从的必要，工作评价是要求同工同酬，都被你们这些王八蛋搞坏了，挂羊头卖狗肉，人事评价，哪里是工作评价……"

杨青矗的工人小说，抓住了台湾工人中的突出问题，比如人格尊严、工资待遇、福利保障、人身安全、工伤医疗等进行无情的揭露，引起了一些有良知的资本家的反省和整个社会的关注，因而促使问题最严重的临时工的待遇，得到了很有限的改善。由于杨青矗持续地大声疾呼，台湾歧视和迫害女工的问题，也受到了社会舆论的广泛重视。当然，文学作品，尤其是小说，是通过审美功能和教育功能潜移默化地对人们进行感染、启迪，长期地使人们的精神发生异化，从而发挥其社会和艺术效果。像杨青矗的小说，如此迅速地收到社会实效，还是不多见的。杨青矗的工人小说，尽管还存在着一些不足，比如，主题上的中庸思想，不少作品较勉强地安上个光明的尾巴，使问题在不能圆满的情况下得到圆满解决。例如《自己的经理》中女工廖太太被中方经理开除，而洋老板却主持公道，公平地解决了她的问题。虽然对中国资本家进行了抨击，但却美化了外国资本家。如此处理问题，实则削弱了小说的思想性。这篇小说，不要那个"圆满"，可能更有感染力和思想性，这个不必要的"光明"尾巴，就像在气球上扎了小洞，把憋足的气都放跑了。尽管如此，杨青矗仍然不愧为台湾优秀的工人小说家和台湾工人的知音。因为他，台湾工人由台湾社会生活中的奴隶，变成了文学殿堂中的主人；因为他，台湾工人在文学中有了自己的园地；因为他，台湾工人的不幸和苦难有了发泄和倾吐一快的高音喇叭；因为他，骑在台湾工人头上的洋老板、土老板，坐上文学法庭的被告席位。因而，我们对杨青矗的工人小说应该给以充分肯定的评价。

杨青矗小说的艺术技巧，也是较为突出的。比如讲求作品和人物的对称。《在室女》与《在室男》，《低等人》与《上等人》等。值得注意的是在这对称之间有某种寓意，"低等人"有种同情之感，"上等人"却有反讽之意。这两种对称，字面上和含义上正好是相反。又如象征的运用。"心癌"则是一组整体象征，系指精神上的不治之症。杨青矗小说情节上的巧妙安排也较独特，往往造成一种欲哭无泪，欲笑无声的尴尬之感。《那时与这时》描写一位计程车司机载一个舞女时，淫性大发，错把舞女当作贵妇人强奸了，被判五年徒刑。但当刑满后他又花了一百五十元去嫖妓，才发现自己强奸的就是眼前这位舞女。强奸一次，花了五年坐牢的高昂代价，如今只需一百五十元就可过一夜。这一偶然事件，却含有哲理性的警诫意义。杨青矗的小说在创造细节和刻画人物方面，表现出精湛的艺术技巧。有的细节的选择，还十分注意思想含量。例如《龟爬壁与水崩山》中，十六七岁的小女工将六十岁左右白胖白胖男人的汽车划了一道印之后，有这样一个细节："'你怎么把我的车摸得这么脏？'女孩垂下头。'双手发痒不会去摸壁！'那人走向前手指戳到她的额头，女孩畏惧转身走离他。'跪下。'他发威命令：'跪下！'他指着地，一步一步追上女孩。女孩不得不停脚转身面向他，两眼哀求地望望他。'跪下！'他坚决命令。女孩膝盖弯曲，缓缓下跪，头低垂得下颚抵着胸口，两颊羞红。"这细节不仅描写得生动、真实、细腻，而且人物的神态和性格也在其中突现。上等人的横蛮霸道，低等人的凄苦无奈，都活跃在纸上。这细节蕴含着强大的思想威力，无须再作任何渲染，读者就要被这事实激愤了。创造细节注意思想含量，是提高作品质量不可忽视的重要手段之一。

第九章
宋泽莱、洪醒夫

第一节 宋泽莱

宋泽莱被称为台湾小说界一颗有希望的新星，他才思敏捷，感受力强，创作速度快得惊人。因而又有人称他为"超级快笔"。自步入文坛起，就备受注目。

宋泽莱，本名廖伟竣，1952 年出生于台湾云林县二仓乡。中、小学时期在家乡度过。1973 年考入台湾师范大学历史系，1976 年该校毕业后，到彰化县复兴中学任历史课老师。八十年代初赴美到艾奥瓦国际写作计划中心学习。宋泽莱的创作紧紧跟随着他的人生态度和思想轨迹发展演变。他的创作大体上可以概括为三个阶段。自他的第一篇小说《丧葬之歌》在《中外文学》上发表，到 1976 年以宋泽莱为笔名发表《打牛湳村》，大约三年的时间，为他小说创作启蒙探索期。这时期的作品包括《婴孩》《丧葬之歌》《红楼旧事》《废园》等。这个时期宋泽莱受到西化之风的影响，步现代派之后尘，把西方心理学家弗洛姆的心理学理论导入小说创作，追求心理刻画，表现恋母情结，迷恋于性和死亡之泥沼，呈现出热烈追求而又一时找不到自我的迷混状态。他的《婴孩》便是这个时期，代表这种倾向的作品。当宋泽莱从混沌中清醒之后，他也表现出对这个时期创作的不满。他在《黄巢杀人八百万》的序中说："这些作品是我心灵误入歧途的见证。"从《打牛湳村》起，宋泽莱进入了他创作的第二个时期，也是他创作生命的最重要、最宝贵的黄金时期。大约从七十年代中期到八十年代初期，可称为"社会关怀期"。这个时期，宋泽莱的创作生命闪射出了耀眼的光辉，写出了许多掷地有声的，真正打有宋泽莱烙印的优秀之作。例如《打牛湳村》《巢谷日记》《骨城素描》《变迁的牛眺湾》《乡选的两个小角色》《麋城之丧》等。八十年代初，宋泽莱自美国归来，他突然消极地感到文学对现实的无力感，于是他便采取了逃避现实的方式，告别小说，一头扎进了禅学的虚境，去探究禅与文学之间的奥秘，陷入了禅的迷宫之中。他不仅对变革现实失去了热情，而且对生命本身也发生了怀疑："因你是人/永不知来处/譬如迷宫/不得出路/似在迷宫故"，生命失去了一切抗争和活力，只有在迷宫中闷死。但是宋泽莱毕竟是一个品尝过人间之苦的青年乡土派作家，他不可能在禅的迷宫中永远沉沦，1985年创作出版的新的力作，长篇小说《废墟台湾》，显示了宋泽莱创作上新的觉醒和奋起。宋泽莱虽然曾停笔数年，但他的作品仍然十分丰富。他出版的小说集有《红楼旧事》《黄巢杀人八百万》《废园》《打牛湳村》《巢谷日记》《骨城素描》《蓬莱志异》《恶灵》等，长篇小说《变迁的牛眺湾》《废墟台湾》等。此外还有散文集《随喜》，诗集《福尔摩莎颂歌》和文集《禅与文学体验》等。

　　宋泽莱小说的主题集中地表现在这样几个方面：一、反映台湾社会转型期，工商业的发展给农民带来的不幸和灾难及农民在这种灾难中的痛苦挣扎和反抗。《打牛湳村》这篇被认为宋泽莱写得最好的短篇小说，描写了打牛湳村中的外来户萧氏家族在工商业的挤压下，所经历的不幸。萧氏家族中的老大萧笙是个非常憨厚忠实的农民，他的生活过得非常简陋，与世无争，从来都吃亏忍让。他家里养猪，地里种瓜，当人们还在睡觉时，他便悄悄地去将瓜摘下，送到了果菜市场。他的理想是："在他老时，那时他的发白了，走路拿着拐杖；他的小孩长大了，他一定要在自己空旷的田里盖一幢大猪舍，养一大堆蓝瑞斯。他要坐在藤椅上，喝着儿媳们泡好的茶，然后望着四边的田野，望着猪舍、天空、厝鸟，呼吸带有粪香的空气，然后沉沉睡去……"然而就是这种最普通的梦想和带有传统的农家乐也遇到了挑战，那些贼一样的瓜贩们把他激怒了，他忿忿地骂道："鬼咧！你们都是强盗！"作为知识分子的三弟萧贵和他的性格不同，他先是试验栽种柑桔，失败后又进城营生，因拉皮条坐了几个星期的牢，便回到家乡初中教书。他发现台湾教育制度不合理，脱离现实，便大骂教育的腐败。被解聘后，又回到打牛湳村来和村民们一起反对商贩组成的采收团和包田商坑害瓜农的斗争。宋泽莱极其真实生动地描绘了台湾资本主义的尖指利爪伸入农村，给农民心灵上抓出的一道道伤痕。萧贵愤怒地呼喊道："伊娘咧！这个县农会的人都死光了，没派半只苍蝇来约束这批瓜贩，硬派警察来管制我们，我们岂都是憨人，一年到头，操劳筋骨，如今又要劳心，我们都是一个个傻瓜。"他激愤地要"揍死那些狼心狗肺的东西，揍死伊们！"萧贵将他改革瓜果市场的建议写成一张张大字报贴在了树上、墙上、告示牌上。红纸黑字密密麻麻写着："建议要改革崙仔顶的瓜果市场的，还要鼓励打牛湳的人团结起来打商贩……"但当局不但没有采纳萧贵的建议，改革市场，为瓜农撑腰，而且将萧笙、萧贵请进了警察局。这里透露了官商勾结欺压农民的秘密。《祟谷日记》，以日记形式描写了打牛湳村的农民被商人残酷剥夺的情景。打牛湳三大派系中最强的一派林白乙，出高价收购稻谷，事先声明："祟谷时先领三成的现金，方今到银行提款是很不便的，等完全收购完后，大家再到林家古厝去领钱。"老实、忠厚的农民辛苦了一年，总想卖个好价钱，对商人的内心藏奸根本没有觉察。他们"争先恐后地跑到林白乙的古宅去，要来把稻谷卖给他"。谁知当林白乙将农民的大批稻谷弄到手后，就传出"林白乙倒闭了"的消息。农民辛苦一年的汗水，仅以百分之三十的代价就被林白乙掠夺而去，真是欲哭无泪，投诉无门。因而人们不仅痛骂林白乙："诈欺了整个打牛湳的谷子，禽畜不如的东西。"而且愤怒地控诉保护林白乙这种大骗子、大罪犯的法律："伊娘！抢一块钱判死刑，抢一百万一千万的人却连一点罪也没有，这款的法律！"这里作者触及了社会现象背后的实质。

二、以台湾社会转型期为背景，在广阔的画面上表现出了资本主义不可能给农民带来幸福。宋泽莱的长篇小说《变迁的牛眺湾》，以爱乡爱家的农民李寅一家被逼离开故土，到城市谋生，在城市无法生活又被迫迁返农村的二十年血泪史，为台湾社会打上了一个大大的问号：哪里是农民的乐土？小说着力刻画了在这动荡不安的时代里，作为历史的主人农民，被迫害被驱赶，流离失所，坎坷颠沛的命运，表现了作者对台湾现实社会的谴责和批判。

三、巧妙地表达民族主义的主题。比如，短篇小说《麋城之丧》，通过"立法委员"、人文社会现代化政策发言人胡伟明，要把他的汉奸父亲，当年帮助日本人侵略台湾，迫害抗日志士，被日本封为男爵的胡之忠的灵柩运回，安放到胡氏祠堂，引起一场风波。当胡之忠的灵柩运达麋镇时，一些儿童便大喊："汉奸回来了！汉奸回来了！"汉奸的灵柩要进入胡家祠堂与被他当年迫害过的先贤们平起平坐，这是一个极大的挑战。以具有民族气节与胡伟明有"深远的亲属关系"的胡清池为首的一些普通老百姓坚决反对。胡清池与胡伟明势不两立："各位不要忘了，他是要回来造一个新的'皇民奉公会'，要来供奉'天照大神'，要来创设'国语家庭'（日据时期日语称'国语'），要让青年去战场永不回来。他妈的！如果胡之忠回来，我立即将我父亲的遗体迁走，从此永不修族谱！"但是，尽管胡清池大义凛然，领导三分之一的宗亲会成员和村民们进行了毫不调和的斗争，表现了高度爱国主义和民族主义精神，却敌不过胡伟明的财势和权势。胡伟明终以"二百万修墓费和一笔宗亲清寒奖学金来交换"，为他的汉奸父亲举行了隆重葬礼，使全镇老百姓在无可奈何中吞下了"麋城之耻"。这篇小说把历史和现实联系起来，把往日的汉奸和今日的媚日分子联系起来，深深地激发了人们的回顾和反思。

四、揭露官场的腐败。宋泽莱的短篇小说《乡选的两个小角色》以强烈的讽刺笔调，揭露了海子清这个海滨的小乡镇在民选乡长中以务农派的首领林金协和务渔派的首领郑肇财之间进行的一场肮脏的争权贿选的明争暗斗。作品塑造了两派首领的竞选代表，两个比他们的主子还贪婪凶恶的狗腿子。林金协的狗腿是王屠夫，竞选还未进行，林金协就许愿让王屠夫当乡公所的秘书，于是王屠夫把这看作是"天塌的消息"，因而他使出一切看家本事为林金协贿选。为了哗众取宠，林金协让人抬一口大棺材，对王屠夫说："王雄，你来！"林金协对他说："你坐上车去，坐上车去！我们让乡民们知道我们的决心。""对！"幕僚们说："不当选，毋宁死。"务渔派首领的狗腿叫马包办，是黑线人物，以贩黑货和走私出名，他为郑肇财的竞选不遗余力。小说描写他去收买中学校长的细节非常生动。校长开始一本正经，马包办也因不知底细而小心翼翼。当他捧上礼盒后，局面顿时变化："校长端详着礼物，但态度和蔼下来，他说：'郑乡长真是的，我和他又不是陌生人。''你回去向郑乡长说我一定帮忙，明天我立刻发动期中校务会议。'"校长表示林金协下的本钱比郑肇财还大，马包办立刻说："不过你放心收下，我们郑乡长还没有使出十分之一的力量！"校长的贪，马包办的滑，在这里表现得栩栩如生。在双方竞选演说会上，双方的丑态，描绘得尤为生动。"郑肇财一上台，鞠了躬，忽然他的手一举高，说：'林金协是人民公敌！'乡民们一愣，他们被郑肇财这样的话所惊吓，平常他们的听觉都十分迟钝，但对这样的话很敏感。马上，台上执法的人站起来，准备要来警告。但郑肇财停一下，立刻把高举的手放下来，他说：'我也是人民的公敌，假若我们的话都是欺骗人民。'"郑肇财的市侩形象在此表露无遗。

宋泽莱的长篇小说《废墟台湾》以科幻小说的形式，表现了作者对台湾大自然和社会精神日益严重污染的批判和忧虑。作品开始是两位西方人，即政治学人阿尔伯特和地理学者波尔，到已经成为废墟的台湾来探险。到台湾后，他们发现了已故台湾摄影师李信夫的一本日记。于是小说转入以李信夫的日记形式，记录了台湾变成废墟的过程。李信夫的日记共分三部。在李信夫的日记中，记录了台湾变成垃圾岛，寿命缩短，肺癌极多，地震引起核外泄，人大批死亡，人们受不了磨难而掀起一次又一次的自杀潮。出于无奈，人们精神颓废，以性的扩张和开放来及时行乐。统治台湾的超越自由党，面对人类的这无穷灾难束手无策，于是超越自由党也鼓励性开放并颁赠"长命奖章"，让人们以短暂的快感去忘记长长的痛苦。小说明确地批判了台湾六十年代前后刮起的狂热的"西化之风"："原来自1960年以来，强力的政权在台湾建立后，现代化成了重要课题。所谓的'现代化'在第三世界的做法通常是指没有选择的一种西化，只要西方的文明就能引进，有名的学者甚至鼓吹'科学与梅毒'照单全收。这种极端的想法当然不一定完会兑现，比如我们发现不但科学，甚至梅毒都没有学成功，但却很快地造成崇洋的风潮……"李信夫的三部日记完了之后，阿尔伯特和波尔又出现，发了一通议论，例如阿尔伯特说："就第三世界来说，这个岛是第一个变成废墟的岛。我们有义务因着这种不幸而警告任何国家。"《废墟台湾》虽然是以科幻形式出现，但我们不妨把它看作是一部思想性很强的，表现作者政治理想和社会观念的现实小说。作品中既有幻想部分，也有现实部分。作家用艺术的融合剂把两者凝结在一起，既表现了作者的主张，又避免了不必要的麻烦；既增加了作品的离奇性和可读性，又充实了作品中可感的生活内容；既增加了作品朦胧性，也体现了作品的真实感。实有一石二鸟之效。

宋泽莱的小说艺术，突出地表现在结构上的灵活多样，自由变化，根据作品的故事情节和人物的特点采用不同的结构方式。比如象征结构、情绪结构、日记体、传统结构等，作者都一一进行尝试。宋泽莱是刻画人物的高手，尤其善于刻画丑角式的喜剧人物。在这种喜剧人物身上，又极善于以辛辣讽刺手段表现出较严肃的思想。宋泽莱的文学语言通俗、热情、奔放，但人物语言又极富有个性。宋泽莱小说的不足之处是有的作品结构显得散乱，有的人物安排不尽妥当，有时作品的思想和人物形象之间，不能和谐一致。

第二节 洪醒夫

洪醒夫，原名洪妈从，笔名司徒门，1949 年 12 月出生于台湾彰化县二林镇。1982 年 7 月 31 日因车祸去世，台湾文坛上熄灭了一颗闪亮的新星。洪醒夫小学毕业后到台中市一中读初中，初中毕业后进入师专，1976 年台中师范专科学校毕业，去世前一直在神冈乡社口小学任小学老师。洪醒夫去世后，台湾文学界发起并设立了"洪醒夫小说奖"，每年评奖一次。洪醒夫读师专时开始小说创作。据他回忆，上师专一年级时，寒假回到家里，感到很无聊，就回想他在学校的事："从早上六点直读到晚上九点，老师还动不动就拳打脚踢，我愈想愈气，立刻拿出一张纸，想把小学恶补的痛苦与气愤写下来，让大家知道。也好发泄一下心中的闷气。我本来是计算五六千字可以写完，但是一下笔就无法收拾，写了两万五千字左右才结束。这是我第一篇作品，在《台湾日报》上发表，得到编辑的称赞。于是，一不小心就这样走上了文学道路。"[1] 从这段话里我们获得了一个重要信息：洪醒夫写小说，不是为创作而创作，不是为当作家而写作，而是有感而发，为抒发心中不平而写。这就是从一开始洪醒夫小说的主题意识就比较突出、鲜明，以后一直沿着这一风格发展的原因所在。洪醒夫认为："作家，是一项非常痛苦的行业，他必须有与生俱来的秉赋，这个秉赋包括你在文学艺术上的技巧，以及你的心——同情心。还必须用尽心血，远离世界上的所有美好的事物的诱惑。他必须有坚强的生命力，有说真话的勇气。当一个写作的人，往往在漫漫长夜之中，受尽煎熬折磨，永远跟贫穷为伍。"[2] 洪醒夫就是这样一位既有使命感责任感，又有献身精神；既朝气勃勃充满活力，又脚踏实地坚韧不拔；既有敏锐的眼光，又有说真话的胆魄的乡土文学派青年作家。洪醒夫的小说在台湾曾多次获奖。例如：《散戏》获 1978 年《联合报》小说奖，《扛》获 1975 年吴浊流文学奖，《跛脚天助和他的牛》获吴浊流文学奖。洪醒夫生前出版的小说集有《黑面庆仔》《市井传奇》，去世后出版的小说集有《田庄人》《怀念那声锣》。《田庄人》是洪醒夫生前编好交给了出版社，而《怀念那声锣》则是作者去世后，由他的至友王世勋和利锦祥合编的。洪醒夫遇车祸时，利锦祥就和洪醒夫坐在一辆计程车上，当车子撞在一棵大树上时，一死一生，利锦祥感慨万端，编此集深寓怀念之情。

洪醒夫生长在台湾农村，他的小说基本上都是以台湾农村的生活作背景，描写祖祖辈辈与泥土打交道的农民和与农民具有极密切关系的人们的痛苦和悲哀、坚韧和顽强。洪醒夫凭着对农民的执着的爱和深刻的认识与

---

[1] 洪醒夫：《关爱土地与同胞——洪醒夫谈小说创作》，台湾《自立晚报》1983 年 7 月 29 日。

[2] 洪醒夫：《关爱土地与同胞——洪醒夫谈小说创作》，台湾《自立晚报》1983 年 7 月 29 日。

了解，创作了不少反映台湾农民生活和品质的小说佳作。他的代表作之一《黑面庆仔》，是一篇相当优秀的描写农民黑面庆仔极其复杂情感和人性光辉的作品。妻子难产去世，留下一个儿子和一个智力低下，相貌出众，被人称为疯女人的女儿阿丽。但阿丽不知被谁强奸了，怀了一个野种，这对具有浓厚传统道德观念的老农庆仔，是个沉重的打击。但疯阿丽却只会"文文地笑"，却说不出奸夫是谁，黑面庆仔"愤怒、忧伤、悲叹"，感情异常复杂。这种巨大的屈辱几乎将他打倒。婴儿生下后想送人，又没有人要。这个小野种简直如同刺入庆仔心脏里的一把刀子。当痛苦的火焰将要把他烧化的时候，"他决心下手捏死婴儿，然后嫁祸阿丽，一口咬定是阿丽捏死的，阿丽又不会辩白，她没有办法指明什么。"但是当他靠近阿丽母子，看到沉睡着的无辜的一对"纯粹与世无争的安然自若"，"纯粹洁白无瑕的了无遗憾"时，他的手软了，"心里不禁一阵抽搐"。他愈接近婴儿，他愈是"手发抖，脚发抖，身体也抖个不停"。巨大的人道力量捏住他的心，阻止了他的手，使他在千钧一发之际感到"那是罪恶！对神明来说，那是罪恶！"他终于放弃了杀死婴儿的企图和行为。"黑面庆仔掉头就走，走到门外，看到一片无涯际的翠绿田野在艳阳下亮丽的舒展开来。"离开了罪恶就是新生，最后这个结尾不仅象征着婴儿的幸运，而且象征着黑面庆仔从罪恶的死亡线上归来，这是更深一层的新生。《黑面庆仔》表现了关键时刻农民内心中蕴藏的善良品质和人道精神的迸发和升华，是一篇很有力量的作品。

洪醒夫描写农民爱土地如命，为土地而生，为土地而死的《吾土》和爱牛如命的《跛脚天助和他的牛》等，都是表现农民品格的优秀之作。洪醒夫的小说《散戏》，是一篇意象缤纷、主题深沉的小说。作者巧妙地运用时空交错手法，描写了台湾歌仔戏衰落的景况。小说描写了以老歌仔戏演员金发伯为首的"玉山歌仔剧团"的盛衰过程。以一出《秦香莲》戏的演出为中心故事，中间穿插其他插曲，使作品的主题在故事的不断推进中得到呈现。小说中有这样一个情节，歌仔戏、布袋戏和康乐队同时对台演出。那天"玉山"拿出的是招牌戏之一的《精忠岳飞》，金发伯信心百倍稳操胜券，但当锣鼓开台后，康乐队的十来个年轻女孩，穿着暴露服装，跳热烈的舞，唱难听的歌，"观众却看得出神"。而布袋戏却不伦不类，不仅真人上台，而且"有穿短裙热裤唱歌跳舞的货真价实的女人……"他们三台对唱时观众的反应是："这两个班子却把所有观众都吸引过去，'玉山'的演员在微凉的秋风里，把《精忠岳飞》演得浑身大汗，却只落得观众个个以背部相向。"因而金发伯气得脸色发青，他吼叫反串岳飞的女演员秀洁："你给我唱！你唱！你的歌喉比她们好！"当秀洁含着眼泪在台上扭着屁股唱起情歌时，台下吹起口哨，还吼叫："摇下去！摇下去！摇呀！怎死死地不会动？"穿一身战袍，头戴盔甲的岳飞在台上扭屁股、唱情歌与人争观众，这是何等的场景，何等的滋味？然而这是作品中一个插曲，眼下他们唱《秦香莲》的情景怎样呢？只有三个观众，一个大人两个小孩。大人背对舞台，两个小孩在台下玩自己的。于是"玉山歌剧团"只有散伙，或靠玩"蜘蛛美人"来骗钱维持生活。"玉山歌剧团"的没落是台湾歌仔戏没落的一个缩影。而歌仔戏的没落又是中国传统文化没落的象征。这种没落的原因是什么呢？是受西化和现代艺术的冲击。作品有这样一段叙述："工商业的蓬勃发展，电影电视等等传播事业的日新月异，已经把人们的兴趣从歌仔戏上面带走了，以前喜欢歌仔戏的人，现在都被电视连续剧粘住了，歌仔戏实在无回天之术，他们每个人都清楚，但每人都不断安慰自己，等熬过这一段日子之后，一切都会好的。"怎样看待在现代艺术的汹涌大潮面前，被无情席卷而去的旧传统艺术，这是一个现实性和理论性极强的问题。不少人以怀旧的心情，把这完全看成是"西化"对传统的破坏抱无限惋惜之情；有的则视传统如洪水猛兽，说它是失去一切价值的垃圾，感到毫不足惜。盲目的怀旧病和否定一切的虚无主义都不可取。随着历史的发展，新的事物不断涌现，旧的事物不断淘汰是天经地义的，所以我们应该坦然地去面对淘汰，喜悦地去面对新生。洪醒夫在《散戏》中就表现了一种非常科学的态度。他对那种模仿西方，哗众取宠的东西是厌恶的，但他对那些怀旧病患者自欺欺人的态度也是善意批评的。小说中这样写道："大家都在欺骗自己，她也是，每个人心里都很清楚，就是无法承认，无法面对。"

洪醒夫的世界观、历史观和艺术观相当优越和超脱，这是一个成熟作家对待历史发展的科学的态度。

洪醒夫的短篇小说《传奇》为我们打开了另一个动人心魄的艺术境界。从大我的角度异常感人地表现了异乡人的乡愁。作品描写了一位国民党的退伍老兵，广东籍人老广。他退伍后开一个小狗肉店为生，乡愁像个魔鬼一样折磨、摧残着他："他上气不接下气地说：你要知道，他妈的，你要知道，这辈子，要是能够再回老家看上一眼，我，我他妈死也瞑目了！"孤独、寂寞、无聊几乎使他发狂。他说："我竟连一个看得到、摸得到，知道他确实在哪里而又可以让我去关心的人都没有哪！只要有一个人，不管他生成什么样子，不管他对我如何，只要可以让我去关心他，你知道，只要可以让我去关心他……"洪醒夫以无比真挚的情感把异乡人在乡愁折磨下的心灵和外表都写活了。

洪醒夫小说的艺术特色主要是内容和形式浑然一体，善于选择极生动的细节揭示人物内心的矛盾和挣扎，把人物在矛盾中推向顶端，然后才入情入理使矛盾获得解决，主人公再徐徐地从矛盾的巅峰上降落。有的作品结构不落俗套，给人耳目一新之感。例如《散戏》便是在时空交错下，采用的近似套层结构的方法。洪醒夫小说虽然视野仿佛狭窄了点，题材也不够丰富，但那完全是罪恶的车祸过早地夺去他年轻的生命所致，假如能让洪醒夫的生命再延续二十年三十年，他的创作成就将会是惊人的。因为他的艺术感知和现有的创作成就已经预示了这一点。

第十章
季季、曾心仪

第一节 季季

季季是台湾文坛上早熟的、富于传奇色彩的乡土派女作家。台湾作家、出版家隐地这样评价她："季季是海洋中一块永不屈服的岩石，惊涛拍浪，使得她更加傲岸。"[1]

季季，本名李瑞月，1945 年 1 月 11 日出生于台湾云林县二崙乡永定村。1963 年毕业于虎尾中学高中部。家有五个妹妹，一个弟弟，她排行老大，因而从小便帮忙做家务，做着照顾别人的工作，家境促使了她的早熟。季季从小酷爱文学，初三开始投稿，据她讲，她自第一次投稿始，作品从未被退回过，创作上走着一条平坦的路。1963 年季季高中毕业时，遇到了一个人生道路上的最大难题。"救国团"在台北举行的文艺营和台中市进行的大学联考日期相同，二者不可兼得，必须做出选择。按常规，高考对人一生的命运几乎是个枢纽，一般人是选择参加高考的。但季季却与众不同，她选择了去台北参加文艺营。这一行动，表明她破釜沉舟地要当作家了。当时季季家庭经济非常困难，她父亲给她筹措了两千元台币，她便单枪匹马地到台北市闯文坛来了。季季到台北的第二年结了婚，第三年生第一个孩子，1971 年 5 月生第二个孩子，同年 11 月就离了婚。她一面创作，一面要照料两个孩子的生活。季季认为男女之间存在着社会的和性别的不平等。"男人不论读高中、大学，他不断开拓、磨炼、成长、充分观察到社会生活环境，而女人结婚、生孩子。当男人向外扩展的时候，女人却向内。"季季

---

[1] 隐地：《作家与书的故事》，台北：尔雅出版社 1985 年版，第 35 页。

家庭生活的不顺利和照顾两个孩子，时间不够开支，对她的创作，有较明显影响。比如，婚姻生活的不幸一定程度地影响到她描写的爱情大都是冷漠和不幸的；时间的紧迫，使她很少对写好的作品再进行反复推敲。季季在台湾女作家中，也算是多产者之一。中间虽然停笔数年，但她的作品量仍然是十分可观的。她出版的著作中短篇小说集有《属于十七岁的》《谁是最后的玫瑰》《泥人与狗》《异乡之死》《月亮的背面》《季季小说选》《拾玉镯》《蝶舞》《谁开生命的玩笑》《涩果》，长篇小说有《我不要哭》《我的故事》，此外还有散文集《夜歌》等。

季季跻身文坛之时，正是台湾社会西化期，西方现代派文艺思潮和存在主义哲学在台湾正盛，正值白先勇、欧阳子等现代派作家旗帜大张的时期。这个时期登上文坛的台湾作家，很少能泾渭分明不受影响的。因而季季早期的创作明显地受到现代派主张的冲击。例如她早期的小说《属于十七岁的》《没有感觉是什么感觉》《褐色念珠》《拥抱我们的大草原》等作品中，都有现代派的投影。即使作品意在批判当时的社会低俗和精神荒芜，但那种批判不但感到无力，而且批判荒芜中也露出了荒芜。《拥抱我们的大草原》作者意在向往祖国大地和幅员的辽阔："我们强烈地在念故乡的旋律里怀念起喜马拉雅山、塞外、江南、长白山、黑龙江畔、边疆盆地、桂林山水，以及西湖、天坛。我们在渴盼，我们早点拥抱那片无垠的草原。"但总觉得作品情节的错乱跳跃，对战争的渴求和爱情的失败，给人一种虚幻、怪诞和荒漠之感。季季对自己早期作品受到存在主义哲学和现代派文艺思潮的影响也有过反思。她说："1961 年到 1976 年之间，我们很流行着存在主义的小说，存在主义的电影，听'世界末日'的流行歌曲等，都让人觉得生命是有点浪漫而无可奈何的东西。当时的社会，气氛是这样，我当然是受影响，这不是有意模仿。我也生活在那种气氛里，所以我表达的就是那样的东西。"[1] 季季的创作是随着她人生阅历的不断加深而走向成熟的。

---

[1] 季季：《季季谈创作经程》，庄明萱、阙丰龄、黄重添选编：《台湾作家创作谈》，福州：海峡文艺出版社 1985 年版。

季季的小说表现了这样一些具有历史和社会意义的思想与主题。其一，她在大量的爱情婚姻小说中，表现了女主角对男主角的抗拒、隔膜、疑虑和冷淡。在妇女处于被社会歧视和大男人主义等数重压迫下，生活在极不平等的被掠夺、被奴役、被残害的境遇里，她们只有以自身微弱的力量来保护自己，或以傲岸相对，或以静观相待，或以不屑相视，以挫伤大男人主义的高傲自尊，保护自己不轻易落入陷阱。这是除了烈性女子之外，大多数弱性女子反抗的方式。例如，《塑胶葫芦》中女主角阿洋的父亲，先虐待死了阿洋的生母，又虐待死了阿洋的继母，在继母死的那天早上，阿洋穿一身红去和男友约会，表现了对父亲的不屑和嘲弄之意。父亲逼死了两个母亲，使阿洋对男人产生了厌恶和抗拒心理，因而她的约会，自然也不会热烈得如胶似漆。"她突然停止哼歌，很生气地骂着我。这时的眼睛浮满愤气和怨气。我听了愣了一下，说不出话来。难道因为我叫她停止玩气球的动作而剥夺了她的快乐么？在我们互相远程而来见面的时候，她竟以气球作为快乐的中心，而忽视我的存在吗？我比那个气球还不如么？"季季曾说她不喜欢用激烈的方式反抗，她在小说中表现的反抗方式正符合她的主张。

其二，揭露资本主义的拜金和物欲主义对人们灵魂的腐蚀。《拾玉镯》是季季短篇小说中最优秀的作品，万余字的篇幅描写了一个生动的故事和众多的人物形象。台湾有一种习俗，老人死了隔数年要将骨头拣出来重新安葬。而重新安葬是一种隆重的礼节，子孙后代，亲戚朋友都要光临。尤其是子孙到场，表现出忠诚和孝顺。祖母捡骨的日子到了，当农民的三叔给城里当董事长、导播、明星等场面上人物的众多侄子、侄女、侄媳们去信，叫他们回来尽孝心。但除了讲故事的女主角"我"之外，那些子孙们各怀鬼胎，全是醉翁之意不在酒，而在于奔值钱的陪葬品而来。当看到一双值钱的大陆玉镯时，个个目光锐利，馋涎欲滴："'卖了我们大家分嘛！'堂姊说：'当然给三叔多分一点'。"这些不肖子孙把三叔气得放声大哭，他怒吼道："都给我跪下，好好地向你们曾祖母忏悔！"越有钱的人越财迷，他们的灵魂都被蛀虫蛀空了。这篇小说用不多笔墨，把堂姊、三叔、三叔的傻儿子大树等形象，刻画得活灵活现。

其三，表现弱者被践踏的不幸。未婚妈妈是台湾最头痛的社会病之一。由于人们精神空虚，道德败坏，不仅性开放成为时髦货色，而且未成年的少女也惨遭践踏。有的十一二岁就被拐卖给妓院成为雏妓，有的读小学、初中就被强奸怀孕，她们怀孕后大都被开除，被抛弃，被家庭驱赶，而成为无家可归的游魂。因而台湾专门收容未婚妈妈的收容所、服务站、未婚妈妈之家，比比皆是。季季的系列短篇小说《涩果》就是专门反映台湾未婚妈妈的苦况的。十个短篇小说，以十个未婚妈妈的系列故事集中地表现了未婚妈妈们的命运。例如《热夏》中的如玉，在大学联考之前，半夜回家的路上被蒙面人持刀强奸怀孕，她用白布捆着肚子坚持读书，精神和肉体都受到痛苦折磨，最后将孩子生在了育幼院。自己渡过难关，上了大学。《初夏》中的未婚妈妈芬芬只有十三岁，什么都不懂，被爷爷辈的曾公公以做"游戏"为钓饵，将她骗奸。她从没想到和曾公公做"游戏"会把肚子搞大，会生孩子；她也从来没有意识到生孩子的严重性，还天真地对别人说，"听说生男的很痛"，她要生个女的，如果不痛，她就爱她，如果痛，她就不爱她。《菱镜久悬》采用倒叙的方法，描写三十岁的女美容师江秀桃，为其两个十三岁没有父亲的孩子寻找父亲，揭开故事的封皮。她十七岁时因醉酒独自归家，路上被人强奸，怀孕后被赶出家门。现在孩子十多岁了再无法向孩子隐瞒实情，要求镇妇女会帮她寻找孩子的父亲。一不追究往日过失，二不要求今日补偿。但广告一出，自动"投案自首"者纷纷上门，讲的情节和江秀桃遇害时情况基本相同的就有十五个男人。不是突然觉醒，而是这些"投案自首"者各有打算，有的想得两个男孩，有的想得江秀桃为妻等等。这个奇妙的故事，不仅生动地揭露了那些男人们的自私和丑恶，而且巧妙地揭露了台湾社会的恐怖和可怕。

其四，表现异域人的乡愁。例如《异乡之死》和《野火》等作品。《异乡之死》中的崔老师，四十岁娶了个台湾寡妇为妻，四十五岁生了个儿子，最后还是带着沉重的怀乡遗恨死在了台湾岛上。

季季的小说，虽然早期轨迹多变，风格不太稳定。但我觉得浪漫中蕴含着沉稳，温和中沉积着冷峻，无望中寓入救赎，这是季季小说中较为稳定的素质。她的小说的整体风格就是在这源远流长的素质中形成。台湾著名青年作家吴锦发在论述到季季小说的艺术成就时指出："季季在小说艺术上最大的成就在于她的小说文字已臻相当洗练的地步，在叙述文字方面，她已能完全把握文字带来的速度、重量感，并且运用自如。在对白方面则完全掌握到了对白的多义性，以及利用对白的僵凝造成疏离的感觉，甚至巧妙运用了从一来一往的对白中把时间状态凝固或抽离等高度的写作技巧。"[1] 季季小说中的表达技巧十分丰富，她的小说有一种暗象征手法，运用得相当巧妙，对升华作品的思想有立竿见影之效。例如《拾玉镯》情节发展到第三节，也就是由表达孝悌回家参加曾祖母的捡骨葬礼，到在汽车上议论陪葬的宝贝，从意念上说，可以说是从正道谈上了邪路。这时作家突然转到了写气温和环境："'大概是冷气太冷了。你怕冷，该穿件有袖子的衣服。''没关系。'我说：'我们老家那边，太阳大得很。'我突然觉得：我们本来顺着一条温暖和煦的日光大道回家去的，却不知为什么，竟弯入一条阴异森冷的岔路去了。"这种景物描写和前面的情节无任何联系，但从意念上看"温暖和煦的日光大道"却和孝悌连在一起，"阴异森冷的岔路"与贪财连在一起，经过这一联系，作品的主题思想骤然获得升华。

第二节　曾心仪

曾心仪，堪称台湾贫弱女性的守护神。她自己就是女性小人物中的一位，因而她特别关注她们的处境，以一种关切和守护的心情代她们发言。

曾心仪，原名曾台生，父亲是国民党军人，江西省永丰县人，母亲是台湾人。曾心仪1948年出生于台湾台南市，她曾做过商店营业员，妇女化妆品美容师，广告公司职员等。1975年考入台湾私立中国文化学院夜间部大众传播系，因对教育不满中途休学。曾心仪从小酷爱文艺，曾期望当个画家、护士，但"终因生活颠沛，梦幻成空"。她跻身文坛之时，正是台湾

---

[1]　吴锦发：《论季季小说中的男女关系》（台湾《自立晚报》1984年8月27日）。

文坛经过新诗论战，新诗的回归民族、回归乡土运动蓬勃兴起之日，和标志着台湾文化、文学全面回归的"乡土文学论战"发生的前夜。因而曾心仪是带着一种新生的朝气，怀着较明确的文学使命感和强烈的社会责任感走进台湾文坛的。她在第一本小说集《我爱博士》自序中说："我对文学的认识：它不再是装饰生活，不再是消遣，而是一种使命，为人们说话，说出痛苦，说出愿望，说出方法。它是一把利刃，划破虚伪的面具，看出它的病症。它是我们的力量。再没有文艺青年蛰伏在陋室里孤独、呻吟、讲呓语。我们沟通了，我们互相微笑，我们说出了所有心里的话。痛苦有人分担，远景我们一起来编织，朝它前进。"曾心仪这段话中的不少用词，都是批判新诗西化中的常用语，由此可以看出曾心仪面对台湾文坛论争的感受是十分强烈的。曾心仪的小说创作基本上沿着她的这种主张前进，十多年的创作生涯写出了不少优秀之作。《我爱博士》《彩凤的心愿》曾分别获《联合报》和《书评书目》小说奖，她出版的小说集有：《我爱博士》《彩凤的心愿》《那群青春的女孩》等。

曾心仪的小说，内容上大体可以分为以下几个方面：

一、以其自身的生活经验和感受为基础，描写台湾工商界最下层的店员、美容师、小职员们的不幸际遇。这方面的作品有《彩凤的心愿》《美丽小姐》《窗橱里的少女》等。《美丽小姐》描写了台湾商业在萧条的情况下，资本家用尽心机欺骗顾客兜售商品的情景。"现代"百货商店有个"瑰丽"化妆品专柜，小说描写的就是这个专柜的故事。"'瑰丽'在世界化妆品界是有名的，但是在台湾，知道它的人并不多。此地只有'M'与'T'是妇女们熟悉的。前者是日商在台设厂制作，后者是美商在台设厂制作。它们都各有十几年在台经营的记录，利用本地的原料，廉价的劳工，制成产品后挂上美、日招牌，以本地为倾销对象。"以本地原料、本地劳力生产出商品，却贴上美、日标签向本地倾销，人们不难辨析这是一种怎样性质的经济了。即使如此，也无人问津，于是老板就要花样百出进行欺骗，搞所谓"美容发表会"，从店员中选出长得最漂亮的李兰作活广告，化装成从海外归来的"美丽大使"招徕顾客。小说以不同的情感，从各自不同的角度成功地刻画了资本家杨经理，由店员升为"主任"的安妮和美丽小姐李兰的形象。安妮为了保住"主任"的地位，对杨经理言听计从，在杨经理那里领了"圣旨"去直接压迫工人。因而工人都很恨她。但是此人有推销商品的特殊本领，只要经过她的柜台前，一根木头也能被她说动而买她的商品。作者通过作品中肯定性的人物李兰的眼光揭示了作品的主题："人们丝毫感觉不到本国的经济被侵渗了。这一天宝贵的生活经验，让李兰真确了解到商场的畸形现象，不健康的、自私的、虚伪的素质。"《彩凤的心愿》通过百货公司选拔"歌星"描写了彩凤受骗的经过。选拔"歌星"实际上是选拔应召女郎，当彩凤被老板骗到旅馆，日本嫖客出现在她面前，她一下清醒了，于是她暗自作了溜走的决定。曾心仪的不少小说，在揭露台湾社会污浊的同时，不忘扩大主题，揭露更深一层的社会腐败背后帝国主义侵略的黑手。作品把社会矛盾和民族矛盾交织在一起，正好反映了台湾的实况。《彩凤的心愿》中最后这样写道："彩凤冷冷地看着日本人。她眼前晃过一帧旧时的照片，人物明晰——路边的刑场，双手被绑，跪在地上的中国人民，被砍去头颅、平平的颈面，日本军阀手持弯弯、亮光光的武士刀……"多少血腥，多少灾难，多少仇恨，多少愤怒，被这一笔唤起。

二、以悲悯的情怀描写台湾妇女的痛苦现实。这部分作品主要是反映风尘女的不幸。例如：《从大溪来的少女》《乌来的公主》《一个十九岁少女的故事》《阁楼的女人》《朱丽特别的一夜》《李苹的三个尴尬时期》等。这类作品又可分为两种类型：一种是因家境困难，或被命运驱赶，在无可奈何和无力抗拒的情况下掉进火坑；另一类是被腐朽的环境腐蚀了灵魂，为了在花花世界中追求享乐而自己主动跳进了泥沼。属于第一种类型的如《一个十九岁少女的故事》。这篇小说是描写舞女黎翠华的故事。黎翠华本来是个好女儿、好学生，但因家庭人口多，弟妹患病住院，欠下的债务像"滚雪球，愈滚愈大，有时连利息也付不出来"。虽然母亲帮佣，弟弟送报，仍然难以维持家计。翠华为了分担父母的忧愁，赚钱还债，使弟弟好好上学，把心一横去当了舞女，被人夺去了贞操。当她帮忙替家里还清了债务跳出火坑，再去求学，母校却不接受她。当她找了个丈夫结婚，已经怀孕，却被公婆和丈夫抛弃。曾心仪在谈到这篇小说时说："这是写一个高中女生辍学，沦落风尘当舞女的故事。写她十七岁到十九岁之间的历路。当然，我相当重视促使她沦落的远因和近因，以及重视她浪子回头后所将面临的问题……我所以发表这个故事，是有一个迫切的事实令我心急，就是，多年来，我看到我周围太多的少女毅然放弃追求个人幸福，为了解决她们家境的贫困，沦落风尘。基于我对风尘女郎生涯的了解，我坚定地认为，她们的牺牲是一个残忍的悲剧，只能救一时之急，却不能根本解决问题；她们的牺牲付出的代价太大了，大到令我说：不值得！我绝对反对为经济问题作这样的抉择。"[1] 作者的创作动机是为了引起被害少女和社会人士的广泛注意，以阻止和减轻社会强加给风尘女子的耻辱和痛苦。小说的深刻之处不在于作者真实地揭露了这种令人痛惜和愤怒的社会现象，而是通过黎翠华浪子回头，社会不仅拒绝接纳，而且要断绝她的生路，将她彻底毁灭的事实，批判了社会的无情和残酷。一个奔向光明的人希望的毁灭，正是社会无望的一种表现。第二种类型，即为追求物质享受自投罗网走向堕落的有《朱丽特别的一夜》中的朱丽、《李苹的三个尴尬时期》中的李苹、《我爱博士》中的"我"等。朱丽因追求享乐，主动向有"亚兰德伦味道"的大学生张大伟献出贞操，被抛弃后又进入"温柔乡"酒店接待外国嫖客，当她经受了特别恐怖的一夜的折磨后，才有所觉醒，"恨自己不争气！恨自己堕落！"对不幸掉进火坑与贪图享乐自投罗网两种风尘女郎的刻画，表明曾心仪对台湾现实的观察不仅是深刻的，而且是全面的。

三、批判崇洋媚外的丑态。她除了在其他题材的作品中揭露帝国主义的罪行，批判中国人的媚态之外，还写了一些以批判崇洋媚外丑行和表现民族自尊为中心内容的作品。例如：《我爱博士》《一个作家的画像》《酒吧间的许伟》等。其中写得最好的是她的获奖小说《我爱博士》。作者以犀利的讽刺笔触刻画了"归国学人"常博士的无耻嘴脸。他一方面以治学严谨、知识渊博的学者姿态出现，来骗取渴求知识的青年的尊崇，另一方面却以"性解放"为工具来掠夺台湾少女的贞操。小说的叙述者"我"就是一个被

---

[1]　季季：《我爱博士·自序》。

他俘虏，只上床不结婚而不能自省自拔的女青年。常博士是个十足的洋奴，而"我"却是一个洋奴的洋奴。作者塑造这个二等洋奴的形象颇具深意，对那些崇洋媚外思想严重，但却没机会喝洋水的一类人，有警戒之效。

进入八十年代后，像入秋后的果子，曾心仪的创作更趋成熟。像许多乡土作家开拓政治题材一样，她成了台湾女作家中罕有的从事政治小说写作的作家。她的以"作品之×"为标题的无名系列小说，是这方面的重要作品。例如：她发表在1986年《文学界》第二十二期上的《作品之三》，描写了台湾大学里的黑社会集团的罪恶活动。被称为"银色集团"的黑社会组织，对自己的"背叛者"施以奇怪的恶刑，把头用布包起来，用香烟头在眉头上烫。小说女主角莫娜，不慎和这个集团的头目卓宇鬼混到了一起，她想摆脱他，但他却"像魔一般挥之不去"。莫娜在极恐怖中目睹了这个黑社会组织私刑的残忍。作者发表于《文学界》第二十二期的《作品之四》，描写了一场政治迫害。只因主人公亚利不愿入他们那个党，就被盯上，被涂一身洗不掉的黑。而且"有人对他说，他被涂得一身漆黑，已算幸运，若是早十年、二十年或三十年，把他捕去求刑、枪毙、活埋、丢到海里也不算特别"。小说描写岛上的乱局说："扰乱中，有人看着五鬼搬运，把银行、信用社的钱搬得一空，汇到国外。有人挖地道，构筑一条离飞机场最近的小道。有人忙着在地下建筑要用超级密码才能打开的芝麻门，层层铜墙铁壁，把监狱颠倒为求之不得的地方。夜里风高的海上，走私犯异常忙碌，军火、经济犯、江洋大盗来来往往……"这里男人不顾高血压、心脏病拼命与女人交欢；女人拼命取悦男人，从男人身上捞权力、捞钞票……小说以写实和寓言相结合的手法，既像鬼蜮，又是人间；既扑朔迷离，又清晰可见；既虚构，又写实。正像作品所描绘的："乱局里，活人忙碌，群鬼飞舞，人鬼难分。"作品既生动地再现了生活中的真实，又赋予故事以很强的艺术魅力，比一般裸露的政治小说更感人。曾心仪后来的作品已完全克服了早期作品那种语言粗糙，有的作品结构松散的不足，艺术上达到了一个新的高度。她正沿着自己的道路，走向自我完善和成熟的境界，尽管作品还有某些不足，但这些不足将会被她走向成熟的脚步所抛弃。

第十编

多元化的二十世纪八十年代
台湾小说

第一章
社会和文学背景

第一节　社会背景

　　虽然，台湾政坛历来为多事之秋，重大的恶性事件不断发生，但是进入八十年代以来却相对地进入较为平静和稳定的发展局面，像七十年代足以引起台湾社会全局震颤的台、美和台、日"断交"等事变，已时过境迁。随着信息时代的来临，八十年代的台湾，一直被祖国统一和改革的两股潮流所激荡。尽管蒋经国于 1980 年 6 月 9 日提出"以三民主义统一中国，是唯一可行的道路"，并于次年 4 月，国民党十二大通过"贯彻以三民主义统一中国案"在很大程度上是为了应付与缓和内外舆论的压力。但海峡彼岸终归也喊出"统一祖国"了，尽管"祖国统一"事业道路上还横亘着千山万壑，但是在全体炎黄子孙的迫切期望和积极推动下，这项事业的前进步伐还是在不断加快的。由海峡两岸的文化、文学交流、间接通商、通邮，发展到 1987 年的打破近四十年的严密禁锢和隔绝，开放部分台湾同胞回大陆探亲，使 38 年的断骨再接，38 年的断流再汇，这是一个巨大的变化。它代表着不可逆转和不可抗拒的历史发展总趋势。改革是八十年代世界的总潮流。美国、苏联、日本，世界无处不在喊改革。毫不例外，作为世界和中国组成部分的台湾，也在喊改革。为什么全世界都在喊改革呢？因为世界进入了信息时代，信息把时空压缩得越来越小，越来越短；而信息又把人们的目光扩展得越来越远，越来越大。科学和技术的发展，促使人们的观念遽变。过去争夺地球，现在争夺宇宙；过去用枪炮攻伐占领，如今靠信息和科学扩展领域。有飞机，谁还愿受骏马的颠簸呢？有宇宙飞船，谁还愿在古老的象牙床上做梦呢？世界的总潮流迫使每一个人都感到旧有的方式和习惯不能适应，使每个人都感到不变革就有被抛弃的危险，于是连最保守的人，也要唱一唱改革之歌了。但是改革的具体内容、质量和水平却是不一样的。

台湾进入八十年代以来改革的内容和格局是什么呢？从经济上看，企业由六七十年代的劳力密集向技术密集转换。六七十年代台湾经济起飞之初，基本上是靠台湾大批廉价劳动力，谋取利润，他们赚的是台湾同胞的血汗钱。而进入八十年代之后，随着国际市场竞争的加剧和技术水平的提高，靠劳力赚钱已吃不开，于是就进入了以技术竞争为主，竞争由劳务市场转向技术市场。企业竞争重心，便转移到了技术方面，于是开始大量技术投资，引进新技术。政治方面改革的主要内容是，解除"戒严法"和开放"党禁"及放宽言论自由的尺度等。1986 年 10 月 15 日，国民党召开"中常委会"，由蒋经国宣布解除在台湾实行了三十余年，如悬在台湾同胞头上的一把利刃的"戒严令"，并宣布：使"持不同政治立场"，"政治团体"在"宪政体制下""平等地位，理性政见，从事政治竞赛"。又如，允许成立政见不同的政党。台湾一些地方人士，多年来一直鼓噪要成立政党，但台湾当局一直态度强硬，不予批准。1986 年 9 月 28 日，台湾民主进步党宣告成立。台湾当局表示对民进党采取"容忍和谐立场"，承认了该党的合法存在。随着时序的前进，台湾的中级以下军官和省、县级党政要员，基本上都被台湾省籍人员接替，其"中央"一级党政要人，台湾省籍人员所占比例越来越大。例如，1986 年 3 月召开的国民党十二届三中全会选出的三十一名中常委中，台籍人员由十二人上升为十四人，占比由 38% 上升为 46%，几占半数。国民党"十三大"选举李登辉当了国民党中央主席和"总统"，破天荒由台湾省籍人士当了台湾当局的党、政最高领导，这意味着蒋经国死后，国民党的历史进入了一个新的阶段。蒋经国晚年，已看到"时代在变，环境在变，潮流也在变"，因而为"困中求变，变中求存"的目的，他号召国民党："必须以新的观念、新作法，在民主宪政体制的基础上，推动革新措施。""要不断自我检讨，发掘缺点，并以魄力、胆量和勇气面对现实，作必要的改革。"根据台湾的现状，他们提出"革新保台"的口号。如果说，进入八十年代以后，台湾没有停滞，而且以可观的速度继续前进，这种局面恐怕与在蒋经国的主持下，采取的一些改革措施关系极大；国民党没有被赶出台湾，而且获得了一些人的支持，恐怕与蒋经国实行的较开明的改革政策有关。蒋经国临终前确定的开放大陆探亲的方针，获得了海峡两岸同胞的欢迎，将对祖国统一大业，起到良好的促进作用。此举在台湾文学中即刻有了反应，近半年来"探亲文学"在台湾热闹非常。

第二节 文学背景

经过七十年代中后期"乡土文学论战"的洗礼，八十年代的台湾文坛，呈现出多元化的发展局面。诗坛繁花似锦：在新诗回归民族、回归乡土的潮流中崛起的青年诗人群，虽然又有变化和重新组合，但作为新诗之骄子，他们大都成了台湾诗坛的重要诗人，成为台湾新诗发展中举足轻重的力量。台湾的现代派诗人，经过沉着反思，又开始了新的行程，停笔多年的现代派诗人，如林泠、郑愁予等重新秉笔，写出了更加成熟的作品；停刊了多年的诗刊，如《现代》诗刊、《蓝星》诗刊、《草根诗刊》等，又重新集合旧部并加入新生力量而复刊。八十年代中期，台湾诗坛继都市诗之后，又出现了反映后工业社会的后都市诗、录影诗、视觉诗等，为台湾新诗内容和形式的变革，打开了新的视境。一种崭新的文体——报导文学，于七十年代中期拱破台湾文艺园地的地壳之后，迅速发展，出现了许多报导文学专门作家或以报导文学为主要产品的作家。例如：古蒙人、马以工、陈铭磻、翁台生、姬小台、韩韩、胡台丽等。台湾的高山族，一直被看作是没有作家的民族。进入八十年代以来，这个性格粗犷剽悍、能歌善舞的民族，也释出了多年被压抑的才智，为祖国文坛输送了有才华的作家、诗人。例如小说作家田雅格、诗人莫那能、散文作家曾月娥等，都是台湾文坛上升起的新星。他们的崛起，结束了高山族没作家的历史。

八十年代台湾文坛虽然呈现相对稳定的多元化局面，但是像多风的海域，即使没有狂风恶浪，小风小浪仿佛还屡见不鲜，这是由于长期的政治禁忌和心灵压迫留下来的后遗症，一种心灵脆弱和神经过敏的反应。早在"乡土文学论战"的前夜，即 1977 年 5 月，台湾文坛元老之一的叶石涛，在《夏潮》第十四期上发表了《台湾乡土文学史导论》，提出了关于台湾乡土文学的定义。这篇文章一面世，陈映真便在同年六月的《台湾文艺》上发表《乡土文学的盲点》，质疑叶文。由于"乡土文学论战"的爆发，叶、陈之争暂时停歇。1982 年春季，叶石涛又在《文学界》发表《台湾小说的远景》一文，重申台湾文学的定义。他说："台湾文学是居住在台湾岛上的中国人建立的文学。虽然同属于中国人创造的文学，但是台湾海峡两边的中国人的社会制度、生活方式、思考型态都有显著不同"，因而文学也应不同。他主张台湾"应整理传统的、本土的、外来的各种文化价值系统，发展富于自主性的小说"。陈映真接着于 1982 年 4 月，在《益世》杂志发表《消费文化·第三世界·文学》，对叶文提出批评。陈映真认为："与其强调台湾文学对大陆文学的'自主性'，实在不若从台湾文学，中国文学与第三世界文学——对西欧和东洋富裕国家'自主性'在理论的发展上，更来得正确些。"

八十年代初期，台湾文坛曾有"台湾文学前途问题的讨论"，《台湾文艺》等报刊曾数次召开座谈会，并发表纪要。台湾文评家宋冬阳在 1984 年 1 月的《台湾文艺》上发表万字以上长文《现阶段台湾文学本土化问题》，此文是继台湾青年文评家彭瑞金于 1982 年 4 月《文学界》第二期发表《台湾文学应以本土化为首要课题》的文章之后，又一篇论述台湾文学"本土化"的文章。宋冬阳的文章从多方面讲述了台湾文学"本土化"的意义和可能，并对陈映真进行了责难。这篇文章发表后，《夏潮论坛》在 1984 年 3 月出版革新版，策划专辑《台湾结的大体解剖》，以三篇长文对宋冬阳进行抨击。《夏潮论坛》认为："台湾问题不论过去或现在都是全世界、全中国问题中的一环，无论愿不愿意，承不承认，这都是一个客观存在的事实。"并批评宋冬阳生硬地把"本土论"与"第三世界文学论"歪曲成台湾文学与中国文学之争及"台湾意识"与"中国意识"之争，"是一种卑鄙，刻意制造对立和唯恐天下不乱的不良居心"。后来《新生》周刊又发表文章支持宋冬阳。但这两本政治性杂志没有引起文坛更多的注意。

1984年台湾文坛上又发生了一起性质类似"乡土文学论战"，但规模、影响和爆炸力却比"乡土文学论战"逊色得多的"小乡土文学论战"。其导因是由乡土诗人吴晟编辑的《1983年台湾诗选》。这本诗选因选入了大量的乡土诗和政治诗，刺痛了台湾敏感的政治神经。于是某教授在1984年5月24日的"中央日报"上发表文章攻击书的作者、编者："毫无疑问，恶意攻讦政府，专门暴露社会的黑暗面，一心破坏劳资双方感情的所谓写实作品，都是二十年代牢骚文学的苗裔。往事不远，记忆犹新，我们不能再容忍这些社会主义的符咒，把文艺界的伙伴蛊惑得神志不清，任其摆布，做出伤国害民的事体而不自知。"另一位女诗人也在1984年7月27日台湾《工商日报》发表的《维护文学界的纯洁》文章中说：该书的作者、编者"是想要继承三十年代左派作家的衣钵，为中共'解放台湾'效犬马之力……"接着台湾《前卫》杂志发表《前卫的严正声明》对攻击者进行了反击："任何乱扣本社红帽子，暗示本社具有分离意识等等的作法是可鄙的卑鄙行为，正可显示其阴险和霸道心态……我们认为，关怀乡土，关切现实，正是一种新文学潮流，是反映现实，而不是不满现实……"《前卫》的立场也受到其他刊物的支持。两岸文学汇流，尤其是大批的大陆作家和评论家的作品在台湾发表和出版，是近一两年来出现的四十年来仅见的新现象。它生动地反映了海峡两岸文学交流的扩大和深入。这一汇流无疑将促进中华民族文学的全面繁荣和发展。

八十年代台湾文学刊物的增加，文艺园地的扩大，直接促进了台湾小说的发展，大批的优秀小说之花，就开放在这些新拓的园地上。这些新创办的综合性刊物有：《文学界》、《文季》、《文讯》月刊、《联合文学》、《新书》月刊等。《文学界》于1982年在高雄创刊，与《台湾文艺》并列为台湾乡土文学的两大刊物，主要是乡土作家的园地，由乡土派著名诗人郑炯明主编，并作其经济后盾。《联合文学》为台湾《联合报》报业集团创办，由女强人张宝琴任发行人，小说家马森任主编，发表各派作家作品，敏锐反映文学动态，紧跟文学新潮流，显示了报系刊物的特点。《文季》系新兴的乡土文学综合性刊物，1983 年 4 月创刊，由尉天骢任主编，作品和理论并举，具有鲜明的新颖性和战斗性的特色，可惜于两年前停刊。《文讯》月刊和《新书》月刊均系评论、资料和信息性刊物。《文讯》月刊，虽是国民党文工会的刊物，但在青年评论家李瑞腾主持下，办得较为出色，信息灵敏，资料丰富，兼收各派作家。《新书》月刊的"作家与书"专栏，受到读者重视，可惜停刊。台湾的新文学刊物，是推动八十年代文学多元化的重要动力。

第二章
二十世纪八十年代台湾小说的多元化

　　信息时代的来临，许多死角在信息潮水的激荡下，都活跃了起来。原来不显眼的，现在有了特色；原来无声的，现在发出了声响；原来封闭的，现在开放了起来；原来无光的，现在放出了光彩。信息的洪流冲决了禁锢精神的堤围和牢狱，一家独大、一人独断、一手遮天、一家独鸣的局面被打破，多维性、多元化、多声部成了许多事物存在的方式。从思维角度看，单维式的思维模式，被多维式的思维模式取代。多年来台湾文坛两家争鸣的局面起了变化，多元化共存，多元化竞争，多元化发展，逐步代替了乡土派和现代派两家的声音。八十年代台湾小说呈现了严肃和通俗、实录和虚构、武侠和科幻、历史和现实、乡土和现代、问题小说和广告小说，以及形式上的极短篇、短篇、中篇、长篇、大河式巨制竞芳斗艳的局面。

　　第一，思想多元化。思想多元化是艺术多元化的基础，没有思想上的开放，就没有艺术上的自由创造。自由和民主，是艺术的保姆；天才和勤奋，是艺术的母亲。近年来台湾的思想尺度逐渐放开。不仅谈祖国统一的人越来越多，而且出现了主张祖国和平统一的社会团体，如"夏潮联谊会"（现改名为"夏潮联合会"）等；不仅祖国统一的言论越来越多，而且出现了表现祖国统一的诗歌、散文、小说等文学作品。过去"二二八"事件是绝对不能碰的，而如今出现了描写"二二八"事件的小说，例如林双不的《黄素小编年》就描写了一位少女在"二二八"事件中受到无辜迫害而被逼疯的事实。陈映真《铃铛花》中的中学教师高东茂，是由大陆去台湾的革命者，他为人忠厚，教学认真，理论联系实际，深受学生爱戴，虽然被捕被害，但他的形象深深刻印在学生心中。陈映真的《山路》中有这样的话："高雄事件以后，人已经不再忌怕政治了。"这都说明，台湾进入八十年代之后，小说的主题思想已经冲破多种禁忌，走向了一个比较自由开放的天地。

第二，小说题材的多元化。近年来台湾小说题材有了较大发展，除了过去乡土派和现代派常描写的题材之外，展示在台湾小说舞台上的新品种有：政治小说，如 1983 年李乔和高天生合编了一本《台湾政治小说选》，选入了许多政治意义极强的现实作品。编者声称：编辑这部书一是为了刺激创作，二是为了促进民主政治。台湾的政治小说涉及台湾政治生活的许多方面。例如，描写台湾艰苦卓绝悲壮无比的历史的历史小说，钟肇政的《浊流三部曲》《台湾人三部曲》，李乔的《寒夜三部曲》，姚嘉文在牢狱中写成的总计三百万字的七部巨制《台湾七色记》等；表现海峡两岸是一家的骨肉情意小说，如王拓在牢狱中完成的五十万字的《台北·台北》；描写台湾同胞牢狱之灾的小说，如陈映真的《山路》、施明正的《喝尿者》等；描写新女性主义的小说，如吕秀莲的《贞节牌坊》和《这三个女人》等；描写台湾自然和社会污染的小说，如宋泽莱的《废墟台湾》。台湾"跨越语言一代"的元老诗人陈千武，八十年代初在小说创作上又展现了卓越才华，以他亲身的经历写出了《台湾特别自愿兵回忆》系列小说，弥补了台湾战争小说的空白。

第三，表现技巧多样化。进入八十年代之后，许多新崛起的青年作家，仿佛很难进行流派归类。现实主义和现代派的表现技巧，在他们的作品中交互运用。从主题思想和题材看，无疑是乡土派的作品，但从表现手法看，又颇像现代派的手笔。例如黄凡、王幼华、李永平、戴训扬等的小说，便呈现出这种气象。他们之中尤以青年作家李永平的长篇小说《吉陵春秋》为最。这部小说既是社会写实，但又没有确定时空；既没有完整故事，但又有统一的意念。评论家刘绍铭说："吉陵镇不是一个现实社会，仅是作者一个纠缠不休的意念。李永平着意要写的，不是什么人间百志，而是人心真象。他的小说艺术可以帮助'乡土为体，现代为用'的新型小说日趋成熟。"[1]

[1] 刘绍铭：《山在虚无缥缈间——初读李永平的小说》。

第四，海峡两岸小说汇流。大陆掀起琼瑶热、高阳热，台湾掀起阿城热。近两年台湾的大部分报刊，都辟大陆作品专栏和专辑，大量发表和出版大陆作品。大陆许多女作家、青年作家的名字，在台湾仿佛比在大陆还响亮。大陆的小说大量介绍到台湾，必将对台湾小说的发展产生重要影响。

第五，体裁多样化。科幻小说、极短篇小说、广告小说、社会实录小说等在台湾大行其道。张系国、黄海、黄凡等的科幻小说，已在海内外产生较广泛的影响。极短篇小说自七十年代中期在台湾崛起以来，已经产生出大批的优秀作品。不少诗人、小说家、散文家都纷纷投入，不少报刊给以青睐，有的还辟专栏，使其起到了文艺尖兵的作用。

第六，小说与电影联姻。进入八十年代以来，台湾的电影公司和厂家们，纷纷地向小说中抢镜头，大大地加快了小说的传播，提高了小说家的知名度，扩大了小说的社会效应和艺术效果。黄春明、白先勇、杨青矗、王祯和等的作品大量搬上银幕，已改变了琼瑶小说独霸影坛的局面。尤其是黄春明，成为"乡土电影热"的中心人物，大大地扩大了乡土小说的影响。他的《儿子的大玩偶》《苹果的滋味》《小琪的那顶帽子》《莎哟娜啦·再见》《看海的日子》《我爱玛莉》《黑莲花》等小说搬上银幕后，大受欢迎。小说家的作品被大量搬上银幕，一下改变了台湾"三厅"和"四头"电影的局面，使走向死胡同的台湾电影业又活了起来。小说救活了电影，电影扩大了小说的传播，使小说多了一条传播媒介。

第七，开放三十年代文学作品。三十年代文学作品过去在台湾被看成洪水猛兽，虽然台湾作家，甚至包括官方作家一再呼吁，但却禁而不开。近年来三十年代文学作品在台湾政策的开放中开禁，许多前辈作家的作品在台湾受到读者的欢迎。鲁迅、老舍、沈从文、钱钟书等人，在台湾广大读者中备受尊敬，使台湾文学接续上了祖国现代文学之根。

第三章
二十世纪八十年代台湾小说的题材和主题

　　小说的题材和主题，紧紧联系着历史的脚步和时代的命脉。在八十年代台湾小说多元化的格局下，小说的题材和主题也表现出多样化的风貌。

　　一、历史题材。钟肇政的《台湾人三部曲》和李乔的《寒夜三部曲》前面已经论述过。

　　二、表现中华民族团结和统一的题材。乡土作家王拓因"高雄事件"被捕在狱中创作了两部长篇小说。《牛肚港的故事》我们在前面已经论述，他的另一部五十万字篇幅，自费出版的长篇小说是《台北·台北》。小说通过台湾人和大陆人恋爱结婚的故事，表现中国应该团结统一的主题。小说的男主角孙志豪是山东籍，他父亲抗战时期参军，日本投降后的第二年，即 1946 年便去了台湾，后来与一个台湾姑娘结了婚。因"二二八"事件，台湾人和大陆人存有隔阂，孙志豪父母的婚姻曾经历坎坷。孙志豪因是大陆人后代，童年被台湾同学起绰号"小猪"，受到台湾学生的侮辱和歧视，但他十分和气地对待同学，逐渐地消除了与台湾省籍学生的隔阂。"一种同根同土一起长大的兄弟般的感情，早已在他们心中牢牢地生了根了。"小说女主角朱念秋的父亲早年留学日本，受日本社会主义者的影响，深知台湾和祖国的血缘关系，回台湾后积极参加抗日斗争，具有强烈的民族主义与爱国主义情感。1945 年儿子降生，给儿子起名"归宗"，表示台湾回归祖国了，台湾同胞回归自己的宗亲了。但不久，"二二八"事件爆发，念秋的父亲和大批台湾同胞被杀害，此时念秋降生，起名为念秋是要永远记住秋天的仇恨。孙志豪与念秋相爱后，遭到念秋母亲的反对。孙志豪首先取得了朱念秋哥哥的谅解和支持，再由他去动员其母，"当儿子委婉地替那个'外省团仔'说了许多好话以后，她那细致的母亲的心也渐渐沉静了，尤其是当她听说那个'外省团仔'也因为政治的原因被捕过时，她对他的观感立刻又改变了……这使她觉得，他是和他们同类的人了。"孙志豪和朱念秋终于喜结良缘。朱念秋的母亲向他们讲述了过去，但她是要他们牢记历史教训："一定永远不要再使这种苦难发生了，这样，我们前代所受的痛苦才有代价。"这是一个十分动人、具有强烈思想内容和深远象征意义的故事。孙家父子两代人冲破省籍隔阂与台湾姑娘结婚，到最后完全化解各自的隔阂和矛盾，达到完全和谐的统一，这是作家用主人公的命运之路为海峡两岸的隔阂化解，指出了一条融合统一的大道，尤其提出老一代人的仇恨不应沿及下代的思想，具有很强的历史和现实意义。王拓的这部小说展示的这一主题正符合和适应国家的当前情况和民族的现实与长远利益。

三、牢狱题材的小说。这是进入八十年代以来，台湾文坛出现的崭新的题材。这种题材的出现，丈量着台湾民主开放的尺度。如陈映真的《山路》、施明正的《喝尿者》、方娥真的《狱中行》等等。获1983年吴浊流文学奖的施明正的《喝尿者》，揭露了台湾监狱的污浊，十分成功地描写了害人又害己的"喝尿者"金门先生。他当过特务，经他检举的十几个"匪谍"被枪毙，但他害来害去，终于害到自己头上，终也以"匪谍罪"被判处死刑。在被审讯中受尽折磨，只好每天喝自己的尿来疗刑伤。这是一个具有强烈讽刺意味的小说。方娥真的《狱中行》被选入《1986年台湾小说选》，作品的第一节"惊变"，开头这样写道："我做梦也想不到，我会在一个偶然的晚上，被一群保安人员带走，然后失去自由。'你在马来西亚看过匪片？'台北保安处看守所负责问话的参谋问我。所谓'匪片'是指大陆电影。我说在新加坡过境的时候，和朋友看了一部叫《五朵金花》的影片。'你看了《五朵金花》回到台湾后，对你们诗社的社员说过些什么话？''我说过《五朵金花》的女主角很漂亮。'我答，又加上一句'女主角是很漂亮，我不能硬说她不漂亮。'"由于这事情本身就带有很强的讽刺性，虽然文字朴实无华，却有一股内在的幽默感冲撞着读者的心灵。

四、揭露台湾官场黑暗的小说。台湾的官场选举十分黑暗，为了当官，什么丑事都做得出来。前面我们已经叙述过宋泽莱《乡选的两个小角色》。现在我们再来介绍台湾青年小说家吴永毅获"1981年《时报》文学奖"的短篇小说《圣人再世》。竞选县长的蔡雨庞，为了欺世盗名，假称自己"是圣人再世"，并愚弄一个做小生意、被人瞧不起的小贩金大妈为他竞选。蔡雨庞的竞选团告诉她，老天托梦给蔡雨庞，说他是圣人投胎，将掌管本县，但必须由金大妈来鼓吹宣传。叫金大妈在聚会时指着蔡雨庞的画像说："这人圣人像啊！作县长一定是个清官啊！"于是金大妈受宠若惊，拼命奔走去为蔡雨庞竞选。等到蔡雨庞假造的圣人古碑出土，金大妈的利用价值用尽，群众也把金大妈看成一个疯子时，助选团竟反咬她一口，当众骂她是对手安排用来扰乱局面的，于是金大妈遭到了流氓的一顿毒打。小说始终充满讽刺，对蔡雨庞等官场人物的丑恶嘴脸揭露得淋漓尽致。金大妈这个无辜的小人物被愚弄、被丑化、被利用、被毒打的形象，充满着悲哀和辛酸。这既是一种揭露，也是一种控诉。

五、新女性主义小说。八十年代台湾大批青年女作家登上文坛，是台湾妇女走向社会，关切自己命运的一种显示。而女作家的崛起，又为描写妇女形象，反映妇女悲苦，保护妇女利益，提供了更多的保证。七十年代以来，先后有曹又方和吕秀莲等女作家倡导和推行新女性主义。一方面写专栏、做演讲进行理论阐释和政治呼吁；另一方面用小说进行形象描绘，为女性探寻现代社会中的出路。如曹又方的中篇小说《绵缠》等，都是这方面的代表作品。

六、表现高山族生活的题材。过去，高山族不仅是一个没有作家的民族，而且是一个被文学遗忘的民族。近些年来，高山族不仅有了自己的作家，而且描写高山族的文学作品也越来越多。台湾老一辈作家中，我们只看到钟理和的短篇小说《假黎婆》中，塑造了一个十分出色的高山族女性。而进入八十年代以来，这方面的小说、报导文学、电影等文学作品越来越多，质量也越来越高。许多知名作家如钟肇政、黄春明、古蒙仁等，都把他们创作的触角，深入到了高山族生活之中。古蒙仁的报导文学《黑色的部落》，黄春明的电影《黑莲花》，吴锦发的小说《有月光的河》《燕鸣的街道》等在台湾颇具影响。高山族青年作家田雅各的处女作、获高雄医学院1983年首奖的短篇小说《拓拔斯·塔玛匹玛》，以散文诗式的形式描写了高山族支系之一的布农人的生活风貌。作者把一群高山族不同身份的人，如故事叙述者"我"、农民安笛、少妇珊妮、猎人乌玛斯、醉鬼高比尔等，安排在一部行进中的老爷车中，一面返回家乡，一面谈他们各人的故事。安笛是从台中来，他因为儿子办婚事砍了树木，被司法当局传讯和罚款，他对此怪事不能理解。作品虽然故事性不强，但主题思想却十分明确，那便是人们对新的东西的不适应，引发人们对传统和现代的思考。

七、对资本主义物质富裕中产生的道德败坏进行批判。物质贫困，精神坚韧，物质富裕，精神贫困，这种现象不断出现在人类的生活中。人们的思维空间和生存空间，不断进行交战。这种现象引起许多社会学家、哲学家和文学家的思考，也引起许多具有使命感的作家的关注。究竟人类能不能同时进入两个文明的天国呢？实践既没提供出先例，理论也没有做出深刻的回答。对这种物质和精神的矛盾现象和人类发展中出现的这种倾斜，目前，还处于头痛医头脚痛医脚，靠法制和舆论进行调节阶段。比如台湾出现的"吃不饱的文学"和"吃得饱的文学"的提法就很值得注意。吃不饱的文学为脱贫而挣扎，批评富人为富不仁；吃得饱的文学为富而发愁，批判富人的道德败坏。台湾目前已进入"吃得饱的"文学阶段。例如李昂的《暗夜》、王定国的《遇见玛丽的清晨》等。前者描写资本家的物质富裕精神颓废下的性癫狂，后者表现资本家为了争夺不择手段互相坑害等。作为认识和审美工具的小说，虽然可以为社会的变革画出蓝图，但在人们普遍认为文学无力感的今天，小说能够真实地描绘和批判现实的不合理性，已经是尽到自己一份责任了。

第四章
二十世纪八十年代台湾青年作家论

八十年代台湾崛起了一个规模庞大、素质优良、视野开阔、极具潜力的青年作家群。为了叙述上的方便，把它分为三个小的集群，即"奋飞的鹰"（男性青年作家群）、"飞扬的霞"（女性青年作家群）和"破土的笋"（刚刚露出头角的青年作家）。

第一节　奋飞的鹰

崛起于七十年末和八十年代初的台湾青年小说家，大约都是出生于五六十年代，具有大学毕业文化程度的学者型或知识型作家。在他们的作品中乡土观念有所淡化，几乎所有的人都用"国语"创作，很难找出像日据时期和光复以后那些用台湾方言写作的人；他们的作品中视野比较开阔，老一辈人的"孤岛意识"逐步被克服，大中国文化的观念得到体现，地域观念和"台湾意识"被淡化，被遗忘；他们对传统观念和现代意识进行思索，一般很少再有老一辈浓重的怀旧感；表现手法上他们服从作品需要和自我选择，不再死守流派律条，只要得心应手，任何艺术方法均可归我所有，为我所用。属于这个集群的作家不少，例如吴锦发、林双不、王幼华、古蒙仁、吴念真、张毅、小野、小赫、王定国、履疆、莘歌、黄凡、张大春、郭筝、卫子浊、田雅格、林燿德、林央敏、诸罗、戴训扬、吴永义、李永平、刘春城等等。这个小集群中可以吴锦发、黄凡、王幼华、张大春等为代表。

吴锦发，笔名李欲奔，台湾高雄县美浓镇人。1954 年出生，台湾"中央大学"社会系毕业。曾任《台湾时报》副刊主编，后任《民众日报》副刊主编。一度从事电影工作。出版小说集有《放鹰》《静静的河川》《燕鸣街道》和《消失的男性》，另有散文集《永远的伞姿》等。吴锦发的小说曾获台湾文豪小说奖、《中国时报》小说奖及吴三连小说奖多次。

由于吴锦发是学社会学的，他的小说社会意识极强。他深深地感到台湾社会的弊端使人们意志消沉、精神委顿、个性泯灭，对民族有毁灭性危险。因而他以怒其不争的心情，抓住台湾社会中，尤其是知识分子身上被扭曲、被阉割了人性阳刚气质的弱点，反复进行猛烈攻击，以达振聋发聩之目的。吴锦发在回答有人对他的小说《叛国》的批评时说："至于说到这篇文章没有显露光明的希望，我不同意。我认为一个民族要成长，第一步就要认清自己民族悲剧的事实，不加以隐瞒，我们才有可能真正的出发。所以出发的第一步就是承认现实。"吴锦发的短篇小说《消失的男性》，主人公李欲奔是一个饱受压迫、打击和挫折的诗人，他在恶势力面前不思斗争与反抗，且采取逃避的办法，把自己关起来去和禽鸟同乐。最后他竟幻化成了一只大野鸭，浑身长出了羽毛："他惨号着在夜色中奔跑，跑过街头，跑向郊区，跑向一望无际的夜色之中。""他那凄厉的尖叫声，随着他跑过的路线，在深夜的街道上扬起来，完全不像人的声音。"吴锦发的短篇小说《指挥者》的主人公、年轻记者阿根，在现实中虽然有理想，但却没有施展抱负的能力。在报社内讧夹缝中，扮演着被指使的可怜虫。他在现实社会中无能为力，于是便逃进了妓院，借和妓女的性爱，来慰藉心灵，消除愤懑。小说题名为《指挥者》饱含讽刺，即在现实社会矛盾中被别人指挥，而自己只能到妓院里去指挥被自己玩弄的妓女。吴锦发认为这些失去意志、失去自卫和保卫真理能力的知识分子，是一种失去社会机能的人。使他特别忧虑的是："在中国历史中，除了明朝，我想我再也没看到比我们这个时代更堕落的知识分子，懦弱、无能，完全失去了道德的勇气。我常想，知识分子应该是一个社会'最后的良心'，当一个社会在逐渐地往沉沦的方向演进的时候，知识分子有责任挺身而出，高声疾呼……"[1] 由此可

---

[1] 吴锦发：《台湾的无用之人》，《燕鸣街道·后记》。

看到吴锦发可贵而良苦的用心。

黄凡，本名黄孝忠。台湾台北人，1950 年 3 月 17 日出生。1974 年毕业于台湾中原理工学院工业工程系。毕业后曾任职于贸易公司和食品工厂，并曾任《联合文学》业务经理，现任该刊特约撰述。黄凡从小生活在非常不幸的环境中，父亲早故，母亲带着四个孩子艰难度日。他们"这个破碎的家庭，就在居住了五十万人的大城市里东飘西荡，我母亲咬紧牙关，硬着头皮，做了许多她不愿做的事。亲友们则袖手一旁，我们总共住了不下二十个地方，时时生活在三轮车夫、风尘女郎、工人、小贩、流浪汉之间……"黄凡于 1979 年 10 月以短篇小说《赖索》获第二届"时报文学奖"，名声大振，登上文坛。之后，力作频出，连连获奖。《雨夜》获 1980 年第五届《联合报》小说奖，科幻中篇小说《零》、短篇小说《国际机场》分别获 1981 年《联合报》中篇和短篇奖，《将军之泪》获 1983 年《联合报》短篇奖，《慈悲的滋味》获 1984 年《联合报》中篇小说奖，《战争的最高指导原则》获 1985 年第五届时报科幻小说奖。他出版的作品有，短篇小说集《赖索》《大时代》《自由战士》，中篇小说集《零》《慈悲的滋味》，长篇小说《反对者》《天国之门》《伤心城》。此外还有散文和杂文集《黄凡频道》《我批判》《黄凡专栏》等。

有的台湾评论家称八十年代为"黄凡年代"。不管这一头衔是否贴切，但黄凡具有超人的创作潜力，敏锐的洞察目光，开阔的思索空间，不拘一格的艺术个性，却是不可否定的事实。如果台湾小说中真有一种"现实为体，现代为用"体裁的作品，我便首推黄凡。因为他的不少小说，都是在意识流的构架下，而具有较强社会批判性的作品。黄凡从小出生和成长于台北市，而且长期生活于小人物的世界中。因而黄凡小说的题材，皆是描写城市生活；黄凡笔下的人物，多是城市中的小人物。黄凡以同情的笔墨描绘他们的处境，肯定他们的尊严和品质。例如短篇小说《雨夜》描写一个男人詹布麦在一个下雨的夜晚，将一个小孩送往医院看望他的母亲，却被警察误以为凶嫌。他送孩子回家，又被带有醋意的孩子的父亲怒骂："你他妈的多管闲事！"詹布麦将在外遭遇的真实情况隐瞒，编好一套善意的谎言回去欺骗妻子，他见了妻子装出高兴的样子，说他在外"干了一件傻事，不！一件好事！"人们称赞他是"模范市民"，连孩子的爸爸也"非常感激我"。主人公为社会做了好事，不但得不到表彰，而且被误解和责骂，到了家里还得对妻子隐瞒真相，这是何等的辛酸！主人公的内在品质和社会的腐败相对照，其中隐含着一种深沉的批判力量。黄凡的中篇小说《慈悲的滋味》，描写一个公寓中发生的故事。这个公寓的女老板是辛老太太，公寓中居住着女工、职员、大学生、商人、中学教员等，全是台湾中下层社会中的人物，他们各有各的苦恼和辛酸。作品透射出强烈的反讽意味，正当客户们暗暗盘算趁辛老太太病危之机，怎样将公寓化为己有的时候，辛老太太却立下遗嘱，无偿地将公寓分赠给他们。这里将暗算和馈赠放在一起，突出地表现了辛老太太的优秀品质和光明人格。黄凡不少小说都是透过曲折的故事挖掘下层小人物的优秀品格和客观外界的腐朽现实的格格不入，从而无声地启发人们的变革意识。黄凡也在作品中表现人类好的东西，对弱者的同情和关爱。如《国际机场》描写一男一女同时到机场去接人，但两人要接的人都未如期到达。接客的酒吧女依萍身世非常凄苦，她是来等中村浩二托付终身的。在她接客未遇，情绪不佳犯病时，男主角对她悉心照料和鼓励。知识分子在吴锦发的笔下大都患有无能症，但在黄凡笔下，却有冲出无能罗网的迹象。长篇小说《反对者》中的男主角，大学教授罗秋南陷入性困扰，被女学生指控"非礼"处于被误解的危机，开始他表现软弱无能，在迫害面前束手无策。后来在其兄罗瑞和其"精明而又富攻击性"女强人式的岳母的影响下站了起来，变成了一个敢为保护自己利益斗争的人。

黄凡小说具有宏阔的视野和纯熟的艺术技巧，融汇了乡土派和现代派两家之长，不失大家风范。他能以短篇的篇幅容纳长篇的内容，他能将长篇的构架浓缩成中篇的形式。他是台湾小说新星中最明亮的一颗，如果正常发挥，很有希望跻身大作家之林。但也有人对黄凡的不足感到隐忧。台湾青年评论家高天生说："在期待之余，我们也必须指出隐忧：由于黄凡不是写实主义者，而只是偏于向内的沉思，他的肯定和爱，都是观念的、哲学的，他笔下所描写台北这个大都会的生活虽然都是真实的，但这真实的生活没有成为促成他笔下人物改变的巨大力量。他的人物没有跳进这个现实生活的大熔炉，他只是站在炉边，有些惊呆地凝望着熔炉中熊熊的烈火而已。"[1]

王幼华，1956 年出生，原籍山东人，台湾淡江大学中文系毕业，1980 年处女作《犯人》在台湾《民众日报》发表，崭露头角。自今创作生涯不到十年，已出版短篇小说集《狂徒》《恶徒》《狂者的自由》和长篇小说《两镇演谈》等。王幼华的每一篇小说的面世几乎都引起人们的注目。他的《狂徒》等作品曾引起台湾文坛的小小轰动，因而不少评论家都对这个后起的新秀，给予很高的评价，例如，批评家叶石涛在《两镇演谈·序》中说："我们等待了三十多年，终于眼见这么一个具有伟大资质的作家出现，这真叫我们欣喜万分。"而高天生则说："从题材上看，王幼华的小说，在台湾文学的范畴里，可说是自'乡土文学论战'以来的一大突破。"

王幼华是一个自省力和独创意识很强的作家，他不愿意蹈别人的覆辙，而愿意独自走自己的路，哪怕那自辟之路充满荆棘和坎坷。他说："我因为害怕受他们（文学大师们）太大的影响，以致无法写出自己心灵真正的感受、观念无法突创。我感觉由自身原始、直觉去感受并创作的东西，才是人类真正需要的东西，而不是由别人的方式、管道去思考。"[2] 王幼华的小说既是台湾现实的真实描绘，又弥漫着一种宗教的朦胧气氛，为了探索原罪和救赎，他的小说中出现的人物，不少是非正常的畸形人。例如他的名著《狂徒》，就是罪和性交织在一起，采取人和物作小标题结构的。这篇作品的意义在于它不仅描绘了一个家，而且表现了一个社会。这个家庭的后继者，终日被锁在铁笼里的白痴阿弟，是有可能靠医学的奇效来复活的，但季牙却阻挠他的复活，将仙枝辛辛苦苦积攒的给孩子的治病钱偷走挥霍。为了救赎，李老头最后终于用手中的警锤将季牙当作一条虫一样砸死。谈到作品中的"原罪"王幼华说有两个来源："第一是来自阅读经验的积累影

[1] 高天生：《暧昧的战斗——试论黄凡的小说》（台湾《自立晚报》1982 年 4 月17—18 日）。

[2] 张深秀：《有乱石的巨川——小说家王幼华访问记》。

响；第二是自身经验与心理倾向发展出来的。"王幼华的长篇小说《两镇演谈》，以一个台湾客家人居住的乡镇为基点，描写了台湾 1970 至 1980 年十年间的社会变迁。作者以生活的实践体验和观察，以及丰富的想象，描写了大陆去台的第二代人的生活和精神状貌，及他们努力和脚下的泥土相结合的心境。王幼华笔下的人物和王幼华一样虽然不是台湾土生土长，但他们热爱那里的土地和人民，他们要在那里生根、开花、结果。王幼华就是从这种心灵中去发现希望和光明、力源和生机，并将之凝入自己的作品。王幼华谈到他脚下的土地时说："作为一个文学工作者，我只愿能做到警告、剖析、呈现。在台湾我们可以看到……政治上、经济上、文化上的投机者纵横于各个层面，大大吃香。骄其妻妾者、暴发户、狭隘的民族主义者、失意者、不满者形成多元的标准和竞争。它丰富复杂，像介于河海与大地之间的沼泽一般，充满生机。"[1]

第二节　飞扬的霞与破土的笋

假如说日据时期台湾的女性小说还是一片空白，那么到了四十年代末期，五十年代初才有林海音等少数女作家跻身文坛，加之 1949 年去台的一批大陆女作家，台湾的女性小说便有若园中的一簇红牡丹了。进入六七十年代一大批新秀加入女作家队伍，使婚姻爱情小说的潮头涌起，台湾女作家的状貌便像秋天的西山红叶了。到了八十年代，台湾大批的青年女作家以夺目的光彩显露身姿，若云蒸霞蔚，像清晨从东方飞起的彩霞，沿着天际向整个文坛上铺展，以她们独特的题材、独特的主题、独特的思想方式形成了声势浩大的女性小说大潮。这批女作家除了我们在"婚姻爱情小说大潮"一编中叙述过的李昂、廖辉英、萧飒、萧丽红等之外，还有很多。例如：苏伟贞、袁琼琼、蒋晓云、平路、许芎君、周春梅、郑宝娟、朱天心、朱天文、许台英、方娥真、彭小妍、杨小云、胡台丽、林边、林佩芬

---

[1]　张深秀：《有乱石的巨川——小说家王幼华访问记》。

等等。

八十年代台湾女性作家的作品虽然除少数作家去触及政治、商业、建筑等坚硬而冷酷的题材，去表现社会和人生的重大主题外，绝大多数女作家还是围绕着婚姻恋爱题材，揭示社会对女性的虐待，抨击传统观念的束缚，维护女性的利益，就像老树抽新枝，老枝发新芽、开新花一样，这古旧的题材上也展示出了一片新意象。一是女性的觉醒意识。她们作品中的女性形象不再像琼瑶笔下的李梦竹、杜慕裳等，永远以一种牺牲和奉献的心境和姿态对待世界，仿佛除了丈夫和孩子以外，便没有了一切，自己的一生就是专门为别人做奉献的。八十年代青年女作家笔下的母亲，虽然还未能完全摆脱传统观念的束缚，但她们必然悄悄地在矛盾的心理状态下，迈开了追求自身幸福的步子。例如李昂《暗夜》中的李琳，就再不以丈夫和孩子牺牲一切。二是女性反叛性格的形成。六十年代女作家笔下的少女形象，基本上都是沉醉在温柔美丽的幻想世界中，半闭双目倒在丈夫的臂弯里，充当男人玩物的角色，极少有独立人格和意志，像琼瑶等笔下的少女皆如此。欧阳子笔下的少女也是在自我矛盾中纠缠。八十年代青年女作家笔下的少女则出现了很强的反叛性格，如李昂《杀夫》中的林市，廖辉英《盲点》中的丁素素等。三是女性事业观念的确立。女性独立的基础在于经济，而经济的来源又靠事业的成功。以往女性形象之缺乏自主意识，充满依赖性，充当附属品，关键在于事业上无成。八十年代出现在朱秀娟笔下的女强人林欣华、廖辉英笔下的丁素素、吕秀莲笔下的高秀如等，都是事业第一，家庭和婚姻第二的女性。她们宁可不要男人也要事业。因而她们具有完整而独立的人格，具有不可侵犯的尊严。四是女性性观念的开放。性观念的开放虽然并非女性的福音，在某种情况下加重了对女性的性掠夺，但解除性观念上封建主义的性封闭的残酷性，对人格上的自由和平等也有某种好处，起码可以打破因男人的过错而女性受惩罚的封建专制，像《杀夫》中林市母亲的悲剧就可能少了。五是女性小说中的乡愁和回归意识。例如，朱天文的短篇小说《小毕的故事》、袁琼琼的短篇小说《沧桑》等，均以她们的观察和体验，描写了大陆去台的下层人员的不幸遭遇，表现了他们潜意识中的思乡情怀。这在台湾青年女作家笔下，还算比较新的题材。台湾女评论家李元贞在谈到八十年代台湾青年女作家的作品时说："台湾女性小说家在写小说的题材方面，虽然以男女感情为最多，也有少数小说家关怀到社会及政治层面。同时近一年来，女性小说家在处理男女感情的问题上，已升高了女性自觉的意识，也就是说，在女作家笔下的男女感情，不再是天真地陶醉在爱情的迷梦中，开始检视女性在男女感情中浮沉苦涩甚至反抗的面貌，探触到女人作为一个人，亦跟男人一样。会体验到人生感情的甜蜜与痛苦的复杂性。"[1]　台湾作家兼评论家宋泽莱对台湾的女性文学充满希望和信心。他在《台湾的女性小到新女性主义小说》一文中说：台湾的"女性文学已自成另一个体系，在大都会文明日趋深化的此刻中，正急速地茁壮，即将要展开一场波涛万丈的景象"。

台湾更年轻一代的作家群已崭露头角，显出跃跃欲试的接棒的英姿。他们大都是二十岁左右，有的还不到二十岁，比我们在本章中叙述的崛起于七十年代末八十年代初的那批青年作家，大约要小十岁。他们中有的已数次获奖，有的甫登文坛，有的正成崛起之势，有的刚刚大学毕业，踏进社会，有的还在大学课堂里读书。他们心中好像滚动着大潮，他们脚下仿佛踩着火轮，有一种迫不及待的腾飞之势。台湾"中央日报"副刊为了使他们一展姿容，于 1988 年 3 月，以《春天，我们出发——文坛新生代素描》为题，将他们中比较有代表性的人物的照片、文学主张、创作成就作了介绍。他们中男作家有：拥抱人类苦难的谢政芳，帮助在欲流中的人上岸的林文华，膜拜文学里的美的安克强，不能自外于时势的高欣宜，向早期文学汲养的徐慰平等。女作家有：从同情、悲悯出发的林龄龄，化刹那火光为永恒温暖的李济媛，以社会为写实舞台的陈明丽，站在人间明暗交界处的杨丽玲，以忠实的记录心情对待生活的林君仪，以痴傻不悔的灵魂对待文学之神的简美玲，文学的天空任飞翔的邹敦伶，邂逅文学之情人而终生钟情的萧正仪等。这些已经在文学的园地中破土而出的新苗，有的可能长成大树，有的也可能中途夭折，但在他们还一脸稚气的时候，就显示

---

[1]　李元贞：《高昂的三重奏》（台湾《自立晚报》1984 年 7 月 19 日）。

了他们巨大的创作潜力，这预示着台湾文学一个新局面、新境界的酝酿和来临。在这预示中，他们每一个人都是一首前奏曲。该专栏的编者按语写道："春天是个美丽的季节，适合出发。在人生的旅途上，我们时刻在出发，然而对年轻人来说，每一个脚步都必须站稳，每跨一步都必须谨慎，文学也是如此。"这种对青年人的关切是对的，但也许保守了一点。我倒觉得文学的园地上无须那么谨小慎微，青春草原上的文学之马应该奋蹄疾驰；百花园中的文学之花应该尽情开放，放得越硕大，越丰沛，越鲜艳，越芬芳越好！

1988 年 8 月 30 日脱稿
1988 年 9 月 25 日改毕

后　记

　　写完这部论著的最后一个字时，像马拉松长跑到了终点，真想躺在嫩绿的草坪上闭目休息，好好享受一下劳累后的松快。八个月来在这跑道上，自己的意志和体力赛跑，最终两个都胜利了，两个第一，但意志是强者。在这马拉松赛跑中，支持我跑到终点的，有许多因素。一是台湾的学者和作家们在有意和无意中给了我大量的营养和补给，我在他们的著作中吸收了他们的成果；二是春风文艺出版社的王延才、李勤学、王烨、马兆政同志的促成，慷慨地做出版后盾，解决后顾之忧；三是大陆研究台湾文学的同行们也有意无意中给了我很多帮助。如果没有这样的精神和物质的帮助，这次马拉松是很难跑到终点的。因而对这部书有功的人，我从内心里抱着感激之情，直到永远。

　　说实在话，这是一部不太成熟的著作，长跑中显出许多无力感，不过终于跑到头了。站在终点上回首，真还有点惊讶与后怕，感到目前这水平不高的成果仿佛也超过了自己的能力。于是又有点不该满足中的小满足，不应安慰中的小安慰。我知道，这小满足过后，一定会有更大的不满足出现。这暂时的小安慰过后，一定会有更大的不安发生。我决心在更大的不满和不安中去修正错误，提高质量，把这暂时的终点当作新起点。渴望同行和非同行们给予批评指正。

古继堂

1988 年 10 月 5 日于北京西郊万寿寺

再版后记

　　台湾众多有才华的作家在这本书中争芳斗艳，它展示了中国人才华的一角，展示了中国小说成就的一个侧面。掩卷思之，令人为之骄傲。

古继堂

2022 年 5 月 11 日